魏宏运文集

忆往与治学

魏宏运 著

南开大学历史学院 编

天津出版传媒集团

天津人民出版社

图书在版编目(CIP)数据

忆往与治学 / 魏宏运著；南开大学历史学院编. --
天津：天津人民出版社，2017.3
　(魏宏运文集)
　ISBN 978-7-201-11641-9

Ⅰ.①忆… Ⅱ.①魏… ②南… Ⅲ.①回忆录-作品
集-中国-当代 Ⅳ.①I251

中国版本图书馆 CIP 数据核字(2017)第 071043 号

忆往与治学
YIWANG YU ZHIXUE

出　　版	天津人民出版社
出 版 人	黄　沛
地　　址	天津市和平区西康路 35 号康岳大厦
邮政编码	300051
邮购电话	(022)23332469
网　　址	http://www.tjrmcbs.com
电子信箱	tjrmcbs@126.com

策　　划	任　洁
责任编辑	张　璐
特约编辑	金晓芸
装帧设计	Mark　汤　磊

印　　刷	河北鹏润印刷有限公司
经　　销	新华书店
开　　本	787×1092 毫米　1/16
印　　张	27
插　　页	4
字　　数	410 千字
版次印次	2017 年 3 月第 1 版　2017 年 3 月第 1 次印刷
定　　价	165.00 元

《魏宏运文集》编选组

总负责人：

江 沛 邓丽兰 李金铮

分卷负责人：

《中国近代历史的进程》：杜恩义

《抗日战争与中国社会（上）》：刘依尘 王 希

《抗日战争与中国社会（下）》：冯成杰 王 希 刘依尘

《序跋与书评》：何悦驰

《忆往与治学》：张耀元

《魏宏运年谱》：王 希 张耀元

前　言

　　由天津人民出版社编辑出版的《魏宏运文集》终于与公众见面了。在主持编辑此文集的过程中，一些事项需要在此说明：

　　一、魏宏运先生是享誉海内外的著名史学家、南开大学荣誉教授。1925年1月出生，今已93岁高龄。自1951年从南开大学毕业留校任教后，他在历史系执教半个世纪之久，直至2000年退休。魏先生曾任校内外多种重要学术职务，受聘为国内外多家名校的客座教授。他著作等身，撰写论著、编辑教材、工具书及史料集多种，总字数达两千余万，多次获得国家级哲学社会科学成果奖及天津市哲学社会科学成果奖。他是中国近现代史学科的开拓者和奠基者之一，具有重要的学术影响力。整理及出版魏先生的论著，有利于南开史学的文脉传承，丰富人们对南开大学校史和当代教育史的理解，对于理解中国近现代史学科和当代史学发展史的演进、认识当代中国知识分子群体性格及生活演变的特点，都具有重要意义。

　　二、鉴于魏先生的学术地位和其论著的重要价值，《魏宏运文集》入选天津出版传媒集团重点出版项目。为保证文集的学术水平和编纂质量，天津人民出版社与南开大学历史学院密切合作，联手打造学术精品。由南开大学历史学院院长江沛教授组织编委会负责《魏宏运文集》的选编工作，天津人民出版社总编助理任洁编审带领编辑团队全力投入，负责本项目的编辑出版工作。

　　三、时值南开大学即将迎来百年华诞之际，魏先生文集的编选工作，得到南开大学历史学院大力支持。经魏先生亲自授权、夫人王黎提出建设性思想并居中协调，提供诸多稿件及手迹，亲自确定文集封面；先生弟子江沛教授主持编选并确定了各卷收录文稿的范围；邓丽兰、邹佩丛老师此前整理先生稿件花费了大量心血，此次提供了大量电子文稿，大大便利了编辑工作。先生在海内外的诸多弟子纷纷表达关注之情，翘首期盼。

四、南开大学历史学院中国近代史专业的研究生杜恩义、冯成杰、何悦驰、刘依尘、张耀元、王希分别负责各卷最初的选编工作，此后几经调整，最终确定五卷六册的框架，具体包括《中国近代历史的进程》《抗日战争与中国社会(上、下)》《序跋与书评》《忆往与治学》《魏宏运年谱》。

五、由于魏先生论著的时间跨度长达半个多世纪，各个时期出版单位对学术规范的要求不一。此次出版除对个别字句的误植进行订正外，基本保持稿件发表时的原样态，以充分体现论著的时代性，便于后人理解当代中国史学演变的路径及意义。魏先生的年谱在 2013 年前已有两版，社会反响极好。此次出版时单列一卷，增补了 2013 年 10 月至 2017 年 2 月的内容，并对2013 年前的内容进行适当增补，由此得窥魏先生九十高寿后执着学术、壮心不已的老年生活。

六、由于时间久远和资料缺失，魏先生早年发表的一些论文未能收录，收集整理后将进行补遗，感谢并欢迎大家提供有关资料和线索。

七、在任洁女士带领下，天津人民出版社第五编辑室的全体编辑，对文集的编辑投入大量的心血，付出了艰巨的劳动。他们是金晓芸、温欣欣、王小凤、赵子源、张璐。天津出版传媒集团及天津人民出版社对此文集出版给予大力支持，在此衷心感谢！

编　者
2017 年 3 月

目 录

忆师忆友

见闻札记

发言与致辞

治学与治史

早年往事

自述

（牛建立笔录）

家　世

  1925年2月10日（农历正月十八）我生于陕西省长安县魏寨镇李窑村一个贫苦的农民家庭，家有土地二三亩。祖父魏登俊，做过小生意，父辈兄弟二人，伯父魏应鹏读过私塾，酷爱书法，曾在西安做过店员，后来一直在家务农，爱讲《聊斋志异》。父亲魏应中是乡村知识分子，读过不少古书，我记得他常讲《资治通鉴》里的故事，非常熟谙，随口道来，娓娓动听，还写一手好字。父亲曾在魏寨创办第一所新式小学，自任教师。当时家里很穷，有时连吃的都没有，记得4岁那年除夕，父亲借钱买了两把挂面，这是最好的年夜饭了。从4岁起，农忙时，我就到地里去拾麦穗、拾柴禾，冬天也到地里去割枯萎的野草，我还提着小篮子，在魏镇附近各村卖过灶糖，我穿的是破破烂烂的衣服，没有鞋子，没有袜子，童年的生活挨饿受冻，是很苦的。

  后来父亲被当时频繁乱抓夫现象所激怒，愤然投笔从戎，在方振武将军的军事学校接受军事训练，虽然是半路出家，枪法却很好。而后参加了冯玉祥、吉鸿昌、方振武领导的察绥抗日同盟军。由于蒋介石的破坏，长城抗战失利。1935年，他到杨虎城将军的西北军警备一旅机枪连任连长，驻防皇城，守卫钟鼓楼。1936年12月，父亲参加西安事变，积极拥护张、杨的"八项主张"。西安事变后，他奉命移防蓝田，对抗蒋介石的中央军。抗战开始后，父亲所在的部队驻扎平利县，与占领永济县的日军隔黄河对峙，1939年末开赴中条山。1941年中条山战役时他任副营长。在这次战役中，父亲的部队被打散。于是他回到家乡，后经友人介绍，任长安县自卫队队长、大队长。在此期间，他曾掩护过地下党员毛云鹏、常秉乾,并保举他们二人任自卫队中队长。父亲为人忠厚,做事公道,乐善好施,从未做过有损人民的事,有"魏善人"之称。长安解放时,父亲与胡宗南的部队斗智斗勇,周旋于终南山,率自卫队成功起义。新中国成立以后,父亲在家务农,又任长安县政协委员。他热心农村教育事业,农闲时,在农村的识字班、扫盲班任教师。1985年因患脑溢血去世。"文革"时期,造反派说我是"三大"(即大资产阶级、大军阀、大地主)出身,纯属无稽。

生母在我两岁多时因患肺痨去世,才24岁,我四五岁时常跑到她的坟上哭泣。幼年的我是靠祖母、外祖父、姨母和伯父抚养。我11岁时父亲再婚,继母是一个忠厚、善良、聪慧、善理家务的人,是西安市新房村人,虽未曾读过书,却广有见识。父亲从军常年在外,她对我疼爱有加,她把我的勤奋好学视为她做继母的自豪,在家境最艰难时,她四处借钱供我读书。后来继母生了我的妹妹和三个弟弟,对我的疼爱依然如故。外祖父家境比较富裕,因我生母早逝,他分外疼我,对我的成长花了很多心血。二舅父在抗战时期牺牲在日军的枪口下。四舅父仅长我一岁,1946年后,与我同在北平读大学,未毕业就去了解放区。新中国成立以后,长期在国家计委工作,现已离休。

读书和革命

我的家乡有一个习俗,每逢正月十五闹元宵,总要办社火。每次我都被选中,且扮相不错,所以村里人说,这么穷,没有吃的,还不如把我送到西安去学戏。可父亲却不以为然,总希望我能多读点书。1934年因父亲到杨虎城部队工作,我也随父亲到古城西安,入西安师范学院附属小学读书。我原名叫魏运新,入西师附小时,父亲托一位朋友给我报名,他这位朋友一时忘记了我的名字,临时替我诌了一个"宏运",沿用至今。

1936年12月12日早晨,我在上学去的路上,看到街上岗哨林立,行人很少,盘查甚严。我冲过几个路口,再不能前行,就返回家中。时而听到零星的枪声,我待在家中不敢出门。第二天,我到东大街菊花园附近,看见街道两旁有许多拥护张、杨"八项主张"的标语。还有一些人在街头演讲,宣传张、杨的"八项主张"。有关西安事变的情况是后来父亲讲给我的。

西师附小有几位正直的老师,如段克立、余自修、张镜如等,都是我所敬重的人。他们主张抗日,我也渐渐有了抗日救国的思想。学校组织学生到西安郊县演讲,宣传抗日,到电台去播唱抗日歌曲。当时每个青年都有一腔热血,我也不例外,各项抗日活动我都积极参加,心中充满抗日救国的责任感。从那以后,我懂得什么是国家大事,对抗战和时局非常关心,知道报纸是必须要读的。在西师附小不远处的南院门有一家生活书店,是我经常光顾的地方,在那里我读到不少进步书刊。小学毕业前,我已读了许多书,有读懂的,也有读不懂的,但我坚持读下去,倒也增长了不少知识。

1939年我考入刚成立的陕西省立兴国中学,学校为了躲避日机的轰炸,把校址设在西安郊外三十多里的兴国寺。这所学校邀集了一批陕西著名学者来此任教,如在西安主办《老百姓报》和《民众导报》,后来担任延安大学校长的李敷仁先生,新中国成立以后担任陕西省博物馆馆长的武伯纶先生,陕西师范大学中文系教授曹冷泉先生,曾任民盟山东主任委员的姜自修先生等,他们先后担任过我年级的班主任。先生们学识渊博、品德高尚,对我影响极深。

从先生的身上,我学会了怎样读书和如何做人。李敷仁先生是中共地下党员,教公民课,他的课程是不考试的,要完成的作业是深入农村搜集民谣。我与他更为熟稔,是从我代销他所办的《老百姓报》和《民众导报》开始的。每周我从兴国中学去西安市内一次,取回报纸,并与李敷仁先生结清上一次的账。当时我读到的《新民主主义论》《中国革命和中国共产党》《论联合政府》等著作就是他秘密给我的。1944年,我加入党的外围组织。

在兴国中学,我和三五个志同道合的同学晚上不回宿舍,住在教室里,几乎每晚开夜车,那时称为熬夜。熬夜看的书不是课堂上讲的,而是当时我们所能搜罗到的古今中外的文、史、哲方面的书籍,文学方面的如郭沫若的《女神》、茅盾的《子夜》、巴金的《家》《春》《秋》、高尔基的《母亲》、托尔斯泰的《战争与和平》等;史学方面的如何斡之的《中国社会性质问题的论战》《中国社会史问题的论战》等;哲学方面的如程始仁编译的《辩证法经典著作》、日本学者写的《辩证法入门》、艾思奇的《大众哲学》、潘梓年的《逻辑学》等。我们还背诵了《古文观止》《幼学琼林》《左传》《四书》《古文辞类纂》《国父语录》之类的书。在老师们的悉心教育下,我的学习成绩很好,尤其国文、英文、历史一直是优秀。先生们说,我的作文有马克思主义思想倾向,有新意,因而我更得到他们的厚爱。我曾参加学校举行的英语讲演竞赛,在学生自治会的刊物上发表作文,有时找不到合适的题材,我就翻译一段英文,也能发表。当时我的生活很苦,每星期要走30里路回家背一次干粮,菜只有辣椒面,然而精神很愉快。这期间,曾因家庭经济条件实在困难,休学一年。1946年春,国民党在西安大肆搜捕中共党员和进步人士,兴国中学的特务性组织"新世风"干了很多坏事,我也被列入"黑名单"。我躲避到毛云鹏的自卫队里才得以幸免。当时面临毕业考试,我和其他进步同学不得不东躲西藏,后来在姜自修等先生的掩护和安排下,勉强参加考试,匆匆离校。

我对历史学科感兴趣是受父亲的影响。小时候,他经常给我讲故事,如《水浒传》《三国演义》等。稍长,又教我读《资治通鉴》等历史书。但是把历史作为专业攻读则缘于一个偶然的机会。抗战胜利翌年,我中学毕业,恰好北平辅仁大学在西安招生。报考什么专业呢?因为仰慕著名历史学家陈垣先生之名,就报考了辅仁大学历史系,竟然被录取了。我喜出望外,能去北平读书,足慰此生了。没有钱怎么办?父亲的朋友毛云鹏和常秉乾、三舅父及一位胞兄魏宏兴慷慨解囊,同学王井南、程福凯等也给予资助,他们去募捐,凑足了学费。我自己带着银元经河南,绕道上海,乘船北上,由塘沽到达北平。那时候兵荒马乱,旅途很不安全,父亲因为长时间没有接到我的信,还大病了一场。

来到古都北平的所见所闻令我耳目一新,眼界也随之更为开阔。辅仁大学教学质量很高,所聘教授皆学识渊博,其中余逊先生讲课从不拿讲稿,围绕所讲内容随手拈来,我从中受益匪浅。辅仁离北大红楼很近,距北平图书馆也不远,怀着强烈渴求知识的愿望,我常到这两个地方去读书。看电影、逛街我是绝对不去的。我总想着我和别人的情况不一样,能到北平读书,对我来说太不容易,我必须加倍努力,否则就愧对于那些资助我的亲朋好友。辅仁是教会学校,西洋史由传教士胡鲁士用英文讲授。我非常喜欢英文,每学期规定修完20多个学分,我选了16个学分的英文课,唐悦良的"英语会话"吸引住我。历史课仅修了4学分。我的英语能在荒废二三十年后重新拾起,于以后的教学、学术研究和学术交流大有裨益,应该说是与在辅仁大学得到英文听、说、读、写的扎实培养分不开的。1946年到1948年,北平学生运动高涨,我反对蒋介石的独裁,积极参加反饥饿、反内战等爱国运动,参加了冀热察城工部工作,加入中国共产党,宣传中共的政策,发展组织,向解放区输送干部,地下活动工作很多,我也没有放松过自己的学业。

辅仁大学是私立教会学校,要交学费,而且生活费依然没有着落。我参加过去街头募捐的活动,也到青年会办的夜校去兼课,勉强能够维持自己的最低生活,那时物价飞涨,谁都为生活发愁,我不能一味求助于亲友,就萌生了转入声望很高的国立南开大学的念头。1948年，我顺利通过考试，被录取插入二年级。那次考试能够成功，靠的仍是英语，我的试卷一律用英语回答，这大概是其他考生没有想到的竞争方法。

在南开求学时，我担任文学院学生会主席、校学生会副主席，我代表学生会参加了校委会，这对我的工作能力是很好的锻炼。在学业上，在杨生茂、吴廷璆、王玉哲、杨志玖、谢国桢、黎国彬等诸位师长的悉心教导下，自己从不敢稍有懈怠，常以打下深厚而牢固的史学基础自勉。

"双肩挑"

1951年，我毕业留校在历史系任教，先后任系秘书、系主任助理，协助系主任处理日常行政事务。1952年，全国高校院系调整，教育部决定北大历史系主任郑天挺教授到南开担任历史系主任，这样学校便多次派我去沙滩红楼接洽郑先生来南开事宜。后来在胜利楼开会休息时，郑先生问我："你就是写《民族英雄——史可法》的魏宏运？"从此，我就和郑先生相识了。郑先生是中国明清史资深教授，学术造诣颇深，对人和蔼可亲。以后我们相处三十余年，我不断受到他的教诲。

1951年，全国掀起学习前苏联的高潮，学俄语热了起来。当时绝大多数教师掌握的是英语。因为我学过俄语，所以学校决定让我负责组织教师学习俄文，由俄语教师杨寿钧主讲。大家学习俄文很认真，在东局子修建飞机场的劳动中，一有机会就练习，效果也很显著，很多教师能够翻译俄文了。我曾经写过学习俄文经验的文章，发表在《天津日报》上。我也和其他教师合译俄文著作《美国是武装干涉苏俄的积极组织者和参与者》，由三联出版社出版。

当时无论学校还是系里工作都非常忙，真顾不上家。1952年，我儿子出生时是剖腹产，医院要求家属签字，我却因工作而未能及时赶到医院，为此，我爱人一直埋怨我"不关心"她。

历史系很注重教学质量，郑老和我一直提倡必须攻克两座大山，即外语和古汉语。这是学习历史所必须掌握的工具。当时，"左"派反对，还批判了我。那个年代，会议和政治学习特别多，往往冲击了教学，我认为作为育人的学校，首要的是保障教学质量，老师应该有足够的备课时间。我任总支书记时，硬性规定党、团、工会、系行政周一到周五一律不准开会，周六下午开一次会，集中解决系里一切问题。开会前预先分配时间，某某同志占用20分钟，某某同志占用10分钟等，要求速战速决。我个人对时间把握得很紧，认为办公室人员如果无紧要工作，闲聊是对人生的巨大浪费。我请他们在无重要工作时，去教室听课，可惜都没有坚持下去。我也一直认为，教与学是有规律的，违背了它是要付出代价的。

1958年大搞科研，学生组成小组开展研究，我给每个研究小组安排一位老师去指导；他们让一年级学生给四年级学生写讲义，我不同意。那是"拔白旗"的年代，是不要老师的，我的言行被说成是"让资产阶级统治他们"。1960年，系里让抽出部分同学当教师，我不赞成这种做法，认为才学了一两年，自己还缺乏基础，怎么去教育别人？当时我不在系里，当我从所借调的单位回来后，采取了断然措施，除留下一人外，全部令其回本班学习。也有人说我是资产阶级的代理人，"文革"时，我成了保护牛鬼蛇神的"大红伞"，里面还掺杂着为什么没有给杨志玖先生戴上右派帽子的问题，也成了我的罪行。是的，在"反右派"扩大化时期，有人力主把杨志玖先生打成右派，我很难接受，又不能公开讲。从内心来说，我很敬重杨先生，他的道德、学问都堪称青年的表率，我无论如何也不能这样做。他不是右派啊。我忽然间灵机一动，有了，杨先生是中农出身，要知道，大学教授中中农出身的可不多啊。我抓住了这一点，力争绝不能给他戴右派帽子，于是胜利了。"文革"中，我的罪名多了，最多的一次是大字报贴满了主楼二楼，还给我戴上高帽穿着用大字报糊的衣服游街，脖子上还拴着草绳，两个人在后面牵着，侮辱殆尽。我不敢说我完全无怨，但我无悔。我始终认为历史系坚持的方向是正确的。

谈起资料建设来，经我的手购进的资料在20世纪50年代为最多，20世纪50年代，天津、北京的旧书摊特别多。我有逛书摊的癖好，北京的东安市场和琉璃厂，天津的天祥商场是我经常去的地方。记得冯文潜先生任南开图书馆馆长时，我为图书馆采购了许多旧书。一次我和一位先生在北京书摊上发现了完整的海关册和北洋政府公报，电话请示后立即买下，用卡车运回天津。我曾为历史系资料室购买了很多"根据地"的刊物，可惜在"文革"中都被烧掉了，我真不明白为什么进步的书刊也在焚毁之列。

我和郑天挺先生到北京，多次在团城见到郑振铎先生，在历史博物馆见到沈从文先生。他们建议南开历史系开设博物馆专业。我们向学校汇报了此事，学校很快批准在历史系开办博物馆专业，还请沈从文先生等名家到南开讲学,派娄曾泉、左志远到北京文化学院学习博物馆专业知识。可惜的是1961年国民经济实行"调整、巩固、充实、提高"的八字方针,博物馆专业下马了。"文革"后,博物馆专业建立起来,到现在已经发展成为国内外有影响的博物馆专业人才培养基地之一。

随着改革开放的进行,1979年到1980年,旅游业作为国民经济支柱产业已初露端倪,我国的旅游业已经起飞时缺乏旅游专业人才。我的同学席潮海任国家旅游局办公室主任和政策研究室主任,他希望南开历史系开办旅游专业。当时一些人认为旅游不是学问而反对,后来在滕维藻校长的支持下才得以批准。国家旅游局拨270万元专款用于开办旅游专业,现在的外语学院大楼就是靠这笔款建起来的。经过两年的筹备,1982年开始招生,成为全国第一个旅游专业。后来成立独立的旅游系。现在,南开大学旅游系已是国内首屈一指的旅游人才培养基地。

1978年末,我向学校提出,南开作为周恩来的母校,应该成立周恩来研究室。经过学校批准,1979年1月,在周恩来总理逝世三周年之际,周恩来总理研究室在历史系成立,这是我国高校中唯一从事周恩来生平和思想研究的专门机构。在此基础上,1997年成立了南开大学周恩来研究中心。周恩来总理研究室成立以来,取得了丰硕的成果。

1982年以来,我多次提出辞去系主任职务,让年轻人负责,我应该坐下来读读书了。一直没有得到学校批准,直到1985年,学校才批准我辞去系主任职务。

对南开历史系,不能说我有什么重要贡献,但我与它的情结是永远的。

教学实践

在做系行政工作的同时,我还先后讲授过十几门课程。在给本科生授课时,我注重学生基础理论知识的积累,积极推广翦伯赞先生提出的"一论"(以马克思主义理论为指导)、"二史"(广博的文史基础知识)、"三工具"(古汉语和外语),只有这样,才能使学生获得学习和研究的基本素质,同学们的外语一般较差,即使考试合格,也不能开口交流,我鼓励学生多说,在实践中提高英语应用水平。

20世纪50年代初,不少人不把现代史当作一门学问,认为研究历史越古越好,那才叫学问呢;各高校历史系也没有近现代史专业,所以毕业后留校,我就攻起古代史,特别是南明史,还讲授过通史。1956 年,教育部制定的教学计划,设立中国近现代史课程,郑先生指派我讲授此课,认为我的条件比较合适。当时还没有教材,我只好根据教学大纲,收集资料,买了很多书,如斯诺夫妇的《西行漫记》和《续西行漫记》《冯玉祥日记》及一些回忆录等。我的习惯是每月领到工资后就买书,生活费向我爱人去要。可以这样说,我们把钱大部分都买了书,生活费是很少的。在教学实践中感到只有史料,缺乏理论分析,讲起来还是不好把握,我便翻阅《新青年》《向导》,有史料有理论分析,对我帮助很大。我讲课习惯用卡片,一般不让学生记笔记,讲后让学生讨论,启发学生思考,提出问题,再共同讨论解决。

为配合教学,我主持编写了我国第一本中国现代史教材《中国现代史稿》(上、下)(黑龙江人民出版社,1980 年),一般同行都认为这本书在内容、资料、叙述、语言、观点上比较可取,先后被一百多所大学的历史学科中国现代史专业作为本科基础教材,行销数十万册,还销往美、前苏联、日、法等国。我又针对教学需要,主编了《中国现代史资料选编》(1—5 册)(黑龙江人民出版社,1981 年)、《中国现代史大事记》(黑龙江人民出版社,1984 年)等配套书,这些书一直是中国现代史本科教学的基础用书。1992 年我主编的《中国通史简明教程》(上、下)(高等教育出版社,1992 年)是一本针对外国大学生学习中国历史的专用书。这部书被新加坡大学指定为中国历史学科的教材。这本书被认为层次简明、文字简约,能概括地将中国五千年灿烂的文明史生动地展现在世界青年面前,被称为"了解中国历史的捷径",获得了普遍好评,该书出版后不久即售罄。最近,我主编的普通高等教育"九五"国家级重点教材《中国现代史》(高等教育出版社,2002 年)已与读者见面。

20 世纪 50 年代前半期,人和人的关系很融洽,我和南开许多著名教授建立起学术和教学上的深厚友谊。我特别感谢郑天挺、雷海宗、吴廷璆、杨生茂、冯文潜、滕维藻、杨志玖、王玉哲、黎国彬随时随地给我以教育和指点,他们在我身上倾注了很多心血,没有诸位先生的辛勤栽培,我是成长不起来的。随着时间的推移,在先生们的悉心指导下,我在中国近现代史领域取得了一定的成绩,给学生开设的课程,由基础课向专业课深化,先后开设了中国现代史、五四新文化运动史、武汉国民政府研究、南昌起义、土地革命史、中国现代史研究、抗日战争史研究、中国现代史研究概论、博士生专业英语等。

1982 年我开始招收中国近现代史专业硕士研究生。1986 年我又开始招收中国现代史专业博士研究生。在指导和培养研究生的过程中,我认为治学要严谨,在掌握基础理论知识的同时要占有大量的史料。除了利用图书馆的文献史料外,我认为现代史研究还要进行社会调查访问,收集第一手资料,然后分类整理。我多次赴华北农村,和同学调查华北一个村或一个地区的自然环境、人口变动、基层组织政权的演变、农业生产、工商业状况、集市贸易及家庭的演变、宗教信仰以及风俗习惯等,收获颇丰。如博士生朱德新撰写的《二十世纪三四十年代河南冀东保甲制度研究》,傅建成撰写的《社会的缩影——民国时期华北农村家庭研究》,李正华撰写的《乡村集市与近代社会》,乔培华的《天门会研究》等书都颇有特色。指导和培养研究生,关键是教会他们研究的方法,怎样查阅、利用图书资料,向学生介绍关于某一课题当前研究的现状,以及进一步研究的方向。研究生要参与某些有争论问题的讨论,有争论才有鉴别和思考,有思考才能提高。在学位论文选题上,我并不要求学生的研究方向一定要和我的一样,学生要根据自己的兴趣爱好和掌握的史料选题,我提倡小题大做,深入挖掘,这样才有创新和深度;反对大题小做,浮于表面,对问题论述不透,没有深度。在学术上,我和学生是平等的,一个人的知识是有限的。学生应该而且能够超过先生,长江后浪推前浪,中国近现代史研究才能不断发展,正如韩愈所说"弟子不必不如师,师不必贤于弟子"。

1982 年以来,在我的培养下,已经有 7 人获得硕士学位,30 人获得博士学位。目前尚有 3 人在攻读博士学位。已毕业的博士生、硕士生中,大多晋升为教授、副教授,成为在中国现代、当代史教学与研究上有所建树的学术骨干,有的已经成为博士生导师。我还与英国、日本的高校联合培养博士生数名,他们都学有所成,如我和英国联合培养的第一名博士生冯崇义,现在是澳大利亚悉尼科技大学国际研究院的终身教授,我和日本联合培养的博士生李恩民,现为东京一所教会大学终身教授。环境对一个人的成长至关重要,我提倡国际学术交流,鼓励学生出国深造,学生应该"脚站八里台(南开大学所在地名),胸怀全世界",只有走出去,才有比较,知道自己的不足,才有提高。只在一个小圈子里搞研究,必成井底之蛙。不要怕人家不回来,我曾多次为学生争取出国深造的机会,同时我也邀请国际知名学者来南开讲学。我还接受、指导国内外访问学者和高级研究人员二十余人,如斯坦福大学的贺肖和关文彬,日本大阪商业大学的铁山博,关西外国语大学的林原文子等。我鼓励学生和他们交流,了解其研究理论和方法。当然不要迷信西方，要鉴别、比较，批判地吸收他们的学术观点和理论方法，不能人云亦云，只有这样，才能不断提高自己。

在治学的道路上

1952年我任《历史教学》编委，经常看稿件，给作者提建议，当时《历史教学》编委每月开一次定稿讨论会，每人都要就一篇文章发表见解，要说出为什么要刊载某个稿件或不刊载某个稿件。这样，我要围绕我看的文章查找资料，请教别人，有时自己也写论文和社论。这对我的史学研究是一个很好的锻炼。我初涉史坛的第一篇论文《民族英雄——史可法》（《历史教学》，1952年第8期）就是这时写出的。

教学相长。在教学中，只要留心，就会得到启发。我的一些论文就是在回答学生提出的问题时去探究而撰成的。在学期结束时，把教学中的讲义整理、充实和完善，就会成为一本专著，如《八一起义》就是这样写成的。教学和科研是相辅相成、相互促进的，在教学中涉及到的问题促使我弄清事件的来龙去脉和历史人物所起的作用，并给予恰当的评析。一个时期集中一个方面的问题，连续写上几篇文章，必有深度，然后再转换课题。

历史人物是历史事件的经历者、参与者或领导者，对历史事件的发展起到重要的影响。研究之初，我计划重点研究孙中山先生。孙中山先生是中国资产阶级民主革命的先行者，是近代伟大的革命家、思想家，他对近代中国社会历史进程起到了举足轻重的影响。在辛亥革命史和中华民国史的教学中，首先涉及到孙中山，不研究他，就不会明白辛亥革命史和中华民国史上的许多重大事件的前因后果，而且其他人物如黄兴、宋教仁、蔡元培以及袁世凯、蒋介石等也无从研究。所以，1953年，我发表了关于孙中山研究的第一篇论文《革命民主主义者孙中山》（《历史教学》，1953年第3期），对中山先生所处的时代及其思想演变进行探讨，有的刊物转载了这篇文章，随后我又发表了《孙中山晚年的农民运动观》（这些论文都收入《中国近代历史进程》，广东人民出版社，1993年），继续推动孙中山研究向纵深发展，一直持续到20世纪70年代末。围绕孙中山研究，我收集了大量有关他的资料，如各种版本的《孙中山选集》和同时代有关孙中山的论著，可惜在"文革"中被毁掉了。但是，我积多年心血之作《孙中山年谱》幸而保存下来，1979年由天津人民出版社出版。这是新中国出版的第一部《孙中山年谱》。我侧重于孙中山先生思想形成及发展的体例,采用夹叙夹议的方法,受到史学界的赞许,被誉为"资料翔实、系年清晰、去伪存真、字简事丰"的精品佳作。我也因之而成为孙中山研究的学者之一。

历史是前后联系的。1958年我讲授南昌起义、武汉国民政府史、土地革命史等专题史时,就意识到武汉国民政府在中华民国史上处于重要地位,其由革命到反动的转变成为中华民国史上一个重要问题。但是限于资料和政治因素,把它作为一个专题研究,在当时是一片空白。为了教学需要,我开始了对武汉国民政府时期的政治史进行系统的探讨,发表了《关于武汉国民政府的几个问题》(《历史教学》,1958年第5期)。1961年,我到武汉收集资料,在湖北省委党校找到当时的《民国日报》,发现了许多第一手资料,在此基础上,我先后发表了《1927年武汉国民政府反经济封锁的斗争》(《历史教学》,1963年第9期)、《1927年武汉国民政府的北伐》(《历史教学》,1964年第3期)、《略谈1927年大革命的失败》(《历史教学》,1964年第5期)、《1927年南昌武汉之争的实质》(《历史教学》,1964年第6期)等十几篇论文(均收入《中国近代历史的进程》),就武汉国民政府的政治运作、性质及其对民国政治发展的影响作了评析。这些研究得到史学界的认可。

20世纪60年代,是我精力旺盛时期,"文化大革命"开始了。我惨遭诬陷和迫害,被定为"黑帮""走资派""富农分子""现行反革命"等,我被批斗、戴高帽子游街、拉到霸县农村劳动,还遭到毒打。和肉体上受的折磨相比,精神上的痛苦要难熬得多,不准我看报,有几年时间,谁也不敢和我说话,我被彻底孤立了,我曾几次流过泪,泪水流到肚中,没有外流,我默默地忍受着痛苦。每当我被迫离开家门时,妻子总是说:"你晚上一定得回来。"

我的罪行之一便是我对武汉国民政府的研究。那些论文竟被诬蔑为"替蒋介石树碑立传,是在配合蒋帮反攻大陆"。我积累了十几年的珍贵历史资料毁于一旦。而这一耽误竟是整整十年。"文革"结束以后,举国上下迎来了"科学的春天",强加于我头上的不白之冤也得以澄清。我保持一种达观的心态,向前看而不是向后看,全身心地投入到心爱的史学研究中去。

我认为问题的思考是从接触材料开始的。接触的材料多了,思考的问题也就多了起来。我对周恩来总理的研究就是这样开始的。1977年周恩来逝世一周年,《红旗》杂志决定由南开写一些纪念文章,学校决定由我和几位老师负责。随后，南开历史系也在酝酿成立周恩来总理研究室。这样我把研究的重点转向早期的周恩来。为了获得史料，我查阅了周恩来在"五四"时期主编的《天津学生联合会报》《警厅拘留记》，与周恩来一同去欧洲留学的李福景的档案资料等，访问了很多与周恩来有密切关系的人，如张伯苓之子张希陆，获得了很多珍贵的资料。特别是从《检厅日录》中发现1920年5月到6月初，周恩来在狱中向难友讲授马克思主义的材料，这是过去鲜为人知的。在整理这些资料的基础上，我相继发表了《周恩来与五四新文化运动》(1979年4月24日《光明日报》，收入《纪念五四运动六十周年学术讨论会论文选》，中国社会科学出版社，1986年)、《觉悟社的光辉》(《南开大学学报》，1979年第4期)、《周恩来共产主义思想形成初探》(1983年4月20日《光明日报》，收入《中国近代历史的进程》)等文章，提出周恩来是中国最早的马克思主义者之一的观点，这几篇文章在国内外得到广泛传播。

20世纪70年代末，日本国内右翼势力抬头，有不少旧军人、政客美化侵略，否认南京大屠杀，严重伤害了中国人民的感情。作为历史工作者，研究抗日战争史，用事实驳斥日本右翼势力的谬论，以教育下一代勿忘国耻是义不容辞的责任。1979年，我参加闽西革命根据地学术讨论会，遇到财政部科研所副所长星光同志，他说财政部科研所计划搞华北抗日根据地财经史的研究，这与我下一步研究方向不谋而合。于是从20世纪80年代初开始，和财政部科研所合作，并联合河北大学、山西大学等单位，由我带着一批志同道合的同事，到山西、河北、河南、山东等地调查访问，到各地档案馆查阅当年的档案。历时8年，对这些浩如烟海的材料进行整理归纳，去粗取精，去伪存真，条分缕析，先后主编了《抗日战争时期晋察冀边区财政经济史资料选编》(1—4册)(南开大学出版社，1984年)、《抗日战争时期晋冀鲁豫边区财政经济史资料选编》(上、下)(中国财政经济出版社，1990年)两部大型的资料集。这两部近七百万字的资料集，以"资料收集丰富、翔实可靠、分类恰当"的优点，成为今天抗日根据地史研究的必备工具书，获得中国财政学会颁发的佳作奖。

抗日战争时期是中国社会发展的一个显著分水岭，是中华民族在近代由衰败到重新振兴的转折点，为中国的独立和解放奠定了基础。抗日战争是以国共合作为基础，以抗日民族统一战线为形式的全民族的反侵略战争。虽然在统一战线内部也有摩擦，但是集中全国力量，战胜日本帝国主义是主要方面，所以我对抗日战争的研究是全方位、多视角的。在搜集大量财政经济史料的基础上,我先从华北抗日根据地的经济史人手,循序渐进至华北抗日根据地史再到整个抗日战争史,逐步深化扩展。我先后发表了《论华北抗日根据地繁荣经济的道路》(《南开学报》,1984年第6期,收入《中国抗日根据地史国际学术讨论会论文集》,中国档案出版社,1986年)、《关于抗日战争时期敌后战场的几个问题》(《历史档案》,1985年第3期)、《抗战初期国民政府经济政策透视》(《民国档案与民国史学术讨论会论文集》,档案出版社,1988年)、《"不抵抗主义"剖析》(《文史哲》,1988年第4期)、《抗日游击战争推动了抗日战争的历史进程》(1991年10月23日《光明日报》,收入《中外学者论抗日根据地》,档案出版社,1993年)、《"不抵抗主义"的产生及恶果》(《抗日战争与中国历史》,辽宁人民出版社,1994年)、《抗战初期中国人口大迁徙》(《中国史论集》,天津古籍出版社,1994年)、《重视抗战时期金融史的研究》(《抗日战争研究》,1994年第2期)等系列论文。从1986年到1990年,我还相继推出由我主编的《华北抗日根据地纪事》(天津人民出版社,1986年)、《晋察冀抗日根据地财政经济史稿》(档案出版社,1990年)、《华北抗日根据地史》(档案出版社,1990年)等著作,其中《华北抗日根据地史》获天津市第五届社会科学成果评比一等奖,1995年又获得国家教委首届全国高校人文社会科学优秀成果历史类二等奖。由我主持,南开大学历史系两度举办抗日根据地史国际学术讨论会,推动了抗日根据地史乃至抗日战争史的研究,南开大学历史系中国近现代史学科成为国内外注目的抗日战争研究中心之一,1988年被国家教委评为全国重点学科。1993年,以我为学科带头人的中国近现代史学科又被天津市教委评为高等院校首批重点学科。

历史是一门综合学科,涉及面广,仅研究政治史不能够全面揭示历史的本来面目,而社会史研究恰好能弥补这个缺陷。通过调查研究一个区域人民群众衣食住行的变化、人口和婚姻家庭的变化及民间宗教信仰的变化等,来分析社会变迁的原因及对社会发展的影响,为研究社会发展提供一定的史实依据。从1986年起,我开始承担国家"七五"社会科学规划重点项目——"三四十年代华北农村调查与研究"。我带领一批志同道合的研究人员与部分博士生、硕士生经常奔波在华北农村,收集到大量鲜为人知的资料,通过调查访问获得了许多鲜活的第一手资料,如作为研究成果之一的《二十世纪三四十年代冀东农村社会调查与研究》(天津人民出版社,1995年)。从1990年开始,我又率诸同仁与日本一桥大学社会部三谷孝教授等人组成中日华北农村社会联合调查团,对抗日战争时期原"满洲铁路株式会社"所做的调查进行跟踪调查,在掌握大量第一手资料的基础上,我写出了《抗战第一年的华北农民》(《抗日战争研究》,1993年第1期)等一批论文。后来又与三谷孝教授合作,对抗战时期的华北区域进行研究,研究成果以日文出版,影响很大。我还指导部分博士生、硕士生集中力量对华北农村社会进行调查研究。经过几年努力,他们写出的论文,成为华北农村社会研究的系列成果,历史系现代史教研室也就成为研究华北区域的重要阵地。

1983年以来,我被聘为国家哲学社会科学研究中国历史学科规划小组成员。1986年以来,我被聘为国务院学位委员会历史学科评议组二三届成员,香港学术评议局学科评议专家,《历史教学》杂志副总编,南京大学民国史研究中心名誉研究员,河南大学、安徽大学、河北大学、西北大学、天津大学兼职教授,新疆师范大学文化研究所特别顾问,中国史学会理事,中国现代史学会副会长,天津史学会理事长,南开大学学术委员会委员等。还应聘为日本中国现代史研究会特别会员和澳大利亚中国省市研究中心客座研究员。

走出国门

1982年4月至5月,我作为南开大学访美代表团成员访问考察了明尼苏达、印第安那、密西根、斯坦福、堪萨斯、奥本尼、坦普尔、普林斯顿等8所大学,受到海外学者特别是海外南开人的热烈欢迎和盛情接待。这次访问使我眼界大开,也使我正确认识到中国高等教育与西方高等教育的差距。回国后滕维藻校长和我向教育部副部长彭鼎云作了汇报,提出了应加强中外学术交流,来促进学科发展,挺进研究前沿。因此促进了南开大学与国外名校的学术联系。国外特别是美国和日本非常重视中国近现代史的研究。我先后应邀到美国、日本、丹麦、德国、英国、法国、澳大利亚、韩国等国的四十多所大学和研究所讲学,受到外国同行的欢迎。我说中国学者在国外不应仅坐在别人的课堂上学习,还应该走上他们的讲台,传播中华民族的优秀文化。1983年8月至1984年3月,应美国国际学者交流委员会(Council International Exchange of Scholar)的邀请,我作为福布赖特教授(Fubright Professor)赴美国蒙他拿大学(Montana University)讲学两学期,我主讲了中国近代史、中国现代史、今日中国、中国文化、中国现代史诸问题研究等课程。这期间,我曾接受*Montana*

Missoul 日报专访,翌日该报竟刊出我的大幅照片,并详细介绍了我的生平。在与外国学生接触中,我体会到传播中国文化,让世界了解中国,用历史这门课是再合适不过了。此后,我多次参加国际学术讨论会,真正体验到中国现代史的活力之所在。随后,我又应邀到威斯康星大学(Universitv of Wisconsin)、波士顿学院(Boston College)、布兰迪斯大学(Brandies University)、百灵斯对外关系委员会(Billings Committee on Foreign Relation)、路易斯克拉克州立学院(Lewis-Clark State College)就今日中国、中美关系及中国抗日根据地史研究作学术报告。以我多年的教学经验,特别是我的爱国主义感情,感染了不少听众,他们都有更多了解中国的愿望,我也就成为蒙他拿大学最受欢迎的外国教授之一。该校人类学系主任给南开大学校长的信中热情地写道:"蒙他拿大学非常尊重和欣赏魏宏运教授!他的课与我们共同举办的讨论会有很多人参加,非常受学生欢迎,因此魏宏运教授为师生更好地了解中国做出了不可置疑的贡献。"因此,1986 年 8 月我获得美国福布赖特基金会证书,称"魏宏运先生作为福布赖特学者,以其学术成就促进了中美两国人民之间的相互了解,特予奖励"。我先后五次到美国,1999 年是到亚里桑那州立大学(Arizona State University)和韦伯州立大学(Weber State University)讲学。2002 年到哈佛大学(Harvard University)去参加学术讨论会,我提交的论文题目是《抗日战争时期晋冀鲁豫根据地的商业贸易》。

1984 年 4 月、1990 年 10 月、1993 年 9 月、2000 年 12 月,我四次应邀赴日本讲学,先后在立命馆大学、中央大学、一桥大学、庆应大学、中国农村惯性调查研究会、日本辛亥革命史研究会、京都大学人文科学研究所、金泽大学和鹿尔岛经济大学、专修大学、天津地域史研究会、中国社会科学研究会就中国抗日根据地史、中国近现代史研究、辛亥革命史研究、太行山与中国革命、华北农村调查、中国人的日本观等作系列学术报告,引起日本学术界的关注。1994 年 9 月至 11 月,我又应邀赴丹麦、德国、英国、法国访问讲学,在德国特里尔、爱尔兰根、图比根、海德堡四所大学就中国抗日根据地经济建设,南京政府的经济政策及"文化大革命"等问题进行专题讲座。1991 年、1993 年、1996 年赴澳大利亚参加学术会议,还参加了澳大利亚中国省市研究中心在德国及中国举行的几次学术研讨会。

我认为,加强国际间的学术交流,不仅有利于我们开阔眼界,借鉴和吸收新的思维方式和研究方法,站在国际学术的最前沿,而且可以让国际学术界了解中国史学家的研究成果，扩大我们在国际学术界的影响，提高中国史学在国际上的地位。我们不但走出去，而且还要请进来。1984年8月和1991年8月，我主持，南开大学历史系先后主办了两届中国抗日根据地历史国际学术讨论会，来自美、日、加、荷、英、法、澳等国的学者汇集南开园，就中国抗日战争及抗日根据地诸问题进行了广泛的学术交流，我在两次会议上所作的主题报告《论华北抗日根据地发展经济的道路》和《抗日游击战争推动了抗日战争的历史进程》成为会议的中心议题，受到与会专家的普遍好评。这两届会议是中国目前仅有的关于抗日根据地历史的国际学术讨论会，在国内外史学界引起了很大的反响，《光明日报》《天津日报》《历史研究》《中共党史研究》《抗日战争史研究》《历史教学》《高校社科情报》及《日本的研究》等有影响的报刊先后予以报道。会后出版了两册被国内外专家誉为"中国抗日战争史研究的最新进展和最高水平的体现"的会议论文集。

我爱史学　我爱南开

当前市场经济对史学研究领域的冲击及目前史学研究所处的困境，我认为是正常现象。希望史学能像影视、体育一样产生轰动效应是不现实的，也是史学界不能摆正自己位置的矫情表现。我教育学生们，史学研究不是商品经济的包装物，不可能产生社会明星或轰动效应。史学本身的博大精深，那种沉静的哲学思考，那种跨越时空的历史想象，那种对历史与时代呼唤的回应，那种从容思索的心灵修炼，都远远不是仅靠运气和天资所能达到的境界。

因为史学研究实际上是在丰富人类的思维方式和精神内涵，所以只有肯付出的人，才能获得历史老人的垂青。一个具备基本素质的史学工作者，只有拥有了这种意识，才有可能为时代做出贡献。这种认识，是我长期研究历史的感悟，也是我培养教育学生的宗旨。

历史学的学术探索是一种继承性很强的事业，每个人都有自己时代的局限性，如果没有先人的探索成果，后人将永远不能达到今天的认识水平，因此史学要求后学者永远对先人保持一种由衷的敬仰。我经常教导学生不要对先人甚至同行妄加评判，绝不能染上文人相轻的恶习。我在教育学生尊重先哲的同时，也鼓励他们要有勇气做"疑古派"，要服从真理的召唤，探索前人和先生未曾认识的领域，提出前人未曾提过的新观点，拿出超越前人的成果。"长江后浪推前浪"，才是史学研究得以发展的关键所在。

做学问切忌浮躁，要虚心求教于别人。史学研究要在占有丰富史料上下功夫，这是最基本的条件和要求。研究者还要有吃苦耐劳的精神，能坐得住冷板凳，要把利用图书馆和档案馆资料与社会调查结合起来，搞现代史最忌只坐在书斋里，进行社会调查是丰富自己的很重要的一种方法。20世纪50年代末和70年代初，我都就某个问题进行过调查，我曾在大沽、北塘、张贵庄、大直沽等地调查八国联军侵华沿途的烧杀状况。调查使我获得了书本上没有记载的事实，将文献资料和调查结合起来就使历史事件更能活生生地呈现出来。越调查越觉得社会是知识的源泉。只有不断地求教于社会，才能丰富深化自己的历史洞察力和领悟力。最后要善于抓住机遇，当然机遇总是偏爱有准备的头脑。

1948年我从辅仁大学转入南开大学历史系就读，1951年毕业留校任教以来，就再也没有离开过南开，屈指算来已经54年了，是名副其实的老南开了。南开大学是一所很有声望的学校，有好的基础和传统，是周恩来总理的母校，所以不论走到哪里，我都以是南开人而自豪，并且我一直这样宣传南开。

从1951年毕业留校任教以来，南开的奋进、务实精神深深感染了我，我的追求是做个学问家。南开既有开放的优点，又有做学问所需要的宁静气氛。没有南开，就没有我的今天，我对南开怀有很深的感情。

南开大学历史系经过几代人的努力，已经取得了辉煌的成绩，未来是属于年轻人的。为了南开历史系未来的发展，我把培养年轻一代作为自己的义务，我总是亲自制定或参与制定青年教师的培养计划，认真修改他们的学术论文，利用各种机会，采用各种办法提高他们的教育教学水平和科研水平，大胆启用有才华的年轻人，使他们在实践中锻炼成长。我利用南开大学的知名度邀请国内外知名学者到南开讲学，推荐选派十多位有才华的年轻人到国外攻读学位或进修，或搞合作项目研究。我希望年轻一代学者秉承南开人"允公允能、日新月异"的精神，在历史研究领域开拓出一片更高远广阔的天地，并且能藉之而使我们民族的文化绽放出更璀璨的光华。

原载魏宏运：《锲斋别录》，天津古籍出版社，2004年

我第一次见到红军

1935 年我 10 岁时，印象最深的一件事是看到了红军。

徐海东率领红 25 军离开鄂豫皖根据地，于 7 月进入陕西省境的商洛地区。杨虎城陕军唐嗣相旅不是红军的对手，在山地作战，为争夺一座山，红军已爬上山顶，控制了制高点，陕军还在半山腰，唐嗣相阵亡了，其团长傅德被俘(杨虎城共有三个警备旅)。陕军失败，红军由蓝田县汤峪出山，进入距西安50 里的引驾回，一部进至我的家乡，距引驾回 15 里路，距汤峪 20 里路。

红军大队来到之前的几天，红军组织了各式各样的探路队，如算命的、背炭的、货郎担子、剃头担子、要饭的等，这些先锋队，了解民情民俗，调查地势和敌情，为大军前进铺平道路，给我留下了深刻难忘的记忆。

红 25 军是娃娃军，一般年龄是十三四岁，所以称儿童军。他们的帽子上缀有红五星，腰间束着皮带，打着绑腿，脚上穿着袜子套的麻鞋，官兵一致，非常神气，是很吸引人的。

红军在我的家乡待了两天，随后红军沿着终南山麓，经过子午镇、秦渡镇、鄠县，进入甘肃，最后到达陕甘宁边区。红军沿途张贴了许多标语，如"打倒反动的军阀""打倒土豪劣绅""消灭民团""为中华民族解放而奋斗"等。在沿终南山前进时，曾分粮食、盐和衣服给贫穷的农民。有钱的官人此时都吓跑了。西安当局震动了、恐惧了。

红军经过之地，徐海东的名字已家喻户晓。对其传说日益广泛，他是一位孝感窑工，全家都被国民党军杀害，他自己身负 8 次重伤等。

这么小的儿童，就献身于革命，这是世界历史的奇迹，是我们永远不能遗忘的。

原载于《今晚报》,2013 年 9 月 25 日

追忆西安事变的见闻

写西安事变的文章已经很多,每个人都根据自己的视角,或追忆或探讨这一改变中国历史进程的大事。为尊重历史,保存记忆,我将自己的见闻写出来。西安当时有 20 万市民,如果有更多的人,写出底层群众的动态,是可以丰富人们对这一事件的认识的。

一、东北军和西北军的相互猜忌和对立

1936 年"双十二"事变时,我在西安书院内西师附小读书。我父亲魏应中原属方振武部下,参加过第二期北伐和察绥抗日同盟军,此时,在杨虎城警备第一旅特务团任职,先任营副,后为二营重机枪连长。团长王子伟是黄埔军校四期学生,是个读书人,为人忠厚,我见过多次。

西北军一般机枪连只有 4 挺机枪,重机枪连则只有 6 挺,都是捷克式,还有 10 多匹马和 10 支长枪。这个连原先担任绥靖公署警卫,驻在新城内,后被派到钟鼓楼警戒。钟楼是全市的制高点,俗语以"陕西有个钟鼓楼,半截在天里头"形容其高度。立其上可以俯视全城,以钟楼为中轴,距城东门 2150 米,距西门 2106 米,距北门 2038 米,距南门 620 米。东南西北四大街是城市的干线,我常到钟楼上去玩。

1935 年 10 月,蒋介石设"西北剿匪总司令部",自兼总司令,张学良副之。张之东北军 15 万人(一说 13 万人)相继入陕,与杨虎城之 4 万人经常摩擦和冲突,钟鼓楼的军事地位显得特别重要。重机枪连的任务很明确是提防东北军。据先父讲:上级要求,若发生紧急情况,立即报告绥靖公署。该连为了显示自己的警惕和力量,经常在四大街跑步和操练。

蒋介石声称,要在 3 个月内消灭陕北红军,他亲自督战东北军和西北军。张、杨忠实地执行命令,但每次进攻,都遭到失败,折兵损将又得不到补充,从

沉痛的失败教训中,接受了共产党提出的中国人不打中国人,团结起来,枪口对外的主张,决定重新选择自己的政治路线,和红军应该是相互支持,而不是仇杀,对蒋介石已抱有反感。杨虎城在新城大礼堂举行的纪念周会上讲"17路军的武器弹药大炮等都是敌人送给我们的,上级没有给我们补充过一枪一弹",[①]这里已吐露出对南京政府的不满。东北军、西北军和红军三位一体的局面已经呈现出来,抗日民族统一战线悄悄地在形成。这是蒋介石未曾料到的。

二、长安军官训练团

为消除相互猜忌、隔阂和对抗,增加互信,张学良和杨虎城商议创办军官训练团,以蒋介石为校长,他们二人任副校长,实际上蒋介石从未到任。

训练团设于终南山脚下的王曲,距离西安 40 里。因地属长安,也称长安训练团。王曲在历史上是有名气的,相传武王伐纣时,纣王的太师死在这里。军阀陈树藩的将领在此地购置稻田,附近居民,多属佃户。训练团设于绝禄岭,没有营房,住于小窑洞中,每一窑洞可容纳三四十人,简陋得很。

训练团学员从连长到师长,共办了三期,每期三四百人。1936 年农历 3 月初第一期开学。先父是以警一旅重机枪连身份参加的。

第一期学员按规定于开学前两天报到。开学当天,张学良乘小卧车到校,没有欢迎仪式,学员集合演讲台下,王以哲等人陪同张副司令长官走上演讲台,稍为休息,就行开学典礼。听众将视线都集中到张学良身上,目睹长官风采。他讲话的大意是"同学们! 你们都是东北军和西北军中下级军官,在国难最严重的时刻,我与杨虎城将军商量,将你们召集在这里听训,为使两军打破界限,团结起来,联合抗日,打倒日本帝国主义,收复失地,救亡图存,复兴同家,才办这个训练团,希望你们多加努力"等语。杨虎城的话语与张学良差不多。

王以哲担负训练团的主要工作。开学的头一堂课是他讲的。首先讲了训练团的筹备事宜和训练团的目的和要求, 大意是:"你们是部队的中下级军官,都是领导者,对纪律方面我不必多说,你们肯定是会守纪律的。因为训练团是在万难中办的,经济十分困难,一切设备都很简陋,没有固定教官,也没有课本。这些教官都是在部队预约的领导人给你们作报告、讲话,希望你们要

---

① 《魏应中回忆录》手写稿。

动脑筋,笔记下来,讨论时要踊跃发言。其次,要求你们不要把东北军和西北军的界限分开,而要紧密结合起来,不久的将来我们要在抗日前线上相互支援,相信是可以把日本帝国主义打败的。"王的讲话持续了3个钟头以上。

第一期训练团,张学良来了两次,杨虎城来了一次。他们还到各宿舍看了看。先父讲,有两个人的讲话给他们的印象很深,一个可能是红军将领张国焘,身穿便服,讲话口音听不太懂。还有一位,个子不高,40岁上下,讲话时在黑板上写了"领袖"两个字,很激愤地用粉笔在上面打了两个叉,学员都有些疑惑,直到抓住蒋介石,他们才明白了。

训练团的生活很好,每餐4大碗都有肉,在饭场上一摊一摊围着吃,每摊6个人。每周六的最后一堂课,都是王以哲讲话,讲话完了,时间到了,大家就上汽车,把他们拉到钟楼附近,有家的回家,无家的回部队。星期日,汽车照样开到钟楼和南门附近,把他们送到王曲。在期满的那一天,吃得更为丰富,在军乐队中,张学良和其他领导人讲了话后,就坐上汽车,回到各自部队去了。

训练团没有军事训练,全是政治训练。时间不长,但是收效极丰实,为两军合作发动西安事变铺平了道路,奠定了基础。

三、12月12日这一天

1936年12月12日6点左右,我从枪炮声中惊醒,初以为鞭炮声。7点多像往常一样,背起书包上学堂。路上静悄悄的,没有行人,十字路口上有站岗的,端着枪,我冲出两个十字路口。我家住在东仓门附近马厂子三道巷,走到东厅门和木头市交道口,站在十字路口街上和房上的军人,大声喊着,不准往前走。我看到南城墙上的机关枪对准设于碑林旁边的宪兵营。我还不清楚发生了什么事,只好原路返回。下午到菊花园附近的东大街,街上的商店都关着门,人们一堆一堆的听着年轻的战士和救国会人士散发和演讲张、杨的八大主张:"一、整组南京政府;二、停止一切内战;三、立即释放上海被捕之爱国领袖;四、释放政治犯;五、开放民众爱国运动;六、保障集会结社一切之政治自由;七、遵守孙总理的遗嘱;八、立即召开救国会议。"他们还讲到拘捕了蒋介石和住在西京招待所的南京政府高级官员。《西京门报》(后改为《解放日报》)和《西北文化日报》印发号外也散发给群众,大街上没有骚乱和抢劫。

西安旧貌换新颜。剿匪总司令部取消了,新的陕西省政府成立了,各种群众组织召开了各种集会,全城贴满了抗日的标语。救国会和学生联合会展开了宣传。群众大会举行了多次。由救国会在革命公园召开的群众大会,张学良出席做了演说,据史沫特莱《中国之战歌》记述:"他(指张)把日本侵略中国的历史,政府的行动和他屡次和委员长的论战作一番检讨。据他指出,那论战是关涉到一个'不合人民要求的政策的'。张将军当即声称:'我愿意和抗日战线上的武装同志们站在一起。全国人民必须起来奋励前进。有力的出力,有钱的出钱。让我们的血为保卫国家而流吧。'"①当时《申报》登载西安被抢掠了三天,这是无稽之谈。考察事实,杨虎城部队冲入西京招待所时曾有抢掠行为,立即遭到军官的制止和训斥,物归原主。英国人詹姆斯·贝特兰极客观地叙述了自己的见闻:"西安城内整日戒严,店铺都关上排门,银行不开,商业停顿了整整一个上午。但到了下午,人们又在街上走动了。虽然任何群集都有被士兵们阻拦和检查的可能。没有什么抢掠的事情,在一度惊慌之后,一切都很平静。"②史沫特莱应邀及时在西京广播电台以英语广播了西安的实情说:"没有出现任何的动乱。"这是对造谣者有力的回击。《大公报》《申报》所发表的时评和时论,将蒋介石九一八以来对日的屈辱和妥协,使国土丧失了大半,说成是爱国的,将张、杨要求抗日,实行兵谏说成叛国,颠倒了历史。

四、军事背后的政治谈判

人们当时关心和议论的话题,不是蒋介石何时释放,而是西安局势如何发展,从事变发生的那一天,南京就派飞机在西安上空威胁,随后又在渭南、三原等地狂轰猛炸。动员陆军20万人分东西两路进犯西安,东路由顾祝同、樊崧甫指挥进入潼关、华县、渭南,西路由胡宗南指挥进至凤翔等地。还派了监察院长于右任赴陕,名为宣慰,实为离间、分化、收买张、杨旧部。驻大荔的杨部冯钦哉被收买了,12月19日任渭北剿匪司令,张部刘多荃师及唐君尧第一旅也倒向南京,对西安形成包围形势。东路南京军也占领蓝田等地,西路方面,警一旅和胡宗南部交锋后由凤翔向西安退却。西安构筑了城防工事,呈现出与中央军决战的态势。

---

① [美]史莫莱特:《中国之战歌》,邱融译,展望出版社,1946年,第14—15页。
② [英]詹姆斯·贝特兰:《中国之新生》,林淡秋译,新华出版社,1988年,第122页。

在军事行动的背后,是政治谈判。12月16日,张学良派波音飞机迎接中共代表周恩来、叶剑英、秦邦宪、李克农等到西安共商国是。周恩来以充分的论述,说服各方面接受和平解决西安事变的方案。蒋介石"对于副司令及虎城等救国主张,已表完全容纳,即定返京施行"。①12月25日,蒋被释放,但其军队仍猛攻如故,要会师西安。被称为"叛都"的西安仅存了44天。南京政府军队开进西安了,生气勃勃的西安,恐怖气息顿时笼罩全城,连街上原有的抗日标语口号都被取消。

五、千古功臣张、杨两将军

但历史从此的确有了巨变。詹姆斯·贝特兰很形象地描述了这种情景:"蒋介石在西安牢狱里念着《圣经》,跟善于说服人的周恩来谈话的时候,民族危机的探照灯,照明了南京政治猎场某些黑暗的角落。"②周恩来在蒋介石被释放后,最初在潼关和顾祝同会谈,后又飞南京,和南京政府代表张冲谈判。结束内战,一致抗日,国共已达成共识。抗日民族统一战线终于形成,中国近代史开始了新的一页。西安事变,功莫大焉。1956年11月16日周恩来在中央统战部召开的座谈会上,对张、杨两将军的历史地位,给予极高的评价,称:"张、杨两将军是值得怀念的,他们是千古功臣。"细读历史,在民族面临危机,中国向何处去时,他们提出了八大主张,这是划时代的大事,其思想光芒必然在中华民族解放史上,永远占着显著的地位,这是历史的结论。

原载《中共党史研究》,2012年第4期

---

① 中国第二历史档案馆等合编:《西安事变档案史料选编》,中国档案出版社,1986年,第79页。
② [英]詹姆斯·贝特兰:《中国的新生》,林淡秋译,第135页。

我记忆中的西安生活书店

吴玉章曾讲:"近代中国文化界,在新闻事业,出版事业,最有创造能力的,要算邹韬奋同志。"邹韬奋一生有两大愿望,一是办一个真正为群众服务的大报;一是办一个忠实现况的大规模的出版事业。他为此付出了巨大代价,受到了迫害,甚至流亡。但他始终不渝,他成功了。1937 年全面抗战以前,生活书店总店在上海,分店仅广州及汉口两处,全面抗战爆发以后,不到一年时间,全国各地书店已达 56 处,前后出版书籍 1050 多种。他创办的《全民抗战》也出版了,是土法印刷的,书面署名韬奋、柳湜编辑。此前创办的《大众生活》每期销数达 20 万份,打破中国杂志界的纪录,风行全国。千百万读者因阅读生活书店的出版物和《全民抗战》,有了进步史观,而走向革命道路。

西安的生活书店位于南院门民众教育馆斜对面的竹马市拐角处。我当时就读西师附小,地点在书院门。从书院门到生活书店,约十多分钟路程。我常在生活书店,见读者川流不息,有的站在书架旁边看书,一站就是半天一天的,店员热情、有礼貌的服务精神给人以深刻的印象。也有有选择地从书架上取下来读的。关于哲学方面的,似懂不懂,看了几本相关的,也就懂了。我还买了若干本书刊。文革中,我的书刊被抄走的约有 1000 册,如《西行漫记》《续西行漫记》(复社版,精装)也被抄走。至今幸存的有:

艾思奇《大众哲学》(生活书店)

潘梓年《逻辑学与逻辑术》

董振华《中国文字的演变》

何干之《中国社会性质问题论战》

何干之《中间社会史问题论战》

何干之《中国的过去、现在和未来》(当代青年出版社)

施存统、刘若诗编译《辩证法浅说》

费尔巴哈著、林伊文译《未来哲学之根本问题》(上海书店,1936 年)

解放社《解放》第 43、44 期(1938 年 7 月 1 日出版)

邹韬奋、柳湜编辑《全民抗战》(周刊,1939 年 5 月)

茅盾主编《文艺阵地》第 2 卷第 7 期

《远东问题》第 3 期(1932 年 10 月)

阅读生活书店经销的书刊,对我的成长影响很大,读什么书,走什么路。和许许多多读者一样,我的认识提高了,这就成为我走向革命的重要因素之一。

国民党反动派对进步思想的传播,十分恐惧,蒋介石曾命以"反共灭共"为宗旨的"共进会"头目杜月笙(上海大流氓)劝邹韬奋由上海赴南京一见。邹意识到这是诱捕,断然拒绝,说:"三军可夺帅,匹夫不可夺志。"他的一位银行界朋友讲:"你这次要不往南京一行,就只有再流亡海外,国内是休想驻足的!"果如所言,他的人身安全受到威胁,在亲朋好友的掩护下,东躲西藏,最后流亡至香港。

1939 年 6 月,国民党秘订《共产党问题办法》,密令各省党政军长官执行。从此白色恐怖又笼罩全国,生活书店的厄运也就降临了。

事实上,1939 年 4 月,国民党胡宗南就向西安生活书店开刀,封闭了生活书店,逮捕了书店的经理及职员,并且将所有生财用具搬移一空。

这件事,我记得很清楚,我的小学的一位老师名叫张镜如,这时也被捕。他屋子里的书报撒了一地,人不见了,真不知他后来的命运如何,据《韬奋患难余生记》记载:

> 自 1939 年 4 月起至年底,不到 8 个月,由西安而天水,而南郑,而宜昌,而万县,而沅陵,而吉安,而临川,而南城,而赣州,而金华,而丽水,而立璜,而福州,而南平,而曲阳,而梅县,而兰州,而衡阳,而贵阳,而桂林,而成都,而昆明等五十余处的生活书店分店负责人都遭受同样的苦难。负经理责任的高级干部被无辜逮捕的达四十余人之多。我们四五百同事和无数进步作家及热心读者在十六七年的长时期中所培植的进步文化基础,由于顽固派反动派的嫉视,嗾使各地党部凭借暴力(原来应该依法保障人民的警察或军事机关)在短短几个月的时间,违法摧残,任意蹂躏,这不仅是一个进步文化机关的不幸,也是中国政治史上文化史上最污秽的一页。[1]

---

① 邹韬奋:《韬奋患难余生记》,生活·读书·新知三联书店,1949 年,第 106 页。

面对这种暴行，邹韬奋怒不可遏，质问国民党中央宣传部长叶楚伧、副部长潘公展："生活书店，何罪之有？"这两位高官无言以对，支支吾吾。

历史的结局是：国民党摧残了有形的生活书店，但摧残不了邹韬奋的思想和创业精神及其所走的道路。邹韬奋留下了丰富的文化遗产，是中国知识分子永远学习的榜样，他的名字是不朽的。

原载《今晚报》，2014 年 3 月 21 日，收入本书时有增补

我的地下工作经历

一些朋友和同志多次问过我,你是怎样走上革命道路的?新中国成立以前为什么要参加共产党?还有人问,干地下工作觉得危险吗?

近期老友谢惠全教授致我一信,邀我写一些地下工作的经历,言词恳切。

我想,这有意义吗?或许有部分人想知道那时青年人的处境和想法,于是同意了。

此文写起来有一定困难,一则地下工作是隐蔽的集体活动,当年合作过的不少同志已作古,有的是"文化大革命"中被迫害致死;再则我占有的一些资料在"文化大革命"中大部分被抄走。现在只能凭我的记忆以及所掌握的档案来叙述,希望所涉内容能唤起更多人的回忆、印证和补充。

进步思想的萌芽

人的思想产生于一定的历史环境,是随着时代的变迁和社会思潮的感染而演进的。

1925 年我出生于陕西长安一个小村庄,地处长安、蓝田交界处,距终南山约 25 里,距西安城 50 里。幼年家境贫寒,衣不蔽体,食不果腹。

青少年时期留给我的记忆,是饥饿、灾荒和兵患。当时土匪横行,遍地罂粟,贫富对立,地方官吏横征暴敛,鱼肉百姓,民不聊生。这样的社会,即使是小孩也难以忍受。

1935 年,红军徐海东部(多是 13 岁到 18 岁的战士,俗称儿童团)在陕南击败杨虎城一个警备旅,挺进西安近郊,其宣传队到了我的家乡魏寨,在城隍庙前宣传抗日救国,打倒富豪。城隍庙是我上小学的地方,我听得入神,很羡慕他们,觉得当红军很神气。

1936 年,我幸运地就读于西安西师附小,地址在书院门,距钟鼓楼很近,曾目睹西安大中学校学生为纪念"一二·九"运动举行的示威游行,呼喊着"停止内战,一致抗日"的口号,走出城外,去临潼向蒋介石请愿。西安城本不大,这样空前的活动,震撼了整个城市,人们无不为这种爱国的言行所感染。随之西安事变发生,翌日我在东大街菊花园路口,听宣传队讲解张学良、杨虎城的"八大主张",我明白了个中道理,领悟到为什么东北军和西北军要联合起来对抗蒋介石。

"九一八"事变和华北危机所造成的危难,谁能熟视无睹,无动于衷?即使是小孩子,也必然会义愤填膺。那时东北军唱的《打回老家去》是很感人的。

1937年卢沟桥事变爆发,抗战救国气氛笼罩着西安,推动着人们迅速走上全面抗战之路。抗战文化吸引着我,抗战的报刊、书籍和歌曲进入我的生活,导引着我的前程。西安南院门竹马市口有间生活书店,成为我课余光顾的地方,我在书架前翻检着,有时捧着一本书阅读一两个小时。

我节衣缩食,购得一些自己喜欢的进步书籍。有些至今还保存在我的书架上,如艾思奇的《大众哲学》,何干之的《中国的过去、现在和未来》,刘若诗著、施存统译《辩证法浅说》等。痛心的是,"文化大革命"中连同新中国成立以后买的书被抄走很多,其中还有我用毛笔写的读书笔记。

音乐老师教我们歌唱《义勇军进行曲》《松花江上》和《黄河大合唱》等,还曾在南院门西京电台播唱过《黄河大合唱》。知识的不断增长和情感上的感染,推动着我们前进。

我的班主任组织我们到城外南郊乡村宣传抗日。以唤起民众抗日意识,我们还演过活报剧。我们搞宣传实际上也在教育着自己。抗战是主题,是那个时代的主流话语。我还记得校长是王汇伯,老师有段克立、余自修等人。他们的苦心教育永远留在我的记忆中,我的思想发展的轨迹,随之日渐清晰和深化。而懂得追求真理,并走上革命之路是得益于后来我读中学时的几位老师的教导,他们是我的领路人。

思想发展的倾向

1939年到1946年,我在兴国中学度过了6年的学生生活(中间休学一年),那是一所在烽火年代,西安屡遭日军轰炸,为躲避日机破坏,有识之士创办并选取校址于乡间的著名中学。校名有两层含意,其一是振兴中国,其二是该地原为唐代兴国寺的旧址,遗迹依然存在。此地距西安市不甚远,约三十多里,教室一层一层地建在半坡中,宿舍是窑洞,冬暖夏凉。给我们上课的几位老师均为饱学之士,博学多才,学有专长,充满对进步事业的挚爱。聆听他们的教诲,受益匪浅。这里,记述影响我思想变化最大的几件事。

1940年春,英文老师姜自修(北平大学毕业,20世纪50年代为民盟山东主委,1957年被错划为"右派")带领我们两三位同学,到西安市北大街曹家巷杜斌丞家。那是一座深宅大院。在中厅,杜接待我们,他谈了很多,谈及中国政治,痛斥国民党的专制和腐败,担心抗日前途和中国之命运,他的忧国忧民思想感人肺腑。杜是西北颇具声望的爱国人士。西安事变的第二天,他就任新组建的陕西省政府秘书长。这是我第一次接触这样的大人物,他阐述的道理给我很多启示,其中最重要的是他指出的中国民众应崇奉民主和革命,不能不令人服膺,我的稚朴思想从而进入新的境界。曹冷泉(新中国成立以后,任教于陕西师范大学)讲授国文课,思想性很强,他总是宣传进步,鞭挞落后。喜欢吟诗,经常以诗表达自己的理念,无论在文学知识或思想观念上对学生影响都很大。我写的一篇作文,曹老师写了评语,说具有唯物论和辩证法思想,还在语文课上向同学们宣读。他还为我的进步写过一首诗。曹老师是我们奋勇直前思想上的引导者、鼓励者。武伯纶(新中国成立以后,任陕西省博物馆馆长,秦俑兵马坑考古发掘队顾问)教授历史课,以自己撰写并于1937年12月出版的《近世中华民族抗敌史》(西北印书馆印)作为主要教材之一,指导历史学习,激发学子的爱国民族主义精神。李敷仁(1946年任延安大学校长。新中国成立以后,任中苏友协陕西分会会长)担任公民课,按当局规定要宣讲国民党党义,他则化"党义"为民情。让我们到乡间广泛搜集民歌民谣,挖掘民间文化遗产。这样的采风教给了我们汲取知识、认识社会的方法。诸师的教导倾向是很明显的。在那个时代,除国民党三青团成员以外,是不允许人们公开表白自己信仰的,诸师的思想、处世和言论是当局所不喜欢的。这一点我们是感觉得到的,也正是因为他们敢于如此,才获得了众多同学的敬佩。

现实社会的不公正和当政者的淫威横暴也促使有识之士走上与当局对抗的道路。从1939年起,西安社会的进步活动遭到封杀,受人喜爱的生活书店被查封了;去延安的进步青年中途遭扣押,被投入设在西门附近的集中营,还美其名曰入了"战干团";一些进步的教师被捕,其中就有我的小学老师张镜如。这期间,我每由兴国中学去西安,见南关门外难民如潮,都是河南逃来的,生活的悲惨,难以言状,一家四五口人的财产仅有二根扁担、两个破笼筐和一个小包袱,在路边搭个简陋的窝棚,向行人乞食,却无人理会。1940年夏,一次我去姨母家,刚进城走到南大街,就被国民党宪兵毫无缘由地逮捕,不由分说拘留于西大街城隍庙旁原长安县府旧址内。当天被捕的共十余人,同被关在一间小小的房子里,大小便全在屋内解决,龌龊得很。我被提审过一次,我讲了进城的缘由,审讯者说:"日机天天轰炸,你找人保释吧。"三天后,我被允保释。保我的人名叫王焕章,时任西城门防空队长,他是我父亲的一位朋友。其时西安城周围已挖了战壕,民工完工后还需贿赂钱财,方被允回家,百姓怨声载道。在校内,国民党三青团自成一群体,握有特权。据说他们的活动有特别费用,如加入"新世风",将来工作、升学都不成问题。他们不去念书,吃喝玩乐,常无理取闹,惹事生非,和读书上进的同学形成尖锐对立。这样的事不胜枚举。处于如是环境,自然产生两种相互争胜的不同信念:一种是安于现状、置若罔闻或与之同流合污;一种是厌恶现实,要求改革并为之奋斗。我的思想与感情此时已处于现实社会的对立面。

记得1940年,日军扬言要进攻西北,西安风声鹤唳,人心极度恐慌,有钱人都准备逃难,不少大佬已经移居四川。我们班上课时,大家同声朗读法国作家都德撰写的《最后一课》,读得声泪俱下。我和几位志同道合的同学商议,日军一进潼关,立即北上延安。9月,局势趋于缓和,此计才作罢。当时尚不知八路军在华北发动了百团大战,粉碎了日军要占领西北的如意算盘。

可能因为我对现实有了比较明确和正确的认识,1944年李敷仁主动介绍我加入中共的地下外围组织——民主青年社。他给我一张便条,上书"二十三军"(暗号),让我去见武伯纶。武让我填了表,并告知以"民盟"名义发展盟员,开展革命活动。民盟在国统区虽然也受限制,但仍属公开。我于1944年就以这一角色出现于兴国中学。

我在进步同学中陆续发展了二十五六名盟员,他们填了入盟表。组织让我们联合起来,形成一种力量,在满布风霜荆棘的道路上前进。

兴国中学校长范重仔于每周一举行的总理纪念周会上,总要把共产党和进步力量骂一顿,他所领导的国民党三青团,及其成立的社团"新世风",恶行秽语颇多,压迫认真读书、要求进步的同学,令人无法忍受,不得不直视污浊的现实,反对民主的阻力和反民主思想,把锋芒对准校内反民主势力。李敷仁、武伯纶指导我们如何去工作、去斗争。李敷仁1937年在西安师范任教时创办了《老百姓报》，是著名的报人。1945年在陕西省民众教育馆主编《民众导报》，委我在学校代销，我去领报和结账时，总要汇报一下工作。李多次给我延安出版的多种书刊，包括毛泽东的《新民主主义论》《论联合政府》、抗战胜利时朱德致蒋介石的信等，还有在重庆出版的《新华日报》，以提高我们的思想水平。我们有领导，有组织，并选择了具体目标来开展民主运动。因运动内容符合群众要求，所以每次活动一经展开，皆能震撼学校，正义的呼声压倒了对立面。譬如贴出了批判范重仔专制思想和军事教官罗光年无理殴打学生的大字报，一呼百应；学生会在竞选时，进步力量均被吸纳进来，竞选目标一致，战胜了对方。我感到思想和生活是很有意义的，也是有价值的，我的智慧增长了不少。20世纪80年代武伯纶给南开大学党组织写过一份材料，证明我在抗日战争时期的追求。

魏宏运同志的证明材料

1944年，我在兴国中学教书，同时在杨明轩同志的领导下秘密从事党的地下工作。当时兴国中学教员，特别是学生中，许多人都具有进步思想，即已酝酿成立青年组织"民主青年社"。魏宏运同志即其中之一。

1945年4月，西北民盟总支部成立，在组织部、宣传部等机构外，特别设有青年部，名"民主青年社"。对于这个组织，在当时的民盟领导人中，有杜斌垂、杨明轩指导，是由杨明轩同志指定李敷仁、王维琪、郑竹逸、张光远和我五个人负责这个机构的领导，我们只向杨明轩同志汇报请示工作。这个组织实际上是我党领导下的秘密外围组织。

从1944年上半年到1946年，魏宏运同志在兴国中学同学中介绍参加"民青"的进步青年，有吴怀书（现在江西师院）、曹春风（现名丁风，现在陕西财经学院）、张介民（现在陕西农机公司）等。这些学生后来都成为青运骨干，并于新中国成立以前进入解放区。

魏宏运同志在当时兴国中学青年中做了许多工作。在我的记忆中有：发展了一批社员；组织了反对"反苏游行"；反对反动校长范重仔领导的"新世风"奴化教育的斗争；传播进步书刊，组织进步同学掌握学生自治会和学生刊物《兴中之友》；保护进步教师曹冷泉未受敌人逮捕，安全转移。

武伯纶

国统区实行专制主义,不允许有不同的声音,呼唤民主被视为非法,一些公共场所都写着"莫谈国事"的警示牌。这种情况,在西安尤为严重。我目睹这一现实并身受其害。1946年春,国民党发动的"反苏大游行",以今天的观点来审视,反对苏军在东北的非法行为,无可厚非,问题是反苏大游行是和镇压民主运动结合在一起的,是赤裸裸、毫无掩饰地进行的,西安表现得尤为嚣张。1946年5月1日,李敷仁被绑架到咸阳一战壕上,并被推下,射击两枪,幸而未死,获亲友和村民的营救,地下党组织极其秘密地将他送往陕北。《民众导报》被查封了,敢于宣传民主和正义的《秦风工商日报》被捣毁。许多青年被捕,我们这批人也上了黑名单,特务们还计划到兴国中学来捕人。我获得这一信息,通知盟员迅速离校,躲藏起来。吴怀书陪同曹冷泉远走他乡,我东躲西藏连续换了好几个地方,始逃出虎口。毕业前夕,我为了取得毕业文凭,回校参加考试,藏身于姜自修家中两天。姜的夫人是杜幸明的妹妹,其家中比较安全。我终于完成了学业。1947年,西北人敬仰的杜斌承遭枪杀,武伯纶被捕入狱,断了手指。那个社会充满凶险,的确是黑云压城城欲摧。现在年轻人有说"反苏大游行"是纯粹反苏的,没有涉及其他,这样的论述,脱离了历史的真实。

革命历史观的形成

青年人都有一种抱负,每个人都在追求不同的目标。社会的诱惑力很大,各人的取向是不一样的。1946年至1948年。我就读于北平辅仁大学、天津南开大学,这种新的环境,使我有了新的思考。平津的那些大学问家,对我有一种极强的吸引力,我很羡慕他们。我不是有学问的人,而是很愿意学习的人。自己自勉要终日伏案,多读些书,充实自己。辅仁大学距北平图书馆很近,是个学习的好地方。能坐在北平图书馆阅览室里静静地、扎扎实实地多读些书,那是最大的乐趣;而当时进步的民主思潮,也有巨大的吸引力。不断兴起的爱国运动,给人以新的理念、新的生活、新的路径。静坐在书斋里,两耳不闻窗外事,几乎是不可能的,至少对我是如此。况且,我已经有了革命的信念。

1946年12月,美国兵在东单强暴了北京大学的女学生沈崇,激起抗暴运动。在辅仁大学,我和童世杰、郭丕霄、潘树仁及一些进步同学写了一夜大字报。翌日,和一大批同学冲破了学校的阻力,参加到全市抗暴游行的队伍中去,这是辅仁这座教会办的大学第一次出现的新鲜事。此后,我又自觉地参加了 1947 年举行的反饥饿、反内战运动,助学运动,悼念于子三活动,1948 年在清华大学、燕京大学举行的平津学生春季大联欢,5 月 7 日参加哀悼开封 10 万冤魂控诉大会。据王泓日记记载:"星期一,早,宏运来,我和李景贤都未上自习,我们三人在一起起草并书成挽联,带到北大民主广场,参加 17 院校举行的追悼大会。挽联的词为:'民主还是煮民,戡乱还是乱戡?'"(日记现存北京市委党校。王泓是我的舅父,时在华北学院读书)7 月 9 日,参加 13 院校举行的抗议"七五血案"大游行。

蓬勃的运动,具有极强的感染力。参与者既发动了群众,也教育了自己。

沙滩北京大学红楼广场是当时传播革命思想的中心场地。那里赐予我新的思想,影响了我的历史观。我多次去红楼广场听名家的演讲,看大字报,扭秧歌,唱革命歌曲,如《团结就是力量》《解放区的天是明朗的天》《山那边好地方,穷人富人都一样》等,即使被国民党军警包围,广场游行还在进行,这都在我思想中打下了深深的印迹。

我的思想渊源于多方面,参加革命实践开阔了视野,增强了革命意识,读马克思主义的书,更坚定了我的思想倾向。此时读了程始仁编译的《辩证法经典》、马克思论中国近代史的论著、恩格斯《家庭、私有制和国家的起源》、普列汉诺夫《论一元历史观的发展问题》等书,这些书有的是从西安、上海买的,有的是在北平购得的。

读书不忘救国,救国不忘读书,成为我的信条。

成为冀热察城工部平津工委会的成员

在与学界如此广泛、频繁和密切的接触中,我和一些同学有了共同的语言和思考,就相互谈出了自己真实的思想。辅仁大学哲学系同学童世杰和郭丕霄,我们同住一寝室,他们要去解放区,找到关系,离开北平。童去后不久,又被冀热察城工部派回北平,开展地下工作,更名为童凡。我俩非常要好,他讲到解放区的种种事情,成为我认识解放区的第一桥梁。

因为他的关系,我、岳麟章、李若谷、韩应民、韦江凡等人串联在一起,在北京大学理学院开了多次会议,商讨如何组织起来,开展工作。我们议决建立"中国革命青年联盟"(简称"革青")。这个名称,据岳麟章、韩应民回忆,是我提出来的,认为比"民主青联"更明确。我们一致推举岳麟章为负责人。童回城工部汇报，得到城工部王子玉批准。童后来又来了数次，说城工部已经批准吸收我们几位为中共党员。于是我们在各校迅速吸收盟员、建立支部。左安门警察局派出所所长李志敏是我的同乡和同学，也被吸收进来。工作开展很顺利，已经形成一支庞大队伍。此时辅仁大学社会学系一姓宁的女士，多次约我在辅仁大学美术系所在的王府内假山上谈话，启发我加入党的外围组织。我暗示她已经加入一组织。因为是地下工作，不能说出组织名称。

1948年，岳麟章通过封锁线，到冀热察城工部所在地桃峪口（属顺义县）参加正在举行的三级干部会。在大会上他汇报了"中国革命青年联盟"工作开展状况。在这一基础上，城工部决定建立冀热察城工部平津工作委员会，潜伏于北平工作，谷全一被任命为书记，鲁刚、岳麟章、王祖陶和我为委员，崔绍麟为秘书。同年11月补韩应民为委员，岳麟章为"革青"总书记，委员有李若谷、韩应民、韦江凡、陈正纬、王祖陶和我。李若谷于1948年离开北平赴解放区。①

地下工作的真相

地下工作是在复杂的社会和人际关系中进行的，主线和链条是很严密的。每个人都在看不见的大的链条下朝着一个主方向，越过暗藏的礁石，奋勇前进。因为是为了信仰而战，没有胆怯，都在克服所遇到的困难，自觉承担着艰苦的使命。也正因为是地下工作，时刻需警惕链条中不要出现什么问题。我当时也曾成为中统特务的监视对象。师范大学刘毓贤指定辅仁大学国画系李维邦盯梢跟踪我，向其定时汇报。李是我的好友，在正义良心的驱使下，他用心编造一些假象，以假乱真加以应付。实际上他常为我们的集会放哨。我的寝室共住有4人，另3人已去了解放区，我更成了特务跟踪的对象，我将一摞马列主义书籍捆紧，放在楼房窗外围墙之内，那是一块狭小死角之地，人不通行。我每日都很谨慎地安排自己的工作和生活。

我们的工作从1947年正式开始，到1949年北平和平解放后，画上了完满句号。城工部主任王子玉来到北平，平津工委委员和各支部书记集中在一起，总结工作，向北平市委作了系统的文字汇报，在和平门外师范大学礼堂听了彭真的报告。我们在不到两年的时间内做了以下几项工作：

---

① 参见中共北京市委党史研究室编：《北京革命史简明辞典》，北京出版社，1992年，第14页。

（1）以"革命青年联盟"的名义发展盟员。在北京大学、辅仁大学、清华大学、华北学院、美专、朝阳学院、南开大学、北洋大学等校建立了支部。北平几个中学如汇文中学、四存中学、女子一中、女子三中成立一个联合支部，还在《华北日报》《新民报》发展了盟员。我在南开大学、辅仁大学和华北学院发展了近二十人。

（2）宣传毛泽东著作和解放区的现实。由岳麟章负责，成立地下刊物编辑部，以陈超棋（曾任《人民日报》副总编辑）、李瑛（曾任中国人民解放军总政治部文化部部长）等 5 人为成员，印刷出版了毛泽东的《中国革命与中国共产党》《新民主主义论》《论联合政府》《将革命进行到底》等著作，还出版了《新中国在前进》《新中国目击记》等革命书籍，以伪装书名的形式出版了《秉烛后谈》。通过这些图书宣传党的政策，介绍解放区的实际情况。我们除了把这些书籍秘密送交各支部供学习外，还把它们赠送给民主人士，如马衡（故宫博物院院长）、李宗恩（协和医院院长）、徐悲鸿（美专校长）、陈垣（辅仁大学校长）、贺麟（北京大学教授）等人，也把它们赠送给北平大学学生自治会孑民图书室及各学生社团。《将革命进行到底》作为传单由"革命青年联盟"成员在街上散发。

（3）收集情报。在北平，杨丹于 1948 年"八一九"大逮捕半个月前，从国民党第十六军司令部处获得 108 人的黑名单。岳麟章得知这个情况后将情报告知另两个党的地下外围组织"民青"和"民联"的负责人，及时通知各支部。凡上了黑名单的，立即被送往解放区，并送给两个组织 50 张有民政局盖印的身份证。"八一九"前夜，《华北日报》曹政又紧急将翌日见报的黑名单清样送给岳麟章。左安门警察局的李志敏率警察持黑名单及照片，到师范大学去抓人，李机敏地将黑名单挂了名的学生李萌，派交给一位警员"押送"到左安门派出所，藏在他的家中，后转送到解放区。北京大学历史系学生戴秉衡也被列入了黑名单，当时他回江苏老家度假。担心假期结束回来返校会被捕，"民青"派人到天津火车站接站，戴经杨柳青去了冀中解放区，并改名戴逸。逸者，逃脱也。

杨丹立了大功，他使许多人免遭厄运。

辅仁大学国画系的茹健，是我在辅仁大学时发展的盟员，他从国民党中统北平情报站站长（此人是茹小学时候的老师）那里获得中统派往东北的 8 名特务的名单，岳麟章即将此情况报送城工部。

在天津,我、王祖陶、姜丁铭、丁佛恩、张尔泰等作了很多的调查,如天津军火储藏及转运情况、海河航运及轮船业的现状、联勤仓库物资器材的数量以及天津国民党军队的部署状况,细微到天津市街区所设碉堡和路障、关卡的数目和所在的路口、墙子河上的桥梁。这些调查由王黎来往平津间带给住于红楼的岳麟章。王黎往来时身着不同的装束,将材料放在时髦的皮大衣的手笼内,故作有钱人的模样。

上述诸事仅为例证而已。

(4)向解放区输送进步青年。据岳麟章讲,"革青"先后向东北解放区输送了一大批青年学生,并动员沈阳医学院、东北大学、沈阳师范学院等校在北平的一批流亡学生回到东北解放区,还为解放区送去医生和航空驾驶员。

那时的进步青年都渴望去解放区,把通过各种努力实现这一愿望作为最光荣的事。经我介绍去的有数十人。华北学院去的人最多,大多是学生,也有职员。南开大学也有几位,复旦大学先后有 14 人,分 4 批北来。其中有袁木(曾任国务院发言人)、田进(曾任我国驻巴基斯坦大使、外交部领事司司长)、郭学洁(东北师范大学教授、党委宣传部部长)、高有为(曾任职原商业部),他们是我的中学同学吴怀书就读复旦大学时介绍的。我将他们化装成商人,介绍给岳麟章,然后去位于顺义的城工部。我们有三条路线:一条是通过冀东唐山,一条是由北平到顺义,一条是经天津到泊镇。最后这一条路线是华北学院"民联"负责组织的朱宝书掌握的。我与朱宝书过从甚密,绝对信赖他。我将不少人介绍给他,然后由他送去冀中解放区。

"革青"联络点设在北平宣武门外关中会馆内韩应民的住处。会馆住的人很杂,韩住在后一进院子里。城工部派张贵相为联络员,来往北平与顺义之间。张是顺义县寒辛庄人,有双重身份,白天是国民党的保长,晚上为共产党的联络站站长。城工部的指示和我们收集到的情报,均由张传递。我在关中会馆两次与张见面,情报是用毛笔蘸白矾水写于线装书书页背面,一见水,字迹即显现出来。这种方法不为敌人所注意,可安全过关卡。

1948 年 11 月 25 日,我奉命到北平参加"革青"总部会议,在这次会议上,和同组织的南开大学化学系王祖陶初次见面。会议决定原由鲁刚领导的北洋大学 9 名成员,由我、王祖陶、王签 3 人组成支部领导,并决定每周派人向总部汇报工作。之后,我数次去北平汇报工作。

迎接解放

1948 年 12 月初，接"革青"总部指示，我们支部交华北局城工部领导。中旬，解放军兵临城下，平津铁路中断，组织关系未转出去的，仍属冀热察城工部领导。工作重点由原来的工作转向护校、护厂，争取国民党军政要人同情，支持革命，迎接解放。天津支部成员增加了姜丁铭、丁佛恩等人。

北平各支部盟员以各种社会关系为依托，四面出击，活跃于多个社会领域。如北京大学历史系学生曹建民、王兆臻游说永定门国民党第九十一军，策反成功。岳麟章去西城区高桂滋、孙蔚如公馆，直面二人，宣传党的政策，以印刷的毛泽东著作相赠。高、孙二人均表示忏悔过去，决定站在共产党一边。对岳的工作，周恩来赞扬说"一个青年学生能做出这样的成绩是可贵的"。

岳麟章还派邓宝珊的侄子转述共产党对邓的期望，希望他支持和平谈判。

马占山公馆位于东安门市场后面的煤渣胡同，被定为平津工委遇紧急情况时的藏身之所。北平解放不久，马病逝，岳麟章代表原地下党前往吊唁。美专学生韦江凡及其爱人时玉梅做国民党第十七兵站总监陈麟的工作，进展顺利，获得成功。北平解放后对陈按起义人员对待，其刘海胡同 5 号公馆受到保护，没有收缴。韦江凡是徐悲鸿的学生，颇受青睐，和徐恳切交谈，使其对共产党知识分子政策有了明确的认识。

天津方面，"革青"成员积极参加了护厂、护校活动。张伯超系轮船业公会理事，兼做常务工作，他把握住各轮船业主，不被国民党南调。在那个年代，我们这些二十多岁的青年人，一凭勇气，敢做敢为；二也还算聪明，能根据具体情况，随机应变，开展工作。现在回想起来，的确是非常有趣的事情。

余话

上面我讲的是半个世纪以前的事了。如实地比较系统地写出来，希望能从一个小小的侧面使人们对中国现代历史进程多一些感性认识。

在国统区开展革命工作，和战场上两军对垒不一样，必须融人那个社会中去，到各个领域了解实情。俗话说："不入虎穴，焉得虎子？"这个道理很简单,如果不和各种人物和势力接触,画地为牢,束缚自己,什么也做不成。我们的一位领导者原是宛平县一位小学教师,潜入北平,在西四附近摆了一个香烟摊,三四年的时间只发展了一名党员,什么工作也开展不起来。在学校及公司任职或学习的"革青"成员却如鱼在水中,站稳了脚跟,自如地开展工作。

有的年轻人不顾历史条件,不去详细了解历史,特别就是"文化大革命"时期,一些"革命派",犯了"左"倾幼稚病,不知道"我中有你,你中有我"这一普通常识,把为了获得情报而和国民党接触的人都视为敌人,列为打倒对象。举例来说,新中国成立以后,任职于中央广播电台的杨丹和茹健,如前所述是立了大功的。而该单位的"革命派"赵某,却把获取情报的有功之人视为罪人,将二人迫害致死。这实是历史的悲剧。

作为一个共产党员,首要的是光明磊落,以党的原则和政策为指导,不以个人的好恶来判断是非、对待同志。不管是哪一级领导,都应该自觉地把自己放在群众监督之下,真正以身作则。我们平津工委会的第一把手,就思想狭隘,一切以他个人为中心。如我们是在1947年经城工部批准入党的,他却将我们的入党时间擅自改为1948年城工部批准他担任书记之日算起。他的唯成分论思想很严重,如有的同志已经被城工部批准入党,他却以这位同志社会关系复杂为由,竟然擅自勾掉其名字。新中国成立以后,他又给另一个同志乱写黑材料,无中生有,致使该同志受到组织怀疑,被批来斗去。

历经长期的革命和工作生涯,我最突出的体会就是,要多学点知识,多了解社会,开阔自己的眼界,多反省反思,以吾日三省吾身之精神严格要求自己,正视自己;要正确认识自己,要求自己有高尚的情操。

原载《中共党史资料》,2007 年第 4 期

畅游学海——我的求学经历

五十多年来,我虚度了一些年华,也撰写了一些文章和几本书,其价值如何只能由后人去评价,我难以预料它能存在多久,因为我亲眼见到,曾经是人们必读的精神食粮,而时过境迁之后,也不那么重要了。我自己希望我的著述能经得起时间的考验,但毕竟那只是希望。

我大学毕业后,研究的方向尚未确定,曾经想搞世界史,因教学任务是中国史,也就顺着这一方向走下来。新中国成立初期,研究现代史在学界好像不是学问,我的毕业论文指导老师戴蕃豫是研究佛教和魏晋南北朝的,就讲我的论文题不是论文题,这对我不能没有影响。我曾以南明史作为研究对象,恰巧当时关于史可法的评价问题引起争论,我就撰写了一篇文章《民族英雄——史可法》,发表于1952年《历史教学》刊物上,引起学界注目。郑天挺先生调来南开,和我第一次见面就说:"你就是写史可法的魏宏运。"这的确鼓舞了我。1953年同学们提出应如何认识孙中山的革命地位,我又写了一篇文章《革命民主主义者孙中山》,同样发表于《历史教学》刊物上,并被其他刊物转载,从此写作热情驱使我相继发表了多篇文章。因为我担任几个系的党的工作和历史系的党政工作,我就采取挤时间的办法,写些短文。如"十月革命是怎样传到中国的?""有关1927—1937年我国苏维埃革命的几个问题""关于武汉革命政府的几个问题"等。那时,我想为自己的研究方向作出规划,一是研究孙中山,一是研究武汉政府和苏区革命。我尽量收集这方面资料。我喜爱逛旧书摊,买了不少有关资料。我意识到研究历史是离不开图书馆的,图书馆正副馆长冯文潜、张镜潭对我特别厚爱,星期天也让我一个人在书库中徜徉,我的知识面扩大了很多。南开经济研究所的旧书,对我启发很大。我尽情翻阅,有用的就抄录下来。这期间,我曾雇人抄卡片,每张卡片3角钱,我的家庭开支除吃饭用费外,全部投资于资料的收集。

在我的研究中,报刊资料占有显著地位,我常在报刊的字里行间漫步。我认为报人的报道多是真实的记录,可靠性强。譬如我撰写的关于武汉革命政府的那些文章,我在天津看了《益世报》、*Peking and Tientsin Times*,在北京图书馆看了《新闻报》,我很想找到沈雁冰主编的《民国日报》,北方没有,我就到武汉去找,在武汉大学图书馆和湖北省图书馆均未发现,后来在省委党校图书馆找到了,真是喜出望外。我住在珞珈山武汉大学招待所,深得吴于廑、肖致治的照顾,每天从武大到省党校去看报,差不多一个月的时间,所获甚丰。我感到找资料也需要毅力和勇气,不能懒惰。当时学界还没有人去研究这个课题,我就成了先行者。

原载《南开大学报》,2005 年 3 月 25 日

南开忆往

南开学子为"一二·九"运动增辉

今年是"一二·九"运动 73 周年,学工部高志勇博士,以"青年的使命"为题,让我和同学交谈交谈。那我就讲讲历史,看看那时青年所面临的现实,他们想着什么,做了些什么。这对我们是很有教益的。因为每个人的命运是和所处时代国家和民族的命运联系在一起的。青年的使命是具体的、现实的。今日之使命和那时的使命有所不同,那时中国是半封建半殖民地国家,而且处于危亡之中,青年的首先使命,是要为民族解放而奋斗,今日是为国家之现代化而贡献自己的力量。下面讲几个问题。

一、民族危机的降临

任何时代,青年都是国家之栋梁,民族的希望。李大钊撰写的《晨钟的使命》一文,对青年的价值讲得极为精辟,他说:"青年者,人生之王,人生之春,人生之华也。青年之字典无'困难'之字,青年之口头,无'障碍'之语;惟知跃进,惟知雄飞,惟知本身自由之精神,奇僻之思想,锐敏之直觉,活泼之生命,以创造环境,征服历史。"[①]他进一步讲:"人先失其青春,则其人无元气,国家失去青年,则其国无生机。"[②]这些论断,是人类生活历史的总结,是至理名言。青年肩负着国家兴衰的重任,是国家生存的力量源泉。

20 世纪 30 年代,日本亡华野心毕露,当政的国民党南京政府实行不抵抗政策,还在万宝山事件发生时,蒋介石和张学良交换对策,提出避免和日本发生冲突的方针。7 月 12 日,蒋密电张学良,"此非对日作战之时"。13 日于右任也致电张学良,"中央现时以平定内乱为第一,东北同志宜加体会"[③]。7 月

---

① 李大钊:《李大钊选集》,人民出版社,1978 年,第 60 页。

② 同上。

③ 吴相湘:《第二次中日战争史》(上册),台北综合月刊社,1973 年,第 83—84 页。

23 日,蒋介石在江西反共前线,更明确提出"安内攘外论"。这种不抵抗政策使东三省尽陷于日本之手。日本得寸进尺,得陇望蜀。1933 年,日本发动长城战争,蒋介石仍不觉悟,痴迷于"剿共"战争,在江西讲:"外寇不足虑,内匪实为心腹之患",对派往江西"围剿"红军将领而要求北上抗日的,发出警告:"凡我各将领嗣后若复以北上抗日请命,而无决心剿匪者,当视为偷生怕死之辈,中正决不稍加姑息。"①蒋介石的中心思想是:"共匪未清以前不谈抗日","侈言抗日者杀无赦"。这样,对内杀气腾腾,对日逆来顺受,致国土一天天沦丧。长城之战固然也有喜峰口和古北口之激战,痛击日军。但更多的是望风而逃,大踏步地退却。日军侵至北平、天津城下,城下之盟的《塘沽协定》于是出现。河北省 22 个县成为"非武装区"。南京政府自欺欺人,说该协定未涉及政治,实际上承认了日本对东三省的占领。河北大片土地也变了颜色。此时有钱的富人多南逃,或到租界去住。战区难民大量流入平津街头及郊区,一片凄惨之象。整个华北像发生了强烈地震,动荡不安。就是平津两市,也不是安全之地。日军开进北平,已有两千五百多个兵。甚至搜查住宅,巡逻京城。中国宪兵退让惟谨。天津日军随意越界捕人。政府是保卫国家和人民的,而这种惨状也没有改变政府要人可耻的心灵。《塘沽协定》签订之时,冯玉祥、方振武、吉鸿昌举义旗于张垣,决心驱逐敌寇,收复失地,这代表了全国有血气者之心,有血气者之言,然不能为政府所容,南京和日军携手,硬是消灭了这支抗日力量,南京政府所作所为,只能使亲者痛、仇者快。

《塘沽协定》后,又有《何梅协定》,南京的势力已被赶出了河北。华北局势异常紧张。1935 年,日本侵略者土肥原、南次郎、梅津、板垣等疯狂策划华北五省自治运动,阴谋建立"蒙古国""华北国",在各地收买亲日分子、地痞、流氓,制造暴乱,呼喊"自治"。而南京政府则颁布"敦睦邻邦令",和日本侵略分子相见,和颜悦色,低三下四,报刊上不准出现"抗日"字眼,还曾下令不准称汉奸政权为"逆"、为"伪"。对国内进步力量则采取残酷屠杀政策。从国民党建都南京以来,到 1935 年青年遭杀戮者达 30 万人以上,失踪监禁者更不可胜计。1935 年 5 月,北平学生公祭李大钊,数千人被捕,被暗杀狱中者达五百余人。北平有一个宪兵第 3 团,其驻地周围住户,整日整夜为惨呼、哀泣惊醒,在人间最大悲剧面前,苦痛不能入睡。《何梅协定》出卖华北,3 团撤走,一批被

① 《益世报》,1933 年 5 月 10 日。

46

捕青年,被杀死埋葬在院中,后来那条路臭了好几个月,无人敢在门前行走。现在有人根据蒋介石日记说,"九一八后,蒋介石民族主义思想高涨",好像发现新大陆似的,太离谱了。这是对历史的歪曲。和历史实际相距甚远。历史的真相是,蒋介石的不抵抗政策,使中华民族到了最危险的时候,每个人被迫着发出最后的吼声。

二、北平教育界发出正义呼声

1935 年,日本策划的"华北自治运动"已浮出水面,日本已由暗地作祟走向公开"策划"。11 月 25 日,殷汝耕于通州成立"防共自治委员会",脱离中央,"自治"现出原形。在日方压力下,符合土肥原希望的"冀察政务委员会"也要成立。土肥原宣称,如果他的要求到 11 月 20 日,还得不到满足,日本将向河北派遣 5 个师,向山东派遣 4 个师,以武力相威胁。山海关日驻屯军中岛步兵队长,驻锦州关东军铃木旅村上大队步兵 480 名开入海光寺。长城沿线,日军增加甚多。仅古北口就开到日军川岸旅团冈村大队三百余人,马兰峪机场有日机 20 架,每日飞往长城附近各地侦察。驻旅顺日驱逐舰 2 艘也驶抵塘沽。南开八里台日军飞机场从 11 月 20 日起,日兵营雇工数十在平治整理,日机 3 架每日由此起飞,沿平汉路南下侦察。所谓"非武装区",各县都增聘日人为联络员。师范与中学均须日人教授。华北已成日人的天下。日本有吉大使此时赶到南京会见蒋介石,谈论华北局面。华北即将沦沉。中国出现了空前的民族危机。

危难中,许多人都染上"恐日病",这种病在当时最易传染。各种悲观的论调都出现了。如"偏安论""卧薪尝胆论""中国必亡论""两败俱伤论"等奇谈怪论都被抛出来,腐蚀着人们健康的肌体,增添了人们思想的混乱,加深了社会的动荡不安。

中国的出路何在?

北平教育界打破沉默,抛弃几年来埋头读书,不问政治的态度,发出正义吼声。为匡救时局,不再听命政府的"镇静"令,日本策划的"华北自治"成为他们奋起的导火索。他们勇敢地言人所不敢言,面对现实,不再奉陪南京政府的丧权辱国政策,据日方讲,"南京政府对于华北之认识似与我国之行为接近",这样的政府怎能获得人民的支持?

1934 年到 1936 年,先后担任察哈尔省主席、天津市市长及北平军分会委员的萧振瀛，于 1935 年召集北平教育界人士座谈，要求他们保持沉默，不发表对日不利言论，并以人身安全相威胁。萧没有想到的是，北京大学教授傅斯年即时怒斥，并警告汉奸亲日分子，表现出对中华民族现实处境的危殆感，使萧尴尬难堪。北平国立四大学校长、院长及教授发表了否认自治运动之宣言。北平学生联合会反对学术界机关南迁运动之表示，平津专门以上学校教职员联合会及河北中等以上教育界联合会发出反对自治之通电，更有 12 月 9 日北平各大、中学生举行请求政府保全国脉的请愿运动。在政府淫威之下，出现了这一系列的爱国运动，特别是"一二·九"运动，震撼了全国。

"华北之大，已经安放不下一张平静的书桌了。"在中国共产党北平地下党领导和筹划下，点燃了怒火，青年学生走上街头，高喊"反对华北自治"，"争取爱国自由"，"停止内战，一致对外"，"反对政府妥协外交"等口号，走向中南海怀仁堂，向何应钦请愿。要求抗日救国，遭到拒绝，游行至王府井时，遭到大刀、水龙头的袭击，许多同学被砍伤。12 月 16 日，北平学生更大规模地示威游行，还有市民大会的召开，通过了不承认冀察政务委员会，抵抗日寇，收复东北失地，要求爱国自由等议案。从这种行动中，可以看出是南京政府逼得人民造反，举国响应，成为巨大的时代精神。这里应说明一下，胡适这位大学问家，在其《为学生运动进一言》中，称赞"一二·九"那天的运动是爱国的，是"空谷足音"，但 9 日以后"罢课是最无益的举动"，"是很不幸的"，甚至说运动的发展，是"浅薄煽惑"造成的。这就不能不说他对运动泼了冷水，是犯了极大错误。1933 年他在《独立评论》上发表的《我们可以等待五十年》，也是和历史潮流相违背的。

三、南开大学在"一二·九"运动中的坚强表现

我们南开大学从创立始，每次爱国运动，都站在最前线，留下了光辉的足迹。北平"一二·九"运动爆发，南开大学学生自治会即派冷冰等人赴北平，一面了解真相，一面慰问受伤者，为推动这一运动的进行，12 月 17 日曾以学生会名义致电行政院长蒋介石，20 日蒋的回复是："南开大学学生会鉴篠电悉，已电平市府和平妥慎办理，并经去电查明并无屠杀等项情事，仰即知照，行政院长蒋中正印"。18 日，南开大学、北洋大学、南开中学等校联合举行示威游

---

① 《益世报》，1935 年 12 月 22 日。

48

行,南大学子朱丹担任纠察队长和敢死队员,他们提出"反对华北自治""全国一致抗日"等口号,并作出决议到南京请愿。

根据史料所载,南开学子的信念和表现出的力量极为坚强。这可从 300 人组成的南下请愿团一事得到充分说明。

经过全体同学一致决议罢课,赴京请愿,于 12 月 19 日派人化装赴老新西各车站,购妥不同地点之车票,对于沿途各项事情,亦筹划妥当,做好准备。20 日,全体同学齐集礼堂,分队领票,继喊口号,分三批相继绕道登车。这种巧妙的安排和组织,打破了当局"防范"之墙。得到媒体称赞,如《益世报》载:"组织颇为单纯,全体 200 余人,服便装,分赴总东西各站,各人自行购票,其站地则为杨柳青、独流、沧州、德州等处,乘客彼此作不相识者,计东站登车者百余人,总站约百余人,西站有一小部分,所乘津浦 21 次车,9 时半自西站开出,沿途无阻"①。可以想象,他们是很兴奋的,南下请愿,可以实现。但是因为这次列车乘客拥挤,请愿团领队的人又多次聚集一起开会,引起段、站负责人注意,路局遂下令,阻车南下,停在沧州。沧州地区各学界,站在同学立场,举行游行,并以各种形式来声援。南京紧张惧怕,行政院长蒋介石,教育部长王世杰及中委叶楚伧、陈果夫等,闻讯即派教育部高教司长谢树英、督学戴应观两人为专员北上,设法阻碍扑灭这一爱国运动。谢、戴抵沧后,明确表示他俩负有解决南开大学请愿事件之命,不达目的,决不返都。他俩也拿不出什么新鲜的招数,仍是以读书救国论来说教,观其致词就一目了然。谢称:"兹奉部长命,与诸位接谈,第一,国家到此危急之时,大学生责任实为重大,必须先抑制情感,通盘计划,从事研究;第二,南大为国家优良之大学,中央甚为关心,绝不能使教育受任何影响与妨碍;第三,精神受刺激,更应镇静读书,希诸同学,多加体谅。"戴称:"二十年来学生运动未已,而国家殊少进步,实令人可悲,必须打开生路,诸位同学有何意见,可尽量提出。"他俩还说,"教育部决不能使各校学生赴南京请愿,已由行政院通令各省主席及主管机关,一律严行防止有学生来京请愿情事。"南下已不可能,校秘书长黄子坚、商学院长何廉及工科教授陈荫谷等先后赴沧,力劝同学返津复课。12 月 23 日请愿团返校,继续罢课。1936 年 1 月,平津学生南下宣传团组成,到平津和保定地区宣传抗日,南开和北洋学校同学组成第 4 团深入到上述地区农村,展开救亡活动。天津

---

① 《益世报》,1935 年 12 月 21 日。

各校举行的讲演会有声有色。1936年2月1日中华民族解放先锋队成立，朱丹名列发起人之中，南开大学学生在这一运动中的作用，如果定位的话，是天津的领军者。南开教师也发表言论，希望当局正确对待学运。北平政务委员会委员长宋哲元向天津教育界致函，表明他对"一二·九"运动的态度，请南开大学转述："南开大学转天津中等以上各校教职员工公鉴，奉读来电，名论热诚，至甚佩钦，此间对学生事，向用和平方法处理。"[1]这种表态，当然与事实不符，但从另一方面看，教师和学生是站在一起的，任何人阻止这一运动都是不道德的，非正义的，有害的，师生同仇敌忾，匡救国家，是不能低估的。

四、今日青年的使命

南开大学是一著名的高等学府，培养出众多出类拔萃人才。有的还是世界顶尖人物，因而饮誉海内外。能到南开园读书深造是很幸福的。我国许多地方以其子弟考取南开，引以为荣，县政府予以特别奖励。我想你们这些佼佼者，会有更深的感受。

先辈们追求进步、追求真理的创业精神，是我们应该永远继承的。

南开的校训是"允公允能"，这4个字含意深刻，具有丰富的知识和技能，才能为国家和社会谋福利。

我在南开已有60年的经历，深感南开人的敬业精神极为强烈。社会上对南开学子颇有赞扬之声。认为南开培养出的人，经过科学训练，扎实、肯干，均能胜任工作。

据我所知，南开不少教师给研究生上的第一课，是讲做人做学问的道理。先辈学者期望后学者树立起正确的人生观和道德观。读书不仅仅是获得知识，还要懂得如何做人。美的道德在人的思想中潜移默化，这对一个人的成长极为重要。做学问要有高尚的理念和追求。

现在的读书环境比以往任何时候都好。"一二·九"运动时期，华北危机，国破家亡，怎能读书！新中国成立以后，20世纪50年代到60年代，政治运动频繁，历史系1962年毕业的一个同学记录，他在校5年，上课的时间仅一百多天。1966年到1976年又是"文化大革命"。那时的环境就是如此。所以说

---

① 《益世报》，1935年12月21日。

你们是幸运的一代,要读好书,读为自己所选择的专业。

现在出现了一种不良倾向,就是一些青年浮躁,追逐名利,甚至不择手段,这已引起社会的担忧。我想做学问应甘于寂寞,淡泊名利。任何学科都不是轻易可以掌握的,总结以往事业成功者,都付过辛勤劳动。千万不要虚度光阴。有句格言不是讲"一寸光阴一寸金"吗!

国家的重任是由一代一代的青年来担当,青年是大有作为的,也就是我们平常所讲的"英雄有用武之地"。我国已经崛起,正在腾飞,已是世界三大经济体之一,但不能忘记,我国仍是发展中国家,距离发达国家的实力还有很大距离,还有一段很长道路要走。青年人应挺起脊梁,勇往直前,理智地面对大潮流中出现的种种问题,展现自己的智慧和才华。

祝你们经过南开洗礼,前程光明,为国家和民族,并为人类做出更大的贡献。

原载魏宏运:《南开往事》,南开大学出版社,2009 年

南开大学复校时期的见闻

1948 年,我转学南开,这是我人生道路上难以忘怀的一大转折。从此,我成为南开人。

一、步入南开园

我原在北平辅仁大学学习历史,所以转学南开,是由多种因素促成的。因为当时南开已是国立大学,学术声望很高。1947 年,在英国牛津大学承认的海外学历的大学中,中国有 7 所,南开便是其中之一(其他 6 所分别是北大、清华、中央、浙大、武大和协和医学院)。按牛津的规定,上述 7 所大学毕业的学生,如赴牛津研究院深造,可免试入学。这一规定令人向往。所以 1948 年南开招收插班生时,我认为是一绝佳机会,就前来应试。犹记得英语作文题是"内战",对我这个反内战反饥饿分子来讲,作答时没有任何困难。当时的历史试卷也是用英语作答的。那年 8 月,《大公报》公布了录取名单,我榜上有名。真是喜出望外。

我来南开时,恰值国共两军鏖战华北,解放军已兵临平津城下。为了防止共产党人的潜入,学校当局规定非本市户口入学者,必须持有资产者担保的保证书。这对我来说是一大难题。幸好,得到先一年由辅仁转来南开的席潮海(新中国成立以后,先后任职外交部、国家旅游局,20 世纪 80 年代初任西藏大学副校长,建议并襄助南开大学建立了旅游专业)的帮助,找到在鼓楼做生意的同乡签了字,才完成注册手续,顺利入学,我的注册号是 37019。

二、复校后的局势和艰难历程

初到南开,耳闻目睹的一切都很新鲜。而后的年年岁岁,许许多多的故事,以及我所经历之事,竟是那样的丰富多彩,都深深印入我的脑海。这里叙述的都是具体且真实的记忆。

1946年,南开大学改为国立,大学秘书长黄钰生代表张伯苓校长主持了复校工作。10月初,黄抵津,西南联大最后一批学生也于此时抵达北平,分发到三校,由申泮文主要负责押运的西南联大图书仪器二百余箱,存于北大红楼,亦开箱分配。11月1日为西南联大纪念日,三校联合举行了纪念会,人们盛赞联大的历史功绩和意义及三校的合作精神,联大常委之一的梅贻琦校长宣告西南联大正式解散。11月17日,南开大学在八里台胜利楼举行复校典礼,由秘书长黄钰生、教务长陈序经主持,并宣布正式开学,20日开始上课。

南开原有校址在八里台(距鼓楼8里),"七七"全面抗战爆发后,战火燃至天津,南开大学木斋图书馆(今行政楼所在地)、秀山堂(今幼儿园所在地)及第一学生宿舍均遭日军飞机轰炸,被夷为一片废墟。沦陷8年间,校园成为日军兵营,饱受践踏、毁坏,马蹄湖原为哑铃型,被填平一半(今小花园处)。至新中国成立初期,被毁建筑的残垣断壁仍清晰可见。可以想见,南开复校的艰难程度。

抗战胜利后,南开校园亦随之扩大,接收了六里台日本的中日中学(今日本爱知大学有的教师曾是中日中学教师)及甘肃路原日本建立的国民学校和工业学校旧址。从"六里台"到"八里台"之间的大片土地均成为南开校园。这片新的校址多系稻田,也有苗圃,还有一惹人注目的棒球场(今天津大学1村一带)。校园没有围墙,极为开阔,东面以墙子河(今称卫津河)为界,向西可延伸一里多路,墙子河水清澈见底。"六里台"南开校门外河上还有一户三口人的水上人家。

校本部及理、工两学院在"八里台",通称南院,上课教室只有思源堂和胜利楼一部分。理、工学院教师及少数文学院教师住在东西柏树村,如杨石先、黄钰生、冯文潜、萧采瑜等住东村,邱宗岳、陈荫谷等住西村。校内东楼及校外八里台有一院落均为教职工住宅。比如,历史系杨生茂先生住在校内,王玉哲先生就住在校外。现在八里台邮局旁边有一处宅院也是南开属地。文、理、工三院女生住在芝琴楼。西柏树村有一装饰优雅的食堂,供教职工就餐。文学院、经济研究所、体育部均设于"六里台",通称北院。文、理、工三院男生居住在一座长方形两层楼的工字楼建筑物中,由斋务课郭屏蕃管理。

北院有一湖泊,称和平湖。湖中有游艇十余只,师生常泛舟湖上。湖之北岸是二层楼的西式洋房,多为中、外文系教师所住,如彭仲铎、华粹深、邢公畹、杨善荃等。湖之南岸有一风格别致的别墅,是罗大冈夫妇的"领地"。1947

年由重庆迁回的经济研究所独占一座二层楼的建筑。此处有一小节需略述及，经研所所长何廉(后任南开大学校长)求助民生公司总经理卢作孚帮助调拨船位，代为运输人员物资，使经研所十余名师生及六十余吨图书得以顺利、安全运抵上海，再得以北运至天津，为南开经济研究所保存学术资源与力量提供了极大的帮助，应为南开人时时感念。湖南面尚有一大片空地被辟为南开操场，相当开阔，1947年的全校春季运动会即在此举行。

学校北院有一学生大饭厅，也称"民主厅"，学生吃饭集会均在此处。北院没有教室，三个学院的学生都须去南院上课，大家往返都抄近路，选择走校内稻田的田埂，比走墙子河外的土马路近一点，确实也节省时间，大约20分钟就到达。

甘肃路校址，通称东院，是政经学院所在地。院中有一U字形大楼，师生上课住宿均在楼中，如王赣愚、杨敬年、吴大业、陶季侃、何启拔、龙吟、傅筑夫、滕维藻等均住在这里。大楼内有一大礼堂，是学校最大的集会场所。院中还有一露天游泳池，靠近游泳池有一座小楼，也是教师住宅。从北院到东院，步行需20分钟。路是石子铺成的，经过墙子河的一座小桥，不远即可到达。

在黄钰生、陈序经、杨石先等人的努力下，南开复校工作初见成效，但仍困难重重。1946年12月3日《大公报》有一报道可以为证，即《无钱无书无煤无米，南大日与贫困挣扎》，文中提到："南大经敌人炮火洗礼后，壁亦有不存者，图书仪器更不必论。筹备至今，虽已勉强开课，但不论学校、先生、学生均在终日与贫困挣扎，学校无钱，一切计划都成空想。教部所拨经费，无一项充足，即以本年冬季煤火费论，学校预算为1亿6千万元，而教部则只允拨2百万元。两相比较，所差几使人不能相信。"经费缺乏是困扰南开的最大问题。1947年8月18日，南京政府教育部长朱家骅来校视察，是时张伯苓已由美返校，主持茶话会，有二十余名教授参加。刘晋年、张克忠、吴大任、萧采瑜、汪德熙、袁贤能、冯文潜相继发言，诉抒南开的疾苦，希望政府认识到南开的困境，予以解决。冯文潜讲："暑假后将有学生1200人，教授150多人，而南开尚没有阅览研究和藏书的地方，我们在精神方面的冻馁可受不了了。"刘晋年说："现在南开聘教员，简直没地方住。设备方面，不敢希望很好，现在连敷衍都谈不上。"①与会者从各个方面表达了他们共同的感受。

新中国成立以后，我和诸前辈或为同事，或为邻居，或为挚友，他们都亲

---

① 《益世报》，1947年8月19日。

口述说那时所遭遇的困难。那是教授穷、学生苦、物价狂涨的年代,人们无不叫苦连天。1948年7月5日,一袋"兵船"牌面粉被卖到1150万元,7月8日涨至1380万元。7月7日,玉米被卖到14.2万元一斤。困难严重到了极点。在严酷的现实环境里,代理校长杨石先、教务长吴大任等人肩负重任、苦心经营,全校师生同舟共济,渡过了难关。

三、学术传统和校园文化

南开有着优良的学术传统,南开人的学术研究和学术活动一向为学术界所瞩目。进入这一学术环境,令人感受颇多。

那是战争年代,八里台校内外碉堡林立。复校初期,每日总有骑兵到校内牧马,各种武装部队在教室外演习,诸多军用设施被架设在操场上,南开师生无不愤叹侧目。"军事气氛弥漫全国,南开地处郊外,亦难成一块清静土。"为使学校有一健康环境,校领导多次向天津市当局交涉,提出抗议,以维护校园的安静,使教学和科研工作得以有序进行。

那几年,反饥饿反迫害反内战运动席卷全国,南开人在这一运动中曾有突出表现。学校的学术空气仍然很浓厚,是名副其实的文化摇篮。各个学科都扎实地稳步发展,理、工科的教学与实验运作正常,人文、社会科学诸科也发挥着自己的功能和影响。《大公报》《益世报》经常登载南开师生的各种类型的文章。如我同寝室的好友蔡美彪,高我两级,学习成绩突出,当时在《中央日报·文史周刊》《益世报》《大公报》分别发表了三篇有关宋辽金元方面的学术文章,获得了杨石先祖母"珠麈奖学金"及国际奖学金。学校还经常举行学术讲演,内容丰富,有校内教师如黄钰生讲"大学的功能"、鲍觉民讲"战后之英国"、吴大任讲"理学"等,也有校外学者如清华大学戴世光讲"中国人口问题"、费孝通讲"美国大学"、英籍教授史宾凯(Von de Sprankal)讲"现代英国"(十余次)等。

南开校园文化丰富多彩,社团种类多样、形式不一,有全校性的,有跨院系的,有同一学科志同道合者组织的,等等。社团名目繁多,开展了各种活动。如老资格的虹光剧艺社和初露头角的世纪风社都曾到南院组织联欢活动;最大的南星合唱团指挥韩里和组织者穆青因一曲"黄河颂"而声名鹊起,誉满津门。如今在校的谷书堂、李万华、王端菁等都曾是该团成员。1947年4月9日,新诗社在北院成立,导师卞之琳、李广田、邢公畹、刘恩荣均参加并致词,即日晚就举行了新诗朗诵会,新诗社相当活跃。南开还经常举行联欢活动,像歌咏、昆曲、京戏是常见的活动形式。学校还放映过《英国公主伊丽莎白婚礼》《列宁在十月》等影片。这些活动一般在东院大礼堂举行,也对外开放,在社会上很有影响。

那个时代的南开人,不会忘记1948年3月的学生会竞选、五四运动纪念会。在东院大礼堂举行的竞选活动初步体现出了校园民主的氛围,近千名学生与20位候选人到会,竞选人相继发表讲演,阐发自己的"施政纲领",有的人拥有竞选团队,有的是个人登台竞选,热情极高,学生们喻其为"南开的华莱士""南开的杜鲁门",这些竞选者无不强调"民主""自由"。竞选之余,助选者还组织了卡通剧、马戏、歌咏等表演,形式多样,影响颇巨。而纪念五四运动的活动更具声色,活动持续了3天,由南开、北洋、河北工学院三校学生自治会在南开大学南院联合举办,邀请到严仁颖等多位教授讲演科学与民主,北大、清华等校的许德珩、张奚若等教授则由北平发来书面讲稿请人代为宣讲,南开鲍觉民教授做总结发言。在东院另有集会,与会者竟达两千余人,是时台上高悬"科学属于人民,科学服务人民"的标语。纪念活动伴随有游艺活动,其中节目有合唱"青春战斗曲""铁流大合唱""生产大合唱",有由名家作曲的朗诵剧《在我们的土地上》,还有提琴独奏等。北院则由新诗社、文艺社及中文系学生会主办,会场民主厅墙上嵌有"人民的方向就是文艺的方向"字样,外文系罗大冈、中文系邢公畹及北大冯至教授应邀前来讲演,学生会还组织了划船、球类、游泳比赛,以资助兴。每一项活动的主题思想都很明确,真切地反映了那个时代南开人的思想追求和精神风貌。

学生会的话语权很大,国共两党都在争取群众,国民党公开活动,共产党则在"地下"较劲,学生会竞选激烈,选举结果,进步力量占据上风,学生会积极活动组织学术演讲,建立图书馆,搜集了千余册图书,二十余种杂志,借此来宣传革命思想。

时事座谈会是非常有益的活动。1948年,在北院民主厅召开的"反对美国扶日座谈会"很有影响,丁洪范、杨生茂两位教授曾参加演讲。

10月29日,在民主厅还举行了师生员工生活座谈会,到会者百余人。这个会可以说是个诉苦会,与会者纷纷讲谈生活遭遇之悲苦。我参加了这次会,一位青年讲师的诉说,真是刺人心肺。当时报上也刊载了他的这番话。他说:"现在的生活,就如一个受'绞刑'的人,被绞得神志不清时,又被喷在脸上冷水。我们不希望政府再喷冷水,清醒过来,但是又被绞下去,一次一次地至死为止。政府一次一次的调整薪水，就如喷在脸上的冷水。所以我们不希望政府再喷冷水，希望把勒在脖子上的绳索取下。政府是我们的保护人，所以我们向他求救。如不能则必须自救。"[1]

身处艰难境遇中的师生也会得到学生会的帮助。因为学生会还设有福利部，为同学谋福利。在物价暴涨、人怨沸腾的日子里，掌握伙食的配给成为当时最为关键的事情。为防止贪污，北院学生组织了"公能膳团"，监管食堂做饭的每一环节，细致到每一个馒头的分量。现在南开大学的苏驼教授就是该膳团的成员。学校东院男生膳团也发起改善运动，他们每人每20天缴纳膳费120万元，保证一日三餐稀饭、干饭和丝糕的合理搭配。为了能尽可能提高伙食质量，福利部还在和平湖打鱼，分发各食堂用以贴补用餐。尽管学生会想出各种办法来为师生解决生活困难，吃饭仍旧是最严重的问题。

局势的发展比人们预料的要快，天津解放已成定局，指日可待。尽管南京国民政府还在高喊"戡乱到底"，天津的国民党军政领导陈长捷、杜建时也自诩守城无虑，但这只是虚张声势而已。国民党当局已经预感到失败的来临，责令平津高校择机南迁。高校之中响应者寥寥。南开大学也开展了辩论和签名活动，让每个人表达自己的意愿，教授会数十人中主张南迁者仅4人，学生中到注册科办理休学或退学手续的同学有104人，还有少数人不辞而别。加上回国的英籍教授史宾凯到北平和英侨一起回到他们的国家，离开学校者，仅此而已。全校大多数师生抱定了绝不南迁的信念，发出了最坚强的呼喊——"不搬家"。

1948年11月底，平津战役开始，12月中旬，南开师生两千多人集中到东院席地聚居，迎接解放。这时，南开南北两院被国民党军队占领，国民党军队一批一批地要强行进入东院。南开教授怒不可遏，杨石先、邱宗岳、冯文潜、傅筑夫、杨敬年、张清常、王玉哲等44人联名发表紧急代电，文中道："夫文化经济事业人民之膏血，亦国家之命脉也，楚失楚得，取诸民者应还诸民，孰有继销毁人民之膏血断丧国家之命脉乎？"他们为捍卫文化事业的独立与尊严发出了强有力的呼声。

1949年1月15日天津解放，南开大学开始了自己的新生。

原载《南开大学报》，2009年4月11日，原题为《1948年我成为南开人的点滴记忆》

---

[1]《益世报》，1948年10月30日。

毕业教育的记忆

有历史意义的记忆总是植根于人的头脑中，永不消失。1951年，我们那届高校毕业生的毕业教育，难以遗忘。

那一年，京津国立高校毕业生集中到北京学习。南开当时有文、理、工、财经四个学院，共有毕业生210人。因为我是文学院党支部书记、校学生会副主席，并代表学生参加校务委员会，市军管会文教部学校党委和学校党政领导决定由我领队。我们乘火车赴北京，被安排住在沙滩北京大学红楼一楼的教室中，打了些地铺，安顿下来。

学习开始后，始知这次集中是周恩来总理直接领导和掌握的，教育部副部长钱俊瑞负责具体工作。请来作报告的是德高望重的朱德、薄一波、郭沫若、彭真、钱俊瑞。从这一计划和安排，我们领悟到国家对年轻一代知识分子的期待和愿望。

听取报告的场所在劳动人民文化宫露天礼堂，讨论则回到住地，来回均是整队徒步而行。

聆听报告是一种享受。每位主讲者醇实地叙说自己丰富的人生阅历和世界观，以及追求真理、参加革命、进行反帝反封建的心路历程，使我们领悟于心，沉浸于思考之中。我们这届毕业生正当新旧社会交替之时，大学期间于旧中国学习两年，新中国成立以后又学习两年，目睹了社会之大变，思想与行动如何与时俱进，是面临的新问题。愿望与理想能否实现，是每个人思考的大事。国家领导人给我们注入了新的观念和血液，开阔了眼界，领悟到考虑问题应以国家和民族利益为重，必须自觉地服从分配，服务于社会，不能斤斤计较个人的得失。

我们展开了认真的学习讨论，每个人都将自己的思想心愿和政府的期望相对照，讨论热烈。此外还举行了一次大会思想交流。南开选出一位财经学院的女同学，开始她讲一定服从分配，态度很坚决，后来又讲了一些想不通的话。会后周总理提出了批评,怎么让这样的人来讲。我深感不安,这是自己工作不细致、不扎实造成的不良效果。我从这件事中得到了教训。

服从分配是对每个人的考验。与我相处很好的几位同学,有的已分配到外交部,有的去新华社当记者。我很羡慕那样的工作。还有,我那年年初和王黎结婚,婚后第二天,铁道部团工委主任陆平找她谈话,要她去哈尔滨东北铁路团委工作,不出一周,她就出发了。东铁团委书记陈敬谦写信给她的好友钱俊瑞,希望调我去东北,不久便收到了钱的亲笔信:今年南开大学的党员一位都不能动。估计已征求了南开的意见。当时任南开历史系主任的吴廷璆已让我留校了,只是我自己尚不知。

学习结束时,周总理领我们参观了中南海怀仁堂,还讲了怀仁堂的历史,说中央重要会议都在这里召开。我幸福地和总理零距离接触,真是幸运极了。

如此珍贵的机遇不可再现,像这样的毕业教育可能是空前绝后的。当年那些同学应和我一样,会不时忆起那无法再现的时刻。

原载《南开大学报》,2011 年 4 月 15 日

忆南开的中国共产主义者同情小组

20 世纪 50 年代前期，南开大学有一个很特别的组织，名叫中国共产主义者同情小组，现在人们已不知道它的名字，那时却是一支非常活跃的组织力量。在全国也可能只有南开有这一组织，中共中央还曾让总结呢。

顾名思义，这个组织就是把向往共产主义事业的人组织在一起，这是时代的需要。因为刚刚解放，中共党员不多，而要完成巨大的事业，保证其实现，就需要把各种力量组织和动员起来。共产主义者同情小组可以说应运而生。

1949 年 1 月 15 日天津解放，市军管会派辛毓庄来接管，接管很顺利。辛原是南开外文系教员，1948 年去解放区的。军管会负责文教的是黄松龄、梁寒冰等人，黄是著名的经济学家，梁是历史学者。他们政策水平高，掌握知识分子政策很稳健，使南开迅速恢复正常。在天津战事开始，由八里台、六里台搬到甘肃路南开财经学院（即东院）去住的师生均返回原地，重新上课。

新中国成立初，政治运动多，任务重，而党员又少，教师中仅有陈萌谷、吴开文、胡国定数人。学生中一些党员相继离校。陈当时是电机系教授，住在西村，我们曾数次在陈家中开会，议论学校的形势，王祖陶、李万华到校务委员会担任行政秘书和人事秘书就是西村会议上确定的。

1950 年天津学校党委派郑秉洳来校负责党的工作，东、南、北三院分别成立了党支部。郑为总支书记，张义和为副书记。1951 年初，市里决定在南开组建同情组，1952 年院系调整时，郑离校，王金鼎来校担任总支书记，并成立教授支部，胡国定、范恩榜分别为正副书记，李赫暄为宣委，我为组委，发展、抓好同情组工作，是我们工作的主要内容之一。

据我回忆和了解，先后加入同情组的有：

财经学院：滕维藻、陈舜礼、季陶达、郭锺毓

理工学院：高振衡、陈天池、崔澂、萧采瑜、汪家鼎、潘正涛、杨嘉年

文学院：李何林、李霁野、张镜潭、邢公畹、张涛、周基堃、孟志荪

从这份名单上看，就知道他们在学校是一批极有影响的人物，在南开各部门负有重责，在群众中很有威信，他们是党和群众的桥梁。他们总是先学习党的方针政策，然后传达到群众中去。

新中国成立初的历次运动，他们是积极的参与者，发挥了表率作用，在学习前苏联、健全教研组、提高教学质量方面，都有突出的表现。当时，南开在社会上的声望与他们的奉献是分不开的。市、校党委也常派谢毓、丁未一、聂璧初来校指导，及时总结经验，推动南开教育事业的发展。

那时党对同情组成员的要求很严格，每周都过组织生活，检查作风，开展批评与自我批评。这些都是围绕中心任务进行的。而教学规范化，有大纲，有讲义，按照部里的要求去做，始终是一项重要课题。

加入同情组是一件很光荣的事情，组员们都反映他们的生活充实而有价值。他们外出考察访问，也都以同情组的面目出现。

大约 1956 年，同情组员绝大多数先后加入了中国共产党，同情组也就逐渐消失了。

如今同情组员多数已经作古，健在的也都七老八十了，但他们为南开大学所做的贡献应该永远载入南开校史之中。

原载《南开周报》，2000 年 5 月 19 日

院系调整前后的南开

　　1952年,国家根据前苏联高等教育及高校模式,将全国约227所大学进行调整,基本思路是分为工科院校、文理院校,或单一学科的院校。有的院校因此学科减少了,也有些学科因此得到壮大;有的院校被分割了;有的院校停止了自己的进程,合并或改为新名称的大学。教会学校一律停办,合并到其他大学。目前大多数大学都是在那次院系调整的基础上发展起来的。

　　我校原有文、理、工、政经四个学院,1948年我转学来南开时,文、理、工学院学生均住在八里台,斋务课主任是郭平藩。校图书馆也在这里,当时称为南院。北院复校后在原中日中学校址,1946年归属南开。政经学院师生在甘肃路另一校址,那里有学校的大礼堂,当时称东院。校本部在八里台,理、工学院教师住南院东、西柏树村。文、理、工学院女生同住芝琴楼。在卫津河以东还有两处南开宿舍,住着教职工。文、理、工科学生上课均在八里台。

　　1949年1月15日天津解放,南开在华北人民政府教育委员会和天津市军管会文教委员会领导下,做了不少改革,当时市文教委主任黄松龄是位著名经济学家,市学校党委书记则是梁寒冰,他是北平"一二·九"运动领导者之一。他们对高等教育及南开并不陌生,不断派谢毓、丁末一、聂璧初来校调查研究,指导工作,听取意见,并一度派郑秉泇来校任党总支书记(1949年10月至1951年2月)。改革有秩序地进行着。这期间,市委的领导具体切实,如南开由杨石先还是邱宗岳当校长,曾让仅有少数党员的党组织议论过。

　　哲学系于1949年上半年取消了,教师庞景仁、张世英等调往北大、清华、人大,学生如刘焱、花珍茹调到市里工作,李万华提任人事组组长。原政经学院改名为财经学院,袁贤新去了北京,王赣愚继任院长,取消了政治系,成立了财政系,由1948年从英国回国的杨敬年担任系主任。另一项重要改革是组织1949年毕业班到清华大学学习一个月,称暑期学习团,团长冯乃超。学习结束,立即分配工作,也可自己找工作,毕业生统一分配从此开始。同学们对学校改革极为关心。1950年毕业的几位同学联名写信给周恩来,请毛泽东题写校名,毛泽东共写了7幅,通过国办,寄给南开秘书长黄子坚。现在校徽上的"南开大学"四个字是从7幅中选出来的。当时学习前苏联的风气极盛,所以有了全校突击学习俄文的举措,任课教授为杨寿钧,效果出乎意料的好,申洋文他们很快就能翻译俄文书籍。全国院系调整是1951年启动的。天津市成立了南开、北洋、津沽三校调整委员会。南开工学院被调出,成为新成立的天津大学主要组成部分。北洋大学数学、物理两系师生调来南开。津沽大学商学院16名教师如魏埙、李宝震、蔡孝箴、贾秀岩、张亦谞、王大瑽等调到南开,其学生则提前毕业。调整中,我校财经学院的改革是很曲折和可惜的。先是废除院制,经济、财政、金融、会计、统计、管理、外贸是逐步调整的,当时领导思想认识上有偏差,认为综合大学不应设应用学科。1954年,原7个系只留下政经系,其他6个系先后调出,外贸到了北京大学,企业管理去了天津大学。会计、统计后来调给天津财经学院,南开新成立了财经研究室,纳入了众多教师,如金融系老师均在这一研究室中。1958年恢复了经济研究所,财经研究室撤销,调整始告结束。

调整前南开的优势在于工学院和财经学院,分离出去后,幸好财经学院保留了部分教师。在全国院系调整中,南开得益的是历史系,北大的郑天挺、清华的雷海宗两位著名学者调来,南开历史从此成为一个引人注目的强系。南开的发展规模和发展方向,就这样确定下来。校行政由三部分组成,教务主任为吴大任、陈舜礼,增加了滕维藻,滕公时年三十有余,黄松龄明确指出:应让年轻有为的滕维藻出来担任校领导。总务正、副主任为吴廷璆、张涛。吴任此职是在张义和主持的党总支会议上决定的,作此安排是因为调任郑天挺为历史系主任,吴就从历史系主任岗位上调到学校。新成立了政治辅导处,由王金鼎、张义和任正、副处长。王金鼎是中共地下党员,1942年进入天津,先后任教达仁学院和津沽大学。1952年经李万华等人向上级请求,上级派王来南开任党总支书记,行政上负责辅导处工作。1953年从财经学院调李国骥、郭士桐等七八位同学,担任辅导员,充实政工工作。

1953年10月,教育部派刘披云来校任副校长,协助杨石先。院的建制取消后,学校直接领导14个系,1954年改为8个系。系主任均是知名学者。中文系为李何林、外文系李霁野、历史系郑天挺、政经系季陶达、数学系曾鼎禾、物理系江安才、化学系邱宗岳、生物系萧采瑜。学校不再设秘书长,黄子坚调回外文系任教,随后调任市图书馆馆长。新任图书馆馆长冯文潜是原文学院院长。可见,当时的师资阵容是强大的。

南开新的起点开始了,新的领导朝气蓬勃,南开园呈现出一派新的景象。

学校基本建设大为改观。新图书馆在被日军轰炸的木斋图书馆废墟上建立起来,大礼堂在马蹄湖畔出现了,一座更新的图书馆在新开湖畔矗立起来。新开湖是建馆的副产物。冯老和我聊天时谈到就地挖湖取土,湖、馆因此同时展现出来,成为南开的一景。露天游泳池也露出风姿。几幢学生宿舍和学生食堂也拔地而起。新入学的同学争先参加义务劳动。

南开因地势洼,且多稻田,建筑不多,教师宿舍一直处于紧张状态。杨石先分出两间房屋,一间让郑天挺居住,一间让朱剑寒住。相当一部分教师住在划归天津大学校园的一村和二村。天大校园地势较高,建平房较易。两校协议,做出这样决定。

学校建设更重要的是吸引人才,南开以其声望相当吸引人,许多学者通过各种关系拥入八里台,也有毛遂自荐的。那时从国内一些大学应聘来的教师都要降一级,如原是教授的,来南开后只任副教授,著名的学者朱维之、李宜燮都有这一经历,即使如此,他们也愿成为南开的一名园丁。

从欧美归国的也仰慕南开,选择南开。从1950年到1956年初,应聘的有陈天池、王积涛、崔澂、严志达、陈荣悌、何炳林、陈茹玉等,年轻的李正名于1953年进入南开园。朝鲜战争爆发,从美国归来是很困难的,美国极力阻挠,怕他们为共产党服务。何、陈夫妇是1955年在日内瓦会议上周恩来提出名单,美国方才不得不同意。他们一到北京,杨石先就派校办负责人接到南开。杨石先为壮大南开师资队伍立下了汗马功劳,许多学者都是他请来的,显示了一位教育家的锐利眼光和能力。

人们一踏进南开,就会被南开朴实校风和学风所感染。杨石先在校大礼堂讲话总是只占用15分钟时间,言简意赅,刘披云习惯于用16个字作为年度进军方针。

南开校园拥有众多自然科学家和社会科学家、文学家、翻译家,他们都在默默地开展自己的研究,谆谆教诲学生,传授各种知识和技能,教室、图书馆、实验室是师生生活的主要阵地。当时有一种很好的制度,校主要领导者都得讲课,带研究生,进入讲堂补课。杨石先有一次请李霁野讲课。两位都是各自学术领域的大家,杨是化学专家,其文学造诣也很深,给李讲课提出意见,如此严肃认真对待教学,一时传为美谈。各系主任及教研室主任也都坚持听课制度。一个时期学生来自南方和西南各省较多,在南开园接受德智体教育,都希冀成为栋梁之才。

团结奋进,讲求实效,这是南开的老传统,新任的校系领导展开了他们的雄心大志,为南开争光。

1952 年的调整到现在已半个多世纪,今日南开文理学科增加得很多,财经学院比原来的内容和面貌更丰满。反思院系调整,有许多是不应调整出去的,调整中是出现了偏差的,这是事实。任何大的改革总是有成功的经验和失败的教训。人们对事物的认识是在不断重新认识过去,与时俱进的。改革是在一定历史条件下进行的。南开的路程是同历史发展紧密相联的。

值此建校 85 周年之际,写出我所经历的这段校史,作为对母校之纪念。南开必将蒸蒸日上,有更光明的前程。

原载魏宏运:《南开往事》,南开大学出版社,2009 年

南开大学图书馆往事

50 年来,我和南开大学图书馆结下了不解之缘。

1948 年考入南开时,校图书馆在六里台文学院(当时称北院)一栋二层楼内,比较简陋,还有个文科阅览室,在另外一座长形的丁字楼的一角,供大家使用。原有的木斋图书馆在八里台(当时称南院),七七事变时被日军炸毁,此时仍是一片瓦砾,我们每天上课从北院到南院,总要经过该地,看到这种惨景。1950 年,我是文学院学生会主席,只是没有经费。被日军掠去的书籍,从东京运回来了一批,每本书上都有标记:"民国二十六年此书被日寇劫去,胜利后由东京收回,刊此以资纪念。"说明是抗日战争胜利后运回的,按说应该给每本书写个小传才好。

1951 年文学院院长冯文潜教授接任图书馆馆长,原馆长董明道去职。冯德高望重,是最合适的人选。任职后,图书馆立即出现战后及中华人民共和国成立后未曾有过的新气象。

1952 年,全国院系调整,北大郑天挺教授、清华雷海宗教授调到南开,他们和冯是老朋友。这几位西南联大著名教授彼此感情甚为融洽,经常在一起谈心聊天。数学系刘晋年来参加,刘是西南联大教授,在昆明时,和郑都住在靛花巷,都很要好,如今都住东村。历史似要有意把他们安排去南开园的一个角落,使他们随时可以相聚。我是晚辈,也住在东村,因工作关系,常常参加他们的议论。如果是在雷先生的家中聊天,雷师母还备点茶点让大家品尝。

我记得议论最多的是图书馆的建设问题。1952 年新的图书馆终于在原有基础上建立起来。如何充实馆藏书籍是一突出问题,冯、郑等多次谈到应设法争取天津社会名流捐赠其藏书。这一设想成功了,周叔弢捐赠了一大批书。卢家也有书捐来,徐鹤桥等也有捐赠。

新中国成立初期,北京琉璃厂、东单市场、西单商场、隆福寺、天津天祥商场、劝业场楼上,旧书摊很多,旧书刊多得很,冯老鼓励教师为图书馆购书。我有逛书摊的癖好,给图书馆买进不少书籍。《海关册》(*Foreign Trade of China, Reports and Returns or Each Por*)和《北洋政府公报》是我和来新夏先生在东安市场书摊上发现的。我给冯老打了电话,冯老立即作出决定,并用汽车运载到学校。如今这些书刊成为图书馆最有价值的财产。

人的知识是日积月累的,潜心研究学问是离不开图书馆的,如可以进入书库,随心所欲地翻阅书架上的书籍,那对读书人来说,是一大享受。我始终不能忘记冯文潜馆长和张镜潭副馆长给我的方便,甚至是一种"特权"。在当时南开园中可能只有我一个人在享受。就是两位馆长不少次星期天到馆中去办事也约我同去。他们在办公室,我则跑进书库,有时是半天,有时是整天。在书架上翻翻这,翻翻那,这时思想最为集中,忘掉周围一切,自由自在地徜徉于书海之中。我当时写的一些文章,都是以图书馆所看到之资料为依据,没有资料,历史方面的文章是写不出来的。

历史系和图书馆好像有一种特别的关系。大跃进时期,冯老要把库内尚未编目的书整理一下,就跟郑老和我商量,我们就组织历史系师生参加编目工作。因为冯老的支持和合作,历史系师生利用图书馆的有利条件,编写了《毛泽东论历史科学》《清实录经济资料选编》《中东、拉美民族解放运动》等书。《清实录经济资料选编》是中华书局出版,其他五六本书籍是天津人民出版社出版的。关于如何组织大兵团集体编书的问题,应北京大学翦伯赞、周一良教授之约,我还在北大历史系全体教师会上作过一次报告。

我和冯老在十多年的共事中,成了忘年交。我们经常在校园,在马蹄湖边,在新开湖周围散步聊天。特别是晚饭后这段时间,我们什么都谈,谈学问,谈做人之道,谈他在求学时代和周恩来的往来,谈他收集到有关周恩来的一些珍贵资料。在晚年,冯老最气愤的两件事,一是图书馆领导层中,有的不做工作,整天争权夺利;一是有两个人竟偷换图书馆的珍本书,太不道德,没有人格。他不止一次和我及其他同志谈到这些事。

就是以上种种因素,使我和图书馆有了一种特别的感情。

如果有人问我,南开园里,你最喜欢的是什么地方,我必然肯定地回答:图书馆。

南开图书馆有今天这个局面,是几代人努力的结果。新的和旧的馆员,都为图书馆事业做出过贡献。

值此庆祝建馆八十周年之际,我衷心希望图书馆与日俱增,胜利地向 21 世纪迈进。

原载《南开大学图书馆建馆八十周年纪念集(1919~1999)》,南开大学出版社,1999 年

历史系实行"半工半读"的始末和反思

　　研究当代中国高等教育史,文科实行半工半读,是一无法绕开的课题,同仁们谈及这一问题时,我总是持否定态度。今天从各国现代化大学的功能角度来考察那段历史,应反思。

　　1964 年至 1966 年"文化大革命"开始,南开大学历史系存在两种教育制度,1964 年以前入学的是全日制,1964 年和 1965 年入学学生,实行半工半读制。

　　实行半工半读是毛泽东、刘少奇于 1958 年相继提出的。毛泽东 1958 年 1 月写的《工作方法 60 条》第 49 条中说:"半工半读,可以从初中一直读到大学毕业,实行这种办法,将使工人群众知识分子化的过程能够大大缩短,使脑力劳动与体力劳动的差别能够很快消除。"1964 年 7 月至 8 月,刘少奇多次讲到两种劳动制度和两种教育制度,7 月 13 日 在安徽地、市委书记座谈会上讲:"全日制中学、大学算了,不要增加它的劳动时间,以后增办这种半工半读的学校。"就是根据这种指令,全国多数高校文科,从 1964 年入学新生起,开始半工半读。

　　南开大学党政领导决定,中文、历史、哲学、经济和生物系实行半工半读。副校长娄凝先作动员报告,要求各系党总支负责,制定出实施计划。

　　各系自己选择劳动基地。哲学系选择机车车辆机械厂,中文系选杨柳青农场,经济系选工农联盟农场,生物系选南大农场。历史系选了两个点,一是轻工业东亚毛纺厂,一是重工业天津铸锻件厂。

　　历史系总支开会研究,确定两个点的领导人员,前者由刘泽华任书记,管理教学,于可任队长,管理劳动,王金堂任指导员,抓思想教育。后者由党总支副书记李琛兼任,张友伦、李义佐任正副队长,薛蕃安为指导员。1965 年入学的同学集中于东亚毛纺厂,决定由俞辛焞、左志远负责该年级的具体工作。

　　为执行这一计划,我们准备了几个月,进行了多次讨论。没有看到刘少奇讲话原文,是根据娄凝先的口头传达来议论,提出诸多无法解决的问题。当时

"左"倾思想路线泛滥,教育战线贯彻所谓的"阶级路线",入学新生多半是贫下中农出身,上中农出身的尚被认为是成分高的。他们说他们本来就是劳动者,是来读书的,怎么还要去劳动?将大学培养目标界定为有文化的普通劳动者,是师生共同疑难,如果说要培养亦工亦农的劳动者,中专和技校就可以了,何必办大学?五年制大学实际上成为两年半,边劳动边学习,教学质量如何保证?等等。这些问题,和工读为严重的对立,请娄凝先向同学作答,娄说服不了大家,就用高压的手段说:"你们反对做普通劳动者,就是想高人一头。""谁不愿意,谁就退学好了。"

娄因担当这一工作,决定到已实行半工半读的学校去考察。先是令我和左志远一起到西北大学历史系去请教,到其设在渭河边的草滩简易草棚基地参观,了解其办学状况,可说是相当艰苦的。后娄又率领于可等到北京大学历史系取经,北大党委书记陆平接待,谈到北大贯彻半工半读的决心,还到设在十三陵水库附近的基地参观。他们还到山东曲阜师院去取经。给我的感觉是都在摸索中前进,只谈艰苦办学,未曾谈及高校的根本使命,令学生掌握系统的文化知识和独立的学术研究能力。

1964 年 11 月,部分相关教师和 1964 年入学的新生按计划分赴两个基地,到东亚毛纺厂的是中国史专业,到铸锻件厂的是世界史专业。没有哪位同学退学,毕竟读了比不读强。

我和几位队员带着困惑和戒心来操作,最担心的仍是保证教学质量。教学时间压缩了,教学必须浓缩,教的方面,只能讲最主要的内容,少而精,少到什么程度呢?这个度最难把握。学的方面,怎样营造学习环境,除了听讲以外,还可以有阅读一些参考书籍的条件,又能使同学有正常的足够休息,这些是半工半读过程中突出考虑的问题。到工厂体验生活或是随课程而去的老教师,我提出他们到车间的时间不要超过 6 个小时,也都安排到了车间较轻的工种。

应肯定和感谢厂方对于半工半读给予了极大的支持和合作,经协商,合理安排了同学要去的车间。工厂的劳动较辛苦,铸锻件厂每天给每位参加劳动的同学补助 2 角钱,东亚毛纺厂补助 3 角钱。厂方领导向师生介绍了工厂的历史和现状,如锻铸件厂是新中国成立以后国家自己建立的重工业,东亚毛纺厂是宋棐卿于 1932 年引进西方技术、机器及管理方式而建成的,于当时而论都是先进的企业,师生因此也切实获得诸多感性认识。

"半工"顺利进行,"半读"的问题则遇到了麻烦,假如"读"的问题解决不好或解决不了,那就不能说半工半读是成功的。到铸锻件厂的住在该厂职工宿舍,到工厂每天单程约 40 分钟,学习环境差,又无参考书可读。中国近代史由李义佐讲授,他说,他尽量压缩,也只讲到太平天国时期,终于也没有讲完。世界近代史由张友伦、许盛恒教授。张友伦说,教学难以正常进行,不少同学就抽空念外文。诸庆清讲过几次毛泽东著作和毛泽东论中国近代史,张象负责组织文体方面的活动,以活跃大家的生活。在东亚半读问题,因住在学校,半个多小时可以到达工厂,一个星期劳动,一个星期上课。铸锻件厂比较起来教学条件好得多,即使上夜班,返校后也可获得充足的睡眠,然后开展学习。课程内容尽力浓缩简化,讲最主要的。教师们在一起,经常讨论,以适应环境。讲授中国古代史的有王玉哲、刘泽华、杨翼骧、赵树经,讲世界古代史的有陈楠、陈文林。于可讲经院哲学专题,巩绍英、诸庆清讲史学思想批判。刘泽华还讲过政治经济学,辅导过俄语。外语课由外文系教师担任。

　　那是处于"阶级斗争天天讲"的时期,"左"倾思潮泛滥,以出身论归属,对资本家立足于批,对工人阶级甚至是其中之一也不能有任何微词、什么看法,将工人阶级和工人"神化"了。一些人的思维被扭曲了,觉得表现得越"左"越革命。譬如有的说,宋棐卿比黄世仁还坏,说东亚毛纺厂的高福利是收买工人,腐蚀工人阶级的意识。到铸锻件厂体验生活的历史系主任吴廷璆参加过工人小组生活,说看到工人也很计较报酬,为争奖金,争得面红耳赤。仅仅说了这一句话,到"文革"时期,就成为诬蔑工人的"罪状"。

　　考虑到铸锻件厂"读"的问题,困难重重,总支研究,撤销这个基地,集中力量于东亚毛纺厂。

　　因为刘少奇亲自担任中央教育组长,直接领导两种教育制度、两种劳动制度的实施。教育部和一些高校领导相继来南开考察这一制度之进行。北大党委副书记彭佩云、人民大学校长郭影秋、中宣部副部长周扬、教育部一司长率领十余人先后来校了解情况,召开座谈会,还到东亚毛纺厂车间和同学交谈。实行不到两年时间,不可能产生经验。但学校还是在 1966 年春举办了一次成果展览会。

　　回顾探讨 20 世纪 60 年代中期这一段教育史, 就教育体制及政策而言,有诸多问题应深入反思。譬如说:讲阶级路线,把非工农出身之人排除于受教育之列,剥夺了他们受教育之权利;一个国家的教育制度应有各种类型和层次,将高等院校文科,降级培养人才,变成培养"有社会主义觉悟有文化的普通劳动者",是不明智的;大学的功能是培养高级人才,是一国人才之所由出,是一国文化事业之所寄托,关系到国家之盛衰强弱,半工半读不讲弘扬优秀文化,不讲学术创新,只关注的是思想改造;大学时代是青年的黄金时期,接触社会是必要的,把学校教育和社会结合起来,但要限制在一定的时空,不能过分也不能搞这种形式的半工半读,时断时续的学习,效果不好。又提倡以党校的精神办文科,显然不符合大学文科规律,阻碍了对学术思想的思考。使学人"通古今之变",具有历史眼光和世界眼光,穿越于历史和现实之间,有所作为,以冀他为自己国家和民族做出贡献,应是中外史学的理想和追求,应是我们衡量这一问题的标尺。

教育是国家之根本。高等院校担负着培养高级专门人才和发展科学技术文化的重大任务,应面向现代化、面向世界、面向未来,为我国社会主义发展培养出各类合格人才。这是中共中央1985年5月27日,关于教育体制改革的决定中提出的。抚今追昔,我们应以此为准则,办好历史专业。

原载魏宏运:《南开往事》,南开大学出版社,2009年

盐山"四清"一年纪要

1964 年

9 月 11 日中共中央、国务院发出《关于组织高等学校文科师生参加社会主义教育运动的通知》，南开大学历史系师生除部分已参加半工半读者外，余均随学校分赴霸县煎茶铺、丰润老庄子，参加"社教运动"，前者是经济系党总支书记陈建华负责，后者为外文系党总支书记李进负责。我也曾前去看望过他们，了解情况，听取汇报。老庄子镇生活资料之匮乏，是出人意料的，连吃饭的碗筷都买不到。我和李进共用他的脸盆吃饭。

此前暑假在小白楼音乐厅听刘少奇、王光美作"四清"报告——桃园经验，刘少奇讲了几句话后便说请王光美同志来讲。时天津市隶属河北省。

1965 年

9 月 11 日与总支副书记李琛率历史系师生到河北省参加"四清"运动。历史系东亚毛纺厂的半工半读由刘泽华负责。学校的总领队是委平、冯伟，一部分师生分配到沧州，一部分到盐山。跟随娄平在沧州的有李国骥，在盐山的有王鸿江等人。历史系被分配到盐山，同去的还有数学系、经济系以及校行政部门。

9 月 13—28 日在盐山县城集训，学习《二十三条》即《中共中央关于农村社会主义教育运动中一些具体政策的规定》，华北局制定的《关于华北农村"四清"运动的若干问题》，以及《河北省委关于第一期农村"四清"运动的基本总结》，强调以阶级斗争为纲，狠抓两条路线斗争，整党内"走资本主义道路的当权派"；规划进村的安排。盐山"四清"工作团及分团领导班子由工作团和县委共同组成,负责人是任丘县委书记张书林,我为成员之一。工作团下设工作队。盐山各工作队成员由任丘干部、南开师生组成。历史系师生被分配在城关公社和卸楼公社。老教师吴廷璆、沙林等安排在城关,中青年教师多去卸楼。

盐山属盐碱地区,地瘠民贫,农作物产量很低,居民家家熬硝。县城仅有粮店、供销社、百货店、理发店、洗澡堂各一家。硝盐自用或出售,有的用以制鞭炮。群众生活极为艰难。西隅有一家原是地主,当时还经营一点小生意,到周围各地的集市中买卖点东西,生活尚属富裕。一般群众除吃用自产粮食外,别无甚可卖之物。我和杨志玖、杨翼骧、王成彬住城关西隅,有两个月一天三顿都吃红薯。后来,工作队自己办伙食,生活有所改进。

工作队进村,首先是宣传《二十三条》,让群众知道"四清"运动的目的。成年人按生产队被组织起来听讲。村团支部动员青年唱革命歌曲,还根据"四清"内容编成快板。大队和生产队干部都是"四清"对象,首先要"靠边站""洗手洗澡"。由临时组成的积极分子查他们的账目,干部则清政治、清思想。工作队员当时以阶级斗争和两条路线斗争为纲,采取访贫问苦的方式,寻找"走资本主义道路的当权派"。我所在的大队,最终没有发现有"走资本主义道路的当权派",账目不清是有的。村中迷信盛行,发现的倒是有巫婆招摇撞骗。

1966 年

1月19日—2月7日　春节期间不放假,也不准请假,根据河北省委的意见,"四清"工作队就地过春节。分在各公社参加"四清"的南开师生回县城休整集训,总结进村以来的经验和收获。

2月　春耕开始,工作队率领社员到地里挖沟渠、春耕。为的是能使盐碱地增产。挖沟渠的办法是从其他地方学来的,西隅社员对此表示怀疑,经反复讨论才勉强下地耕种。

4月26—28日　参加盐山"四清"工作团党委扩大会议,张书林主持,中心议题是如何突出政治;总结工作中的经验和差距;搞好思想建设和组织建设。各分团汇报多为所在地区学习毛泽东著作的情况:如许多农民能背"老三篇",写语录牌,有的举办讲用会,有的开展政治与业务大讨论。反映出的问题多为工作队干部工作作风不民主等问题。

4月29日　上午8时至10时半,参加电话会议。张书林讲话,主要内容是全民整党运动,突出党的思想建设与组织建设。村干部要写鉴定,从1960年或1962年算起,对蜕化变质的党员应开除。

下午,韩进光讲关于革命接班人问题。

5月9日 关于西隅大队全民整党情况:西隅大队成年人共311人,参加整党受到教育的为266人,45人未参加。有的群众说,不能光批评党员,我们自己也得好好干。

给西隅大队党支部的意见是:有的党员在"四清"运动中无变化,或变化不大,因此党员登记中,有人应缓登,有的应给予处分,有的则不准登记。

5月22日 从3月开始,娄平、冯伟相继返校,盐山"四清"的收尾工作由我负责。娄平返校前嘱咐说,要抓好总结,由各分团提供原始材料,总结中应提出经验,好人好事的典型材料可汇集交总部王鸿江。总结由邓汉英、乔沙、郭锺毓、纪凯林和我共同完成。

5月25—26日 臧伯平、娄平从学校发来通知说,计划6月返校后要举办一次学习毛泽东著作展览。颇感时间紧迫,我于是积极听取各分团领导人的汇报,包括望树、卸楼、刘范、王可忠、马牛等公社分团。

5月29日 参加电话会议。张书林传达省委指示,讲建立村领导核心是有斗争的,特别是宗族与宗族之间,解决这一矛盾必须用毛泽东关于阶级与阶级斗争的指示,进行阶级教育;选革命的人当干部,一定要把"四清"中表现好、学习毛著好、大多数贫下中农拥护的选上;运动进入生产建设阶段,要抓生产管理上两条道路、两种思想、两个方针(自力更生还是依靠国家)的斗争;在粮食分配上实行政治挂帅与奖励相结合的方法。还指出,"四清"工作组工作中有少数人松懈了,不认真坚持"三同",违反纪律的情况亦时有发生。

5月31日—6月1日 召开领队会议,商讨鉴定和返校事宜,决定6月3—5日宣布返校,10—13日做好鉴定。离村时应做好安排,善始善终。盐山的全面总结,由我和郭锺毓等已拟出初稿,返校后的文艺汇报演出节目也已准备就绪。

6月15日 返校途中,我还在张罗照顾师生的安全,火车到达天津站时,各系派人来迎接。大家欢呼胜利归来。独我一人无人理睬,我自己扛着沉重的行李爬上汽车,一时处于懵懂之中。

原载魏宏运:《南开往事》,南开大学出版社,2009年

1966年南开大学"八七花开"纪实

1966年至1976年的"文化大革命",简称"文革"。革命是指历史事件是进步的,推动了社会的发展;而"文革"则是破坏性的,使国家和民族遭到了巨大的灾难,是史无前例的。1994年9月,我参加汉堡会议时,一位比利时学者曾提出应更正"文化大革命"称谓。

"文革"时,民众被分成红五类(指革命军人、革命干部、工人、贫农、下中农)和黑七类(指地、富、反、坏、右、叛徒、走资派)。几乎每个单位都有"保皇派"和"造反派"之分。干部被划分为毛派和执行刘(少奇)邓(小平)路线的走资派,两派之间进行了殊死的斗争。武斗现象遍布各地,全国处于混乱、无政府状态。

就南开大学而言,被打成牛鬼蛇神的两百多人,被抄家的186户。1969年被揪斗的有298人,占全校员工7.2%,被非法审查的共538人(内有教师干部510人),办学习班的160人,其中教授、副教授占93%,这是南开大学"文革"的概况。

"文革"一开始,河北省委文教书记张承先就来南开大学煽风点火。天津归河北省管辖,天津市委文教书记王金鼎来到南开大学与会,张不客气地说:"谁叫你来的,你出去!"时任南开大学党委书记的臧伯平随即组织了两个机构,一为"文革"办公室,设于行政楼,由庞诵逢负责;一为大字报整理组,由刘世凯负责,共八九个人。臧伯平还命令党委宣传部邢馥德臆造一个黑名单,称"何(锡麟)娄(平)黑帮",把他要打倒的人均列入其中,贴在校大礼堂内示众。臧伯平还于7月29日通过"校文革委员会"第三次会议决定,8月15日以前完成第一阶段战役,即完成对吴大任、郑天挺、滕维藻、李何林、李霁野、李华、邹本基、魏宏运等几位全校性重点人物的批斗。8月15日以后,转入第二阶段,由全校性批斗陆续转入各大队对走资本主义道路的当权派,以及对资产阶级学术权威的批斗。我、郑天挺、滕维藻、李何林等6人的罪状铅印成16开本的册子,到处散发。

所有受害者都被抄家、批斗、剃阴阳头、劳改,甚至被扫地出门,受尽人间屈辱。

这里就 1966 年 8 月 7 日臧伯平策划的"八七开花"的情景做一概述,来看这一运动的残酷性达到什么程度。

据说为了迎接 8 月 8 日中共中央关于无产阶级"文化大革命"的决定,臧伯平 8 月 6 日便命邢馥德等六七人开会,研究 8 月 7 日要批斗的对象和批斗的方式。臧伯平命各系尚掌权的总支正副书记上报权威学者和走资派的名单,各单位上报的人数不等,有的一两位,多的达到 20 人左右。

8 月 7 日,星期天,天气炎热。但在政治上,这一天是南开最黑暗的一天,乌云遮住了太阳,恐怖景象笼罩了南开园,此时的南开不像是个高等学府。

人群在同一时间,以同样的方式,先批斗后游街,然后准时向思源堂和行政楼之间的广场集中示众。

据初步统计,被批斗游街的:

校党政各部门:

李华、邹本基、张小璋、李国骥、杨嘉年、薛德诚、杜泽先

数学系:

曾鼎和、刘晋年、杨宗盘、胡国定、定光桂

物理系:

姜安才、沈寿春、何国柱、张云祥、赵景员

化学系:

何炳林、陈荣悌、高振衡、朱剑寒、陈英、王祖陶、吴恕求

生物系:

萧采瑜、顾昌栋、戴立生、卞鑫年、张玉玲等

外文系:

李霁野、李宜燮、陈建华、钱建业

中文系:

李何林、邢公畹、朱维之、姚跃、许政扬、马汉麟、朱一玄

经济系:

滕维藻、谷书堂、鲍觉民、陈荫坊、陶季侃、陈国庆、孙兆录等

哲学系:

温公颐、杨万庚

历史系：

魏宏运、于可

这一天对我来说，记忆犹新。批斗我的地点在主楼东边 101 大阶梯教室，全系教师学生近三百余人，教室坐得满满的。主持大会的是总支副书记，女，平时有病不工作，此时可精神极了，神气极了，在台上呼风唤雨。她将许许多多与我无关的事，都硬拼凑起来，作为炮弹向我射来，只见万箭齐发，千夫所指，可惜放了空炮。她组织得很周密，用心良苦，有专人喊口号："历史系揪出了最大的走资派""打倒魏宏运""罪该万死""踏上一只脚，让他永世不得翻身"等。

批判者手中持有准备好的稿子，声色俱厉，都摆出了控诉的腔调和姿态。我站在众人前，低着头，不准平视。

据我回忆，批斗的内容如下：

揭发我招降纳叛，引进雷海宗、来新夏。事实上雷海宗是 1952 年院系调整时，教育部由清华大学调来的；来新夏是 1950 年毛遂自荐，院系领导批准的。我当时还是学生。

揭发我是大地主、大资产阶级、大军阀出身，隐瞒了身份。群众组织两人到我家调查，结果证实我确实是贫农。1969 年，全校在大礼堂开会"解放"我时，有人把我押到台上。后来宣布我是贫农，全体哄然大笑。

揭发我研究 1927 年武汉革命政府，是配合蒋介石反攻大陆。这太离奇了，我的文章是批判蒋介石"四一二"叛变后对武汉政府的围攻。

揭发我污蔑红军离开江西是"逃跑主义"。发言者的知识也太贫乏了，毛选他也不看。

揭发我销毁毛著一百多部。实际状况就是我买了三本，剪切分类作为卡片，上课需要时，就念卡片。我那时毛选读得很熟的，"文革"时常引毛主席语录，能说出它们的原文在哪一页。

如此等等。

有准备的批判发言胜利地完成了，主持人宫春彦宣布现在要去游街示众了，就给我带上约二尺半的高帽子，穿上一身用大字报拼成的纸衣，脖子拴上草绳牵着。于可同志是系办公室主任，是陪伴批斗的，也带上一顶高帽子，拉到广场。

在广场上，各系受害者相遇，一片阴霾气象。每个人的愤怒与悲伤交织在一起。因为天气炎热，脸上被涂上颜色的人，黑一道、白一道地流着汗水，阴阳头和高帽子是共同的待遇。我特别受到厚爱，穿着纸衣，闷得喘不过气来。人群把我和于可拉到我住的东村门前和于可住的宿舍及大中路，转了一圈，然后再回到广场。

受害者受尽侮辱，地质地理学家鲍觉民弯着腰敲着锣，哲学家杨万庚身患重疾，附中的红卫兵也把他拉来示众，让其下跪。著名的诗人、最早翻译《简·爱》的翻译家李霁野和李宜燮等多位教授在主楼二楼洋灰地上跪了一夜。党委宣传部长张小璋和团委书记李国骥也在桌子上跪了一阵。研究阿拉伯文学的朱维之在主楼一楼中厅的凳子上站着，摇着蒲扇示众。本来给老校长杨石先也预备了纸篓做的高帽子在家中带上，准备游街，因周恩来总理下令保护，才免遭一劫。

我已失去了任何自由，没有人格了。整天挂着写有"黑帮"的大牌子扫马路。有一天在新开湖图书馆前扫路，红卫兵令我脱鞋检查。在"八七开花"以前，我劳改时还要打着幡（旧俗，人死后，送灵的子孙打幡将逝者送至墓地），还不准我看报纸和大字报。一次我在从家到主楼的路上斜眼看了一下大字报，被一广东籍同学察觉，就遭到拳打脚踢。这位同学从系红卫兵组织领导的办公室出来就行凶。

我的生活从精神上到物质上都受到限制。粮本上贴着记号，不给大米吃。工资冻结了，家庭成员是每月发 10 元，我个人 9 元，说我"反党有功"，难以维持生活，只能让两个孩子魏晓明、魏晓静到东村垃圾堆去捡大白菜帮来吃。墙倒众人推。邻居也制造麻烦，有的监视，有的摔门。我曾问自己"何罪之有"，人们的道德观念和理性到哪里去了！为什么失去判断力，只是盲从错误的领导。

这样的日子生活了几个月。1966 年 12 月，新开湖畔的图书馆贴上了大标语——"踢开党委闹革命"。卫东红卫兵包围了行政楼，造了臧伯平的反。他的亲信邢馥德还打了他一个耳光。臧伯平和副校长娄凝先都被放到东门内的大车房劳改熬胶，供同学贴大字报用。原来只我一个人熬，现在变成三个人，彼此不说话，默默无语。在劳改中，臧伯平的肋骨被打断两根，扫洋灰时，洋灰迷了眼，一只眼弄瞎了。有一红卫兵用木棍打他的头，幸未受伤。真没想到，他也落到这种境地。

"四人帮"垮台后，教育部任命臧伯平为南开大学校长。因"文革"中树敌太多，全校教职工五百多人通过画家上书邓小平，有一部分教师通过经济学家也上书控诉,反对这一任命。臧伯平离开了南开校园,成为历届校长中最"短命"的校长,仅半年多的时间。他离开的那天,只有少数人送别。我因他曾到我家道歉、承认错误,也去送别一声。

这是那特殊年代发生的事。历史是由记忆组成的,今天的年轻一代人很难理解怎么会有这段苦难历史。研究"文革"的年轻人也只是纸上谈兵,难以有深刻的体会。现在已有不少回忆录,记录下那时的历史文化和社会,这是珍贵的文化遗产,是有价值的,我们应该反思,引以为戒。

原载王兆成主编:《历史学家茶座》(第三十二辑),山东人民出版社,2014 年

南开大学往事一

1966年6月15日结束参加的河北省盐山"四清"工作，我乘火车返校。自去岁11月始，已8个月。因领队之副校长娄平与副手冯伟已于3月份先期返校。我接受了南开盐山"四清"的全盘及结尾工作，除历史系师生外尚须教学、经济及校外诸单位人员之诸项事宜。途中，我还在张罗照顾师生的安全，考虑回校后如何向校领导报告、如何文艺汇报演出。火车到达天津站，各系派人前来迎接，大家欢呼胜利归来，独我无人理睬，只好自己扛着沉重的行李爬上汽车，一时处于懵懂之中。

回到家中，刚放下行李，立即有人打电话来。我拿起话筒，传来的是6个字："魏宏运，你浑蛋。"

6月16日清晨去历史系，情况大变。历史系所在主楼的二楼，从东到西，走廊及教室，贴满了大字报，连点缝隙都没剩，而且无一张不是为了"迎接"魏宏运。最耀眼的是贴在二楼大厅最显著位置上的一张通栏大字报，写着"打倒历史系最大走资派魏宏运"。据说是当时的历史系团总支书记写的，他以此自豪。我接到的第一道命令，是系党总支副书记让我交出所有的党内文件。

我花了几个小时时间，看了一圈大字报，95%的内容都是水分和无中生有：关系教学科研的占有很大比重，多是歪曲事实或断章取义；我在课堂上引用毛泽东著作的地方被掐头去尾；或恶意解读我的论文，说写武汉国民政府是配合蒋介石反攻大陆。看完以后，我心情反而坦然，并不紧张，因为所指的事，我都有根据，都可以说清楚，还是"心里没病，不怕冷年糕"的"天真"想法。回家的路上经过大礼堂，进去转了一圈，见有一张"何娄黑帮"图，运动领导人校党委书记臧伯平已为南开文革定了调，"何"指何锡麟、"娄"指娄平，二人均系党委副书记、副校长。魏宏运名列其中。

历史系"领导"在我返校前专门向师生做了布置：大字报要贴满主楼二楼，魏宏运回来不要和他握手。在毛纺厂半工半读的师生，因此提前撤回来，大家彻夜写大字报,据说花了三天三夜时光。校党委曾动员"乱箭齐发",历史系是箭发而不乱,绝对集中。

学校当局铅印了我、滕维藻、郑天挺、李何林、李霁野等人的"罪状"单行本,是16开的,在校东门内散发。

王玉哲通过他保姆告诉我,晚上有人持枪监视我的家,在窗下窃听。黎国彬在我去历史系的路上说了一句:"晚上少说话。"

很快,我和我妻子被扣发了工资,每月生活费9元,家庭其他成员10元。还有人来"命令"我交出银行存折,见我折子上只有几元钱,悻悻而去。家庭生活陷入困境,无钱买菜。我的儿女魏晓明、魏晓静每日从菜店和职工食堂外垃圾堆中捡菜帮。

6月中下旬,历史系开了多次斗争会,认定我是黑线上的人,并高喊"把魏宏运揪出来了"。高音大喇叭也频频勒令我于某时到某地交代罪行,若不去就砸烂"狗头"。来势之猛,进展之速,斗争手段之多样,完全出乎意料之外。历史系已揪出了一帮"牛鬼蛇神"。系里把他们放在一起,号称"牛鬼蛇神组",大半是老先生及被认为是可划作地、富、反、坏、右的人,是些死老虎。那些没有瑕疵的是基本革命群众,单独在一起。还有的人两边都够不上,属于中间人物,放在中间组。我是哪组都没资格,被定性为历史系"三敌"之一。三敌即郑天挺、巩绍英、魏宏运,除此之外还有"一霸",即于可。"三敌一霸"是副教授梁卓生归纳出来的。

揭发我的"反党罪行"从深度、广度上开展起来,于是说我"网罗"牛鬼蛇神,是历史系牛鬼蛇神的大红伞、保护伞。牛鬼蛇神中历史上出点问题的人乘机来凑热闹,比如说:他本人是怎么被魏宏运网罗来的,指魏宏运为执行"黑学则"的急先锋,打击迫害青年教师,把他们"赶"下讲台。于是有了控诉大会,群情"激愤","打倒"的口号声响彻会场。

离奇的神话接连出现:一是魏宏运"销毁"毛著,开始尚无数目,只是说其他师生买不到,他买了好多套,都剪掉了。越说册数越多,多到销毁了200套;一是魏宏运是大地主、大资产阶级、大军阀出身,于是魏宏运成了深深隐藏在党内对党对人民有深仇大恨、阴毒的反党反革命反社会主义分子。"画皮"一旦被揭掉,便"原形毕露"了。言之凿凿,不容置疑。声称:"三大"出身是经"领导"批准,系团总支书记从校党委组织部魏宏运档案中看来的。我被归为"黑七类"。大字报贴到了天津东火车站及陕西的西安市。

随着我的"级别"的提升,对我的批斗会更多,离奇的内容也更加丰富。如魏宏运讲课中有反党内容二十条等。有人说就有人信。于是"革命派"更加振奋,有人高喊:"打倒魏宏运,把魏宏运打入十八层地狱,让他永世不得翻身。"拳打脚踢已不算稀罕事。

"三大"出身杀伤力最大,历史系的"革命"取得巨大的胜利。钉子已钉在板上,有些人可以松一口气了。

7月14日,系总支副书记常年请病假,平时不工作,这时积极起来,带着一名学生,把我从家中拉出,穿戴上用大字报纸制的纸衣、纸帽,将带来的草绳挽了一个活扣,让学生牵着走。我妻子目睹此景,悲痛欲绝,曾愤不欲生,但这种人格侮辱也令她警觉起来,在而后的日子里,每天早晨分别时,她都嘱咐我千万不要胡思乱想,晚上我们一定再见面。

7月28日,学校召开批判党委副书记、副校长娄平,副书记、副校长何锡麟,副校长吴大任大会,我被定为"何娄黑帮"陪斗。

7月29日,校文化革命委员会第三会议议决:"8月15日前完成第一个战役,即完成对吴大任、郑天挺、滕维藻、李何林、李霁野、李华、邹本基、魏宏运等几个全校重点人物的批斗。8月15日以后,转入第二战役,即由全校性批斗转入各大队对走资本主义道路当权派和资产阶级权威的批斗。"

8月4日,我们几个人接受"勒令"到主楼前,胸前被挂着巨大的牌子,写着"黑帮",省却了"分子"两字,手里打着丧家才用的招魂幡,被揪到方桌上批斗。站在高高的桌上,头被按得低低的,两条胳膊被扯住,往后高高扬起,但脸部不准冲下,得把脸让观众看得见。这种难拿的姿势叫作"坐喷气式飞机",据说是从北京学来的。把人塑成这种不合生理的姿态,确是一种"创新"。后来看报纸,得知这是制服囚犯的特殊技巧。以后这种斗争方式已程式化,是每次斗争会不可或缺的。

当天,郑天挺也未能躲过。斗争会过后,我们被勒令去拔草。郑老没有手劲,就用牙去咬。八里台来看热闹的小孩,还强迫郑老下跪。

8月7日,"八七"全面"开花"。学校当局要抢在《十六条》公布之前行动,于6日组织七八个人在行政楼彻夜研究,策划了何娄黑帮组织图系表,炮制出"八七开花"的校级及各系的人名单及采取之手段。当天,各系同时组织批判会和游街,声势浩大。各系被游街示众的人数不一,有七八人的,有十多人的。历史系总支副书记组织全系师生在主楼东侧阶梯教室内批斗我,然后我被戴上高帽子,穿上纸衣,脖子上套着草绳,被人牵着,从主楼走到东村,从校门到大中路,游了一大圈。草绳在南开成了魏宏运专用。陪绑的是于可,被戴上一怪形帽子。外文系的"开花"对象李霁野等在主楼中厅水泥地上跪了一夜。中文系朱维之脸上被涂上墨水,手里拿一把扇子,于主楼中厅站在凳子上示众。全校两百余名党政干部和教师成了"牛鬼蛇神",遭到揪斗、殴打,186人被抄家,其中教授6户,校、系干部16户。

此后,每天我都挂着"黑帮"的牌子走着批斗—劳改—批斗—劳改的交替循环路线,来去时都打着幡。途中,受尽红卫兵的侮辱,几次被迫脱下鞋,说要检查鞋内是否藏有违禁物。

8月8日历史系与我妻子所在的单位联系,同一天给我们剪成了"牛鬼蛇神头"。是日,全校许多被斗者被剪去头发,中文系姚跃(女)被剪成"阴阳头"(即半边有发,半边光头)。

8月中旬在东校门内二三十米内的左侧竖起一面墙,设计了庞大的"百丑图"。被丑化的干部、老教师有百余人,包括郑天挺、滕维藻、何炳林、李霁野、鲍觉民、顾昌栋、姚跃、陈建华,我为其中之一。每个人都被画成怪相,写上"罪状",借以示众。

8月12日,"卫东"红卫兵组织于师范学院宣告成立。8月21日,"八一八"红卫兵组织于月底成立,其成员包括教师、干部、职工和学生。两相对立,"卫东"称"八一八"为"老保"。月底,"八三一"工人赤卫队成立。"卫东"战斗队发表成立宣言,矛头直指校文化革命委员会,人称"造反派"。

我被专政,每天除于室外劳动外,还被关在主楼一间屋内写"交代"材料,不准看报,也不准看给我贴的大字报。一天,我在北面一间教室写"交代"材料,看到对面房间有某教师带领学生开会。他们对我的存在毫无顾忌。会议刚结束,一名广东籍学生立即过来对我拳打脚踢,就为我走过主楼前时,瞥了一眼大字报。我惊诧,他们的"监管"竟是如此严密,"专政"措施如此及时。

8月20日,在北京红卫兵"破四旧"和人民日报社论《好得很》的导引下,南开大学红卫兵开始扫"四旧"。我家被抄了无数次,两百多本书籍和一些衣物被抄走。被抄走的东西,有的后来成为个别红卫兵的私人"猎物",如斯诺夫妇著《西行漫记》《续西行漫记》(上海复社版精装本)和我亲戚王迈存放的照相机、望远镜;有的被拿到校图书馆四楼抄家物资展览示众,如《孙中山全集》之类。我家近一个月时间都是在满地衣物、书籍、照片、书稿,满床杂物、被褥中度过的。房间不能也不用整理,不然,下一拨抄家的人到来,会再全部翻拣

83

一遍。红卫兵还掘了我家的地,据说恐有枪支埋藏。

吴廷璆先生家被抄了 11 次,凡民国时期出版之书刊及日文书上有大日本字样的书籍全被带走,还有少量金、银、玉器工艺品。中文系华粹深对戏剧的研究颇有造诣,其所藏唱片相当珍贵,但被声称是黄色唱片,在主人目睹下当场全部砸碎。

抄家物资展厅中最突出的是张学良原私人医生、时为南开校医杜泽光的金银财宝。展后,凡贵重者皆不翼而飞,这是后话。

当日被抄家者 160 余家。

9 月 21 日,"八一八"组织全校各系部分教师到霸县背靠大清河的一个村庄支援"三秋",我被作为"靶子"拉去批斗,一路走,一路斗。我是南开唯一被拉到农村批斗的。由于所在村牲畜缺乏,拉耧的任务就落在我身上。清晨往地里去,扛着耧,在地里拉耧,全身大汗淋漓,红卫兵不允许给水喝。村里老乡给碗水,监管我的人举手将碗打落在地上。地是黑土地,脚踩下去,陷得比较深,很难拔出来,拉耧时鞋总被粘掉。老乡替我找来布条,让我系上,又遭到训斥。因为身体严重缺水,没过几天,我的宿疾痔疮因便秘而发作,坐骨神经疼也随之而来。每走一步都很艰难,咬着牙根,泪水往肚里流。他们休息时,就在地头批斗我。晚上收工,我得把耧扛回来。晚饭后,他们再组织村民在十字路口批斗我,并"因地制宜"地将"黑帮分子"改成"富农分子",老乡不知就里,只能空喊:"魏宏运,我们怎么着你啦?"批斗完,我还得写检查,不给盥洗时间。"监管"人员"尽职尽责",连夜里上厕所他都"奉陪"。

一次,改善伙食。大家都快吃完了,我还在饥肠辘辘地垂手站立,等待他们讨论"肉,能不能给魏宏运吃"的"革命"决定。医务室韩医生,有意当众消遣我,端着碗边吃边训斥。

秋收完毕,返校时乘船。各系分乘十几条船,因批斗对象只有我一人,于是我被从一条船上拉到另一条船上,逐船批斗。我当时想,无论如何我得活下去,事实终有被澄清的一天。

回到家里,家里人说:你怎么这么臭?我说,得赶快换衬裤,磨死我啦!等脱下衬裤一看,裤子上有碗口大一片层层脓血结成的嘎巴。衬裤洗过后,那片地方也洗飞了。半个月来,他们不曾让我身上沾过一滴水。

这时,家也不像个家。妻子被剪掉头发,白天不敢外出,天不亮就去上班,天不黑不敢往家走,怕路上遇见红卫兵被打。孩子每天上学要罚站,听到"狗崽子站起来"的吼声,就得站着。我的儿子魏晓明说:爸爸,我不会再长个了。我每天心里像刀绞一样难受。当时流行着一种反动的血统论:"龙生龙,凤生凤,老鼠生儿会打洞。""红五类"趾高气扬,不可一世。被视为"黑五类""黑七类"的受尽折磨。

一天,我妻子回家,途经红旗路。当时有一段路两旁没有建筑物,是一片野草。她突然听到狼嗥,转眼间狼到了路边,与她碰个正着,躲已经来不及了。幸好有人骑一辆破车,由北向南,嚓啦嚓啦地过来,狼才跑掉,总算捡了条命。

11月至12月对我的专政逐步升格,由系管改为校管。从霸县返校后,先到第13学生宿舍冲刷厕所,随后被拉到东门内大车房熬胶,供全校贴大字报用。运动的高峰期,胶的用量很大,由我一个人保证供应,自己烧柴,自己搅锅。来取胶之人,任意喝骂。

12月,学校出现"踢开党委闹革命"的口号,大标语贴在图书馆外墙上。我的妻子晚饭后出后门在小树间小立,见两名学生把臧伯平从家中拉出,一人在前走,一人在后跟着,手里握着一根直径约12厘米粗、长约1.4米的木棍,嫌臧伯平走得慢,用棍猛击其头颈,只听"梆"的一声,妻子吓出一身冷汗,回来对我说:"他们会不会把臧伯平打开瓢啊!"

不久,熬胶的增加了俩人,一是被踢开的校党委书记臧伯平,一是被批为叛徒的副校长娄凝先。三人凑在一起,相互不说话。

已毕业之上届学生回校闹革命盛极一时,南开历史系毕业的学生也有响应者。他们与天津大学、天南大附中及留校的同学大约有十人左右,与历史系造反派汇合,共同批斗我。原因是他们对工作分配有意见。他们强拉我到第一学生宿舍,不问青红皂白一顿猛打。"打手"戴着带刺的指环,一划一道血印,头上脸上都是。我胸部挨的拳头最多,顿觉五脏六腑翻江倒海,头上也起了大包,脑袋剧痛犹若断裂。然后,他们忽然提出让我饮水。听说,此时喝水必得肋膜炎,未饮。他们又继续狂打。我的妻子王黎在窗外看到打得越来越狠毫无休止之意,便不顾一切地冲进楼内,拉开该宿舍房门,大喊"打人啦"。喊声惊动了楼上和楼下几十名学生,都来看热闹。"革命派"的激情有所冲淡。我的女儿魏晓静立于我对面,至死不肯离开。打手们不认识她,便问她是否认是我。她说不认识。打手问:不认识,你看什么?她说:我看他交代不交代,交代什么。由于有其他人在场,打手就没敢下毒手。

原载王兆成主编:《历史学家茶座》(总第二十五辑),山东人民出版社,2012年

南开大学往事二

1967年1月，"夺权"兴起于上海，全国效法，号称"一月风暴"。南开园最有实力的仍然是"八一八""卫东"。"卫东"人多，于1月7日夺了权。此时，小型战斗队真如雨后春笋，每系起码都有十多个，名称也五花八门，无奇不有。历史系有"红卫兵""长征""古田"战斗队，中文系有"火车头""大刀片""红缨枪""鲁迅文艺"战斗队。有的系则组成"齐天大圣""揭老底"战斗队。各战斗队人数不一，有的一个人，也自称战斗队。最著名的是中文系的"火车头"战斗队，因其成员中有人掌握组织部，不断抛出个人档案，杀伤力最大。

"八一八""卫东"两大派常常发生争辩，在小礼堂前一辩论就是大半夜，而且群情激动，各不相让。他们立场各异，观点对立，发言者怒发冲冠，支持者呐喊助阵，形式逐渐发展到无法控制的地步。

两派观点渐渐浸入家庭。夫妻或父子之间经常出现各自参加一派和拥护一派的激烈争辩，因此而反目者也非鲜见。

江青提出的"文攻武卫"一出炉，"八一八"和"卫东"两派武斗起来。"八一八"又称红反团，占据胜利楼，准备了许多各式各样的"武器"和可用做攻击的物件。"卫东"人数占优势，包围了胜利楼，准备攻克，"八一八"用钢板封了楼门，用课桌椅堵住了楼梯。双方势不两立。胜利楼一楼为化学实验室，其中的仪器全部受损，著名化学家何炳林估计价值在500万之巨。

3月，历史系红卫兵强迫我和他们一起住第13学生宿舍，不准回家。常听到学生何兆之炫耀自己在北京和南京等地抓"叛徒"的能耐，并说他们向中央文革揭发"伍豪启示"。

此言不虚。1979年刘健清请何长工来南开讲演。何长工提起"文革"时期南开大学红卫兵抓"叛徒"的事，采用的是逼供信。他还清楚记得并直接点了何兆之的姓名："他来到地质部，说我是大叛徒，让我站了几个小时，不让吃饭，让我交代，不交代清楚不行。我说：'他们的行为是恶劣的。我这么大的年纪,你们这样对待。你把我打成'叛徒',又拿不出材料,我要向上级反映。'"何长工还讲,南开抓"叛徒"的红卫兵还调查过周总理。

当时,"卫东"于3月11日刊印了一个小册子,宣传他们如何与西安几所大学的造反派共同组成抓"叛徒"的联合调查组。"八一八"于当年8月也出版了抓"叛徒"的小册子,历数他们的"功绩"。据说,全国因被列入南开制造的"叛徒"花名册而致死的老革命、老干部约有两三百人。

事有凑巧,我的名字太俗了,俗不可耐,竟有一位"叛徒"与我同名同姓。一时间,我天天被"提审"。主审官很亢奋,喜形于色。好在不久,那个"叛徒"魏宏运被"揪"了出来,我被放了一马。

此时,发生了老教授大搬家或合伙住房的情况。不少系"造反派"的头头命令住所比较好的老教授搬出,或腾出一半住房,让青年教师搬进去。郑天挺被从原住房赶走,住进了不向阳的9平方米的一间小屋。滕维藻被扫地出门,从北村7楼搬到11楼,一家五口住在一间房内。李何林也被扫地出门。杨生茂半个月被迫搬了两次家,一家人先从北村搬至东村,又从东村搬回北村一间朝阴的房子里,下通知的是历史系不同的两位青年教师。吴廷璆的北村住房被压缩了一半,两层楼被强占了一层。杨翼骧、王玉哲也都压缩了房间。我的房子,他们也看过几次,因为两间房子难以隔开,没有看中。某组织曾想拉走屋内的沙发和桌子,只因太破旧而作罢。

此时,红卫兵的越轨行为颇多,滕维藻、李何林被绑架到南开附近的学校的楼上,绑去时,眼睛被蒙上一层布,嘴里还塞着东西。滕后来告诉我,他看到窗外大字报上写着"打倒乔国铨",才知道被绑到医学院。李说,有一天忘记给他吃饭,到了晚上才扔给他两个窝窝头。王祖陶受到"熬鹰"折磨,三天三夜不准睡觉。

11月,学校两派对立严重,不断发生武斗。但是,只要有空闲时间就批判我。一次,我走过大中路,被"革命干部"王明江看见。他竟气愤地说:"魏宏运又在大中路上走!"

11月11日,斗争会天天开,已经数不过来,记不清开过多少次。这里仅记两例。历史系召开揭发控诉修正主义教育路线大会。(发言人姓名略)

郑天挺、雷海宗统治历史系。来新夏把持中国近代史。雷和来都是市委有定论的人,魏还让他们上课。他们非常跋扈,把青年教师张宝训赶下台,排挤出学校。来新夏自己吹嘘有多少卡片。魏宏运对资产阶级不斗争,为雷海宗开脱,说雷1955年批判胡适时说的话不是那个意思。资产阶级知识分子待遇很高。魏宏运以系秘书、系助理名义出现,赤裸裸的是资产阶级统治。

1958 年冲击旧教育制度,批判资产阶级知识分子,下乡下厂,走向社会。党的领导加强了,大灭了资产阶级的威风。魏宏运什么态度?大字报说某某剽窃抄袭,魏让取下来。郑天挺算什么权威!魏说权威就是权威。在开滦时学习两篇(指《矛盾论》与《实践论》),魏说不能代替哲学整个课程。魏宏运是资产阶级代言人。1959 年魏受到批判, 一直耿耿于怀;1961 年又出现了反复,当时,以调整、"平反"为主,文科教材会、高教《六十条》,资产阶级知识分子对历史系的统治又加强了,雷等又上台放毒……

11 月 30 日历史系召开控诉修正主义教育路线大会。(发言人姓名略)

魏宏运吹捧资产阶级知识分子是一贯的。1958 年以前是资产阶级赤裸裸的统治,为所欲为。魏习以为常,喊雷海宗"雷老",说雷懂几种外国语;还要学生向郑天挺学习。

魏宏运对 1958 年教育大革命冷淡、抵制。1961 年魏贯彻"刘、邓反动教育路线",是对 1958 年的反攻倒算,说那是对资产阶级分子简单粗暴了,给人家甄别平反,说就是一件事搞错了,也得平反,开了两次赔礼道歉会。他在各种场合为资产阶级知识分子喝彩,说中国古代史教师成龙配套、力量强。魏宏运召开雄心壮志会,让每个教师制定长期计划。魏宏运让以六分之五的时间保证学习,让历史系党政干部也去听课。魏宏运在系里以召开行政会的办法,贯彻工作计划,这是向资产阶级投降。资产阶级的意志通过魏宏运就成为"革命"的:让郑天挺讲北大、清华的经验。魏宏运就说青年助教三年能上课,十年才能成熟。郑天挺提出抢救遗产(指雷海宗的教学、科研资料),魏宏运就照办。郑天挺说文化史专题好,魏宏运就设法登报宣传。魏宏运甘心做他们的工具,是地地道道的资产阶级代言人。魏 1959 年经批判后没有变好,而是变坏。

12 月 15 日,解放军天津部队一个连进驻学校。

1968 年

8 月 20 日,上午 10 时 30 分,工宣队二千四百余人进驻南开。

8 月 21 日,上午 11 时,二百余名工宣队员进驻南开。

8 月 24 日,工宣队 3 团 4 连进入历史系,队员来自三配件等工厂。

不分性别地在一室里关了我们八九个人。我每日在教师学生中被轮流批斗,一个年级又一个年级、一个班又一个班地斗,斗完了就写交代材料。一天,我实在写不出,就在室内仅有的那点空地上来回走,恰巧遇到"革命干部"王明江来巡视。他见状,就斥责我说:"魏宏运,你还在表演。"巩绍英气不过回敬他一句:"各有各的表演。"此间,同住的"牛鬼蛇神"中也有"积极分子",每天打小报告,工宣队认为他很"可靠"。凡是被关押的人都必须排队到食堂吃饭,边走边唱"牛鬼蛇神"嗥歌:"我是牛鬼蛇神,我是人民的敌人。我有罪,我该死。人民应该把我砸烂砸碎,砸烂砸碎。我是牛鬼蛇神,要向人民低头认罪。我有罪,我改造,我改造。不老实交代死路一条。"

我受不了这种侮辱,拒绝排队买饭。工宣队只好默许我与他们一起在主楼大厅里为工宣队设立的临时饭摊上买饭吃。关于"嗥歌",后来才知道是周魏峙被迫谱成的。

11月。历史系在主楼二楼一个教室举办"活人展览",首展的内容是我的"罪状",陈列了从我家抄去的精装本《西行漫记》《续西行漫记》《国父全集》等书。郑天挺等人还需天天到现场交代"罪行",我是"缺席审判",全市来参观的达15—20万人。这种"活人展览",全国只杭州一家单位和南开大学有。

我为历史系购置的解放区的影印刊物堆在主楼二楼中厅一个角落,准备拉到造纸厂去。

12月。知识青年上山下乡,插队落户。时魏觉民19岁,魏晓明16岁。我因被关"牛棚",为子女决定去向、筹划行李等事宜都落在妻子一个人身上。此时,挚友刘勃然在天津市委"支左",王黎请他帮助定夺。下乡日期定于来年1月7日,魏晓明来"牛棚"告诉我。当时,我是第三次进"牛棚",我表示同意。谈话前后不过几分钟时间,被一名工宣队女队员看见,她把我叫去。工宣队员们正在聊天,大谈结婚用的是席梦思床等。谈完了,回过头对我大声呵斥道:"你有什么资格管孩子上山下乡。"

12月下旬。校工军宣传队的领导的清理阶级队伍第一阶段结束,得出的结论是"南开大学叛徒成堆,特务成团,反革命分子成串",并在全校批判大会上宣布了这一看法。我成为全校第四号被批判人物,某教师在电影广场召开的大会上点名的顺序是:何、娄、滕、魏。

1969 年

春。对我的批判从"黑帮""走资派"等逐渐转向"反毛泽东思想",1959 年批判过的"理论上十大错误"再次被拿出来。

三配件厂来的一名工宣队老师傅陪我到家中查对大字报指责我理论上的"谬论"和"错误"。我翻开毛泽东著作逐条对照后,老师傅诚恳地点头说:"你是对的。"这位老师傅是位敦厚长者,衡水地区人。他离开南开的那一年,春节由老家回来,还带着自己家产的小枣来看我,并说:"这种枣你没见过,尝尝吧。我看看你就放心了。"枣很小,呈苹果圆,口感极甜。每念及此,备感亲切。

4 月。工军宣队接管了"八一八""卫东"的专案组,经过了重组。铁路来的一名工宣队员和历史系李宪庆专程赴我老家调查我的出身,这已是第三次了,"卫东""八一八"此前都曾去调查过,有的还曾住下一段时间。乡亲们反映:魏宏运家的确是贫农,小时候生活很苦,十几岁就在集上演讲,反对乡政府抓集刮地皮等。工人师傅发现事实与大字报上所谓的"三大"出身天差地别,表示回去要实话实说。系里多次讨论,但批判仍在继续。

5 月中旬。学校在马蹄湖边的大礼堂召开大会,批判我、曾鼎和等三人,然后宣布解放。大会开始,主持人喊:"把大地主、大军阀、大资本家出身的魏宏运押上堂来。"我依然做"喷气式",头被压得很低。我的女儿也被拉来对我进行批判。她的发言稿是工宣队帮助写的。因她年纪小,工宣队怕她害怕,中途退下,就叮嘱她不要着急,一定读完,并说读完了你爸爸就可以解放了。当主持人宣读结论,说"魏宏运出身贫农"时,千人大会全场哗然。

5 月下旬。刘勃然多次来我家聊天,对 4 月中共"九大"规定林彪为接班人颇为不安。他说"林彪是个阴险人物"。刘为师政委,1937 年投笔从戎,长期在部队工作,擅长写作,会作诗。我们在一起时,他常纵论时局。

8—9 月。我住在三配件厂,和吴廷璆、黎国彬、李义佐、许盛恒等参加"南大工人文科班"教学工作。那时,领导由学生担任,行动军事化,每天早晚都有操练,学生是教官。

10 月。到农村收割稻子,地点在东郊区四合庄。这个村有一百多户人家,男劳力白天大多去城里做临时工挣钱,秋收时则请机关、学校帮助。

11 月 6 日。10 月 17 日林彪发布一号令,称"紧急指示"。按此指示南开大学向完县疏散,历史系分配到五侯村。我随队伍步行至目的地,第一日宿王庆坨,第二日宿保定……第七日到达完县。我晨起拾粪积肥,上午和下午推独轮车往地里送肥,仍然独来独往,还是"另类",被吆来喝去。老乡则称赞我"像个干活的"。五侯村因靠近山,房子都是石料建成的。老百姓织的土布论斤来卖,工宣队员买得很多。

1970 年

2月底。我从完县五侯村去满城,参观 1968 年发掘的西汉中山靖王刘胜及其妻子窦绾的两座古墓。其中两套金缕玉衣是以玉石琢成长方形的小薄片,四角穿孔,并用黄金制成的丝缕缀连而成,最引人注目。

3月。前苏联边防军侵入黑龙江虎林县境内的珍宝岛,全国掀起反苏浪潮。我和汪茂和从五侯村被召回,到塘沽、张贵庄、大直沽等地调查 1900 年八国联军侵华时沙俄的暴行,记录了许多口述资料。我以此为基础,曾在第一文化宫做过一次关于沙俄侵华暴行的演讲。而后与王黎共同撰成《沙俄是八国联军侵华的元凶》一文,发表在《天津师范学院学报》上。

5月4日。全校师生由完县返回,追查"四一八"案件。4月18日这一天,校园内出现反革命标语。标语是用剪贴报纸上的铅字拼成的。我被历史系认定为反标语制作者,重点交代4月18日当天每时每刻的一行一动,并且必须找出证明人。我当天曾去过历史系教师刘克华家。他家住德才里。历史系一个姓何的学生陷害我,虚构了一个路线图,并按图走了一圈:从东村我家出发去天津大学绕一圈,贴了标语后,再去德才里刘家,然后回家,时刻恰恰不多不少,以此证明是魏宏运干的。情况对我日渐不利,除逼供外,有了监视,直至发动历史系全体师生为写反动标语的人画像。主持者说出三个条件:一是此人为西北人,因用的铅字是西北某报的;二是平日爱用剪贴方式制卡片;三是不满文化大革命。画像等同于"选举",结果所投的"票"无一例外地认为是我所为。这真是天大的冤枉!我为此多次受审,又被拘留。他们动员左邻右舍揭发,还把我叫到学生宿舍审讯。一次,主审的是一位名刘淑珍的女生,我认识她。有一天,我在校卫生院看病,躺在床上针灸,她把我从床上揪起来说:"不准看病"。那间审讯室外已站了两个公安人员。我非常气愤,对她说:"你说是我,可以立即把我抓到监狱里去。"历史系从铁路来的工宣队负责人把我叫到他们的办公室,说:"你就是现行反革命,越看越像。"我实在忍无可忍,到行政楼军宣队办公室找到郝主任。郝态度很好,安慰我说:"你是老同志啦!他们说什么你不要在意。他们说了也不算数。"郝客气地送我到门口。他虽然表了态,历史系仍然把我当作现行犯。后来幸而查明,反革命标语是一名工宣队员所为,但对我的态度依然没有转变。

11月。次子魏晓明在插队落户的安次县南务村报名参军。老农协主席推荐给村党支书说:这孩子很好,人家父亲是老革命,是党员干部,别耽误了人家的孩子,就让他去参军吧!村党支部派支委杨文宗来学校外调。那时我还关在"牛棚"里,王黎接待了他。我当时担心就为我的那些大字报,晓明也参不了军。岂知晓明参军的消息很快传开。那位支委再次来天津时,还来我家串门,说:"其实魏晓明他爸爸的大字报我都看见了。围着二楼转了一圈,全是他的。我回去没提,就说他爸爸没事。我也经过'运动'。'四清'时我们支部副书记杨老田被连轴转审了三天三夜,回家后腿肿的连绒裤都脱不下来了,是他老娘用剪子豁开的。"我的孩子逃过一劫。

魏晓明所在部队为广东军区146师炮团,驻地在湖南耒阳。

1月2日。由徐水到满城梁庄,行程60里。3日向完县腰山南开大学学农备战基地进发。4日晚宿蒲上公社北蒲,住第五生产队王金家。王家是军烈属,王金早年参军,战死于陕甘宁,其妻子独立抚养3个孩子,颇清贫。

1月6—8日。走了一路,我被批判了一路。在蒲上休整了五天,我被批斗了3次,做了3次检查。当时称整党补课,批判的语言和语气没有变,逻辑也还是那个逻辑,道理还是那个道理。凡是批的都对,水分一点没有,扣的帽子不能摘下来,连"四一八"反革命标语案整我也是对的。我说:"四一八不是一般问题,是现行反革命问题。反正不是我,我没干。走到哪,我都敢说。"而有人说我"在'四一八问题上'站在了敌人方面去了""长了敌人志气,灭了自己的威风""干扰了毛主席的革命路线""对'四一八'受批判发牢骚,就是站在资产阶级路线上""对'四一八'问题,你必须讲清楚,不要保留,将来再找后账"。

我对自己被诬为"三大"出身百思不得其解,提出者既然看了我的档案,"三大"出身是怎样出来的?要不是扣上"三大"出身,我不会受到这么大的冲击,受这么多冤枉。有人就说我:"没从路线上认识问题,对革命干部某某某、某某某记仇,应该从两条路线上来看,这是挽救你。对他们两人不满,就是对文化大革命不满,是态度问题。"

我把许多不符合事实的情况摆出来。有人就说我"制造政治谣言""干扰了整党""站在另一条路线上"。我无法与之对话。我不说话,就被说成"不在乎""触及不到灵魂,得再斗";要说话,就是"对抗""发牢骚""不服气",还得再斗,成了"死不改悔的走资派"。

原载王兆成主编:《历史学家茶座》(总第二十六辑),山东人民出版社,2012 年

南开大学往事三

1971 年

1月9—14日 继续拉练,向冉庄进发,日行70里,宿冉庄第12生产队。10日,在冉庄参观地道战,由当年的民兵进行解说。12日,行程80里,至沈家坯,因跟骨刺痛允坐汽车。13日,步行至白洋淀,行程50里,宿端村西前大队。14日,听抗日战争时期当地人民群众斗争的历史,忆阶级苦,听学习路线斗争史报告。有感,写成打油诗:白洋淀上打鱼船,芦苇丛中杀敌顽。多少英雄话当年,教育人民永向前。

6月 市委文教部要办一所没有知识分子的大学,从历史系选了两名出身好的学生作为成员。在此前,即1970年,历史系新中国成立以前的老教师和"17年修正主义教育路线"培养出来的青年教师,已相继离开学校下乡插队落户,当地公社称他们为"新社员"。历史系共8户,连同家眷一起搬走,赴西郊王稳庄和南郊太平村。我也属于"清理"对象,被通知和于可一起于第二天到行政楼前集合报到,离开历史系。翌日晨,于可通知我:"不去啦,改啦,等通知。"6月,我到了静海县大苏庄南开大学"五七干校",同去的有杨生茂,还有滕维藻、王赣愚、严志达、龙吟、母国光、廖尉棠、樊梦康、宁宗一等人。这些人员分为几类:一类是管理领导这些人的,一类是惩罚性劳改的,一类是清除出高教队伍的。全校男性住在一个大房间内,打通铺(这里原是一个劳改农场)。经济系、生物系、历史系教师都住在这里。我因跟骨刺痛,行走艰难,被分配在厨房烧火,还看过水泵。我在衣袋里偷偷装了一本英文版《毛主席语录》,无人时赶紧拿出来念几句,来人时就赶紧装入衣袋。在很长一段时间内,晚饭后洗漱完毕,其他系的人都躺在床上休息了;生物系的人则外出去逮螃蟹;历史系的人围坐在一起,继续批判我。别的系的人纷纷议论:魏宏运怎么啦?

天天挨批。每日上工下工,只要排起队来,就得把我先批一通。别的系都没有这一"程序"。

9 月 13 日 林彪叛逃,摔死在蒙古温都尔汗。(我们)步行到总部,听了秘密报告。第二天,滕维藻问:"你们听的什么报告?"他还没有恢复党籍,没资格听。我告诉了他,我们高兴极了。

10 月 15 日 第一届工农兵学员入学,入历史系的共 25 人。已经 5 年没有招生了,今年招生的办法是:由国家指定省区分配名额,各省再下达指标到市县,市县再分配到工矿等单位,然后是"个人报名,单位推荐,组织审查,学校批准"。不经过考试,学校派工宣队员和教师看档案面试后,即可入学。

1972 年

春 "支左"领导人卢志斌、乔军将我和吴廷璆召至行政楼二楼办公室,让我"站出来"担任历史系主任,吴廷璆担任副主任。事出意料之外:一是我没想到让我出来。二是吴廷璆为副,我为正,这样安排,我不好接受;如果是吴为正,我为副,比较好。吴是我的老师,是老系主任。我提出自己的想法。卢、乔还是说:"就这样吧!"我很尴尬。此前系总支已成立,书记为任洪林。

5 月 6 日 赴廊坊了解学生调查义和团的情况。他们是 1971 年 10 月中旬入学的工农兵学员,分布在祖各庄等十五六个村,共调查了四十多位老人。其中 4 人是义和团团民,他们是刘顺、陈连登、李义祥、刘景泉,最年长者 94 岁。祖各庄当年有四十多户人家,每家都有人在外扛活。光绪二十二年大量劳力去修路,土地荒芜、河水泛滥、群众无粮,所以义和团在这里特别盛行。

10 月 1969 届和 1970 届学生临近毕业分配。在召开的座谈会上,我仍然我司我责,恳切地劝勉他们在理论上还需要补课,今后走上工作岗位、迈入社会,仍需要努力学习,以补不足。

贯彻以社会为工厂的精神,该年入学的学员赴天津周边各县调查义和团运动,还赴完县腰山、满城、冀县、广宗县各地考察,参加社会实践。

1973 年

2 月 8 日 中共天津市委下发《关于建立中共南开大学委员会的批复》,同意在中共南开大学第二次代表大会上被选为南开大学党委委员共 27 人,我名列其中。

应天津市历史博物馆邀请,讲党内十次路线斗争。

春节 利用假期与王黎去湖南末阳探视两年前参军的儿子魏晓明。时,他已是警卫排长。

2 月 经乔军批准,为提高教学质量,我们一行 7 人,包括刘健清、杨圣清、李绍基和政治课教师一起到南方革命圣地参观访问。

2 月 19 日 赴广州。

2 月 20 日 参观广州农民运动讲习所并座谈。农讲所主要陈列的为第六期。第六期是毛泽东主办的。我们着重了解当年广东区委党委的组织情况,也参观了广州起义烈士陵园、三元里、黄花岗、虎门等地。

2 月 21 日 到长沙,住湖南长沙师院。

2 月 22—23 日 参观爱晚亭、自修大学、第一师范、橘子洲头、清水塘、省博物馆、板仓及马王堆出土文物等处。参观韶山冲毛泽东故居。故居在山区,原有十多户人家。"韶山冲来冲连冲,十户人家九户穷。"当时,毛家是比较富裕的。

3 月 2 日 到安源,参观纪念馆并座谈。

3 月 3 日 到永新,参观湘赣边界特委、军委、永新县委联席会议旧址,着重了解毛泽东与杜修经的争端,永新建立根据地的极端重要性,具体了解苑希先与袁文才之死。访问当年 31 团战士李步伦。时,李已经 70 多岁,在永新纪念馆工作。

3 月 4 日 参观三湾。当年这里是一个大村庄。参观茅坪的八角楼、军械处、湘赣边界第一次代表大会旧址、边界政府、湘赣边界特委旧址和红军医院。

3 月 5 日 参观茨坪大井、小井、黄洋界等哨口、井冈山展览馆,公卖处,井冈山光荣敬老院等,共去了 4 个哨口。大井当时有 50 多户人家。

和井冈山博物馆同志座谈。

访问敬老院王佐爱人兰青莲。兰已经 77 岁。还访问了 1928—1929 年任大井乡工农兵政府主席的余振坤等人。

3 月 7 日 再次回到永新,与永新县委外事组、资料组同志座谈井冈山根据地建立诸问题。

3 月 9 日 与安源纪念馆同志座谈当年湘区委如何组织并领导工人运动以及工农结合等问题。

与老工人金龙荣(湘乡人,来安源时已60岁,时年83岁)、徐胜远(萍乡人,13岁入矿,时年74岁)座谈毛泽东到安源如何组织工人进行斗争诸问题。

3月12日 参观江西革命历史博物馆及八一起义旧址,与八一起义纪念馆的同志谈八一起义的组织问题。

3月13日 参观江西共产主义大学,是江西第一任省长邵式平提出组织兴办的,总校在南昌,有十九个分校分布于全省,初中毕业即可上,期限两年。

3月17日 与杭州大学党史教研室诸同志座谈秋收起义、宁都会议、长征等问题。

4月30日 天津市市委书记吴岱强调高校教育应以社会为工厂。学校召开党委会,党委书记朱子强讲要以"批林为纲",在教育革命上继续前进,立足于彻底革命,文科教学应以社会为工厂。据此,历史系组织了1971年的入学学生到西铺村、沙石峪开展社会调查,要求每人都要写批判文章和调查报告,共完成数十篇。系里继续贯彻双百方针,调动一切积极因素,把"批林整风"深入到各个学科中。

5月6—7日 历史系党总支研究如何以社会为工厂,怎样把讲授、自学与社会调查结合起来,怎样贯彻批判封、资、修。

6月5日 参加校党委扩大会议,主要议题为:学习毛泽东在中国共产党全国宣传工作会议上的讲话、毛泽东论教育革命、教育工作会议纪实;批林和学科领域大批判应结合起来;办学道路是把整个教学纳入以社会为工厂;努力打破旧的教学体系,抓纲带目,推动教育革命。

6月14日 中国近代史教研室研究如何为现实斗争服务,如何培养学生实际能力;还讨论了儒法争论的性质问题,焚书坑儒是否是革命行为,以及对孔子的评价等。

9月 为1971年入学的工农兵学员开设"北洋军阀史"讲座。

9月21日 听朱自强讲中共"十大"和"九大"的关系,"十大"的基本精神;教育革命与上层建筑的革命应走出去,应抓教师队伍建设;落实培养接班人,加强党的基层组织建设等。中青年教师带领工农兵学员相继深入工厂、农村、部队开展社会实践、写史,李义佐、杨圣清、诸庆清、马振举到天津第一印刷厂,张象、李绍基去唐山、满城。许盛恒去塘沽,王连升去大连。

10月28日 和刘健清、杨圣清、左志远、李绍基等赴西安。翌日到达,访西安交通大学。

10月31日 乘火车赴铜川,夜宿车站附近一饭店,颇脏,饭摊上伙食也不干净。该地区是一矿区,是赴陕北必经之道,来往人甚多。

11月1日 乘汽车赴延安。途经洛川冯家村,参观洛川会议旧址,只有两间窑洞。到延安已是夜11时,住第三招待所(原女子大学旧址)。

11月2日 参观延安革命纪念馆。

11月3日 参观枣园毛泽东旧居、中央书记处旧址。该地位于延安城西本部5公里。又赴杨家岭参观中央办公厅、中央大礼堂等。

11月4日 参观凤凰山麓和宝塔山、王家坪等地,与当地的劳动模范杨步洁座谈。

11月5日 和延安纪念馆同志座谈。

11月7日 赴南泥湾。

11月8日 延安地委安排到瓦窑堡参观。

11月9日 返回延安。

11月10日 和西北大学、陕西师大同行座谈。

11月11日 到临潼参观华清池、捉蒋亭。

11月13日 参观西安八路军办事处。

11月14日 和西安电讯工程大学同行座谈。

11月17日 参观碑林、陕西省博物馆。

11月18日 东赴洛阳。

11月19日 参观龙门石窟。

11月20日 到郑州,与郑州大学同行座谈。

11月21日 参观黄河花园口、二七纪念塔。

11月22日 返回天津。

1974 年

春 教育部开始抓教材建设,强调提高教学质量。教学开始从被动转为主动,扭转"四人帮"只学习毛选、语录的状况。当时处于知识饥荒时期,书店中除毛泽东著作外,什么书都没有。我主持组织有郑建民、杨士钊、王永祥参加的中共党史的编写。编写工作除理论上、事实上对某些问题坚持原则外,对人物的出现颇费了周折。《中共共产党历史讲义——新民主主义革命部分》于

1976年2月完成,由南开大学印刷厂印刷,为华北、华东各院校所采用。实际上,它受"左倾"思想影响,仍以路线斗争为纲,内容有很多错误。我请刘泽华主持编写中国古代史,由人民出版社出版。

为1972年入学的工农兵学员讲"中国现代史"。

9月 历史系领导层在办学方针上产生分歧。有的主张按社会上提出的"党校模式"。我则认为,应该按照历史学科的特点办历史系,不能不分专业搞"大文科"。我被斥为"穿新鞋走老路"。

10月17日 学校领导乔军、卢志斌、朱自强先后讲话,主要内容为:将强化党的一元化领导(一元化与反潮流的关系,党的领导与充分发挥各级职能的关系);集中统一,维护纪律,把教育革命置于工农兵直接管理之下;理论联系实际,解决为什么人服务的问题;应认识腐蚀与反腐蚀的斗争;抓"批林批孔",研究总结"儒法斗争"的经验。

1975 年

4月 开始宣传推广辽宁省朝阳农学院经验。我在系里表示,这一经验不适合我们。学校组织各系负责人前去取经,我未参加。

李义佐等到大沽口等地调查八国联军侵华时沙俄的罪行。

10月 1972年入学的工农兵学员毕业,在校期间,曾到完县腰山、满城、广宗等地实际考察。

秋 我生了一场大病,几乎丧命。得病的前一天晚上,我觉得很难受,第二天在市里我要做一次报告又不能去。讲演回来后,我一头倒在床上,再也起不来了。中西医都不能认定是什么病。我只感觉到从胸口到腹部一圈都疼痛,昏睡不醒,夜间大汗淋漓,被子全被打湿。王黎半年没有上班,每隔两天去医院挂号,回来后陪我到医院看病,然后把我送回家睡觉。她下午再去医院拿药,夜间则监护我,替换被汗打湿的衬衣衬裤和被子,起码要换两次。日间吃饭喝水,都是她喊我起来,不然我会一直睡下去。此期间,她最痛心的是系里正在反"右倾"回潮,不仅没有人来探视,反将大字报全部用薄薄的复写纸写后送给她,足有半尺厚,让她在我醒来后给我看。她认为这种做法太不人道,而我处于昏睡中全然不知,所有痛苦与艰难都由她一个人承担。当时医疗设备和药品奇缺,每位主治医师每月只有支配一二张爱克司光片的权力。检查要托人,要等片子。而我病得厉害,时间不等人。当时幸好有张家林、吴雅文夫妇和薛多诚、王洁夫妇不辞劳苦,找中医、西医,于可帮助寻到做胆囊造影的针剂。他们在王黎最艰难的时刻,伸出援助之手。3个多月后,我渐渐不再昏睡,但疼痛仍未消失,直至春节涂宗涛来看我,我仍躺在床上。为诊断不发生错误,王黎往往早起便奔向北京,找我四舅王泓商量,晚上赶回来。我则毫无觉察。中药最难下咽的药便是乳香、没药,我吃了近百剂。稍稳定后,医生说我身体太虚,凡是凉补温补的食品都可以吃。当时买什么都要票证。滕维藻及其夫人朱明华、郑天挺和郑克晟、傅同钦夫妇家中有了好吃的,都分一些送给我。王黎一两天去一次李七庄副食品收购站。农民打的野兔子、捉的田鸡、养的猪、不下蛋的鸡都送到那里卖,她再从那里买出来。后来她就等在收购站门口,直接从农民手里买。魏晓明的同学胡美珠的母亲周敬先是医生,帮助王黎寻觅了一些胎盘,食用后我的身体逐渐强壮起来。劫后余生,我为自己庆幸。

冬 1973年入学的学生秦晓鹰、李茂新、庾新顺常来家中谈论"四人帮"倒行逆施,必然垮台。

1976年

1月8日 周恩来逝世。层层传达"三不":不准戴黑纱,不准设灵堂,不准开追悼会。南开园学生千余人集会悼念,欲冲破阻拦上街游行,未果。我在家中设周恩来灵位。

4月5日 天安门"四五"事件发生。清明节人们为悼念周恩来,10万人自动拥向天安门广场,敬献花圈、花篮,张贴传单,朗诵祭文、诗词,向"四人帮"公开宣战,遭到1万多民兵、3000多警察和5个营警卫部队的围攻、殴打与逮捕。当时传诵最广泛的一首诗为:欲悲闻鬼叫,我哭豺狼笑,洒泪祭雄杰,扬眉剑出鞘。我也抄了不少诗。

7月6日 朱德逝世。

7月28日 唐山发生8级以上大地震,死伤24万余人。历史系学生到汉沽等地开展社会调查,夜宿一旅馆,3名学生遇难,他们分别为安徽、贵州和广西人。我和党支部书记任洪林商量派教师到三地与政府协同处理善后事宜。

地震也波及天津与北京。据说天津死亡人数是5万以上。我住的东村房子被震坏,在附近搭起地震棚,住了近两年。

东村住房是1932年建造的教师宿舍,当年张伯苓即住该村。抗战时期,房屋被毁。战后重建,屋前有小花墙,屋内地板木质很好,比较讲究。我是1957年搬到此住处的,已修葺多次,高级设备已拆改殆尽。

9月8日 校教务处通知:今年新生入校时间为11月,12月上课,不放寒假,1979年8月毕业,仍按半工半读精神安排教学。

9月9日 毛泽东逝世。天灾人祸,中国人民陷入灾难与悲痛之中。人民普遍的想法:今年是不吉利的一年。

10月8日 刘泽华得知中央逮捕"四人帮"的消息。当晚,刘泽华、陈晏清、王黎和我在东村我家设酒宴庆贺。

11月21日 全市居民举行庆祝粉碎"四人帮"的游行,家家饮酒,吃捞面,酒都脱销了。群众都说这是我国人民第二次解放。第一次是1949年。

原载王兆成主编:《历史学家茶座》(总第二十七辑),山东人民出版社,2012年

忆周恩来逝世与周恩来研究室的建立

　　1976年1月8日，周总理逝世，举世哀悼，然而"四人帮"下令不准戴黑纱、不准设灵堂、不准开追悼会。南开学子千人集会悼念，欲到街上游行。时任市委书记的解学恭（后被开除党籍）和文教书记王曼恬下令封锁南开。我和老伴王黎商量，在家中设立灵堂，以示哀悼和怀念，并表示对"四人帮"的蔑视和愤恨。

　　4月5日清明节，北京各界十万多人于天安门广场向周总理敬献花圈花篮和祭文、悼词，我和化学系王祖陶赴北京，亲眼看到广场上悼念的情景。那里人山人海，讲话者甚多，讲者与听者均声泪俱下。最感动人的一首诗为"欲悲闻鬼叫，我哭豺狼笑。洒泪祭雄杰，扬眉剑出鞘"，立即广为流传。令人气愤的是"四人帮"竟派一万多民兵、三千多警察和五个警卫部队来围攻，移走了花圈等哀悼物，还殴打逮捕了一些演讲者。

　　1976年10月8日，"四人帮"覆灭。天津是"四人帮"祸害的重灾区之一，喜讯传来，天津人家家户户吃喜面。刘泽华得知消息最早，当晚刘泽华、陈晏清、王黎和我在东村我家设酒食庆贺。

　　此时《新建设》杂志社接管了《红旗》杂志。翌年，为筹备周总理逝世一周年，《红旗》派庄建平来南开，约写悼念周总理的文章。学校党委书记朱自强、工宣队负责人鲁志斌和乔军决定由我、陈晏清等数人去完成这一任务。

　　我们在沙滩红楼花了一个多月时间，由我提供史料，陈晏清执笔。此前，我在天津历史博物馆阅读了《警厅拘留记》和《检厅日录》，看到周总理在狱中向难友讲马克思主义和阶级斗争学说。以此为基础，我们写成《五四时期反孔的英勇战士周恩来同志》，认定五四时期周已是马克思主义者。但这一论述不为《红旗》左派人士熊某所接受，未刊用，只好转到1978年2月《光明日报》，以南开大学编写组名义发表。这件事，对我触动很大，熊某是受了"四人帮"的影响，还是对这一历史无知，我想南开大学最有发言权。于是我在思想上酝酿着组织一批力量,用事实说话,以呈现周恩来的伟大人格与不朽功勋。1978年3月,周恩来研究室成立了。我最初确定的研究人员为刘健清、王金堂、孔繁丰、王永祥、杨士钊,并请郑建民为主任,薛恩珏为资料员。这是一个纯粹的学术研究的组合。研究者以档案资料和专门论文为依据,尽力做到诚实而客观,写出论文。

研究室成立后,主要收集五四时期周恩来的革命活动及文章。刘健清还曾到中国革命博物馆,通过武继忠(原历史系现代史教研室助教,后调到北京工作),阅读到周恩来日记。第一项成果是他们编写出青少年时期周恩来的革命大事记,发表在《天津文史资料》和《南开大学学报》上。我于1979年也写了几篇文章,如《五四时期周恩来革命活动纪要》(《南开大学学报》,1979年第1期)、《周恩来和五四新文化运动》(《光明日报》,1979年4月24日)、《周恩来同志〈警厅拘留记〉和〈检厅日录〉读后》(《历史教学》,1979年第3期)、《觉悟社的光辉》(《南开大学学报》,1979年第2期)。当时研究集中于五四时期,均为学术论文,具有政治战斗性。

根据学校现存文件——南开大学上报教育部关于建立历史所的文件,1979年3月历史所正式成立,包括几个研究室:即1956年成立的明清史研究室,1964年建立的日本研究室,另加1979年3月成立的周恩来研究室。所长为吴廷璆。此时,原就读哲教系的刘焱(天津解放后调至市里任职)想回学校工作,胡国定、李万华等推荐,希望我在历史系安排一下,我商之于吴廷璆师,以副所长身份协助他工作,得到吴师同意,并上报学校批准。我建议刘焱也作周恩来研究。

今日的周恩来研究中心,就是在周恩来研究室的基础上发展壮大起来的。

周恩来是南开的骄傲,他是1919年南开大学成立后的第一届学生。新中国成立以后,作为总理,曾3次回到母校。周总理情系南开,溢于言表。

周总理逝世已37年,斯人已逝,而风范长存。今日的南开人,正踏着总理的脚步,昂首迈进。

原载《南开大学报》,2013年6月7日

揭发批判林彪、"四人帮"对南开的迫害

今天,校党委召开落实政策大会,为所谓"何娄黑帮""八七开花"等受迫害的同志平反昭雪,这是全校关心和注目的大事。所谓"八七开花"和"何娄黑帮"是我校"无产阶级文化大革命"中最大的两起冤、假、错案,受迫害人数之多,迫害程度之严重,流毒和危害之广,在我校都是空前的。粉碎"四人帮"以后,本应尽早为这些冤、假、错案中受迫害的同志平反昭雪,但由于天津市某些负责人拒不执行党的十一大路线,捂盖子、压群众、保自己,使我市运动走了过场,因而迟迟未能解决。在市委工作组和校党委的领导下,最近终于作出了为这些冤、假、错案彻底平反的决定,这是符合全校广大师生员工的心愿的。事实证明,这些冤、假、错案完全是林彪、"四人帮"反革命路线的产物。现在是进行彻底揭发批判的时候了。

提起所谓"八七开花"和"何娄黑帮",我校广大教职工并不陌生。这两起冤案是怎样搞起来的呢?"无产阶级文化大革命"初期,林彪、"四人帮"推行"假左真右"的反革命路线,他们鼓吹"怀疑一切""打倒一切",提出"要革革过命的人的命"的反动口号,疯狂打击迫害广大干部和知识分子。在这条反动路线的影响下,1966 年 6 月,我校旧党委抛出了一个所谓"何娄黑帮"(何锡麟、娄平两位副校长),把几十名干部和教师打成"黑帮干将""主要成员""黑帮亲信""黑帮走卒""黑帮爪牙"等。有的同志不仅被在大、中、小会上批斗多次,而且被连续多日在《河北日报》《天津日报》上点名批判和声讨,其他同志也分别在不同的范围内被批斗。8 月 3 日,国民党特务张春桥在北京接见我校"文革"代表,他唯恐天下不乱,煽动"乱箭齐发"。在他的反革命教唆指使下,8 月 7 日,我校便组织了所谓"全面开花",实际上就是对广大干部和教师实行"全面"专政。除把更多的中、上层干部和一批教授打成所谓"何娄黑帮"成员以外,又把一大批干部和教师打成所谓"牛鬼蛇神""反动学术权威""反革命修正主义分子"等,总共有一百八十多人被揪斗。这就是闻名全

市的所谓"八七开花"。

从这一天开始,在林彪、"四人帮"反动路线影响下,我校有些人目无党纪国法,粗暴地践踏社会主义法制,对人民的生命财产和人身自由随意侵犯,要打就打,要砸就砸,要抢就抢,要抄就抄,要关就关。他们对我校广大干部教师的打击迫害逐步升级,越来越惨无人道。在那个时期,南开园里到处笼罩着白色恐怖的气氛。他们打击迫害的手段是多种多样的,揪斗、罚跪、剃阴阳头、挂牌子、戴高帽子、穿纸衣、打纸幡、游街、逼着唱"牛鬼蛇神嚎歌"等。有的被"扫地出门",连日常生活用品都不准带。有的被画漫画、写打油诗进行人格上的侮辱和丑化。历史系还搞什么"活人展览",强迫受打击迫害的同志现身说法批判自己,据说有二十多万人来参观。大批教职工被打入"牛棚",劳动改造。烈日炎炎,劳动中挥汗如雨,不准戴草帽,不准休息,不准喝水。拔草时必须拔得十分干净,稍有遗漏,即遭拳打脚踢。我校副校长、历史系老教授郑天挺用手拔不干净,被强迫用嘴啃。有些老教授蹲不住,跪着也得拔。有时让他们打扫厕所,却又不给劳动工具,迫使他们用手掏粪便污物。病历本上被注明是"反革命分子",有病就医,遭到拒绝。购粮本上被贴上白条,标志着是"牛鬼蛇神",不能买白面、大米,只能买玉米面。买煤不给送,让自己拉。订的报纸不准邮局送,必须自己去取。工资被扣发,只发给为数很少的生活费。历史系教授吴廷璆被诬为"大叛徒大特务",大字报写着"砸烂吴廷璆的反骨",被提审、抄家、批斗。总之,他们丧失了人身自由,经常被盯梢,被监视,被扣押,被拆看信件,被剥夺了正常生活的权利。任何时间、任何地点、任何人都可以为所欲为地侮辱摧残他们。有的同志蒙受不白之冤,流出了悲愤的眼泪,但这样的权利也被剥夺,被诬蔑为"旧制度的哭丧妇","为自己修正主义主子的垮台而哭泣"。这些同志长期蒙受的痛苦遭遇是难以言状的。

我自己也被打成"何娄黑帮分子",大、中、小会批斗百数次以上,一站就是几个钟头。游街时,头戴高帽子,脖子上挂着大牌子,手里打着纸幡,身上穿着纸衣,被人用绳牵着走。一天十几批人进门抄家,即使深更半夜也在所难免。还十分荒唐地被迫交出枪支和子弹,因为交不出,屋里的地板都被撬得稀巴烂。家里的东西,能撕的就被撕得粉碎,能摔的就被摔得破破烂烂,其他东西砸得一塌糊涂。由于工资被扣发,不能维持正常生活,只好在天黑以后捡菜帮子吃。后来又把我拉到霸县农村强迫劳改,没有任何根据地被当作富农分子批斗。我有坐骨神经痛病,又脱肛,走不了路,需要卧床休息。但我必须和牲口一起拉耧播小麦,我咬着牙,吞着泪,拉不动时就是一阵毒打。休息时还在地头批斗。晚上睡觉也有人监视,上厕所都得请假。不仅我本人如此,我的爱人也因此受牵连,也被打成"牛鬼蛇神"。上、下班不准乘坐公共汽车,要步行两小时,剃成阴阳头又不准戴帽子,惨遭种种迫害,一度得了精神病,一家人真是有冤无处申,有苦无处诉。

原校团委书记邹本基同志被打成"何娄黑帮干将""反党急先锋"。在大、中、小会上被批斗几十次。被任意抄家游斗,有时一天多达五六次之多,他被砖头打得头破血流,却又不准去治疗。他家的锅、碗、炉子等都被砸光。渴了,没有碗,只得到水龙头下喝生水,饿了想喝口稀粥,没有锅也做不成。被褥全部被抄走,只好盖草垫子睡地铺。我校还有人到他爱人单位去介绍所谓"情况",强迫他爱人与他离婚,几个孩子都被带走。他的年迈的老母亲,在旧社会受尽了苦难,因为儿子参加了革命,这位老人遭到国民党还乡团的恐吓、严刑拷打和人身侮辱,被折磨得双目失明,死去活来。在邹本基同志被打成"牛鬼蛇神"、惨遭打击迫害的时候,她病愤交加,生命垂危,她多么想抚摸一下自己的儿子啊,几次拍电报催他回老家探亲,然而被隔离劳改的儿子几次请假都得不到批准。一连盼望儿子好几天都没有盼到,最后,这位孤苦伶仃、苦大仇深的老人喊着自己儿子的名字,含恨离开了人间。真是被逼得妻离子散、家破人亡。同志们请看,这是一幅多么悲惨的情景!

原中文系总支副书记姚跃同志被打成"牛鬼蛇神"以后,被四五次剃阴阳头,又规定不准戴帽子。她一出家门,一帮孩子就追逐唾骂,扔石头,起哄取笑。一些别有用心的人也乘机大打出手,弄得她白天无法出门,但又勒令她到主楼打扫厕所。逼得她只好在凌晨天还不亮的时候,就赶快跑进主楼打扫。白天就躲在女厕所里待一天。中午吃饭不敢回家,在厕所里啃几口窝窝头就算一顿饭。晚上,要等到天黑下来,乘人们看不清时,跑回家去。她爱人也被打成"牛鬼蛇神",他们的工资都被扣发,每月只能领到生活费一共32元钱。为了不让家里知道他们受迫害情况,他们仍像往常一样,每月给老家寄去30元。这样,一个月的生活费就只剩下两元钱了。一家大小,两元钱怎么能过一个月?实在没办法了,就趁没有人的时候偷偷卖点旧书报以维持最低生活。

同时,这种残酷的打击迫害还株连到他们的子女,严重地影响到下一代的健康成长。黑帮的孩子被称为"黑帮的狗崽子",受尽唾骂和侮辱。普遍的情况是"黑五类"孩子不准去看电影,子女在入团、入党、参军、升学上长期遭到压抑和排斥。林彪、"四人帮"鼓动下的暴行,在许多青少年的心灵上留下了深深的伤痕。

在林彪、"四人帮"的煽动下,他们不仅对广大干部、教师进行上述政治上、精神上、生活上和肉体上的摧残和迫害,而且实行法西斯文化专制主义,毁灭文化,毁灭教育,毁灭知识和知识分子,许多教师省吃俭用置买的图书,其中包括一些善本书和绝版书被查、抄、偷、拿,荡然无存;许多教师起早贪黑,用几十年的辛勤劳动收集整理的卡片资料,毁于一旦;许多教师用几十年的心血写成的诗词文稿被抢劫一空;吴廷璆教授新中国成立以来积累起来的教学、科研资料和学习笔记,共 80 多本,全被付之一炬;戏曲专家、中文系华粹深教授收集珍藏的京剧各种著名流派的近千张唱片,在全国都是罕见的宝贵资料,被毁坏殆尽。他们当年收集这些图书资料,写作这些文稿是多么不容易! 这都是他们多少年的血汗啊。直到今天,每当他们回忆起这些痛苦的往事,就止不住热泪滚滚,伤心不已。这些巨大的损失是无可挽回、无法弥补的。这不仅是他们个人的损失,也是国家和社会的损失。林彪、"四人帮"是封建法西斯主义的混世魔王。他们是地地道道的地主资产阶级复辟狂。

有的人还因而终身致残,更有甚者竟被迫害致死。中文系教师许政扬和杨佩铭,物理系教师黄学崇等同志就是在那个时期含冤死去的。外文系教师林震宇就是在"八七开花"后不久惨遭毒打,油漆浇头,被逼跳楼而死的。是他们有什么严重的罪行吗? 根本不是! 他们是无辜地被强加上各种莫须有的罪名之后,被逼迫得走投无路的情况下,怀着满腔悲愤离开人间的。全校遭迫害致死的共 22 名。

值得提出的是,所谓"八七开花"和"何娄黑帮"问题所造成的严重恶果,决不仅仅限于上面所说的情况。从广大干部和教师遭受打击迫害的情况看,以此为开端,我校制造成一大批冤案、假案、错案。其中,臧伯平同志被强加上"叛徒""托派""顽固不化的走资派""反革命修正主义分子""刘少奇在南大的代理人"等大帽子,在全校多次被批斗,在南开大学的各种小报刊物上,多次被点名批判,并于 1967 年 8 月 18 日,在《人民日报》上转载文章,点名污蔑他是"南大党内一小撮走资派"的代表。给他戴高帽,挂牌子游街、抄家,强减住房,扣发工资。多次被殴打,致使肋骨被打断两根。还有一次被打得满脸开花,鲜血直流。在强迫劳改期间,又把臧伯平同志的一只眼睛给弄瞎了,落下终身残疾。上面所列举的远远不是我校所发生的残酷迫害事件的全部。但已足可证明,在林彪、"四人帮"反动路线影响下,我校当时打击迫害广大干部和教师的残暴情景。这种残酷的政治迫害,非人的生活待遇,令人难以忍受的精神上的凌辱,造成了极为严重的恶果,害了很多好同志,害了我们南开大学。这些冤、假、错案严重地伤害了广大同志的感情,打击了他们的革命积极性,对我校党组织,对我校干部队伍和师生员工队伍起了严重的分裂作用。加以武斗成风,打砸抢严重,实验室的拆散,仪器的毁坏,校产公物的损坏,校容校貌的破坏至今恢复不起来。总之,创伤很深,难以恢复,直至今日,还要做大量的艰苦细致工作,才能调动一切积极因素,抓纲治校,办好南大,为四个现代化做出应有的贡献。

今天,这些都已经成为历史。但是,对于其流毒的危害进行严肃地、彻底地揭发批判还是十分必要的。不这样做,就不能分清路线是非,就不能正确总结正反两个方面的经验教训,就不能全面落实党的政策,使我校广大教职员工紧密地团结起来,就不能大干快上,迅速把各项工作搞上去。

大搞所谓"八七全面开花",抛出所谓"何娄反党黑帮",这些案件是不是今天看来是搞错了,而在当时还是正确的呢?答案是"否"!"无产阶级文化大革命"一开始,毛主席曾讲,我们党和国家的干部绝大多数是好的和比较好的,不好的只是极少数;要用文斗,不要武斗;要重证据,重调查研究,严禁逼供信等。但是,万恶的林彪、"四人帮"怀着不可告人的反革命目的,从一开始就以极"左"的面目出现。他们把毛主席的口号接过来,进行歪曲和篡改。早在1966年2月,叛徒江青与资产阶级野心家、阴谋家林彪狼狈为奸,把新中国成立以来的文艺战线污蔑为一条"反党反社会主义的黑线专了我们的政",以后他们又推而广之,把"文化大革命"前17年的教育路线以及其他战线都诬蔑为是"黑线专政"。把一些学校和单位诬蔑为"烂掉了的单位",是"资产阶级党阀、学阀联合专政",是"反党反社会主义的顽固堡垒"。并煽动"怀疑一切""打倒一切",到处揪所谓"黑帮分子""走资派""反动学术权威""牛鬼蛇神"。后来"四人帮"又炮制了反革命的"两个估计",炮制了"老干部是民主派,民主派就是走资派"的"干革命政治纲领",他们形而上学猖獗,唯心主义横行,煽动打砸抢,大搞逼供信。我校的所谓"何娄黑帮"、所谓"八七开花"等冤、假、错案,正是在这种背景下产生的。这不但现在看是错误的,而且当时就是错误的,从一开始就是错误的。长期遭受打击和迫害的同志和我校广大干部教师一样,是我们的好干部和好教师,强加给他们的一切污蔑不实之词应予一律

108

推倒,彻底为他们平反昭雪,恢复名誉。这是党的政策的胜利,也是辩证唯物主义的胜利。实践是检验真理的标准,这不仅是一个带根本性的理论问题,而且是一个带根本性的实际问题。对人的处理是否正确,要受实践的检验。判断对广大干部教师的处理是正确还是错误,唯一的根据只能是事实。事实证明,所谓"何娄黑帮"和"八七开花"等冤、假、错案中受迫害同志的种种所谓"罪行",有的在搞的时候本来就没有任何根据,是本着先定性、后找证据的错误手法搞的;有的则是捕风捉影制造出来的。根本经不起实践的检验。这样定的所谓"问题",什么时候都是错误的。路线是非是很清楚的。

今天,在华主席为首的党中央领导下,贯彻党的十一大路线,就是要拨乱反正,恢复历史的本来面目。今天,这种揭发批判,当然不是对着革命队伍中,因受林彪、"四人帮"反动路线的影响,而做了某些错事的人们。更不是对着当年的红卫兵小将的。"无产阶级文化大革命"对每一个人都是一次十分严峻的考验,对于青年人更是如此。许多青年人投身"文化大革命"的时候,是怀着"誓死保卫党中央、誓死保卫毛主席"的坚强信念参加的。然而,林彪、"四人帮"这一伙最阴险的野心家、阴谋家却以"最最最"革命的面目出现在他们面前。大批满腔热情而又缺乏经验的青年,几乎不可避免地受到他们伪装的欺骗,不同程度地上了他们的当。还有一些人,在不同程度上受到他们的蒙蔽、煽动、影响和利用,做出这样那样的错事,有的甚至在一段时间里被引入歧途,犯了严重的错误。但是,他们的问题,主要还是人民内部矛盾,大量的是思想认识问题,是教育提高问题。我们不能把矛头对准他们。林彪、"四人帮"是毒害青年的罪魁祸首和反革命教唆犯,账只能记在他们头上。当然,对林彪、"四人帮"死心塌地的追随者必须剥去其伪装,彻底揭发批判,绝不能心慈手软。同时,也要分化他们,根据他们的问题和态度,区别对待,给予不同的处理。

当前,我校的揭批查运动正在向纵深发展。斗争的深入,要求我们搞好革命队伍的团结。不管过去曾经参加过哪一派的同志,也不论是过去运动中的积极分子、办案人员、犯过这样那样错误以至严重错误的同志,还是曾经受过林彪、"四人帮"路线打击迫害的同志,都要批判资产阶级派性,增强无产阶级党性,都要受到教育,提高觉悟,都要向前看,不纠缠历史旧账,不计较个人恩怨,真正把仇恨集中到林彪、"四人帮"身上,在十一大路线的基础上团结起来,共同对敌。即使目前对揭批查运动还有某些错误认识,甚至有抵触情绪的人,我们也不应该嫌弃他们,能教育的还要加强教育,能团结的还要搞好团结。我们也希望这些同志转变态度,抛弃错误思想,同我们一道积极投入运动,对于革命来说,总是人多一点好;革命队伍的团结增强了,一小撮坏人就无处藏身了,他们缴械投降的日子就不远了。全校教职工同志们!在华主席为首的党中央领导下,彻底揭开了阶级斗争盖子,使各项事业驶入十一大路线的航道,形势也是大好。我们南开大学是林彪、"四人帮"干扰破坏的重灾户,和上述大好形势相比,落后了一大截子。我们承认落后,但不应该甘心落后,要奋起直追。我们应该时刻铭记,南开大学是毛主席亲自视察过的单位,是敬爱的周总理的母校。我们要无愧于这个光荣。让我们在市委工作组和校党委的领导下,紧密团结起来,打好揭批查这一仗,并以此为强大动力,迅速把我校各项工作促上去,真正办成一所名副其实的重点大学,为在本世纪内把我国建成社会主义的现代化强国做出更大贡献。

原载南开大学揭批查运动办公室:《揭批查快报》,第 7 期,1978 年 10 月 28 日

新中国第一个博物馆专业落户南开

1980 年新中国第一个博物馆专业始建于南开园，至今已为国家培养各级各类型人才 1000 多名，在全国各主要博物馆几乎都呈现出南开学子的辛勤业绩与科研成就。

办这个专业的缘起要追溯到 20 世纪 50 年代。那时我做为历史系的秘书，常随系主任郑天挺先生去北京，拜望过诸多文化界名流，也多次到北海团城文物局拜访郑振铎，去历史博物馆看望沈从文。他们是老相识，很要好。郑、沈一再提及和建议：南开可设立博物馆专业，以应国家需要。

一

我和郑老及吴廷璆先生商议，认为以南开的条件，可以举办。遂召开历史系党政联席会，进行讨论。我向校教务长滕维藻作了口头汇报并写出书面申请。郑老是一位博学严肃的大家，对任何事都极认真，他查阅古今中外有关文物保管和博物馆功能之论述，并作出笔记。从最近发现已湮没数十年岁月的郑老写的几张卡片，可以看到他对博物馆的字义、源流的记述，远及欧洲古希腊之博物馆。在谈及我国时，(他)写道："中国对文物的收集、保存，有悠久的历史"，引《晋书·张华传》中谈及武库收藏武器及古物来说明。论及近代，特别指出中国共产党一直重视文物的发掘和保护，如"1942年八路军在山西赵城，从日寇魔手中抢救出'金藏'（金朝刻的佛经）4300多卷"。还列举新中国成立以后，"修缮了赵州桥、景州塔、云冈、龙门、麦积山、故宫等。而博物馆事业更有极其迅速而显著的发展。鲁迅故居、孙中山故居都设立了博物馆，杜甫草堂、蒲松龄聊斋（淄川）都设有纪念博物馆。定陵设立了地下博物馆。而在天安门广场东面的中国历史博物馆、中国革命博物馆，更是伟大、丰富、意义重大、世界仰慕的两个范例。"又论及当时情况:新中国成立初全国只有二三十个博物馆,现在有 600 多个,其中省市以上的 40 个。1967 年要发展到 1800 个。这是多么大的发展和需要耶。这两年由于全民动土,出土文物有 700 多万件,其中完整的有 300 多万件,都保存在库里,等着人整理研究,而我们考古力量只有 300 人,包括短期训练班人员在内,这又是一个多么艰巨而迫切的任务。郑老从历史到现实的阐述,有理有据,说明博物馆事业需才孔急。他的学术思想、科研兴趣溢于言表,卡片上是这样写的:"本学期我系由党总支创议,校党委批准,省市委和北京有关部门的大力支援,成立博物馆专门化,立即上马,并决定在今后逐步成为博物馆专业。"当年即调派青年教师左志远、娄曾泉去北京文化学院研习。该院未招学生,都是全国各地博物馆馆长、副馆长,大家集体编写《文物管理学概论》《博物馆学概论》,花了不到一年的时间,期望 1960 年专业诞生。不幸的是,三年困难条件出现,在中央"调整、巩固、充实、提高"八字方针下,计划随之流产。

二

1979 年国家实行改革开放,经过文化大革命的灾难,一切要从头开始。时郑老任副校长,我为历史系"掌门人",抱着振兴历史系的愿望,旧事重提,和郑老及吴廷璆师相商,均认为时机和条件已成熟,继之又获得校长滕维藻、副校长吴大任的批准,立即组织教研室,请王玉哲先生担任主任,王先生开始有点忧虑,说他不熟悉这一学术领域,后来还是同意了。教师除系里调拨几位外,又调进几位,还从北京、天津聘请多位专家兼职授课。大家情绪都很高,乐于接受这一任务。教师的职责是教书育人,当其不再靠边站、无所事事之状况下,无不兴奋,勇于担当,这一点,我记得很清楚。

1980 年,第一届博物馆专业正式启动,学生 25 人。教师讲授的课程有:中国古代物质文化史(傅同钦、傅玫)、中国考古学通论(张锡瑛)、博物馆学概论(梁吉生)、西方博物馆历史与理论(冯承柏)、文博应用技术。随后开课有:陈列艺术设计(刘岱良)、青铜器(朱凤瀚)、博物馆藏品管理(马子庄)和摄影技术(田师傅)。博物馆要求要"博",本系师资不足,聘请京津一些专家来授课。从 1980 年到 1984 年讲授的有:中国古代陶瓷器(中国历史博物馆的李知宴)、中国古代玉器(天津艺术博物馆的云希正)、中国古代青铜器(中国历史博物馆的郭仁、故宫博物馆的杜迺松)、中国古代建筑(天津大学杨道明)、中国古代书法史(天津美术学院的何延喆、天津书法家协会的李鹤年)、中国古代科技史(中国历史博物馆的孙机)、古文字学(康殷)、文物保护技术(中国文物保护技术研究所的王丹华)。

1984年,聘请中国历史博物馆著名专家傅振伦和史树青为兼职教授、硕士生导师,1985年第一届研究生入学。

文博工作强调实地考察,当年有学年实习和毕业实习的规定和安排,如曾组织1984级学生到京津、西安、洛阳、开封、大连、青岛等地实习,受到各接待单位的热情支持。

为了获得北京有关单位和学者的赞助,郑老、傅同钦和我曾走访故宫,会见多位专家。傅同钦、傅玫到崇文门附近一高层建筑中拜见沈从文。

沈感慨并以鼓励的语气说:"从50年代到60年代,我在政协开会时不断呼吁全国各大学历史系中学文物的学生,应该到北京的历史博物馆和故宫博物馆中,到这些丰富的文物储藏中间进行实地学习。然而赞赏我这一呼吁的,只有南开大学历史系郑天挺和吴廷璆。在他们的安排下,连续好几年都有大学生来京实习——每次都由我陪同着,为他们讲解好几天。"沈还讲到:"我研究文物是从大量的实物考察、对比中,去形成概念的,这条道路,我认为是正确的,并准备坚持去做。我愿意毕生去做一名踏踏实实的说明员——说明文物,说明历史,说明整个社会的动因。"[①]沈是数个学术领域的大师,在博物馆方面特别做出了不朽的贡献,对南开博物馆学的支持永远留在历史记忆之中。

三

随着专业的建立,文物陈列室也建立起来,马子庄、傅同钦、张锡瑛、傅玫、梁吉生几位中青年教师奔波于诸多省市和地方,去征集文物,先后征到铜器、玉器、瓷器等文物千余件。包括故宫博物馆、中国历史博物馆、河南省博物馆和考古所、陕西省博物馆和考古所、甘肃省博物馆、新疆博物馆、天津历史博物馆等20多个省市区文博单位,均无偿地援助各类型文物及

---

① 徐城北:《说明员——沈从文》,《光明日报》,1983年4月24日。

标本,文物多是原件,是很珍贵的。这是当时的社会风尚。

现在博物馆和纪念馆遍布全国各地,成为社会历史、文化教育的基地。许多学校也成立了文博专业。历史已凸显出博物馆的功能和影响。一些单位还出版了博物馆刊物,扬葩吐艳,各极其致,传承着祖国丰富的文化,效果深远。这是中国文化大发展的重要组成部分,实为一具有巨大文化价值之事业。

壬辰年三月写于南开大学西南村锲斋

原载魏宏运:《锲斋文稿》,中国社会科学出版社,2014 年

南开大学访美代表团访美汇报

我们南开大学访美代表团一行5人,在滕维藻校长和吴大任副校长率领下,从4月17日到5月8日的三个星期内,对美国的部分高等学校进行了考察。

行前教育部浦副部长和我们作了两小时谈话,指示此次访问正值中美关系处于紧张微妙时刻,遇事可请示大使馆。

我们到美国后,发现知识界普遍对里根政府的内外政策表示不满,多数学校教育经费出现严重困难。对南开代表团的来访特别高兴,予以隆重的礼遇。各校校长、副校长或国际交流中心,举行了各种类型的招待会、宴会和谈话会。我们和各校举行了会谈,参观了各校电子计算中心、实验室、图书馆以及课堂等,在旧金山和纽约还会见了南开在美国东、西部的部分校友。

我们共访问了8所大学。在明尼苏达逗留4天,印第安纳4天,堪萨斯4天,密西根1天,奥本尼两天,坦普尔3天,普林斯顿半天,斯坦福1天。由于主办接待单位明尼苏达大学安排得当,我们又尽一切力量去开展工作,取得了积极的效果。我们曾和纽约总领事曹桂生座谈1小时,汇报了我们访问的情况,他很满意。

此次访问所取得的成果,可归纳为9点。

一、了解了我校派赴美国学习人员的概况,我校在明尼苏达、印第安纳、堪萨斯、密西根、坦普尔、斯坦福学习和任教的共23人,他们都很努力,普遍得到所在学校和导师的好评。

二、考察和权衡了各校专业的优劣,今后如何运用世界银行贷款派留美学生,做到心中有数。

三、和几个院校签订了继续交流学者、学生及图书资料的协议。

已签订协议的有印第安纳、堪萨斯、坦普尔大学。与明尼苏达大学达成扩大交流的协议。正式签字待其校长由华盛顿返校后办理。密西根大学对学术交流表示欢迎,因其经济困难,希望暂缓执行。奥本尼院级和系级领导要求和南开交流,协议的签字问题将由他们自己与其校方洽商。

四、明尼苏达提出和南开合作,在南开建立美国问题研究中心,仿霍布斯金和南京大学合作之例,希望南开尽快提出具体计划。

五、会见了普林斯顿大学校长及经济、数学、物理、历史各系之主任及一些教授,双方均愿建立实质性联系。和斯坦福大学决定建立研究生交流计划,该校过去曾给南开物理系教师一名奖学金名额,要求南开也接受其一名研究生,我们表示同意。

六、取得联合国同意,将联合国全部出版物赠南开一份,运费由官方负担。条件是南开有房藏书,有专人保管,对外开放。

七、和洛克菲勒基金会副总裁兼秘书长 Dr Caurence Stifel 进行接触,滕、吴参加了在纽约举行的工作午餐会。Stifel 谈到洛氏基金会现在只资助研究项目,重点是医、农,对南开的人口理论研究室的研究计划颇感兴趣,表示今后双方可以找到共同感兴趣的问题。

八、联系了一批愿为祖国"四化"贡献力量的美籍华人。如普林斯顿大学经济学教授周自庄是台湾"院士",为南开大学与普林斯顿大学建立联系,十分出力。为此曾多次写信、打电话给滕维藻,邀请南开代表团去普林斯顿访问,终于获得了成功,为两校的联系创造了良好的开端。奥本尼大学社会学教授林南,在奥本尼大学及华侨中是一位颇有影响的人物,他掌握了华社后,许多亲台的人都转变过来,他愿帮助南开建立起社会系。印第安纳罗郁正教授,积极推动印第安纳和南开的校际交流。坦普尔大学经济学教授段开岭愿和牛满江一样,积极贡献自己的力量。牛满江教授已经退休,仍希望多为祖国做些事。

九、和南开校友加强了联系。他们对南开颇怀念,有感情。在旧金山聚会时,到会的校友及其家属约三十余人,在纽约会见了南开校友约五十名,一些亲台的人也出席了,他们对此次滕、吴抵美后访问老校友的行动,深表赞许。在美国学术界几位有影响的南开校友,对南开的发展颇为关怀。如陈省身交给滕维藻 1000 元美金支票作为姜立夫奖学金用,李卓敏愿积极支持南开经济学科的发展,叶漳民正在发明拼音中文电脑系统,已取得很大成绩,希望南开支持他的事业。还有曾在联合国工作的运输专家桑恒康也都希望有所贡献。

以上是访问收获的简况。

我们也遇到一些问题,需要研究或请示教育部才能得到解决。

一是请外国专家来校讲学的国际旅费由谁负担的问题,在坦普尔大学对此问题讨论了很久,他们坚持来讲学的费用得由我方支付,我们说尚需回国请示。二是堪萨斯和坦普尔均希望在我校举办汉语学习班,我校因和明尼苏达大学已有协定,如何再和他校合办需要研究。三是我校所派出之中青年教师建议今后派人应以年轻的去攻读学位和学术上有成就的教师去讲学。这是一个很重要的意见,应该研究。

总的说来,我们的访问是很成功的,这更激励我们,吸取美国好的经验,办好人民南开。

关于哪些东西应加以借鉴,我们已在研究,相信这次访问一定会将我们的工作推向前进。

此汇报由魏宏运执笔,经滕维藻审阅,上报教育部;原载魏宏运:《南开往事》,南开大学出版社,2009 年

我看南开半个世纪

我是 1948 年考入南开大学插班的，至今在南开园已生活了半个多世纪。曾和许许多多的新老南开人接触过，包括二三十年代在南开学习过的人，大家对南开都有深深的情怀。

据老南开人讲，南开曾被誉为中国的哈佛，为中国培养了大量优秀的人才。抗日开始后，南开和北大、清华合并，组成西南联大，南开的声望更与日俱增，为人所敬慕。当时英美各国承认中国 7 所大学学生的学历，南开是其中之一。

我感到经过数代人的努力，南开的确形成了自己独特的传统。

南开的敬业精神是很强烈的，为了和国内外著名大学并驾齐驱，南开的创业人放眼世界，不断引进著名的教师，充实师资力量，把南开变成学术熔炉，对教师的要求很严。南开讲究科学方法，重视实验和实际调查。自然科学的教师以实验室为家，许多老教授说他们就是这样走过来的，搞社会科学的人则面向社会，财经学院在美国太平洋学会资助下所进行的华北和东北的社会调查，是取得了丰硕的成果的，从历史的角度看，是有价值的。南开经研所的物价指数更是誉满全球。

南开办学曾吸收了欧美教育制度的经验，但并不是照搬。张伯苓老校长有自己的办学思想，他认为中国衰弱，受人欺侮，所以特别强调理工科的发展。

南开校址和日租界接壤，日军"华北驻屯军"总部就在海光寺，南开人对日本的侵略极为愤恨，南开人的爱国思想极为浓厚，从五四运动开始一直到新中国成立，南开人都站在反帝斗争的前列，可以说是天津爱国运动的中心，也正因为如此，抗日战争开始，南开就成为日本实行文化屠杀最早的目标。

南开人有一种务实精神，讲究效率，这是国内外许多私立大学办学的共同特点，他们总是考虑少花钱多办事。我记得我到南开时，文学院院长是著名的哲学家冯文潜,和周恩来总理是同窗,院办公室只有一位秘书叫李景岳,还是兼职的,文学院、理工学院学生都住在六里台,斋务组主任郭平凡勤勤恳恳,下设两三名干部,一切管理得井井有条。院校领导是很接近学生的,新中国成立初期也许因为我是学生会副主席缘故,和校秘书长黄子坚教授、文学院院长冯文潜接触颇多,他们没有架子,经常倾听学生方面的意见。

20世纪50年代以后,南开经过院系调整,有了更好的发展,特别是改革开放以后,南开面貌大为改观,正向21世纪迈进。

值此八十年校庆来临之际,以往各种模模糊糊的情感、思想以及联想真是起伏如潮,波澜壮阔,我笔下所流出的思想则很狭窄和浅薄,献上以上感受,作为对母校的纪念。

原载《南开教育论丛》,1999年第3期

忆师忆友

张伯苓与南开精神

伟大的教育家应当造福于社会，并以自己的言行丰富着自己祖国的文化，其遗产也必为国人所尊崇和传承，张伯苓正是这样的人，他给后人留下了不可磨灭的印象。他的业绩在社会上、在人们的生活中一直被传诵着。特别是他创办的南开大学，为海内外所称道，堪称一流学府。

19世纪末，列强入侵，中华民族任人宰割，国是日非，一大批先进知识分子都在寻求救国之道。有的主张积极革命，有的主张实业救国，有的认为应整理财政，张伯苓是教育救国论者。他原在北洋水师学堂学习，参加过甲午战争，目睹国家的屈辱，认为非兴学不足以图存，选择了教育救国道路，毅然放弃军旅生活，于1899年11月28日，受聘于严修家塾，教育严氏子侄5人，讲授英文、数学、理化课程，从此步入教育领域。他在《今后南开的新使命》中讲到他所以走这条路的原因："当时因为看到国是日非，外侮频繁，觉得要救中国非从教育入手不可，所以就与严范孙先生合创私塾。"[1]他是一位不寻常的教师，教育意识强烈，其学识和人品，深受严修的崇敬。严修大张伯苓16岁，二人建立起深厚而真挚的友情，成为莫逆之交，共同研究革新教育大计。严修日记中讲，1901年"改定先人所设义塾课程，王君寅皆、林君墨卿、张君伯苓终日讨论学事"[2]。只此一例，可以推断，"讨论学事"在他们之间是经常的。严修是一位务实的教育革新家，1883年任翰林院编修，1894年为贵州学政，1904年任直隶学政司，1905年先后任学部左、右侍郎，是很有影响的人物，他给张伯苓提供了施展才能的广阔天地。

因为有严修的鼎力支持，张伯苓的成功就有了客观条件，这是一件极为幸运之事。一位普通家塾教师获得了如此多的好机遇，历史上并未多见。1903

---

[1] 《南开周刊》，第31期，1927年10月17日。

[2] 严修自订、高凌雯补、严仁曾增编：《严修年谱》，齐鲁书社，1991年，第7页。

年、1904年张伯苓两次到日本考察教育。关于第二次考察,《严修东游日记》记之甚详,他们是5月出国,8月回国,参观了日本各类学校,和日本文部省官员会面,了解到日本教育的方方面面,就是这次考察将教育改革引入了他们的计划,并且立即付诸实践。据严修日记,他们回国后,9月1日"晚,与伯苓商议设立中学堂事"。10月17日,合并严馆和王馆,成立私立中学堂。继改名敬业中学堂,后又设立私立第一中学堂,张伯苓任校长,这就是南开中学的前身。学堂之设立,天津实开其风气之先,"不数年间,我国通都名邑,靡然向风"。南开则是佼佼者,培养出许多出类拔萃之人才。张伯苓的办学经验日益丰富,遂成为知名的教育家。

人的思想总是在不断发展中,很少有停留在一点上。到1919年中国爆发五四新文化运动这一时期,张伯苓对教育的发展有了巨大的跃进,认为:"中学仅授以普通知识而为国民教育之初步,实非高等人才陶铸之所。""张伯苓先生洞察国家社会之情形及世界潮流之趋势,以为建立大学培植高等人才乃根本救国急切必要之图。盖大学者一国人才之所由出,一国文化之所寄托,其关系于国家之盛衰诚非浅鲜。校长张先生有鉴于此,遂决定以中学为基本而创设大学部。"①这是认识上的一大变化。其二是他和严修、范静生先后游美,考察教育,看到美国文明之进步及其人民精神之奋发,都是教育之结果,而"我国教育不兴,人才缺乏,不尽感想而思奋,而创设大学之志益坚"。这两个因素,促成了南开大学的创立。

南开大学诞生之时,中国现代化大学尚不多,国立大学只有北京大学、北洋大学和山西大学。私立大学有四五所,教会大学有十几所。清华大学是1924年才由清华学堂改名为大学的。从这种教育状况看,南开大学的出现,的确是我国高等教育史上极光彩的事。

南开大学诞生之年,是五四新文化运动蓬勃发展之年,它一问世,就成为新文化运动的生力军,成为宣传科学和民主的一个重要阵地。

一个时代的事物总有时代的特点。张伯苓的办学思想和意识自然有反映了时代的特性,但又超越了时代。他以"允公允能"作为南开的校训,这表明了他的教育宗旨,也说明了他的抱负和自我的使命。他认为"允公允能,足以治民族之大病,造建国之人才",他多次说明学生的责任重大,在校数年间,"应

---

① 王捷侠:《六年来之南开大学》,《南开周刊》,南开学校20周年纪念号,1924年10月17日。

预备充分之学问之能力,以期异日尽责于国家"。1921 年 3 月 4 日在香山会议上的讲话是很有分量的,他说:"余在各地学校,常与人谈中国教育,越办越糊涂,吾尝言,读书可赚钱,只不可赚混账钱,读书可求个人之生活,要求大众之生活如此下去,要自问是否与教育宗旨相合?是否与教育学生之目的相合?请问学校之设施是否合乎国家之需要,对于学生之输入,是否合乎社会之需求,造就之人才是否将来有转移风俗、刷新思潮、改良社会之能力?若曰不能,是自小视教育也。若尽为个人增加知识技能而办教育,则教育神圣,亦不足称矣。"[①]在这里,他无情地抨击了当时出现的不良倾向,鄙弃那些庸俗性的思想和习气。他期望的是培养出为社会为国家有用的人才,转变学生的世界观,使他们把学习和将来真诚地服务社会联系起来。在南开 20 周年纪念日时,他意味深长地说:"本校之设立,亦即期以教育人才为目的,期引全国人民皆能觉悟。学校正如一小试验场,场内之人皆有信心,具改造社会之能力,将来入社会改造国家必有成就。"[②]

张伯苓就是以这样的思想和精神,不懈地努力于实践,使教育者和受教育者都能接受他的理念。他不尚空谈、不尚虚名、勤俭办事、注重效率,决心以美国著名大学为榜样来规划南开大学,教师多从留学美国而获得博士学位的人中聘请,聚集了一批有名望有成就的学者,这就为学校赢得了荣誉和地位,为培养高质量的人才创造了条件。学校的行政管理则效法日本,派人到日本学习。1921 年到香山举行了会议,研究了学校的施政方针,规定了 3 条原则,即"校务公开""责任分担"和"师生合作",还强调了学生自治问题。这些原则实行的结果,"全校精神又为之一新"。

作为私立大学的校长,张伯苓必须付出很大精力向海内外筹措经费,这一点他很成功,他以自己的魅力获得了各方面的资助。

作为校长,他必须运用自己所掌握的一切权力,实现他理想的教育宗旨,使学生获得真正的能力和本领,而不是一些肤浅的知识。这就要经常倾听受教育者的呼声,因为他们感受最深。1924 年学生会创办的《南开周刊》不断发表议论,倾吐学生的心声,成为张伯苓了解学生思想情趣的主要渠道。

《南开周刊》"自产生以来,就特立独行,不甘作粉饰学校的工具,而以改

---

① 《南开学校 22 周年纪念号》,《南开周刊》,1926 年。

② 《南开周刊》,第 101 期,1924 年 10 月 27 日。

造南开为己责,持正言不讳的态度,抱见义勇为的精神,敢用寓辞托讽的文章来警醒学校当局,终能打破师生间的隔膜,使南大前进渐渐到了合作互助的时期"[1]。这简短的话语,旗帜鲜明,是颇有见解的,它不是和学校对立,而是要达到师生的和谐。1924年发表了几篇非常有益的文章,不只是对南开教育产生了影响,也震动了当时中国的教育界。譬如该刊发表汪心涛《三年来未吐之鲠》一文,提出了三个问题:一、大学教育是否应当按照其本国之文化与需要而定教育之方针与课程之设备;二、中国之大学讲授是否应用国语;三、南大学生生活现状之因袭与浓郁是否应图改造?这几个问题从学生的口中说出,它必定促使教育家来思考,学生在校几年究竟应该学习什么呢?教育应该紧紧扣住自己祖国的文化、时代精神和社会的需要,这是至理名言,但当时出现了偏离倾向,而且是一普遍现象,有勇气提出,应视为警世之音。南开园里因此活跃起来,差不多有一年时间,均在讨论是否应用国语讲课。1924年12月18日,44位同学提议国语教学问题于学生会总务部,随后学校评议会提交教务会议讨论。蒋廷黻教授是率先用国语教授的教师。因为有几位同学惯于听英文讲,用洋文写笔记,他们错误地认为说国语不是中国有学问的人所宜作的,蒋之国语教授因之暂停了一段时间。直到1925年4月以后,学校教务会议作出决定,除英语课外,所有课程均改用国语讲授。学校的学术气氛也较前浓厚了,新成立了许多学会,如矿业学会、科学会、商学会等,都积极展开活动。学校也更多地请许多名流人物到校演讲,以开阔学生的见闻。1924年孙中山及其幕僚北上,经天津赴北平,学校原请孙于12月5日在校演讲,藉睹伟人风采,因孙抱病,未能来校,于是请孙的秘书黄昌谷在思源堂211室讲《中国工业的现状》。此前后还请孙哲生讲《广州市政》,汪精卫讲《中国革命的一段谈话》,前云南省长任志演讲《国民爱国之途径》等。

1924年11月出版的《南开周刊》,发表了宁承恩《轮回教育》的文章,促使张伯苓加速进行教育革命,丰富了他的教育思想。该文措词激烈尖锐,击中了当时教育的弊端,比《三年来未吐之鲠》更形象、更泼辣,可以说是一篇有理性的挑战书,现引之于下:大学毕业后,"先到美国去,在美国混上二三年、三四年,得到一个什么EE、MA、D等。于是架上一架洋服,抱着两本note book回家来,作一个大学教员,不管他是真正博士也好,骗来的博士也好,'草包'

---

① 《南开周刊》编者言,1925年5月20日。

博士也好,上班捧着他自外国带来的 notes 一念,不管它是是非非,就 A、B、C、D 的念下去。一班听讲的学生,也傻呆呆的不管生熟软硬就记下来,好预备将来再念给别人。英文好一点的教员,就大唬特唬,一若真是学贯中西一般。学生们因他是说外国话的中国人,也只好忍气吞声受他唬……这些教员所讲的,内容多是些美国政治、美国经济、美国商业、美国……美国……美国……,他们赞美美国和冬烘先生颂扬尧舜禹汤一般。毕业了。毕业后也到美国去,混个什么 M,什么 D,回来依样葫芦,再唬后来的学生。后来的学生再出洋,按方配药。这样循环下去,传之无穷,是一种高一级的轮回……这样转来转去,老是循着这两个圈子转,有什么意思?学问吗?什么叫做学问?救国吗?就是这样便称救国吗?"

细读这篇文章,描述的是当时南开教育出现的现象,好像说的也是今日中国教育存在的问题。去外国深造当然是对的,应该鼓励,但如果走轮回教育的道路,则是危险的。文章发表后,在南开引起轩然大波。留美的教师提出抗议,甚至要罢教辞职,张伯苓倡导师生合作,没有想到出现了师生对立。他对学生的意见感到吃惊,难以接受这种指责,批评了学生,但学生坚持自己的看法,并说这不是一个人的意见,是全体同学的看法,这不能不触动他的心思。最后他被说服了。大学教务会议终于于 1925 年作出决定,自行编写教材,不再使用美国原版课本。1926 年秋成立了"社会视察委员会",专门指导学生到社会、到天津各现代化银行和企业单位进行调查,将课堂教学和社会调查相结合,培养其独创精神,真正做到学以致用。学校原来已有蒋廷黻领导的社会调查,从这时起成为全校的共识。学科方面,特别注重现实,使学生有根本常识,如成立了满蒙研会,面对现实。此后,师生间的感情日渐融洽,出现了和谐局面。

1928 年春,张伯苓主持制定了南开大学发展方案,提出了"土货化"的办学思想。什么叫作"土货化"?南开大学募款委员会计划书中对此有精辟的诠释:"土货化者,非所谓东方文化,乃关于中国问题之科学知识,乃至中国问题之科学人才。吾人为新南开所抱之志愿,不外'知中国''服务中国'二语。吾人所谓之土货化的南开,即以中国历史、中国社会为学术背景,以解决中国问题为教育目标的大学。"①从这里可以看出张伯苓教育思想的发展轨迹,使校训

---

① 王文俊等选编:《南开大学校史资料选(一九一一——一九四九)》,南开大学出版社,1989 年,第 39 页。

的内容更明确、更丰富,也具体化了,使南开大学的教育更有了活力。学习外国的长处,并不是照搬外国的东西。如果让学生只看洋书,说洋文,而不了解自己国家,那怎能服务于中国? 教育必须和中国实际相结合,只抄袭外国,没有创新,是没有前途的,使课程和教材都符合国情,教育的目的在使中国成为"一个独立的国家",有一个"良好的政府"。这是他得到的最大启迪。"土货化"这一名词很通俗,其含义却极为深远。

20世纪20年代的10年间,南开大学确立了自己的崇高地位。张伯苓于1930年3月讲:"京沪一般对本校印象甚好,教育当局亦认本校为私立学校之中'成绩卓著'者,只要他们说好,要钱就不愁没词了。至校务方面,现在正力谋改进,已电张仲述先生托在美代为物色教授多人,暑假后之南大,当可有一番新气象。"①

南开大学在中国教育领域已有了举足轻重的地位。它的教育资源和实力,它对社会的贡献,受到国人的珍视。还在1927年张伯苓就讲:"我们所以能负此时誉,决不是因为我们校舍比别人大,或是学生比别人多,实际还是靠我们所产之果子和品质精良,因为诸君出校后在社会各方面,都能稳定从事,人格上、学问上又能奋斗向上,处处发扬南开的精神,随时怀着救国的志愿,这一点我以为正是本校对于社会的贡献,也就是诸君赐与学校的荣誉。"②正因为如此,1937年7月全面抗战爆发后,学校遭到日军的轰炸。北方各校西迁,南开和北京大学、清华大学组成西南联合大学,这足以说明南开大学在中国现代教育史上所处的地位。

今日的南开大学是在张伯苓创办的基础上,经过几代人的努力形成的。我曾和同与张伯苓一起为南开大学做出巨大贡献的黄子坚、杨石先等多次接触,他们的事业心也是很强的,充满着忘我的精神,的确是教育界的表率。在纪念张伯苓诞辰130周年之际,国人无不怀念他的伟绩。他的功绩是不朽的,他是中国人的骄傲和楷模。还在1924年10月南开学校20周年时,就有人写下了下面一段话:"如果中国的人民都能办南开这样一个学校,中国的教育还怕不发达吗? 中国的教育家都能不爱钱,以淡泊立家,中国的官吏,还能搜刮民财吗? 如果教育发达,官吏清廉,中国能不富强吗? 中国的人民既然

---

① 《南开周刊》,第80期,1930年3月25日。

② 张伯苓:《今后南开之新使命》,《南开周刊》,第31期,1927年11月17日。

少有能创办南开这样学校的官吏,也不能爱财。唯独张校长能创立南开,甘居淡泊,这不能不说张校长是特出的人物罢。"①这一称赞和论断,是肺腑之言,当代的中国人一定会从张伯苓的人生哲学中学到有益的思想和知识,激励自己的前进。

如果有人问:南开精神是什么? 20 世纪 20 年代南开学子就有一个很好的概括和回答:"南开的精神,就是张校长奋斗的向上的进取的不屈不挠的精神。"也可以这样说,南开的精神就是奋斗的精神和改造的精神。

原载《历史档案》,2007 年第 3 期

---

① 曲有诚:《南开学校 20 周年纪念之真意义》,《南开周刊》,南开学校 20 周年纪念号,第 4—5 页。

张伯苓、蒋廷黻的教育思想

一

南开大学是在五四运动高潮中诞生的，它的创立是中国近代教育史上的奇迹。彼时，中华民国已成立7年，却徒有民国之名，而无民国之实。北洋军阀和一批政客继承清朝统治者之专制衣钵，为善不足，为恶则有余，为了个人及其集团利益和地位，对内欺压人民，对外丧权辱国，断送国民生存权利。一批仁人志士痛感民族和文化危机，继续寻求救国救民之道，于是新思想、新概念涌现出来。《新青年》杂志诸同仁，以科学、民主相号召，举起新文化旗帜。严范孙、张伯苓，从清末就执着教育救国理念，面对复杂黑暗的现实，有了新的思考，领悟到西方列强之所以强，在于其高等教育发达，决心办一所大学。他们考察了美国大学实况，以美国高校为模式，在南开中学的基础上办起南开大学。

办大学不是容易的事情，经费、校址、设备、教授等事均是面临的难题。严、张以其有社会地位、社会关系和办学经验，相信他们的这一理念会得到支持，坚信这是有价值的事业，便向一些军阀政客募捐。包括曾任总统的黎元洪、徐世昌、靳云鹏总理、江苏督军李纯、袁世凯之弟弟袁述之等均解囊相助。最关键的经费问题获得解决，其他的办学条件和道路也就打通了。经过几年的治理，到1923年南开大学已经初具规模，傲然立于天津八里台，成为中国文化教育事业一大创举。

那时，中国现代化大学寥若晨星，南开大学在历史的战乱中出现，理应得到赞扬。然而创办者都遭到反对和讥笑。因为依靠军阀及政客的资助，留日、留美的南开校友，怕玷污了南开的名声，这是可以理解的。一些人则恶语相加，说"张伯苓办南开，用狡猾的手腕，向人募款，请人做董事"。还有人说"张伯苓办南开是沽名钓誉"。(曲有诚:《南开学校二十周年纪念之真意义》)严、张认为自己所做的是进步的事业,没有错误,那些富翁之钱是盘剥搜刮人民的,将其引入教育事业是有益的,张伯苓讲:"美丽的鲜花,不妨是由粪水浇出来的。"这种回答巧妙而形象。应该说,这是当时集资的唯一出路。

张、严以非凡的勇气捍卫自己的理念。1920年7月,直、皖两派军阀激战京畿一带,人民流离失所,学校附近灾民麇集,时疫流行,学校提出放假。1921年3月,张伯苓在京西香山召开学校负责人及教师会议,各课主任及学生代表列席。他阐述了办学的旨趣:"……要自问是否与教育宗旨相合?是否与教育学生之目的相合?请问学校之设施是否合乎国家之需要,对于学生之输入,是否合乎社会之需求,造就之人才是否将来有转移风俗、刷新思潮、改良社会之能力?若曰不能,是自小视教育也。若仅为个人增加知识技能而办教育,则教育神圣,亦不足称矣。"①这些言论,大大丰富了中国近代文化教育思想宝库,这种观点永远是年轻的。

严、张有远大的抱负和放眼世界的思想,其爱国精神与缜密勤慎是超群的。南开大学创建之初,设立文、理、商三科,随后又增加矿科。1930年根据教育部规定,将科改为院。起初,举凡学科之设置,使用的教材,甚至校舍之建筑,表册之格式,都是唯美是肖。经过几年的治理和努力,提出"土货化"问题,力图造就的学生适合现代中国国情,令其成为有用之才。他多次强调教育之目的,就是要造就新人才,去改造旧中国,创造新中国。南开大学成立6周年之时,一位学者特别讲到,如何使南开大学学生能成为有用之真正人才?如何使南开大学于东方文化有所贡献?如何针对国情使南开大学不致步西洋教育之皮毛?从这里可以看出创办者和受教育者共同的理念和希望。也可以看出南开建立的思想路线。

1923年于南大发展史上是不能忘记的。这一年发生了许多新鲜事。举例讲,其一,新校址在八里台落成。原先校舍在南开中学南面,只有一座二层楼,新校园占地400多亩(一说为700亩),建立起秀山堂,作为办公及教学楼,科学馆(即思源堂)即将竣工,还建成教师宿舍和两栋学生宿舍,建筑群宏伟美丽。8月,学校全部都迁到八里台。其二,南开大学第一届学生21人完成学业,穿上取式美国的学士服,于秀山堂举行毕业典礼,张伯苓和戊戌变法的有

①《南开学校二十周年纪念号》,《南开周刊》,1926年,第7页。

力人物,时为南开大学客座教授梁启超与会祝贺。其三,南开暑期学校在八里台出现,显示了自己的实力。课程及教师名称如下:"各学程为国际贸易学,商业组织及管理,宪法学,经济学,财政学,银行学,国际公法,社会心理学,教育统计及英美教育制度之比较,西洋近世史,簿记,物理实验等。已成立之学程及担任之各教授如左:中国近三百年学术史(梁任公),近代英文学(徐志摩),教育社会学、社会学(陶孟和),中学课程改造问题、中学训育问题(张仲述),中国外交问题、中国民治主义(鲍明钤),教育哲学、教育行政(查良钊),广告学(孙偪),会计学(郑钟珪),近代西洋哲学(陈定谟),中国外交史略(徐谟),最近各种教育新方法之研究(高仁山),三角大代数(梅月涵),化学(刘骥夫),物理(章辑五),英文作文(李文渊、黄肇年),化学实验(李文渊)。"[①] 其四,1923 年入学新生开学典礼在秀山堂举行,全体师生参加。张伯苓发表重要讲话,他说:"开办大学之目的,在使学以致大,学以易愚,学以救国,救世界。学能求真理,又能改善人格,故欲达到此目的,须自大学时代做起,一学者终身从事于学理之研究,然做学者须先具以下五种善行:一立志,二敦品,三勤勉,四虚心,五诚意。"这个讲话,和香山会议上的讲话一样,同样是我们研究张伯苓教育思想的重要资源,也是我们应该遵循的原则。其五,成立历史系,聘请蒋廷黻、刘崇鋐为历史学教授,任命蒋为历史系系主任,南开大学增加了新的科目与力量。

二

蒋廷黻是一位博学之士,兴趣广泛,才华横溢,南开为其提供了展示才能的平台。1923 年到校后,住在教师宿舍 10 号房间。

张伯苓很赏识蒋的本领和学识。蒋担任系主任兼文科主任。文科包括教育心理系、历史学系、政治学系、经济学系、哲学社会学系,共 5 个系。他还兼任校评议会委员。大学教员会第一次常委会决定改进校出版物,由教师参与编辑,鼓励学生主办,指定蒋廷黻、饶毓泰、凌济东 3 位教授为委员,研究此事,写出书面报告。他还是体育爱好者,参加了李济之、饶毓泰诸教授发起组成的教职员足球队。当时南开园不断听到他演讲的声音,留

---

① 《南开暑期学校课程》,《晨报》,1923 年 6 月 26 日第 6 版。

下他所到之足迹。

南开学风特征之一,是经常举行中外名人演讲,如哲学家杜里舒讲《历史之意义》及《伦理之自觉性》,罗素讲《哈佛大学的几个哲学家》,印度诗圣泰戈尔讲《印度教育状况》,我国梁漱溟讲《孔子底真面目》,马寅初讲《中国何以无健全之金融界》,以及陶行知、顾维钧、王正廷等都在南开学术活动中留下了足迹。蒋廷黻到校后,更加强了这一学术活动。蒋是一位爱国的民族主义者,于演讲中淋漓尽致地发表自己的科学见解。排列一下他1923年的演说题目,就可看出讲题的特色。4月给南开中学学生讲选课问题。5月7日国耻纪念会假中学礼堂讲《五四与双十节》,同月讲《历史之新解释》,还在经济学会上讲《劳工与帝国主义》(此为他在美国的博士学位论文)。6月1日假中学礼堂讲《美国大学学生之生活》。10月初给文科学生讲学习的要求和方法。10月10日在秀山堂讲《民国12年的历史》。11月为哲学会讲《政治与经济》。下旬在Search Light讲《欧洲社会主义之运动》。根据这样的记录,他比其他教授讲的次数都多,涉及面广,有对学生学习的指导,有对历史事件的评价,有对世界社会思潮的论述,针对性很强,颇有说服力。据当时人说听他一次演讲,眼界就得到一次扩大。此言当是不虚,就有关记载举几个例证,从中可以看出这位历史学家朴实的历史意识。

他认为学文科的人,应该注意几件事情:第一是国学,他说既是中国人,自然就不应当不懂得中国的国学。不过学文科的人,对于国学尤当特别注意。第二注意社会的状况,他认为"社会的经验,也是文科学生所不能缺的"。并且"读书尤不能包括求学的全体,只是其中一小部分"。第三是英文,要求每小时最低限度能看20页。第四懂得自然科学的某一门类,他以西方著名的哲学家、文学家都是自然科学家为证来说明这一问题。第五注意身体。这五项,也是今日青年应该努力的。关于中国国学,源远流长,涵盖广博,内容丰富,应以历史主义眼光对待这一问题。接受、传承、发扬优秀的,扬弃非科学的。

在以《五四与双十节》为题的演讲中阐述了拯救民族危难的史观,充分肯定了五四学生运动的巨大贡献,"是中华民族史上实占最重要之位置"。对于如何达到民主,他说:"欲求 Democracy 之实现,国民须先有团结心与共同心,然后始能易君主为民主。民主国家主权在民,故民有保存其国家之义务。"这里特别强调以民为本,人民在历史上的作用,在军阀暴政之下,他的这种思考,有极大的实用价值。同时,他以坚定的语调,发出民族反抗的吼声:"吾辈皆黄帝子孙,岂容外人将祖遗产业夺去而不顾!"

在《民国12年的历史》的论述中,也可看出蒋的历史观。他鄙视厌恶北洋军阀,但认为就辛亥革命以来的历史发展而论,社会还是有进步的。他说:"民国12年的历史,是有进步的,此非专就政治一方面立论,乃就国民全体各方面立论也。民主国家,主权在民。军阀政客,乃国民之一部分,不足以代表全国。"①他以普通教育的发展和几所大学的出现,作为自己的论据。

作为教师,贵在言传身教,言行一致。蒋廷黻令人敬佩之处是他怎样说就怎样做。他强调接触社会,调查社会,1924年春他引领学生到农村和工厂实际调查。将经济史班分为两组,一组调查八里台农村平民生活状况。二组调查裕源纺纱厂。他自己随二组前去。调查返回时,还请同学到起士林吃茶点。这是历史研究的一种方法,也是研究的典范。他计划经过两三年的八里台调查,汇集成册,成为八里台村史。当时论者认为这"对于社会学经济学之贡献非浅也"。

蒋廷黻丰富了南开的历史文化,使南开历史一建立,就确立了好的学风,备受学界尊敬。

三

今日世界为知识竞争世界,知识程度之高低,关系到国家之强弱兴衰,新理想可造成种种新事业,莫不由学问而来。学无止境,学然后知不足。我们应发奋读书。

一个学校好的学风需要师生共同努力创建,首先是教师真正厉行自己的使命,传道、授业、解惑。青年人都崇拜学术权威。一个学校,一个科系,如果有一个或几个学术领军人物,这个学校就名声远扬,也就可以吸引更多的青年学子来校就读。南开大学自创建起所以有吸引力,就是因为在几个学科领域中有一些杰出的学者,为社会和国家做出过突出贡献。我们应脚踏实地、孜孜矻矻地学习传承他们的学术传统。

历史学是关于人类活动的一门科学。学好这一学科大有作为。现在我们生活在一个历史以特别快的速度运动着的时代,历史是研究已经发生的事

---

① 《南开周刊》,第71期,1923年10月12日,第8页。

情,更需要将人类各种活动记录下来,绝不可对现实持以漠然态度。

　　以往庆祝南开大学周年(校庆)时,南开人一直倡导应学习张伯苓奋斗的、向上的、进取的、不屈不挠的办学精神。这对我们今天来说,仍是金玉良言。严格自己的学术事业,钻研一门学科,必定可以成功。

　　每个人都在走自己的路,写自己的历史,在南开园读几年书熏陶几年,耳濡目染,一定会使自己的历史更加丰富,有光芒。

原载《历史档案》,2009 年第 3 期

张伯苓、何廉的教育理念
——1948 年南开校庆的记忆

在我的记忆中,1948 年南开的校庆是一珍贵的记忆,已成为我记忆中的记忆。那时南开有文、理、工、财经四院,校址分布于八里台、六里台和甘肃路三地,学生约一千人,文、理、工三院学生均住在六里台二层的丁字楼内。财经学院的师生住在甘肃路。11 月 7 日那天我们整队到甘肃路学校大礼堂参加会议,9 时准时开会。老校长张伯苓、新校长何廉先后讲话。我是由辅仁大学转来的新生,南开对我来说,一切都很新鲜。记忆也很深刻。为印证我记忆的准确性,我翻阅了当时的报刊记载,比我的记忆要完整,现将尘封六十多年的往事展示出来,以飨读者。

值得重温历史记忆是两位校长阐述了他们办学的旨趣和理念。

教育大家张伯苓素以教育救国、爱国救国相训勉,宣传民族思想为鹄的,他的讲话简短而意深远。主要内容有三点:一是他讲述他放弃海军事业而步入教育界的缘由,他说:"中国人和外国人比较心灵手巧,为什么这样倒霉呢?受侮受欺,吃不饱,穿不暖,根本原因是教育不发达。他因此立志办教育,说明办教育的心路历程,这是他青年时期的志愿,中年时期的生命,老年时期的安慰,使他老而不愿颓唐,仍奋勇前进。他认为他 50 年的经验方向未走错;二是推崇严范孙的人格和教育思想,说严先生念书都在身上了。孔夫子所称赞的德行他都有,他不守旧,提倡科学;三是阐述了校训允公允能的关系,他说:"只是有能算不了什么,必须为公。"以这样的思想理解校训为国家培养栋梁之才,这是校训的核心价值。

何廉讲话较长,围绕校训这一主题,更具体地讲大学的功能,培养什么样的人才才是合格的,他提出了最高标准和最低要求。他说大学四年生活的熏陶,对处世和治学能具有正确的观点和态度,对于国家与社会的发展和个人事业的前途,以及整个人生观都有独立的公正的思考、判断和抉择的能力。

"大学教育未必能使每个大学生变成'通才',但至少能使之具有比较广泛的知识基础,遇事能从大处全局及各种相应角度着眼,才至使不偏于一隅,趋于偏激。大学教育虽未必能使每个大学生成为'专家',但至少应使之具有基础的治学方法,遇事能使其所学得到如何入手研究并解决问题。大学教育虽未必能使每个大学生成为'完人',但能使之具有高贵责任感和公共精神,消极的要做到富贵不能淫、贫贱不能移,积极的要能急公好义,勇于负责。"[①]何是南开经济研究所20多年的掌门人,以进行物质指数和社会调查而闻名,所讲的是他身体力行的经验总结,不是空谈。所学必须切合实际,联系现实,这是原则性问题。谈到大学的学术地位,他语重心长地说:"大学能够有一批在学术上有地位,对研究有兴趣,对教育有热诚的名师,领导着热心向学的青年,从事教学和研究工作,如此学校才能真正有灵魂。"因为七七抗战开始,南开遭日军轰炸,基础设施遭破坏,胜利后国家又处于国内战争,诸多困难,他因此告诫南开人,不要被一种短视鄙薄的物质主义和现实观点所迷惑,妨碍大学内纯粹学术空气的培养,应把握住远大的理想,脚踏实地的工作,不要怨天尤人,应以精神团结,来克服物质方面的困难。

大会上,教务长杨石先讲到南开在国内外所占的学术地位。他说英国牛津大学认可中国七所大学的学历,南开是七所之一。杨以此说明张伯苓办学的成就。

人们常讲南开精神,记得20世纪50年代,天津市文教部长梁寒冰来南开,专门总结南开的办学经验。谈到南开为什么有极高的声望,30年代中期,胡适代表北大、南开、中央研究院三个单位参加哈佛建校300周年纪念。因为南开有一批著名的学者,是私立的,经费精打细算,行政机构简炼,办事效率高等,近重温1948年新老校长讲话,感悟到他们对南开精神作了精彩的概括性的论述,其理念具有普世的价值,其言论包含着深厚的哲理。

1919年创建的南开大学,已走过90多个春秋。允公允能已成为南开人的信仰和传统,一直沿着正确的道路前进。如今在党中央和政府的关怀下,肩负着时代的责任和使命,迎接自己的百年校庆。1950年毛泽东主席为南开大学校名的题字,一连写了7幅,让南开选择其一,这也是南开人奋勇前进的一种力量。

原载《中国社会科学报》,2012年3月9日

----

① 《益世报》,1948年11月18日,何廉就职演说。

从南开被炸看张伯苓精神

张伯苓是中国近代教育革命的先行者,他的名字始终和南开大学、中学连在一起。清朝末年他参加过海军,经过甲午海战,目睹清军的落后腐败,立志教育救国,寻取振兴教育之道,成功地办起南开学校,成为教育界的典范,被称为学界的泰斗。南开大学有以伯苓楼命名的建筑,永远纪念这位教育革命的开拓者。又有于新校区筹建校史馆之议,以迎接南开大学建校 100 周年校庆。

南开遭炸

南开大学有光荣的历史,也遭遇过挫折。1937 年 7 月 29 日和 30 日,日军对南开狂轰滥炸。7 月 31 日,《中央日报》即以醒目的标题《敌摧毁文化机关!南大已悉被焚毁》,记录了日军的暴行的细节。"两日来日机在天津投弹,惨炸各处,而全城视线,犹注意于八里台南开大学之烟火。缘日方因 29 日之轰炸,仅及二三处大楼,为全部毁灭计,乃于 30 日下午 3 时许,日方派骑兵百余名,汽车数辆,满载煤油,到处放火,秀山堂、思源堂(以上为二大楼,均系该校之课堂)、图书馆、教授宿舍及附近民房,尽在燃火之中。"该报记者特别写了按语,说明张伯苓创办南开的丰功伟业,怒斥日军仇视南开,是一篇绝好的文件,有不可估计的价值,现录之于后:

> 张氏创办南开学校,已近 40 年,最初成立中学部,嗣后组织增设大学部,如中学部及小学部,以成绩优良,深得海内外及政府与社会人士之赞助。该校各部每年经费大部,系由教师津贴及各方捐助,当创办时,学生仅 6 人(注张氏说 5 人),现则已达 3000 余人,原有校舍仅数

间平房,近则大小已增至数十所。29日被日军轰炸之木斋图书馆(为国内著名图书馆之一)、秀山堂(即办公室及文商学院课室)、芝琴楼(即女生宿舍)等,均该校建筑中之堂皇者也。该校大学,除文理商学院外,并有南开经济研究所及南开化学试验所,均闻名全国,尤以经济研究所所发行之各种刊物及物价指数等,在国内外经济学界,深有声誉。又该校各部校舍均临近津日兵营日飞机场等,自九一八以来,师生在课时中,几无日不闻敌人之打靶声机枪声,然学校纪律,因张氏主张严格训练,读书救国,努力精神,始终如一。对一般之冲动的爱国主张,向报沉着持重之态度。今日不为强暴所顾念,是敌人之坚欲根本摧毁我国文化,不难于此可证。中外人士对该校之无辜受摧残,均深表惋惜痛愤,盖该校不但为我国之一著名文化机关,且为40年来无数知识分子血汗之产物也。[①]

　　《大公报》在当年10月18日以社论的形式,以另一视角直击其暴行的目的:"南开学校之被毁,是中国文化教育机关在暴日侵华战中最初最大的牺牲,是日本居心摧毁中国教育,仇视中国文化最近显之证据,就教育界论,痛心极了。"[②]1937年亲历日军毁我南开的校方诸领导,如秘书长黄子坚、教务长杨石先、斋务课主任郭平凡等,都对日军毁我南开写过纪实文章。1948年夏,我来南开就读,被毁的残垣断壁仍然可见。1951年前,我因担任学生会正副主席,和以上提到的诸师长,接触较多。他们在诸多场合都诉说这一悲剧。黄师还谈及许多珍贵图书被日军掠去,战后始部分运回。"这些书每一本都可以证明这一历史事实。"这是在图书馆内,他从书架上拿出一本书时,对我讲的话。从他们的言谈中,我获得了很多南开的历史知识。

舆论界震怒

　　南开遭炸,像发生海啸地震一样,震惊世界。引起中外人士的关注。《大公报》主笔张季鸾撰写的《从南开复兴说到一般教育》一文,其中讲道:

---

① 《中央日报》,第1张第4版,1937年7月31日。
② 《从南开复兴到一般教育》,《大公报》,1937年10月18日。

"张伯苓校长，是中国教育界伟大人格之一，而其所以伟大处，经此劫火，更得证明。他承继严范孙先生四十年辛苦扶植的教育事业，一旦无端为日本炮火故意摧毁，而丝毫不能消灭他的勇气，反而更增长激发他的信仰。他本是一位热诚的爱国者，现在更灼热化了，并且极端乐观，他的爱子殉了国，也毫不动心。这种伟大精神，足以代表中国民族的新觉悟，而为我们所万万钦佩的。"①

季鸾先生善于捕捉新闻，其以简洁的语言将伯苓公的信仰、事业及其人格的魅力，并在爱子殉国之际时毫不动心形容伯苓公心胸的伟大，因为为国捐躯者何止千千万万。

南开遭炸，已引起公愤。上海密勒氏评论报主笔鲍威尔（美国人）即时站出来，仗义执言，记录下这一毁灭性的灾祸："天津一所著名高等学府——南开大学，遭到日机轰炸后被彻底摧毁，日本人声称，南开大学是反日活动的中心。

关注国家之命运

南开遭炸时，伯苓校长适不在天津。当年 7 月 9 日，他应蒋介石之邀，到庐山参加诸多名人与会的国事讨论，会后，于南京短暂停留，即先后赴武汉、重庆、长沙三地，为国难时期恢复中国教育而奔波。在重庆创建南渝中学，到长沙和蒋梦麟、梅贻琦、杨振声共商北大、清华、南开三校组成联合大学诸事宜。

武汉是当时政治、经济、文化中心，沿海沦陷后，各界人士多集中于此。伯苓公因学识渊博，人品高尚，深得学生景仰。武汉的南开校友、武汉市市长吴国桢、市政府技正吴国柄、所得税驻鄂办事处主任宁恩承等八十余人，假金城银行公宴张伯苓校长。张公即席发表讲话，谈及他对当前国事的认识，南开被炸时的心情，以及他对南开未来发展的展望，讲了一个多小时。根据报纸记述，可以窥其思想。

1.伯苓先生的国事观

伯苓先生从自己亲身经历和感受，谈中国历史和现实。他说："今日之中国已为新中国，吾人已变成新中国人，以前吾人均有三大病：一为怕，二为退，三为难，即遇事来就怕，怕而退，退而觉所有各事都难，结果什么事都办不成。

---

① 张季鸾：《季鸾文存》（第二册），大公报馆，1947 年 4 月，第 22 页。

自从抗战爆发以后,可以证明国家变了,第一因不怕日本凶,再即不因日本之用强力压迫而退却,三不怕一切艰难。"对我国近代史发展这样的概括和描述,非常恰当和生动。既批评了南京政府,又赞扬抗战大业的壮举。

日本是个侵略成性的国家,历史上凡是侵略成功的代表人物,均被尊为英雄。近代以来,不断侵略中国。上海留日归国同学深受凌辱之苦,发表沉痛宣言更可以证明伯苓公三怕三不怕观念是符合民心的。日本"不认中国为独立之国,中国人为独立之人,不仅侵略我们的国家,奴隶我们国民,并且不容我们民族和他们共存……我们无法偷生,不能苟全,只有奋起抗战。主和是自取灭亡之道,只有动员全国一致抗战,才是我们民族唯一的生路。我们必须浴血以至拿血来洗刷历年的耻辱。我们四省亡于日本了,冀东、察北久非我有了,卢沟桥已成为我军民之坟墓了,平津又相继陷于敌人之手了。半壁河山已经变色,万万同胞沦于惨痛境地,我们还不奋起抵命,我们还有人心人性吗?① 这些发自肺腑沉痛的声音,可以说是三怕三不怕的具体写照。这使我们更清晰了解我国当时的国情。

由"怕"转为"不怕"是民族救亡复兴的转折点。伯苓公时时痛念祖国已濒于危亡,所以他意味深长地说:"中国只要打,一切都有办法。无论如何想,中国都不会亡国。中国历年来进步不易,其原因是中国是个大国,故要亡中国,因其大,故亦不易亡之。余希望大家自己要了解,已变为一新国民,但希望注意不要使身体变成新的而留下一对旧成分,或留下一条尾巴在身上。"②

2.无所畏惧

对南开之被炸,遭遇巨大不幸,按常理,人们都会产生忧虑之情,而伯苓公当晚接受国民党中央社记者造访时,却以非凡的精神,冷静地论及两点意见,其一,南开被炸,"余并不惊讶,因此事已在意料之中。"为什么会有此预见呢?因为日租界和日本"华北驻屯军"所在地的海光寺,和南开大学校址八里台相邻,日军经常派兵骚扰挑衅。早在"1932 年,日军就以南开科学馆为中心,开始其模拟之攻击行动。"③日本侵华急先锋的土肥原,号称中国通,曾命令侵华分子多田骏和梅津美治郎,伺机除掉南开和张伯苓。其二,"教育是立在精

①《上海留日同学会宣言》,《申报》,1937 年 8 月 6 日。
②《在武汉校友会公宴会上的讲话》,《大公报》(武汉),第 3 版,1937 年 9 月 27 日。
③《南大周刊》,副刊第 5 期,1932 年 4 月 5 日。

神上的,而不是立在物质上的……本人以为建立一个大学,精神难而物质易。南开已往四十年之经营,当去年政府接办时,估计全校校产已达270万元之巨,在私立大学中似已可观。如今牺牲掉,本人并不过分爱惜,因南开精神已散布于全国,愈毁坏,愈有更新发展的可能。""敌人此次轰炸南开被毁者为南开之物质,而南开之精神,将因此挫折而愈益奋励。"①从这一席的谈话,可以看出伯苓先生是如何思考和观察问题的。他对南开未来的发展持乐观态度,所以以精神和物质的关系上论述其间的相互关系。更表示要以精卫填海的精神,使南开有更美好的前程。

3.声援之声频频传来

伯苓公秉持南开精神,受到同时代人和后世子孙的欢呼称赞。1937年7月30日南京政府教育部长王世杰曾到其下榻旅馆慰问,"表示政府必尽力恢复南开。后蒋委员长亦向余有同样的表示。"蒋称:"南开为中国而牺牲,有中国即有南开"。这是官方的表态。此后海内外的慰问函不断飞来,一则称赞张公的大智大勇,为教育界杰出的领导者,一则谴责日军的暴行,日军获得了残忍暴虐的罪名,为世界所诅咒。如果说过去日本以花言巧语,还能得到海外某些人士的默认,此次的侵略原形毕露无遗。

这里,只摘录电文中少数几份,即足以了解轰炸南开已无法掩盖其真面目。

国内人士及有关机构:

胡适等于7月31日晚,致电中国驻日大使馆转世教会联合会会长孟禄,请其谴责日军"蓄意炸毁张伯苓以三十三年精力创办扩展之南开大学与附中,并毁冀省立女师学院及省立工业学院"之暴行,"希望世教会议代表,对于此种毁坏学术机关之野蛮行为,予以判断与指斥。"②(注:世界教育会议1937年8月2日—7日在日本帝国大学举行,参加会议代表共1300人)黄炎培发表《吊南开大学》一文,以气壮山河的语调,谴责日本的暴行:"我正告敌人,尽管你们的凶狠,能毁灭我有形的南开大学校舍,而不能毁灭我无形的南开大学所造成的万千青年的抗敌精神,更不能毁灭爱护南开大学的中华全国亿万民众的爱国心理。""我正告敌人,你们既然有计划毁灭我文化机关,我愿在人

---

① 《大公报》(武汉),第1张第4版,1937年7月31日。

② 《申报》,1932年8月3日。

类文化历史上,大书特书曰:日本帝国为企图灭亡中华民国,于某年某月某日用预定计划,毁灭华北著名文化机关南开大学。"①

上海各大学联合会电:"暴敌入寇,肆其残毒,贵校横遭摧毁,举世震惊,我文化界创巨痛深,当益振励,冀图湔雪。台座对我国教育贡献至宏,咸所钦佩,此后南开新生命创造其精神自更伟大。"②

茅盾、郭沫若、巴金、郑振铎、胡愈之、金仲华、周扬、阿英、萧乾、钱亦石、艾芜、胡风、夏征农等56人,8月5日致函张伯苓等:"日寇夺我平津,摧残文化机关,南开、女师惨遭轰炸,继以有计划之烧杀屠杀,同人等无任悲愤,谨电慰问。"③

国际人士及机构:

英国牛津大学教授、联合国所属文化合作委员会主席墨莱称:"接获中国各大学校长函件后,对于日本飞机在天津轰炸学校一事加以谴责,并以此电录送泰晤士报,称:日本军队摧毁中国教育机关,可谓野蛮之极,吾辈为文化与人道计,特请足下加以谴责。"墨莱并附上一函,说明"中国处境虽极艰辛,但仍致力于精神与文化之改造,此其毅力,殊堪钦佩。彼日本军阀对华作战,似专以大学中学为进攻目标,此就普遍心理言之,实足使之发指"④。英国牛津、剑桥、伦敦等大学教授90名,致电中国教育部长王世杰,称:"日本军队轰炸中国城市,摧毁学校,吾等闻讯之下,为之发指,谨以阁下表示最深切之同情,并声明将竭尽所能,以敦促本国政府采取有效措施,制止日本侵略行动。"⑤

举世闻名的美国哥伦比亚大学哲学及教育教授基尔帕特里克教授谓:"日本在华之行为实属无耻而愚蠢。天津南开大学之被毁,不足使该校归于消灭,良以日军炸弹残酷手段之结果,适足使该有名之学术万古不朽。日本军人此种恐怖政策,不特不能使日本获得些微利益,且日本以武力所获得之土地,其结果仍将物归原主,终为中国所有也。再则日本以制造战争为扩充贸易之见解,彼以炸弹轰炸南开大学学生,夫学生为将来之统治阶级,此其行为实属荒谬而不合逻辑。总之按照余意,日本目前之行动,适足使中国抗日之意志,

---

① 《申报》,1937年8月8日。

② 《申报》,1937年8月8日。

③ 《申报》,《茅盾等慰问张伯苓等》,1937年8月6日。

④ 《申报》,1937年8月15日。

⑤ 《申报》,1937年11月7日。

益趋一致。"①

从这些引文中可以看出，日本轰炸南开等文化教育机关，已犯下了最邪恶的罪行。"物质可毁，精神不死""南开之学术万古不朽""日本的恐怖政策使中国抗日之意志，益趋一致"，这些认识和结论，已被历史证明为真理。日本军国主义已付出代价，更应是军国主义前车之鉴。

四、觉醒了中华民族

日本军国主义者，以侵略的民族主义扶持其国民，祸害中国，其魔爪伸向中国各个领域，就教育界而言，从 1937 年 7 月 29 日到 10 月初，遭轰炸的学校有南开大学、河北女师、河北工学院、沪江大学、吴淞同济大学、南昌葆灵女学、武昌文学中学、中央大学、中山大学等。如此疯狂的轰炸，正如中山大学校长邹鲁在日机频频轰炸广州中山大学及其他遭毁时所讲："倭寇对我国侵略，不但欲吞我全中国，且欲侵凌世界及毁灭世界文明，故开战以来，对于我国文化机关，特别加以摧残，肆意轰炸。"②日本对人类所犯下的最邪恶的罪行，不会使历史陷于沉默，必然要发生反抗的声音。邹鲁说的"日本轰炸中山大学，是因为中山大学抗敌精神最为激昂，早有'抗日大本营之名词'，不特中山大学为然，全国学校、全国民众，何以不抱与日偕亡之决心。敌人轰炸之弹愈烈，我人敌忾之心愈炽，是则敌人之轰炸，不啻我国之警钟也"③。这说明，中国从日本侵略者这个反面教员获得的教训实在太多了。中国已经不是苟安幸存的病夫国，而是能自卫自主受世界公论赞扬的新兴国家。历史一再证明一个民族想消灭另一个民族，这只能是痴人说梦。日本侵略者想主宰东亚，提出"东亚共荣圈"的口号，而其结果是在第二次世界大战中无条件投降，是世界上唯一受原子弹轰炸的国家。侵略战争贩子都上了断头台。他们只能横行一时，不能得逞一世。这是离现在并不远的历史。

回顾历史，日军轰炸南开，占领天津后，将南开作为其兵营，他们认为从此南开就被消灭了，就不存在了。但事实是，南开并没有中断，而是成为国立

---

① 《申报》，1937 年 8 月 4 日。

② 《申报》，1935 年 10 月 5 日。

③ 《申报》，1937 年 10 月 5 日。

西南联合大学的一部分,声望更高了。抗战胜利了,1946 年 10 月 17 日,学校在六里台旧址举行复兴后第一次开学典礼。同时庆祝学校成立 44 周年及复校一周年,将日本人在八里台建筑的一座大楼改名为胜利楼。1948 年 10 月,伯苓公虽已 74 岁高龄,身体却很健壮。在庆祝其办学 50 年的一次小型会议上,他深情地讲:"我离不开教育,现在身体虽然离开,精神决不会离开的。"并谈到自己"24 岁时由教 5 个学生开始,现在无论国内外都能看到我的学生,这是办教育 50 年的最大快乐。"他强调对教育的主张就是"公能"二字。[1]张公一生就是这样献身于教育事业的。

新中国成立以后,山乡巨变,南开也开始了新的历史起点。"渤海之滨,白河之津,巍巍我南开精神,汲汲骎骎,月异日新。"今日南开,无论发展的规模、学校的建设、人才的培养、校园的美化等方面,都达到了时代的高度。南开的光辉四射,屹立在人类无限的光明之列,在世界极品大学中占有重要的一席之地。正如温家宝总理在 2009 年 2 月 15 日与南开大学师生谈话所讲:"无论在战争年代,还是在建设时期,南开人总是把自己的命运同国家和民族的命运联系在一起,这一点表现得非常清楚。""南开的精神是什么?是青春的精神,充满朝气,面向未来。"可以毫不夸张地说,南开的光芒,已列于人类文明之列。

原载《中华魂》,2013 年第 16 期

---

① 《益世报》,第 5 版,1948 年 10 月 16 日。

杨石先校长风范长存

在迎接 80 周年校庆之际，老校长杨石先先生的事迹浮现在我的脑海之中。

1937 年"七七事变"爆发，平津沦陷，北京大学、清华大学、南开大学在长沙组成联合大学，杨先生就以其学术地位的非凡，担任联大化学系主任。

新中国成立，杨老肩负起建设新南开的重任。我从 1951 年留校任教以来，和杨老接触不下数百次。学校开大会，自不必说，总能见到杨老，他经常作一些传达报告，三四个人的谈话，或者十几个人乃至三四十个人的工作会议，杨老都莅会。杨老的发言，言简意赅，主旨明确，即使每学年在马蹄湖边大礼堂举行的开学典礼上，杨老的讲话从未超过 20 分钟，是自然科学家的风范，非常珍惜时间。

杨老的住宅为东村 43 号平房。这样的平房东村有三排，是 1930 年建筑的，建筑优雅别致，门前有花坛，房后有庭院。日本轰炸南开后，东村和西村住宅区，与思源堂、芝琴楼成为"硕果"仅存了。杨老每天早晨穿着整齐，夹着公文包，踏着稳健的步伐，到行政楼去上班。看上去就是一位有修养的学者，透着 gentleman 的风度。1957 年我也迁入东村，住 46 号，因为是一排，和杨老是近邻了，见面的机会自然无法以数计了。我更感到杨老的举止是很规矩的。

记得 1952 年院系调整时，关于地界之争，杨老的处置态度是很明朗的。当时天津市委把六里台到八里台建设成为文化区，这一地带全属南开校园，现在要把六里台到七里台划归新成立的天津大学，南开三分之一的校园被"割让"了，杨老和吴大任先生从市里开会回来，对此决策感情上都难以接受，提出了异议，市里负责文化区的领导说，你们就让一让吧，将来南开如有发展，可将河南面的地段(指靠近水上公园地区)拨给你们。此事虽未曾听到杨老有何怨言，但可以推测其内心是不平静的。有趣的是，这位领导后来调到南开工作任职，他说早知我要来南开，我就不会那样地划分天、南大的界限了。

146

南开大学教师宿舍,20 世纪 50 年代就很紧张。1952 年,著名历史学家郑天挺先生从北京大学调到南开,没有住处,杨老就从自己一套房子中腾出一间给郑老,郑老一住就住了六七年,两位享有盛誉的学者就是这样相处于东村 43 号。杨老有一颗广阔善良的心, 他对待自己西南联大时的老朋友的尊重、理解和热忱的爱心,是知识分子的楷模。

杨老积极支持历史系新学科的发展。50 年代,郑老经常带我去北京,曾几次见到国家文物局局长郑振铎,见到历史博物馆研究员沈从文先生,他们都建议南开成立文博专业,郑老回校后,和杨老商议此事,杨老和他的两位得力助手吴大任和滕维藻先生商议后,1959 年这一新专业的建设正式启动。为作好学术上的准备,历史系派两位青年教师去北京文化学院进修,还曾两次请沈从文来南开讲学,可惜这个专业于 1961 年国家实行"八字方针"调整时,下马了。

"文革"结束,国家实行对外开放政策,旅游业发展起来。南开历史学系学友席潮海,适逢任国家旅游局办公室及政策研究室主任,我们共有一个愿望,就是在南开成立一个旅游专业,旅游局愿向南开资助 270 万元,建造一座大楼。杨老指示应作好论证,滕维藻副校长引用国内外有关资料,说明这一专业颇有发展前途。这一专业于是建立起来,成为全国高校的首创。

杨老一生可贵之处是不断补充丰富自己的知识。不仅对自然科学,对中国古典文学,他亦喜爱。据滕校长回忆,他们外出开会,晚上休息时,杨老常读李清照诗词。"文革"期间 1975 年的一段时间内,杨老天天到图书馆去查阅英文化学期刊,如饥似渴地学习。不少教师看到他如此执着,也以此精神鞭策自己。

杨老是我国化学领域的学术权威人士。全国都很尊重他。他又是一位著名的教育家,先后担任天津市文教部部长的梁寒冰和王金鼎,隔一段时间总要看望杨老,向杨老请教。

杨老是一位受人爱戴的老校长,他虽走了,但风范长存。

原载《南开周报》,1999 年 1 月 22 日

新中国成立初期南开历史学系
三位学术权威

　　1952 年是南开大学历史系建系以来最兴盛的一年。是年全国高校院系调整，北京大学历史系主任郑天挺与清华大学历史系主任雷海宗也同来南开，与原任南开、毕业于日本京都大学的吴廷璆、获美国加州大学(伯克利分校)学士学位和斯坦福大学硕士学位归国的杨生茂，成为领衔人物。还有毕业于西南联大的王玉哲、杨志玖、黎国彬诸先生，在其从事的研究领域，也都有所建树，他们均是郑、雷的学生和同事。郑、雷的到来，为南开大学历史专业锦上添花，因此南开被学界誉为史学重镇。

　　郑、雷来南开后，住在八里台校区东村(当时教师宿舍有东村、西村和六里台及八里台等地)，与新中国成立前后任文学院长兼历史系、哲学系主任的冯文潜同住一个村中，彼此相距近在咫尺。因为三人任教西南联大时就是密友，如今聚在一起，便经常在雷海宗先生家中聚会。他们谈天说地，议论时政，并为南开建设竭尽全力。如充实图书馆，增购中外文书刊，得周叔弢一大批赠书，卢家和徐鹤桥等也有捐赠。历史系还得到明清时期瓷器。

　　我因担任中共文学院支部书记，又是历史系秘书，也常去雷师家中，聆听他们的议论。他们生活简朴，衣着干部服，不抽烟不喝酒，每次饮茶，备一些茶点，边品饮边谈论，其乐融融。

　　他们三位是权威学者，各自在自己的研究领域中所做出的贡献，是一般教师难以企及的。因为在西南联大，各代表三校的一方，如今在南开历史系重逢，同仁戏称：我们现在是"小西南联大"。

　　郑天挺先生是西南联大历史系教授，兼西南联大总务长，总管后勤，既管财务，也管教务，行政事务繁忙，仍然关心学术研究。1942 年论文集《清史探微》出版了，其中有西藏史三篇，是他到云南后新开拓的课题。他知识广博，先后讲授魏晋南北朝史、隋唐史、元史、明清史、清史研究、历史地理、史料学、校勘学、音韵学等课程。尤其对明清两代典章制度、汉满民族关系、学术思想、社会民俗有特别的研究。他还辅佐傅斯年的文科研究所。当时学生中传颂着这样一句佳话:郑(正)所长是副所长,傅(副)所长是正所长。抗战胜利后,郑先生回到北平。当时,北平各校历史专业都采用他编写的明清史大纲、讲义。

雷海宗先生学贯中西。他以施本格勒的名著《西方的没落》为教材,是介绍文化形态史观到我国的第一人,并以《西方的没落》理论框架应用于中国史研究。在他家中,给我和两位年轻教师讲授先秦史,杨志玖、王玉哲也来听课,每次讲课都由郑天挺主持。

冯文潜,哲学教授,在西南联大时,讲授美学、哲学概论、柏拉图、逻辑学、德文等课程,对古希腊哲学、德国古典哲学和美学史等方面颇有研究。冯先生酷爱历史。他和黄子坚、陶云逵等共建边疆人文研究室,出版《边疆人文》,开展社会调查。他于1917年中学毕业,即赴美、德两国留学,1928年始回国任教,担任西南联大南开文学院院长兼哲学系、历史系主任。在南开中学时,与周恩来不是同班,但关系密切。1919年5月21日,周恩来以"留日南开同学会"的名义给留美同学会冯文潜写信,反对南开校方拉拢曹汝霖等担任校董,借以换取捐助经费,其中讲到的"我是爱南开的"这句话已成为今日南开人的口头禅。

三位先辈学人所做出的贡献,是我国文化的珍贵财富。他们的职业道德、学问和人品是学界公认的楷模,应是我们永远学习的榜样。

原载魏宏运:《锲斋文稿》,中国社会科学出版社,2014年

毕生心血献史学——怀念郑天挺教授

我国著名历史学家郑天挺教授的逝世使我痛苦。史学界失去了一位博学的专家,南开大学失去了一位诲人不倦的师长,而我失去了一位亲切的领导、严格的导师、风雨同舟的同志。

三十多年来,我与郑天挺同志一起工作,顺境中分享着胜利的喜悦,逆境中则相互鼓励、支持。

坚决跟着党走

1952年郑老来南开大学主持历史系工作,那时他已年过半百,历任北京大学秘书长、西南联大总务长,既有丰富的教育经验,又是一位知识渊博的学者。那时,我是一个刚从大学毕业不到两年的助教。他是历史系主任,我是系助理,我们之间的关系是少有的和谐。他信任、支持、领导我工作。"文化大革命"前,我兼任过系里的党务工作,每向他传达上级党组织及支部的决议和意见时,他都表现出对党的尊重。

郑老经常谈及他所经历的困难与艰难,在谈到他的思想进步时,对我则如朋友一般畅述胸怀。记得我们第一次见面,他就说过:"我坚决跟着党走。"他常以进步较晚而责备自己。他曾从全国解放之际参加群众运动,及赴南方参加土改运动的思想感情的变化谈起,倾述自己对党由不了解到逐渐认识的过程,其坦率程度犹如赤子之心。他谈到阅读马列主义书籍的感受,情感是那样的纯真;他对党的坚定信念和对事业的责任心,是那样的忠诚。

1956年后,全国许多高级知识分子加入了中国共产党,如清华大学的刘仙洲、南开大学的杨石先,对郑老鼓舞很大,他为自己选择了与他们同样的道路。他一再表示要以共产党员的标准要求自己。他是这样说的,也是这样做的:对党的号召,他积极响应;对党的威信,他极力维护。

郑天挺同志对党的信念坚定不移,当极"左"思潮掠及他个人时,他依然乐观、通达、行之若素。他的豁达大度,给人留下深刻的印象。

经过长期考验,在郑天挺同志 81 岁时,终于成为光荣的中国共产党员。

郑天挺同志谦虚谨慎,很少谈及自己。我主要是从向郑天挺同志请教中,了解一些他的往事。

五四运动时,郑老就是一位爱国主义者。当时,他正在北大二年级就读,五四运动爆发后,他也卷入了时代的洪流,参加后勤工作。他很敬佩李大钊的学识和思想,也了解李大钊在五四运动中的地位。正因为如此,1933 年 4 月,全国百数十知名人士为李大钊捐款举行公葬时,郑天挺同志是捐款人之一;当灵柩由宣外下斜街妙光阁浙寺迁葬到香山万国公墓安葬时,护灵的只有少数几个人,郑天挺同志是其中之一。在国民党白色恐怖下,郑天挺同志的行动足以说明他的正直和勇敢。1935 年华北危急,中国共产党发动了"一二·九"运动,国民党逮捕"肇事"同学,郑老身为北大秘书长,挺身营救被捕同学。现在香港中文大学的王德昭教授至今不忘他营救之恩。抗日战争时期,北大、清华、南开三校被迫迁到昆明,成立西南联大,除了经费拮据,还有三校团结问题。郑天挺同志作为总务长,千方百计节约,设法把盖房的铁皮卖掉,换成竹板,用变卖的钱来维持难堪的局面。解放战争时,北京的第二条战线蓬勃发展,国民党又实行大逮捕,郑老预先告知一些被列入"黑名单"的学生转移。这些学生到现在仍在感念郑老。

永不退色的进取精神

郑天挺同志学识渊博,功力深厚,为国内外史学界所敬慕,而令人敬佩的是,他不愧是一位教育界的革新家,他具有永不退色的进取精神。郑老博通中国通史,尤精明清两代,对历史地理学、史料学、校勘学、音韵学亦很有造诣。他讲授过十余门课程。新中国成立以后,郑老来南开大学任教,更致力于教学改革、师资队伍建设及治史道路的探索,为南大历史系,为后学者树立了榜样。20 世纪 50 年代初,我校历史系只有两个教研组,一是中国史,一是世界史,后来新增设了中国近现代史。当时全系教师尚不足二十人,不适应教学的需求,突出表现是:一、一些教师的专业在断代史;二、缺乏理论水平;三、没有一本好的通史教材。面对这一局面,郑天挺同志主张每名教师都要担任一门完整的课程,引导大家从断代史圈子里走出来。他认为这既是教学需要,也是培养人才必由之路。这一措施很快得到实现。郑老以他的丰富经历和亲身体验来说服和关注中青年教师。他说,自己就曾担任过语文、中国通史、魏晋南北朝史、明清史、近代史诸教程。系里教师终于全乐于承担课程。他自己身先士卒,别人开不来的课,便自己来承担,"史料学"就是在这种情况下开出来的。"史料学"系统扼要地传授治史所需的古文字学、中国目录学、中国版本学、中国校勘学、题名学、印章学、信章学、钱币学、历代度量衡学、年代学、中国史讳学、古文书学、古文献学、中国古器物学等十几门辅助学科,帮助同学掌握分析、鉴别史料真伪正误的方法和手段。郑老以身作则,带动了系里的工作,其效果又证明其主张的正确性,教师都为知识水平得到提高而心悦诚服。

郑天挺同志十分注意学习马列主义。新中国成立之初,大家都刚刚读马列著作,在集体讨论中国通史教材时,郑天挺同志倡导每个人都应该翻阅与教学有关的马列主义经典论述,讨论中逐段结合各个时期历史特点进行探讨。记得有一段时间,系里对阶级关系、土地制度、农民战争诸问题产生浓烈的兴趣,辩论热烈,气氛活跃,其原因就在于此。如何用理论指导教学实践,提高教学的思想性,是经常萦绕在郑天挺同志头脑中的问题。他数次去北京向范文澜、翦伯赞和吴晗等马列主义史学家请教。记得 60 年代初,翦老提出处理若干历史问题的八条初步建议,尚未发表。郑老得知后,立即设法获得一份,翻印后,教师人手一册,以资参考。郑天挺同志数次邀请吴晗同志来校作学术报告。

用严谨的学风训练青年

郑天挺同志对青年教师十分爱护和关心,循循善诱,严格要求。他认为史学工作者要才、学、识兼备,缺一不可。他以自己认真、朴实、严谨的学风严格要求、训练青年教师。他常常讲述"博"与"专"的关系。他说有"博"才有"专";不"博"就去"专",往往会出笑话。他欣赏雷海宗先生的中西兼通而又有所侧重,常以此鼓励青年。对留校助教,他要求打好基础,练好基本功,每个人都必须从"学""教"通史开始,并逐年分段掌握一门课程,以期"三年见效"。当他发现青年教师知识面狭窄时,就敦请雷海宗先生开小班补课。

郑天挺同志培养教师的另一重要措施是坚持"习明纳尔",让教研室或教研室同志轮流准备一两个问题作报告,供大家讨论,每两周举行一次。直到他去世前,明清史研究室仍在这样进行。

郑天挺同志对历史系学生也倍加关心,他强调"扎实",要求学生打下独立研究的良好基础。20世纪50年代,他有个鲜明、形象的口号,叫作攻占两座大山:英文、古文。

1963年,高教部任命郑天挺同志为南开大学副校长,免去其系主任职务,俾其能在参与全校领导工作之余,集中力量于明清史研究。但他没有"不在其位不谋其政"的思想,认为那是旧观念,他仍不时地运筹着全系的工作。直到去年9月,郑天挺同志从北京参加国务院评议会回来,仍立即虑及本系当采取的相应措施,提出两点意见:一、狠抓对青年教师的培养与提高;二、办好《南开史学》,要求大家多写文章,写好文章。

郑天挺同志的一生,把全部精力与心血投入了史学研究事业,在他去世的当年,以82岁的高龄还登上讲台为全系师生开明清史研究选修课。他还订了一个宏伟的计划,要在他有生之年,贡献一部六七十万字的清史,为此他不顾高龄,投入紧张而繁重的工作。郑天挺同志虽然没有看到这部著作问世,但郑天挺同志的愿望会实现的。

现在,死神夺去了郑天挺同志的生命,我们再也听不到他的教诲。但是他给我们留下了珍贵的遗产,他多年在系里培养起来的好学风将继续下去,他的一切长处和美德将激励我们前进。

原载《天津日报》,1982年2月5日

郑天挺的一生

郑天挺,字毅生,福建长乐县人,生于 1899 年 8 月。郑天挺之父郑叔忱在清末供职翰林院,母亲亦通史书。郑天挺童年所处环境,对其喜爱文学、史学而终于致力于史学研究,颇有影响。

郑天挺幼年就读于闽学堂及苏学堂,及长,就读顺天高等学堂。1917 年考入北京大学中国文学系,1920 年毕业,曾在厦门大学任国文助教。1921 年又考取北京大学研究所国学门研究生,研究古文字学。此期间曾参加法权讨论会,担任秘书,撰写《列国在华领事裁判权志要》一书。1924 年毕业,留校任教师,教授国文。1927 年至 1930 年工作多次变动,曾在浙江大学文理学院任教。1930 年复回北大任教,1933 年为副教授并兼秘书长。

郑天挺研究兴趣集中于史学,是抗战前几年的事。20 世纪 30 年代初,他对古地理学、校勘学、音韵学的研究已均有造诣。1936 年,讲授魏晋南北朝史,并连续发表了引人注目的论文《张穆〈殷斋集〉》《杭世骏〈三国志补注〉与赵一清〈三国志注补〉》《多尔衮称皇父之臆测》《墨勒根王考》《多尔衮九王爷》《清世祖入关前章奏程式》等。这期间,他已致力于清史中疑难问题的探讨,并有所发现。其严谨的治学态度也受到人们的称赞。郑从事清史研究,颇受孟森影响。曾于 1939 年写有《孟心史先生晚年著述述略》一文。郑继孟森之后,对清入关前之满洲史、清初历史作了精湛的研究。

抗日战争时期,西南联大于昆明组成,郑任教授,1939 年,北大文科研究所恢复,郑任副所长。1940 年郑出任西南联大总务长,在极艰难条件下,仍汲汲于明清史研究,常深夜不辍。所发表《满洲入关前后几种礼俗的变迁》《清代皇室之氏族与血统》等文,以确凿论据,论证满、汉族关系,不容争辩地说明满族、汉族历来即中华民族之一部分,指出,东三省"元明以来我国疆圉固及于其地",而"近世强以满洲为地名,以统关外三省,更以之名国,于史无据,最为谬妄"。这对日本制造伪满洲国,肢解中国,而德、意等国竟予以承认,是一有力的回击。

这时,郑天挺还运用音韵学,对西南边疆地区的地理进行考证,写出《发羌之地望与对音》《〈隋书·西域传〉附国之地望与对音》《〈隋书·西域传〉薄缘夷之地望与对音》。

抗日战争胜利后,北大、清华、南开三校各自恢复原校,郑天挺仍任北大史学系教授、系主任,并兼校秘书长,还担任明清史料整理室主任,行政事务益加繁重。时国民党政权已濒于崩溃,物价暴涨,郑为家庭生活所累,研究工作几无法进行,但仍拨冗授课,开设明清史及历史研究法等。其明清史讲授提纲为当时北京各院校所采用和推崇。

1949 年,中华人民共和国成立,郑天挺年已五旬,进步不肯后人。到江西泰和参加土改运动后,明确人民群众是历史的创造者,史观产生变化。基于这种认识,他主持整理藏于北京大学的明清档案,出版了《明末农民起义史料》《宋景诗起义史料》。1952 年全国院系调整,郑天挺从北京大学来到南开大学,担任历史系主任兼中国史研究室主任。他与青年教师同样参加马列主义夜大学,以浓厚的兴趣认真研读马列主义经典著作和毛主席著作。这些书丰富了他的思想,开阔了他的视野。他热情参加关于中国资本主义萌芽问题之讨论,撰写了《徐一夔〈织工对〉》。《织工对》曾被学者广泛引用,但对其写于元末、抑是明初,所述是丝织业、抑是棉织业情况,则未确认。郑天挺据大量资料,从各个角度,论定其为元末丝织业状况。

郑天挺很注重理论的探讨,先后撰写出《清入关前满族的社会性质》《清入关前满族的社会性质续探》,认为入关之前之满族,并非氏族制或奴隶制。清太祖努尔哈赤已封建化,建立的后金政权为封建政权,不过尚有氏族制与奴隶制之残余。这一论断成为满族入关前社会形态问题中的一种主要观点,为相当多清史研究者所接受。

受教育部委托,郑天挺与唐长孺共同主持编辑高等学校历史教学大纲。20 世纪 60 年代初期郑天挺又以数年时光,集中精力参加教育部文科教材的编选工作。与翦伯赞合编《中国通史参考资料》。主持选注史学名著的工作,完成了《左传选》《汉书选》《三国志选》《资治通鉴选》等 6 本,合称《史学名著选读》,由中华书局出版,供高等学校历史专业学生阅读。

60 年代前后,郑天挺先生主持领导南开大学明清史研究室标点《明史》,夜以继日,倾注心血多年。在此前,他已写了《明史读校拾零》,以百衲本明史为主,与明历代《实录》《明一统志》《寰宇记》《辽东志》《礼记》《汉书》等互相校勘,得数百条,由洪武至崇祯,共二百七十余年,逐年校证。对明史之研究,实一大贡献。

郑天挺壮志将酬,行将把积年所得奉献于祖国之时,"文化大革命"突然袭来。他顿遭迫害,数十年积累之卡片,尽被劫走,学术研究被迫中断。但仍于万难之中,伏案孜孜阅读《满文老档》。

"四人帮"被粉碎,特别是中国共产党十一届三中全会后,郑天挺复任南开大学副校长,继续经营起明清史工作。

郑天挺年近八旬,辛勤工作不减当年,亲身给研究生、本科生、外国留学生讲课。还接受并完成了教育部委托的明清史师资训练班主任。60 年来,郑的学生已遍及国内外。不少人已是著名学者。

1980 年他发起并主持明清史国际学术讨论会,写论文《清代的幕府》。这次会议促进了国内外明清史的研究。同时他还承担中国社会科学院《中国历史大辞典》总编的任务。1981 年 12 月,因病逝世。

郑天挺以治学严谨闻名,他非常注意古文字学、目录学、版本学、校勘学、年代学、史讳学、古文献学、钱币学、谱系学、古器物学在治史中的运用。他主张研究历史应从客观事实出发,而目的应在于求真、求用。他常常采用探微的方法,即研究比较小的题目,然后以小见大,以微见著。研究具体的、比较小的问题,就可以做得深一些、好一些,这样一个问题一个问题地加以研究解决,积少成多,积小成大,以求对历史的某个方面和大的历史事件有所说明。他的论题往往初看范围比较狭小,但阅读后,才了解它是联系较大问题的,比如《"黄马褂"是什么?》好像只是解释清朝官吏的一种服饰,但文内却将它与清代的服制、政治制度和清后期的阶级斗争联系起来。他还强调比证方法,他认为解释历史,说明历史,总以根据具体事实加以比证,比较可信。他留下的主要史学遗产有《清史探微》《探微集》《清史简述》等。

郑天挺从青年时代就参加五四运动。1933 年全国数十名知名人士为李大钊捐款举行公葬,郑为捐款人之一。护李大钊之灵到香山万国公墓安葬者仅四五人,郑亦为其中之一,足见郑的正直和勇敢。1935 年"一二·九"运动,许多进步同学被捕,郑天挺以北大秘书长身份,挺身而出,营救被捕学生出狱;解放战争时期,郑天挺反对国民党施行暴政,乱捕进步学生。新中国成立以后,他积极参加社会活动,笃信共产主义。曾当选为第三届、第五届全国人民代表大会代表。由于郑天挺一贯追求真理,不断进步,勤奋工作,终于在 1980 年 81 岁高龄之际,被批准为光荣的中国共产党党员。

原载《中国历史学年鉴》,人民出版社,1983 年

回忆我与郑老相处的岁月

郑天挺教授是深受学界爱戴的教育家和明清史专家。他一生的业绩一半在北京大学,主要在新中国成立以前;一半在南开大学,是在 1952 年以后,大约各有 30 年时间。在南开大学,他先任系主任,后任副校长。我曾任系助理,协助郑老在一起工作很多年。郑老大我 25 岁,是我的长者和老师。为了历史系的发展,我们经历了风风雨雨,有快乐,也有悲伤和痛苦。不管怎样,现在看来,付出的代价都是值得的。

我熟悉郑老的名字是在 1952 年他来南开之前。当时我奉组织之命,到沙滩北京大学灰楼听取北大方面介绍郑老的情况,以便做好迎接与安排诸事项。接待我的同志讲,他们不愿意郑老离开,郑老一走,北大的明清史就没人讲了,只有商鸿奎一个人,还不是专搞明清史的。这完全是出于人事安排,因为燕京大学合并到北大,翦伯赞被确定为历史系主任。这几句话给我印象极深。

郑老来到南开,心情是愉快的。这里他的熟朋友很多。历史系有好几位教师都是他在西南联大的学生。大家都希望南开历史系有更好的光景,在各大学中引人注目。郑老深知自己所负使命的重要,为历史系发展呕心沥血。

郑老来南开的时间大约在 1952 年 10 月左右。这一年院系调整,各校开学均较晚。我和郑老第一次见面是在第一教学楼会议厅开会休息时,郑老对我讲,你就是写《民族英雄——史可法》的那个魏宏运?我读了你在《历史教学》上的文章。接着对我予以赞许和鼓励。一位大学问家的三言两语对一个初入学界的青年人常常起巨大的促进作用。从此以后,我和郑老接触日多,可以说是朝夕相处。我经常向郑老请教。开始几年,郑老安排我在外系讲中国通史。后来我从事中国现代史教学,也是郑老安排的。

20 世纪 50 年代中期,历史系教师仅十余人。郑老特别关心教师水平的提高。对我们三个年轻人陈柟(北大毕业)、赵树经(辅仁毕业)和我的培养,一是早上讲台,在实践中锻炼;一是让雷海宗先生给我们讲两周至两汉的历史,课堂就在雷先生的家中,郑老、王玉哲、杨志玖诸师也来参加。对其他教师则采取集体讨论讲稿的方式或课前试讲的办法,来保证教学质量。教研组不知因此开了多少会。学习研究历史必须具有良好的外文基础和古汉语知识。郑老和我商量,提出要攻克这两座大山,我们在不少场合都强调这一主张。没想到,后来这竟成为我们反对马列主义的"罪状"。现在很多人都后悔当初没有学好外文。1958年"左"的思潮已经很严重,颇有愈演愈烈之势。到处都在"拔白旗",正确的东西被当作错误的东西来批,老师指导学生也被当作资产阶级知识分子的统治。一年级刚入学的学生给四年级的学生写讲义受到称赞。郑老和我都为此感到担忧。然而我们是批判的对象,无发言权,只好窃窃私语。郑老常讲教师为人师表应严格要求自己,他对个别教师放纵自己始终持批评态度。

为了办好历史系,郑老常常带我去北京。有时是聘请师资;有时是走访名人,请教教学经验;有时是参加学术谈论会。我们多次访问过翦伯赞、吴晗、郑振铎、沈从文、单士元等人,并请吴晗、白寿彝、沈从文、陈翰笙等人来校作过演讲。郑老与诸名人私交甚笃,与他们什么都谈,颇为亲切。和名家接触,听他们自由自在地谈论学术思潮,是很有意义的,我从其中学到很多很多。

郑老时刻关心南开历史系的成长。1961年他暂时借调到北京,和翦伯赞共同负责编选中国通史参考书目。翦老当时写出研究历史问题的十几条意见,尚未公开发表,郑老见到后,随即带回天津,让教师学习。"四人帮"倒台后,郑老希望南开历史系尽快恢复正常秩序,他认为办学应有自己的特色,从历史上看,北大和清华各有自己的长处,譬如清华注意外文,就应该学习。我们也应严一些,不能松松垮垮,马马虎虎。当时开始招研究生,系里订出"双七十"标准,经系务会议研究通过。郑老谈到西南联大录取是很严的,总得有一个高标准,差一点也不行,南开历史系应该有个好的学风。后来"双七十"标准受到教育部的肯定。

出于对学术发展的考虑,郑老和我商量,创办了《南开史学》。这一名称,我们商议了多次,最后才确定下来。

郑老有高尚的情操。他总是教育大家要热爱共产党,热爱新中国。他厌恶浮夸风,工作总是脚踏实地。他善于团结老师,化解矛盾。他因在北京编书得到1600元的稿费,这在当时是个不小的数目。他硬是不要,说国家给他薪水,不能拿双份,把钱全部捐给了系里。我和系办公室主任于可商量并征得郑老同意,用这笔钱购买了《东方杂志》，这套刊物现在是南开最完整的一套，利用率很高。

郑老自己的生活总是很简朴的。他长期住在东村的一间平房中，不知有多少次他和同学谈话，耽误了吃饭时间，自己就去八里台买几个烧饼充饥。

郑老是一位乐观主义者，对一切都处之泰然，很少动怒，即使在"文革"中他受到那样的迫害。而他在谈到这一问题时，很平静地讲，最难忍受的是人格的侮辱和资料的损失，这足以说明他的气度。"文革"前，他被借调到中华书局标点《明史》，"文革"开始后，这一工作中断。1971年，中华书局再次调他去，可南开历史系未能同意，剥夺了他的权利，这是令人痛心的。后来中华书局的李侃、赵守俨来南开，谈及此事，郑老也只是淡淡地一笑而已。

我和郑老相处30年，他的学问、办事和为人无不令我钦佩。年龄之差没有阻隔我们的情谊，可称为忘年之交。郑老丰富的阅历也是我的教科书。他经常谈到自己的家庭以及他的事业，在我听来简直就是生动的近代史。比如他讲到小时候的监护人梁漱溟；他曾在马叙伦、蒋梦麟的手下工作，后来辅佐胡适管理北京大学；他敬佩李大钊的道德文章，曾代表北大将李大钊的遗体安葬在香山公墓；他着力研究清史，所著《清史探微》一书于1947年已被译成英文，在我国香港、美国印行；他拟订的明清史大纲，新中国成立以前为北京各校采用，等等。

郑老留下的遗产是丰富的，有有形的，有无形的。现在都在起着作用，正值他百年诞辰之际写出以上几点，作为对郑老深切的怀念。

原载《南开学报》，1999年第4期

郑天挺和现代中国文化教育事业

今天是郑天挺教授的 100 周年诞辰,我们纪念他,因为他是一位爱国者;因为他一生孜孜不倦地致力于人才的培养,在生命最后时刻,还执着教鞭;因为他随着时代前进而前进,为社会主义文化教育事业做出了突出的贡献。

郑天挺原籍福建长乐,1899 年 8 月 9 日生于北京,1920 年北京大学毕业。此后一直在高校任教。起初就职于厦门大学、浙江大学。自 1924 年到 1951 年长期在北京大学任教。1952 年来南开大学工作,直至 1981 年逝世。郑天挺先生先后担任过北京大学、南开大学历史系主任、西南联合大学总务长、北京大学秘书长、南开大学副校长、顾问等职务,把毕生的精力都奉献给了我国的高等教育事业,取得了卓著的成就。

青年时代的郑先生,就是一位爱国者。他所处的时代和所受的教育,使他具有强烈的民族意识和爱国思想。1919 年,轰轰烈烈的五四运动爆发,郑先生积极投身其中,走上街头、宣传爱国救亡主张。1919 年 11 月,日军制造福州惨案,全国掀起抗日的风暴,先生深为这一运动所吸引,和同学一道,抗议日军暴行。

在黑暗的社会政治现实的激发下,当时的中国社会充满了反叛和革命的气息。郑先生也深受影响,以各种方式表达着他的不满和抗争。1926 年,段祺瑞执政府制造"三一八"惨案,郑先生愤怒至极,对这一暴行提出了强烈抗议,并发动一些教师为死难者家属进行募捐。

20 世纪 30 年代初,郑先生担任北京大学秘书长,社会地位发生了变化。但在复杂的政治环境中,他仍然保持着一名知识分子的气节和良知。

1933 年 3 月, 他代表北大将李大钊的灵柩由宣外下斜街妙光阁浙寺运至香山万国公墓安葬,当时护灵的人除家属外,只有两三人。

在 1935 年的"一二·九"运动中,大量爱国学生被捕。先生激于民族大义,四处奔走,营救被捕学生。

1937年七七事变后，平津很快沦陷。时北大校长蒋梦麟、文学院长胡适均在南方。先生处此危难之际，镇定自若，周密布置，有条不紊地组织教师南下长沙，自己在最后一刻才离开。和日本关系密切的北大日文教授钱稻孙当了汉奸，出任伪北大校长，钱曾诱劝先生担任伪职，替日军效劳，先生大义凛然，严词拒绝。先生的事业在西南联大。抗日战争胜利前后，又是先生首先回到北大，着手重建北大的工作。同时目睹了那些文化汉奸的可耻下场。

尤其值得称道的是，先生顺应历史潮流，在北平解放时，作出留在大陆的决定。国民党方面曾两次派飞机接北大教师去台湾，先生不为所动，在北大迎接全国解放。1949年，先生在举国发生的巨大的历史性变革中开始了他崭新的生活，从此，他的命运与社会主义中国紧密地联系在一起。

他开始阅读马列主义、毛泽东思想的有关著作，学习各种政策法令。他和那些自命清高的人不同，甘当小学生，上马列主义夜大学，从不缺课。他说他和邓中夏有过接触，对李大钊的道德文章也极为推崇。但那时他没有认识，现在应该从头学起。

他两次到南方参加土地改革运动，了解了中国的农村，了解农村的土地关系和阶级斗争，有些认识是从书本上学不到的，这对他研究历史帮助极大。

他组织北大文科研究所编辑整理了所内收藏的明清档案的农民起义部分，出版了《明末农民起义史料》《宋景诗起义史料》，这两部书是新中国出版的最早的档案资料，影响极大，为海内外学者所称赞。

他积极参加了各种群众运动和社会活动，增加了才干和知识，提高了思想认识。

由于他的学术地位和威望，中央人民政府高等教育部邀请他参加各种教改会议，并委以重任。1953年9月的综合大学会议，1954年7月的文史教学研究座谈会和1956年的高等学校教材会议，他都参加了。在教材会议上，他和翦伯赞、尹达、周一良一起领导一些专家，制定出历史学教学大纲，历史专业的教学从此趋于规范，有了统一的计划和要求。随后，他和翦伯赞共同主编《中国通史参考资料》(10册)，他自己又倾注极大的精力选编中国史学名著选读，如《左传选》《汉书选》《三国志选》《资治通鉴选》等。每本都详加标点注释，这些原先对于不少青少年来说艰深的著作变得易于阅读和接受，为年轻一代接受祖国优秀文化遗产提供了便利。文化遗产就是这样一代一代地薪火相继。郑老为此做出了自己最大的贡献，其影响是难以估量的。

20世纪60年代前期是郑老学术生涯的最佳时期,史学的很多领域都留有他的足迹。1962年他默默地在中华书局标点《明史》,到北京各校历史系去讲课或作学术报告。他去得最多的地方是北京大学。在给北大和南开授课过程中,他深感青年师生的知识缺陷,尤其是对原始资料接触不多。因此他到处强调要认真读书,要做到"博精深"三字,即"博览勤闻""多闻阙如",同时强调精读一本书。他很赞赏翦老提出的《一论二史三工具》的要求,他认为历史专业应有基本功的训练,不能把学问建筑在沙滩之上。他不遗余力地推动历史学的人才建设,他在很多场合,包括在参加人大会议时一再提出应该改变各校教师的近亲繁殖状况,以避免由此造成的种种弊端。

1962年中央党校约请全国史学专家系统讲授中国历史。郑老讲的是清史。1980年中华书局出版的《清史简述》,就是他那时的讲稿。

郑老知识渊博,一生讲学涉及领域极为广博,包括古地理学、校勘学、史料学、魏晋南北朝史、隋唐史、清史专题、清代制度、中国近三百年史、中国近代史、史学概论、历史研究法等。范围之广,水平之高,常人难以企及。他讲课时总是拿着自己辑录的卡片,自由自在,深入浅出。他常讲即使一个人讲了一辈子的课,在讲每一次课前都要认真备课,因为人的记忆力毕竟是有限的。

郑老认为要提高大学教师的教学质量,就必须把科研和教学结合起来。在科研问题上,他一再提醒大家,不要粗制滥造,必须经过一番研究。没有认真的研究,就不会有深刻的见解。

郑老目睹了四个时代的历史,他常讲在旧社会他应该是有地位的了,但买不起一部二十四史,也缺乏研究学问的环境。今天的青年应该珍惜大好时机,积极投入到建设之中,完成历史赋予的任务。

郑老是文化教育战线上颇有锐气的老兵,可惜他的事业在"文化大革命"中被中断了。

"文革"结束后,我国实行了改革开放政策。郑老虽已高龄,却不乏年轻人的精力和活跃精神。他继续迈出前进步伐,就像一个人迎着晨曦前进一样。

1981年,已是81岁高龄的郑老加入了中国共产党,实现了他多年的夙愿。

1981年,我国开始实行学位制度。郑老参加了国务院学位委员会评议组会议,和夏鼐先生一起主持历史评议组,确定了全国第一批博士、硕士指导单位的指导教师名单。

1981年,先生担任中国史学会主席团执行主席。

从 1980 年起,由先生担任总主编的《历史大词典》编纂工作开始运行。先生是一位脚踏实地的人,为保证辞书的权威性、科学性倾注了大量心血。他制定了编辑的三原则,即以马列主义、毛泽东思想为指导;反映最高科学水平;加快速度。他又制定了编写体例,亲自聘请全国著名学者参加这一工作。如今这部辞典 14 个分卷已全部出齐。这是中国文化事业值得称道的大事。

历史上许许多多人物都以自己创造的成果在他们的时代留下深深的印迹,使后人铭记在心。郑老一生对于社会所能给予的都给予了。他为我国史学建设奉献了毕生的精力,他的《清史探微》是不朽之作。他的为人在史学界有口皆碑。一个随着时代前进而有使命感的人,是永远值得人们尊敬的。

原载《历史教学问题》,2000 年第 2 期

忆郑天挺先生

郑天挺先生生于 1899 年,卒于 1981 年,在人生的轨迹上,他经历了清末、辛亥革命、北洋军阀混战、民国、抗日战争、国共决战和新中国成立后的三十余年。生活内容丰富而曲折,于中国的现实如是剧烈的演变过程中,他始终追求进步,向往真理,痛恨、蔑视旧势力,投身于推动社会进步浪潮之中。他是一位坚定的爱国家、教育家,一位严肃的学者。走近他,接近他,就可以更多地了解真实的郑天挺。

郑天挺,学界习惯称他为郑老。1952 年暑期院系大调整时来南开,此前他任教北京大学二十余年,到南开任教三十余年,一直工作到他人生的终点。

院系调整在平津解放后就部分地开始了。全国大规模的调整是 1952 年展开的,而基层准备工作是 1951 年开始的。根据教育部决定,燕京大学并入北大,翦伯赞执掌北大历史系,郑天挺执掌南开历史系。南大校方派我赴京到沙滩北大联系郑老来津事宜。北大历史系许士谦等两三位同志接待了我,许说他们不愿意郑先生调走,调走了,北大就没有人讲明清史。这次谈话给我的印象很深,一直留在我的记忆之中。

1952 年夏,郑老来到南开园,参加了在胜利楼客厅召开的校务委员会,我也与会。休息时我在走廊与郑老相遇,郑老首先发问:"你是写《民族英雄——史可法》的那个魏宏运吗?"我说:"是的。"我当时想,史可法一文刚刚在《历史教学》上发表,就为大学问家所注意,我的名字就被纳入郑老视线之中。

教育部下达的文件,任命郑天挺为南开大学历史学系主任,兼中国史教研室主任。学校任命我为系秘书,后改为系助理,协助郑老工作。我和郑老的接触和来往越来越多,后来可以说是朝夕相处。郑老长我 26 岁,有幸追随于著名的明清史大家,我多了一位成长中的良师益友。

20 世纪 50 年代,南开教师住房极为紧张,郑老也只能住一间房,而且是杨石先校长让出来的。杨校长住在东柏树村,共有 5 间房子,他让出了两间,一间给了郑老,另一间给两位女教师合住。东村总的环境不错,距学校大门很近,还有食堂。当年张伯苓老校长也住在这里。四户人家挤在一起,太不方便。郑老房间生活用具很简单,只有一个书桌、一把椅子、一张单人床。1958 年搬到新房,还在东村,住房面积由 17 平方米增加到 28 平方米。最初几年,郑老、冯老(冯文潜)常去雷海宗家(也在东村)谈天,有时我也参加。郑老每周和数学系教授刘晋年到劝业场一带的饭庄去打牙祭。后来,郑老搬到新居,夏天傍晚,常搬只凳子坐在门前和邻居俄文教授李绍鹏等聊天,住在附近的傅筑夫也常来相聚。我偶尔也去坐一坐。李绍鹏不止一次劝郑老续弦,郑老说,为了孩子,我不能这样做。

当时去北京的机会很多,开会、教学实习、参观访问,郑老多是带我同往。因此我得以接触许多名流,如郑振铎、翦伯赞、尹达、吴晗、邓广铭、向达、周一良、邵循正、齐思和、沈从文等。在校内,我和郑老经常在一起开会、散心、谈心。我感到他真是一位忠厚豁达的长者,从不隐蔽自己的思想。他是近现代历史发展的见证者,也是推动历史进步的参与者。他讲了许多历史事件的实况,以及他在各个历史阶段的思想感情和行动。诸如辛亥革命时的思想接触;参加五四运动及对五四新文化运动几位领导者的看法;在“三一八”惨案时感情上所受的打击和他参加的抗议活动;1933 年他代表北大参加李大钊安葬仪式的详情;他支持“一二·九”运动;抗日战争时期他的所思所为;国共两党决战时期他支持学生爱国运动,拒绝国民党军警进校捕人,寄信给被列入黑名单的学生,使他们得以逃脱劫难。这一切都显示了一个生活于具体时代的人,面对现实的真面目。他是一位很有主见、很有才智、坚持自己信念的人。

使人十分敬佩的是,每当关键时刻,人们都处于十字路口时,郑老都做出了理智的选择。现仅举两例说明。一是 1937 年 7 月底平津沦陷,两个多月中,各界人士纷纷离开平津。11 月,郑老也决定到大后方去,他抛却了 5 个幼女,到达天津,住在六国饭店,准备乘船南下。媚日的伪北大校长钱稻荪赶来劝阻,让他留下,服务于日本人。他接受不了日本人的野蛮统治,认为民族气节高于一切,严词拒绝。与周作人那样的人物留在北平,当起了文化汉奸相比,自然被人视为有天壤之别。1946 年年初,俞平伯等人发动签名为周作人说项,郑拒绝签名,认为周的附敌是不能原谅的。二是 1949 年年初北平即将解放时,国民党方面两次派飞机接北平教育界一些知名人士南下。当时中共北大地下组织走访过许多教授,争取他们留下,不要南走。据原冀热察城工部工委书记、北大历史系学生岳麟章讲，根据上级指示，他和一些同志造访过许多名流。如常江凡造访了徐悲鸿、马衡等人，茹健造访了陈垣，岳麟章和两三位同志造访了胡适、冯友兰、郑天挺、贺麟、沈从文、朱光潜、毛子水等人。一些人留下来了，访谈获得成功。对胡适的走访，是在胡离开北平的前夜。胡说："这事情，你们不懂，我和别人不一样，南方的老朋友要我去，你们不要劝了，你们走吧，我得收拾行李。"此前，胡适曾说："你们要革命，我不反对。但在学校不能搞，你们要到那边去，我送你们去。"要见胡适，常被他的贴身秘书挡驾。尽管如此，他们还是见了两次。毛子水是坚决反共的，几次造访都不欢而散，他说："你们是共产党。"毛子水仓皇逃离北平时还拿走了北大图书馆的善存本《水经注》。此时，北平城外已完全解放，飞机降落起飞只能在崇文门和东单的马路上，南下的少数人走得是很狼狈的。郑天挺则是支持学生运动的，还给予物资上的支援。历史系地下党员和郑接触很多，他们认为郑是进步的，是一个非常有正义感的人，支持护校运动以迎接解放。1948年12月，北大学生会特别赠给郑老一面锦旗，誉郑为"北大舵手"，这表明了北大师生对他的尊重。这也是1952年北大人不愿意郑老离去而来南开的重要情结。

新中国成立是20世纪中国历史最大的转折点，郑老异常兴奋，1949年10月1日于天安门广场举行的开国大典，有30万人参加，他也去了。他从未见过这种场面，心中的愉悦难以表达。在一次散步时，他直率地告诉我，当群众高呼"毛主席万岁"时，他难以接受，开不了口，而后在群众一再高呼中，他也举起手呼喊出来。这是一个知识分子真实心声的吐露。还有一件事对他触动很大，就是1951年他两次带队到湖南和江西参加土改。他从未接触过农民，他整理过《明末农民起义史料》《宋景诗起义史料》《太平天国史料》，但那是纸上谈兵，真正了解农民，他说，是土改赐予他的。未曾料到的是，他被从土改前线召回，参加"三反""五反"运动，成为审查和批判对象。他说，在北大灰楼一楼的阶梯教室批判会上，一位同学站起来指责他说："郑天挺，你是世界上最自私的人。"他接受不了这种粗暴无礼的言词，但又不能反驳。他一生中从未经过这种批判，给他带来的痛苦是可以想见的。这一痛苦之久久不能得以平息，我是很理解的。

在南开的三十余年，郑老因其学术地位和社会地位获得了许多荣誉。诸如20世纪50年代，他两次受到毛泽东接见，参加全国历史教学大纲的制定，20世纪60年代集中到中华书局标点《明史》，到中央党校和北京各高校讲课和演讲。改革开放初期,国务院学位委员会刚一建立,他就被聘为历史组负责人,担任中国史学会主席团执行主席,等等。南开在20世纪五六十年代,有三位一级教授,即郑老、杨老(杨石先)、邱老(邱宗岳)。那时职称评定是很严格的,确确实实是由一个人的学术造诣来决定的。

郑老为南开历史系费尽了心血,他具有真正的奉公精神,无愧于教育家的称号。他多次聘请北京著名学者来校演讲,他和雷海宗共同举行学习讨论会,他组织教师认真备课,他说他自己讲了一辈子课,上课前还得备课。他很欣赏翦伯赞提出的"一论二史三工具",认为这是培养学生的准则。他从来不为自己提什么要求。1956年成立明清史研究室是副教务长滕维藻提出的,还给郑老配备了两名助手。后来的人认为成立研究室是郑老张罗的,是不符合实情的,郑老不是这样的性格。20世纪50年代,人们的组织观念很强,一切听组织安排,和现在的情况截然不同。

学生们对郑老的讲课赞赏不已。他从不照本宣科,总是带着长方形的卡片,其中一张是提纲,有几张是史料。他讲起课来旁征博引,很生动。20世纪50年代,他讲过明史专题、清史专题、近代史料学及史学概论等课程。那个年代历史系有两位教师的课,最受欢迎,一位是雷海宗,一位就是郑老。就中国史而言,阵容雄厚,王玉哲讲先秦部分,杨翼骧讲秦汉魏晋南北朝,杨志玖讲宋辽金元,郑老讲明清。教师们因此开玩笑地说,4位先生代表了帝王将相。郑老讲得最精彩的是80岁高龄时讲"清代制度""清代典籍",每次一讲就是三个小时,内容很具体很细致,又很生动。他晚年的这些讲座有录音,现在尚未整理成书面文字。郑老研究清史某些方面的深度,是别人尚未达到的。

在研究生课堂上,他反复强调一件事,就是孤证存疑,要求大家研究问题时不要轻易下结论,要有多方面的资料来佐证。在写作过程中对资料出处要认真查对,尤其对古书版本、卷数、作者要求注释清楚,转引的资料一定要查阅原书。他不同意轻率发表文章。从他的《清史探微》看,他是"求真求实"的。这一文集1946年由独立出版社出版,1947年在香港被译成英文出版,现在看到的《清史探微》比原来版本增加了许多新篇章。

郑老做学问的态度还有一个特点,就是重视历史研究要和现实相联。他在抗日战争时期所写的几篇文章,都是对现实有所思而写成的,有价值的文章,都有时代特点,不是无的放矢。

郑老一生长期担任着艰巨、繁重的行政工作,但从未离开学术道路,一直在坚持他的"探微"精神。

郑老独特的魅力使他能团结人,对同仁极为尊重,有的教师因某种愿望未能达到,如晋升职称等,郑老就以自己的经历去说服和劝导。他向系里诸教师讲,他当了7年副教授,教导青年不要追名逐利。他不同意越级提升,就拿对我的态度来说也是如此。1963年郑老还是系主任时系里通过提升我为副教授,因上报教育部的时间晚了,就拖了下来。"文革"结束,学校校务会议上文理科教师都同意我直升教授,只有郑老不发言,持否定态度。郑老对我非常爱护,从学业到生活,无不关怀。"文革"后期,我得了一场大病,很重,郑老把他家难以买到的鲫鱼送给我,令我十分感动。从各方面思考,他不同意我直升教授,一定是发现我在知识方面还有欠缺,我并没有因此和他有所隔阂。我是很信服专家的意见的。郑老很注意青老年教师的团结,1956年底历史系团拜时,他讲了一句很有意义的话,这就是"青老合作,相得益彰,青老分家,两败俱伤。"那个年代,历史系充满了团结奋进精神,是与郑老富有亲和力有直接关系的。

就是这样一位德高望重、勤勤恳恳工作的忠厚老者,"文化大革命"一开始就被当时学校划为敌人,历史系确定出"三敌一霸"。"三敌"是郑天挺、魏宏运、巩超英,"一霸"是于可。因为已是"人民的敌人",遭受的屈辱是说不尽的,只举两例,就可知残酷野蛮到什么程度。其一是1966年8月,在烈日下,我们被强制劳动,挂着牌子,先排队走一段路示众,郑老和我轮流打幡,这是北方葬死人的风俗,然后就拔草、扫马路。郑老已是60多岁的老人,草拔不动,就用牙啃。许多小孩来侮辱,让他跪下就得跪下;其二,历史系在主楼二楼一间教室举办"活人展览",郑老被拉去"现身说法","坦白"自己的"罪状",先后参观的人据说达到二十多万。"活人展览"一事就全国来讲,杭州出现过,北方只有南开历史系有此"创举"。这种伤害是无法医治的。郑老后来多次谈到,"文革"中最伤心的,一是人格的侮辱,一是多年来抄录的卡片被抄走。我真不知道在"文革"中作恶多端、丧尽天良的那些人,后来是否也有悔恨感?难道人类本性就是这样残忍吗?记得小时候念"人之初,性本善",而现实中出现的人性的疯狂,实在令人百思不得其解。

善良的人们都关心郑老的命运。值得庆幸的是,他挺过来了。他的学术地位和社会地位在"文革"结束后立即又获得国家和人民的尊重。在他人生最后的两三年,声望更高了。在中国社会科学院历史所所长梁寒冰的组织和推动下,郑老主编《中国历史大辞典》。他主持召开了一次明清史国际学术研讨会。

20 世纪 50 年代后期,清华大学刘先洲、南开大学杨石先都先后加入中国共产党。此二人都是郑的好友,对郑老触动很大,郑老也提出了入党申请。那时高级知识分子入党要经过中共华北局的审查和批准,材料都递上去了。20 世纪 60 年代"左"倾思潮笼罩全党全国,政治运动没完没了,郑老入党问题就拖下来了。一直到 81 岁高龄之时,夙愿终于变成现实。

1981 年 10 月,南开大学为郑老和杨老(杨石先)隆重举行执教业绩庆祝大会,表彰二老对南开、对中国教育的贡献。郑老高兴至极,于家中做寿,约我和范曾参加,由他的儿子、儿媳郑克晟、傅同钦操持。

郑老离开我们已经 25 年了,但他的教诲、美德依然留在我的心间。

原载王兆成主编:《历史学家茶座》(总第六辑),山东人民出版社,2006 年

郑天挺先生在两次十字路口上的抉择

每个人都在走自己的路,写自己的历史。道路常常是不平坦的,有时还会走过十字路口,需要做出慎重选择,这会影响人的一生。我国著名史学家、教育家郑天挺在人生旅程中有诸多丰富经验,是后学者前进道路上的模范和榜样。

郑老生于 1899 年,卒于 1981 年,历经清末、民国和新中国几个时代,人生阅历丰富,时代造就他成为大学问家,特别是在明清史领域造诣超群。

1952 年国家院系调整,郑老由北京大学调到南开大学,先后担任历史系主任和副校长职务,我作为系助理协助郑老工作。我们经常在一起开会,讨论工作,也经常在校园内马蹄湖和新开湖畔散步,谈心聊天,从国家大事到个人生活,从历史到现实,无话不谈。他讲到一些历史细节,引起我极大的兴趣。他谈"五四"时期自己的思想和学习;他的同班同学邓中夏对他的影响;他批评吴虞言行不一,逛八大胡同(妓院集中之地);批评罗家伦是假社会主义者;谈到梁漱溟是他童年的监护人。他特别谈到他走到十字路口时的两次重大抉择。

第一次是南下还是留下,他选择了南下。1931 年平津沦陷,日伪占领沙滩北京大学校园,他就不再进入北大,决定随学校南迁。他有 5 个年幼的孩子,但在做决定时没有犹豫。11 月 17 日他和罗常培、魏建功等人到了天津,住在六国饭店。受日伪之命,随后任伪北大校长的钱稻孙赶到天津,力劝他留下来,被他严词拒绝。他先到长沙,在由北大清华南开三校组成的临时大学任教,后又随学校到了昆明。三校命名为西南联合大学,他先后讲隋唐五代史、明清史、清史研究和目录学等课程。他原先是中文系教师,抗战爆发后步入历史学科,成为这一领域的佼佼者。1939 年,北大在云南恢复文科研究所,傅斯年任所长,郑老任副所长,学生口中笑传佳话:郑(正)所长是副所长,傅(副)所长是正所长。他抓紧时间写了明清史方面的论文,特别是清史,驳斥日伪的"满洲独立论"。1946 年他将自己所写的有关清史的文章汇集成册,取名《清史探微》。他在香港的一个学生将其翻译成英文,在香港出版。

1940年,郑老出任西南联大总务长,成为校务重要领导成员。他说西南联大之所以成功,三校领导相互尊重是一重要原因。三校长中张伯苓在重庆,蒋梦麟也不常在,常务校长是梅贻琦,领导有方,受人尊敬。郑老没有谈自己,他作为总务长也是令人信服的,我听到过西南联大一些老人谈起他。昆明时期,奠定了郑老在学界无可争议的地位。

郑老第二次抉择留下还是南下,他选择了留下。1948年12月,国民党南京政府要北平一批知名教授南下,郑老决定留下来,他还劝胡适不要走。胡适说他的朋友都在南京。胡适走了。许多人不了解郑老为什么不走,这成了一个谜。北大历史系地下党是最清楚郑老思想倾向的。从沈崇事件(美军强暴女大学生)开始,郑老的态度就很明确。当时,进步同学提出反美反蒋,国民党三青团提出反苏反共,斗争很激烈,郑老站在前者一边。学生会要贴大字报,郑老从学校拨款,学生社团活动需要场所,郑老拨出红楼地下室让他们使用。国民党北平市党部要逮捕田余庆等四位学生,郑老到市党部交涉,不准捕人,这几个学生免遭一劫。1948年南京命令平津几所高校南迁,激起普遍反抗,郑老让同学守住校门,力抗军警入校。他是一位主持正义、坚持真理的学者,所以北大学生会赠他"北大舵手"四个字。迄今老北大历史系的地下党员仍每两年聚会一次,不忘怀念他的高尚情操。

郑老写出了不同凡响的个人历史。这是一份珍贵的遗产,是不会被人忘记的。

原载《今晚报》,2011年1月16日

和雷海宗先生相处的十年

雷海宗先生生命的最后十年,是在南开度过的。他走过的道路弯弯曲曲、坎坷不平。

1952 年,全国根据前苏联的经验,进行院系调整。清华大学历史系教师多数调到北京大学,个别调到吉林大学,雷先生调来南开。调来南开的,还有北京大学的郑天挺先生。郑、雷是我国学界名流,南开名声从此大振。雷先生来天津前,我曾去过清华,联系他来南开之事,带回他的一份自我思想剖析,这是当时作为知识分子思想改造的典型传播的。

雷先生来后,住在八里台学校大门内东平房第一排,住宅面积约六七十平方米,住宅还是很优雅的。现在这些房子已经拆掉了。

从 1952 年到 1957 年"反右"前,雷先生的生活愉快而紧张。教育部委托他编写世界上古史教材。他从清晨到夜晚,从不停歇地完成这一事业。他是教育部委任的世界史教研室主任,每周都要开几次会,讨论教学内容、教学方法诸问题,还要去听几次课。那时根据教育部和学校规定,学前苏联的教学制度,包括评分为什么要采取 5 分制,现在回想起来很可笑。

雷先生讲的课是世界上古史。1956 年,按部定的教学计划,要开设物质文明史,各校都开设不出来,只有南开实施了这一计划,由雷先生讲授。他讲裤子的来源时,就讲了几个小时。雷先生讲课,内容丰富,思想严密,启发性大,深受青年学子的称赞,可以说卓绝一时。中国近代史所刘桂五讲,在西南联大时他们都爱听雷先生的课,他博闻强记,死后应解剖一下他的脑子。闻立鹤(又名高克,闻一多之子)来我家时,也说到这件事。不少人曾竭力学雷先生讲课艺术,总是学不到手。我想这是天赋和学问功力所致,不是每个人都能学得到的。

1955 年和 1956 年,雷先生招了两届研究生,每届一名,前者名张雅琴,后者为王敦书。那时招研究生是很严格的。

雷先生学贯中西,这是他那一代许多学者治学的特点。在郑老的安排下,1953年雷先生曾给陈梿、赵树经和我讲授两周和秦汉史,王玉哲、杨志玖两位先生也来参加,课堂就在雷先生的家里。

对学术问题,雷先生一丝不苟,极为认真。当时我们都是《历史教学》编委,每月开一次编委会,讨论应刊登的稿件。雷先生分管世界上古史,他的介绍,言简意赅,非常清晰,有些教学问题,需要深化,他自己就来撰写,还解答一些具体问题,在《历史教学》上发表。

因工作关系,我常到雷先生家中请教,有时是和郑老、冯老(文潜)在雷先生家中研究系里诸问题,或学校图书馆建设问题。我看雷先生总是伏案读书,他极为珍惜自己的时间。

到了1957年,形势大变,"整风反右"开始,北京大学谭天荣来南开煽风点火,用似是而非的哲学理论来否定中国共产党和马克思主义,还访问了雷先生。学校大乱,历史系学生会便请雷先生到大礼堂讲话,批判谭的言论,讲了今日中国社会进步的许多事实。关于哲学问题,雷问谭,你向贺麟请教没有。谭没有得到雷的支持。雷在大礼堂最后高呼"领导我们事业的核心力量是中国共产党,指导我们思想的理论基础是马克思列宁主义",学校因雷的讲话而平静下来。《人民日报》此时在天津召开争鸣座谈会,雷先生发表了对社会科学的一些看法,其中谈到1895年后马克思主义的社会科学发展停滞了。没想到这一句话竟大祸临头,天津市委开始一段时间,认为这是学术思想问题,然康生一再下令说这是政治问题,是右派言论,应批判。市委文教部部长梁寒冰说,现在看来不批判不行了。我说,大家对雷都很尊敬,批不起来。梁说,那就从校外开始吧,从校外再到校内。因为雷先生在学界名声很大,北京学界专门在民族文化宫举行了一次批判大会,几位学界领袖人物作了系统的批判发言。天津方面,文教部派人参加,学校指定郑天挺、吴廷璆和我参加,记得是吴廷璆发言,会议内容主要是对"1895年停滞论"和"中国没有奴隶社会论"进行批判。这一时期,是雷先生生命中最痛苦时期,戴上了右派帽子,就没有人敢和他来往了,被完全隔离起来。雷先生经受住了这一灾难。他到保定社会主义学院学了一段时间,后来摘掉了右派帽子。

我对雷先生是很尊重的,批雷时也发过言,但因没划清界限,又迟迟不批判,1959年因此受到无情批判。

1961年,中央发下许多文件,纠正过去的错误,颁布了"高教60条",还让召开"神仙会",请老教师倾吐自己的意见。这时是困难时期,生活供应品紧张,雷先生心态平静,很坦然。在一次"神仙会"上,他谈到怎样节约食油炒菜,供大家参考。系里教师所有活动,我总是请先生积极参加。

雷先生的身体状况,因慢性肾炎和严重贫血而日益恶化。"左"派人士认为这是装病,我却认为是真病。一些学生迫切希望再听听雷先生讲课。我和郑先生及于可商量,一方面派一青年教师照顾雷先生生活,一方面请雷先生再讲点课,如外国名著之类。当时雷先生行动已经很困难,每次讲课,就坐三轮车从家里到主楼课堂,其育人之举,真是鞠躬尽瘁,死而后已。

1962年,病魔终于夺去了雷先生的生命,根据天津市委统战部的意见,在主楼二楼召开了追悼会,由我宣读悼词。那天参加追悼会的不过十多人,从总医院到太平间只有王敦书一人陪家属送他的遗体去北仓火葬场火化,可见"左"倾思潮对人们的思想行动束缚得多么严重,这是20世纪60年代初的历史现实。

今年,雷先生诞辰100年之际,南开历史学院、北京《世界历史》编辑部等单位举办雷海宗学术思想研讨会,盛赞雷先生的学术功绩和贡献,这是很有意义的。这不仅彻底扫除了对他生前的不公正的待遇,如实地肯定了他在学术上的地位,也激励了后学者的奋进精神。他给中国史学留下了丰富的遗产,这是不能忘记的。

原载南开大学历史学院编:《雷海宗与二十世纪中国史学》,中华书局,2005年

忆雷海宗先生在南开的岁月

雷海宗(1902年6月17日—1962年12月25日)是学界公认的史学大师。2002年12月15日,南开大学历史学院为纪念先生诞辰百年,举行了学术讨论会。此时,他的高足王敦书整理出版了雷师的著作《伯伦史学集》,并由中华书局出版。据此书,认识的或不认识的,写出不少缅怀和评论文章,汇集于《雷海宗与二十世纪中国史学》一书,2005年也由中华书局出版。今年是雷师诞辰110周年,历史学院再次于6月15日,举行纪念会,中外人士百余人参加,发言者从不同的角度,称赞这位博学的大家。

雷师的一生,其治学有诸多独特之处,诸如学贯古今,跨越东西;译注斯宾格勒的《西方的没落》,以其文化史观,关照中外历史,是介绍文化史观到中国的第一人;打破以王朝体系治中国历史的模式,主张不该一律按朝代划分段落;在抗日战争时期,和林同济、陈铨等形成"战国策派",师从尼采思想,在昆明出版《战国策》杂志;研究欧洲史,必须了解基督教的历史和地位;晚年,主张以生产工具的发展论述中国社会的分期。在教学方面,讲课艺术高超,思想严密,论述深刻;没有讲稿,人名、地名、时间、历史事件脱口而出,又擅长历史对比,等等。

雷师以知识渊博、平易近人,颇受师生爱戴。这里,我讲几个故事,以表示我的深切怀念。

雷先生早年就到芝加哥大学,回国后,先后任教武大、西南联大、清华大学,并担任清华大学历史系主任。1952年全国院系调整,他和北大历史系主任郑天挺先生一起调到南开。规定郑任系主任兼中国史教研室主任,雷任世界史教研室主任。

为安排郑、雷二师的生活,学校派我到北京大学和清华大学了解情况,我带回雷师在思想改造中的自我反省材料,这是和旧思想决裂,树立新的人生观的榜样,在京津高校广为传颂。

雷师的书籍很多,我派了几位同学装书,以汽车运到南开。南开教师住宅一直很紧张,郑师是单身,由杨石先校长腾出一间 14 多平方米的房间来住。雷师有家属,住在校东门内平房,约 50—60 平方米,每间都很小。

郑、雷来后,南开历史系声威大震。记得《往事并不如烟》的作者章诒和讲,他父亲说,学历史专业应到南开去,可见南开历史系被视为历史学术重镇。

新中国成立初,根据市委文教部要求,南开大学和天津大学共同办起马列主义夜校,每周请苏联专家和人民大学教师讲马克思主义哲学,雷、郑和我都去听课。郑、雷非常认真,从未旷课。雷说,这是他第一次接触马克思学说。

郑师认为我和其他两位助教,基础知识差,请雷师在他的家中给我们讲先秦史,郑师和杨志玖、王玉哲两位教授也来听讲。

20 世纪 50 年代前,是雷师最忙的时期。他除了自己讲课,还组织教研室诸同仁学习前苏联教学经验,预讲,听讲,组织课堂讨论,有的教师就是根据他的讲述来讲的。教育部又委托他编写《世界上古中古史讲义》,教育部制定的教学大纲中要开设"物质文明史",各校都开设不出来,只有雷担当这一课程,仅讲蒙族人民骑马所穿的裤子就讲了几个小时。

不幸的厄运降临,雷师在《人民日报》记者组织的一次座谈上,讲到 1895 年恩格斯逝世后,马克思主义有很大发展,而马克思主义的社会科学则处于停滞阶段。《人民日报》对讲话作了按语,说"1895 年以来马克思主义就没有发展"。康生认为这是右派言论,中宣部长陆定一也讲:天津市委再不批雷海宗就要犯右倾机会主义的错误。就在这时,北京大学物理系学生谭天荣到南开煽风点火,否定中国共产党的领导,校方陷于混乱。历史系学生会主席刘健清请雷师在校大礼堂批判谭天荣。雷质问谭:"你读过黑格尔哲学吗?"谭说:"读过一部分。"雷说:"你能读外文书吗?"谭说:"不能。"雷说:"你请教过北大黑格尔哲学颇有研究的贺麟先生吗?"谭说:"没有。"雷先生最后指着主席台挂着的两幅标语说:"领导我们事业的核心力量是中国共产党,指导我们思想的理论基础是马克思列宁主义。"这一问一答,谭非常尴尬,学校立即平静下来。这表明雷师是坚决拥护共产党的。

但是《人民日报》的"编者按语"扭曲了雷讲话的原意,雷写信请其更正,也置之不理。天津市委认为雷讲的是学术问题,可以争鸣,但事情的发展越来越严重。在中央的敦促下,天津也顶不住了。文教部长梁寒冰找我说:"不批不行了。"我说:"雷的声望很高,批不起来。"梁说:"那就先从校外批。"在北京,毛主席的秘书田家英、历史所所长尹达、中央党校和马列学院教授孙定国等在北京民族饭店还组织了一次批判会，南开派郑天挺、吴廷璆和我参加，主要批判两个问题，一是马列主义停滞论，二是中国没有奴隶社会发展阶段。

经过这一番折腾，雷师受的压力很大，身体日益衰弱，并患了尿毒症。雷师母张景茀讲："从此无人敢进我们家门，当时我能向谁求援，又有谁敢来帮助？我们二人终日默默相对，食不甘味，寝不安眠。"这是实情，其痛苦是难以忍受的。"左"的思潮不知伤害了多少知识分子的身心，伤害了多少人的家庭。

由于群众希望听到雷师的讲课，我和系主任郑天挺、办公室主任于可商议，请雷师再登讲台，讲授"外国史学名著选读"和"外国史学史"，他欣然答应。系里先后派曹中屏和王敦书照顾他的生活。由其家中坐三轮车到主楼一楼东边阶梯大教室讲授，这是雷师执教鞭的最后一课，真是鞠躬尽瘁，死而后已！

先生逝世，风范长存，经市委统战部批准，在主楼一小教室举行了追悼会，由我致悼词，赞扬雷师为中国文化史做出了巨大贡献。如今学界普遍认为曾经批判雷海宗两个观点的文章，都是站不住脚的。雷海宗的学术观点没有错，历史终于作出了公正的结论，雷师可含笑于九泉矣！

原载魏宏运：《锲斋文稿》，中国社会科学出版社，2012 年

怀念我的老师李敷仁

他是一个大学校长,他又是一名报人,他还是一位民盟盟员,他永远是我敬爱的老师。他就是李敷仁先生。

李敷仁先生是我国近现代杰出的教育家、民俗学家、报人和无产阶级革命家。我在兴国中学时受业于李敷仁先生,为及门弟子。

先生其人

先生祖籍陕西蒲城李家村。根据李家先祖墓志铭,其先祖宋代由陇西郡迁来,代代耕读相传,至第十四世祖李荫农,为秀才,是先生的祖父,执教渭南。1877年(光绪三年)关中大年饥馑,祖父被狼吞噬,祖母白氏饿死,其时父亲李祖培年仅12岁,笃志好学,为改变命运,背井离乡,逃荒避难至富平、咸阳一带,于流亡生活中亦手不释卷。历经种种磨难,最后落户于咸阳北杜镇,成家立业,与杜潇结为伉俪,生育3男。先生为长男,对父母感情至深,曾以白话文撰墓志铭,记述其双亲的高尚品德和生计之清贫,此碑文曾被教育部门编入小学课本。

先生诞生于戊戌变法失败之翌年,逝于新中国大跃进时之1958年,生命旅程58个春秋。经历清末、民国和新中国三个时期,一生跌宕起伏,多次"虎口余生",却于万难中锐意进取,追求真理,善于并敢于挑战与冒险。

报人生涯

先生于清末之际,就学于私塾六七年,又曾为本村私塾教习。民国后,再就学于县办高小与中学,也任教过高小与中学。曾两度投军从戎,一次系加入陕西督军陈树藩办的模范营骑兵科,一次是1925年任驻军何经纬部文化教员,旋即退出。1920 年考入陕西省立第三中学,1925 年毕业,1928 年 3 月任国民党陕西省党部宣传部助理干事兼《中山日报》校对,并负责书报部邮件检查,后任《中山日报》总编辑,曾写社论《帝国主义进了潼关》批判"中日亲善",和《地皮将透的咸阳》揭露军阀、官僚的残酷剥削,被当局指示枪决,后经宣传部长解释,免予死罪。先生不畏强暴,再投入农民运动,为老百姓拥有民权而呐喊。在诸多领域都发出自己的声音,显示了强烈的为国效力的理念,他对中国社会的认识,也与时俱增。

先生的敬业精神,赢得乡亲的赞扬与敬仰。1930 年杨虎城主政陕西,选派一批青年出国学习,先生入选,1931 年东渡日本深造,先在东亚预备学校学日语,后入东亚高等学校,接触阅读众多日本的社会科学名著,思想大进。"九一八"日本大举侵华,留日学生聚会示威,先生被选为革命学生会监察委员,奉命回国开展抗日救亡运动。

先生的箴言是对历史负责。他决定以教育为阵地,以报纸为武器。从1932 年始,先生先后在陕西凤翔省立二中、汉中省立五中、西安女师、西安师范、省立兴国中学等校担任训育主任、教务主任,兼授最难讲的公民课。

1937 年 7 月,全面抗战开始,经历了西安事变,接触了红军,10 月,先生加入了中国共产党,11 月办起《老百姓》报,从此坚定了自己的信仰与志向,他有政治思想家的思维,认为教书育人,有时空限制,办报纸、刊物影响深远。于是在教书育人的同时,尽最大的努力于新闻事业。

先生的声名饮誉海内外,源于《老百姓》报,他任教西安师范时,和武伯纶、田克恭、郑竹逸、何寓础、张寒晖诸同仁集资创办这份小报,每周一期。《老百姓》报以人为本,用老百姓的语言为老百姓说话。它公开申明办报的宗旨:"宣传抗战,反对投降、反对封建、宣传民主,反映劳动人民的痛苦生活。"

因为以新思想新风格说真话,立即获得海内外的称赞。在国内行销至多个省区,从近距离的山西河南远至边陲的新疆,发行数开始在千份以上。发行到晋南、河北坚持敌后抗战的一些部队中,特别是流传于原西北军的一些队伍中,在陕甘宁边区和晋绥根据地也受到欢迎。在海外远销美、英、苏、加、匈、法、瑞典等国家,拥有长期的国外订户,创刊不到一年就突破万份大关,这是中国报业史上一大奇迹,为此,引起了国民党顽固派的注意。当时主持陕政的蒋鼎文采取分化、收买、秘密禁止发行、检扣稿件、逮捕编辑人员等手段来封杀。1940 年 4 月 17 日《老百姓》报出版至 113 期,"奉命"停刊,敷仁先生挥泪写下《与读者告别》一文。

　　先生是一位倔强的学者,始终以最高的道德作为自己言行的准则,从不随波逐流,即使自己遭到迫害,也不惜生命。执政当局对先生软硬兼施,1937年7月和1942年两次点其名到庐山暑期训练团和重庆中央训练团受训,以"规范"其言行,蒋介石还亲自接见,留影、赠剑,但先生不为所动。在重庆,他乘机至中共代表团驻地会见周恩来,还同陶行知、郭沫若畅谈抗日救国大业。1944年,先生又创办《农村周刊》,人们欢呼《老百姓》又复活了,然再次被封杀,仅刊至第6期。

　　残酷的暴政,摧不倒先生的坚强意志。1945年先生进入陕西省民众教育馆,于5月21日又创办了《民众导报》,继承《老百姓》报传统揭露国民党的黑暗统治,披露革命从最下层猛烈飞腾的真实状况和道理,把各阶层的人都团结起来,引导人们向往着新社会的到来。

民俗专家

　　先生孜孜不倦地寻找振兴中华的文化资源,执教中,他广泛涉足于民风民俗歌谣谚语领域。他认为民谣是政治的一面镜子,表达着人民的思想、感情、意志、要求和愿望,具有强烈的现实性和战斗性,于是发动群体开展这一学术活动。开始在西安,随后扩展到全关中乃至全陕西,甚至各省逃难至陕西的青年都参加进来。在如此深厚的沃土上,他撰写出《歌谣起源论》《谚语起源论》《中国歌谣》(上下两集)、《抗战歌谣》《古今谣》《关中歌谣集锦》《中国谚语》(六集)、《郢上天籁集》(上下两集)、《老百姓语汇考》(上下两集)、《中华民族革命歌》等著作,丰富了我国文化遗产,他在这方面的研究工作深受郭沫若的赞赏,成为我国最光辉的学者之一,毛泽东称其为民俗学专家,是当之无愧的。

　　作为教师,先生始终坚守自己的阵地,当时,国民党执政者实行专制的党化教育,不允许不同声音存在,先生则在课堂上给受业者以新的思想,介绍诸如《国家与革命》《帝国主义论》、摩尔根的《古代社会》、郭沫若的《中国的古代社会》以及《群众》《西北》《抗战三日刊》《世界知识》等刊物。他讲授公民课,从不按照官方的说教,而是自编讲义,将抗日民族统一战线和抗日救国的各项主张,融汇其中。他特地用群众喜闻乐见的顺口溜形式编写了《中国共产党起根发苗歌》置于讲义中,说唱讲解,产生了深远影响,使受业者逐渐认识到自己的道德使命。

虎口余生

革命是众人的事,先生每到一地,就团结一批进步人士,开展民主运动,为隐蔽真实身份,他于1942年与杜斌丞、杨明轩等在西北建立民盟组织,后又与武伯纶、王维琪、张光远、郑竹逸组织民盟青年会,任主任委员,发展盟员,撒播革命种子。

先生以自己的谋略在复杂的政治风云中航行,国民党执政者把他视为心腹大患,1946年4月30日,蒋介石发动全面内战,巡视西安时作出两项罪恶决定:一是查封民盟机关报《秦风·工商日报》联合版;二是暗杀李敷仁。5月1日刽子手于西安绑架先生, 在咸阳距北杜镇20多公里的陈老虎寨附近的一深沟侧,射击两枪,但未打中要害,先生倒在血泊中,刽子手仓皇逃离。在生命危机时刻,当地老百姓群起拯救,护送先生至其老家。刽子手闻风又来追杀,村民严密封锁消息,多次冒险转移先生的居所,随后在老百姓掩护下,中共陕西省工委派人将其护送至延安,虎口余生,大难未死,先生为之曾赋诗一首:

知尔杀人救不清,焉知民力大无穷。

一滴鲜血一抔土,杜鹃血染麦浪红。

1946年7月,先生进入陕甘宁边区,延安中央医院院长徐根竹前往马栏为他治疗、护理,取出嵌在体内的那颗子弹。7月17日先生到达延安,7月23日陕甘宁边区政府召开盛大欢迎会,林伯渠、谢觉哉、徐特立、陆定一、习仲勋等多位领导人出席,赵伯平报告了脱险经过。8月,毛泽东、周恩来、刘少奇等中央负责人先后接见。毛泽东说:"李敷仁同志,你胜利了,我向你祝贺。"高度赞扬了他坚持正义、坚持民主、不怕牺牲的革命精神。

教育情缘

1946年9月,先生被任命为延安大学第四任校长。延大创立于1944年,是解放区最高学府,先生任职三年,正值国共决战、新中国成立之际。国民党军胡宗南部曾一度占领延安,先生坚定不移地率领延大师生转战陕甘宁边区和晋绥根据地,将教育与劳动生产相结合、社会教育与学校教育相结合、教学内容与战时生活相结合。在残酷的战争环境中,延安大学在前进、在发展,规模迅速扩大,1948年规范为政法系、教育系、财经系、文学系,4个学科与一个新闻班。新闻班是1946年先生刚到延大时提出设立并聘请范长江为班主任。在洛川还设有分校。自1948年夏至1949年春,来延大总校和分校学习的国民党统治区青年达千人以上,他们接受了延安精神的洗礼和熏陶,成为解放事业中的中坚力量。

形势的发展比预料得要快,1948年4月延安光复,延大迁回延安。1949年5月西安解放,延安大学和分校陆续迁到西安,更名为西北人民革命大学,先生任校长,以胜利者的喜悦回到西安,继续为国家培养人才。

以先生的德高望重,又系老关中人,中共西北局决定其以社会活动家身份活跃于社会,兼职颇多。他是位具有革命思想的实践家,对任何事务均抱以认真态度,饱含着延安精神。1951年1月31日担任中国人民第一届赴朝慰问团团委西北分团团长赴朝慰问。在朝前线,不怕牺牲,迎着美帝炮弹翻山越岭,到连队慰问中朝战士。回国后,深入农村、工厂、机关、学校作汇报讲演达五十多次,每场听众少则数千人,多则上万人,他的心声表达了对祖国的热爱,与听众共呼吸同情感。1954年任全国人民慰问解放军西北分团副团长,慰问了中央军委和西北军区司令部,以及青海军区所辖各部队。先生在自己生命最后的日子,参加第一届第五次全国人民代表大会时,还竭尽全力为汉语拼音的实施和推行西安航空工业技术学校的勤工俭学经验,贡献自己的智慧和力量。

1958年2月19日,先生病逝,毛泽东主席称其为革命烈士。

先生留下的文化遗产,为我国文化教育事业增添光辉。

山高水长,先生思想之树常青。

原载《团结报》,2016年3月24日

李何林先生一生的追求

　　20世纪后半期,文坛上有两位学界公认的文学评论家,一是李何林,二是王瑶。前者先后任职南开大学和北京鲁迅博物馆,后者任教北京大学,他们的学识和才能一直受到学界的尊敬和钦佩。他们均已作古,其思想和业绩则长存。今年是李先生百年诞辰,我校将举办多种活动,来纪念这位为中国文化教育事业做出贡献的大学者。

　　李先生是1952年由北京师范大学调来南开的。南开是有吸引力的,先生的夫人王振华又在天津一学校任教,他因此表示了来津的意愿。1951年院系调整工作已开始运作,文学院院长冯文潜调校图书馆任馆长,中文系代理系主任邢公畹要去苏联讲学,我当时是文学院支部书记,先后请邢公畹先生和朱一玄赴京,敦请李先生早日来南开。李先生说,党组织问题解决后再来,我请邢先生转告,组织问题在哪里解决都一样,来南开可以解决。

　　1952年9月,李先生到任了。入党问题,因需要一定的时间和手续,我请他先参加同情组,这个组织是1951年中共天津市委在南开大学创建的,把具有入党条件,尚不能立即入党的人吸引进来。当时校党总支书是郑秉洳,郑随后调走,由张义和负责,中文系和外文系十多名教师都参加进来。

　　1952年,全校成立了教师支部,胡国定、范恩榜为正副书记,李赫暄为宣委,我为组委,具体抓同情组工作,文科同情组生活会议每周一次,我均参加。因此和李先生接触的机会很多。

　　当时,中文、外文、历史3系规模都不大,成立了一个支部,我兼任党支部书记,直到1955年,团总支也是3系联合的,书记先后为李国骧、王玉斌。中文、历史两系办公室1951年至1955年是合一的,干事宋绍武,这样的组织状况更增加了我和李先生的来往。我们在一起谈教学,谈每个教师的特长,我深感他身上有很多美德,热诚、忠厚、爽朗、豁达,遇事直言不讳。他关怀教师的表现,也了解教师的过去,积极团结人,是一位尽职的系主任。他很称赞马汉麟,经常说,马汉麟是一匹好马,许政扬是一位有才华的青年。

同情组员过组织生活会时,常有不同意见和争论,他和李霁野是小同乡,都是安徽霍邱人,都在未名社工作过,而争论并不影响他们之间的友谊。

同情组员都要求入党,所以每个人都要讲述自己的身世和经历,自己的人生观和追求。李先生详细说过他参加八一起义的经过。他说,起义军在广东潮州失败后,组织上遣散了文职人员,让各自寻找出路,他因此回到了自己家乡,第二年在县城又搞了一次暴动,贴了一些标语,他深有感触地讲,现在看来,在县城的暴动是很幼稚的,没有暴动的条件。家乡待不住,他就出走,这以后就隐蔽自己,把藏在内心的革命思想,倾注于文化教育事业,特别是对鲁迅的研究,他认为这是知识人的责任。

李先生对文史学科有一个很好的见解,就是历史系应开设中国文学史,中文系应开设中国史,这种看法和郑天挺相一致,我们三人商量结果,请许政扬来历史系讲课。后来又增加了古代汉语课,请马汉麟讲。出于对我的爱护和培养,由我给中、外文系讲中国通史,这是我讲课的开端。李先生知道我着重中国现代史研究,他看到《光明日报》上有关八一起义的文章,就剪下来送我。

1956 年是"向科学进军"之年,学校在马蹄湖畔大礼堂举行了进军大会,李先生在会上发表了自己的宏伟设想,并愿和北京大学王瑶携手共进,那是很鼓舞人心的,就在这一年李先生也重新入党了。

然而事情的发展,常常非人们所能预料。1957 年,他的一个孩子被错划为右派,下放到山东,他不理解,心情抑郁。1958 年"拔白旗",许政扬被"拔",此事他很惋惜。1959 年他写了一篇题为《十年来文学理论和批评上的一个小问题》的文章,谈文学评价的标准,竟遭到全国的讨伐。他的文章并没有公开发表,他认为发展成这个局面,是周扬、张光年导演的。李先生几次对我讲,张光年不够朋友。有一天,我、李霁野先生和他相遇,我说:"李先生顶得住?"他说:"顶得住"。

"左"的思潮越来越严重,中文系是重灾区,出现了好几个"反党集团",李先生被目为一个"反党集团"的领军人。1964 年学校开展"四清"运动,中文、历史中层干部编为一组,在一两位掌握组织部门大权的人策划下,先批判中文系的"裴多菲俱乐部",后批判我,我和李先生可以说"同病相怜"。

厄运接踵而来,李先生、李霁野、滕维藻、郑天挺和我都是重点打倒对象,把我们的"罪状"铅印成册,向校内散发。1966 年 8 月 7 日,全校批斗全面启动:游街、劳改,中文、历史系的"牛鬼蛇神"编为一个劳改队。我们相见,只能苦笑。1967年,李先生遇到更大的打击,他被赶出北村住宅,搬到13宿舍一间屋内,还被蒙面蒙头绑架到天津医学院一座楼内,滕维藻也在那座楼内,他们看到楼外墙上贴的标语为"打倒乔国铨",才知道自己在什么地方。李先生后来还告诉我,有一天忘了给他吃饭,到晚上才扔进两个窝头。

受了这么大的折磨,但他并没有失去信仰,他很理智,忠实于自己的使命和职责,始终惦念着学校教学秩序的正规化,希望学生能学到更多有用的知识。1971年学校开始招收工农兵学员,他此时也"解放"了。1972年,他为中文系起草了一份教学方案,强调系统学习,不为当时所容,而历史证明,他的意见是正确的,他从不随波逐流。

更使人崇仰的是,他的《鲁迅的生平杂文》于1973年出版了。他赠我一册,让他的弟弟送来。研究鲁迅,宣传鲁迅,是李先生生活的支柱,在知识创业的年代,这一著作的出版,犹如射入文化园地的一道彩霞。

这时,李先生住在北村,我住在东村,相距仅一马路之隔,我们经常见面,谈天说地,他讲到人生必须达观,讲到生活必须有规律,嘱我晚上工作不要超过12点,最好11点就睡觉。

李先生长我整整20岁,他是我的同志,又是我的良师。我从他的谈话中,获得诸多教益。1976年他离开南开,到了北京。住在朝内史家胡同5号,我多次去看望他。当他住进301医院最后要告别这个世界时,我和王黎去探视。他的家属告诉我俩,"文化大革命"时期的党籍已经解决了,他最终的愿望也实现了。

在李先生百年诞辰之际,回顾往事,缅怀他的人生追求,他的勇气和他百折不挠的革命精神,使他在现代文学史上成为一名非同寻常的学者,这对后来人是有很大启示的。

原载《李何林李霁野教授百年诞辰纪念文集》,南开大学出版社,2005年

李何林先生在南开的岁月

1987 年,我和内子王黎赴京 301 医院,看望病重的李何林先生。他已入睡,他的儿媳在旁照顾。我了解到李师 1927 年入党和参加八一起义,已获得承认。他的儿子被错划为右派,已经平反,调至北京。这两桩事是他的心事,他这时可以得到些安慰了。

一、来到南开

李先生是 1952 年全国院校调整时调来南开的。语言学家邢公畹有一回忆,讲得很清楚,其中说:"1952 年,我曾代理南开大学中文系系主任,因为要出国,文学院院长冯文潜先生属意于何林同志,希望他来担任系主任。那时候,何林同志已从高教部调到北京师范大学任教。几经磋商,何林同志以党籍问题没有解决,愿意等到在北师大解决了这个问题再说。当时南开大学文学院支部书记魏宏运让我到北京对何林同志说:解决党籍问题,在南开大学和北师大是一样的。这里行政上缺人,希望他能来,后来终于来了。"①

二、加入中国共产主义同情组

李师来南开后,与先期来校的文学家、翻译家、担任外文系主任的李霁野教授,同时加入中国共产主义同情小组——这是中共天津市委创建的,也可能是天津独有的。两位先生有不少相同的经历,如都是安徽霍邱人,都是未名社成员,都曾在家乡搞过一次暴动,1946 年都在台湾省编译馆任编纂和台湾大学任教,1948 年回到大陆。同情小组每周举行一次组织生活,谈思想,每次

① 北京师范大学中文系、南开大学中文系合编:《李何林纪念文集》,文化艺术出版社,1989 年,第74—75 页。

我都参加。当时党员很少,贯彻党的方针政策,都是通过同情组来实现。同情组员颇受群众的尊重。

20世纪50年代初,历史系和中文系办公室教务干事均由宋绍武担当,历史系系主任郑天挺和中文系系主任经常在一起研究教学。郑、李有相同的看法,认为必须加强学生的基础知识。他们决定中文系马汉麟到历史系讲古代汉语。许政扬讲古代文学。历史系派我到中文系讲中国古代史和中国近代史。

李师知人善用,交游广,其学问道德颇受时人称赞。他聘请马汉麟、许政扬、陈介白等人充实教师力量,又聘请周扬、曹靖华、许广平、老舍、王瑶、杨晦、王朝闻、张毕来、张庚、贺敬之、吴组湘、游国恩、林默涵、方纪、阿垅等著名学者和作家来校演讲,以繁荣学术。应聘来校演讲者,没有演讲费,只是他自己掏腰包请吃一顿饭。对原有教师如彭仲铎、华粹深、孟志荪等,非常尊重。对青年教师则采取一切方法,促其成长。到今天,耄耋的中文系教师,无不称赞李师的人格魅力,正如文艺复兴时期意大利达·芬奇所讲:"谁播种道德,谁就收获荣誉。" 李师使南开中文系成为鲁迅研究和中国现代文学研究的重镇。1956年他招收的研究生如吴火、刘家鸣、陈鸣树、胡炳光,以后又招收田本相、张菊香等共10名。这些人后来都成为研究鲁迅的著名学者。文革后,李师曾向我详细谈及其撰写《近二十年文艺思潮论》的过程,我理解他是教我如何思考问题及写作。他知道那时我正在研究八一起义,于是很详细给我讲八一起义及他参加的全过程,还将报刊上相关文章,剪下来,亲自送到我的家中。每遇我所需的近现代史书,都亲自送给我,并嘱咐我开夜车不要过12点,以免影响身体健康。

1956年李师的声音震动了南开园,学校在大礼堂召开贯彻向科学进军的誓师大会,李师现身说法,讲了自己的学术抱负,说愿意与北大王瑶教授携手共进,赢得阵阵掌声,鼓舞动员了所有师生。与会者都以李师为榜样,写出自己的进军计划。

三、面对"打倒李何林主义"

1958年是大跃进的一年,"左倾"思潮和浮夸风同时发生。在"人有多大胆、地有多大产"错误口号下,一切都"大办",越出了常轨。教育领域中发生了"拔白旗"运动这一严重违反教育规律的事例。当时,河北省委领导(时天津归河北省管)这一运动的张承先事后反思说:"在红专大辩论中搞插红旗,拔白旗,实际上形成了对一些持不同意见的老师的围攻,严重伤害了他们的感情,这对教育工作是致命的。"①

我是这一运动的见证者,也是受害者。这一年暑假被称为"共产主义暑假",没有放假,师生除参加各种劳动外,就是批判授课教师。大字报铺天盖地。那时是"不要教师"的年代,把教学中的一切都归之于两条路线的斗争。大字报必须上纲上线,冠以"资产阶级""封建思想"或者称"修正主义"的帽子。中文系教师曾给大一同学开出《四部备要》《艺概》《四部丛刊》等38部古典文学的必读和参考书目。还有一位教师对学生说:"要搞学问就要大量地读书,多看古书自然会学好……"还以鲁迅、闻一多为例,鼓励同学说:"多接触古文脑子就会特别清醒,搞起研究也就会有成就。"这些都被指为"厚古薄今,脱离实际,脱离政治"。中文系党总支委员会指出:"继续深入思想革命,彻底搞臭资产阶级学术思想、教育思想和治学方法"。②

李师是一位独立思想的学者,在批胡风时,他以激动的口气说:"胡风和周扬积怨太深,周扬的宗派情绪一直很强,鲁迅如在世,日子怕也不好过。"③1958年"拔白旗"运动,李师又站出来,极力反对这种非理性教育革命,他说真话,说实话,认为这样的革命打乱了教学秩序。当中文系两位优秀教师遭到围攻时,他愤怒了,说:"拔白旗拔到马汉麟和许政扬身上。他们二人,我是多么不容易把他们请来,是两匹好马,现在拔白旗拔到他们身上。"当一些激进的青年教师,组织刚入校的新生,给高年级写各科课堂讲义的事发生,李师心直口快,认为:"这是胡来,刚入学对基本知识都缺乏,怎能编写讲义呢!"有的青年教师以集体编写的毛泽东论文艺代替中国文学史,李师明确表示,毛泽东论文艺可以开,但不能取消中国文学史。李师富有智慧,遇事喜欢深思熟虑,始终认为这样的教育革命偏离了正常的轨道。但是这种思想不适于激进的潮流,他被认为是顽固、保守的人,"打倒李何林主义"的大标语出现了,很醒目地贴在新开湖旁的图书馆墙上。他对此泰然处之,也许是他的革命经历太丰富了,他对错误毫不低头,相信自己的看法是正确的,诚实地生活着,依然穿

---

① 张承先:《张承先回忆录》,人民教育出版社,2003年,第97页。

② 纪延:《南开大学文学教学中两条道路的斗争》,《文艺报》,1958年第15期,第12页。

③ 宁宗一:《灵前的忏悔——我心中的李何林先生》,《往事钩沉——老教授回忆录》,天津市老教授协会南开大学工作部,2008年内部版,第301页。

着朴素的衣服,在校园昂首散步,维护着自己的尊严。

四、小问题成了大问题

1959年国庆之际,天津《新港》编辑部约李先生撰文,庆祝新中国成立十周年,李师撰写出《十年来文学理论和批评上的一个小问题》,探讨思想性和艺术性的关系问题,其中引用毛主席对这一问题的论断,批评了当时只强调思想第一,忽视艺术性的倾向。未曾料到,这样的正确论断,竟被指责为修正主义,形成了全国性的大批判,很是轰轰烈烈了一阵。其来由是《新港》并未刊登,而是暗地里复印一份,寄到《文艺报》——这已显示极不道德了。《文艺报》负责人张光年,虽是李先生在昆明时的同事,却又强制性地将其公开发表。李先生多次和我谈到他对张光年做法的不满。但当他的高足宁宗一撰写出《批判李何林同志修正主义文艺思想》,让他一阅时,他却能冷静地看了一个多小时,然后沉思地说:"文章写得太长,句子仍然是那么欧化,有的地方批我批得不是地方,有的地方你根本没理解我的意思。"①从这里让我们看到一位大学问家高不可攀的高尚风范。

五、在被绑架的日子里

"文革"开始后,原党委就虚构了何(锡麟)、娄(平)黑帮集团,勇于直言的李先生,遭遇到一生最大的莫名迫害。7月29日,校文化革命委员会第三次会议议决:8月15日前完成第一个战役,即完成对吴大任、郑天挺、滕维藻、李何林、李霁野、李华、邹本基、魏宏运等几个全校重点人物的批斗。8月15日以后,转入第二战役,即由全校性的批斗转入各大队对走资本主义道路当权派和资产阶级学术权威的批斗,于是,全校依此推开运动。8月4日,李先生和我等接受"勒令",到南大主楼前,胸前被挂上"黑帮"牌子示众。8月7日,校党委又组织著名的"全面开花",被冠以反动学术权威和黑帮的,均带上高帽子游街,背上挂上牌子,牌子上写上名字,名字上打上红色的×,每一系都有七八个人。李先生、李霁野、郑天挺、滕维藻和我特别受到"厚爱",学校以

---

① 宁宗一:《灵前的忏悔——我心中的李何林先生》,《往事钩沉——老教授回忆录》,天津市老教授协会南开大学工作部,2008年内部版,第302页。

16 开铅印本,列出各人的罪状,如执行修正主义路线、白专道路、网罗牛鬼蛇神等。在全校全市散发。8 月中旬,学校在东门内搭起席棚,搞了一个百丑图,贴出每人的"罪状"及被丑化的面孔体形。李师占有一席之地。我们每天在一起劳改,被抄家,毁掉书籍、卡片,然后"扫地出门",李师由北村搬到 13 宿舍一小间屋内。1967 年,李师遭到更大的打击,被"八一八"红卫兵绑架,蒙头盖脸地押到校外一幢楼的一间房子内,像坐监狱似的,整日面对四壁。从窗户中望出去,看到外面贴有"打倒乔国铨"的大标语,才知道被关在天津医学院(乔是该院党委书记)。有一天,一天都未给他饭吃,到了晚上,才扔进了两个窝头。这是李师后来告诉我的。他器重的许政扬因不堪忍受多年积累的卡片和书籍被毁,病中被批斗,愤而自杀,连骨灰也没有下落。李师受的打击、苦难和创伤,实在太深太深。

六、鲁迅研究室和鲁迅博物馆的掌门人

李师是一位异常坚强的人, 即便身处逆境也未曾动摇过研究鲁迅的决心。研究鲁迅是他生命的乐章。1973 年,他的《鲁迅的生平与杂文》(陕西人民出版社,内部发行)出版了,立即赠我一册。时为文化沙漠时期,人们迫切需要精神食粮,这部书的出版适逢其时。

1976 年,国家成立鲁迅研究室和鲁迅博物馆,谁来担当这一重任,李师是最好的人选,甚至可以说,"非李莫属"。经他的好友,国家文物局局长王冶秋推荐,李师赴京履新,告别了工作 24 年的南开。他在南开有爱有憾,有沉有浮,有欢乐有悲伤,也有依恋,感情是复杂的。他离津时,我到他家送行,相互依依不舍。以后我和内子多次到北京去,总要去朝内史家胡同 5 号看望李师及师母王振华。

李师生于 1904 年 1 月,1988 年逝世,一生醉心于研究鲁迅。他在《亲制悼词》中,对自己作了如实的评价:"六十多年来,为党为祖国培养了一大批中国现代文学和鲁迅研究人才,坚持五四以后新文学的战斗传统,发扬鲁迅精神,驳斥了鲁迅生前死后一些人对鲁迅的歪曲和诬蔑,保卫了鲁迅思想。"

李师是一位传奇式的学者,在生命的轨迹中,为革命,为学术,奋斗终生。斯人已逝,风范长存。

原载《中华读书报》第 7 版,2012 年 12 月 12 日

"宏业风波"——吴晗南开讲学的故事

　　"文革"中,凡是以往和"三家村"邓拓、廖沫沙、吴晗有联系的,为人所知或被发现,都要遭殃,必然大祸临头。历史系一位青年教师,调到他家乡的一所中学工作,只因说过他曾听过吴晗演讲,就被打成"三家村"的"小爬虫",蒙受到不堪忍受的折磨。

　　1966 年 6 月 15 日,我从盐山"四清"返校,有领导的、有组织的揭发批判我的大字报铺天盖地。主楼二楼从东到西,各个教室及走廊,全是我的,马蹄湖边的大礼堂内也有一部分,据说数量之多,荣获全校"冠军"。其中有一张大字报特别引人注目,揭发出"魏宏运、郑天挺"于宏业饭店楼上和'三家村'聚餐,说黑话。"这是一颗极有价值的炮弹,一时震动了南开园。

　　其实,揭发者并不了解宏业聚餐的真相。要说我和吴晗有关系是事实,而且相见不止这一次。郑天挺郑老和吴晗是老相识。抗战前,一在北大,一在清华。抗战时期,同时任教于西南联大,一教明清史,一教明史,关系密切。20 世纪 50 年代两人来往可称频繁。郑老带我去北京,曾到北长街西华门附近吴宅拜访,交谈之余,还曾认真欣赏和评论过他壁上悬挂的名家书画。1959 年暑假,郑老和我带同学到北京实习参观,住在铁狮子胡同人民大学校园,了解段祺瑞执政府制造的"三一八"惨案。察看了当年段祺瑞国务院的遗迹。同时请吴晗给同学讲他非洲之行的印象和观感。那天是由左志远接来的。时左和娄曾泉正在北京文化学院进修博物馆学,为历史系筹建博物馆专业作准备。

　　我们还曾多次请吴晗来校演讲。1958 年春,吴晗来南开三天,讲了两天半关于读书和治史问题。他曾讲到治史"要三勤,勤读、勤抄、勤写","为了要继承就必须钻到古书堆里去,要有勇气"。那时在史学界流行"以论代史"之风,他不同意这种提法,他说,论在史之中,不是在史之外。他认为"只要把真正的史实摆清楚了,观点自然就出来了"。听众对他的演说,无不敬佩。

1959 年 10 月南开校庆,举行学术讨论会,我们又请来吴晗讲历史人物评价问题,这是当时学界议论的热点。吴晗所讲内容大体包括下列几点:一、衡量历史人物,应将所论人物放在其所处的历史时期来认识,不应以今天的标准做尺度。二、对历史上有作为的帝王将相,应写出其对历史的贡献,如秦始皇、汉武帝、唐太宗、康熙、乾隆,以及曹操、武则天等,"不能一见历史上的奴隶主、封建主、资产阶级,就喊打倒"。如果那样,"祖国的历史就漆黑一团了"。三、中国历史上是有"清官"的,如包公、海瑞,代代相传,为人们所称道。

1962 年,贯彻"高教 60 条"之时,学校教学秩序步向正常,为活跃学术,5 月底,吴晗第三次,也是最后一次应邀来南开讲学,地点在大礼堂,讲题和 1959 年来校时一样,仍是关于历史人物的评价问题。这几年他陆续写了这方面的文章,对中国历史的政治人物思考较多,还创作了《海瑞罢官》剧本,以此课题,进一步阐述他的思想和观点。因为这次面对广大同学,具体谈到他的思路时,他说当时学界出现的一些问题,引发出他的思考。他从当天乘车来津路上读书讲起,讲到让步政策、清官问题、对历史人物如何评价才算公允等。他强调在学术探索道路上,一定要实事求是,如实反映历史的真实。会后他还和部分教师座谈明清史研究中的诸问题。

这次演讲,给当时南开人留下了深刻印象。他的风采,他独立的思考,他教诲青年人怎样去认识历史,使人难以忘怀。不幸的是,"文化大革命"一开始,因吴晗这次演讲,却招来了大祸,主要是对我的,还有郑老,演出了"宏业风波"。

真相是这样的:演讲完毕,郑老以自己工薪宴请吴晗于劝业场一小巷中的宏业饭店。当时物资供应还很紧张,市政府为部分知名人士定此店为招待点,历史系仅郑天挺和吴廷璆可以享受这一待遇。当天作陪的有梁寒冰(市委文教部部长)、何锡麟(校副校长)、滕维藻(校教务长)、吴廷璆教授、杨翼骧教授和我。席间,吴晗兴奋之极,侃侃而谈,还谈及毛泽东读了他的《朱元璋传》,大加赞赏。鼓励他撰写《海瑞罢官》历史剧,他说,说实话,他写这一剧本是一新的尝试等,要说是"黑话"的话,这就是"黑话"的内容。

吴晗在 20 世纪 50 年代和 60 年代前期,是史学界熠熠闪光、极为活跃的著名学者,经常发表文章,作学术报告,他还倡导普及历史知识,中华书局出版了他主编的系列历史小丛书,其中部分书稿还请郑老审查过。郑老因工作忙不过来,让其弟子冯尔康协助审阅。事实证明,在推动我国历史研究和普及中,吴晗的思想彼时被学界广泛接受和传播。

吴晗这位学界名流,出任北京市副市长,"因'言'获罪"。在"文革"中遭残酷迫害致死。这是他人生的悲剧,也是中华民族的不幸。

今年是吴晗诞辰 100 周年,逝世 40 周年,《吴晗全集》已出版。这是他留下的丰厚文化遗产。我国的思想文化宝库,是由一代一代的精英学人建树丰富起来的。吴晗在历史领域中做出了贡献。他来南开的足迹和发出的声音,留在南开人集体记忆中,思想文化的影响是深远的。

原载《今晚报》,2009 年 6 月 14 日

感恩范文澜与吴廷璆对学子的教诲

1949 年平津解放不久，还在军管时期，恩师吴廷璆从武汉北上，教育部部长马叙伦请其赴南开大学任教。从此廷璆师终其生服务生活于南开园。

廷璆师即到南开，立刻被委为历史系主任，并讲授中国近代史，指定以范文澜著《中国近代史》为必读书目。

廷璆师的兴趣与研究领域本为亚洲史和东西交通史，他精于英文，谙日文、梵文，其讲中国近代史课程，是源于讲近代史课程的先生程绥楚在天津解放前夕，离开内地，选择去了香港。廷璆师勇于担当，责任心强，以其知识渊博，近代史课按时开出。

廷璆师与范老(文澜)交情深厚，都是浙江绍兴人，有师生之谊，更加志同道合。吴师 1932 年东渡日本，于京都帝国大学史学科深造，即得益于范老资助。1936 年归国，执教青岛山东大学。1937 年抗战爆发，廷璆师以爱国之心，投笔从戎，去南京八路军办事处，经叶剑英介绍，奔赴晋东南八路军总部，在朱德领导下的敌工部任干事。继之到大后方西安、成都开展民主运动，参与组织"唯名社"和"民主科学社"。

1939 年，范老在河南遭国民党逮捕，羁押于西安西门附近"战干团"，名义上叫作"战时干部训练团"，实际上是集中营，奔赴延安的许多青年，被拦截的都在这里。时廷璆师任职于陕西省教育厅，和西安学界名流如王捷三、李瘦枝、李敷仁、武伯伦、曹冷泉等关系密切，通过各种渠道，和中共地下党一起，营救范老出狱。范老与吴师之关系，乃是共患难、同生死之交。

1950 年深秋，廷璆师领着我们八九位历史系学生，到北京王府井大街东厂胡同 1 号近代史所后院，拜访范老，受到亲切接见。我已耄耋之年，回忆起来，仍恍如昨日。

那是一次难得的机会，范老讲的是他的学术生涯和治学之道，望青年学生之茁壮成长溢于言表，还谈及 1926 年执教南开之轶事，只是后来没有机会再来八里台。

范老教诲的中心话题是做学问，一定要坐得下来，要有坐冷板凳的精神，人们常讲"十年寒窗苦"是有道理的。青年人读书，不求甚解者甚多。应好学深思，扎扎实实地读，持之以恒，必有收获。这些教导深入我的脑海中，是我而后一生遵循的道路。

范老讲话时，他的夫人戴冠芳也在屋。吴师多次插话，有的是叙旧，有的是至南开后之感触。会见持续了两个多小时。

一代宗师的教诲，终生难忘，其影响之巨大深远，无法估量，实是一堂指导青年前进的教育课。高山仰止，景行行止，虽不能至，然心向往之。60 年来，我一直感恩范老的教导，走自己的路。

原载魏宏运：《锲斋文稿》，中国社会科学出版社，2014 年

风雨鉴真纯
——记与吴老廷璆共同走过的岁月

　　12 月 3 日 17 时,俞辛焞来电话告我,吴廷璆先生 3 个小时以前仙逝,我当即啼泣成声,难以抑制的悲痛。

　　吴先生是 1949 年初冬由武汉大学来南开的, 他得到武汉军管会文教部长潘梓年同意,北上北京,与当时教育部副部长钱俊瑞面商,决定来南开任教,从此吴先生在南开园生活了 54 个春秋,南开记下了他的功绩和足迹。

　　吴先生是我尊敬的师长,又是一起共事的同事。我们一起参加了校内外数不清的各种会议和各种活动,一起商议历史系的各项工作,一起参加历次的政治运动,一起去盐山参加"四清"一年。在盐山,吴先生住在南隅,我住在西隅,都在县城内,我常看望吴先生,他很乐观。"文化大革命"开始,我被内定为"黑帮",成了"牛鬼蛇神",这是当时一位领导到系里宣布的。吴先生仗义执言,找那人说"魏宏运不是那样的人"。后来他也成为"敌人",我们都被抄家,饱受种种灾难。"四人帮"垮台后,我们去北京开会,人民出版社邀请部分人座谈,我们一起去了,见到千家驹、吴于廑等,彼此相互握手,不约而同地说:"我们都是幸存者。"后来,中文系为叶嘉莹向范曾求画,也是吴先生、郑老(郑天挺)和我联名给范曾写信,范曾见信慨然应允。历史将我和吴先生安排在一起,成为忘年莫逆之交。

　　每一个人的品格都是从其所参与的历史事件中表现出来的,别人了解他主要是从其所从事的社会活动中的言和行来了解的。吴先生是中国 20 世纪历史的积极参与者和见证人, 在 93 个漫长又短暂的岁月中, 有着丰富的阅历,也有着异于寻常的表现,他既是一位革命者,也是一位学者,他的一生充满着时代的烙印,有挫折也有喜悦。

　　20 世纪 20 年代,吴先生就读于北京大学。那时,他就是一位向往民主,充满崇高理想的青年。他曾讲过,杨沫《青春之歌》一书中有他的形象。这不是戏言,也不是自我标榜,当时他和千家驹、卞之琳很要好,3人志同道合,经常在一起议论救国之道。当时的青年知识分子忧国忧民之心甚为迫切,不满国民党误国政策。他们3人都参加了反帝大同盟。1931年"九一八"事变,国民党实行不抵抗政策,举国震惊,北京大学组织南下示威团,到了南京。吴先生积极参加并遭逮捕,他并未因此气馁,反而更认识到前进道路上有艰难险阻,决心充实自己,勇往直前。在范文澜资助下,获得机会,东渡日本,就读京都帝大。1936年回国后任教国立山东大学。1937年抗日战争全面爆发,国难当头,他立即投笔从戎,投奔南京八路军办事处,经叶剑英介绍,径往太行山八路军总部,受到朱德接待,安排在八路军总部敌工科,和张香山等人共事。1939年他的一名不太熟悉的学生出了事,胡乱供认吴是他的后台,周围的人开始对他疏远起来,有人还监视他,他申辩无门,决定离开部队。到了西安,在王捷三主持的陕西省教育厅工作,和陕西教育界人士李瘦枝、亢心栽、武伯纶等交往甚密。当他的生活刚刚稳定,意外得知范文澜被捕。抗战初期,范先任教河南大学,后任第5战区豫鄂边区抗敌工作委员会委员兼豫南特派员,这个组织被国民党强令解散,范先生遂至竹沟,在那里重新加入中国共产党,随后在奔赴延安途中,被国民党逮捕,投入西安集中营。该集中营设于西安城门附近,为掩人耳目,叫什么"战干团"。中共地下组织展开了营救活动。吴先生也托人,多方斡旋,奔走营救。他的行动引起国民党的注意,指令他到重庆"中训团"受训,他设法逃脱了这一灾难,跑到四川,任教于四川大学。这一决定,影响了他以后的大半生。他先后在几所著名大学执教,并得以和大后方的文化教育界进步人士有了广泛的接触和来往,和叶笃义、邓初民、许德珩等人的友情就是这时建立起来的。国事日非的现实及抗日民族统一战线的建立,促使他参与民主同盟的建立,他把自己融入到民族解放运动的大潮流中。每当谈及这一经历,他都感到很自豪,他说那时他很希望能重新找到中国共产党。抗日战争胜利后,他到了武汉大学,始终和学生爱国运动在一起,他曾写了两三篇论述民主运动的文章,曾展示给我,只是年代久远,已记不清发表在什么刊物上。

新中国成立那天,他刚刚40岁,其学术地位和社会影响已是众望所归,到了天津立即担负起许多重任,如南开大学历史系主任,1952年任总务长,后又任职科研处,参与全校的规划和建设,在校外担任天津史学会会长,《历史教学》总编,随着时间的推移,从地方到全国性团体的职务越来越多,忙得不可开交。但无论多忙,从不拒绝就教于他的人。

新中国成立初期,学校成立了理论学习小组,负责全校的理论学习。这一组织就是由吴先生、陈舜礼、张士英组织的。曾请艾思奇等著名学者来校讲社会发展史,他们常去北京听报告,然后回校传达。那时候没有录音机和电脑,全凭手记,吴先生有速记才能,他的笔记细致入微,字又写得清秀,传达起来从不走样。

吴先生最大的长处之一是和社会联系密切,他总是把自己所得的知识及信息传给南开,特别是传给历史系的师生分享,他参加抗美援朝访问团,到了最前线,回国后,多次述说前线的情况,感人至深。他到前苏联、波兰和当时民主德国访问,归国后,把自己所见所闻,详尽地介绍给南开人。

吴先生主讲的课程有中国近代史、日本史、印度史、亚洲史。还和王赣愚、滕维藻合作,讲授列宁的《国家与革命》,他讲课的特点是绪论特长,一讲就是好几个星期,那是他要把有关这一课题的知识,包罗进去,开阔学生的视野,让学生学到课本上难以尽述的学问。他极为关心年轻人的成长,对学生要求严格,不管本科生还是博士生的论文,他总是逐字逐句地改。吴先生是一位严师,蒙他教育的学生无不受惠,20世纪五六十年代的学生返校必登门问候。记得1950年底,吴先生领着我们八九位同学到北京东厂胡同见范文澜,聆听教诲。范老讲求学之道,一定要有坐冷板凳精神,至今我仍铭记在心。吴先生爱护青年,提拔青年的事,不胜枚举。青年人有什么要求和困难,他总是鼎力相助。

应该特别一提的是,他为了我国的文化事业和历史科学的发展,几十年来,把自己的心血倾注于《历史教学》这一刊物,他筹划刊物的方向和内容,经常组织编委讨论普及与提高、历史与现实诸问题。他和先后任天津市委文教书记的梁寒冰、王金鼎经常商议刊物的地位。因为他和市委书记吴砚农是同学,常把吴的意见传达给大学,他写信向国内著名的学者约稿,有的聘请为编委,他自己到北京,争取教育部领导的支持。他制定出集体审稿制度,以保证质量,这就使这一刊物在20世纪60年代时,发行5万多份,蜚声海内外。

吴先生留下的学术遗产是《吴廷璆史学论集》(人民出版社,1997年),主编的《日本史》(商务印书馆,1997年),《中国大百科全书·外国卷》的亚洲史。学界公认他是新中国亚洲史和日本史的奠基者之一。公正地讲,没有吴廷璆先生的开创和声望,就没有南开日本研究院现在这个样子,南开日本史的研究声望是和吴廷璆的名字联系在一起的。

吴先生走了,其事业是永存的。

原载《南开大学报》,2003年12月19日

亦师亦友忆寒冰

梁寒冰同志生于 1909 年,山西定襄人。1931 年考入北平师范大学历史系。1933 年经聂真介绍成为中共党员,同年与聂真的妹妹聂元素结婚,夫妻二人同在中共北方局领导下做情报工作。

天津解放初期,实行军管,军管会文教部主任是黄松龄,下设学校党委,书记为梁寒冰。他常来南开,那时开始和寒冰同志接触、认识。他是领导,是老革命,我从他那里学到很多工作、做人的道理。从那时起直到他逝世,我和寒冰始终保持着联系。

1989 年梁寒冰与世长辞,享年 80 岁。治丧委员会给我发来唁电,我赶赴北京八宝山,参加他的追悼会。那天参加的人很多,寒冰的夫人聂元素在人群中左顾右盼,找我找不到,怕我赶不上开会,直接喊了一声:"魏宏运来了没有?"我以悲痛嘶哑的声音赶快答:"来了"。

在南开的足迹

梁寒冰于天津任职时,常来南开,和南开校长杨石先、教务长吴大任、副教务长滕维藻、总务长吴廷璆交往甚密。他们曾请他多次为南开师生作报告,我记忆中,有社会发展史、中共党史、党的知识分子政策、共产主义人生观等内容。他的演讲生动有趣,往往结合个人经历,颇受听众欢迎和赞扬。

寒冰是学历史的,对历史学的发展特别关心,对历史学刊物特别重视。1953 年,他于文教部任内,将原来由天津杨生茂和北京、河南六七位教授创办的,时由吴廷璆任主编的《历史教学》改归市委文教部领导,市财政部每月拨 15 万元人民币资助出版。他还请吴廷璆、王仁忱(天津师范学院历史系主任,寒冰北师大的同学)去北京请教育部予以业务指导,教育部指派邱汉生、巩绍英任编委。因为有双层领导,编委队伍扩大了,《历史教学》成为当时颇具权威性的刊物。不少后来著名史学家的处女作都是发表在这个刊物上。

《历史教学》每月召开一次编委会,共同审阅稿件。寒冰是编委之一,我是1951年被吸收为编委的。根据刊物规定,每一稿件需经两位编委审定,我和寒冰为一组,负责审阅中国近现代史稿件。我自己也写文章。我们俩接触越来越多,了解日深。寒冰是老革命,又是学者,我们成了忘年、莫逆之交。我庆幸自己认识了这位良师益友。

创建天津历史研究所

1958年寒冰创建了天津历史研究所,聘请郑天挺、吴廷璆为顾问。1959年为历史所创办《北国春秋》。取刊物名称时,他还征询大家的意见,问:"用北国二字是否妥当?"

寒冰工作是深入基层的。记得1959年我在思源堂讲中国现代史中的前苏联援华抗日课题,寒冰和副教务长滕维藻陪同康生来听课,之后又到天津外国语学院去座谈。

庐山会议后,层层批"右",我挨了批,正赶上教职工提工资,全系每人提一级工资,唯我一人被排除在外,我抬不起头来,也无继续工作的余地。在我最困难的时候,寒冰把我借调到天津历史研究所,任务是帮他编写一部中共党史,因当时掌握的资料有限,未能完成,我一直很内疚。

在天津历史所期间,寒冰组织部分天津地下工作者学哲学,讨论物质与精神的关系等问题。与大家在一起时,他始终谦虚待人。

首倡撰写地方志

20世纪60年代,我们在冀东参加"四清"运动时,寒冰即曾提出撰写地方志。隔了一段时间,又在睦南道市委招待所、和平宾馆,与一些史学工作者议论写地方志。南开一位教师勇于领衔,天津历史所所长左健表示反对。寒冰编写地方志的主张和决心之实践,是在时任中共中央书记处书记胡乔木的指导下展开的。1981年7月25日至8月1日,在太原召开了中国地方志协会暨地方志学术讨论会,寒冰当选为地方志协会会长。他对地方志的编写有许多的思考,1984年在全国民族自治区地方志会议上讲了《关于修志的若干问题》。

组织编纂历史大辞典

编纂中国历史大辞典,是一项巨大的工程,经过数年的努力,陆续出版。这是寒冰于20世纪80年代初组织的,他聘请郑天挺和复旦大学谭其骧为主编,他自己任副主编。他爱惜人才,他不是南开人,但心系南开历史系,推荐王玉哲、刘泽华为先秦史主编,杨志玖为隋唐五代史卷主编,蔡美彪为辽夏金元史卷主编,杨翼骧为史学史卷主编。

寒冰还是一位乐于助人的人。20世纪80年代,一位美国学者撒克斯顿想了解当年冀鲁豫地区的盐民斗争,我请寒冰同志给当年冀鲁豫地区书记聂真写信。聂真在新中国成立以后,任社会主义学院领导。这位美国学者见了聂真。聂真还准备请撒克斯顿吃饭,可惜那位学者说,一吃中国饭就泻肚。

回忆往事,历历在目。写这一点点,表达我的怀念。

原载《团结报》,2016年11月10日

追思陈锡祺先生

陈先生是新中国孙中山研究的一面旗帜，他领导并推动了孙中山的研究，维护着孙中山的历史地位和尊严。其道德文章为学界所敬仰，堪称楷模。我等习惯称他为陈锡老，以表示对他的尊敬。

凡是直接受教于陈锡老，或听过他的讲演，或者读过他的著作，或者和他谈过话的学人，都不约而同地认为，陈锡老身上具有中国知识分子传统的美德，他热爱学习，追求真理，脚踏实地，言行始终如一，总是鼓励年轻一代勤奋地学习，把理想和行动连接在一起，为民族和国家去工作和献身。他不发表空泛的言论，和他接触一次，总会受到教育和启发。

我20世纪50年代末，读到陈锡老的《同盟会成立前的孙中山》，对其产生了仰慕之情。

我第一次接触陈锡老并聆听他的教诲是1978年，当时人民出版社林言椒组织参加《新编中国近代史》的成员到南方参观访问，我们一行十余人，有东北的、山西的、河北的和平津的，组成一个团队，我被推为团长，该书的主编苑书义为主要发言人。在广州受到金应熙、张磊、黄彦三位同志的热情招待和周到的安排，参观了洪秀全、孙中山、毛泽东三位革命领袖的纪念馆及众多革命遗迹。广东史学会在广东社会科学研究所为我们召开了学术讨论会。中心发言人苑书义发言后，有的学人提出，在近代史中，"有用路线解释一切的现象"。会上意见分歧，陈锡老说："鸦片战争时最主要是反英，现在突出路线，我怀疑。"当人们的思想还没有从阶级斗争天天讲、以路线斗争观察一切的思维中解放出来时，陈锡老的发言是颇有胆识的。在讲到人物评价时，陈锡老讲得也很中肯。陈锡老的全部话语没有奉承之词，也没有"文化大革命"中出现的那些语调。我们南下的成员，无不称赞陈锡老是一位朴实的大学问家。

我第二次接触陈锡老是1979年10月，中山大学和广东史学会举办的辛亥革命学术讨论会,南开的林树惠和我应邀与会,聆听陈锡老《孙中山与辛亥革命》的主题报告。在小组会上,一美国学者赞扬立宪派,否定革命派,引起热烈的争论,陈锡老及多数学者对这一观点均持反对态度。会议期间,因林家有同志是从北京社科院回到中山大学任教的,我顺便询问他回广州的感受,他谈到广东学界的学风,及一些名教授在"文革"中的遭遇及其学术的特长,言到陈锡老对孙中山学说有一坚定的信念。因此加重了我对陈锡老的敬佩和认识。

第三次接触是1984年,在涿县举行的孙中山国际学术研讨会上。日本学者狭间直树提出孙中山和日本签订了11条协定,是真是假,论者出现了分歧。陈锡老以实证的方法,对照、考察了"孙文"二字的字迹,认为不像是真的,且说我国台湾学者也不认可。不管这个协定最后怎样判断定论,陈锡老的考察问题的方法,是当时唯一与众不同的。

第四次接触是姚美良捐助中山大学创办孙中山研究中心建成典礼时,那几天是陈锡老最忙的日子,也是最高兴的日子,他要讲话,要招待姚美良先生及其家属,要会见全国与会的一些学者。陈胜粦和林家有还安排了一次有十人左右的小型座谈会,我也应邀出席。陈锡老畅谈孙中山研究的现状及研究中心发展的构想,姚美良谈到他们赞助的动机和决心。众信这种合力必然给孙中山研究以巨大的推动。陈锡老是谦谦君子,其谈话增添了人们研究的信心。

1992年11月,陈锡老赠我以刚刚出版的《孙中山与辛亥革命论集》(增订本,中山大学出版社,1992年),他的学术思想在这部书中充分地展示出来。

作为新中国研究孙中山的先驱者和领军人,他的言行产生了诸多影响,这种影响人们难以知道在何时何地爆发出来。我想举一例,来说明这一事实。

我的一位年轻同事邓丽兰,曾在翠亨村工作。他根据孙中山书信的英文资料,撰写了颇有价值的一本书,书名《临时大总统和他的支持者》(中国文史出版社,1996年),这部书就是受到陈锡老的启发和鼓励而完成的。现将该书前言一大段抄录于后:

陈锡祺先生在论及国内孙中山研究时曾说:"孙中山先生一生中

有很大部分时间是在外国或在外国占据、租借下的我国土地上度过的。他曾与各主要帝国主义国家的政府或殖民地当局的官员、企业家、报刊记者及其他各种人士打过交道，与一些国家的民族、民主革命人士有过联络，在国外华侨中更是进行了长期的活动。许多重要的记述和评论，往往只能从外国的档案、有关人物的私人文件及外国人所办的报刊中才能找到，在中文资料中则记载很少甚至毫无反映。我们对孙中山在国外的活动、对他与各国的关系的研究还很不深入，这不完全是因为重视得不够的缘故，更重要的原因恐怕是我们大多数研究者没有条件接触、利用收藏在外国政府机构、图书馆、博物馆以及私人手中的资料。"诚哉斯言。当我有条件接触到这批英文藏档的时候，最先想起的就是陈老的这段话。

追思往事，先生之风，山高水长。在充满人文精神的历史学中，可以找到先生的足迹。中国的文化是由一代一代人不断传承下来的。

原载魏宏运：《锲斋文稿》，中国社会科学出版社，2014 年

杨志玖先生学术研究的风骨

　　1951年吴廷璆先生任系主任时,留我做助教,学校分配到校外迪化新村(今鞍山道)去住,和北院校址仅隔着一条马路,历史系杨志玖、黎国彬、外文系陈舜礼诸师也住于这栋"筒子楼"。住户长幼之间时时打头碰面,那时会议又多,常常晚上也开,我和杨先生接触频繁。1952年院系调整,郑天挺先生任系主任,鉴于青年教师亟需充实提高,决定给我和另外两位青年教师补课,请雷海宗先生在其家中讲授两周和秦汉史,杨志玖、王玉哲两先生也来听课。20世纪50年代,多数教师讲课前必先试讲,教研室同仁共同讨论,杨先生每次试讲隋唐史,我都参加,从未缺席,我得到了一个很好的提高机会。50年代后期,我搬到校本部东村居住,杨师搬到西村。80年代初,我们都居住于北村。那时家里还没有安置私家电话,我有事时常登门造访杨师。杨师平易近人,我们谈天说地,无所不谈。我聆听过杨师谈他在昆明和宜宾李庄求学和工作的体验,令人神往。中央研究院历史语言研究所由昆明迁至四川宜宾,他被傅斯年借调去协助研究,在李庄住了两年半。房东见这位年轻人忠厚淳朴并勤奋好学,将自己的爱女许配于他。杨师在这里成家立业。杨师母一生一直伴随着他。

　　西南联大是杨师成名的发源地。杨师自述,傅斯年、郑天挺、姚从吾、向达、陈寅恪、唐兰、汤用彤、罗庸诸名家对他的学术成就影响极大。杨师以自己的睿智悟性和勤勉精神,兼学融合各家的治学特点和方法,努力营造自己的立足点。他成功了。关于马可·波罗及元史的几篇考证性文章,获得了先辈史学大家的好评和高度赞扬。由是志玖师在元史研究道路上更是勇往直前。

　　正直的学者都有自己的个性和品格。杨先生相貌文雅,具有大家之风。而在学问的追求和学术的探讨上,他是很有棱角的学者。只要他认定自己的理论正确,就充满信心,绝不随波逐流,绝不让步,他所表现出的勇气,使人倍感敬佩。仅就下述几个事例就可看到他的坚强意志和无所畏惧的精神。

　　其一,他为雷海宗1957年在"双百"座谈会上发言的辩护。事实是这样的：《人民日报》编辑部邀请天津 10 位教授座谈"百花齐放、百家争鸣"方针进一步贯彻问题，雷先生在发言中讲到历史研究，特别是世界史研究的现状和问题，其中有这样的话："对马克思和恩格斯树立的新的社会科学的看法，大家在理论上是一致，承认马克思主义应该发展，可是实际上是停止了发展，还停留在恩格斯 1895 年死时的地方。1895 年以后，列宁、斯大林在个别问题上有新的提法，但他们主要谈当前革命问题。从了解整个几千年人类历史经验、建立新的社会科学来说，基本上停留在 1895 年。教条主义者就是这样。马克思、恩格斯生平也是经常修改他们的学说，他们注意到当时每一个社会科学部门的发展情况，掌握科学研究的材料和成果。可是以后人们就认为他们已解决了一切问题，社会科学不能再发展了。事实上并不如此……"未曾料到这段发言竟闯下了大祸。4 月 21 日《人民日报》第 3 版刊出雷的发言和编者注，"注"以黑体 5 号字表明："雷海宗先生对马克思主义的看法，是我们不能同意的。"于是平津两市学界一些著名人士，对"马克思主义基本上停留在 1895 年"的论述进行批判讨伐，上纲上线，说这是一场思想战线上严重的阶级斗争。政治气氛相当紧张。杨志玖此时却挺身而出，认为雷的评论是正确的，为雷的言论辩护，写信给《人民日报》。认为《人民日报》误解了雷先生的本意，雷先生讲的是 1895 年以后社会科学没有发展，是指在历史科学没有发展，至于革命理论当然有发展。马克思主义有发展，这是人所共知的。"他说的是历史科学，他是学历史的，知道马、恩说过的和没有说过的，有很多问题，马、恩当时没有发现的，现在可以补充修正。"杨先生还列举出马克思主义一些不符合中国历史发展实际的论断，认为应百家争鸣，发展丰富历史科学。杨先生敢于向《人民日报》挑战，勇于正视我国知识界在学习马列主义中的生搬硬套，勇气十足，他敢于说老实话，这是一个正直学人应有的风骨，于当时于今日来说，都是难能可贵的。

其二，杨先生培养的一名博士生毕业，请北京一位教授主持答辩，这位学生的论文是关于唐朝一问题，观点和陈寅恪的不一致。主持答辩者是陈的弟子，本着陈的看法，不予通过。杨先生则说，不能说陈先生一切论断都是正确的，学术问题应该争鸣，这样学术才能发展繁荣。应本着"吾爱吾师，吾尤爱真理"的精神，有广阔的心怀，对待后学。即使在某一问题上针锋相对，也应站在有正确论据的独创性方面，不能偏袒盲从。治学要有怀疑态度，这是宋代文史学家郑樵早就说过的。杨先生尊敬权威，学术研究问题上则有自己的独立思想。我国古语讲:"学术乃天下之公器,非人所得而私也。"杨先生是这一格言的拥护者和实践者。理智地讲,不能认为权威们的任何论断都是正确的。譬如大师陈寅恪于1937年"七七"全面抗战开始一周后,与吴宓在清华园散步时说:"抵抗必亡国,屈服乃上策。保全华南,悉心备战,将来或可逐渐恢复,至少中国尚可偏安苟存。一战则全局覆没,而中国永亡矣。"[1]值举国上下团结一致,为国家和民族生存而战,作出上述悲观的论述,人们看了这些话作何感慨呢? 总不能说不是错误吧?

杨先生是一位有原则性的教师,对自己培养的研究生绝不护短。他的另一位研究生撰写的论文像讲义一样,结构是起因、经过、结果。在系学位会议上,他首先提出这位同学不应毕业,给其一年修改时间,然后再议。认真负责,不忽悠人,这是杨师一贯的作风。

其三,关于马可·波罗是否到过中国的问题。马可·波罗在其游记中称在中国待了17年,对此,国内外学者一直存在两种相对立的看法,如英国的当代学者弗兰西斯·伍德博士写的《马可·波罗到过中国吗?》一书持否定态度。而美国学者拉塞尔·弗里德曼和俄罗斯裔插图画家巴拉米·艾巴图林合作写的《马可·波罗历险记》则持肯定态度,毋庸怀疑。杨先生长期研究元史,研究马可·波罗,甚至可以说以研究马可·波罗起家,闻名于世。他根据《永乐大典·站赤》中,发现一段与《马可·波罗游记》记载里中国的情节相同的公文,坚定了自己的论断,有根有据地写了多篇这方面的文章。杨先生对资料和时间的考订功力是超群的。他还在天津主持召开了"马可·波罗国际学术研讨会",撰写了《马可·波罗在中国》一书,1999年12月由南开大学出版社出版。这部书是中外思想交流和论争的产物,是一部严格的历史著作,它不仅给人以知识,还陈述了研究历史疑难问题的方法。该书问世后,即赠我一册。这是杨师在他走过生命历程前给我的,我非常珍惜它,一看到这本书,怀念之情,就油然而生。

杨师的道德文章,堪称楷模。斯人已去,山高水长,风范永存。谨写这点点滴滴回忆,以表达对恩师的怀念。

原载魏宏运:《南开往事》,南开大学出版社,2009年

---

① 吴宓著、吴学昭整理注释:《吴宓日记》(Ⅵ),北京三联书店,1998年,第168—169页。

老校长滕维藻——心系南开

"滕维藻校长是国内外著名学者，又是位忠厚长者，是南开的骄傲。"我多次听到原南大党委书记温希凡这样说。

滕维藻教授 1942 年于重庆考入南开经济研究所，从此时起即和南开结下不解之缘。

滕公初任南开领导是 1952 年全国院系调整时，时年 35 岁，出任副教务长。

20 世纪 50 年代，校领导层有一种好的作风，就是都身临教学第一线，组织教学和参加科研活动。教课是经常的。滕公以学识渊博，工作认真，待人和蔼可亲，为师生所称赞。历史系老教授较多，滕公经常到历史系，和郑天挺、雷海宗、吴廷璆等谈心，交换意见。他们之间有深厚的友谊。滕公在历史系开的课是政治经济学和马列主义基础课。

1956 年是"向科学进军"之年。各系学术讨论会接连不断，马蹄湖边的大礼堂还召开了学术跃进评比大会。滕公为此付出了很大心血。这一年，在滕公的积极支持下，历史系成立了明清史研究室，还为郑天挺先生配备了两名助手。

提高教学质量和学术水平是当时学校工作的重点，滕公和吴大任经常听取各系的汇报。因工作关系我究竟向他们汇报了多少次公务，连我自己也记不清了。

有一件事使我印象极深。1958 年春夏之交，我在思源堂大教室讲课，讲的是抗战初期前苏联对华援助。正讲着，滕公陪同时任市委文教部部长的梁寒冰等人，来到课堂听课，我事先毫无准备，心里第一反应是"大人物"来了，心情的确有些紧张。这一次的突然袭击，促使我而后不敢有任何的松懈，总是认真备课。

从 1957 年"反右"开始，接着是大跃进，"拔白旗"运动，1959 年庐山会议后又有"反右倾"运动，1960 年到农村"整风整社"，正常的教学秩序被打乱了，诸多因素造成教学质量严重下降，广大教师的积极性特别在"拔白旗"运动中受到挫折。滕公对这种现实,沉默了一段时间。

1961 年国家提出了调整国民经济的"八字方针","高教 60 条"也制定出来,据此滕公和吴大任等制定出南开大学《学则》,还制定了南开大学培养教师的重点计划,这些措施都取得了效果。

没想到"文化大革命"开始后,《学则》竟被称为"黑学则",成了"打击工农兵学员"的"罪状"。滕公等因此蒙受了最大的冤屈,被扫地出门,被绑架关押,被批判。

"文革"后期有点自由了,滕公瞄准国际学术动向,开始研究跨国公司,这在我国是很新鲜的。邓小平参加联合国会议时,滕公也为邓小平同志准备了这方面的材料。

进入 20 世纪 80 年代,我国实行改革开放,能否抓住机遇,对每一个单位的发展都至关重要。为了打开局面,面向世界,已任校长的滕公组织了代表团访问美国等国,了解国外教育状况,和一些大学互换了交流计划。赴美访问团团长滕公,副团长吴大任,团员有张再旺、何国柱和我。我们访问了斯坦福、明尼苏达、堪萨斯、密西根、奥本尼、普林斯顿、坦普尔等大学。在美期间,陈省身、李卓敏、吴大猷等热情地接待了我们,访问是成功的。

滕公的思想是开放的,为适应社会的需要和发展,他扩建了南开的专业,建了东方艺术系,旅游系经过滕公一再论证也成立了。

为了南开有一个美好完整的校园,他已付出了最大的努力。

原载《南开周报》,1999 年 9 月 30 日

哭滕公

南开大学第5任校长滕维藻先生于2月14日离开了我们。他走了,走得很远很远,走向另一个世界。永别了,南开人怎能不同声悲泣。

滕校长备受人们尊敬,接触多的人,称其为滕公。他在生命中留下足印最多最深的是南开园。

滕公是一位享誉海内外的经济学家,颇有作为的教育家,也是正直无畏的学者,一生都在追求进步,追求真理,从不停步,取得了令人瞩目的功绩,为南开赢得了巨大荣誉。在他担任校长期间,推动了南开的飞跃发展,具有里程碑式的建树。

滕公1952年进入南开大学领导层。时任天津军管会文教主任的黄松龄,在南开仅有六七名党员的小组会上提出:"让年轻有为的滕维藻出来担任副教务长。"从此,滕公由系领导走上校领导岗位,和另一副教务长陈舜礼(后调任总务长),协助杨石先校长和吴大任教务长,利用南开的文化资源,实现国家赋予的使命。在前进的道路上,他与南开一起,经过风雨,饱受苦难,因此积累了丰富的办学经验,对如何办教育、办好南开有坚定的自信心,他高瞻远瞩,脚踏实地为南开而献身。

"文革"结束后,全国展开拨乱反正。天津市委派出以王金鼎为领导的工作组来校,滕公被选为拨乱反正办公室主任,担负起重任,组成强有力的领导班子。当时问题堆积如山,滕公不畏艰难,日以继夜竭尽全力地根治"文革"期间造成的混乱,该平反的平反,该道歉的道歉,推倒了强加于教师和干部身上的不实之词,在受害者面前当场烧毁"黑材料",一洗冤假错案。当时派性仍然存在,少数几位"革命派"到市委大楼张贴反对揭批查的大字报。滕公对诸如此类事情,无私无畏,淡化处之,激励化解、消除派性,开创了师生团结一致向前看的局面,为南开此后的繁荣发展铺平了道路。这是那个时期教职工亲身体验到并称颂的。1981年,滕公出任校长,负起了更大的责任。他抓住机遇,开拓进取,充满务实精神,在南开发展史上打下了滕维藻教育思想的烙印,在新的历史时期,南开声望威信与日俱进。

滕公的办学理念和风格不断展现出来。

他尊重前辈杨石先、吴大任,经常向两位先生请教,力求秉承南开精神。

他曾决定民主选举系主任,全校9个系中7个系实现了。历史系选举时吴大任亲自主持并讲话,这在南开发展史上是第一次,过去未曾有过。

他决定教师职称评定,各系应组织学术委员会,由申请者述职,然后投票裁定,学校设有9位成员的评审组。

他强调老教师应上教学第一线,讲授基础课。

他重视青年教师的培养,陆续派出数学、化学、物理、生物的一批批青年教师到美国和欧洲各校去深造。

他力主增加新的专业。那时领导层意见不一致,有的主张办好现有的系和专业就可以了,滕公是扩大发展论者。就历史学科而言,1980年、1981年先后建立起博物馆专业和旅游专业,这两个专业是杨、滕两位校长工作交替时商定的。旅游专业的建立颇费一番周折。此议始于1979年,我和内子去北京看望老友席潮海,席为国家旅游局办公室主任兼政策研究室主任,谈及我国旅游业的发展前景,席建议母校南开设立旅游专业,以应国家急需。我对此颇感兴趣,因为旅游是和文化历史联系在一起的。我向滕公陈述并申请办理这一新的专业。各方意见反差极大,不少学者认为旅游不是学问,不宜在南开大学开设。滕公曾给我看过北京一位权威经济学家不同意的来信。经过长时间的论证,参照美国、菲律宾一些大学的实例,滕公果断地说"办"。1981年,历史系增招新生50名,翌年100名,攻读旅游专业。国家旅游局1981年为南开大学拨款250万元,翌年追加160万,作为建设旅游教学大楼和专业开办费。两年后旅游专业发展成为系,并从历史系分离出去。

滕公是一位真正有理想的教育家,历史赋予他的历史任务是改革创新,为使南开和西方教育并驾齐驱,他连续组团到美国、日本、加拿大去考察学习。据我所知,美国考察对他产生的影响极大。

1982年,经教育部批准,学校组成5人访美代表团,滕公为团长,吴大任为副团长,团员有张再旺、何国柱,我被列为团员并兼任秘书。代表团从4月17日至5月8日,先后访问了明尼苏达、奥本尼、印第安纳、堪萨斯、密西根、坦普尔、斯坦福、普林斯顿8所大学。参观他们的图书馆、实验室、博物馆、电子计算中心、学生活动中心,力求了解各校的发展历史、规模、组织结构、专业设置、教师职责、教材使用、学生生活、学习、就业状况,以及学校的经费来源、管理体制,等等。举行了多场学术交流座谈会,发掘各校的优势、办学特点和学风。在明尼苏达、密西根大学,滕公还让我去听课,学习他们的教学方法。普林斯顿大学原不在访问计划之内,因滕公在跨国公司研究上已负盛名,计量经济学家邹至庄特邀代表团到他任教的普林斯顿大学,参观爱因斯坦实验室,并举行了两校教师对口的座谈会,洛氏基金会副总裁应邀与会。滕公谈了历史上洛氏对南开思源堂的资助,该副总裁谈了当时基金会资助的计划和项目。

代表团成员每天相互交谈见闻和心得,滕公总是将自己的思考和南开应该实行的改革联系在一起。如他说:我们的学校规模不大,科系专业也少,新兴的专业几乎没有,应尽快补充上去,美国高校各系教师人数少,教学的特点是给学生开出大量的书目,让学生自己去阅读、掌握、思考,我们是填鸭式地灌输,学生死记硬背,这种现象必须改正。理科可以考虑采用外国的先进教材,等等。他强调一定要学习人家的长处,不能固步自封。

访问非常成功。

我们了解到大学和社会的关系,有好几个地区都是因该地的大学有名而繁荣起来的。

我们接触的大学学者不下五六百人,加上各地社会名流,约千人以上。他们也因此了解到新时代的南开,代表团则了解到美国学人的信念、科学实干精神和工作方法。

和几所大学签订了协议,此后南开出现了新的专业。奥本尼大学的林楠帮助南开建立起社会学系,国际运输专家桑恒康来校建立起交通所,培养研究生,坦普尔大学的段开龄来校创办国际保险研究所,开设具有学位的精算培训班,牛满江教授也数度来校指导生物系的发展等。

已融入美国社会的南开校友,对美国有较深的了解,他们成为代表团和各校接触的桥梁,如明尼苏达大学的刘君若、徐美龄,旧金山校友会的林登和张廷祯等帮助代表团策划并安排活动,帮助我们认识美国的教育制度。在美国西部旧金山、东部纽约两地南开校友的聚餐会上,我们了解到他们在美国的经历和感受,知道了美国社会发展和专业知识的关系。他们对南开期待很高。周恩来总理的同班同学孟治教授在聚餐会上讲:"不管政治风浪如何变化,中美人民要永远友好下去。"75岁高龄的黄中孚先生还出人意料地献出他自己保存多年的南开校旗,母校已经失传,今竟得之于异域。

南开人的凝聚力和"我爱南开"的精神,使我们深受感染,成为办好南开的一种力量。我们刚到旧金山,著名的世界级数学家陈省身(吴大任的同班同学)因脚受伤,拄着手杖到机场迎接,陪同我们到下榻的领事馆进行长时间的交谈。滕、吴两位校长表示希望陈先生能回母校任教,陈答应:落叶归根吧!并交与滕公1000美金,作为姜立夫奖学金。李卓敏、吴大业是滕公在重庆南开经研所读研究生时的导师,相见甚欢。当时李任教伯克利大学,曾创办香港中文大学,邀请我等到他家做客,表示愿意帮助支持南开经济学科发展。

滕公作风令人敬佩之处颇多,总记挂着为南开做过贡献的人。滕、吴专门看望年事已高,在家颐性养寿的凌冰、李文田和司徒月兰诸位先生。

代表团深知自己有双重任务,一是向美国各校学习,汲取先进经验;一是宣传南开,宣传祖国的历史文化和成就。感谢林楠先生,举行了百人招待会,几乎都是来自我国台湾省的学人及其家属。代表团宣传今日中国,启开了他们心向北京的大门。

滕公为南开做出的贡献可以写成厚厚的一本书,他的学术成就及对学校发展科学化的管理,为我们树立了榜样,使南开列于世界著名大学之林。

我从滕公身上学到的东西很多——他的思想,他的道德文章,言行一致的作风。滕公长我7岁,相处却亲密无间,常常促膝谈心,在极"左"思潮泛滥时期,我们都是不合潮流之人,心心相印,同舟共济,在极艰难的环境中,我对滕公的历史和经历有了较深的了解。他谈到他的家世,谈到1937年在南京当小学教师时,日军进犯南京,他逃到江北和县免遭屠杀之灾。1938年他考入浙江大学,目睹中国的积弱贫穷和落后,萌生出拯救中华民族于危亡之中的思想,积极追求进步,岂料为此而两次被捕入狱。他说:"这也好,锻炼了意志。"1942年,他考入南开大学经济研究所,探究中国社会经济发展中工业和农业关系课题。他认为中国应该走工业化的道路,不同意钱穆先生以农立国的主张,写出了文稿,发表于《大公报》向钱挑战。他告诉我,研究、探索应有勇气,选择的课题应有意义,不要搞那些琐碎而重复的东西。滕公一生的研究都是很有时代价值的。他精力过人,勤奋过人,从不知疲倦为何物。行政工作忙碌时抽暇写东西,就是在逆境中也写文章。我想,这就是他之所以成功,之所以成为一位伟大的学者、杰出的经济学家的缘故。

我是在滕公的栽培和影响中成长起来的。滕公对我期望高,鼓励我走学术研究之路,对我的爱护和器重,我永志不忘。1961 年,他带我到教育部座谈"八字方针"的贯彻。学校规划的重点培养教师,把我列入其中。拨乱反正时,他和工作组共同决定,让我代表教师在全校大会上发言,批判"四人帮"对南开的破坏。1979 年,我赴北京参加五四运动学术研讨会。5 月 3 日深夜,滕公派车接我返校,于 5 月 4 日在小礼堂作五四运动历史意义的学术报告。1983—1984 年,我在美国讲学,学校召开中层干部会议,要选拔一位副校长,据说投票者多支持我出任。这一消息不知怎么传了出去,我归国后,接到许多院校朋友来信,向我祝贺。滕公则认为我应在学术上发展,支持我避开行政事务。我因此得以于 20 世纪 80 至 90 年代,深入华北农村开展大量的社会调查,还主持召开了两次抗日根据地国际学术研讨会。如果说我有小小的一点成就的话,那是滕公的赐予。

滕公走了,滕公留下的遗产是永存的。

滕公,安息吧!熟悉你的人将永远怀念你,我在泪眼模糊中写出这篇短文,以寄我的哀思。

原载《南开大学报》,2008 年 4 月 3 日

独立思考 追求真理——回忆许毅

　　财政部科研所原所长许毅(1917—2010),是一位杰出的马克思主义财经理论家和思想家,给我们留下了丰富的文化遗产。他的学术贡献是巨大的,研究范围又很广泛,一篇一篇的论文刊登于报刊杂志上,引人注目。他追求真理、追求正义、推动社会进步的理念和治学精神,指导和影响了年轻一代学人的成长。

　　我是先认识财政部科研所副所长星光,后认识许毅的。说来很偶然,1979年2月,厦门大学孔永松在才溪县召开中央根据地历史讨论会,北方与会者先到永安县集中,我和星光住在一起,谈话很投机。星光讲,他们正组织编辑各抗日根据地的财经史料和财经史稿,问我愿不愿意参加,我欣然应允。6月10日,我们一行四十多人,由永安出发,下午5时到达才溪。6月11日至16日,讨论会举行。会上星光、冯田夫、孔永松、金普森讲了他们在许毅领导下到江西进行社会调查的情况,其中讲到查田运动一说,当年领导这一运动的对查田都是肯定的,而老百姓都摇头否定。他们的讲话对我启发很大,对事物得认真分析,不能唯书,后来看到了许毅主编的《中央根据地财政经济史资料长编》,引起我极大的兴趣。财经史更可以记录社会的发展。

　　在许、星两位革命先辈的领导下,我组织两个团队,开始了华北两块大的根据地财经资料的收集与整理,先是着力于晋察冀,后集中精力于晋冀鲁豫。这两块根据地的研究奠定了我的学术生涯,我因此组织召开了两次抗日根据地国际学术讨论会。每次与会的外宾有英法德美日奥等国学者三十多人,还组织他们到延安和太行山根据地参观,宣传了中国革命的道路。我和财政部科研所的关系,因此密切起来。许、星成为我的良师益友,莫逆之交,我们经常在一起讨论问题,我深感荣幸。

　　20世纪80年代,许毅被聘为国务院财政学科组和国家哲学社会科学组成员,我也应聘为这两个组织的成员。许老与我,一在财政组,一在历史组,开会期间,经常碰面谈天,这就加深了我们之间的关系。许毅的两届博士生学位答辩都邀我参加。他在天津财经大学讲学时,特别邀我和内子王黎去见面。一是叙旧,一是给他演讲的《两个炮声》提点意见。许毅90华诞,我们赴京祝贺。在祝寿会上,先后担任财政部部长的如王丙乾、刘仲黎等,对许毅的诸多贡献,表示赞扬和敬意。几位直接授业的博士生记述了许多许毅言传身教的动人故事。只要年轻的学人请教学问,许毅从不吝惜时间,不知疲倦地长谈。我感到这次会,讲出了许毅的理念、思想和贡献,讲出了许多做人做学问的风范,每个人都受到一次深刻的教育,影响深远。

在和许毅的交往中,我认识到他的确是一位思想家,不唯上,不唯书,只唯实,有自己独立的思想,对任何人和事,都有自己的见解,从不人云亦云。他非常关心现实生活和当前的政治,注重调查研究,现举几个例证。

他认为党在过渡时期的总路线"一化三改",太快,一刀切,许多条件并不成熟,冒进了,结果产生了许多问题:批邓子恢是"小脚女人"走路,显然是极大的错误。

1958年5月31日《人民日报》社论《为贯彻执行总路线而努力》,各省市委书记相继发表文章。于是全国一切都"大跃进",设想钢的产量十年赶上英国,粮食作物要翻一番,形成了以钢的翻番为主要标志的高速度和人民公社化运动。那时天真地认为人民公社是"加速社会主义建设和过渡到共产主义的一种最好形式",共产主义指日可待。县县、乡乡、社社、队队、各机关各学校、各行业,都在大办土法炼钢、炼焦炭。我还记得那一年暑假不放假,南开校园日夜都在沸腾,热火朝天地在炼钢。有的学生干部还异想天开地召集全年级开会,宣布成立人民公社。公社的特点是全民所有,有的班就将书籍集中在一起,以表示公有。他们敲锣打鼓,在校园中游行,向校党委表示庆贺。党委书记高仰云认为这样做不妥当,劝阻,这一闹剧才没有演下去,我曾问该年级一同学,她说:毛泽东说人民公社好,又是党支部发动的,所以就拥护赞成。

"大跃进"严重破坏了国民经济平衡发展,财政和银行资金失去控制,作为国民经济总核算的财政部已感觉到前进道路上出现了危机,国务院副总理兼财政部长李先念决定成立一个团队,由许毅带队到湖南考察,获得第一手资料,向中央提出纠正办法,因为找到了问题的症结所在,将其比喻为"关门捉鬼"。调查的结果和彭德怀的意见书是相同的,发现都去炼钢修水利,丰收的农作物烂在地里,没人去收拾。大办食堂,各家的铁器如锅、盆等,都拿去炼

216

钢,人民吃饭诸多不便,甚至吃不饱,于是怨声载道。"一平二调三共产",使老百姓一无所有。有的地方领导玩弄数字游戏,将好多亩土地的稻子移植在一块土地上,声称卫星产量,如此等等。浮夸风、瞎指挥、"共产风"盛行,这就破坏了生产秩序,丢掉了党的实事求是的作风。李先念计划将调查所得,提到庐山会议上,未曾料到彭德怀意见书受到批判。李先念当机立断,让许毅等立即离开庐山到青岛去,调查材料自然不敢提出。

庐山会议另一令人痛心之事,是定彭德怀、张闻天、黄克诚、周小舟等人为"反党集团"。许毅说,这是站不住脚的,他们没有在一起开过会,没有任何非组织活动,没有为个人谋私利,怎么就是反党集团了,只是写了一些情况简报,提出了对"大跃进"的一些看法。四人因此身心受到极大摧残,特别是"文化大革命"开始,彭德怀、张闻天被绑架,背上插着牌子,在王府井游街示众。这是旧社会对罪人施刑时惯用的做法,真是太残忍了!我们不能抓住庐山会议的错误不放,但必须以史为鉴,铭记这一教训。

许毅以自己独立思考的研究精神,总是思考着国家的现实和前景,他深有体会地感到制定政策,必须符合国情和客观实际。1998 年撰写了《论两声炮响与我国资本主义的生产方式和社会主义生产方式形成的关系》("两声炮响",一是指 1840 年英国殖民主义者对中国发动的侵略,一是指 1917 年俄国十月革命,前者使中国变成半封建半殖民地社会,后者引导中国创建中国共产党,中国革命从旧民主主义进入到新民主主义,并进入到社会主义),他认为社会主义生产方式不仅仅是从新民主主义发展而来,主要是从资本主义经济基础上产生的。国民政府垄断资本主义为社会主义物质基础做了准备。这样的阐述,使我们正确了解中国社会发展的道路。

一位从 13 岁到海门大生第三棉纺厂当学徒的孩子,怎么后来成为有独立思想的理论家,这是怎样铸成的?这是不少人常提出的问题。

我们可以从许毅自强不息和酷爱读书的精神中得到答案。

在长期的探索中,许毅不断从经典书籍中汲取精神食粮。从读艾思奇《大众哲学》、列昂节夫《政治经济学大纲》、鲁迅《狂人日记》《阿 Q 正传》到《共产党宣言》《反杜林论》《国家与革命》《资本论》等,这提高了他的视野和认识水平,他认为以书为友是最大的快乐。他还经常向著名经济学家请教,他说他参加孙冶方、薛暮桥、于光远、骆耕漠、宋涛、秦柳方等人组成的"经济问题双周座谈会"获益良多。丁文江曾讲,一个人的成功,必须有良师益友,许毅的经历,说明这句话是千真万确的。

许毅已走入另一个世界,他的思想之树则是常青的。高山仰止,景行行止。许毅永远是我们学习的榜样。

原载《百年潮》,2013 年第 4 期

我心中的杨翼骧先生

新中国成立初期,进入南开的教师,有的是教育部推荐的,有的是院系调整时服从分配来的,有的是聘请的,有的是个人自荐来的。杨翼骧先生是受聘而来。1952年郑天挺先生任系主任,我为系秘书,郑老为充实师资阵容,曾多次带我赴京延揽人才,聘请贤能。一次于赴京的路上,郑老提及时任教北大的杨翼骧。郑老曾是北大秘书长、北大历史系主任,对杨极为器重并推崇。1953年杨先生遂成为南开人。

杨先生治史领域一是秦汉史,一是中国史学史。他来校后,中国古代史教师结构即完整无缺,王玉哲讲先秦史,杨翼骧讲秦汉魏晋南北朝史,杨志玖讲隋唐宋辽金元史,谢国桢讲明史,郑天挺讲清史。这样一个群体,真是兵强马壮,一时令诸校同行艳羡,南开史学名声大振。

杨先生具有一种历史学家演讲的天才。他口才好,语言简洁明快,讲课内容丰富,条理清晰,板书规范,又常常穿插一些故事,更引起听众极大兴趣。他重视原始资料,授予同学以研究历史的方法。我爱逛书摊,20世纪50年代劝业场、天祥商场楼上旧书店多,一个星期总得去两三次。我碰到一些同学也有这种习惯,他们说是杨先生指引他们来的。

杨先生多才多艺,兴趣广泛,是历史系教师中最活跃的人。他治史之外,喜爱书法,写得一手好字。他一直是一位运动员,打乒乓球、踢足球都很出色,还是围棋高手。他也有不好的习惯,就是抽烟和饮酒,当时南大有个小卖部,最好的酒都给他留着。

杨先生的美德很多,处理任何事都极认真,一丝不苟。1960年担任副系主任,责任心特强,办公室负责同志于可和左志远回忆,1961年贯彻"高教60条"和学校制定的细则,对于如何对待学生考试不及格问题,杨先生提出凡4门课不及格,经几次补考仍不及格者,应退学。问杨先生英语课是否为主课?回答:"是主课。"杨先生认为课代表制度是提高教学质量的好办法。同学常常不好当面向老师提出不满意意见,可经过课代表的方式来表达,他要左志远经常收集这方面材料,左每月汇集两次,写出报告。有的青年教师讲课不够理想,杨说:"应扶持青年教师,向同学做工作。"当时系里经常请北京著名学者来演讲,开阔学术视野,杨先生对这一活动极为关注。60年代,历史系领导每周都开碰头会,称党政联席会,商讨教学问题。杨先生详细地陈述、判断、剖析种种问题。

1965年到1966年,历史系师生到盐山参加"四清"运动,我和杨先生等都住在县城内西隅一农家,同吃同住同劳动,对杨先生有进一步的了解。也常谈天,他鲜明表示师道尊严的必要,谈及1958年"拔白旗"运动,青年教师和学生不顾事实,粗暴地批判老师,造成师生间的不和和对立,是极端错误的,是缺乏理智的。对此我那时曾写过一张大字报,贴在胜利楼二楼,抨击一些年轻人的轻率。杨先生当时讲:"老魏有这样的胆量!"他曾让大家去看。这是我们相互信赖、友谊加深的一个重要因素。

"文化大革命"中,我俩都是受害者,大难临头,饱经苦难,彼此同情不幸的遭遇。见面只轻轻点一下头,心照不宣。我们之间的关系更进一步密切。记得十年浩劫结束后,王成彬宴请几位老先生聚餐。杨翼骧转述周基堃几句俏皮话:"郑天不再挺,魏宏亦不宏(红),杨翼已不骧(香),杨志不长玖(久)。"大家泯然一笑,医治内心创伤。

1978年是中国历史发展的转折点。中共十一届三中全会揭开了历史新的一页。学校秩序逐渐回归正常,有志于事业的教师又忙碌起来,作为教师,继续传道、授业,师生之间亦师亦友的情谊勃然兴起。杨先生因为有丰富的史学根基,比以往任何时候都活跃。中国社科院历史所所长梁寒冰组织编纂的《中国历史大辞典》,请郑天挺任主编,请杨翼骧和吴泽任史学史主编。杨先生花了两年多时间,条目逐条逐字审视修改,使史学史卷得以完成。他编纂的《中国史学史资料编年》共三册,其年限自先秦至明代,有考证有序言,是史学史领域重要的学术开拓,是一不朽之作,为学界所注目。他的成就,使他不愧被誉为我国史学史领域的领军人物之一。

作为史学家,他有丰富的治史经验和功力。对学界出现的不良倾向,如浮夸、争名争利、随意解释历史书籍上的名词、概念等风气,他都很感慨,认为这种不正的学风,危害极大,是学界的不幸,国人应警醒,制止这种不正之风,学者应自律,树立起深厚的文化修养和高远的精神境界。

杨翼骧是一位不同凡响的学者。记得 1986 年他获得博士学位授予权的经过。那一年国务院学科评议组在京西宾馆开会,历史学科评议组组长宿白教授让我介绍杨先生的状况,与会者惊人的一致,无任何疑问,没有几分钟就通过了。杨先生作为史学史的领军人物,是众望所归。

杨先生一生讲求实际。他在求知路上的奋进精神,是我们后辈应该永远学习的。

原载魏宏运:《南开往事》,南开大学出版社,2009 年

从《穆旦诗全集》想起

最近一个时期几位朋友相见,不约而同地谈到我校原外文系副教授查良铮是一位非常著名的诗人, 他的遗著《穆旦诗全集》(中国文学出版社,1996 年)被誉为桂冠之作。我对诗是门外汉,日常很少接触。前不久,周一良先生赠我一部《穆旦诗全集》,阅读之余,感触颇多。我认为南开人都应该知道查良铮其人其事,但连那些老南开人也很少知道他,现在的南开人知道他的更寥寥无几。

查良铮及其夫人是 1953 年从美国芝加哥回国的。他俩冲破重重障碍和困难,才踏上祖国的土地,来到南开园,住在东村,一直默默地耕耘着。

他是一位非凡的诗人和翻译家,从 20 世纪 30 年代起,就写新诗,一直写到生命终结之日。诗界学人称其为"四十年代中国现代诗派的探险者,与五六十年代美、英、俄浪漫派的集大成者",称其为"最能代表本世纪下半叶中国诗歌精神的经典型人物。"他的诗强烈地反映了我们民族所走过的曲折道路,有歌颂,也有鞭挞、愤抗和讥讽,像他这样执着于新诗,在其一代人中,实属少见。

应该看到的是,当他处于逆境时,他的事业并没有中断,诗作似乎少了一些,而翻译的成果却成倍成倍地增加。很难想象他翻译了那么多的外国文学作品和文艺理论,如普希金、拜伦、雪莱、艾略特、叶芝、斯本德等一大批英美俄诗人的作品。他以广阔的胸怀和丰富的学识,接纳国外的优秀作品,让中国人共享世界文化的成果。现在国内外均有学者研究查良铮。

查陷入逆境是从 1954 年就开始了。这一年发生了所谓外文系事件,即几位教授对系领导专断和不民主作风有意见,也不服气系领导的学术水平,因而被打成"小集团",被批判斗争,查也被列入其中。当时其所受的苦难是可以想见的。这以后厄运不断降临,直到"文化大革命",他一直被当成革命对象。公正地讲,外文系事件是"左"倾思潮的产物,使一些教授蒙受了巨大的冤屈,对个人和学校都产生了不良后果,所受的损失是无法弥补的。外文系 6 位教师调动的调动,离校的离校,使当时强大的阵容垮了下来,查被调到图书馆编目去了,陈逖,张万里到北京去了,巫宁坤调往安徽大学,后定居美国,张镜潭调到中文系,周基堃调到历史系。

我们不能忘却查良铮,如果南开有更多这样的教师,南开的声望和影响必将引起国内外学界更大的瞩目。

原载《南开周报》,2000 年 6 月 30 日

怀念王金鼎同志

金鼎同志走了，他在南开园中留下了深深的脚印。

1952年，国民经济恢复时期结束，全国高校院系调整告一段落。南开最强的工学院调出，成为天津大学的主体，后来财经学院多数系也调出去。南开剩下了文理学院，从北大、清华来了几位著名教授，津沽大学商学院合并过来，国外回来的几位自然科学教授相继到位，历史开始了新的步伐。就在这时王金鼎同志来到南开，1953年，刘披云同志也来校，他们和杨石先、吴大任等人共同领导南开人奋进。

一个单位来了一位新的领导者，群众总是要议论一番。那时关于金鼎同志的历史经历、工作作风以及为人等的传说，也都不胫而走。说他是从延安来的地下工作者，是抗战时期到达天津的，不属于华北党组织系统，曾在达仁、津沽学院教书，讲的是历史课，并且还用英语讲过。这些条件，使他一踏入八里台，就受到南开人的尊敬。当时南开中共党员不多，只设党总支，金鼎任党总支书记，兼副教务长等职。

也许因为金鼎是知识分子，长期在教育战线上工作，他对知识分子特别尊敬。南开拥有许多国内外著名的学者，正确贯彻知识分子政策是大问题。他在这方面的工作是出色的。他和教师们谈心、交朋友，从不盛气凌人，大家都说他没有架子，平易近人，和谁都能谈得来。就是一般干部也都喜欢他的作风。

他很关心提高教师的马列主义水平，学校成立了马列主义夜大学，除了他讲课还从北京请人来讲课，有长征的老干部，也有人民大学的教师，每周一次，上课地点在天津大学小礼堂。教师们都重视这一学习机会，记得有一次，我随郑天挺先生去北京办事，匆匆赶回来，下火车时已近上课时间，来不及回家吃饭，我们直接去了课堂，最后考了试，发了证书，可惜我的证书在"文化大革命"中被毁了。

金鼎经常在湖边大礼堂演讲,讲政策,讲形势,多是结合师生的思想活动。他的讲话逻辑性强,口才又好,用词恰当,凡是他作报告时,大礼堂总是坐得满满的。曾在北京大学任教数十年的郑天挺说,他在北大还未见过这样善于讲话的人。

他很注意在高级知识分子中发展党员,当时一些进步教师和干部,是各单位的骨干力量,被吸收为同情组员,意思是党的同情者,每周都过组织生活,讨论党的政策如何在学校贯彻,也谈个人的思想状态,还开展批评与自我批评。同情组在当时起了不可低估的作用,可以说是党的后备军。有的组员如崔徵、李何林、李霁野、高振衡等知名学者都入了党,有的参加了民主党派。如果说南开大学20世纪50年代有巨大进步的话,同情组是做出了贡献的。

因为金鼎原是历史教授,我和系主任郑天挺商议,请他来系里讲"马列主义名著选读"这门课。他欣然允诺。1953年他给毕业班讲列宁的《国家与革命》,讲了两个多月,郑天挺、雷海宗相继听了课。因为他太忙,这门课没有讲下去,后来由王赣愚先生接替,讲的是普列汉诺夫的著作。

不管是作报告、演讲或讲课,他都极认真地准备,查阅各种资料。有一次他要讲有关孙中山的问题,特别跑到天大一村我的住处,来借有关书籍。1955年,在金鼎的主持下,学校在图书馆大厅(今行政楼)举行孙中山逝世30周年学术报告会,我们从天津电台借来孙中山的录音讲话,会议开得很成功,效果很好。在此前后,天津市政协组织各方面人士到北京西山碧云寺瞻仰孙中山衣冠冢。金鼎安排我也去参加。说来也凑巧,前苏联某期刊杂志两位编辑来到天津,住利顺德饭店,要了解孙中山1924年冬到天津的情况以及到天津租界的一些问题。金鼎又指定我前去同他们交谈。我把谈话的内容及时汇报给金鼎。所以可以这样说,我和金鼎同志的交往,与其他同志不同的是学术方面更多一些。

那时教育部常组织形势报告会,金鼎指定我们几位,包括曾自牧、杨万庚、王步全,有时还有张义和,去北京参加,把精神带回来,传达给大家。

1956年,金鼎调到天津市委任文教部副部长,和文教部部长梁寒冰直接领导《历史教学》刊物,我们都是编委,开编委会时,总要见面,深感到他对稿件的审阅,十分认真。"文革"开始了,在那人"妖"颠倒的年代,一切都被扭曲。金鼎同志一家被扫地出门,从香港大楼被赶到德才里去住。"文革"后期,我们都有了一些自由了,我特地到德才里去看望过他。

历史发展常常出现戏剧性的变化。"四人帮"粉碎后,拨乱反正,金鼎又被派到南开,领导"揭批查"运动,比他 1952 年来南开时,情况更复杂,任务更艰巨。"四人帮"把一切都搞乱了,两派严重对立,一些人派性作怪,头脑还在发涨,有的人甚至于夜间偷偷摸摸把大字报贴到市委大楼外面,制造混乱,反对市委派出的领导小组开展工作。金鼎同志很镇静,按照党的政策,严格掌握界限,分清是非,终于使正气上升,成为学校的主流。

金鼎同志走了,他的业绩永存。回忆这些往事,以示缅怀。

原载《南开周报》,1998 年 12 月 18 日

大师风范 泰然一生——怀念黎国彬先生

黎国彬先生走了,走得泰然也突然。8月28日,我和王黎到总医院看他,他躺在病床上,精神很好,正和张伟伟研究即将出版的《南开学报》英文目录,他入院后一直惦念着他的课程,他说马上就开学了,快些出院好去上课。讲课是他一生最大的兴趣。29日做完手术,一切都很顺利。讵料30日晚竟与世长辞了。

黎先生是一位知识广博的学者,是一位执着的爱国主义者,他将自己的一生献给了南开,献给了人民的教育事业。我和黎先生相处半个世纪以上,不仅在一个单位工作,住得也近在咫尺。新中国成立之初,我们同住在六里台属于医学院的一栋两层筒子楼内。住在那里的还有陈舜礼、杨志玖、张镜潭诸先生。后来又都住在八里台东村,再后来又搬到北村新六幢楼内,这是20世纪70年代末80年代初建设的。我们经常在一起谈天说地,谈生活,谈理想,谈做人,谈学问,相知甚深。

黎先生1942年西南联大毕业后,即在著名的人类学家陶云逵的边疆人文研究室任职,他背着行李,穿着草鞋,脚上打着泡,到云南少数民族地区调查。他撰写过颇有影响的文章《云南撒尼与阿细人的体质》。参加调查的还有邢公畹、高华年等先生。

1946年联大复原,由西南来到天津南大历史系的教师只有杨志玖和黎国彬。黎先生从那以后在南开园生活工作了整整57个春秋。云南的社会调查,因为路途遥远,经费无着落,也就终止了。边疆人文研究所搜集的材料,原文学院院长,后来担任图书馆馆长的冯文潜一直保存得很好,冯老告诉我,边疆人文调查的中断,实为一大憾事。

新中国成立前后,一些知识分子由于不了解中共政策或其他原因,跑到海外去了。黎先生也曾南下上海,准备离开。好几天徘徊于黄埔滩上,反复思索,他想,如果走了,就成了流亡的华人,那种处境,那种滋味是令人难堪的,他望着黄埔上的建筑,望着祖国的大地,望着新升起的五星红旗,他无论如何也难以下定出洋的决定,想来想去,又回到了南开园。

黎先生认真执教,根据教学需要,开设了许许多多课程,如人类学通史、地质地理学、考古学通论、原始社会史、东南亚史、外国史学史、天文学、测量学等二十余门课程,一个人一生开了这么多课,这是少有的现象,大家因此称他为"杂家",即博学之意。

1959 年学校决定成立地理系,抽调黎国彬、鲍觉民、何自强三人组建。1961 年国民经济调整,地理系下马,黎先生又回到历史系任教。

1962 年,印度一再挑起边境冲突,蚕食中国领土。黎国彬和郑天挺共同发掘历史资料,证明印度的非法和无理,为我国外交部准备谈判提供了坚实的依据。

黎先生通晓多国文字,特别是英文和法文。他和周基堃是天津两位著名的翻译家,则是翻译界公认的。1971 年 10 月联合国大会决定恢复中国在联合国的合法权利,接纳中国为联合国安全理事会常任理事国成员。当时外交部急于翻译联合国资料,约二百多万字,这一任务交给天津,从 1972 年到 1976 年胜利地完成了任务并在全国联合国翻译工作交流大会上受到了特别的表扬。此时周基堃和黎国彬还担任翻译拉丁美洲一些国家历史资料的重责,他们是一批无名英雄。

整理已故的陈序经搜集的关于匈奴的资料,由曹焕旭承担,最后也是由黎国彬、杨志玖和谢刚定稿。

黎先生执教英文期间,何止数千人从黎先生那里提高了自己的英文水平。历史系办了几年文秘班,主要授课者是黎先生。后来又有专业英语的设置,对象为博士生和硕士生,仍由黎先生主讲。黎先生对人对己要求严格,一字一句地修改同学的作业。认识或不认识的青年人都向他求学问,一起工作的同仁都向他求教,无不一一得到帮助。学生作业的分数,大都在六七十分,没有超过八十分的。这在分数贬值的今天是颇值得效法的。

改革开放后,滕维藻校长请黎先生出任图书馆馆长,他慨然应允。从1979 年到 1984 年几年功夫将图书馆整顿得井井有条。他所策划的图书馆工具书阅览室是当时华北各校最好的阅览室,受到各界称赞。

《南开学报》的英文目录、提要、关键词一直由黎先生承担。但他从不接受报酬,他认为这是他的职责。他意识到自己年事已高,学报翻译必须后继有人,于是在历史学院物色了五位外文基础较好的年轻人,即张伟伟、叶民、王以欣、夏俊霞、邓丽兰,施以特别训练,教授翻译技巧。6月底,他给这几位接班人还讲了一些梵文翻译问题, 还特别赠予每人一部新出版的汉英词典,可见其对青年人希望之殷切。

黎先生是一位正直、诚恳、热情的学者,很讨厌那些夸夸其谈、自吹自擂的人。在我担任系主任期间(1972—1985)所召开的多次老教师会议上,他敢于直言,批评有的教师不好的作风,对有的青年人不能掌握外文,引以为忧。他慷慨解囊,将自己积蓄的一部分捐赠给西南联大校友会及希望小学,一部分给自己的亲属。我记得1969年,我们从完县南五侯村回校,一位东北籍同学向他借钱,他就将自己的存折拿了出来,让其到银行去取, 他从不要求归还和回报。

我应该感激黎先生的是,"文革"中,我被打成"牛鬼蛇神",有三年时间,特别是运动伊始,人们都和我划清界限,对我仇视并射出鄙弃的目光,没有人敢和我讲话,1969年八九月间我沿着第一教学楼行走,去接受"劳教",走着一条不是路的路,比较僻静。我被剃了阴阳头,把耻辱埋在心头,忽然碰见了黎先生,他嘱我:"晚上说话小心,屋外有人监视。"说着就走了。处于逆境的我得到这样的关怀,永世铭记心怀。

我的良师益友走了,他永远地走了。离开了我们。他是一位普普通通的教师,而其为南开争光,对国家和社会的贡献是难以用语言形容的。黎国彬先生,安息吧! 我于悲哀中,略述先生的言行,以益后人。

原载《南开大学报》,2003 年 9 月 19 日

缅怀胡华教授

  适值中华人民共和国 60 华诞之际，中国青年出版社重印胡华教授生前所著《中国新民主主义革命史》一书，这是该书第 15 次出版。封面上赞誉此书为："一部中国新民主主义历史之奠基之作；一部了解中国革命和中国共产党的必读之作；一部问世于新中国诞生之际，译为多种文字、发行数百万册的传世之作。"这是对作者及其著作最切实的、最公正的评价，揭示了该书所蕴藏着的思想财富和学术价值。

  胡华教授是我的良师益友，是我最敬爱的一位学者。他一生的追求和兴趣是写革命历史书，宣传马列主义和毛泽东思想。他的学术生活很正规，孜孜不倦探讨学问，在中共党史研究领域做出重大并具开拓性的贡献，其著述高于常人。

  我是从事中国现代史教学的。20 世纪五六十年代，我使用的教材，就是胡华著的《新民主主义革命史》。胡华主编的《中国革命史讲义》(中国人民大学出版社,1959 年)，根据新发现的一些资料，特别是一些经济资料，充实了该书的内容。他从不停留在一点上，尽量使自己的著作达到完美的程度。据我记忆,20 世纪五六十年代，全国大中学校及广大干部，均以此著作为教材。胡华和何干之是党史研究的开路先锋人物。他们把革命历史知识，传播四方，无不受到学界称赞。

  我是 20 世纪 50 年代在北京的一次学术会议上认识胡华教授的。从那以后，我们之间不断开展学术交流。胡华走自己的研究道路，凭自己的功力把许多人吸引到自己身边，人们从他那里获得思想前进的推动力。我曾三次请他来天津演讲，他都愉快地接受邀请。第一次是 20 世纪 50 年代末，当时文科师生走向社会，调查研究，编写村史厂史。南开大学历史系师生到开滦矿、山海关机车车辆厂、井陉煤矿、白洋淀等地锻炼并写史，胡华来天津讲了如何写村史的报告。第二次是 1964 年 1 月 17 日，时值中苏激烈论战，毛泽东、刘少奇提出反修防修思想，全国各省市都组织班子写批判文章，天津市委文教部长梁寒冰也抽调人，组成写作小组，我是成员之一，住在天津宾馆，我们商量请胡华来天津讲一讲。他到天津后也住在那里。这次演讲的题目为《中共党史、现代史教学中如何反修防修》，地点在耀华中学礼堂。第三次是"文化大革命"前几年，讲题是中共党史上的三次"左"倾路线，地点在南开大学第一教学楼会议室。他讲得很生动具体，一次没有讲完，接着又讲了一次，总共约六七个小时。这些学术交流，加深了我们之间的友谊，也加深了天津学界对胡华的崇敬。

历史事实是客观存在，历史学家的研究在于求真求实，揭示历史的本质。那时研究一个问题，要获得有关问题的所有资料，是很困难的。胡华以极大的毅力和勇气，弄清了一些疑难问题，其敬业精神，堪称模范。

对史学工作来讲，以历史资料为依据，以渊博的知识来辨识，乃是研究必经之路。"九层之台，起于垒土；千里之行，始于足下"，是硬道理。胡华笃志好学，抗日战争时期于战火纷飞的晋察冀战场，就以学者的眼光指导自己的行动。他尽一切可能，阅读史书，积累资料，其惊人之处是偷越敌人封锁线时，本需要轻装，而他却抱着沉重的书籍，这一勇敢高尚的行为，为他的战友们所称赞。《胡华纪念文集》(中国人民大学出版社，1997年)中的几篇文章记载了他的这一英勇事迹。应该说，这种精神奠定了他日后成功的基石。

学人之间友谊树是常青的。1978年1月，我和南开大学的同事刘健清、杨圣清专程到张自忠路中国人民大学宿舍红二楼看望胡华。大难之后重逢，自然谈到彼此遭遇的不幸，并谈及丙辰清明时节悼念周恩来总理的情景。1977年春夏之交，《红旗》杂志的一位同志约请南开大学写一篇纪念周恩来的文章，我带队，和三四位南开大学同事在沙滩红楼住了一段时间，文章写成，却因称赞周恩来是马克思主义者而不为《红旗》杂志所认可，这篇短文后来在《光明日报》发表。顺便与胡华谈及此事，他亦愤愤不平，说：粉碎"四人帮"已经一年多，还有这么"左"的人。告别时，他从抽屉里拿出他的新著《青少年时期的周恩来同志》(中国青年出版社，1977年)赠我，题字签名："魏宏运同志指正，胡华78年1月"。至今我仍保存着这一珍贵的馈赠。此时，他还撰写了《南昌起义史话》(北京人民出版社，1977年)，我也撰写出版了《南昌起义》(上海人民出版社，1977年)，我们都是带着深厚的感情写的，有着共同的看法和语言。

胡华为我们树立了做人做学问的榜样。从他的个人经历、著作和演讲中，

我有几点领悟:

第一,他重视文献的钻研,又强调社会的调查,将两者有机地结合起来,使自己的著作和演说扎实,有说服力。据说20世纪五六十年代,他和何干之可以读到中央一些文件,探究中共党史上的诸多问题。而一些历史的细节,则需要认真调查,依靠口述史来补充。胡华在这方面的实践很成功。

第二,他钻研学问、探求真知、考察历史细节的方法是很突出的,将已成为静态的历史,描绘成为动态的历史。

第三,一个学者的成功,良师益友是不可缺少的条件。他和吴玉章、何干之等先辈大师亦师亦友的亲密关系,非同一般。他传承大师们的事业,显示了他的智慧。据我所知,他和不同年龄的知友、挚友经常在一起切磋琢磨,真是谈笑有鸿儒。这些,对我们是有很大的启示意义的。

20世纪80年代初,国务院成立学位委员会,胡华为学科评议组成员,政治学社会学分组召集人。我为第二届、第三届学科评议组历史组成员。评议组每两年举行一次会议,多在京西宾馆。会议期间,我们接触相当多,是几十年来交谈学术最多的时日,休会时或晚饭后散步,总会碰面,谈古论今。涉及范围极为广泛,诸如"文化大革命"在毁灭中国的文化,不知有多少中国的文化精英被迫害致死;"四人帮"的写作班子"梁效"、罗思鼎通过"两报一刊",散布毒素,侵蚀人们的灵魂,千千万万的人已丧失了道德规范;儒法斗争史,搅乱了人民对中国历史的认识。党史领域是重灾区,对此交谈的很多。1973年胡华和中国革命博物馆几位同志到南方6省市调研,我和南开大学几位同志也去湖南、江西考察,了解到林彪集团和"四人帮"如何具体篡改南昌起义和井冈山根据地建设的历史;"文化大革命"是值得研究的课题,对教育未来有重要的意义。我们开会的京西宾馆是所谓"二月逆流"的会址,如果有人系统写出此事,功莫大焉;国外学者研究毛泽东思想的状况,日本学者已出版毛泽东著作全集;党史研究禁区很多,这不利于学术的发展等,他始终以学者的使命感,关注着历史和现实。是时,我的学术追求已从党史领域扩大到现代史领域,并进行华北农村调查,得到他的鼓励:"老魏,你的路子走对了。"这句话深印在我的记忆中。

从胡华丰富的人生经历,可以体会到一个人的学术理想决定其学术之旅的走向和目标。胡华一生追求真理,是中国革命和社会主义建设事业的捍卫者。斯人已逝,风范常存。

原载《中国党史研究》,2010年第2期

范曾先生的南开情结

　　江东范曾，具有不凡的天赋。他是画家，也是诗人、书法家、教育家，季羡林还称他是一位思想家。他已在祖国的文化事业上创立了丰功伟绩，是我们这个时代的骄傲。去年他说自己即届 70 岁，我难以相信。在我的意识中，他还年轻。今年南开要祝贺他的 70 华诞，我不信也得信。若从年龄上计算，似乎他在向老年行列迈进，而他的思想和艺术正在日益精进，恰当壮年。

　　研究范曾已成为一种学问，围绕着他的历史，论述他的成功之路、学术思想、艺术价值等，已出版了众多的文章和书籍。媒体也在不断报道，传出他的声音，称颂他的业绩。他的书画，誉满海内外，他的诗文，脍炙人口，如《水泊梁山记》《庄子显灵记》《炎黄赋》等，被引为范文。他在河南中州大学演讲时，三千多人共诵《炎黄赋》，其情其景，感人至深。我与范曾相识于 20世纪 50 年代，80 年代后又共同执教南开，匆匆五十余载。事出巧合，我们又是同一个"村"的居民，先在北村，后又迁入西南村，相距咫尺，多有往来。我深感的是，他对南开的笃厚情意，他与南开结下了不解之缘。我难以写出所有的记忆，有些记忆已经模糊了，这里只是粗线条地谈谈我眼中和南开师生心目中的范曾先生。

一

　　范曾先生 1955 年入学南开，攻读历史，时年 17 岁，为年级中最小者，同学们通称他为"小范"，当他不在时，则称他"小范曾"。至今，诸师兄姐想起来还说："是个圆头圆脑可爱的小男孩"。范曾上学时有两件趣事：其一，范曾虽为大学生，尚未获得公民选举权；其二，按年龄，他还得去种痘。他说："我都已是大学生了，怎么还得去种痘。"在同学眼中，范曾确实是一位少年,是"刚摘下红领巾就来上学的"。然而对南通"小范",谁都不会小觑。他才华出众,有家教,有礼貌,积极服务于群体,谦谦君子,从不张扬,学习成绩自不待说,都是 5 分,最高标准。我之对其印象深刻,是因为职责关系,历史系分析研究教学时,范曾常以学习最好被提出来。

南开良好风气之一是学生组织的社团异常活跃,美术团就是突出的例证。1955 年入学历史系参加美术团的有范曾、刘万镇、洪宁祺,1954 年入学的有王福海。范曾还是美术组组长,他的绘画天赋已凸现出来。

50 年代中期,正值中央发出"培养又红又专人才,向科学进军"的号召,鼓励青年发扬独立创造精神,同学中学术空气空前高涨。据当时历史系团总支学习委员师宝蓉回忆,他们每年举行学术研讨会,范曾与会两次,所提论文均是关于中国古代美术史的,论述有深厚的文化根基。彼时早熟、风华正茂的范曾,以其才华出众,已令师生预感如蒙时代所不弃,他必有不凡的建树、辉煌的未来。

1957 年,范曾请求转学北京中央美院,先是他的同班同学向我转达的。时我为历史系党组织负责人兼系助理,着实为难了一阵子,转学或转系在当时是不允许的。我和系主任郑老天挺先生考量再三,思想上很矛盾:假如促成他离去,历史系缺了一位拔尖人才,甚是惋惜;假如不支持他的才艺与兴趣的发挥,则怕"窒息"他的抱负。况且我们从来即认为,凡有志者都在选择自己的人生途径、塑造自己的历史。今日不襄助于他,是否会造成埋没人才的后果?商议结果,决定由我向学校教务长吴大任、副教务长滕维藻详陈,如能获得他们支持当可成功。滕公为文科领导决策者,握有决定权。经数次交谈,说是可以"网开一面"。学校也非一无顾虑,即会不会因此造成连锁反应,历史系其他同学专业思想并不巩固。我说:"不会,别人没有这个条件。我们一定严格把关。"

范曾于南开两年,受郑天挺、雷海宗、谢国桢、吴廷璆等大师的教诲,学习精进自不待言,对他的影响是深刻的。这些于其言行中可得证实。他的画作始于历史人物,与其就读于南开不无关系。他任职于国家历史博物馆期间,创作了许多古代人物画像,各省市博物馆多争相取为范本,终成全国一统之历史人物画像。

如果说南开是范曾走进艺术殿堂的台阶和桥梁,不为夸张。他走的路线是南通、天津,而后北京。南开哺育了青少年时期的范曾,而后他对南开的情感证实他对那段生活永不忘怀。在南开园工作和学习的人,都有"我爱南开"的意识,范曾在这方面,尤为突出。

二

范曾的才、学、识超人,他的成功是许多因素促成的。他饱读诗书,敏于观察,善于思考。如果翻阅《南通范氏诗文世家》就可看出他的家学渊源,幼年时代就已浸育书画诗文之中,在京津又接触到许多名流,如郑天挺、沈从文、蒋兆和、李苦禅、李可染等,这种条件不是每个人都能遇到的。用他自己的话说,他是幸运者。他曾讲:"有许多有才华的人,都被淹没了,浮上水面的只是少数",这是符合历史事实的。他的脱颖而出,确有自己特殊的机遇,当然,更重要的是他的刻苦精神,数十年如一日。从就读南开到今日为人师表,他自律甚严,少有懈怠。走进范曾,就可以更多地了解范曾,认识范曾。1994年,我携内子赴欧洲讲学。在法国期间蒙邀在其巴黎郊区美松白兰别墅盘桓数日。见其日日辛苦,黎明即起,5时已起床读书写字作画,楠莉夫人为其备好笔墨,那时他正在构思《元世祖射猎图》。每晚9时,疲惫不堪,登卧榻不数分钟酣然入睡,这已成为他的日常生活习惯。我70岁时,范先生赠画一幅,以示祝贺。早6时他打电话来,邀我去他家。那时在北村,我和内子及时赶到,见其晨起已作画六七幅,悬诸书橱上,我选了一幅,范立题"少年牧放东山陲,老去甘为孺子牛"数字。我年届80岁,他再次约定,作大画《老子出关》一幅相赠,并邀我夫妇去观赏。假如除去候墨干的时间,实际用时十五六分钟,运笔如天马脱羁,飞仙游戏。同观者六七人,画尚未竟,人已陶醉,真是一大享受。这就是我亲眼目睹的范曾先生。

三

范曾先生对南开的最大贡献,是他把美学带进了南开园,他将成为南开人的典范。

最醒目的当属坐落于新开湖畔的东方艺术系大楼。20世纪80年代中期,范先生萌生了为母校创办东方艺术系并建大楼一座的想法。这种思考是大胆的,需要超凡的魄力和勇气,资金需他自筹。他的想法得到时任校长滕维藻的赞许，于是就实实在在地行动起来，从选地址、大楼设计，无不躬亲为之，以字、画售得百万余美金(当时折合人民币400余万元)，建成了这座颇具特色的东方艺术大楼，从上空俯视，是一八卦画形，成为南开一景。这座楼是一笔一笔辛勤"画"出来的，曾有多人建议，大楼应命名为范曾楼，他均婉言拒之。

因范曾先生之落户南开，不知有多少国内外政要人物、学者、艺术家前来访问，观看范曾画展和画室，范曾先生自己也说不清他在自己画室、客厅中接待了多少来宾，也有通过我和他见面的。南开和海内外的文化交流，因范曾的关系增添了新的内容，许许多多的人把和范曾见一面当作骄傲。范曾先生情绪高涨时常当场题字相赠，幸运获得者如获至宝。东艺大楼演播厅成为学校重要活动场所，留下了许多世界级名人的声音和足印，譬如基辛格被授予南开名誉博士时，演讲其对周恩来的敬仰和尊重；季羡林、杨振宁来南开做学术演讲，也在这里举行；国际数学大师陈省身落户母校南开，和范曾先生常相聚于此，此一忘年之交成为校园之美谈。

在南开园里，你会感受范曾艺术的感染力。在图书馆，在专家楼接待室和贵宾餐厅，在不少教师家会客厅中，都挂着范曾的画或题字。我除拥有他的画外，还有他的画册和著述。不少朋友来我家观赏范曾艺术，开玩笑地说："你家可称是范曾的小博物馆了"。我一再谈及这些事是说明，他对"老朽"之不弃如此，足见其为人与品格。

在南开，青年学子把能聆听范曾的演讲当作享受。他每次公开演讲，总是轰动全校。他的博学强记、思维、语言、口才和讲题，非superseded力绝人者莫能为。一开讲就如江河奔流，滔滔不绝。他的演讲有着精神层面的深刻内涵，上下古今，兼及中外，给人以启示和力量。

范曾先生对南开的贡献是多方面的，既有精神的，也有物质的。他向母校捐赠了不少幅书画，除此还多次捐献资金，如校庆80周年捐款，"非典"捐款，在历史学院设范伯子奖学金、郑天挺学术基金、王玉哲奖学金，资助历史学院教师出版《南开史学家论丛》24种，等等。据陈洪副校长讲，捐赠资金不下千万元。

范曾先生是中国传统文化的继承者，又是超越者，自称是"中华文化的忠实守卫者"。他提出的"回归与超越"是一可贵的思想。文化的发展和演进是一连续绵延的历史进程，现代文化和古典文化是相通的、相承的。回归不是目的,重在超越,以开拓精神,在祖国丰富的文化遗产基础上创新,这是正确的认识论和方法论。

范曾先生尽一切力量实现自己的理念,他以创新的艺术,向世界宣传中国文化,以自己的著述颂扬中华民族的伟大,在我国文化界占有领先地位。就个性来讲,他是一位热情奔放、仁爱为怀的人;作为老师,他则是一位传道、授业、解惑的模范。

他的尊师重道贯穿于他的言行中,曾提出对老师要有感激之心,敬重之心,对弱者要有恻隐之心,要仁爱要关怀。他是知行合一主义者,自己首先厉行,要求其弟子也应有这样的道德,说这是为人的道理。

在改革开放之初,正是他崭露头角成为名人之时,已是画坛的明珠。1979年,他于北京碧云寺中山堂举办画展,引人注目,国内外人士争相选购。据加籍华人叶嘉莹教授讲,她1979年4月抵京,"于碧云寺中山堂画展中得睹范曾所绘巨轴一幅。以飞扬之笔,写沉郁之情,恍见千古骚魂,为之叹赏无已。正观赏间,遂为管理人员取下,云已为一日本旅客购得矣,当时极表怅惘"。时叶讲学南开,中文系为满足叶先生愿望,请我向范求画。我于是联手郑天挺、吴廷璆师,3人致函,范先生慨然应允。叶先生是这样记述这一事实:"无何,既在南开授课二月,于欢送会中,忽得赠画,展示,则赫然范曾先生所绘之另一幅屈原像也。"

这是1983年我讲学美国蒙他拿大学时,叶先生寄我信中所述。今举此事,在于说明,范曾先生珍视师生情谊,对南开的授业教师优礼有加。每值春节,致卡祝贺,即使在法国也不忘记。逢节庆辄宴请诸师,畅叙情怀。

范曾先生对其弟子最大的期望是,要珍视、继承中国优秀的传统文化,并发扬光大之。在课堂上不仅给以知识,还给以思想。他的思想是开放的,对中国古典文化有自己独特的解读。无论是讲庄子、诗经、离骚或孔孟之学,都穷究其哲理,以阐释中华文化所蕴含的真谛。其教授的方法多种多样,或诵读或释文或点评或对对联。教授的时间,有时从早7时讲到夜晚,于旅途中讲,也于火车、汽车中讲。我在校园中散步,偶见其弟子和他同行,他边走边讲,是言传身教,诚大学者之风度。他的言教以古代典籍为主,又关注当代前沿学术研究,于其论文和讲课中,对肤浅、错误和不良学风,给以猛烈的抨击。他是一位严肃的,对社会负责的学者。

范曾先生是公认的文化界领军人物。他的创新光大了我国的文化。明末清初学者顾炎武在《日知录·著书之难》中讲："其必古人之所未及,后世之所不可无,而后为之,庶乎其传也欤?"翻翻范曾的著述,就可知道,他正是这样的人。

范曾先生在其从事的领域,已为并继续为超越做出贡献。我国正处于百家争鸣、百花齐放时期,各个学术领域都在创新的道路上迅速竞跑。超越古典文明,是大势所趋,是不可阻挡的潮流。诚恳祝愿范曾先生思想之树常青。

原载魏宏运:《南开往事》,南开大学出版社,2009 年

238

我说范曾

斗转星移，岁月沧桑。46年前，我初识的江东小才子范曾，而今已是一位大画家、书法家，同时又是一位文学家、诗人，现于南开大学任东方艺术系教授，带美术系硕士生，学术带头人，还任历史学院博士生导师，文学院博士生导师。范曾的名缘于其书画。他的书画，不仅在中国、在东南亚备受青睐，而且在西方、在欧洲，也有很大影响。他在法国、瑞典、德国等地的大学讲学，推动东方文化与艺术在国外的影响与深入。

我作为他的老师、同事、朋友，为其卓绝才华和脱颖而出的磅礴之气所惊喜和自豪，同时身为一名中国现代史学研究者，又深感"范曾的成才之路"是一个值得玩味的大课题，我曾以"范曾的道路"为题在南开大学历史系开讲座，当时听者云集。今受行为科学界颇有影响的唯一会刊《行为科学导刊》之邀，再谈范曾。

我认为范曾的成才之路，与得天独厚的人文环境、自强不息的治学精神、卓而不群的文化抱负、真诚坦荡的人格魅力这些因素息息相关。

范曾出生在一个世代书香之家——南通文化望族，范氏家族的历史令人关注。范曾之前，南通范氏已有十二代诗文相传，除了先天遗传和后天获得性遗传外，上百万的诗文资源的沐浴和潜移默化的熏陶，为范曾日后成为书画圣哲和诗坛巨匠准备了过硬的"童子功"。

1955年，范曾17岁考取了南开大学历史系，当时，郑天挺先生任系主任，我任讲师、主任助理，担任系党支部书记。范曾是历史系55届入学年龄最小的一位学生，他国学基础好，博闻强记，入学时就能诗能画，在南开遍读中外历史的几乎所有分支，对中外经典烂熟于胸，对栩栩如生的中外著名历史人物形象了然于脑，为致力于历史人物画创作打下了雄厚的文化基础，为日后事业发展插上了翅膀。

1957年，二年级的范曾提出转读中央美院的要求，郑天挺先生缘其绘画的天才,欣然同意,并由我去跑校教务处、学生处等部门,最后范曾如愿以偿。在中央美院,范曾受业于蒋兆和、李可染、李苦禅等国画大师。现在回想起来,范曾如果没有从南通到南开读史,打下较深厚的史学、文学及美学基础,大概不会有今日的范曾;进而如果没有中央美院的 5 年苦读及大师教诲,大概也不会有今日画家——范曾。

范曾的家学、家教,南开、中央美院的博学深造,为范曾的成长成才提供了得天独厚的人文环境。范曾诗、书、画、文能融会贯通,表现出自己的特色,主要是由于他这一特殊经历而形成的。从南通到南开到中央美院,这是范曾一生中的重要转折点,也是他成才的重要因素——机遇。

范曾从小聪明颖慧,很有悟性。一二岁便能背诵诗文,四五岁能习作诗文,13 岁加入南通美协,到南开大学后,所有学科成绩均满分(5 分),被评为优等生,以至今天在诗、书、画、文方面获得出类拔萃的成就,的确说明范曾是一个天才。但是,他绝不是天生如此,这主要是他后天勤奋学习和严格训练的结果。范曾的勤奋,不是一日二日,而是十年如一日,他充分利用了大学所提供的各种学习机会,广采博取、兼收并蓄,大量地记忆及思考了文、史、哲等方面的知识。范曾很能吃苦,很有毅力。练书法早起晚睡,在学习上废寝忘食。他全身心地投入,几十年的磨砺,才使他在事业上游刃有余,走向成功,给母校带来光荣。正如他自己所讲"彼苍天者没有给我什么独得之厚,我的每一步前进都付出了通宵达旦的艰苦劳动和霜晨雨夜的苦思冥想"。这是范曾成才的又一个重要因素。

范曾之所以善于寻找机遇,并能利用好机遇,这主要源于他成才的第三个因素,卓尔不群的文化抱负。我记得范曾在南开时就有一个伟大的理想:用自己的艺术去征服世界,正是这种高尚的文化情怀、历史使命感,成为范曾"取法乎上"的不竭动力。他的追求目标是"极"字,作画要极好,作诗为文也极讲格律品位,办事也是如此,办事办极好。当人文主义精神日渐萎缩之时,范曾写出《风从哪里来》《梵高的坟茔》《沙尘,我奉献永恒的诅咒》等力作,连续三年榜上有名。他以一个思想艺术家的胆识与气魄,宣传和谐、向善、呼唤对自然环境、人类、人生的终极关怀。十多年来,他还奔波于海内外,使东方文化西渐,西方文化东溶,为传承东方文化不遗余力,做出重要贡献。

范曾的人品也是被人称颂的。20 世纪 80 年代,他捐赠南开大学东方艺术大楼,为大楼筹资奔波海内外,不辞劳苦。一个教授,一个画家,用自己的辛劳之苦而为学校建大楼,在全国也没有第二个。这件事,至今仍感动着每一个南开人。大楼建成后,校长说叫范曾艺术大楼吧,范曾坚辞不肯。范曾的人格魅力就是从这样一件件事情当中自己铸起来的。范曾还是我们历史系尊师的模范。他在法国期间,过新年春节,他要寄贺年卡给老师们;在国内中秋节、春节,他给老师们送月饼、鲜花;老先生过寿日,他以书画为贺。2000年,范曾先生又出资10万元设立郑天挺基金,为历史系老先生出版著作提供资金保证。有的提出是否称范曾基金时,范曾还是坚辞不肯。

我在历史系讲座"范曾的道路"时曾说过,一流的大学,要有名教授做支撑。出一个人才不容易,南开大学如果有几个、十几个范曾这样的大家,南开自然而然地会成为世界一流大学的。这话可能说得过了点,但实际情况就是这样。

总之,对范曾成才道路的探讨,是一个系统工程,"范曾的道路"对当今文化界、教育界的启示是多方面的,愿更多有志之士来探讨之,深挖之。

原载《行为科学导刊》(范曾专集),2001年5月

名人风采忆当年

我是 1948 年步入南开的,迄今已过了半个世纪,进校时可称是风华正茂,而今则已进入耆老之年。我一直接受着南开苦心营造的学术风格和风气的熏陶,或在校内或者出去,南开总是致力于让教师和学生广所见闻。名家学者来校演讲及谈话,与名流接触、打交道,实在太多了,已无法统计。仅就这一点,我所受的教益,实甚深远,终生有益。我自来非常珍视从他们那里获得的学与识,交往中的心得,"文革"前总是用心地扼要记录下来,"文革"中不消说,不是被当作佐证被认为是重要的线索被抄没,就是被烧毁。剩下的,那就是我脑海中的记忆,我完全有自由保存下来,让它们不被掠去,而且温故知新。

一个高等学府,经常举办名人讲座,是极其重要的。人类文化的血脉是由一代人一代人传播下来的。如若让更多的人在短暂的时间内获得更多的知识、智慧,变得更聪明一些,那么开展学术讲座将会是一条捷径。因为每个人都容易按照自己的思维方式和能力来生活、来做学问的。而名家是先行者,是过来人,其讲话常常给人以启示,或点出要害,甚至将你点滴心得,条理起来,系统起来,使你感到所听到的讲话往往给人更多的思考,有时一句话对某一个人,也许会产生一生的影响。不仅如此,对青年人来说,听听名人的讲座,看看其风采,也是一种文化的享受,会受到鼓舞和教育。南开大学历来以学术讲座来推动学术研究,孕育良好的文化氛围,是为南开的优良传统。

所以有这样的风气或者因为它的盛誉,吸引着国内学者的关注,或者因为地近北京,占有地理优势,不论什么原因,应该说推行这一方法的组织者是有见地的。

还记得,在中华人民共和国成立前夕,一大批一大批学者和文化人从台湾和香港来到北方,参加全国第一次政治协商会议和开国典礼,到北京之前,多先在天津停留几天,他们多数人都来过南开大学文学院(地点在六里台,当时称北院)。院长是冯文潜,他请许多人做过演讲,如梅兰芳、胡风、吕荧、杨晦、余振飞等。梅兰芳讲的是他的艺术生涯和在前苏联表演之所以成功，那是一场很吸引人的讲座。

在东院(财经学院，地点在甘肃路)大礼堂，王明讲了法制问题。王明以他在历史上是"左"倾路线的代表人物而引人注目。

艾思奇曾到南开讲"劳动创造人"的课题，当时听众提出许多问题，他一一作了回答。

更使我难以忘怀的是，1951年我毕业的那一年，教育部组织京津高校应届毕业生集中北京学习，南开大学支部书记郑秉泇指定我带队。我们住在沙滩北大红楼内，每天列队到劳动人民文化宫的露天礼堂去听报告。周恩来、朱德、陈毅、薄一波、郭沫若、马叙伦、钱俊瑞等均以自己的亲身经历，讲述了做人的道理，要求青年要树立远大理想，服从分配，诚心诚意为祖国为人民服务。最后还组织我们到中南海去参观。对我们来说，一切都是很新鲜的，无不振奋，成为不少人生活道路的新起点。

就历史系举办的讲座来讲，我虽一直生活在历史系，也记不全了。杨生茂任系主任时，曾带我们十几位学生到北京东厂胡同近代史研究所范文澜的住所，去听教诲。范老平易近人，对青年极为爱护，给我们讲了做人和治学之道。郑天挺任系主任时，这种学术活动就更多了，陈翰笙、沈从文、吴晗、白寿彝、尹达、吴于廑、严中平、齐思和、周一良、刘桂五、荣孟源、彭明荣，均曾来南开，或作演讲、或讲课、或座谈，内容丰富多彩，有的讲本人的学习心得，也有的讲他们酝酿构思的果实。如陈翰笙老先生讲"印度的种姓制度"，认为这是死硬的等级制度，代代相传，吴于廑讲"希腊化的我见"，批判人类文化发展的欧洲中心论，都具有创见，其学术价值影响深远。

20世纪50年代末，激动人心的是周恩来于1959年在旧图书馆东侧广场上的演讲，因为总理是1919年南开大学创建时的第一届学员，他的"我是爱南开的"这句名言一直感染着所有的师生。

那时，学校各学科都举行过学术讨论会，邀请国内著名的学者前来参加，对学术交流都产生了积极的影响。

60年代以后，"左"的思想愈演愈烈，一直发展到"文化大革命"，一切学术活动都中断了。

"文革"结束，国家实行改革开放政策，南开园中的学术活动又迅速展开，并且有了新的内容和新的发展。最突出的是面向世界，历史专业举行了三次明清史国际学术研讨会,吸引了世界各国许多著名学者前来参加,南开在世界学术界树立了很好的形象。其后中外学者互访逐年增加。

在面向世界中,1982年滕维藻、吴大任正、副校长率领张再旺、何国柱和我到美国斯坦福、明尼苏达、普林斯顿、堪萨斯、印第安纳、奥本尼、坦普尔等大学去访问,沟通了中断了数十年的学术来往,其意义是重大的。从此南开的中外学术交流,更活跃地开展起来。

学术只有在互相交往研讨中才能得到发展,也只有在这种交往中,才能显示出它的价值和生命力。

展看南开八十年的历史可以看出南开人走出去讲演,请国内外的名人来南开演讲,已成为南开办学的一项重要原则和措施。南开将自己的好传统一代一代地继承并发扬光大。

原载南开大学新闻中心编:《回眸南开》,南开大学出版社,1999年

见闻札记

寻求延安精神

延安这座山城,在中国古代曾经是陕北的政治和文化中心,在后来的历史长河中失去了昔日的光辉。1935年中国工农红军长征到达陕北。1937年1月7日,红军和中共中央由保安进驻延安,延安从此成为中国革命的摇篮和灯塔。其名字又响亮起来,为中外人士所注目。

我年轻时就向往延安,在西安上中学时的几位老师李敷仁、武伯纶、姜自修、曹冷泉等教育我将目光注视北方,给我毛泽东的《新民主主义论》和《论联合政府》等书,让我阅读,还带我到西北著名民主人士杜斌丞所住的西安北大街曹家巷家中去拜访。从那时起,我开始喜欢购买有关延安见闻的书籍,如斯诺的《西行漫记》,尼姆·韦尔斯的《续西行漫记》,鲁平的《生活在延安》,楚云的《陕行纪实》,黄炎培的《延安归来》,赵超构的《延安一月》,G.斯坦因的《新中国的雏型》等。延安在我心中占有特殊地位。

1973年10月底,我终于有机会去参观延安,我和教研室同事刘健清、左志远、杨圣清、李绍荃等由天津西行,寻求延安精神。

由西安到延安的路程为800华里,我们乘火车抵铜川,住一宿,然后搭汽车北上,经宜君、皇陵到达洛川冯家村,停留两小时,参观洛川会议旧址,实地了解为什么选择此地召开会议。

从洛川北上,过甘泉县,翻过劳山,道路难行,一路很难看见村落,连绵不断的山也都是荒山,途中汽车发生故障,到达目的地时,已是深夜11点了。朦胧中看到延安,我们不约而同地说:"这就是延安!"

11月2日,我们的参观开始。

首先映入眼帘的是清凉山上已有千余年历史的宝塔,从西北向东南流入黄河的延河和山腰上一排排整齐的窑洞,这些构成了延安独特的风光。

因为急切想知道延安革命根据地的概况和延安的今日建设,第一天整天都在参观延安革命纪念馆,还请延安党校的一位同志讲毛主席在延安13年的革命实践,并和纪念馆的同志座谈。

延安革命旧址很多,都具有极大吸引力,我们因时间有限,只能跳跃式地参观。

在凤凰山麓,我们参观了毛泽东、张闻天、周恩来、朱德等人1937年1月7日来到此地时所住的窑洞。毛泽东住在李家窑内,窑洞前有一土墙,屋内陈设简单,有一土炕,一张破桌子和一条长凳。就是在这样的条件下,毛泽东撰写了《实践论》《矛盾论》等著作,其中有16篇编入《毛泽东选集》。其时正是抗日战争爆发前后。我们一到这里,首先联想到的是延安会议、中国共产党全国代表会议、洛川会议和在桥儿沟举行的六届六中全会等中共的几次重要会议。

位于延安城西北郊外6华里处的杨家岭,原是一个小山村,有几十户人家,风景优美,中共中央和毛泽东等领导人1938年11月迁到这里,一直住到1943年10月。我们参观了毛泽东住的三孔土窑洞,窑洞中依然是按照当年的陈设,有一张办公桌,几把木椅和凳子,一张用土布制成的躺椅,还有两个书架摆着一些书籍。据讲解员介绍,毛泽东经常通宵达旦,在煤油灯下撰写《新民主主义论》和有关整风的文章,其中有四十多篇已入《毛泽东选集》。就是在这里,毛泽东领导了整风运动和大生产运动。他自己在其住所附近的河沟里开了一块荒地,种了西红柿和辣椒等蔬菜,自己定期施肥、浇水、锄草。曾为毛泽东代耕过土地的当地农民杨步浩给我们讲了很多毛泽东劳动的故事,以及新中国成立以后毛泽东请他到中南海做客的情景。

中央大礼堂建在山坡上,规模宏伟,许多重要会议都在这里召开,中央第七次代表大会的"团结的大会、胜利的大会"的巨大标语醒目地挂在会场上。杨家岭山坡上下留下了许多革命的印迹,中国革命思想很大一部分发源于此地。

在延安城西北约10华里处还有一个具有历史意义的地方叫枣园,毛泽东和中央书记处1943年10月搬到这里,住在半山腰的窑洞中,有石路通往窑洞,枣园崖畔下有果树园,颇优雅。毛泽东此时所写的文章如《论联合政府》等,有28篇收入《毛泽东选集》,在这里他曾接见外国记者G.史坦因和美国驻华大使赫尔利,向他们全面阐述了中国共产党的各项政策。1943年春节,"鲁艺"演出队首次在枣园演出了《兄妹开荒》。

王家坪是中共中央军委和八路军总部所在地,离延河不远,1946年1月到 1947 年 3 月中共中央和毛泽东住在这里，指挥全国的解放战争，他在这里写的文章有 8 篇收入了《毛泽东选集》。毛泽东坐在窑洞外的石凳上和斯特朗谈话，讲到"帝国主义和一切反动派都是纸老虎"这一论断。我们抚摸着那一石凳，不约而同地背诵着这句名言。

参观了以上革命旧址后，我们又到"万佛岩"山上去参观新华通讯社和解放日报社工作过的窑洞，当年那里有十几位无线电工作人员，日夜收发国内外电讯，用的却是手摇发电机，中共中央和八路军总部的命令、指示，也都是通过这里传达到延安和广大敌后根据地，延安就是这样和各个解放区连接在一起的。

延安的窑洞是革命的，延安大学和存在了两年的中国女子大学都设在山上的窑洞中。延安大学把"民主"和"科学"作为他们的思想和工作方法。我的革命引路人李敷仁 1946 年春在西安遇难得救后到了延安，担任延大校长。我特别询问了这所学校的发展概况。

抗日战争时期，延安三面受国民党封锁，东面隔着黄河是日军占领区，中国共产党表现出坚强的创业进取思想，不畏困难，以实事求是、艰苦奋斗和自力更生精神推进中国革命，把延安建成为坚强的革命基石。

延安在经济困难时期所开展的大生产运动取得了积极的成果，一个突出的例证是朱德提出八路军 359 旅到南泥湾一带去屯田。南泥湾在延安东南，距延安约百余华里，是延安县金盆区的一个乡，原是一个荆棘遍野，野兽出没的荒凉山谷，经开发出现了"到处是庄稼，遍地是牛羊"的景象。我们去南泥湾的那天，早上 6:30 乘车，8:30 就到了这个备受称赞的地方。从乡溪向山中走十华里是九龙泉，九龙泉是一个小井，井上有亭，是为纪念毛泽东当年视察此地，在此饮水和屯垦战士谈话而建立的。这里现在种植稻子和玉米等。1973年平均稻子亩产 600 斤，玉米亩产 800 斤。

感谢延安地委，给我们派了一辆车，送我们到瓦窑堡参观，这使我们感到意外的高兴。瓦窑堡在延安北边，今为子长县县城。毛泽东 1935 年 12 月至1936 年 6 月率领红军在此地活动，1935 年 12 月 25 日主持召开了中共中央政治局会议，通过了《中央关于目前形势与党的任务的决议》。12 月 27 日，毛泽东在瓦窑堡党的活动分子会议上作了《论反对日本帝国主义策略》的报告，瓦窑堡从此名声大震。我们很仰慕这一地方。我们沿途参观了六届六中全会旧址桥儿沟，抗大、鲁艺旧址以及青化砭、羊马河、蟠龙等地。瓦窑堡是古城，旧的城墙保留得很完整。解放战争时期,中国人民解放军撤出延安,毛泽东提出"蘑菇"战术,彭德怀率部就是在瓦窑堡、清涧、青化砭地区和国民党胡宗南部队周旋并取得了巨大胜利。

我们结束参观,返回西安时是 11 月 9 日。一路参观、考察使我们深深地领悟到了为什么延安能够成为中国革命的象征和摇篮,为什么中共能够成为扭转乾坤的强大力量。延安道路,使中国革命打败了日本帝国主义的入侵,又推翻了国民党的反动统治。新中国最终于 1949 年在亚洲崛起,这一壮举成为 20 世纪最伟大的事件。历史的怒潮席卷了一切困难,将中国推向进步和繁荣。

原载《河北师范大学学报(哲学社会科学版)》,2001 年第 24 卷第 3 期

中国现代史学会创立的片断回忆

一

中国现代史学会是一个很年轻的学会，也是伴随着改革开放政策而产生的。

因研究对象离现实较近，中国近现代史的研究起步较晚。1956 年教育部制定的教学大纲中，曾规定高校把中国现代史作为中国通史的一部分进行讲授，但因各种条件的限制未能实现。此后，中共党史及中国革命史成为主流，也取代了中国现代史的地位。"文革"期间极左思潮泛滥，许多历史事实被篡改，也极大地损害了中国现代史学科的学术声誉。

1978 年 12 月中共十一届三中全会的召开，标志着中国历史发展新进程的开展，改革开放的现实发展，也极大地解放了学者的思想，促使史学观念的更新。一大批从事中共党史教学的人员，理论视野开阔了，觉察到仅仅讲授革命史，不能涵盖中国现代历史发展的全貌，也不能从根本上讲清楚中国现代历史发展的特征及规律。因此，"文革"结束后的一段时间内，由于人们对于这段历史的了解极为渴望，有关中国现代史的资料、讲义、书籍，纷纷以油印的形式传播，不少学者常常以全文抄录的方式积累资料，那时人们对资料的渴望程度及心情，是今天所无法理解的。

在这样的学术气氛中，不少学者意识到，要想促进学科发展，首先必须要解决基本资料问题，要出版新的教材以拨乱反正，但前提是要一个学术交流的平台，以促使大家打破思想的束缚，破除资料的局限。经过当时学界一些学者的沟通和联络，中国现代史学会得以成立，并迅速得到了史学界的关注。

在我的记忆中，南开大学、东北师范大学、北京师范大学、南京大学、安徽大学、杭州大学(已合并入浙江大学)、安徽师范大学、上海师范大学、郑州大学都是学会发起筹建单位。学会的成立,也得到了中国社会科学院近代史所诸位同仁的赞同和支持。

任何一件事情的成功,没有几位积极分子跑前跑后,是难以实现的。有几位学人,为建立学会出力最多,堪称积极活跃分子。他(她)们是:王维礼(东北师范大学),他由东北跑到关内来呐喊;陈善学,负责在安徽大学召开了筹备会,金普森(杭州大学)、胡蔼立(南开大学)、蒋相炎(郑州大学)等人参加;史洛明,以其地位所属,联系陆定一、黎澍、董谦等权威人士,获得他们的认可和赞同。

二

筹备工作就绪后,筹备组决定在郑州大学召开成立大会。所以选择郑州,一因其地位适中,交通方便,二是由于郑州大学及历史学系愿意承担会务,他们安排专人负责此会议的召开。

1980年5月26日至6月1日,中国现代史学会成立大会暨第一次学术讨论会在郑州大学隆重举行,这是中国现代史学科发展史上一个重要的标志性事件。

当时,这样的学术会议很吸引人,也为社会所瞩目。全国有28个省市134所高等院校、科研单位、军事院校的学人聚集一起,探讨学术、交流问题。一些单位还派出数人参加,南开大学除我之外,还有刘健清和李媛也参加了会议。有几所大学的党政领导前来参加,表示对学会的支持。90%的会议代表是年轻的讲师,向会议提交了四十余篇学术论文,会场气氛生气勃勃。

会议开幕第一天,中共河南省委书记、省长刘杰,省委书记乔明甫、赵文甫、张树德,省委常委、宣传部长宋玉玺、省人大常委会副主任兼秘书长均到会祝贺。刘杰、乔明甫、张树德还在大会上作了讲话,由此可见河南省领导对会议的高度重视。

全国政协副主席陆定一,也向大会发来了颇有启示意义的贺电:

现代史是距离我们最近的历史,是中国无产阶级领导各族人民威武雄壮地向前迈进,推倒压在中国人民头上三座大山的历史,是马克思列宁主义、毛泽东思想适合于中国国情的确切无疑的而且生动活泼的证明,也就是现实事变的前一部分。不研究现代史,就不知道眼前发生的事是怎么来的。当然这不是说,古代史同现在没有关系。古代史是现实事变的背景。俗话说,'无古不成今',很对。中国人之所以为中国人,是经过几千年历史演变形成的。历代人民的传统表现为我们现在的生活方式和思想方式的特点,所以不可不知。但是现代史同现实的关系更密切,加强现代史的科学研究是非常必要的。这个工作对于解决重大现实问题,具有迫切意义。

这一祝词,深刻表达了他对古代与现代历史的关系的理解、对中国悠久文化传统的尊重与热爱以及对研究现代史重要性的体会。在改革开放之初,对于中国现代史学科的发展是非常具有指导意义的。

短短几天中,举行了十多次大会的学术报告和多次分组报告。大会报告多是综合性的学术问题,如孙思白《中华民国史编写工作情况与问题》,荣孟源《蒋家王朝的统一与派系》,彭明《北洋军阀要纲》,魏宏运《中国现代史的几个问题》,王维礼、杜文君《中国现代史人物评价问题刍议》。还有几个专题性报告。

短短几天的学术活动,学者们不仅沟通了信息,增进了友谊,一些单位和学者间还建立起了学术上的合作意向。不少人与遇见的同辈人建立起了联系,有的人则和学界前辈有了交往。会议生动活泼,良有益也。

三

6月1日,学会进行了大会选举投票,产生了中国现代史学会首届领导班子。投票的结果是:

名誉会长:陆定一(中国人民政治协商会议全国副主席)

名誉顾问:乔明甫(中共河南省委书记)

顾问(以姓氏笔划为序):

孙陶林　安徽大学校长

严辛吾　郑州大学副校长

洪　涛　杭州大学党委常委

聂菊荪　北京师范大学党委副书记

章　德　南京大学副校长

智建中　吉林师范大学副校长

蔡尚思　复旦大学教授、副校长

会　长：

黎　澍　中国社科院近代史研究所副所长

副会长：

史洛明　中国社科院近代史所中国现代史研究室副主任

孙思白　中国社科院近代史所研究员、民国史研究室副主任

陈旭麓　上海师范大学教授、中国近代史研究室主任

荣孟源　中国社科院近代史所研究员、近代史资料研究室主任

唐　彪　中国第二历史档案馆副馆长

彭　明　中国人民大学副教授

董　谦　中国革命历史博物馆副馆长

魏宏运　南开大学历史系副教授、系主任

秘书长：

蒋相炎　郑州大学历史系讲师

副秘书长：

华北区　王桧林　北京师范大学历史系副教授

东北区　王维礼　吉林师范大学历史系副教授

华东区　陈善学　安徽大学历史系讲师

　　　　张宪文　南京大学历史系讲师

西北区　张建祥　陕西师范大学历史系副教授

中南区人选未定，由武汉大学选出

西南区人选未定，由四川大学选出

军事院校人选未定，由中国人民解放军测绘学院选出

理事：50余名，为台湾省保留两名。

大会还通过了学会章程。

学会的组织机构新鲜、健全，基本涵盖了当时中国现代史学界所有的重要学者，具有权威性。新华社驻河南省的著名记者王彪有一个很中肯的评论：

"这是建国以来中国现代史专业队伍的首次盛大集会","中国现代史的研究在我国史学领域中一直是个薄弱环节。中国现代史学会的成立对中国现代史的研究和史料的发掘都是个促进。"

四

中国现代史学会成立以后,极大地推动了中国现代史的研究,每年议定一个主题,召开年会,与会者写出文章,和同行交换学术心得,学人的互动是发展学术进步的好形式。学会还举办多次暑期讲习班,以提高青年教师的知识水平。

学者思考问题的角度常常是不一样的,总希望得到更多的知识及学术信息,知道别人怎样进行研究,研究些什么课题,怎样处理一些难点问题,以不断提高自己。学会的年会正好提供了这一交流平台,人们可以从中获得知识储备并领略他人的学术成果及风格。

孔子有句名言:"三人行,必有我师。"任何人的知识都是有限的,在和不断变化的社会接触,和与他人谈论中,常常得到启发,补充或修正自己的观点。在这方面,中国现代史学会为年轻一代的成长,曾营造过诸多条件,从一个侧面,有力地推动了中国现代史学科的向前发展。

中国现代史学会的成长和实践活动,是和我国改革开放的步伐相一致的。没有改革开放大环境的变化,就不会有历史学界的春天到来,也不会有中国现代史学界的繁荣昌盛。今天,学会已三十而立,从中受益的学者何至千百?中国现代史学科也已从史界小草长成了参天大树。今天的学会仍然秉承过去的传统,持续主办主题年会,持续出版学会论文集,在不少学会"名存实亡"之际,中国现代史学会的活跃,显得特别的令人注目。这是我们这一代学会创业者所特别欣慰的。

值此学会"三十而立"之时,写下片断回忆,表达我对学会的深深敬意和衷心祝福。愿中国现代史学会学术之树常青。

原载魏宏运:《锲斋文稿》,中国社会科学出版社,2014 年

访美纪实

1982 年 4 月 17 日到 5 月 8 日，南开大学访美代表团一行 5 人，在滕维藻校长率领下，访问了美国明尼苏达、印第安纳、密西根、奥本尼、坦普尔、普林斯顿、斯坦福等 8 所大学。藉此机会，会见了美国西部和东部的部分南开校友。受到他们热情的款待。

南开大学在旧金山和纽约都有校友会的组织。参加者，有 20 世纪 20 年代、30 年代和 40 年代的老校友，其中不少人还曾就读于南开中学。他们在美国定居后，从事着各种事业，有的是大学教授，有的是银行家、商业家、房地产经纪人，也有的担任过或担任着联合国工作。他们于繁忙的工作中都拨冗远道来会。4 月 17 日晨，代表团由祖国飞抵旧金山时，老校友，现执教于加州大学的陈省身教授及夫人，曾在联合国工作过的经济学专家吴大业先生，旧金山南开校友会负责人林登先生、张廷桢先生，以及领事馆的领事高仪和谢参赞等都前来机场迎接。

当天晚上，校友及其家属三十余人假中国城四川菜馆宴请代表团。安排这次宴会，还是几经周折的，他们原订于 18 日的，当得知代表团 18 日必须赶到明尼苏达，而且那里已有所安排后，校友们不愿放弃机会，立即改在当日晚上举行。校友会会长陶维正女士，是一位银行家，异常精明干练，担任校友会会长已达十年之久，是晚本有其他约会，她权衡一番后，还是决定和她丈夫赶赴四川菜馆参加宴请代表团的聚会，她认为这是一次难得的盛会。

校友们济济一堂，有的是久别重逢的相知，有的则是初次谋面的新朋友，或共话当年，或憧憬将来，南开的今昔，南开的未来，自然而然地成为宾主兴致勃勃的话题。

宴会上，代表团副团长吴大任教授及其夫人陈受鸟教授，把由祖国带来的乡土礼品茅台名酒，贡献给诸校友品尝，席间洋溢着对祖国的热爱，对母校的热爱，已故周总理的话"我是爱南开的"，道出了在座每个人的心声。

当代表团尚在美国中部、东部的几所大学访问中，4 月 24 日纽约《美洲华侨日报》业已登载"南开大学校长率团正在美国进行访问。南开校友订五月一日设欢迎宴"的消息。4 月 28 日，《北美日报》也发表了同样的新闻，标题为：纽约校友将欢宴南开大学访美团，滕维藻校长率领一行 5 人。五一国际劳动节那天清早，代表团就由奥本尼乘机前往纽约。当代表团所乘飞机降落时，老校友黄中孚、桑恒康、纽约总领事馆的郭懿清和在联合国工作的张子凡等早已在机场迎候。黄中孚老先生还携带来了当年的南开校旗，请我们观赏，这种对母校的深情，更胜过语言，至为感人。

休息几小时后，下午 5 时半代表团如约赴中城西区百老汇西九十街全家福酒家。在一间大餐厅里，坐满了五十多位校友，这些校友有来自纽约市郊还有远自新泽西州、宾州李海大学，绝大多数我们都未曾见过面，然而相逢何必曾相识，"南开"二字立刻使大家感情、思想融合在一起。

主持会议的是黄中孚老先生，他已是 75 岁高龄的人，擅于辞令，谈吐风趣，富有朝气，对张伯苓创办南开的前前后后，及与会者的简历的介绍，如数家珍，大家的视线随着他的讲话，从一个个餐桌，发出朗朗的笑声。当滕维藻校长介绍今日之南开，是全国重点大学之一，及其蓬勃发展状况。吴大任副校长介绍南开今昔历史，及其国内外校友会及总会的工作时，整个大厅内充满着欢畅的气氛，祖国的话题，流逝的往事，美好的前景，使校友们对南开的信心与决心交织在一起，对母校关怀与爱戴之情溢于言表。

德高望重的孟治老教授，年已八旬，现在 Peace University 的美中文化研究所任职，真正称得起是"老南开"，当南开创办敬业乐群社时，他就和周恩来在一起，而且住在一个寝室。他侃侃而谈，声如铜铃，说到当时他们有 28 个人组织起来锻炼身体，他自己是第 28 名。周恩来那时文雅得很，是第 27 名。后来他与周恩来东渡日本求学，五四运动前后他们组织起敢死队，由日本回到天津，还到北京去示威游行。孟老的一席话使全座为之倾倒。现在孟老仍在孜孜不倦地研究中美文化交流史，他希望能有更多的人研究这一课题。他说："不管政治风浪如何变化，中美人民要永远友好下去。"

南开创办人严范孙第四代孙的到会，也为晚宴增加了色彩。

人们就是这样地沉浸在欢乐之中。

因为年事过高而未能前来参加筵席的凌冰老先生，是南开学校大学部的第一位主任，还有何濂夫人，以及当晚参加宴会的王文西女士，都住在纽约市，滕维藻校长和吴大任副校长特意抽时间前往拜望，这一行动为校友所赞许。

5月4日下午，代表团应经济学家周自庄教授之邀，访问普林斯顿大学，居住在普林斯顿的南开校友叶漳民先生又热情邀至其家。时间已是夜晚8点多钟，周教授夫妇就陪同我们前往。刚一进门就发现黄中孚老先生已先我们而至，他是特地从纽约赶来告知代表团翌日在纽约的活动安排的，黄老忘我的奔波，深深地感动了我们，在纽约期间，桑恒康、黄中孚两位先生一直陪同代表团参观游览。郭懿清女士思想敏锐，办事周到，帮助我们安排一切，深情厚谊令人难忘。

叶漳民先生是袁晓园女士之子，他正在创造拼音中文电脑系统。叶先生向我们讲述了这一文字改革的具体情况，对汉文全部采用拼音字母输入输出与电传，顺序井井有条，并做了实地表演，已是午夜时分，叶先生还兴致勃勃地边讲边操作。过后，叶先生又开车送我们回纽约总领事馆下榻。分手时，我校学术委员会副主任张再旺向叶先生表示："母校南开一定支持你的事业。"

7日，代表团参观斯坦福大学。老校友李卓敏又邀请代表团到伯克莱他的家里去做客，除代表团成员外，还有南开陈受鸟教授，陪客有宁恩承教授及其夫人、吴大业先生等。李先生是香港中文大学的创办人，他对祖国的爱和他乐观、开朗的性格，给我们留下了难忘的印象。

代表团顺利地完成了任务，返回祖国，但仍思念着大洋彼岸的校友们。友谊已把我们紧紧地联系在一起。等待着，我们再见的日子，把酒高歌，共同祝愿母校为祖国四化培养更多的人才。

原载《南开校友通讯》，复刊第二期

蒙他拿大学讲学琐记

1983 年 7 月 25 日　接美国驻华使馆文化处卢月柯来信，谈我作为富布赖特学者赴美讲学事。机票由美方预定，只能乘美国航班。原计划 8 月 14 日启程，因这一天无航班，推迟至 8 月 19 日乘泛美航班赴美。

7 月 26 日　准备赴美教学用地图、图片、幻灯片，已基本就绪。

7 月 29 日　所需挂图已购到。古文物照片已托人去翻拍。

8 月 1 日至 11 日　集中捡选复印的卡片，归类、装订，尽可能减轻行李重量。衣物准备在美国添置。

8 月 12 日　美驻华使馆一秘浦琳达女士来南开约见，面谈赴美讲学行程等事宜。

原计划 8 月 14 日启程，因这一天无航班，推迟至 8 月 19 日乘泛美航班赴美。

8 月 16 日　早，乘汽车赴京，10 时许至国家教委领取护照；与美驻华使馆文化处通话联系，彼方已购得泛美公司机票。富布赖特基金会对应聘赴美的学者均负担旅途费用。富布赖特基金会是美国国际学术交流的两大基金会之一，系一半官方组织，联邦出资 2/3，基金会本身以各种方式筹集 1/3。每年享受此基金由美国派出及由各国聘入讲学的学者约百人。我为今年赴美讲学者之一。

8 月 18 日　9 时 1 刻至美驻华领馆办理签证手续。12 时，一秘斯里昂在国际俱乐部设便宴招待，陪同者 2 人。席间漫谈，斯华语甚流利，对学术问题饶有兴趣，问如何讲授"文化大革命"；说到日本投降，他认为应是美国原子弹的威力。

8 月 19 日　美使馆派汽车于早 6 时 40 分至三里河下榻处来接，送至首都机场，卢月柯及家人均送行。所乘班机 PA9 时 20 分起飞，11 时许到上海，12 时 30 分由上海飞离祖国。此行为我第二次去美，初次系作为南开大学代表团成员，此次则截然不同，只身一人，并负有讲学任务，愿自己能圆满完成使命。

飞机于东京着陆，休息两小时，东京时间下午 6 时起飞往旧金山。

翌日(美国仍为 19 日)下午 3 时 1 刻抵旧金山。中国驻旧金山领馆领事高仪来接,陪同游日本文化贸易中心。

8 月 20 日 午后 4 时半乘美国西北航空公司飞机由旧金山经西雅图赴蒙他拿,晚 8 时半抵达蒙他拿州米苏拉(Missoula),往蒙他拿大学。寄住华裔 J. B. Wang(王荣勤)家二层楼上。

该州称为珍宝州,1889 年成为美国的第 41 个州。该州政府设于赫勒纳,人口 2.5 万人,州的总人口 78.5 万人,面积 14.7 万平方英里。山脉占全州面积 1/3,境内湖泊二百多个;北部有冰川公园;矿产有石油、天然气及铜等。农牧业发达,森林和牧场特多。农产品有小麦、马铃薯、甜菜、干草等。

8 月 21 日 J.B.王假华园饭店设欢迎宴。王五十余岁,山东人,早年求学欧洲,获法学、文学博士学位,居美国已二十余年,为人敦厚热情,诚为益友。应邀者 9 人,此为接触美国社会之始。菜肴颇具中国风味。据说,此地华人甚少,而中国餐馆却有五六家之多。可见美国人喜欢中餐之一斑。

8 月 22 日 拜会文学院正副院长,参观校园。蒙他拿大学坐落于一山脚下,占地面积较之我所参观过的美国大学不算大,但各教学楼错落有致,风景清幽秀丽,是读书、研究的好地方。面对校门不远处设一学校标志——熊,进门一望可见。在校学生 9000 余,住校生 5000。现正处假期,所见学生寥寥可数。特至外文系熟悉环境,因我的办公室设于该系。系秘书仍在忙于工作,被告知我将在 328 室办公。

8 月 23 日 时差尚未转换过来,晚上睡眠不好,白天则昏昏欲睡,将国内携来之部分书籍移入办公室。

8 月 24 日 游览部分市区。米市位于蒙他拿州西部,建于一大盆地之中,周围尽是山脉。市内有一河流通过,无高大建筑物,偶尔可见四五层的楼房,商店多为一层者,居民多为两楼一底的别墅式小楼。每家每户的住宅不仅样式不同,颜色也各有差别。房前屋后绿草敷地,各有庭院相隔。树木参天,花草种类繁多,或为点缀,或类篱笆,郁郁葱葱。松鼠逍遥于路侧,从不惧人。以美国区划而论,系一县城,人口 6.3 万余人。其幽静为本地区人之骄傲。他们常征询来访客人:"喜欢我们 Missoula 吗?"当然,他们必知你的答复是肯定的。

8 月 25 日 赴 Down Town 超市,购零星食品。

8 月 27 日 友人邀晚间同造访一老医生。医生夫妇去年曾游历中国,对中国文化甚景慕。老医生已年近 80,虽已退休身体颇康健,为免去房屋保养修葺之扰，卜居一公寓。公寓处于半山腰上。夫人所制酒食甚丰，畅谈中国见闻。饭后至室外俯观 Missoula 夜景，发现市景全貌远比我之想象辽阔得多，是不能以人口数字估其占地面积的。眼前一片灯火海洋，由市井中心延伸开来，直至四周各处山腰，犹若繁星。地阔人稀是 Missoula 的优势所在，据说富人近年多向边沿觅地建居，竞寻清幽。

8 月 28 日　假华园饭店，宴请文学院正副院长、人类学系系主任及其夫人、J.B.王及 Miss 彭。

8 月 29 日　数日来对美国大学教学方式已略有所闻。至校图书馆熟悉情况，查阅资料。该图书馆以一曾任驻日大使曼斯菲尔德命名，缘于当初建设资金为彼所捐赠。所藏中文图书有限，关于中国的外文书籍有不少。我所需近现代史有数种，我将从中选取学生用阅读教材。

图书馆藏各国地图颇多，包括抗日时期和解放战争时期中国华北各县地图，图中标有村落名称，可谓详尽。

8 月 30 日　于外语系我的办公室备课。

9 月 1 日　早登 M 山。由学校校长办公所在楼沿人行小路直登山顶，半山处有两个白色大字 U.M，此即校址之标志。据云此字只要视线不被遮断，全城到处都能望见，其大可以想见。

9 月 2 日　谢培智夫妇及数名中国留加拿大学生由黄石公园来。黄石公园著名全球，距 Missoula 约 8 个小时的汽车路程。

9 月 7 日　连日埋头书籍中，今日应邀游 Glacier。其为著名国家公园，一半坐落于美国，一半坐落于加拿大，门票两美元，自然风景，不事穿凿，高山、大湖、丛林。汽车可直至山巅，观瀑布、高山积雪等美景，往返历时 12 小时。

9 月 8 日　如约至人类学系主任 Bessac（白志仁）教授办公室商谈授课事宜。Bessac 已年近花甲，早年曾就读于北平辅仁大学。在辅仁时虽不相识，此次在 Missoula 邂逅，共话学生生活，甚友善。研讨后至图书馆、书店，探问课本问题，颇费思索，决定预定 Fairbank（费正清）的《美国和中国》一书作为教学参考书，此书流行于美国，中文译本也已出版。

9 月 19 日　上午参加全校教师会议。各院院长介绍新教师，发给新教师 Campus Newsletter，我亦在被介绍之列。下午副校长又召集新教师，由各部门负责人介绍该校各种制度，称之为 Orientation Meeting。对新生亦有类似会议。

蒙他拿大学今年有学生 9000 余人，外国留学生 217 人，来自 51 个国家，其中研究生 134 人。

今日降初雪，山上积雪皑皑，未知"胡天八月即飞雪"之我国齐齐哈尔、满洲里地区如何。初雪来临之速，预示着此地冬日寒冷绝非寻常。

《米市日报》(*Missoulian*)刊出对我的采访新闻，配发照片一张，简介我的学术研究及家庭状况。此事甚出我的意料。

9 月 20 日　参加外语系系主任召开之会议。该系共有教师 28 位，设有法、意、德、俄、中、日及西班牙等语言文学课。我的办公室设在外语系，教学由历史系、人类学系共同安排，故与各系均有接触。

9 月 21 日　距米市 150 公里一研究中国陶瓷的学者，循报载来访，请托为其翻译研究中遇到的难解问题。因对陶瓷素少接触，借助辞典，以数日时间助其完成。

阅台湾《联合报》，1983 年 4 月 3 日第一版载新闻云："武汉同胞 20 多年来没有吃过黄豆做的豆腐"，实属荒唐之极。

9 月 25 日　文学院院长 Howard E. Reinhard 设宴招待，副院长夫妇、Bessac 夫妇应邀出席。院长寓一山中，距市区甚远，乘副院长车前往。

院长为一数学家。夫人为韩国人，专事料理家务，善烹调，菜肴味美可口，微有辣味。席间谈到森林中有野兽出没，居山中者须防范。

9 月 26 日　今日正式上课。Bessac 陪同步入 SS238 教室时，学生已挤满各角落，有人临时移来座椅，有的径直坐于地上。听众多的原因有二：其一，学年伊始，学生为选课做准备。其二，我为中国学者来该校讲学之第一人。Bessac 为我做热情介绍。我以英语向学生致词，随即转入研究中国诸问题之演讲，展望世界各国学者研究中国之浓厚兴趣，指出日、美学者研究中国的人很多，就中国地理、人口、民族作梗概介绍。学生聚精会神，不时发出笑声。

讲明选用 John King Fairbank 的《美国和中国》一书作为教材，并不等于我同意他的所有观点。举书中一例，林则徐抵抗引起鸦片战争，学生会心地笑了。我心甚慰。足见美国及各国青年当其真正了解中国实情时，更将会理解中国人民艰巨之革命。结束前征询授课意见，一同学讲，要听你自己的观点。我内心嘉其坦率，愿做中美人民相互了解之桥梁。

讲课结束，一些学生前来祝贺，对讲课表示满意。

经历史系、人类学系商定，我开设课程共为中国近现代史、中国古代文明史、武汉政府和今日中国等课程。听课的有历史学、人类学、政治学、地质学等科的学生,还有一位印第安部落的学者。

9月27日　为研究生班演讲亚洲问题研究,学生共7位:巴基斯坦夫妇2位,朝鲜1位,余者为美国人。

中国浙江美术学院郑胜天等人的油画将在蒙大展出,中国驻美使馆文化参赞王子成及一秘舒璋由华盛顿赶来。当晚,校长在家中举行招待会,Missoula文化界人士七八十人出席。我应邀与会,并乘此机会赠蒙他拿大学国画《奔马》一帧,系我国著名画家韦江凡的作品。

9月28日　讲中国古代史,着重于原始社会,边讲边放映幻灯片。课后征询Bessac的意见,据云,学生非常满意。Bessac欲更换一大教室,我则认为,挤满一些更好,请他不必调换。

蒙大是有晚课的,即晚饭后上课。此课除在校学生可选外,还吸收社会上那些白天工作的各界爱好本科目的学员。他们需要办理手续,交纳学费,学校借此可得到一些收入,不失为两利之良策。我的课上有近百人,有这么多人热切希望了解中国,是始料未及的。有一位与我同龄的女士Helen Buker,开车需两个小时才能到达蒙大,无论好天气还是大雪纷飞,她从未缺席过,其求知精神令人钦佩。

9月29日　借我国驻美使馆王子成及舒璋来参加画展开幕式之机,为教学需要,请代为借中国近代史有关影片。王、舒两位均甚支持,将从旧金山领馆寄来。

10月3日　讲鸦片战争,利用蒙大的有关鸦片战争照片,加以英语解说,课堂活跃。学生常提出问题。我决定把他们提的问题和中国学生提的问题做比较。

10月5日　讲鸦片战争。一学生提问:美国没有参战,为什么也强迫中国签订不平等条约?

10月7日　讲北京条约时,一学生提出:沙俄以什么理由占领中国领土?

10月8日　外语系教师举行野餐会,地址选在系秘书家。系秘书家居Lolo山中,有网球场、养马场,养马三匹。此山中仅有此一户人家。居室幽雅,庭院开阔,室内外皆可供聚会。我与俄语教师Steve Kraemer同行,与会者三十余人,每人皆携来食品,我带的是茶鸡蛋,美国学者过去未曾吃过。

10月10日　讲授太平天国运动。外国人难记中国人名,这一点对中外学人是均等的。力求尽量减少人名,使之易记易懂,并为学生印发太平天国地图。

10月17日　开始教授Jim Todd等4人太极拳。下午放映林则徐影片,片子过老,又无英语配音,虽尽力给予讲解,效果仍不理想。然而对中国文化极感兴趣者一直全神贯注,也有人因听不懂而离去。

10月19日 讲授洋务运动,讲民族危机时,话及沙俄侵占中国150万平方公里土地,约等于3个法国。一女生大为惊讶而吐舌。

10月26日 历史系主任Linda Frey于其家为我及另一位教授举行欢迎会。

Linda教授法国史,年轻,精干。她家建于山之半坡上,设计别致,陈设幽雅。此处可俯视全市,除院落外,拥有极大一片土地,包括一些大大小小的山包。与会者有副校长、校长助理、副院长及原副院长等三十余人。Bessac教授夫妇也应邀,途中迷失方向,行车两小时余,赶到时,客人已在告辞。

主人设酒食,器皿甚别致。

10月27日 Susanne(苏珊)邀请参观野生动物保护区,看见牦牛及鹿,皆二三十成群。

10月29日 为Dr. William S. Sorsby翻译完其要求去中国之申请书,即前面提及的正在编一部清朝瓷器百科全书的学者,约有7500个条目、3000个交叉引证、7500幅插图。

知昨日早8时零6分Idaho发生地震。今日报载有俩儿童死亡。地震时我适于校园打拳,未曾察觉。当时在室内者均感震动,灯等悬挂物均摇晃。

10月31日 开始讲义和团。一些学生对慈禧与光绪的关系颇感兴趣。于是翻阅许多外文书刊,归纳资料发给学生。外语系教授CackscHeWitrud Gertrud邀至其家过节。午后4时半,其女儿开车来接。受邀者还有两女士一青年。菜肴中有火鸡,甚鲜嫩,德式饭菜,颇可口。饭后欣赏古典音乐,其女儿有一位是学声乐的。

今日是Halloween(万圣节)。入夜,人人化装,穿种种奇装异服,戴各种面具,争相营造恐怖气氛。我与友人去市区观看,见儿童甚多,有的三五成群,有的结成一帮,挨门逐户敲门要糖。主人即开门递出糖果。9时后,大人也相继走上街头,因戴面具、化妆之故,互不相识,不同之处是他们不向人要糖果。Missoula人口较少,尚不算热闹,据说三藩市入夜后人们熙来攘往,擦肩接踵,十分热闹。12时许方回住处,因一为观赏美国风俗,二为躲糖债也。

11月1日 应Marj Burgan邀请,到其家看她去年游中国后所制幻灯片。她边操作边讲解,共两小时。Missoula人近几年旅游中国之人甚多,很欣赏中国文化,每年均组成旅游团。Marj去年全家游中国,买了许多中国工艺品,陈设于客厅中。

11月6日　得叶嘉莹信及诗24首,表示为她向范曾求画的感谢,其中一首为得范曾画而写。叶于1979年4月中抵北京,"于碧云寺中山堂画展中得睹范曾所绘巨轴屈原像一幅,以飞扬之笔,写沉郁之情,恍见千古骚魂,为之叹赏无已。正观赏间,遽为管理人员取下,云已为一日本旅客购得矣。当时曾极表怅惘。无何,既在南开授课2月,于欢送会中忽得赠画,展视,则赫然范曾先生所绘之另一幅屈原像也""画家范曾适为历史系校友,因请得历史系教授郑天挺、魏宏运诸先生共同联名写信向范曾先生求画"。诗云:

> 当时观画频嗟赏,如见骚魂起汩罗。
>
> 博得丹青今日赠,此中情事感人多。

实际叶嘉莹尚有未尽知者,当时求画之人,尚有吴廷璆,吴为范曾与我都非常钦敬的老前辈。

11月7日　本周讲义和团,阅读几本英文中国史之义和团部分。其中有:

John A. Harrison, *China Since 1800*

Henry McAleavy, *The Modern History of China*

11月12日　*Missoulian* 报载,1982年该城14—19岁幼女生了130个小孩。据Missoula卫生部门统计资料,多为13—15岁女孩生的。

11月16日　Missoula City市长自杀。前不久,蒙他拿大学一哲学教授亦自杀。Missoula日报以显著地位报道,美国自杀率似较高。

讲辛亥革命,学生甚有兴趣。一学生说:"中国历史很有意思。"当听到历史安排慈禧与光绪于1908年11月14、15两日先后死去,学生听得入了神。

11月　*The Magazine of the University of Mortang* 刊载的经历及照片。

12月1日　Missoula音乐厅举办中国之行slices,我应邀出席,与Bessac夫妇同行,到会者四五十人,多为长者,Fleming讲了她中国之行所见所闻,赞扬中国文化,并特别向与会者介绍第一位从中国来Missoula讲学的我。我起身致意,与会者热烈鼓掌欢迎。

12月2日　继续讲北洋军阀,谈及税收时以猪税为例,学生颇感新奇。他们提问:各军阀自发新钞票,各省是否通用,如何兑换?

12月3日　友人格瑞克(George)开汽车赴街头观圣诞树、圣诞老人。

12 月 5 日　讲新文化运动。

12 月 9 日　近代史最后一课。美国大学惯例,课程结束时需征求学生意见,学生鼓掌致意。Bessac 一再祝我讲课成功,并说:美国学生对老师鼓掌是很少有的,作为教师,这是最大的安慰。

12 月 11 日　出考题,反复斟酌一日,为外国学生出题,颇费思索。

12 月 14 日　中国近代史考试,交卷时,一学生问:抗日战争时,中国伤亡多少?有的问:铁饭碗、大锅饭是什么意思。

12 月 28 日　讲北洋军阀,课后 5—7 个同学未离去,仍议论人名的记忆。我亦感记忆外国人名之难,为参加他们议论,再度讲解。

12 月 30 日　为学生编印北洋军阀主要流派及其代表人物表,使其便于了解。一学生问:袁世凯称帝,为什么要组织乞丐请愿团,妓女请愿团?

1984 年 2 月 8—10 日　应爱达荷州州立 Lewis Clark 学院社会科学部主席 Gene Mueller 邀请,参加该校举办的国际交流学术讨论会,提交论文为《中美关系的发展和展望》。

Lewiston 人口 3 万,Shatre 河将全城划为两半。海港地处重要地位,和各国通商,物产主要为小麦、木材。城中有三四家华裔开的商店,交谈中得知他们已是第四代的移民,原籍广东省。

学校在山顶之上,四面环山。2 月 10 日离开该地时,Kapp 到机场送行,送我一张当天的当地报纸,名为 *Lewiston Morning Tribune*,上有我的大幅照片,摘录了我国大使级参赞张再及我的发言:

There is only one China at this conference that We have been talking about",agreed Zhang's countryman Hongyun Wei of Nankai University. He is a Fulbright Schoolar and visiting professor at the University of Montana.

The two Chinese visitors also discussed the population problem of China and its solution with more than a billion people,if each Chinese was stood on top of another,tile line would go to the moon and back 41/2 times,Wei said to do laughter from the audience.

2月18日　应 Ward Powell 邀请,越过洛矶山脉,赴蒙他拿首府 Helena,参观州政府大厦、博物馆等处。该城居民仅 2.4 万多人。

2月23日　应百灵斯外交委员会(Billings Committee on Foreign Relations)主席 Duane W.Bowler 邀请,赴百灵斯演讲《今日中国》,参加听讲者五十余人,医学界人士不少, 宿西北旅社。翌日, *Billings Gazette* 刊登我的演讲照片并以*Chinese limit families to 1 child* 为题,摘要登载我的演讲内容。

2月28日　王黎由北京来米市。

3月2日　应 Jinny 及其丈夫 Ronald Therriault 邀请, 和王黎赴 Flathead 部落做客。该部落地处 Stignateus,1934 年成立政府,直属联邦。印第安人原无文字,他们的历史是口述的,所以讲故事是他们很重要的活动,其中关于人物的最多,在其陈列大厅中,四周墙壁上挂的全是人物像。现正藉国际音标,创立自己的文字。访问中拜会了他们的精神领袖,头饰依印第安传统,仍然是长辫,但服装与普通美国人一般无二。5 年前成立一学院,学生五百多人。他们和白人颇有矛盾,认为白人占领了他们的土地。据称印第安人至今仍依恋他们与自然一体的生活,特别是老年人,不少人每年都要带一只狗一顶帐篷在居留地内过野外生活,他们与野生动物从无冲突。现正集资想买回被白人占领的一些土地。

3月4日　Helen Buker 女士邀请我和王黎到她的家乡 Hamilton 市做客。她住的镇有七千多人,由 6 人组成的委员会领导。Buker 还领我们参观了她表弟所经营的牧场和坐落于蒙他拿州和爱达荷州边界的越野与高山滑雪场。晚上则在其表妹家就餐。其妹婿是时的第二次世界大战军官,退休金丰厚,新建一豪宅刚刚启用。厨房设计很别致,很大,中央为 8 个灶眼的灶台,三面均为操作台。主人解释说,她的亲族甚多。

3月5日　我授课共两学期,连同考试、判卷,已经全部结束。讲课结束时, 听课学生 22 人签名赠 Howard Zinn, *A people's History of The United States* 一册。

王黎代为清理资料。

3月7日　应明尼苏达、布兰戴斯等大学邀请讲学,决定 16 日离米市。嘱王黎计划分数次准备便宴,向诸方友人答谢告别。

3月12日　打理行装,能海运的尽量海运。此次东行将换乘六七次飞机,还要去日本,必须轻装,颇费思量。

3月14日 和王黎到离米市不远的地区,参观外语系秘书 Andersen Stiphanie 丈夫工作的造纸厂。从上料到出成品,均由电脑控制,除看得见上料孔之外,其他生产程序全为封闭式。全厂八百多名员工,清洁工每小时工资 12 美元。其丈夫为机械师,每小时 20 美元。所产纸卷运往日本,部分运往中国。

3月15日 至蒙大人事部门办理离校手续。因提前两天离去,扣两日工资,制度健全如是。

3月15日至17日 由米市飞往明尼阿波利斯访 University of Minnesota (明尼苏达大学)等校并演讲。

蒙他拿大学历史系主任 Linda S. Frey 和人类学系主任 Frank Bessac 分别致函滕维藻校长,称赞我的教学成功(见附件)。

Dear President Teng:

The Department of History has been honored to have had Professor Wei Hong-Yun in residence at the University of Montana as a Fulbright Scholar for the fall and winter quarters of the 1983-1984 academic year. His classes and his participation and presence in the University community at large has benefited both the students and the faculty. The students not only learned a great deal from his classes but also enjoyed them. They were able through Professor Wei's presence to experience Chinese culture and history in a way normally denied them. Our only regret is that Professor Wei's stay has been limited to two quarters.

Nonetheless we want to express our appreciation of Professor Wei and to thank you for allowing him to visit our department. He has certainly added immeasurably to this year's course offerings. We only hope that more such exchanges will be possible in the future.

Sincerely yours,

Linda S. Frey
Chair

Professor Wei,
The People's Republic of China could not ask for a better goodwill ambassador than yourself. Your wealth of knowledge is impressive, but your pride in your country and your joy in telling about it made the learning doubly enjoyable. Until our paths cross again, I wish you peace, good health & happiness.
Thank you!
P.R-S.

原载魏宏运:《锲斋文稿》,中国社会科学出版社,2014 年

蒙他拿大学任教的一年

　　我从未想过,也没有做过这样的梦:到外国大学去教书。一个偶然的机会,把我推到美国蒙他拿大学去任教两个学期。

　　那是 1982 年,美国驻华使馆官员和富布赖特成员来南开,说富布赖特想聘请一位教中国史的教授到美国去讲学,几次参与接待的杨生茂、王敦书先生就推荐了我。美国有关方面看了我的简历后,欣然赞同。1983 年夏,美驻华使馆为我办了入境手续。行前美使馆文化处在北京国际俱乐部为我饯行,并交谈了中国现代史和"文化大革命"的若干问题。随后美国使馆派车送我至机场。飞机经东京、旧金山、司波堪,最后到达蒙他拿大学所在地的米苏拉市。

　　米市位于蒙他拿州西部,建于一大盆地之中,有一条河流通过市区。河水潺潺,清澈见底。市区内没有工厂,也没有高大建筑,除商业区矗立着两三层楼房,居民多是别墅式的房屋。几乎家家门前都有树木和草坪,街道两旁,树木葱葱。秋季来临时,层林尽染。登山可以俯瞰全城。夜晚,万家灯火,极为壮观。

　　蒙他拿大学背靠着一座山,山坡上镂刻有 U、M 两个白色大字,异常醒目。冬季,白雪覆盖山顶。山脚下有一座大的熊石雕,是该校的标志。校园中的许多教学楼和图书馆、学生活动中心,各具特色,错落有致。还有几棵参天大树,增色不少,环境极为优美。学校的历史悠久,创建于 1893 年,是综合性大学。

　　米市人口不多,当时只有 9 万人,多是白人,有少数印第安人。蒙大占全市人口 1/9。州政府设于赫勒纳,在米市东南方向,位于蒙他拿州中南部,人口 2.5 万。该州总人口 78.5 万人、面积 14.7 万平方英里。山脉占全州面积的三分之一,境内湖泊有二百多个。矿产有石油、天然气及铜等,农牧也极为发达,森林和牧场特多。农产品有小麦、大麦、马铃薯、甜菜、干草等。

　　1983 年 8 月,我到米市时,蒙大为我做好一切安排,该校一年一度印的电话簿已印上我的名字。我的办公室设在外国语文系,教学由历史系和人类学系安排。按美国学校规定,每个教授每年要开 5 门课,我主讲了中国近代史、中国现代史、中国古代文明史、武汉政府和今日中国等课程。教材选择很费了一番周折,因为中国尚没有一本适合外国人学的英文历史教科书。最后近现代史课选 John King Fairbank:*The United States and China* 及 James E. Shenidan:*China in Disintegration* 为主要教材。教课时间安排有的是白天,有的是晚上。因为是选修制度,听课者包括攻读各种学科的人,有历史学、人类学、政治学、地质学等,还有一位印第安部落的学者。特别令我感到新奇的是,一位同龄人也来听课,读学位。大课有六七十人,小课有十余人,他们听讲极为认真,有的住得距学校很远,要开两个多小时的车来上课,即使在冬季雪天,也不缺课。课堂气氛活跃,学生经常提出各种问题,要求回答。我备课向来认真,面对这么多想了解中国的青年学子,甚至是老年人,令我更加努力,把所掌握的知识,用易懂的方式,传授给他们。我带去的幻灯片和从该校人类学系所借的幻灯片,对教学也起了辅助作用。我曾从华盛顿中国使馆借来林则徐禁烟的影片放映,只可惜没有英文字幕,对效果有些影响。他们对中国历史和文化有极浓厚的兴趣,特别是古代中国文明和现代中国的状况,这是我预先估计到的,所以在这方面,做了极为充分的准备。如关于地下考古的新发现,中国共产党的民族政策、宗教政策等。

蒙大对教师的教学有例行的考核制,办法是每学期期终前发一调查表,让学生填写意见,内容包括教学内容、教学制度、课外辅导等情况,作为教师聘任或晋级依据之一。应该说这是一种好的方法,校行政可以借此了解教师是否尽职尽责,对教师则可起到促进作用。

从蒙大看来,教师的流动性较之我国大学大得多,每年都从国内外聘请一批教授前来任教。学校简报上,特别为新来教师登简历,做介绍。学年伊始,都要召开新教师大会,他们称之为 Orientation Meeting,由校长、各院院长介绍该校各种制度及对教师的要求,并把新来教师一一介绍。各职能部门负责人均出席这一会议。随后,各部门在其所设立的接待站负责回答新来者的各种疑难问题。校方考虑教师的困难很周到,很细致,让你感到生活在一个被人关怀的环境中。

各系行政人员很少,只设系主任一人,秘书一人,大系增设办事员一人。系秘书在其办公室座位的周围备有电话、电脑、小型复印机及各种公文资料,一切有条不紊,效率很高。每个教授都有一个办公室,门上写上教授的名字,个别辅导就在办公室,每天晚上有人挨屋打扫房间。教室是每一学期结束时,进行修整,非常干净。

　　教职员工都在校园外有自己的住室,学校只给正校长在校园附近提供一套宽敞的庭院住所,校长任期满后,即搬出,由新任校长进住。

　　那里的学术活动很多,有校内的,也有校外的。我经常接到请柬。对我来说,这是很好的机会,便有请必到,既开阔眼界,也增加了见识。有时我也接到另一种请柬,那就是请我去演讲,如百灵斯美中关系委员会请我去讲《今日中国》,应邀去爱达荷州立 Lewis Clark 学院参加国际学术讨论会,Brandeis University,Boston College,Wisconsin University,Stanford University 约我去讲学。Dr. Willian S. Sorsby 根据文献正在编写一部附有插图的清代瓷器百科全书。约 7500 个条目,3500 幅插图,请我帮他翻译。我欣然答应,花了一些时间,日以继夜地完成这一委托。记得有一位学者藏有几幅清代字画,让我鉴定一下,遗憾的是,我在这方面是个门外汉。

　　蒙大教师之间来往颇多,经常有 party 和野餐会之类。他们非常好客,历史系主任 Linda Frey 教授在其家中为我举行过两次大型招待会,文学院正副院长,外文、人类、艺术、企管各系教授,均曾请我到他们家中做客。这里有一种习俗,即饭后由客人洗餐具,有几次我也这样做了。外文系组织秋季郊游,地点在 Lolo,距米市有半个小时的车程。参加者每人都带一个菜,我也参加了,带的是自己做的茶鸡蛋,还蛮受欢迎的。他们是第一次见到这样的吃法。我不能忘记的是外文系教授 Ward Powell 请我到一山坡上滑雪,我摔了好几跤。这是我平生第一次也是最后一次滑雪运动。蒙他拿人喜欢打猎,政府允许每年固定时间去深山捕捉野生动物,限于雄性。我还到朋友家中吃过他们的战利品——鹿肉。

　　也许因为我是中国人,是外籍教授,所以受到学人的特别关照。John B. Wang 带我去天主教堂参观,Chris Bisiar 经常带我去美国国家森林和牛、马成群吃草的草原,去拥抱大自然,到 Glacier 国家公园去欣赏自然风光。Frank Bessac 和 Susanne 带我去看野生动物。家住 Hamilton 的 Helen Buker 请我和我的妻子到蒙他拿州和爱达荷州交界的高山,观看滑雪比赛,并到他叔叔家中做客。Marj 和 David 请我俩去参观 David 所在的医院,Stephanie 请我俩去参观她丈夫所在的造纸工厂,Ginng 和 Ron Therriault 请我到他们的部落 Flatheads 去了解印第安人的历史和文化。Ward Powell 邀我去赫勒纳参观州议会大厅、博物馆等。凡此种种,均给我留下深刻的印象。

从表面上观察，米市和美国大城市风气迥然不同。这里社会安定，民风淳朴，人与人之间讲礼貌。假如你早晨在街上行走，认识或不认识的人都会向你招呼问好。街上行驶的汽车看到行人要过人行横道，便马上停下来，等行人过后再行驶。信教的人较多，星期天9点左右，站在街头，可以看到人们从四面八方涌向天主教堂或基督教堂，男女老幼都有。据说美国有七千多万人信天主教，六千多万人信基督教，宗教对这个社会的影响是很大的。我看到教民对神甫、牧师是很尊敬的。

自然环境的美吸引着外州的旅游者，冬天来这里滑雪，夏天来这里避暑钓鱼。

我很高兴，有机会到蒙他拿度过了夏秋冬春4个季节。蒙他拿的报刊留下了我和南开大学的名字，留下了我的照片和经历。有的学生称我为中华人民共和国友好的使节。富布赖特发了证书，说我作为富布赖特学者，通过学术成就，增进了中美两国人民的相互了解。在我的记忆中，任教蒙他拿是永远消失不了的。

原载《历史教学问题》，2002年第1期

"晋冀鲁豫边区财政经济史座谈会"的
历史记忆

    1984 年 6 月 21 日至 28 日,国家财政部在太原市迎泽宾馆召开晋冀鲁豫边区财政经济座谈会。会议由当年晋冀鲁豫边区副主席、共和国成立后任财政部常务副部长的戎子和主持。当时在这一边区各条财经战线上的负责同志或地区负责人三十余位与会。财政部科研所星光和冯田夫具体筹划这次会议。我、左志远和我的老伴王黎荣幸被邀请参加。

    座谈会是为总结太行根据地的财经工作历史经验,为社会主义建设提供历史经验而举行的。会前印发《戎子和晋冀鲁豫边区财政工作的片段回忆》。

    会议以戎子和和山西省委书记王克文的讲话为开端,随后是大会和小会穿插展开。在大会上发言的有 9 位。他们是:前冀南银行副行长陈希愈《冀南银行的回忆》;前冀南银行研究室主任《晋冀鲁豫边区货币金融工作》;前 18 集团军前方总部后勤部副部长兼供给部政委周文龙《晋冀鲁豫根据地时期我军后勤工作的有关情况》;前晋冀鲁豫边区工商管理总局局长王兴让《对编写晋冀鲁豫边区财政经济史的几点意见》; 前晋冀鲁豫边区工商管理总局副局长郭今吾《晋冀鲁豫边区的公营商业》;前冀鲁豫边区行署财政处处长边裕鲍《冀鲁豫根据地的创建和根据地的财经工作》;前太行区第七专署专员邓辰西《在晋冀鲁豫边区财经史座谈会上的发言》;前太岳区一专署税务局局长王晋三《太岳区革命根据地财政简况》;前太行区六分区冀南银行分行行长武博山《太行区六分区财经工作的片段回顾》。以上每个报告内容均极丰富,讲得又具体生动,没有空泛之词,使我们对根据地财经工作的各个方面,都有明晰的了解。

    会议决定编写晋冀鲁豫边区财经史,戎子和任编委会主任,由魏宏运、星光等 10 同志组成编写组,魏宏运、星光任主编。

    受戎老的重托,我感到责任重大,撰写一部历史,必须以丰富的资料为基石。我立即组织一个团队,发掘收集相关的资料、文献,因为有财政部的红头文件,几个省市的财政厅长又都是编委成员,尽力相助,我们从两千多份文献资料中选出编成两辑,第一辑包括综合、财政两部分,第二辑包括工农业生产、金融、商业贸易和附录(太行区社会经济调查)四部分,共四百余万字。各编所选资料,主要取自档案文献,旁及各种报刊,其中包括中共中央、八路军总部、中共中央北方局及各区党委、晋冀鲁豫边区政府及各行署等各级党政军机关,历次所发有关财经工作的指示、法令条例、规章制度、报告总结、社会经济调查、通讯报导、政论等资料。我发现涉现文管所存的一些资料,是别处所没有的。

为了资料准确性,我们认真审读,如有关杨尚昆的文章,由财政部写出报告,请杨尚昆重新审视。《太行区社会经济调查》,我走访过当年参加调查的宗祝勤。有的文件上写有赵、钱、孙、李几个字,星光在西安找到写记录的人,了解到就是一、二、三、四的意思。

《抗日战争时期晋冀鲁豫边区财政经济史资料选编》两辑于1990年12月,由中国财政经济出版社出版。

财政经济史的编写提纲,我们在南开讨论了几次,最后由赵秀山任主编,我只写了《公营商业和合作社事业》这一部分,于1990年由中国财政经济出版社出版。书和资料集的出版,为财政经济史座谈会画上了句点。

2011 年 5 月

原载魏宏运:《锲斋文稿》,中国社会科学出版社,2014 年

丹麦讲学日记

　　题记：根据中国、丹麦两国文化交流协议，1994年丹麦邀我赴哥本哈根大学讲学一个月。接到丹麦驻华大使致我国教委函件后，与哥大东亚研究所主任李来福(Leif Littrup)多次函件往来，商讨讲座时间及讲授课题，并于王敦书处借 *An Outline History of Denmark*(《丹麦历史纲要》)阅读，了解该国历史。讲学旅途中，还用一个月时间往访英、法、德三国诸大学，或讲演，或座谈，这里所记述的仅是对丹麦这个福利国家之见闻。

1月8日

　　丹麦驻华大使伊本·诺林·拉森 (Ib. Norin Larsan) 致函我国教育委员会欧洲司外事处，原文(往来函件均系英文) 如下：

　　　　丹麦大学校长会议委托本大使馆通知中国教育委员会：丹麦大学和高中将在1994年邀请3位中国学者，前往丹麦进行为期4周的访问。
　　　　附件为邀请大学/高中和应邀的中国学者的名单。
　　　　本大使馆受托通知中国教育委员会，应邀者在访问期间将获得每天700克朗，约900元人民币的补助金。
　　　　请应邀学者直接与丹麦邀请大学联系，告知是否接受邀请，以及讲座题目及访问时间。

　　教委将以上函件寄送于我。被邀的除我以外，另两位一是医学，一是艺术学者。

9月19日

早 6:30，何理派车抵五棵松，车行不及 1 小时抵达机场，乘 Flight No. 0996(SAS 0996)，直飞哥本哈根。同机的有吉林大学赴丹麦学计算机的青年，还有一队运动员，身材相当高大，过出入口须深深低头，见者无不哈哈大笑。有被呼为厂长者，似为一个考察团，约二十余人。飞机经西伯利亚上空时，旅客均凑近机窗，观赏冰山风光，白雪未覆盖的地方，显露出层层叠叠的雪山，连绵不断，十分壮观。

我因明天就要演讲，在机上翻阅讲稿及报刊。

哥本哈根时间下午 1 时 30 分，飞机降落。机场不大，取出行李，出海关，Cay Dollerup 和王薇女士来接，车行半小时抵达，按计划住入乔根·麦耶尔 (Jorgen Meger)家。一路上见许多古老的建筑，幢幢各异，颜色典雅。未见摩天大厦。经过古老的运河时，Dollerup 讲，这是原来都市的一部，是保留下来的。有一幢很鲜艳的红顶小房，是昔日的海关。

乔根·麦耶尔住宅在 Njalsgade 80，他是古典语言学教授，研究希腊语、拉丁语。他去美国探望其夫人，写了留言，欢迎我们住在他家中。Cay Dollerup 将楼房钥匙交给我们，指明各房间电灯开关。

这是一栋两层楼房，地下还有一层。一层主人自己用，二层租给一名外国留学生，我们被安排在地下室，是他接待亲友的客房。卧室很大，壁板是菲律宾木做的，设有两张床，一张大长案。卧具、枕头与床单都已经放好，主人考虑得很周到。一层的大房间既是书房，也是会客厅，除面南是窗户外，屋内靠墙都是书架和书橱，摆放着各类书籍。一层楼会客厅南面有一突出阳光室，设置了可坐 4 人的桌椅，以欣赏庭院景色。

因为要安排当下的生活，从王薇女士处暂借 300 克朗，由她引导到附近一家商场购物：大米 1 公斤，面粉 2 公斤，醋 1 瓶，食用油 1 瓶，食盐 1 公斤，烧饼 5 只，面包 1 包，大白菜 1 棵，芹菜 1 棵，胡萝卜 2 公斤，火腿肉 1 块，虾仁 1 盒，塑料袋 2 只，花了 158.51 克朗。

到丹麦头一顿晚饭是虾仁、火腿、胡萝卜炒芹菜、凉拌白菜、白米稀饭、烤烧饼，很可口。

9 月 20 日

早晨9时,李来福教授引导参观亚洲研究院及其图书馆。图书馆藏书丰富,尤其重视工具书的购置。报刊齐全,中国《人民日报》原订两份,一份保存,一份供阅读,最近减了一份。

下午在北欧亚洲研究院讲"当代中国历史研究"。该院院长托米·斯文逊(Thommy Svensson)主持会议。我讲改革开放以来,因人们的思想解放,历史研究进入新的时期,学人以社会作为一个有机的整体进行研究,举凡政治、经济、法律、军事、艺术、宗教、民俗等方面,都在研究视线之中,一改过去多集中于政治思想和政治制度的探索。在研究方法上凸显出超然精神和客观的批判态度。因此史学领域极为活跃,我介绍了当今出现的百家争鸣、百花齐放的景象。

与会者对中国历史研究,极感兴趣,希望了解目前的热点问题。提出的问题有:中国历史分期有无分歧和争论;青年人对马克思主义的认识有无变化。我和瑞典 Srockholm University 的卢登(Torbjorn Loden)教授交谈良久。

晚餐后,与妻子漫步街头,行人很少,7时,行至一自选商场,已关门。至一加油站旁有一昼夜商店,经营糖果、酒类商品,想买一包花生米,没有货,扫兴而归。

9 月 21 日

上午备课。王黎去自选商场购买食品,从货物中拣比较便宜的买。白菜1棵14.95克朗,6个辣椒 (红黄绿)20克朗,1包花生米16.95克朗,1块肋排25.05克朗。

下午,被李来福接至亚洲研究院演讲《太行山与中国革命》。根据我多次到太行山调查访问所得, 及中外学者提出的相关问题, 讲述以下内容:1937年中日全面战争爆发,八路军挺进华北,选择太行山作为根据地;八路军如何发动群众、组织群众,开展游击战争,建立革命政权;边打边建,实行进步的适合当地的各种政策;日军的种种暴行;小米加步枪,打败了日军的机械化部队,奠定了全国胜利的基础。听众提出的问题:如何实行民主? 如何选举各级政府? 抗战中士绅的作用和影响?

9月22日

上午李来福教授陪同与哥大校长 Kjeld Mollgard 会面。我赠哥大西藏风情画一幅,及我的著述和主编的大型资料集,包括《晋察冀边区财政经济史资料选编》4 册 (南开大学出版社,1984 年),《抗日战争时期晋冀鲁豫边区财政经济史资料选编》两辑 (中国财经出版社,1990 年),《华北抗日根据地纪事》(天津人民出版社,1986 年),《晋察冀抗日根据地财政经济史稿》(中国档案出版社,1990 年),《中国近代历史的历程》(广东人民出版社,1989 年),《中国抗日根据地国际学术讨论会论文集》(档案出版社,1985 年)等。

下午,参观市政大厦。大厦前为一广场,广场的一角摆放着露天饮食用桌椅和一些休憩椅,许多老年人在晒太阳。也有人捡拾失落的食物。

丹麦人口五百多万,大部分居住在首都哥市。哥市交通主要靠地铁。地铁多在地面行驶,按区划(或称段)售票。区域内票价便宜,跨区则加价,也有全市通用的票。车票分长期的、定期的,也有按乘车次数计算的。每次由乘客自动在打卡机上打卡,车站不设检票口,省去不少人力和时间。有些区域还有小火车,通向客流少的地方。地铁管理有条不紊,所印交通路线图可免费自取。各路线印以不同颜色以兹区别,车票颜色与区划颜色一致,一目了然。从我的住处去哥大,走 B 线,票面为淡蓝色,1 本 70 克朗,一本 10 张,可用 10 次。除利用地铁主干线输送乘客,又有多条公共汽车线与地铁站相接,车票是通用的,在 1 小时内完成往返路程,只打卡 1 次,即只收一单程费用。另一便民周到之设施,是在地铁出口处设有两层自行车放置架,上面放着大大小小高高低低的自行车,那并不是存车处,而是公共借车处,放入一枚硬币,锁即可打开,自取自用。当到达下一借车处时,将车存入,一枚硬币自动跳出。这种借车是不收费的。

明天,我将由住处到 Njalsgade 80 亚洲研究院我的办公室去工作,乘地铁至中央车站(1911 年建成),然后改乘汽车,即可到达。不会迷路。哥大校址分散,一个院一个所(或称系)各在一地,神学院、工学院都各自分开。

9 月 23 日

早,赴英领馆办理签证,明文规定不允许带相机入内。两个人的签证费共400 克朗。将填好的表格递交办事员,回答是:有了机票再来拿。

出英领馆,又赶赴德使领馆,一位小姐接待,言谈客气,笑容可掬,回答是:签证无问题,但你们在丹麦的签证日期止于10 月 31 日,必须去延长。

下午, 到北欧研究院听澳大利亚学者 Jonathan Unger Anipa 讲 “*Chen Village under Mao and Deng*”。这部书在西方是很出名的。作者调查广东一个农村,从最基层社会发展来看中央政府政策的执行情况。与会者提出农转非、计划生育等问题,让我作答。我简述了这两个问题。

晚6时1刻,李来福在其家中设宴招待我们夫妇和澳大利亚学者,并请几位汉学家作陪。

李来福的住宅,原为一贵族所有,已有 200 年的历史,外墙是白色的,有花园,是幢别墅。原来的男主人死后,女主人捐献出来,其近处是哥大的学生公寓。李是公寓负责人,于是分配给他居住,退休后则须搬出。李很欣赏他的住所,屋内陈设布局颇有特色,拥有东西方多国的工艺品,来自中国的有屏风、瓷罐、唐三彩马、中国绘画等,还有北大教授罗荣渠书的一副对联。

李此次宴请,在丹麦来说是传统的,按习惯来说,很规范,准备起来得用整整一天时间,大菜有 5 道:生鱼、烤乳猪、烤牛肉、肉卷、炸目鱼。配料很多,每道菜配哪种佐料是有讲究的。面包也有几种。主人告诉:“你看我怎么吃,你也怎么吃。”吃法是,取面包,切一小块 ,取一道菜的一部分放在面包上,放上相应配料,这样逐道菜品尝下去。有一配料的中文名字叫什么,我说不出。他们就立即以随身携带的小字典查阅。

饭后在客厅继续喝白酒,是李来福从法国带回的,约 45°—60°。中国的白酒也很受欢迎。

汉学家们很健谈。一位汉学家讲,冰岛是个特殊国家,4—5 世纪已是议会制,英国是 14—15 世纪才实行议会制。北欧研究院一位汉学家问我,和中国学者联合举行学术会,有无可能。我答,需要经过一定申请手续。

李来福谈及他的家庭,说他夫人是研究马来西亚文学的,多次去该国。他的两个孩子都在外地上大学,周末才回来。孩子上学不交学费。学费由纳税中支出,并开玩笑地说:"我们是社会主义国家。"每个人纳税额近个人收入的40%。中国是个大国,世界研究中国和美国的人很多。丹麦虽然国土小,我们要融入世界,也希望有学者来研究。

时间已晚,向主人道谢告别,步行回到住所。路上绝少行人。

9 月 24 日

总想多了解一下丹麦社会,于是到街上去体验,哥市街上很平静,没有红红绿绿的霓虹灯或是高音喇叭之类。偶见路旁商店前的座椅上有女孩子手指间夹着烟卷,面前放着一瓶酒,连抽带喝。所买小吃多为热狗、三明治之类。

今日是中秋节,晚 12 时,中国在哥市的餐馆业老板宴请在哥市的我国留学生及其家属,庆贺中秋佳节。我国驻丹麦使馆商务参赞李国栋及一秘姚善周、丹麦华人协会会长林荣生均出席,我和王黎也应邀参加,与以上诸人交换名片,交换意见。与会者中能歌善舞者表演节目,有合唱、独唱、清唱、舞蹈等。所供食品,都是中国风味,呈现出中华文化。几位所谓政治"避难"者,厚着脸皮,不以为耻,也竟然与会。据说有的人对"避难"已经后悔,7 年不能回国。他们遇见从祖国来的人,便躲躲闪闪。前天遇见一人民大学的女"避难"者,友人讲,她在这里生活只是鬼混而已。

9 月 25 日

刘犁来电话,商定 11 时在 Valby 火车站相会,然后至其家。我们先乘地铁至其存车处,改乘她的汽车去跳蚤市场观光。这里不是商人经营的,是个人将其家中多余物品拿来出售,各种物品都有,多是小用具、小玩意儿,也有卖钱币、衣服、滑冰鞋及家庭日常生活用的。刘犁说她的儿子在这里卖过一辆自行车,是借人家的摊位,卖完后给那位小朋友 20 克朗。她说孩子生在这里自会融入丹麦社会,18 岁就需要离开家。现在就开始想为人家送报,赚的钱是他自己的,与家庭无关。这里的学生自小学到大学全是免费,唯独幼儿园收费。学校教育注意启发独立思考,锻炼思维能力,了解社会。孩子没有什么竞争,满分为 13 分,考到 10 分、11 分就可以自然上大学,孩子没有什么压力。她的长子明明戴着小眼镜,是位小近视。每周学一次钢琴,一位中国老师来教,付费100克朗。闲暇时间玩电脑,很熟练。

刘犁是今年才搬到这里来的。新住宅是一位搞建筑材料的人于20世纪60年代自己设计的,是平房,很漂亮。面积很大,有花园,还有后院及后门。客厅地板是淡黄颜色。出客厅北门,右手是洗手间,有玻璃屋顶,采光很好,明亮得很,比客厅还亮。左手通过厨房,可去地下室,建筑别致。刘犁说,他们只谈了10分钟,即成交签字,部分是向银行贷款购买的。

刘犁谈到一件不愉快的事情。她说,有一南开学生竟然在丹麦"政治避难"。这太给南开丢脸了。丹麦政府很难理解中国,对来此"避难"的百般照顾。她还举了一例,说有一位随丈夫来"避难"的妇女,因有一小孩,说照顾不过来,向当局有关部门要求,请他们给她钱,雇用一位做卫生的定时来家帮忙,丹麦政府也允许了。丹麦政府如此作为,不知是何用意?反过来对正当入境、学术交流者却常常留难。刘犁对此现象极为愤恨。

刘犁正在读学位,论文的题目为关于中国的女权问题。她的丈夫吕先生从事水利事业,是丹麦政府的公务员,经常往来中国台北、中国大陆(天津、上海等)、菲律宾等地。

9月26日

午前,李来福正在给德国Trier(特里尔)大学东亚系主任Karl-Heinz Pohl(卜松山)发传真。正好此时卜松山来电话说,德国学校已向德驻华使馆去电,请其电告德驻丹麦使馆给魏宏运夫妇签证,来德讲学已获准,请转告魏速去办理手续。

李来福致函李博,原文如下:

尊敬的李博教授:

魏宏运教授上星期一抵达哥本哈根。很遗憾,在北京碰到些麻烦,他离开前没有得到去德国的签证。他正在向哥本哈根的德国领事馆申请。他们开始拒绝了,但我们已经说服他们办理他和妻子王黎的申请。

当地使馆曾联系北京的德国使馆。如果您能联系北京的德国使馆,或许会加快它们的回复,使能在10月16日前往英国之前,在哥本哈根得到去德国的签证。我们刚和特里尔的Pohl教授通过话,我们认为如果您们两人同时联系北京的德国使馆,想必会有帮助。

　　希望您能帮这个忙。魏教授和他的妻子很希望拜访您。目前的计划是,他们于10月29日抵达特里尔,然后于11月2日晚到爱尔兰根,在那儿停留三天,再去海德堡。

　　下午下点小雨,在亚洲研究院作了题为"如何在华北农村收集历史资料"的演讲。我多年来颇注意田野调查,在人们日常生活中去发掘历史,寻找历史的记忆,以补充文献。我和我的同事和国外朋友,携手共进,走到华北许多地区的村庄进行实际调查。内容包括自然环境与历史沿革、土地面积、物产资料、人口分布、土地占有情况和阶级关系、金融借贷、集市贸易、家族演变、教育和农民的宗教信仰、自然灾害和人口流动、帝国主义,特别是日本军国主义的掠夺和破坏等。调查方法,一是到所属县市翻阅档案资料、新旧县志及中共党史资料;一是请当地有关领导讲所在地区的历史和现实;一是召开各种类型座谈会;一是到农家个别交谈;一是到各地集市和庙会实地考察。与会者提出的问题有:如何选择村庄;口述史的可信程度;有无方言障碍;有无外国学者到华北农村调查等。

9月27日

　　去移民局延长在丹麦居留时间。来时申请为一个月,因回国时仍从丹麦出发,需办手续,由哥大出具证明,移民局的要求是只要申请人持有够两个人一个月的生活费的现金即可。

　　哥市主干街道设施科学,于人行道与汽车路之间有自行车路,这样可以避免事故发生。路上所遇年长行人衣着极为讲究、整洁,颜色雅致,所穿的皮鞋都很光润,不染尘土。青年人衣着则无所不有,有的女青年身披着毛毯骑车疾驰路上。

　　下午3时,天已黑下来,路上行人渐少,这虽与天阴有关,但也是常态。据说夏日晚12时,天才会全黑下来,两三点钟天又亮了。有的家庭装有蓝色玻璃,为的是营造一种睡眠的气氛。

　　李来福陪同从银行领取报酬。

　　来此已经一周,天天有事。今日偶读 *The Ugly Duckling*(丑小鸭)。中小学时曾读过中文译本《卖火柴的小女孩》《皇帝的新装》和《丑小鸭》等,印象极深,现在读的是英文本。

9月28日

早晨,持李来福由哥大开出的证明,赴移民局办理居丹延长一个月,以便前往英法德三国。一走进移民局,首先从打号机中取出一等候号码,然后于表格中,选择一适合自己申请内容的项目,填写,等待面谈。号码由一屏幕显示。接待我们的是一位金发瘦俏的年轻女士,把我俩请到一间办公室谈话,很客气。经申述,她提出两点要求:1.订好回国机票;2.要有在丹麦再生活一个月的经济担保者,或两个人在丹生活一个月的现金12000克朗。我俩拿出现金,展示出来,完成延长手续。

步出移民局,至一中国旅行社,询问改签机票事。那位中国小姐刚从中国归来,说只能至航空公司去办。又步行至航空公司,回答是要交2050克朗,即机票10%。我俩商量一下,改天再办。

下午以《20世纪40年代华北集市贸易》为题,在亚洲学院演讲,内容包括:集市的渊源、集市的分布、物资交流情况、集市文化等。在日军的包围和不断进攻中,根据地人民依然进行集市贸易,以山峰上的消息树为标志,显示日军是否到来。如消息树倒下,集市立即解散,或者采取游击方式,易地贸易。从集市得以持续,可以看出当时的社会经济发展及人民对生活的热爱,我所讲的是根据自己的实际调查,有很多具体实例,引起听者极大兴趣。

9月29日

刘犁陪同,到法国使馆办理签证。各国签证手续各异。去英德无问题,赴法国,其领事馆则提出:一、请邀请单位将邀请信发来丹麦重新办理,要原件,不要传真;二、法国外交部有关部门向北京法国领馆说明,请法国外交部有关部门直接告知法驻丹麦领事馆。这样,还得按其要求来办理。

随后我们去参观王宫外景,适遇换岗,各国游人争相摄影。王宫建筑是围绕着一个圈建起的。女王当日在哪座建筑内住,那座建筑当天便升起国旗。卫队换岗是一道风景线,往常从电视上看,卫队队员都很高大,就近看来并非如此,也不是身材全一般高,而且有的还很矮,只是一戴上那一顶大高帽子,就显得英俊无比,其走步姿态甚为优美。刘犁也为我们拍了几个镜头留念。

刘犁说,这里,女王经常接见群众,节日站在晒台上与群众挥手。官员也是如此,哪位官员今天在哪里,报纸上都登着,人们都一清二楚。要求见女王或官员,一般都不会被拒绝。前不久,南开一国画老师为女王画像,这是很平常的事。他此来是中国一餐馆朋友请他画画,也义卖。但国内却大肆宣传,认为这是了不起的事。实际状况不是这样。

王宫侧即皇家教堂。教堂建筑,壮观美丽,拱顶的装饰是金色的,绿色的部位,则有似中国的景泰蓝。门阶的大理石,已失去往日的楞角,但绝无损坏的痕迹,看起来很圆润。教堂内拱顶全是壁画,一圈天使,一圈圣像。祭坛十分华丽。在圆形壁上,有巨大的两座管风琴。

去王宫的路上,曾通过一个公园,得见了卢森堡建筑,旁边有一英武的铜塑像,均极壮丽。

中午我们三人吃麦当劳,每份 36 克朗。

到北欧航空公司改签机票,说 11 月 17—20 日均无座,只好签 11 月 16 日的,花了份冤枉钱 2050 克朗。

下午 4: 30,到哥大校本部演播厅,参观欣赏合唱团表演。李来福讲,他们是业余的,但有相当水平。随后到楼下聚会大厅,见墙上挂满了壁画,每一幅都记载着历史上的大事件,十分悦目,给人一种深厚的历史感。今天是一年一度的迎新节,也称国际日,厅内挤满了学生,都是站着等待校长讲话。霎时,校长出现了,站在一个半圆形的讲台上,仪态潇洒。他用英语致词,不是用丹麦语,其中讲到,哥大是世界最古老的 7 所大学之一,建于 1799 年,那时北欧的瑞典、挪威等国还没有大学,要读大学,都要到哥大来,等等。另有两位校负责人讲了一些迎新话及宣布学校的一些规则。演讲会毕,是冷餐会,人们熙熙攘攘,极为热闹。

9 月 30 日

到东亚研究院办公室,联系法国毕仰高(Lucien Bianco)教授,传真没有通。托办公室人打电话联系去巴黎的具体事宜。

傍晚散步,在一减价商店门口一休憩椅上休息,坐在这里的多是老年人,或是吃冰激淋的中年人。见一老妪,约 85 岁以上,很安详地走来,手里拿着一杯刚买来的冰果子,慢慢地品尝,吃完后又安然地走去。一个壮年人则买了一个手托的冰激淋,是巧克力的,边吃边端详着什么。另见一位瘦矮的老头,坐在我们身旁,穿着米色西装。等抽烟的人走后,他左顾右盼了一下,看到我俩是外国人,又不注意他,从口袋里掏出一个塑料袋,把抽烟人丢的烟头放进去。然后进商店转了一周,出来又坐在扔烟头的设备旁边,这次什么都没拣到,慢慢地离去。我因此想到,社会总是社会,各国都有五花八门的现象,此不为怪。

晚上应一男士之邀,到他住处去。该人是从台湾来的,曾参加金门马祖之战。在这里是在中餐馆跑堂的。他的书桌上摆着不少有关法律案件剪报的夹子。他向我俩展现南开大学法学系聘请他为兼职教授仪式的照片。我真不明白为什么我校聘请兼职教授会如此不慎重。据说这件事使南开声誉在丹麦受到极大损害。

10 月 1 日

今日与丹麦一夫人罗纯义(Birgit Djurhuan)会面。午后 1 时 49 乘火车至 Jagershorg,然后乘小火车,又走了一段小山坡小路至罗纯义住处 Lyngtoftenq 9 2008 Lyngby。

罗纯义出生于我国吉林省扶余,其父是传教士。1938 年日军侵占武汉,她的母亲带领她和她的妹妹回到丹麦,其父仍留在中国,最终病故于中国,这是后话。在中国期间,她的另一个妹妹病死并葬于扶余,回国那一年她 18 岁。因为自幼生活在中国,对中国有深厚的感情,一支扶余某银楼制的银镯子,很精致,一直带在她的腕上。一见面她就用纯熟的中国东北话聊起来。屋内陈设充满中国文化气息,墙上挂了一幅水墨竹子,是她女儿画的,还有一幅竹子是一位传教士去台湾时画的赠送给她。台子上摆了一对景泰蓝小瓶,及一些中国的小艺术品。茶桌上摆着茶垫、茶壶、茶杯。茶垫的画案是仕女图。茶壶把的造型也是竹的。我们边饮茶边谈天。因为内子曾生活于扶余一段时间,她俩谈得格外投机。罗纯义拿出百余张关于扶余的生活照,有老爷庙的,教堂的,她父母和她姐妹俩穿中式旗袍照,以及许多基督教友的照片。教友的名字她尚记得很清楚。她俩共同回忆往事,提到马拉的小轿车,狗拉爬犁,如何吃生鱼,以及松花江的解冻,有文开和武开之别,武开时,人们多去江边看跑冰排,十分壮观,后浪的冰块从前浪的冰块上飞过去。罗纯义有松花江边的照片,也有松花江渡船的照片。她们还说松花江的水很好吃,有以卖水为生计的人,定时到人家送水,江水浑,放点明矾,沉淀沉淀即可饮用。当地人多喝生水,未见有因此而生病的。她俩还谈到东北的胡子(土匪)问题。罗说,她的父亲常常警告她们出去时候要防胡子。胡子采取绑票办法,向有钱人勒索钱财,她们是有钱人,所以要特别小心。王黎谈到刘海青进扶余的故事。刘非常厉害,县知事不敢管,而且被警告说,如果不接纳进城,即打进来,并烧毁城池,县知事只好出城跪接。结果掳走了一些年轻妇女做太太,住了几天就走了,没有伤人。当时有钱人家的女孩把锅底的灰抹在脸上,到处躲藏。(按:九一八事变后,刘海青部成为义勇军,属马占山部下,抗击日军的侵略)

晚上9时半已过,谈兴未尽,只好告辞,相约再次晤谈。

10月2日

随杜乐若(Cay Dollerup)教授到外文系,见有1994年9月1日出版的 *Humanist*,内有本学期讲座安排,包括我的讲座在内,用英文和丹麦文书写。从这件事来看,他们的计划颇为具体详尽。我国许多讲座多是临时安排。

午后到住地 Njalsgade 80 附近街道及公园散步。领悟到丹麦人喜爱花草,各座房舍门前屋后的院落中,种植着郁郁葱葱的各种花草。有的人家把花摆在窗外或楼旁。庭院中间或有几棵结红豆的植物,也有苹果、海棠。有的花草枝叶青翠,冬夏不凋。我住所的庭院中海棠和苹果多熟透后自然掉在地上,都烂掉了,一不小心,就踩在脚下。散步的这座公园在两条平行道路之间,没有围墙,南北狭长,没有花卉,全是大树和草坪。古树参天,空气清新。遇一男士在遛狗,小狗为棕色,头上身上的毛不长,光润细软,尾巴尖端是长毛,松散开而不沾地,十分可爱,不知是何品种。

10月3日

昨夜10点多主人回来,怕影响他睡眠,我们穿上厚袜子走路,以减少声音。早晨,天在下雨,王黎为我准备好鱼、牛肉干、青菜、面包,灌好热水瓶,带到学校,以完成我在哥大最后的一次讲座。

王黎到自选商店买了 2000 克面粉、白菜一颗、面包一包、土豆一包、辣子5只,付60克朗,找回14.5克朗。辣子是 5 元 1 只,不知今天是什么日子,每买 14.85 克朗的东西,就减价 2.85 克朗。50 克朗的东西,只收 45.6 克朗。晚饭,王黎做了发面饼,炒了几个菜,做了一锅牛肉、圆白菜、胡萝卜、土豆汤,请乔根·麦耶尔及其女友共进晚餐,他们都喜欢中餐。主人回来后,我们经常交谈,生活多了乐趣。

10 月 4 日

杜乐若(Cay Dollerup)教授陪同参观哥市名胜古迹。9:30 进入市政大厅,这里是议员开会之地。昨天新任市长选出,今日无会议,参观了 15 世纪到 19 世纪的古建筑。随后又参观了教堂、图书馆、国宾馆、美人鱼等。

教堂金碧辉煌,塑像端庄优雅,令人突发颇多想象。

图书馆建筑古雅纯朴,是北欧最古老的建筑,历史悠久,馆藏丰富。进门处有 6 台电脑,为读者检索书目用,也有分类卡片箱,阅读或借书甚为方便。

国宾馆建筑已有二百多年历史, 是当时女王接见各国元首及使节之场所。全是木地板,所有吊灯都改为蜡烛形似的灯泡,内部装潢以金色为主,所有物件也都饰以金色。从大厅一直进去,最后是女王及其丈夫的座椅。前面的一进一进的大厅是等候接见的地方。大理石的台阶铺着红毯。进门参观者需穿鞋套,女客是红色的,男士用烟色,保护得十分周全。有人在维修,有人在清扫,拿着极软的刷子,轻轻地把尘土收集在一起。各厅靠壁周围都有些坐墩,无靠背椅,坐墩多用缎子做垫。各厅中均挂满壁画,是一种毛织的绣画,所表现主题有与各国君主会面的,有的是他国君主来度假的,有的则是国王骑马出游或是征战的,精巧绝伦。Dollerup 讲,丹麦不像中国总在造新的,他们特别注重旧建筑的维修。15 世纪的建筑仍然完好无损,甚至它的阶梯,都无缺损。教堂每排座位两侧均设有矮门,门是用挂钩关好的,这些木挂钩,个个都完好,挂上严实合缝,你不用怀疑它的功能。

在哥本哈根海滨公园的海边上,欣喜地观赏了小美人鱼的雕像,它是丹麦雕塑家爱德华·埃里克森 1912 年为向安徒生表示敬意而创作的,是用青铜浇铸的。曾遭过破坏,历经多次修复,修复如旧。

在哥市中心安徒生雕塑像前与杜乐若教授合影留念。

参观到 12 点,到哥大东亚系取印有我讲学的招贴一份,以资留念。巧遇华人罗拔教授,他原在北京科学院编刊物,后至香港,最后落脚丹麦,教中国文学,现为该地华人唯一任教高校的教授。他很热情并帮助我们到他所熟悉的旅行社办理去英、法、德三国的旅程事宜。

10 月 5 日

此地冬天气温约零下 3 到 4 度,不是太冷。10 月,外出时有点寒意。我带的衣服不足以御寒,决定买一件棉夹克,到一商店选了一件黑茶绿色的防雨雪衣,800 克朗,售货员说,出境时可持发票退还 300 克朗。王黎买了一双意大利防滑高跟鞋,199 克朗,便宜,穿起来又舒服。意大利鞋驰名全球,她可享受一番。

随后,我到教堂休息,王黎到商店采购 96.95 克朗的食品,有鱼、虾、胡萝卜、鲜蘑菇、大葱、冻鸡、奶酪、沙拉肉泥等。

10 月 6 日

到哥大亚洲学院,催问法德两国驻华使馆给这里两使馆的电传,以便签证,买机票。在我的办公室外,正遇李来福拉了一大堆工具书,都是明史的,要去上课。看来他很重视工具书的运用。

10 月 7 日

步行到 Cay Dollerup 家。他和妻子已离异,家中只有三人,他和他的男孩和女孩。两个孩子天真可爱,孩子的房间里布满了小玩意儿,都很精巧。男孩有各式各样的石头,都是整盒买来的。Dollerup 从中国带来一支鹰形风筝,但上面没有放飞的装置,不知怎么用。我们答应回天津到文化街问一问,商标是风筝魏。

很有趣而好玩的是,两个小孩拿出 1 张叠纸,是 4 只猪,让你来找出第 5 只猪。四边一折,就变成另一只猪——希特勒头像。小孩子都很恨希特勒。这玩艺儿的发明者很聪明,既适合人们的心理,又有教育意义。

俩孩童都爱讲故事,而且争先恐后,互不相让。男孩讲,有一个人说我有一个问题,问问你们,问第一个人说,你用哪里思考,答用胳膊肘。问第二个人,你用哪里思考问题,答用胳膊肘。又问第三个人,你说用哪里思考,答用头。又问,你怎么知道是用头思考问题的,答胳膊肘告诉我的。从这个有趣的问答中看出,丹麦小孩的思维是非常活泼而丰富。我们理解了这个充满故事的国度是有历史传统的。

晚餐后,打纸牌,Dollerup 变 3 个戏法,他女儿拆穿他的秘密,是利用人们的错觉,把红桃 5、方片 4 变成方片 5、红桃 4 而已。从这一游戏中,可以看到主人为子女极力营造一种家庭欢乐的气氛,真是慈爱的父亲。

10 月 8 日

再次赴罗纯义家。Cay Dollerup 的两个孩子也来聚会,路经一个池塘,和小孩用面包屑喂鸭,一片欢笑声。

罗纯义经营一个商店,新旧货物都有。她说这些东西不是购进的,是教友通过教会赠送的。所以出售价格较便宜,各国驻丹麦使节的夫人常来光顾选购晚礼服,因这种服装只穿一次,不能再用。这里可以买到称心而便宜的货,很惬意,又何乐而不为呢?她们有三十几位女教友,多是七八十岁的人,轮流值班。上午 3 位,下午 3 位,第二天又换了另外 6 位。她们以此作为消遣,很快活。我们看了一遭,选择三件新衣服,付了 500 克朗,找回来 70 多克朗。

晚上 Cay Dollerup 来接他的孩子,大家一起吃饺子,谈天说地。

临别时,罗纯义赠送王黎二十余张老照片,都是二三十年代她生活在扶余时,她父亲用自己从丹麦带去的相机照的。其中有扶余街上的货物贸易情况、扶余的马车、马车拉的柴禾、松花江上的渡船、农家养的猪、教会学堂的教师和学生、农家生活炊具、沙丘(当地称沙包)、农家房舍的建筑和农妇的满族衣着、她们全家的合影,等等。这些照片是那个时代的真实写照,太珍贵了,是历史研究难得的资料。

10月9日

去电影院观看一中国影片,邂逅一位来自我国东北的邢姓夫人。她说,她的儿子来此原是读生物学的,夫妇二人已居丹麦9年,生活还相当拮据。她来探亲后,试做豆腐出售。开始时尚须去中餐馆推销,这一菜品被丹麦人接受后,销路大畅,每日订购电话不断。豆腐是她亲自下手做,她技术高超,因在国内时,她是豆腐坊的职工。生意红火起来,儿子儿媳索性弃学从商,学会了做豆腐,成立固丰豆制品公司,经理为徐广繁。现在哥市人吃的豆腐全是她家生产的。他们全家业已置产定居。她计划增加品种,如豆腐干、干豆腐之类。我们均甚佩服这位女同胞的创业精神、商业眼光和经营策略。

因为即将离丹麦,请主人及其女友共进晚餐。品尝主人的产自南非的酒。谈天中,主人讲,丹麦人移居美国的颇多;丹麦制造的精密电子测量仪器和胰岛素驰名全球,唯在中国尚未打开销路。生产酶和胰岛素的诺次公司科研经费占各项开支的10%,科研人员占全体工作人员的1/5。

10月11日

李来福开车,3人同赴欧登塞(Odense),经轮渡登陆菲英岛(Funen),直奔目的地,全程96公里,一望平畴。欧登塞是丹麦第三大城市,建于988年,已是千年古城,人口约14万。

李来福是欧登塞人,地理熟悉,引导我们参观安徒生故居和安徒生博物馆。故居院落不大,馆藏丰富,展出很多遗物,世界各国翻译的安徒生著作都展现出来。他不只是一个童话作家,他一生写出了1000余首诗,包括手写稿,40部戏剧,长篇游记8部,自传3部,展厅给我们一深刻印象。李来福成为我们的讲解员,他一直不停地讲着。我们3人在安徒生故居及展厅前都摄影留念。

下午1点到3点,在欧登塞大学讲"今日中国"。该校历史系主任是研究斯拉夫民族文化的,主持会议,听讲者约三十余人。提出的问题有:中国民族的特性,我在"文革"中的遭遇等。

该系主任讲,他们均未到过中国。学生毕业后到欧洲各地找工作,如能找到在中学任教的职位就很满意了。

讲完课后,参观了李来福的中学母校。他说他们毕业班同学共 16 人,每 5 年大家聚会叙旧 1 次。

归途中初识菩提树一棵,惜叶已尽落。参观一农村教堂。适当鸣钟之际,钟声庄严悦耳。李来福为我们讲解了很多宗教、农村组织及农民生活状况。

李说,基督教是丹麦国教,每一乡村都有建筑宏伟的教堂。教堂是村民文化精神和村民集会的中心。

李来福讲,丹麦社会于 19 世纪初期发生了巨大变化,一是将纯农业改为畜牧业,发展牛乳业;一是 1849 年专制政体解体,实行土地改革,废除农奴制,限制地主发展,扶植小农,出现了平民化;一是合作化,各村都有合作社,输出输入以及日常生活用品都由合作社经营。村中的行政事务由村民选出的委员会主持。社会比较公平。政府很重视职业教育,农业经营者要经过严格的农业教育,从事 3 年的农业实践,还要接受管理教育,写论文,接受考试,才能拿到绿色资格证书。经营一个有 50 公顷土地的农庄,饲养 170 多头牛,只需要 4 个人,可见现代化程度是很高的。

入睡前,查阅资料,得知 19 世纪前期,丹麦全国农田百分之九十都成为自耕田。1882 年在日德兰岛(Jutland)已建立起世界上第一个牛乳业合作组织,1900 年前后,畜牧业制造厂商,生产腊肉、牛乳等已跃居世界首位。农村建设也为人称道。每村都有小学、图书馆、小医院,村与村之间,有柏油路相通。

整日的见闻,对丹麦这个基督教国家和社会有了较多了解和认识。

10 月 12 日

接到巴黎范一夫(范曾之子)、蔡崇国(毕仰高之研究生)及毕仰高传真,即可到法国领事馆办理签证手续。

读 Stephen Pand Raym 和 J. de Jacgher 合著 *Peking Red Guards –The Great Proletarian Cultural Revolution*。

10 月 13 日

和哥大教授罗拔作长时间交谈,其中讲到他现在讲授中国当代小说,希望我回国后,为他购买张爱玲、王朔、张扬、刘震云、卜宁的作品和文集,以及

1994 年第一期《北京文学》《大家》文学双月刊,这是一;第二,根据中丹文化协定,亚洲学院 1996 年拟请一名客座教授访丹,计划推荐邀请范曾讲授书画,每天报酬 800 克朗,请我代为邀请。这两件事,我应允完全可以办到。

10 月 14 日

与英国里兹大学通了话,讲明我在里兹大学东亚系的讲题及到达时间。

10 月 16 日

购买机票,路线设计合理,节省了开支。路线为哥本哈根(飞机)——伦敦(汽车)——垦兹(汽车)——伦敦(飞机)——巴黎(火车)——德国。德国境内访问 4 所大学,皆可乘火车,比飞机方便便宜。回程由法兰克福乘飞机经伦敦换机回丹麦。

此事得力于罗拔的帮助,他每次出国皆从该旅行社办理机票。经营者熟悉业务与否是关键所在,仅一次往返,每人可节省 5000 克朗。罗拔曾考虑他开车将我们直接送到德国,但去英法其他地方仍是个问题,故采取上述可行方案。

11 月 13 日

午后 3 时半,由法兰克福乘机经伦敦回哥本哈根。

11 月 14—15 日

整理行装,李来福在其家设宴为我们送别。我以电话向诸友告别。翌日回国。

原载《历史教学问题》,2009 年第 6 期

欧洲学旅纪实

1994年,我偕内子赴欧洲讲学,交流文化,在丹麦一个月,后去英、法、德三国一个月。两个月之学旅,感触颇多,既丰富了知识,又增添了阅历,受益匪浅。简略纪实如下:

9月19日

早9时30分,由北京乘北欧航空公司航班赴丹麦,内子陪同。哥本哈根时间下午1时30分到达。[①]

接待我的东道主李来福教授是具有700年历史的哥本哈根大学东亚系主任,著名的汉学家,知识渊博、热情精干,热心东西文化交流,对我的来访诸事安排精心周到。我们参观了图书馆、博物馆、中世纪的一些古迹,参观了丹麦的城市和农村,还曾去安徒生的出生地——奥但斯(Odense)参观访问,汉斯·克里斯丁·安徒生由一个贫穷的男孩成为家喻户晓的童话大家,到处都有他的铜像,他的名字已成为丹麦的符号。并在Odense大学演讲中国"文化大革命"。仅仅一个月,饱览了丹麦的建筑和雕像艺术,我头脑中过去从书本上获得的知识形象起来,诸多新鲜事物日渐增加。

10月19日

从今天开始,偕内子开始英、法、德三国之行。早7时15分自哥本哈根起飞,9时45分抵达伦敦希斯罗机场。此次赴英,是应里兹大学班国瑞(Benton Gregor)、黎明墩(Don Rimmington)的邀请。邀请函亦有数封,涉及资金申请及

---

① 参见魏宏运:《1994年丹麦讲学日记》,《历史教学问题》,2009年第6期。

演讲题目等内容,现录之于后:

①里兹大学黎明墩教授函件

    我得知我的同事班国瑞博士正就有关南开大学魏宏运教授10月份访问英国一事与您联系。魏宏运教授是中国现代史研究最杰出的学者之一,担任南开大学历史系主任。他同他的妻子于9月份访问哥本哈根,希望顺道访问英国一至两周。他希望下榻里兹大学,愿意在英国的中国研究中心发表演讲。我们能否从英国中国大学委员会申请他们从哥本哈根到里兹的机票以及他们在此逗留期间的费用?估计花费机票370英镑,生活费300英镑,共计670英镑。

Don Rimmington 教授

②里兹大学班国瑞教授数封函件(一)

    感谢您的回复,我正在申请资金,资助您的机票和食宿。我希望能够如愿以偿。请告知您可以讲的几个讲座题目。很高兴接待您和您的夫人。(4月5日,1994年)

    里兹大学已特批485英镑,支付您从丹麦到里兹的机票和您在里兹的食宿。(您和夫人在里兹的旅店食宿大约每天60英镑)

    我们热切期盼与您会晤。请您提前告知您们抵达里兹的时间和按资金数额打算在里兹逗留几天。(7月18日,1994年)

③里兹大学班国瑞教授函件(二)

    从您9月8日传真获悉,您们将于10月19日抵达里兹。因此,我们在该周初为您安排了一些活动,如在我们常进行各种研讨会的星期三安排了一次研讨会。可惜您的电话来得太晚,无法把您的研讨会安排在其他时间了。大家都希望参加您的研讨会,实在有点遗憾。我在星期三下午将参加一个调整后的研讨班(我们最近安排了另一位学者讲演)。我星期四上午和下午都要授课。全系同仁很高兴您能光临并热情

期盼与您会晤。(10 月 18 日,1994 年)

于伦敦希斯罗机场,入海关时,遭遇刁难。同机到达之旅客全部通过,迟迟不放行我们二人。我质疑工作人员的说法是他们还要请示上级,于一再拖延下,我们已逐渐少了耐性。我向他们说:"我是贵国发出邀请来讲学的,有什么问题吗?"海关人员说:"讲什么?"我说:"讲中国历史文化。"我又说:"你们懂中国历史文化吗?"他们说:"不懂。"一问一答之后,原要求只停留 10 天的签证,反多签到半年。这一闹剧所以产生,令我不能不猜测与港督彭定康正在为香港回归制造麻烦,中英关系有点紧张不无关系。

出机场后,我们急忙赶赴去里兹的汽车站,可惜车已满员,只好购下午 3 时的票,晚 9 时,抵达目的地。天下着雨,甚感不便,乘出租车,住进里兹大学预定的 Norid Hotel,与里兹大学有关系的外地来访者多就宿于此,双人间房供应早餐每日 34 英镑。旅店管理人员一再嘱咐,不要自己开启供暖设备,晚间供暖半小时。

10 月 20 日

晨,赴里兹大学东亚系会见 Benton Gregor(班国瑞)、Don Rimmington(黎明墩)、叶步青、谢凯诸位先生及一位年长汉学家。原计划演讲《中国历史研究的现状》,海报数日前已贴出,因签证延误了时间,只好作罢。

班国瑞赠我所著 *Mountain Fires: The Red Army's Three-Year War in South China, 1934—1938* 一本,部头很大。他很诙谐,又熟知中国谚语,说:"懒婆娘的裹脚又臭又长,回去慢慢看吧。"

中午,里兹大学外办设宴招待,适逢福建访问团来访,遂一起就餐,气氛相当融洽。餐后,我们游览校园,看到建筑多有古风,加上阴雨潮湿雾蒙蒙的天气,立即令人切实感受到英人文学作品中描写的英国地域特色。我们的陪同者为留学生何国华,他邀晚上去他家聚会。何夫妇均在此学习,已购得一两层的住房,计划毕业后在此继续奋斗。晚餐,菜肴以虾为主,我们之间交谈甚欢。他们非常关注国内学界状况,均盼国家地位的提高,游子之心溢于言表。

临行的当日,班国瑞领我俩到他已离异的夫人住处去看他的儿子。其住所是一座二层楼房,是英国工业革命时期工人们的住宅。其前妻是学美术的,室内装饰着她的画。班国瑞需要照顾他们的生活，每星期得来一次。

时中英关系较为紧张，谢凯等人曾建议我写一篇文章，阐述中英文化交流的必要性。

10月21日

Benton 开车陪同出游，参观有 900 年历史的名为 Skipton Castle 的中世纪城堡，欧洲各国很重视保存。雾大，能见度不及 10 米，景色不清，着实领略了英国的"雾"。

叶步青先生及其夫人是我们刚刚结识的朋友，其在国内时为广东省团委负责人，现任教里兹。他说："英国学生不太礼貌，他教他们必须尊师重道。"叶的夫人精明干练，已任并再次考取里兹市的公务员。虽是初次见面，谈话极为投机。叶和其夫人为我们去法国签证事，给法驻英领事馆发去 Fax(传真)，并与伦敦他的学生苏霞女士联系，安排我们在伦敦住宿事宜。

叶步青及其夫人开车陪同赴《简爱》《呼啸山庄》的作者勃朗特·夏洛蒂和勃朗特·艾米莉故居参观。路经洼地和高坡到达目的地。他们夫妇在馆外等候，购票让我们进去，我们于心不安，他们说：没关系，每位国内来客，他们均如此款待。

Haworth 属二层楼木结构建筑，保护其长存，参观者均自觉慢举步轻落地。我们参观了勃朗特的书房、餐厅、厨房、夏洛蒂和艾米莉的寝室和展厅。内子没有看清说明，照了一张照片，管理人员客气地摆摆手，指了指说明牌，内子遂道歉，并未发生争执。退出时，我们 4 人在这一有历史意义的博物馆前摄影留念。

夏洛蒂故居建于一高岗上，下有一小街道，见一妇人穿和服进入道边一间店铺。叶说："日本人善经营，此为日本人经营的简易旅舍，按床位计算收费，床位是可开可合的，收费便宜，日本学生来游多利用此等设施以节省川资。"

10月22日

晚 8 时，抵伦敦 Victora 汽车站。苏霞女士来接，夜宿其家。苏霞亦一自我奋斗成功的女性青年，在一公司工作，干练精明，今日适值周末，帮助我们良多。

10 月 23 日

苏霞女士引导我们入住中国驻英使馆文化处，然后引导参观议会大厦。得见闻名世界之大钟，游泰晤士河，参观女王结婚时的教堂。

10 月 24 日

依苏霞所指，晨至法驻英领馆签证，甚顺利。因 Robert Tang 已向该领事馆详细申明在此前法驻丹麦领馆签证时未得完成签证的原因及遇到之困难，请他们关照，等于再次备案。我们来到并说出姓名、国籍时，工作人员立即回答，已经知道了，请下午来取签证。下午 4 时，领到签证，利用所余时间游览市容及商店。见到伦敦地铁给人以陈旧之感，无法和北京地铁相比。

10 月 25 日

乘机赴巴黎。午后 5 时 1 刻抵达，范曾到机场来接。此行是应 Lucien Bianco(毕仰高)邀请，其邀请函是如是写的：

> 和我以前写给你们的信一样，我们高兴且荣幸地邀请你们到巴黎来住几天，时间从 10 月 23 日开始。我们期待魏教授于 10 月 25 日在中国现代研究与资料中心做一次有关现代化中国的演讲。我们社会科学研究院同意部分资助你们在巴黎的费用，大约 1200 到 1300 法郎。我们盼望两个星期后在巴黎见面。(10 月 11 日,1994 年)

10 月 26 日

赴法国社会科学院。因演讲时间已错过，难以重新安排。遂与该院学者交谈，说明迟到皆因签证之故。尽管如此，该院还付给 600 法郎演讲费，实际它对我们已无所谓了，但他们还是照章办事。

竟日参观巴黎圣母院、艾菲尔铁塔、塞纳河等处，也曾通过均是阿拉伯人开设店铺的整条街道,所售衣料物品等,都是中东人的时尚风格。

移住巴黎郊区范曾美松白兰别墅。此住宅区清雅幽静,房价高昂,华人只范曾一家。

10月27日

参观凡尔赛宫、卢浮宫、凯旋门、拿破仑行宫、枫丹白露、现代印象派画家聚居之村庄。巴黎整座城市像一座精致的博物馆,以往数个世纪的遗存,宏伟庄严。多年梦想之圣地,今日亲临其境。范一夫驾车,还请了一位朋友帮其识路。

沿塞纳河回归时,堵车严重,步行也比坐车要快。

10月28日

参观白教堂、运河,准备赴德事宜。

10月29日

别离巴黎,别离范曾及其夫人楠莉。前往德国,按原计划在德期间,旅程改乘火车。8时45分,乘火车赴德国 Trier(特里尔)。火车进入德境,检票员说:还需补票。我们买的是全票,有点纳闷,真是有理说不清,只好花点钱了事。

及车到德国特利尔车站时,特利尔大学东亚系主任 Karl-Heinz Pohl(卜松山)来接。安排住入预定的市中心地段旅馆 Hotel Frankenturm。馆内所用构件,家具之木材皆为原色,清爽舒适。首次直面德国建筑,具有古典美,梁柱皆凸显于墙面外,组成美丽图案,色彩柔和,十分悦目。

卜松山是研究中国近代思想及艺术史的,早年留学加拿大,是他访问南开时相识的。1994年他回国后于8月29日曾致我一函:

> 这次中国之行,给我们全家留下了十分难忘的印象。特别是在天津访问期间,我们受到了您盛情的接待和友好的帮助,谨向您致以最衷心的谢意。

回到德国后,要处理的事情很多,但我们仍然时常怀念与您在一起的那段美好时光,希望我们保持联系,早日在天津或者特利尔再见。再一次向您表示感谢。

之后,我们间有了不断的联络。

10 月 30 日

特里尔大学德籍华人教授乔伟引导参观特里尔大学校址及汉学中心。乔伟曾就读北京师范大学,攻读语言学,后研究哲学、民族学、禅学,后由台湾到德国,创办汉学研究。特大设有 6 个学系,政治系设有东亚研究所。

午餐,乔伟及其夫人做东,选一中餐馆,地道的中国菜。乔说他常从此店买豆腐带回家。

10 月 31 日

于东亚研究所,演讲《中国之现状》,着重改革开放后的变化。为节省时间,令听众易懂,经济发展多以数字说明。从听众表情看,德国青年对中国现实颇感兴趣。

前往布吕肯大街 10 号,参观卡尔·马克思故居纪念馆,是一幢三层楼房。第三层有三间展室,展出的有《共产党宣言》第 1 版、早期译本和重要版本;《资本论》第 1 版,早期版本、平装本;19 世纪的政治经济学;原始文献、书信、草稿、诗集手稿、照片、回忆录、马克思和恩格斯的原著。

第二层有 7 个展室,展出的有马克思和恩格斯的生平与事业;马克思、恩格斯和科学;现代社会主义的先驱;共产主义同盟;国际工人运动;19 世纪棉纺织品的生产状况。底层是接待室、问讯处、纪念品出售部。附近约翰尼斯大街 28 号是马克思研究中心,据说研究人员有数十名。特利尔民众都能介绍马克思,并以马克思故乡而自豪。

晚饭做客于卜松山家,乔伟亦参加。席间谈到特利尔盛产葡萄,葡萄酒很有名,沿莱茵河许多村镇的名称都与当地酿造的酒有关。第二次世界大战结束,美军主力部队驻扎过这里。卜松山还讲到中国的现代化就是美国化,等等。卜夫人及两个女孩两个多月前在南开园已多次见面,今天又见面,相聚甚欢。

11月1日

赴 Erlangen(埃尔兰根),由于特利尔所乘火车晚点,抵达埃尔兰根车站时,Walfgang Lippart(李博)已等了好一会儿。此前李博和卜松山已电话联系,问明火车到站的时间,发生这种情况,可以理解,在德国,火车没有"准点"之说。

还在6月5日,我在国内时,就接到李博教授的来信,具体讲到我到埃尔兰根–纽伦堡大学时应讲的课题,以及访问图宾根大学、海德堡大学访问事。

为来德国事,我们在丹麦时,李博和卜松山曾致函德国驻华使馆,请其函告德国驻丹麦使馆,给我们发出签证。李博和卜松山不断有电话联系了解我们的行踪。

11月1日到达埃尔兰根,李博教授邀住他家中(Leisigweg.5)。其住宅是以贷款方式购买的,有一大花园,两层楼。此地段安全度高,因地近西门子公司大亨们的豪宅。埃尔兰根有10万居民,西门子总部分两处,一处为慕尼黑,另一处即埃尔兰根,西门子职工有3万人。

11月2—4日

在埃尔兰根–纽伦堡大学演讲三个问题:1. 南京政府的经济转入战时轨道;2.中国"文化大革命";3.中国的开放政策和现状。

因为住在李博家中,整日相聚,聊天时间多,我们什么都聊,谈及"文化大革命"、群众生活、开放政策,也谈他自己。他讲他学习汉语是在台湾,在日本东京任教多年。他的机遇很好,学会了五六种语言,包括英语、法语。柏林墙未建立前由东德到了西德。在香港买到我主编的《中国现代史稿》《中国现代史资料选编(1—5)》是香港翻印的;谈到中国历史分期问题时说:德国学者将秦汉以后时代称士绅社会,不是中国学者称谓的封建社会。我也介绍了现时中国关于封建社会的开端有几种说法,诸如:西周;春秋战国之际;秦;魏晋。他说《水浒》有德文译本,还和内子交谈到《水浒》中的问题。他的日文很好,于是内子请教他,日本人说话总是模棱两可,是什么原故。他讲日本的语言本身就是这样的。他是一位学问渊博、兴趣广泛的学者,已撰成《汉语中的马克思主义术语的起源与作用》(德文版)(中文版由中国社会科学出版社于2003年出版)。

经李博介绍,认识 Klang Flessel(傅克乐)教授。傅邀请至他家做客。傅是研究古代史的,妻子为日本人,有两位标致的女儿。其书房、工作间设在底层,藏书颇丰,订阅了各种学术刊物,自己装订成册。工具之全,我过去未曾见过,有小型机床,小型切纸机,壁上挂满各种工具,从大到小排列整齐,如木锯、钢锯、木锉、钢锉,只活扳手一种,大大小小就有八九种。家中一切家什,都是自己动手,曾伐掉一棵园中树,装成桑拿浴室。树根依形做成一古朴雅致的大茶几。德国男性动手能力之强是极著名的。其夫人为我们讲一故事:一对日本学生相爱结婚,度蜜月中,每到一地,男士端坐不动,或饮茶或阅报,专等太太侍奉,女士难以忍受,蜜月结束就立即把婚离了,声称要嫁一德国男子。

晚7时,应邀参加该校校长一年一度的教授招待会,与会者二三百人,除本校教师外,来自国外的也不少。

11 月 5 日

随李博参观市中心的农贸市场,蔬菜价格比超市高出甚多,但鲜嫩。

下午李博及其夫人陪同游览中世纪城市 Forch Heim 城堡、护城河、城墙、是千年前一位国王的都城。

游一村庄 Efeltrich,有一古教堂,钟声悦耳。李博言及,每遇节日必去教堂,不是每礼拜日都去。

11 月 6 日

青年教师李博教授的助教 Klashka 陪同参观纽伦堡城的中世纪城堡 Sinwele。此城堡建于 1580 年,高 53 米。纽市现有人口 50 万。

11 月 7 日

按计划赴 Eherhand–Karls Universitat Heidelberg(图宾根爱博哈德—卡尔斯大学)。早9时左右乘火车,下午1时16分到达。我国台湾在该校任教的吴老师迎接。到汉语中心参观。晚,与华裔三教师吴、杨、蔡至中餐馆进餐。安排于学校宾馆下榻。

11 月 8 日

会见 Hans Ulrich Vogel(傅汉思),他正在研究四川自流井盐业。吴、蔡陪同参观古城。世界著名哲学家黑格尔就学地。黑格尔在该校读书四五年。靠河的一栋建筑上悬有标记。道路和建筑都是石料砌成的。该校已有 700 年历史,最早成立的是神学院、法学院。

晚 6 时,以英语讲"文化大革命",是 Vogel 命题。听众提出的问题有:现在中国媒体是否谈论"四人帮"、如何评估伤痕文学,等等。

我回国后,于当年 12 月 19 日,还收到 H.U.Vogel 一封信:

> 感谢您 11 月 6 日来函。我们也从图宾根祝您圣诞新年快乐。回味与您在图宾根共享的美好时光。眼下由于我已当选院长,搞研究的时间不多了。院长之职令我无暇他顾。再次感谢您建议、提供"文化大革命"资料。本校有不少学者和学生对该资料兴趣浓厚。

11 月 9 日

早,经 Strutgart 至 Heidelberg(海德堡),住 Hanfmark 旅馆。此行是根据 Irmy Schwiedrzik 的邀请函成行的, 该函内容为:"尊敬的魏教授:我代表 Weigelin-Schwiedrzik 教授给您写信, 因李博教授告知她您即将赴德国访问。Weigelin-Schwiedrzik 教授非常高兴地邀请您就中国现代史问题到汉学系做一场演讲。按照我们的学期计划,11 月 9 日作为演讲日期较为适当。如果您能肯定我们的计划或提出其他建议,我们将乐于接受。希望在海德堡与您见面。如果您有何问题,请电话或传真联系。Irmy Schwiedrzik"(9 月 27 日,1994 年)

晚 5 时,到海德堡大学会见魏克林(Weigelin-Schwiedrzik),晤谈良久。魏17 岁留学中国,当时中国还未开放,留学生很少,女性更是绝无仅有。她中国话讲得很流畅,发音很标准,从来不放弃任何讲汉语的机会,毛泽东著作读得很熟。她说自己非常喜欢中国,每年都去。6 时一刻在她的课堂上,演讲"文化大革命",这是最受欢迎的题目之一。结束后,魏克林送我们回旅馆。

11月10—11日

赴海德堡大学会见汉学系、历史系主任及希腊学教授,参观汉学系图书馆。特为展示了他们珍藏的荷马史诗珍本。

午后,与内子王黎游览市容,游哲人之路,这里过去是哲学家聚居的地方,也是海德堡观景最佳的地方,傍莱茵河,顺坡路而上可尽览对岸景色。行至海德堡大桥之一端,漫步桥上,惊叹其建筑之美、之坚固。据称海德堡第二次世界大战中免于战祸,是海德堡大学一位美国学生的功绩。这位美国青年先是在海德堡大学学习,他非常爱这里的一切:大桥、古堡、校园。战事起,应征回国,成了一名飞行员。一天,他接到的命令,是炸毁海德堡。这位学生怎么都下不了这个决心,驾机在海德堡上空盘旋了很久,终于一颗炸弹都没投就飞走了。这个故事,是海德堡人代代相传、铭记于心的。

晚,观灯节。这是海德堡的特殊民俗。入夜,各居民区均有自己的小型提灯会。有儿童的家庭,父母帮助子女动手做灯笼,有小型乐队,也可只有一位拉提琴或手风琴的人伴奏,在所在街区游行。各商店也多给予配合,虽然已关闭门店,却点燃不少蜡烛。儿童为二三岁、五六岁者。此节日为儿童所拥有,孩子们异常兴奋。

晚10时,魏克林再来旅馆,她说:再次见面为你送别。另外又送我部分补加的演讲酬劳,这大概就是德国人办事的风格吧!

11月13日

乘市公交车赴火车站,转乘火车赴法兰克福机场,午后3时半起飞,经英伦按原路回哥本哈根。

11月14—15日

整理行装,李来福在其家设酒食为我们送别。我亦以电话向诸友告别。翌日回国。

原载《历史教学问题》,2012年第1期

1995 年澳门之行

澳门回归祖国,心情无比激动,勾起了我对澳门的一段回忆。

澳门有个中国哲学会,很活跃,为弘扬中华民族优秀文化传统,沟通澳门和内地的学术交流,和北京中国科学院哲学所携手,每年都策划一次学术研讨会,如冯友兰思想、逻辑学与哲学等。1995 年冬,该学会会长岑庆祺和秘书长何广中所组织的"综合创新文化观研讨会",大陆学者 20 人应邀参加。我也名列其中。对于获得此次这样一个机会,我很兴奋,其原因也还在于澳门很快就要回归祖国。多年来去澳门的愿望在回归以前得以实现。

我的澳门之行是 12 月 26 日由广州乘船夜航,翌日早晨到达的。离开澳门是 12 月 30 日下午经拱北到广州的。此段路程约 130 多公里。

会议的主题思想是阐发张申府、张岱年的学术思想。我提交的论文是《论张岱年先生的文化现》。会议是在皇都酒店举行,与会者食宿也安排在那里。

脚一踏上澳门,首先感觉是一切都很新鲜,一切又都很陌生,幸运的是遇到了曾就读南开大学历史系的两位学人,一位是何广中先生,他移居澳门已有多年,时任教于澳门大学,他的夫人卢露是位医生,自己开了一间诊所。另一位是在新华社澳门分社工作的朱德新博士。他们是我的好向导,使我得以较快地了解到澳门的过去、现在和迎回归的准备状况。

澳门是一个美丽的半岛,面积不大,只有 23.5 平方公里,约相当于香港的五十分之一。人口约四十多万,环境优美安静。与香港繁华嘈杂形成极鲜明的对比。

澳门的文化极为特殊,既有中华民族的,也有西方的,是中西方文化的融合。官方的行文是葡文,街边名称也多是葡语的译名,而居民会讲葡语的只有百分之三。人们日常用语多是粤语。从建筑艺术上看,拉丁风格和中国传统并存。

葡人第一艘船进入东亚领域是 1515 年的事。1553 年葡人以贿赂租借澳门居住,直到鸦片战争前,这里是中葡两种管理制度并存,而葡人基本上服从中国政府的管辖,鸦片战争后,葡人完全侵占了澳门。在这四百多年历史中,因为明清时代实行的是锁国政策,不对外开放,澳门相当一个时期遂成为中国和欧洲、拉丁美洲以及东南亚各国的唯一的桥梁,西方传教士来到大陆也是经这里而至的。

我每到一地都习惯于翻阅一下该地的报纸,这大概是读历史人的癖好。澳门的中文报纸有《澳门日报》《大众报》《星报》《市民日报》《华侨报》等。

澳门只有一所大学即澳门大学,原称东亚大学,校址设在一座山头上,风景秀丽。我的校友何广中的办公室恰恰面向大海,从窗际望去,澳门全景尽收眼底,可谓一览无余了。

澳门是旅游胜地,世人无人不知。到这里来没有不参观圣保罗教堂遗迹、东望洋灯塔、妈祖庙的。

引起我的兴趣的还有望厦村,那是一个普通而又极为出名的村庄,因为它是订立《望厦条约》的地方。爱好古诗的人多读过晚清名将丘逢甲寓居澳门时所作的一首诗:"四山高耸炮台尊,海风空环晚角喧。落落老兵扶醉去,斜阳出自望霞村。"诗中的望霞村即望厦村。

澳门之行感触最深的是,除学术交流外,华裔学者谈论最多的是澳门回归的事。我接触到的澳门人对祖国都有深厚的感情,他们喜庆葡人治澳的时代即将结束,澳人治澳即将开始,他们期待着"一国两制"的光明未来。

原载魏宏运:《锲斋文稿》,中国社会科学出版社,2014 年

台湾之学旅

　　1997 年 7 月，台湾省中国史学会和近代史学会联合在台北市举行"纪念七七抗战 60 周年学术研讨会"，大陆学者 12 人应邀参加。我们从各自所在地分别启程，于 7 月 16 日先后抵达香港，然后办理入台手续。大家都很兴奋，一是亲眼看到了刚刚回归祖国半个月的香港，二是我们大都是第一次赴祖国的宝岛台湾。

　　台北是一个盆地，四面皆山，淡水河流经其间，市区有忠孝、仁爱、信义、和平四条大街，共二百多万人口。学术活动中心背靠着一座小山，树木葱郁，环境优美。

　　18 日，会议开幕。会议筹备负责人张玉法教授首先致词，简述了会议的筹备情况，特别指出这次会议是各社会团体发起组织的，台北当局不予支持，还有一股反对势力。但是，他们无所畏惧。因为抗日战争是整个中华民族洗刷国耻，由衰败到重新振兴的历史转折点。所以选择今日召开，是 60 年前的今天，蒋介石在庐山发表谈话，正式确定了抗战的方针。最后，他预祝大陆学者台湾之学旅获得成功。接着世界著名科学家、诺贝尔奖获得者李远哲先生以东道主身份讲话。他谈了中日间的战争与和平、时代意识与民族意识，讲到历史学家的使命等，内容极为精彩，其中讲道："中日之间五十多年的和平，不仅带来经济发展，而且使许多人忘记了战争的伤痛。战争的伤痛是否应该忘记？对一般人来说，与个人对历史的记忆有关。在中日战争中受过磨难的人，历史的记忆最深，恶感也最深。在战后成长的一代，战争对他们已经很遥远，即使在历史课本中谈到这一段，也很难让他们与战争中的一代有同感。但对历史学家来说，过去的历史必须不断反省，希望在历史的反省中，增加人类的智慧，使人类不要再犯过去的错误。我个人是学科学的，相信科学可以为我们解决许多问题。但有些人文的关怀，则是科学所达不到的。"这位当代伟大科学家的讲话，抒发了自己的情怀，也表达了与会者的心声。

研讨会共收到论文35篇,内容很广泛,有理论的阐发,有史事的考证,有宏观的研究,也有微观的剖析。其中,研究经济和汪伪政权的文章较多。由于近年来海峡两岸不断公布档案资料,有些文章考察了一向不被注意的领域,或在论述中颇多新见解。按照论文的题材,筹委会将研讨会分为12场,如第6场论文题目为:《抗战时期的平准基金与平准基金借款》《抗日时期的地方财政》《抗战时期走私活动与走私市镇》。第7场的论文题目为:《汪政权党政军结构初探》《日伪统治下的南京——从南京沦陷到维新政府解散》《汪伪海军舰只初探》。每场都是全体参加,并由两岸学者分别主持。每名主讲人报告后,均由专家逐一评论。

与会者对报告进行了认真的讨论,从论文的标题、构思、资料到文字表述和注释,均有所批评和建议。会上,争论较大的有两个问题:一是如何评价敌后抗日根据地,一是如何认识汪伪政权及其社会。

出现第一个问题的争论,是源于有人在发言中否定抗日根据地的作用。这是大是大非问题,自然遇到了抨击。敌后根据地奠定了抗日战争胜利的基础,历史已经做出了结论,这是谁也否定不了的。

争论第二个问题,是由于会上出现了美化汪精卫的言论。如说汪精卫"为求恢复中国已被日军占领地区的统治","汪伪统治下人民的纳税较国统区和解放区为轻","上海的艺人演唱不健康的东西无可厚非"等,这些违反常规的观点确实太离谱了,立即遭到众人的批评。多数人认为,如果不以历史实际研究汉奸问题,或是以汉奸的自我表述为主要依据,不加分析和批判,必然将史学研究引向歧途。

会议最后是综合讨论,请4位教授分别谈论抗日战争的历史进程、近年来抗日战争研究的争论问题,以及对这次会议讨论的问题的看法。闭幕会由张玉法教授、谢文东教授和我共同主持。我们一致认为这次会议是成功的,既交流了不同的学术观点,也为今后的研究提供了材料和方法,必将推动两岸史学发展日益繁荣。

会议期间,我们还参观了台湾故宫博物院、阳明书屋、档案馆、政治大学以及木栅茶园、联经出版社等,看到了一些珍贵的文物,游览了阳明山,受到秦孝仪、潘振球、朱重圣、陈三井、林能士、张哲郎、陈鹏仁等诸位先生热情的接待。

23日,大陆学者多数踏上归途。我继续留台,参观了近代史所郭廷以图书馆,并在政治大学国际关系研究所做了题为《中央和地方关系》的学术报告。24 日晚,老朋友胡春惠夫妇请我和谢本书在指南山上吃茶饭,每道饭菜均有茶叶伴随。政大历史系几位老教授闻沁恒、蒋永敬、张哲郎等均偕夫人和孩子们前来参加。我们一面观看台北夜景,一面畅谈两岸学术动态,交流心得。

我对这次台湾之旅最感兴趣的是:看到一大批台湾出版的档案资料,如资源委员会档案史料初编和汇编,抗战时期的专卖史料、役政史料、粮政史料,等等,其对研究抗战经济史至为重要。特别是台湾出版了一大批口述历史书籍,分别记录了抗战时期诸多重要历史人物及其轶事,丰富了抗战历史的内容。我还了解到张玉法教授所领导的中国现代化区域研究的情况,颇有学术价值。

两岸学术交流近年有了长足的进步。大陆许多史学著作在这里都可以找到,对有的书还有评论文章。台湾学者的著作在大陆流传的也不少。学者们在其发表的论文中已相互引用,沟通学术思想。我们此次接触中,彼此也以书相赠。我非常高兴的是朱重圣、谢国兴等先生赠送我系六十多箱书籍,非常珍贵,其中包括《中华民国史事纪要》《故宫文物月刊》这些大型书刊。故宫月刊,我想可能是秦孝议先生赠的吧。在此以前,刘凤翰先生就赠送我们不少。

我们赴台是探讨学术问题,不谈当前政治。但是应该说明,台湾学界一些人曾以传单形式广泛散发材料,猛烈抨击主张台独的学者和政治人物。如李庆华在《认识台湾,或误解台湾》的小册子中,指出所谓《认识台湾》的教科书充满了谬误,竟将"认识台湾"变成"为台独铺路"。史学家黄大受也写了不少文章,呼吁祖国统一。

26 日,我离开台湾。10 天的台北之旅使我感受颇深,更进一步了解了台湾近代以来的历史与未来。台湾终有一天要回到祖国的怀抱,这是我所接触的学者发自肺腑的心愿。

原载《历史教学》,1998 年第 7 期

心向井冈山

井冈山在中国近代历史上占有特殊地位,是个令人神往的地方,我在自己五十多年教学生涯中不知讲了多少遍井冈山的道路。为加深对这个问题的认识,我和撰写《中国现代史稿》的同事曾去秋收起义的萍乡、浏阳一带进行学术考察,还两次上井冈山。第一次是1973年3月,和刘健清、杨圣清、李绍基、张洪祥从西面上去的。第二次是1997年11月和王黎、温锐从东面上去的。

第一次上井冈山,是在结束了对韶山和安源参观后前去的,乘汽车沿着萍乡、莲花、永新、宁冈路线,最后抵达井冈山。此来一为亲历革命圣地,一为能有机会和当年创建根据地的人们座谈,心情一直很激动。

我们到达永新是1973年3月3日,参观了毛泽东主持联席会议的旧址,了解了在井冈山根据地创立的问题上党的矛盾斗争的激化,领会到为什么说先有永新才有井冈山的深刻含义。

3月4日我们到达三湾村。1927年三湾改编时该村有几十户人家,村前有三棵大树,两棵是樟树,一棵是枫树,毛泽东就是在枫树坪演讲,宣布整编部队,确立了党对军队的绝对领导,三湾的名字从此和中国共产党的建军思想和制度联系在一起,这课枫树成为最好的见证。

井冈山脚下的砻市,是个大集镇,毛泽东在该镇的龙江书院成立了教导队,1928年朱毛会师和红四军成立大会也是在这里举行的。现在设于龙江书院的革命纪念馆,陈列着许多珍贵的资料。

茅坪位于井冈山的北岭,是毛泽东率部安家之地,革命旧址很多,如八角楼、红四军军部、军械处、红军医院、湘赣边界第一次代表大会会址等。当时革命处在低潮,毛泽东却高举起红旗,开展游击战和土地革命,建立了罗霄山脉中段的红色政权。《中国红色政权为什么能够存在》《井冈山的斗争》就是在八角楼写成的。

从茅坪到井冈山上约六十华里。井冈山在江西边界上,崇山峻岭,海拔约四千公尺,山上有一小块盆地,大井、小井、中井、上井、茨坪等村庄坐落其间,其中以茨坪镇最大。1928年砻市和茅坪的一些红军机关也都迁到山上,茨坪成为井冈山革命根据地的政治、军事、经济、文化中心。我们参观了毛泽东旧居、红四军军部、井冈山特别区苏维埃政府、红军被服厂、军械处、医务所等遗址。我们应用了整天时间去看五大哨口,即黄洋界、桐木岭、硃砂冲、双马石和八面山,这五个哨门是井冈山通往外界必经之关口,山势极为险要。当时山上产粮少,部队吃粮要到山下去挑,从宁冈挑粮上山往返一百多华里,毛泽东、朱德和战士一起挑粮的故事即时涌现于脑海之中。

井冈山上有一敬老院,院名是1961年秋朱德题写的,敬老院住着十多位老革命、老红军。我们访问时,当年大井乡苏维埃主席余振坤已七十多岁,王佐的夫人谢梅香也已八十多岁,仍然健谈,给我们讲了井冈山创立时许多战斗和生活的事例,以及毛泽东和群众的关系。

我第二次上井冈山,时隔24年,井冈山变化很大,这里已是中外学者游人旅游的圣地,特别是京九铁路通车后,深圳、香港等地游人日益增多。我的老友毛秉华教授原在南昌工作,"文化大革命"时落户井冈山,现为井冈山关心下一代委员会成员,他说他很忙,几乎每天不止一次向青少年和部队战士以及中外游人讲井冈山斗争的历史。

井冈山的参观访问启示很多,那些推动历史前进的先行者,他们的理想、信念,使人感到可敬可亲。他们在创业中遇到的种种困难,都一一克服了。他们对新生活的渴望,对革命事业的忠贞不渝,给后人永远的激励和动力。

原载《南开周报》,2001年7月1日

汉堡"新中国 50 年之回顾与评价" 国家学术研讨会的点滴记忆

新中国诞生 50 周年之际，悉尼科技大学国际学院和汉堡亚洲研究院联合选择 1999 年 9 月 23—25 日于汉堡举行中华人民共和国 50 周年之回顾与评价国际学术研讨会，主题为《中国革命真的需要吗？》，国内尚未见到对这次会议的报道。这里，根据我的点滴记忆写出来，可以看看那时国际学界对新中国历史的认识。

这次会议的与会者共 42 人，多数为研究中国现代和当代的各国资深学者，也有少数后起之秀。

美国方面：罗德里克·麦克法夸尔（Roderick MacFarquhar）是哈佛大学费正清中心的掌门人，因与费氏共同主编《剑桥中国史》人民共和国部分，以及他自己的多卷本《"文化大革命"的起源》而享誉世界。马克·赛尔登（Mark Selden）为组织州立大学社会学系讲座教授以《革命中的中国：延安道路》及《中国发展的政治经济学》等书名世。爱德华·佛莱德曼（Edward Friedman）是威斯康星大学政治学教授，以《社会主义中国农村》《社会主义中国的民族认同》等书而拥有广大的读者。茉尔·戈德曼（Merle Goldman）教授是费正清中心研究当代中国知识分子的女性权威人物。苏黛瑞（Dorothy Solinger）教授就教于加里福尼亚大学，是研究中国工业经济及城市改革方面的权威人物。周锡瑞（Joseph Esherick）是加利福尼亚大学圣地亚哥分校教授，以贯通现代与当代中国史名世。

英国方面：罗伯特·艾斯（Robert Ash）是伦敦大学东方、非洲学院当代中国研究所所长。里查德·爱德曼（Richard Edmonds）是中国季刊主编。

法国方面：毕仰高（Lucien Bianco）是法国研究中国革命的元老。玛丽·伯杰乐（Marie Bergere）是经济和文化史专家。

荷兰方面：巴尔拉（Barbara Krug）是罗特丹大学中国经济问题专家。

加拿大方面:彼得曼·波特(Pitman botter)是哥伦比亚大学中国法治问题专家。

　　德国方面：威纳·德拉衮（Werner Draguhn）博士。爱伯哈得·散斯内德(Eberhard Sandschnesdes)教授。

　　澳大利亚方面:古德曼(David S.Goodman)是悉尼科技大学国际研究学院院长,以研究邓小平与中国革命以及当代山西等课题闻名。冯崇义博士是悉尼科技大学中国研究学院博士,研究中国现代当代政治制度和宪法问题。费约翰(John Fitzgerald)教授是研究中国政治经济学专家。汉斯(Hans Hendrischke)(杭智科)是新南威尔士大学中文系主任。白朗明(Geremie Barme)博士在澳大利亚国立大学,以研究中国当代文化而闻名。

　　中国方面:台湾方面有石之瑜,是台湾大学政治学教授。大陆方面有魏宏运等,以评议员身份出席。

　　会议讨论的范围很广泛,都是人们关注的话题,以中国历史发展的进程,包括政治经济、法治、文化等方面,按照年代分为四个阶段,即1945—1949年内战时期,1949—1966年社会转型与建设时期,1966—1978年"文化大革命"时期,1978—1999年改革开放时期。中国的对外关系则以1978年为界分为两个阶段。

　　关于内战时期,谈及国共两党在角逐中一胜一负的原因何在。会议深入探讨了国民党政权解体的一些深层原因，在经济上由于体制方面的缺陷,国民政府已无力医治抗日战争造成的创伤,无法将国民经济导向正常发展的轨道,结果是国民经济每况愈下,陷于全面崩溃,除少数官僚与富豪外,全体国民均深受其害。在政治上也无力完成近代以来在中国建立民族国家(Nation State)的迫切任务,最突出的表现是国民政府合法性的严重危机。我被指定评论周锡瑞的文章。周文的特色是从经济领域阐述国民党已引起天怒人怒,与国共两党战争必然失败。我谈到其文的特点时,介绍了平津两地反内战反饥饿的实况。

　　会议还讨论了毛泽东讲"中国人民从此站起来了",是在全国新政协会议上讲的,还是在10月1日天安门广场举行的开国大典上讲的?

　　1958年"大跃进"也是讨论的问题。有的学者说,如果有10个彭德怀,是不是就不会发生那样大的错误?但也有学者认为中国太穷,总想立即超越其他先进国家,其他人当政,会不会犯同样错误?

关于 1949—1966 的中华人民共和国史，争论最激烈的是社会主义的必要性。有的学者从经济建设、国家统一、生活水平、教育普及等方面论证 20 世纪 50 年代中国共产党所领导的社会主义建设的必要性，认为这种变革带来的是社会进步。也有的学者将中国的社会主义看成是庸人自扰，有害无益。他们的证据是，这一革命消灭了市场，现在又得苦苦地创造市场。在城市中将有成就和修养的资本家作为一个阶级消灭了，现在又要回过头去造就新一代缺乏修养的企业家。在农村消灭了士绅阶级与家庭生产，代之以基本上没有受过教育的新的领导阶层和大而无当的集体生产。现在又不得不推倒重来。

关于"文化大革命"，一位年轻学者提出革命还是有建设的一面，中国的"文革"是破坏性的，历史被颠倒了。是否废止这个错误换上名副其实的词语？我说"文革"有其特定的含义，不好更换一个名词。

关于 1978 年以来改革开放这一段，一个重要的争论是，改革 20 年之后，中国社会政治究竟发生了多大变化。对于中国社会经济的根本性变化，与会者没有异议。重要的分歧在于，有的认为改革开放以来，中国社会政治生活依旧停滞不前，依旧是共产党领导的一党政权，依旧是共产主义法制系统，依旧是马列主义意识形态。这些人误读了中国的改革开放，以为中国应仿照西方国家的政治模式，而中国的实际历史进程，则是走自己具有特色的社会主义道路。一些人也指出了中国社会政治生活的变化，"私人空间"与"私人权利"在经济生活、文化生活和政治生活等一切方面都扩张开来，日渐接近现代社会的常态。中国有序地由计划经济转型为市场经济。

关于中国的对外关系也有不同意见的交锋。有人认为从毛泽东时代到改革开放时代，共和国的外交政策经历了根本性的变化，即从意识形态支配的"革命外交"转变为以国家民族利益为中心的"务实外交"。也有人认为中国外交政策的调整幅度并不那么大，中国要在新的世界多元格局中找到恰如其分的位置，仍需假以时日。

会议开得很成功。大家畅所欲言。各方面组织得都很好，住在 Baseler Hoe。亚洲研究所带领参观了他们的研究成果展、汉堡大学、汉堡港及市容。这种座城市在世界大战时被盟军轰炸，几乎成为一片焦土。现在树木葱郁，多湖水，是著名旅游之地。每天来此旅游人数数以万计。汉堡港口是欧洲第二商港。

历史问题的探讨，都是以历史资料为依据。各国学者颇关注 1978 年以来中国的出版物。有的学者提出,对近年来出版的那些回忆录,使用时要有批判的眼光,不能轻信盲从。有的人则指出,中国人的种种"说法"本身具有重要的史料价值,都应该作为历史研究的重要对象来认真分析。还有人认为"文革史"以至于中华人民共和国历史研究已经多年停滞不前,应该返回到搜集原始资料,田野调查这些"基本功"上去,努力做出原创性的研究,创造新的理论框架。否则,只能在二手史料与论点的圈子里打转,只能人云亦云。

原载《史学月刊》,2012 年第 10 期

哈佛大学"战时中国"学术研讨会之我见

　　纪念全面抗战 65 周年之际,哈佛大学举行了一次题为"战时中国"的学术研讨会,这是很有历史意义的。抗战时期的中国是永远研究不完的课题,那时日本为了灭亡中国和奴役世界,其手段是最野蛮、最残酷的,而中国人民为了民族和国家的生存所进行的正义斗争,也是最坚定并勇往直前的,最终取得了胜利,在世界上获得了应有的荣誉。用进步的历史观来研究这一段历史,对我们推动人类文明向前发展有深刻的启迪。

一

　　2001 年 5 月美国亚利桑那州立大学（Arizona State University）麦金农(Stephen Mackinnon)教授来南开大学讲学,说 2002 年将在哈佛大学(Harvard University)举行关于抗日战争问题的国际学术研讨会,想邀我参加。我欣然接受,并确定提交的论文题目为《抗日战争时期晋冀鲁豫的商业贸易》。麦金农教授离津到北京后,立即发来邀请函。

　　邀请函由哈佛大学傅高义(Ezra Vogel)、加拿大哥伦比亚大学(University of British Columbia)戴安娜(Diana Lary)和麦金农三位教授署名。会议的主题是战时中国的地方政权与状况,将有中国、日本、北美和欧洲的学者参加。会议对论文提出下列要求:

　　1.被占领地区的政府在税收、预算、通货膨胀等方面的本质作用是什么? 2.日本对城镇、通讯线路和农村地区的控制程度如何? 3.日本军队对一地区的控制程度如何? 4.地区政治当局的组成结构是什么? 日本、国民党、共产党,还是不包括上述任何一方? 在当地多方政府共存的程度如何? 重庆如何在远离前线的地方和这些地方(区)保持联系? 5.战前的政府和企业精英有多少尚存? 他们是如何发挥其职能的? 6.在战争进行期间,地区中不同群众所效忠的对象是什么？本地、地区、国家？7.和战争有关的人口迁移程度如何？死亡、逃离、从当地迁移、失去家园或生计的人口比例如何？8.经济情况如何？生产的产品是什么，商品是如何配销的？具体描述生活水平。经济问题如何影响政治行为？财政情况如何？短缺和通货膨胀的严重程度如何？9.战争如何引起地区和当地的一些变化？回答这个问题应包括以下内容：分析战前和战后的社会条件，社会精英人群的组成有何变化或是否有变化？10.关于日本在被占领地区的行为，将提到一系列的具体的问题。军队和非军事权力机构所在地？有多少经常和中国人保持联系？和中国人联系时，是以何种形式？

同年11月30日傅高义等三位教授又致函于我，提出论文不要超过15000字，应于2002年5月1日前寄至哈佛，用中文或日文书写者要译成英文，用英文写的要译成中文。如果找不到翻译的人，4月1日前应将论文寄美，以便安排翻译。

我的论文是按上述要求撰写的。关于抗日时期华北根据地的资料，以前我已有相当的积累，为使论文更为具体，我重新到太行山山西一带做了实际调查，得到山西史志院、长治及武乡党史办的帮助，获得以前未掌握的一些资料。友人还赠予涉县县志。这些都是论文框架形成的基础，反复思考筛选后，决定着重从四个方面阐述，即：一、市场从混乱到统一；二、经济绝交与贸易往来；三、物价波动与比价起伏；四、知彼知已是贸易取胜的关键。2002年4月，我完成论文中英文稿并寄出。

会议的筹备组织工作极为周密。5月14日麦金农教授函报说，大部分文章已于5月10前收到，准备工作进展顺利。

5月31日，傅高义与麦金农联名寄来会议程序表，并附有与会学者论文15篇，俾可事先阅读。函内还附地图一份，注明会议地址和与会者的住所。

6月21日，我乘东方航空公司班机抵达洛杉矶，休息数日，于26日抵达波士顿。这是我第二次访问这座美丽的城市。1984年，我曾在Brandeis大学和波士顿学院讲学一周，访问过哈佛，蒙杜维明教授接待，参观过哈佛燕京图书馆，至今记忆犹新。这次再度到哈佛，犹如故友重逢，只是此来主旨与上次不同，哈佛毕竟是世界向往的"圣地"，自然别有一番滋味。

二

会议于 27 日开幕,与会者四十余人,有的学者提交了论文,有的学者为论文评论者,也有特邀来的或列席的。先一日晚上傅高义为各国学者的到来举行了欢迎会。我见到了不少多年来未见面的中外老朋友,也结识了一些新朋友。中国大陆参会学者共 9 名,其中有几位是这时才认识的。台湾省的两位学者也是第一次见面。

会议论文涉及面广泛,内容丰富,体现近年各国研究抗日战争问题日益深入的趋向。有的研究战时蒋介石的军事手令,有的研究作为后方省区的情况,有的研究日本的侵华机构,有的研究日伪政权,有的研究日伪如何掳掠华工、如何抢夺粮食,有的研究日本人的反战同盟问题,有的研究日占区人民如何反抗日军的统治,等等。会议根据论文性质,分成若干组,每两篇文章为一组,一个半小时讨论完毕,然后讨论下一组问题。现将论文的作者及其题目、评论人和每一组会议的主席录之于后:

6 月 27 日 1.中国西部——主席:傅高义(9:00—10:30a.m.)。论文有:味冈沏:《中日战争时期蒋介石划小省界运动》,评论人:麦金农;张瑞德:《遥制——蒋介石的手令研究》,评论人:山田辰雄。2.华北前线——主席:戴安娜(11:00a.m.—12:30p.m.)。论文有:魏宏运:《抗战时期晋冀鲁豫根据地的商业贸易》,评论人:周希瑞(Joseph Esherick);吴应铣(Odoric Wou)《河南的粮食短缺和日本的粮食掠夺活动》,评论人:杨达清(Daqing Yang)。3.上海——主席:山田辰雄(2:00—3:30p.m.)。论文有:魏克曼(Frederic Wakeman):《上海沦陷区的中国医生》,评论人:福高(Joshua Fogel);高纲博文:《战后被遣送回国的日本人的上海怀旧》,评论人:克博(Parks Coble)。8:30p.m.讨论资料来源、书目、网络等问题,由菲利普陈述作简单评述。

6 月 28 日 4.东北——主席:杨天石(9:00—10:30a.m.)。论文有:解学诗:《伪满州国的政权体制和基层社会组织》,评论人:五百旗头真(Mako-to Iok-ibe);濑进:《满洲国统治在中国东北社会的渗透与影响》,米尔斯(Ramon My-ers)书面评论。5.华北日占区——主席:塞迟(11:00a.m.—12:30p.m.)。论文有:井上久士:《八路军的捕虏政策与日本人反战活动》,评论人:马克·塞尔顿(Mark Selden);庄建平:《日本在青岛的劳务掠夺系统概说》,评论人:凯尔比

(William Kirby)。6.华北日占区——主席:山田辰雄(2:00—3:30p.m.)。论文有:居之芬:《论太平洋战争爆发后日本强掳虐待华北强制劳工的暴行》,评论人:姬田光一;久保:《兴亚院和它的中国调查》,评论人:皮特(Mark Peatter)。

6月29日　7.华中——主席:麦金农(9:00—10:30a.m.)。论文有:卜正民:《1937年至1945年间中国长江中下游地区占领状态下的政权的形成》,评论人:杨天石;8.华南——主席:平野健一郎(11:00a.m.—12:30p.m.)。论文有:墨轲:《战时江西省国民党统治下的后方区》,评论人:吴德润(Arthur Waldron);戴安娜(Diana Lary):《抗日战争的地域性影响:广西1937—1945年》,评论人:柯恩(Paul Cohen)。9.蒙古和台湾——主席:戴安娜(2:00—3:30p.m.)。论文有:邵铭煌:《变调的 "雨夜花"——战时台湾几个面向的观察》, 评论人: 米勒(Lyman Miller);卢明辉:《1931—1945年日军侵占内蒙古和察绥与晋北地区,扶持建立伪察南、晋北蒙古政权及其后合并为蒙古联合自治政府的性质》,评论人:司澎斯(Jonathan Spence)。

此次会议有两点甚为突出,其一,所邀评论人都是著名有威望的汉学家如周希瑞、马克·塞尔顿、山田辰雄、司澎斯等人,借助于他们的评论,深化了对论文的认识。其二,专门讨论资料搜集的重要性,安排了一个单元,议论这一问题。麦金农和戴安娜教授特别介绍了他们从世界各国搜集到的战时图片。菲利普教授印发了他收集到的中国出版的关于抗日战争史的书籍目录,共256种,以及英文、日文和其他国家文字的资料,使人们对抗日战争历史研究的现状,有了概括的了解。哈佛、耶鲁、伯克利等校介绍了各自拥有的图书资料状况。中日两国的代表也都讲到各自的图书资源。

会议组织者还特邀了中国金冲及,日本卫藤沈吉、平野健一朗和美国魏克曼等人。

三

会议首日上午,按计划,我用英语扼要地宣读了自己论文的要点,回答了评论者提出的问题,对其他学者的课题,有的我比较熟悉,有的不是十分熟悉,便不时翻阅有关论文原文。对一些值得商榷的问题,及时记录下来。

首先造成会议辩论气氛的是关于伪政权或傀儡政权这一术语的使用问题。这一术语是指日军占领中国一个地区后,为了肢解中国,维持其统治,建立了许多"政权"机构,以便其指挥。这是刺刀和阴谋的产物,盗用中国人名义,以欺骗世界,如"满洲国"、华北、南京、蒙疆等政权,中国人是不承认的,故以"伪"或"傀儡"称之。这一概念,是非分明,表达得很清楚,为中外学者所使用,然加拿大学者卜正民不以为然,对这一称谓提出异议。他认为不能这样称呼和定性,应改为"占领下的政权"。他的理由很多,这里不妨摘引一些:

> "反对这种与占领者相关联的政治形式的人,用傀儡之类的词汇来称呼占领下的政权及其组成人员,但是占领下的政权者和公务人员却并不以此给自己定性。他们的自我认定可能是欺骗性……因他们的服务而接受占领者酬赏的工具。可是事实上,他们与占领者的关系可以远远逾出被利用收买的投机行为的界线,其甚者到了为危亡中的国家而付出的无私服务和自我牺牲的境地。"
>
> "这种政权建设的过程,虽然由日本人策划,并由日本人控制,也终究是中国人一项工程,中国人面对这些政权,任职于这些政权,使政府职能运作到他们可以操作的程度,占领下的国家是一个联合工程,而非简单地归类于任何一方。"
>
> "伪毕竟代表不存在。"
>
> "服务于国家政府喉舌的中国历史学家,运用所谓的非正当合法性的指责,将长江中下游的政权标之以'伪',加以简单化处理。"

作者在其文中反复说明,应该称为"合作者"或"合作主义者",并引用1940年法国贝当投降德国时使用合作一词为例,来强化自己的看法。

以上这些貌似公正的论断,是难以令人信服的。我认为作者在这一问题上的错误论述所费的苦心,多于在正确理解上所花费的精力。

历史的真相是,日本实行大陆政策,以亡华为目的,所采取的手段,一是鲸吞,一是蚕食。在其占领区内所设的各种伪组织,一切根据日本特务机关命令行事。那些投降日军的人,认贼作父,卖国求荣,没有任何独立自主可言。他们牺牲的不仅是国家和民族的利益,还有他们自己的人格和良心。怎能信任他们自己的自我定性?

所谓"联合工程",这是作者杜撰出来的。所有伪政权都是日军扶植起来的,那些投降日本为日军服务的人连一点人身自由都没有。日军派顾问、参谋,刻刻监视,稍有不顺者,即严刑杀戮,这能叫作"联合工程"?作者还说这一"联合工程,而非简单地归类于任何一方"。正因为其非归类于一方,中国人民除反抗日军侵略者外,对服务日军的中国民族败类,恨之入骨,认为其罪可诛。

作者说伪"政府职能运作到他们可以操作的程度",这是谎言。仅以汉奸梁鸿志为例,他的"维新"政府所辖的江苏省政府想委派一批县长,结果全被各地的日本人宣抚班所拒绝。伪省政府下属的机构也都各行其事,这种情形是普遍的。说在伪政权工作的人"逾出被利用收买的投机行为的界线",也是白日做梦。那时沦陷区人民所看到的是日军横暴,汉奸献媚,而不是其他。

还应该提出的是"伪"不是代表不存在,而是存在,但不合法。

关于卜氏所说"服务于国家政府喉舌的中国历史学家"的提法,我不愿就此说什么,我觉得这似乎超出了学术范围。

因为卜氏对傀儡政权机构性质作了错误的解读,很清晰的历史画面,被他描述得一片糊涂。如他讲日军侵华后,中国有6个大的区域政权,即北京、长春、重庆、广州、南京和延安。历史进程表明,这是一种奇谈怪论。日军所制造的几处毒瘤,是中国人民的大敌,无不受到中国人的唾弃、仇视和痛击。他们的最终命运只是灭亡。

一位西方学者在会上讲,中华人民共和国成立初期,西方也把中国视为苏联的傀儡。这种说法就更离谱了,是在重复着冷战时期的语言。

塞尔顿在论争中讲了一句中肯的话,他说那些背叛了自己民族和国家的人,服务于日本的利益当然是傀儡。好像是周希瑞和塞尔顿还讲到,研究这些问题应和日本的大东亚共荣圈联系起来看,应该有道德观。

关于伪满洲国问题,争论尤为激烈。一两位日本和西方学者,认为日本的侵略"开发了中国东北,繁华了东北经济"。解学诗立即予以反驳,说日本的所谓繁荣,就是中国人民的灾难。一西方学者又表示不同意,并以日伪建立许多铁路、矿山、工厂为其论述作注脚。他为什么没有想到这些建设是牺牲了无数中国劳工的生命和用血泪构建起来的,而其产品是中国人民所享用不到的,对东北社会的凄惨情景更是避而不谈。实际状况是"日军常常把一个村庄的老百姓杀得精光,然后挨家挨户洗劫一番,临走时一把火把整个村庄烧成灰烬。日人干这种伤天害理的事时,还借口说这个村庄的老百姓窝藏游击队"[1]。

---

① [美]J.B.鲍威尔:《鲍威尔对华回忆录》,邢建榕等译,上海知识出版社,1994年,第306页。

日本学者塚濑进在其文中,把"满洲国"打扮成一个有独立主权的国家,自己制定法令,委任各级官吏等,作者站在殖民主义者的立场来检讨过去种种之不足,种种之缺陷。譬如他说七七事变后,"满洲国"政府为加强其行政职能,建立起战时机构。1937年12月曾颁布了一系列法令,其中有对县镇村的限制。这种限制效果不大明显。原因有二:一是它仿效日本限制其县镇村的办法,这不适合"满洲国"的实际状况;二是这种限制忽视了以前农村的疆界而制造了大的乡镇和村落。显然,这样地解释历史,让人不免认为作者有掩盖事实真相的嫌疑。因为限制县镇村的确切名称就是集团部落,或称并家集村,这是日军征服东北政策的重要组成部分,目的在于隔断这些村庄与抗日军队和抗日游击根据地的联系。日本防卫厅的一份文件谈到并村计划情况时透露,"把住在难于控制的村子里的居民都赶走,使村庄里空无一人"。中国全面抗战开始后,并村日烈。从1933年到1945年,日军为执行庞大的"并村计划",屠杀了46000名中国人。集团部落内部的农民长期遭受日伪军警的恣意蹂躏,完全失去了生存的权利。作者无视历史,这样的研究有什么价值呢?!

至于作者谈到因官员不足,伪满政权未能深入到屯,未能动员吸收中国资本参加建设。这种分析显然是对中国社会的特性缺乏了解。这些问题的提出反映出征服者的心理状态,那就是说如果以上问题解决了,那日本的侵略就成功了。但事实不然,因为日本侵略者的任何行径都遭到中国人民的反对,中国人民是最坚强不屈的人民。

一位西方学者提出:究竟有几个国家承认"伪满洲国"? 以质问语调来说明傀儡政权的不合法性。

关于长江下游的伪大道政府、梁鸿志的伪维新政府及汪精卫的伪国民政府,卜氏总想给其以历史地位,并将汪伪政权视为国家政权。这一企图遭到众多学者的驳斥。金冲及介绍了中国学者研究傀儡政权的情况,批评了卜氏的错误观点。卜氏在其论文的结尾振振有词地说道:"长江中下游被占领区民众依然在谋生,在交税,在生儿育女,在上学读书,在给政府机构工作——他们在做着占领之前就在做着的事情。"这种超乎时空的论调实在令人费解。是的,沦陷区的人民仍在活着,他们不会因为民族被侵略,人人都死于非命。他们不仅要活着,而为了斗争还必须活下去;但不能说他们还有生命即是有自由,有幸福。他们实际生活在水深火热之中,过着暗无天日的生活。日军宣抚班张牙舞爪,住在各县城的日军经常纵骑四出,到处搜刮敲诈,逮猪捉鸡,不法恶行,无所不为,任意强暴中国妇女,遇见不向其鞠躬的老百姓即刻毒打,苛捐杂税,层出不穷。文化方针在于推行"忘华"政策,志在使中国儿女们忘记国家民族观念,甘心于奴隶生涯。课程内容都由日本宣抚班审定,除强迫学习日语,还讲一些"和平""中日携手"的鬼话。那些为日军效劳的民族败类,自感理亏,行动鬼鬼祟祟,不敢暴露在光天化日之下。他们时时提心吊胆,害怕受到国人的惩罚,轻者被警告,罪大恶极的则被秘密处决。魏克曼在其文章中引述了陈存仁《抗战时期生活录》中的一段话,讲陈的家乡安定镇人民以为他给汪精卫治过病,要掘他的祖坟。后经调查不是他,是一位粤籍的陈医师,他才化险为夷。①这件事充分说明当时人民对汉奸的真实态度。没有一件事可以证明占领区的人民过着和从前一样的生活。

为日军侵华罪行公开辩护的还有金丸裕一的文章。他说1938年8月,日本军方、帝国大本营以简单易懂的形式写成小册子,印了1万多份,发给侵华士兵,其中讲日本士兵必须以同情之心对待不怀敌意的中国人,对放下武器和投降的俘虏也应这样。士兵应绝对避免强奸妇女,抢劫私人财产,毫无理由地烧毁私人房屋。读者一看就明白,这是南京大屠杀后,在日军的暴行遭到全世界的谴责的背景下,被迫发出的一份文件。但文件是文件,奸淫烧杀仍在继续。举例来说,日军占领江西彭泽时屠杀了六千多名无辜民众。占领广东各地时,奸淫烧杀事件层出不穷。仅一则消息披露,在广州"外人曾见日军在广州的种种暴行,有华妇1名于昨夜及今晨被日军强奸6桩。经医生检验并充分证实的强奸案件,已达23次。美联社记者在此外国医院中见有华童一名,手部及胸部均被刺刀所伤。渠称,当其母亲被强奸之时,其父亲被击毙命,渠乃于阻拦日军之时被戳伤者。据沙面外人报告,曾见苦力一名,因未向日哨兵低首鞠躬,以致被日军殴伤甚重。另有日军哨兵一名,走近美人产业隔壁之阉者,摔之地上,拳足交加,直至该阉者肋骨折断多根,不省人事。企图上前说项之美人,并被日军以刺刀威胁。该华人旋被送外国医院医治。美联社记者并见有日本军官三名及日军九名,在街上殴击一中国苦力,以手枪对其喉部以为威吓,待其人手臂折断受伤甚重,始释放之"(1938年11月6日载于《申报》)。日军在湖南制造了一系列惨案,如湘阴县的"青山惨案"、岳阳的"洪山惨案"、汉寿县的"厂窖惨案"等,其所有占领区设立甚多慰安所,我不知道作

---

① 见陈存仁:《抗战时代生活史》,长兴书局,1979年,第292—293页。

者看到这些记载后,对自己的引文将作何解释?

金丸氏把日军对中国文物图书的掠夺说成是征集、收集予以保护。有用的自然科学方面的则翻译出来,以供使用,这种文化政策对亚洲是有益的。你看,说得多么好听。但与会者不为其所迷惑,相继提出质疑和批评,使其无言以对。我真不知道作者是否了解日军曾把中国许多大学图书馆的书运到日本。有的日本学者曾调查过,仅日本总力战研究所就有南开大学、清华大学、中山大学、梅兰芳私人藏书以及 Royal Asietic Society of Shanghai Branch 的数万册。其中南开大学的书籍 1 万多册,有的书是直接从南开图书馆掠去的,有的书是南开要运往昆明,途经越南河内时被抢走的。如果不是掠夺,难道是这些书长了翅膀自愿飞往东京的? 这些书直到日本投降,1946 年 7 月远东委员会责令日方偿还掠夺盟国物品,才得以物归原主。归还南开的书的扉页上或最后一页都有标志:"民国二十六年此书被日寇劫去,胜利后此书由东京收回,刊此以资纪念。"

抗战时期,日军从华北强掳华工到东北的约 800 多万人(含家属),加上到日本去的共 1200 多万人,这是讨论的另一个热点问题。提供这方面论文的是庄建平和居之芬,讨论的气氛和前述几个问题有所不同。探讨的问题包括:日军为什么要大量掠夺华工? 掳掠华工的手段是什么? 是骗、是抓,还是逼,以哪个为主? 骗华工去东北的大东公司是什么样的组织? 有没有志愿去东北的? 劳工对东北地区社会经济发展的影响怎样? 日伪统治下人民的生活如何? 等等。一个日军战犯木村光明的自供,基本上回答了这一问题。1941 年 8 月至1944 年 4 月,他曾先后指挥所属部下在热河省承德县、青龙县、滦平县及河北省密云县、迁安县等地各村镇,逮捕抗日干部和和平居民 2882 名,其中被杀死的有 1100 余名,约 700 多名被判处徒刑,送到东北阜新、安东等地奴役做苦力。1945 年他又逮捕抗日地下人员 7 名,其中两名被送至哈尔滨石井部队作为实验品而杀害 (《侦讯木村光明口供记录》第 1—2 页,1954 年 6 月 6日于抚顺市)。因为劳工问题是中国现代史上的一个黑水潭,无数华工死于日军刺刀之下,被投下矿井的华工,生活极为悲惨。这一问题从一个侧面,历数了日军的暴行。

以上所述,不是讨论的全貌。因为会议对每一题目都进行了认真的研讨。如日军为何要建立伪蒙疆政权及其在内蒙古的种种暴行,日本在台湾实行的皇民运动,日本兴亚院的具体活动,日本如何对待返回的被俘日军等,对这些问题都展开了论争。发言者的语调一般都较平和,因观点分歧,也出现过激动的场面。对于历史的是非问题一再出现争执是这次会议的一大特点。

四

这次会议给我的印象极为深刻,看来抗日战争时期所发生的诸多事件,是研究不绝的课题。每个作者都根据自己所掌握的资料,阐述自己的观点,这里应该明确的是,对同一问题侵略者和被侵略者的记述是不相同的。历史学者在使用资料时,一定要头脑清醒,对错综复杂的历史现象,不能简单对待。一要客观,二要冷静。在是非观念上不应模糊,应慎重区分正确与错误、正义和非正义,不能对研究对象的缺点视而不见和千方百计地为它涂上一层理想的色彩。史观对任何一个史学研究者都是重要的。

多国学者在一起交流研究成果,的确可以增进知识,开阔眼界。对一些问题的争论,可以深化或端正对历史的理解,使人产生新的思考,更深入地调查历史的真实,引导研究走向更高的水平。

世界文化是多样性的,人们没有共同一致的传统,思维也不是一个模式。但在研究历史问题时,按照历史的见证,总是有一种客观的尺度来衡量,譬如研究中日战争历史,总要分清谁是侵略者,谁是被侵略者、受害者。二战时期,从世界范围来看,德意日是法西斯国家,世界绝大多数国家属民主阵营,后者战胜前者,所以有东京审判,这一客观事实是谁也改变不了的。在这次会议上,有人想违反这一客观标准,模糊这一界限,结果遭到绝大多数学者的质疑和非难。我深感历史学者肩负的历史使命任重而道远。我国史学界应以最大的努力和明确的清晰度来阐述我国的历史与文化。

原载《史学月刊》,2003 年第 6 期

东北学旅纪实（2004 年 5 月 12—21 日）

应吉林东北师范大学程舒伟教授、东北农业大学赵鑫教授、哈尔滨师范大学李淑娟教授邀请，2004 年 5 月 11 日开始东北学旅之行，共 10 天。

5 月 11 日

同内子王黎及中国近代史博士生孙诗锦乘火车赴长春。

5 月 12 日

早 6 时到达长春，程舒伟至车站来迎，下榻其校内由香港教育学院出资建筑的宾馆。10 时，郑德荣教授来访，畅叙近年个人的学术活动及学术研究，并谈及糖尿病的治疗。德荣今年被聘为终身教授，为他欣慰。

11 点，舒伟来，一起到大鹅岛绿色生态美食园进餐。该店是一农民企业家经营的，其独特之处，在于鸡鸭鱼蔬菜皆自产，如有一品名"一纲鱼"的菜，即打上什么鱼，不管大小种类一锅炖，很鲜美，可谓价廉物美，唯其距市区较远，来此用餐者须乘自家车。餐后参观其养殖基地。

午后直赴伪皇宫参观。中国最后一个皇帝爱新觉罗·溥仪从 1935—1942 年被日本监视居住于此。伪皇宫博物馆面积 13.7 万平方米，外地人来长春者出于好奇，想从中了解溥仪是怎样生活的，来此参观的人络绎不绝。

5 月 13 日

上午 9 时，为舒伟的研究生讲"如何开展社会调查"，以我调查华北农村为例来说明。二十余人听讲。

午后,舒伟夫人王伟陪同,参观距市中心 12 公里的净月潭国家森林园,园林占地 8000 公顷。森林及各种植物都是人工种植的。20 世纪 30 年代为解决长春供水问题,引伊通河支流,于山间筑坝蓄水,成为净月潭,实为一有远见之壮举。环境安静优美,现为旅游胜地。

随后,又参观双阳丘鹿乡镇两家养鹿户,一家养二十多只,一家养三十多只(夫妇二人经营,雇佣两名工人)。据镇长王鸿博、副镇长王治国介绍,镇上的 98% 住户都养鹿,每只鹿价值三万元左右。收益在于鹿茸,镇上有专营鹿茸之商店,亦有检疫站。收取鹿茸季节比较忙碌,收入相当可观,比之过去有天壤之别。

参观双阳县是由郝国坤安排的。她是舒伟的博士生,精明干练,是公检法界的精英,带职到双阳锻炼两年,即将期满,将任副厅级干部,喜欢哲学,其学位论文题为《天主教的伦理观》,我很欣赏。

5 月 14 日

为研究生讲海外讲学及参加学术会议的经历与体验,参会者约四十人,他们还就学界一些争论问题与我交流,会场很活跃。

午后,应东北林业大学副校长赵鑫教授邀请,赴哈尔滨,学工部主任刘国庆乘汽车来接,驾车者龚师傅,任职于萝北县林业局,轻车熟路,约两个小时到达,夜宿林大贵宾楼。

晚 5 时,赵校长设宴接待,林大团委及学工部几位负责同志参加。饭后徐岩同志陪同参观校园及林区,学校几座建筑颇有特色。

结识林大李永才、魏广宁等人。

5 月 15 日

早 6 点半出发,和赵鑫一家(三口),及李永才、刘国庆、程舒伟赴萝北。

由哈尔滨至萝北约 520 公里,经佳木斯、鹤岗市,到达目的地。此时,自然联想到杨靖宇、赵尚志领导的游击队于这一地区的深山老林中,与日军做殊死战争的艰苦情况。对这几位民族英雄敬畏之心油然而生。

萝北人口 24 万,县城镇人口 8 万,县城是 1958 年转业军人和支边知青建立起来的。每月 1 号和 15 号为集市日。正赶上集日,街上小摊小贩很多,很是繁华甚至很拥挤。日用品多运自门南边市。日据时期,抗日联军游击队曾攻占该县。

由县城至黑龙江边约二十公里,车行 20 分钟至黑龙江边。弃车登舟航行于江的中界线上。对岸为俄国阿木穆尔提克村,居民多为犹太裔。船至名山岛登陆,岛虽小,一切设施俱全,商品多售俄式物品,唯没有旅店。

县纪检委监委书记安利新、林业局张凤刚局长、法院王院长接待我们有如家乡来的亲朋,那份真诚、那份亲切,真是久违了。

萝北县地理环境是五山一水四分田。俄国那边,仅一江之隔,气候迥然不同,极为寒冷。蔬菜水果都由这边供应,商品贸易不断。我素来注重实地调查,感慨当年写珍宝岛问题时,即缺些身临其境的实感。此次从诸友口中获得不少学问。

5 月 16 日

赴太平沟参观,县几位领导和林业局副局长陈志刚均参加,太平沟林区黄厂长接待。原始森林有 150 多年的松树。此地盛产药材,如黄芪、五味子、蜂蜜等甚多。山林区有严格规定,居民不得进山,防止乱采乱伐,更重要的是防止带入火种。

汽车由县城沿黑龙江边而行,快到太平沟时有一瞭望塔,高 23 米,我和王黎登至塔顶,从塔顶设立的望远镜望去是一片森林,俄国那边的情况也真真切切。此塔为防火而设,长年派有值班人员。

午饭,黄厂长在厂食堂接待,尽是鱼和山野菜。初食林蛙与各种山野菜,加上自采的嫩野菜,享尽山野滋味。

返回哈市时已是夜间 10 时余。

夜 11 点转宿哈尔滨师范大学接待中心贵宾楼,和李淑娟、孙诗锦见面,与舒伟分手,他明早 6 时许返回长春。以后行程由淑娟安排一切。

5 月 17 日

到哈师大江北新校区,为中文系历史系学生讲我的治学道路。

中午,傅道彬副校长宴请,历史系诸领导参加。

午后参加东正教堂(王黎告我,她幼年时家住哈尔滨,哈市大水,她家由道外搬至南岗,即曾来此玩过,时该地俗称喇嘛台,1951年来哈工作也曾游览过)、中央大街及松花江边。哈市白俄留下的遗迹遗风遗俗颇多。

晚饭吃西餐,据内子说远不如以前之淳厚。

5 月 18 日

与赵春芳、李淑娟、孙诗锦乘沃尔沃牌汽车赴镜泊湖,途经尚志县、威虎山、牡丹江市、宁安市、东京城,到达目的地。1933年,周保中等共产党员组织的游击队曾在这一带,与日军奋战。我等夜宿湖滨山庄酒店。乘游艇游湖,湖的一边尽是各单位盖的别墅。据说1961年7月刘少奇曾来镜泊湖居住一段时间,进行调查研究。导游者特别指点日本占领时期建立的地下电厂,电厂竣工后,数百名工人,全遭杀戮,这是日军惯用的残酷手段。

宁安市电业局邓思平、刘美华和镜泊湖供电所姚所长给我们讲了不少当地的故事。

5 月 19 日

参观岸边群众集资盖起的药王庙。我当时想为什么盖庙,盖个文化宫多好,旧的信仰束缚得太深了。

和镜泊湖供电所所长合影留念。今日可以看到瀑布,据说这是多年没出现的景象了。

驱车参观中世纪的渤海国上京龙泉府遗址。渤海国是我国唐朝时期的以粟末靺鞨族为主体建立的地方民族政权, 公元698年建国,926年被契丹所灭,共传位15世,历时229年。上京是我国保存最完整的一处中世纪遗址。仿唐朝西安城建筑,有一古井,考古队正在发掘一走廊。

此地石板上生产的稻米,即久负盛名的响水米,软糯,油性大,很好吃,优于小站米,特别到田头看了一番,石板上土层厚不过二三寸,却能肥沃如此,且久盛不衰,怎能不叹大自然天公造物之奇特!

下午4点多到东宁发电厂,王总及办公室主任王会新引导参观电厂,利用循环水建的养鱼池,鱼是从非洲引进的,鱼销售哈尔滨各地,是该厂一大创新。

东宁人口 23 万,县城 6 万多。东宁地理环境是九山半水半分田。向俄国的贸易出口以蔬菜瓜果、西红柿、洋葱、土豆之类为主。该县是 1933 年 4 月建立的抗日政权"华东共和国"所在地。首都设于东宁的中京,日据时期,从哈尔滨到东宁之间的山林地区多为抗日联军第三路军所占有。

夜宿税苑宾馆。

5 月 20 日

参观日本东宁军事要塞遗址。1933 年,日军参谋本部派作战课长铃木率道视察,为"满洲"国境,决定沿边境地带修筑军事要塞,从 1933 年占领东宁后开始建筑到日本战败为止,共修筑要塞 14 处。要塞纵深五十多公里,共强征 17 万多名劳工。建成后,工人则被全部杀掉。东宁要塞是日本在亚洲最大的要塞,陈列室在洞中,讲解员说他们访问了许多知情者又征集到一些实物。这是日本侵华最残酷的罪行。我们不能忘记这一历史。现在来此参观的人很多很多,是一很好的爱国教育基地。

12 点乘由牡丹江开哈尔滨的沃尔沃汽车,行程 200 公里,每小时行速 100 公里。我们一行 5 人到李淑娟家已 5 点多,赶忙整理行李,吃便饭,王黎、孙诗锦和我告别李淑娟,乘 6 点多火车,返回天津。

5 月 21 日

早 11 点到天津,回到学校已 11 点半。

这次到东北给我的印象很深,感触颇多。许许多多知识是书本上得不到的。书本上获得的一些东西隔一段时间就模糊了,而直接接触的东西都长期储存于脑海之中,特别是难以有机会去的地方的风土人情。史学工作者到社会上进行考察,实受益无穷。

原载《历史教学问题》,2013 年第 5 期

三赴延安的感言

　　延安是中国的革命圣地,我曾三次赴延安参观访问。

　　第一次是 1973 年 10 月,同行者有刘健清、杨圣清、左志远、李绍基。我们于 10 月 31 日乘火车赴铜川,夜宿车站附近,颇脏,饭摊上伙食也不干净。该地是一矿区,是赴陕北必经之地,来往人甚多。11 月 1 日,乘汽车赴延安,途经洛川冯家村,参观洛川会议旧址,只有两间窑洞。到达延安已是夜 11 时,住第三招待所(原女子大学旧址)。11 月 2 日参观延安革命纪念馆,3 日参观枣园毛泽东和张闻天旧居,两个窑洞相连,据介绍,当年许多会议是在张的住处召开的。毛的窑洞前有一石凳,1946 年 8 月,毛和美国记者安娜·路易斯·斯特朗谈话,讲到"帝国主义和一切反动派都是纸老虎",就是坐在石凳上谈的。4 日,参观中央书记处旧址,该地位于延安城西北约 5 公里处,又赴杨家岭参观了《解放日报》社所在的窑洞,接着观看凤凰山、宝塔山、王家坪等地,还与劳动英雄杨步浩座谈。5 日,和延安纪念馆同志座谈。7 日赴南泥湾。8 日被安排到瓦窑堡参观,9 日返回延安,整日参观,真是目不暇给。因为是"文化大革命"时期,延安人民生活很苦,缺吃缺穿。我们要吃荞面饸饹,不知是用什么代替物做成的,还没有吃完,要饭的就围来把吃的抢去。

　　改革开放之初,我再次赴延安,着重考察中共七大会场,包括当时会场的布置、标语、口号。据说北京已对口支援延安,情况好多了。又知道劳动英雄杨步浩在一次水灾中遇难身亡,太不幸了。

　　第三次赴延安是 2009 年,这次是应延安干部学院副院长付建成之邀,同行者有王黎,原陕西省人事厅副厅氏李民仓,北京市社科院张雅晶、赵志强夫妇。民仓组织了两辆汽车,由西安出发,路经黄帝陵参观。至延安,下榻于干部学院招待所。

　　10 月 22 日下午,因付建成到北京开会去了,由教学科研部部长马荣教授主持,我向该院师生作了专题演讲,结合自己治学经验,认为研究问题应掌握第一手材料,要把历史体认、社会调查,与文本研读结合起来,力求尽可能地接近历史真相。延安精神中的许多课题,对今日的干部教育仍具有指导和现实意义。干部学院的年轻教师,要耐得住寂寞,要练好内功,要关注现实,不断创新,要放宽历史的视野,用精深的研究,吃透延安精神的真谛和时代意义,更好地从事干部教育,讲得透,学得深,让学员带着走。在座谈中,我还就十一届三中全会与党在历史上的农村政策,历史上的党史与政治中的党史,干部教育的角色和定位等党史教学和干部教导中的重要课程进行了剖析。

10 月 24 日下午,我应邀到延安大学讲了《我的理想和追求》。他们提出了一些问题,如在国外讲学应注意什么?为什么现在研究根据地的人少了,等等。讲毕,至原校长、我的中学恩师李敷仁雕像前摄影留念。

随后于招待餐席上,校长兼党委副书记廉振民讲,他遇到的最大难题是延大留不住人,因为这里空间活动有限,教师的家都在西安,每星期都得回去。教师曾鹿平讲,他们提出了"延安学"这一概念,还开了课,这是其他学校没有的。

马广荣教授还陪同我们到安塞去了解安塞文化,如剪纸、腰鼓、秧歌等。安塞有胡锦涛的点,据说近日胡要来视察。

此行,获益良多,参观各地时都照了相,这是永远难忘的。

原载魏宏运:《锲斋文稿》,中国社会科学出版社,2014 年

发言与致辞

中国古代史研究概况

20 世纪五六十年代,中国古代史领域曾就中国古代史分期、农民战争、土地制度、汉民族的形成、资本主义萌芽等 5 个问题进行过热烈的讨论,后来戏称"五朵金花"。改革开放以来,中国史学界大大突破了这种局限,研究的领域和深度都大大向前迈进了,与各国学者的交流也大大加强了。近些年来,中国古代史所取得的研究成果主要表现在以下这些方面:

一、关于中国文明的起源问题

关于中国文明的要素,夏鼐在《中国文明的起源》一书中认为包括青铜冶铸技术、文字的发展与改进、城市和国家的起源,等等。有的学者则认为,同天象有关的龙的起源既以原始农业的发展为前提,又是原始宗教信仰、原始意识形态、原始艺术发展的产物,龙是诸文明因素的结晶,是远古文明到来的标志。

关于中国文明起源的地域性和时间问题,有的主张黄河流域是中国古代文明的摇篮,开始于夏代;有的主张开始于龙山文化后期;有的主张大汶口文化时期(唐兰持此观点)。中国资深的考古学专家苏秉琦则认为,黄河流域、长江流域、珠江流域、辽河流域、海岱历史文化区、燕山南北长城一带,都是中国文明的摇篮。1986 年 9 月,中国考古学界在沈阳召开会议,会上形成了中国文明起源四大区域说,即黄河流域文化区、长江流域文化区、珠江流域文化区、辽西等北方文化区,此说在中国学术界影响很大。

二、关于断代史的研究

先秦史方面,随着新材料的不断发现,某些方面的研究日趋活跃,如孙子及《孙子兵法》《周易》、战国纵横家的谋略等,都出现了研究的热潮。

秦汉史研究的成果相当丰富,如安作璋、熊铁基先生的《秦汉官制史稿》、林剑鸣先生的《秦汉史》、栗劲的《秦律通论》、黄今言先生的《秦汉赋役制度研究》、钱剑夫先生的《秦汉货币史稿》、李学勤先生的《东周与秦代文明》、彭卫的《汉代婚姻形态》等著作,都在某些方面加深了秦汉史的研究。

魏晋南北朝史的研究涉及政治、经济、文化、官制、军制、民族、阶级结构、农民战争、历史人物、宗教诸方面。主要成果有:黄烈《中国古代民族史研究》、高敏《秦汉魏晋南北朝土地制度研究》、周一良《魏晋南北朝史札记》、田余庆《东晋门阀政治》等。这些著作中都在某些方面提出了一些新见解。

隋唐五代史的研究成果比较丰富,在宦官政治、藩镇割据、寒人政治、土地制、赋役制等方面都有新进展。有人还专门论述了梦境文化与唐代政治、社会文化现象的关系。主要著作有:王豪《三省制略论》、李季《唐代奴婢制度》、张泽咸《唐五代赋役制度史稿》、张弓《唐朝仓廪制度初探》等。

宋史研究的新特点是研究的重点集中在宋代历史地位的重新评估,特别是在宋代经济发展成就的重新认识上。对宋代经济的研究涉及到手工业、矿冶、商业、钱币、城市经济、区域经济、户口分类和阶级结构等,普遍认为宋代经济比较发达,因此宋代的历史地位应当给以较高的估价。

元史研究最突出的特点是观念上的更新,许多研究者不再把元朝看作"一团漆黑"了。著名民族史研究专家翁独健认为,元朝文化政策开放,宗教自由,不搞文字狱,与其他王朝相比,给人以思想比较解放的感觉。元代经济、元代制度、元代边疆史地、元代文化及宗教的研究都取得了可喜进展。陈世松等人合著的《蒙古战争史》是一部水平较高的著作。

明史研究近些年来的特点是专题性研究突出,如经济、农民战争、国内贸易、中外关系及传教士问题等。《明代社会初探》收集了许多有见解的论文。如对来华的耶稣会士给予了比较中肯的评价,肯定了他们在传播西方科学技术方面的历史功绩。对一些过去持否定态度的人物,也提出比较公允的看法。

清史研究是近年来中国古代史研究的热点之一。清代前期的历史地位、清军入关灭明、清初社会矛盾及民族关系、清朝历史的分期以及政治制度、政治斗争、社会经济、社会结构、中外关系、思想文化、人物等,都有许多学者发表论文和著作,提出自己的新见解。清史甚至成为电影电视、文学艺术创作的一个热点。中国人民大学清史研究所编辑的《清史研究集》收集了许多这方面的论文。

三、关于专史和地方文化的研究

　　这是近年中国古史研究的突出成就。例如,政治史近年来研究者越来越多,成果丰富。刘泽华先生的《先秦政治思想史》《中国传统政治思想反思》《中国古代政治思想史》,张晋藩、王超的《中国政治制度史》、白钢主编的《中国政治制度史》《中国皇帝》、韦庆远的《中国古代政治制度史》等,都是了解中国古代政治问题的重要著作。许多著作都重新评价了中国古代封建社会的特征。

　　社会史的研究在中国是一个比较新兴起的领域。冯尔康、乔志强、王玉波、陆震、蔡少卿诸先生,都是这一学科发展的积极推动者。主要著作有:《中国社会史研究概述》《秦汉社会文明》《秦汉文化史》《清代八旗王公贵族兴衰史》《士人与社会》《唐代妇女》《中国古代婚姻与家庭》《中国封建家礼》《金代的社会生活》《中国移民史略》《清人社会生活》等,这些著作从不同方面揭示了中国古代居民的社会生活。中国古代史领域有许多全国性的研究会,如先秦史研究会、秦汉史研究会、魏晋南北朝史研究会、隋唐史研究会、元史研究会、明清史研究会等,社会史也成立了全国性研究会。这些研究会每隔1至3年都要举行国际性的学术会议,就本领域内一些重大问题进行交流、讨论。会后一般都出版论文集。

　　地方文化的研究由于地方政府的支持,近年来显得非常活跃,研究人员的分布带有明显的区域性特点。楚文化研究者集中在湖北、安徽、湖南、河南等地,湖北省创办了研究楚文化文化的杂志,张正明等人写出了《楚文化》《楚文化志》等著作,许多学者也不断著文论述楚文化的浪漫主义特点,以及造成这种特点的自然人文历史环境。

　　1991年6月,全国晋文化学术讨论会在山西临汾举行,主要议题是晋文化和晋国史面貌的具体研究,使晋文化的研究推向高潮。

　　鲁文化以山东曲阜为中心,主要是对孔子和儒文化的研究。因为儒文化是中国传统文化的主体,所以研究者人数众多,除大陆一大批学者外,港台及华裔外籍学者从事鲁文化研究的人也很多。经常举办国际性鲁文化学术讨论会,还专门创办了《孔子学刊》,刊登有关孔子和鲁文化的研究论文。曲阜的孔府、孔庙、孔林等名胜古迹也得到国家的重点保护。新儒学一派也十分活跃。孔子与儒学的重要研究著作有匡亚明的《孔子传》等。

齐文化研究的中心在山东淄博,近年来在淄博召开过数次齐文化国际学术讨论会,论证齐文化的地位、特点,以及齐国史上的若干问题,出版了数本《管子与齐文化研究》。学者们对齐文化开放性的特点、海洋文化的特点予以褒扬。淄博师范专科学校专门成立了齐文化研究所,淄博市创刊了《管子学刊》,发表了许多研究齐文化的论文。重要著作有《齐文化大观》等。一批齐文化的研究成果,包括文献、资料、专著、人物传记等数十部,正在编辑写作之中,从今年下半年开始,将陆续与读者见面。

齐鲁文化研究的另一个重要内容是山东古国史和齐鲁先民的研究。因为这对于搞清楚齐文化的特点有重要作用。山东专门成立了古国史的研究机构。主要成果有王献唐《山东古国考》《东夷古国史研究》等。

巴蜀文化的研究结合大量考古材料,取得相当大的的进展。四川专门创办了介绍巴蜀文化的刊物,出版了这方面的论文和专著,如著名史学家徐中舒的《论巴蜀文化》等。

秦文化的研究随着考古资料的不断充实,成果丰富。秦兵马俑成为秦文化研究的重要内容。秦俑博物馆创办了专门的刊物来介绍秦文化。

吴越文化的研究集中在江苏、上海、浙江等地,1991 年在上海——无锡召开了吴文化研讨会,对吴文化进行了系统的讨论,会后出版了吴文化论文集。《东南文化》杂志 1991 年三、四期上刊载了日本学者樋口康隆的《吴越文化及其对弥生文化的影响》一文,介绍了江南文化对日本的影响。

其他如燕赵文化等也召开了专门的会议,出版了论文集。

地方文化的研究带动了一些地方对当地名人的研究,如孔子、管子、诸葛亮、朱熹等。

近年来,各地都编写了地方志,各行业也编写行业史志。

地方文化研究的兴起是中国古史研究向深层次发展的重要标志。

四、关于宗教与中外文化交流的研究

过去,宗教在中国是一个非常敏感的问题,寥寥研究者一般都噤若寒蝉。随着中国改革开放的发展,研究宗教者日众,南京神学院还专门创办了《宗教》杂志,问题的研究也深入。

在鹿儿岛经济大学讲述

在"商会与近代中国"国际学术讨论会开幕式上的发言

尊敬的各位来宾：

"商会与近代中国"国际学术讨论会是具有开拓性的。这一问题的讨论在中国还是第一次。

中国商会的研究可以说是从 20 世纪 80 年代初开始的，"文革"前对资产阶级主要采取批评态度，商会研究很少有人涉及。改革开放后，学术界的思想活跃了，研究领域拓宽了，一些学者挖掘商会资料、研究中国商会组织沿革和作用，经过 20 年中外学者挖掘、整理资料和研究，已经迅速发展到有相当的深度，通过商会的研究逐步开展了商会与社会群体、中国资产阶级的形成及其特色、绅商的出现和作用、商会与政府、商会与市场调控，及资产阶级和商会对中国的社会和舆论的影响等多方面的研究，可谓全面开花，成果累累。不仅有大型的资料书出版，如天津历史所花费了十几年的时间编辑出版了《天津商会档案汇编》，共有十册，苏州商会档案的出版、上海商会联合会资料的出版。而且研究的课题也呈现出繁荣的景象，如商会史的研究、官商和绅商的研究、商会与中国早期现代化的研究、商人社团的研究等；至于有关商会的论文，更是内容广泛，林林总总，颇有新意。这次会议参加的研究学者可谓"群贤毕至，少长咸集"，既有一些老专家，也有中青年学者；既有搞经济史的，也有搞社会史的，还有搞文化史、政治史的。这说明了商会档案资料的发掘整理，商会的深入研究，为史学研究开辟了新天地，有助于推动中国近现代史研究向更深更广的领域展开，有利于国内外的学术交流和相互借鉴，为中国史学界所瞩目。

确实，商会的研究是与对中国近现代史研究，与中国社会的研究是密不可分的。它自 20 世纪初在上海出现商业会议公所这一商会的雏形后，很快便得到清政府的承认，于 1903 年清廷核准颁布实行了我国最早的一部商会组织法规——《商会简明章程》，随后就在全国范围内迅速建立，首先是大的商埠、省会和沿海口岸；其次是繁盛的工商城市，以后遍及县城和大的集镇。我认为，商会的出现并不仅仅是当时有识之士要改革社会制度，学习西欧和日本的产物，也不仅仅是清政府迫于社会压力要在一定程度上效法国外的体现，它反映了社会各界人士尤其是工商界人士要冲破原有的行业公所的束缚，强烈要求参政议政的具体行动。所以商会的出现，是社会与政府互动的结果，是社会的必然，历史的必然。

商会的形成、发展及其演变，也可以说明许多方面的问题，引出诸多的线索和角度，对深入研究中国的社会，尤其是中间阶层等有极大的帮助。商会虽然是近代以后建立的商人团体，但是我们还能看到它与传统的商人组织的融合和延续。从不同时期不同地区商会的组织结构，可以了解我国商人和资产阶级的发展和变化，分析当时的绅商、官商、工商等各种身份的风云人物的来龙去脉和作用。商会与政府之间的关系，随着时期、区域和人员组成等因素的不同而不同，时而受到政府支持和重用，承上启下，俨然政府的代表；时而被政府摒弃，站在其对立面，俨然新兴资产阶级的化身。商会对社会上的各种运动也时而推波助澜，时而偃旗息鼓，从中我们可以更清楚地看到中国的商人乃至资产阶级的特征，看到中国区域社会经济发展的不平衡性，资产阶级革命和社会改革的艰巨性。商会在经济发展中，特别是对金融市场、物价市场的调控作用，对各地工商业发展的推动，对社会群体等各个方面的影响，等等，更是一个广泛的课题，它将从正面和侧面了解和反映社会各界在不同时期对经济发展和社会改革的要求和愿望。

最后，我根据近年来涉猎的有关资料，谈谈一些想法。从宏观上看，我想不要囿于西方对西欧商会的研究理论和方法，从中国的实际出发，根据中国各时期商会的发展和演变，对商会有一个比较准确且科学的定义，从研究的理论和方法上也要有所建树，创立有中国特色的理论和方法。从微观上讲，需要把商会研究再往下延伸，即不仅研究和分析大商埠和重要城镇中商会、商人等经济活动和作用；也要注意到商会在县城乃至县城以下的集镇中的作用。我几年前曾到华北一些村庄进行社会经济考察，发现在一些集镇中虽然商会的组织并不显眼，其作用也不像大城市那样引起社会的轰动性效益，但是它在当地确实有所作为，对当地社会演变和经济发展有相当的作用。是否可以通过现在比较流行的区域研究的方式，研究中小城镇之间的联系，以找出商会的出现和发展与市场乃至经济区域的形成有何种相关性。目前的商会研究确实已经扩展到一定的领域,我想如果希望在有关研究商会等问题上有所建树,还需要利用多学科的理论和方式,利用外文档案资料,开拓新的研究角度,如商会与外国商人的关系、商会与在华洋商会的关系、东南亚华侨商会的活动、商会与传统商人组织的关系、商会组织在城镇社会控制系统中的角色、不同区域的商会组织结构和活动所反映的不同区域的社会和经济特征等。另外,我也注意到,有些学者不仅在注意研究历史上的商会问题,也在着力于当今的市场、商会等有关问题的研究,旨在于通过研究历史为现在社会主义市场经济的健全和发展提供历史的借鉴和建议,我觉得这也是一种学术研究的必然。

希望通过国内外学者的共同努力,通过更多史料的发现和利用,也希望通过这次讨论会,在巩固原有研究成果的基础上,进一步加强各国和各地之间的学术交往和交流,进一步深入系统地开展相关问题和领域的研究,以推动我国史学界的繁荣和发展。

谢谢!

原载魏宏运:《锲斋文稿》,中国社会科学出版社,2014 年

在"明清以来的中国社会学术讨论会"上的发言

尊敬的各位来宾:

"明清以来的中国社会学术研讨会"在金秋的天津开幕了。今年适逢中华人民共和国成立 50 周年,南开大学建校 80 周年。在这喜庆之年,收获之季,我们围绕着"明清以来的中国社会"这一主题展开认真的学术探讨,这既是促进学术事业发展的一件盛事,又是为国庆、校庆献上的一份礼物。

自明朝建立迄今六百余年历史的重要性是不言而喻的,这已经为学术界长期不懈的研究所证明:今天中华人民共和国领土主权就是在明清统一的多民族国家的基础上尊定的,同时也与近代以来仁人志士建立民族国家的努力密不可分;在经济方面,明清时期形成的生产方式、商品布局长期没有根本性的改变,其影响一直延续到今天;源远流长的中国文化也在这一时期趋于成熟,至今仍是巩固中华民族凝聚力的重要精神资源。可以说,今天现实社会的方方面面无一不深刻地印着历史的烙痕。学术界多年众多的研究成果已经能够使我们对这一段历史有比较深刻的认识,为继续进行深入研究打下了坚实的基础。但以往研究中的不足之处也是显而易见的:由于受多种因素的影响,研究范围多局限于政治、经济等领域,而其他领域则被长期忽视,这使得研究者对历史的认识产生了某些偏差和阙漏;研究手段和理论的陈旧也使研究者很难对一些问题做出圆满的解释,因此对这一段历史的研究大有深化的必要。近年来迅速兴起的社会史研究恰好为我们提供了新的研究视野、理论和方法,学术空间被大大拓宽,使研究的深入成为可能。事实上,在众多研究者的努力下,社会史的研究已经取得了丰硕的成果,有关宗族、家庭、人口、社会阶层、社会习俗、大众心理、民间信仰乃至衣食住行的著述大量问世,一些学术讨论如关于市民社会与公共领域的讨论也非常热烈,尽管尚未达成共识,但无疑拓宽了我们的思路。这些研究工作为我们提供了一幅较以往更为全面、准确、细致的历史图景,使我们能够尽可能真实地理解历史和现实。比如,在以往中国近现代史的研究中,研究者经常使用的革命或现代化的范式虽已经把握了重要的历史脉络,但由于其漠视广大中国社会及与之密切相关的传统的存在,难免片面和偏颇。近年通过对社会史的研究,使我们更多地认识到传统的因素、民间的因素在近现代中国变迁过程中所起的巨大作用,弥补了原先研究工作的不足。应该指出的是,社会史的研究与政治史等领域的研究不是对立的关系,而是合则双美,离则俱败,是互相促进的关系。这次研讨会以社会史为中心议题,正是基于对社会史研究重要性的认识。我们的初衷是一方面通过本次研讨会,对近年来的研究工作进行一个大的检阅和总结;更为重要的是,以此为契机,通过诸位与会者的讨论、交流、争鸣,进一步促进明清以来的社会史研究,进而又推动政治史、经济史等相关领域的研究。

本次研讨会与以往仅限于一朝一代不同,而是取自明以来六百多年的这一较长的历史时段作为考察对象,这样做是因为我们充分考虑了这一时段的历史尤其是社会史的整体性。明清时期的中国社会与之前的传统社会比较,的确呈现出一些鲜明的特点,可以看作是传统社会变迁中的一个阶段。另外,由于社会的变迁相对于政治变革来说要缓慢得多,在短时段中考察很容易将其视为静止不变。只有放在长时段中考察,才能够清晰地把握其变化的轨迹。

我希望本次研讨会能够给诸位与会者提供一个交流和探讨学术的良好氛围,希望大家能够真诚地本着促进学术发展的目地,积极发言,热烈讨论,畅所欲言,言无不尽。在讨论中,意见达成志同道合式的一致当然可喜,只要不是毫无学术洞见的随声附和。而正常的学术争论也是必然、必要的,只要不是带有偏见的无意义的攻讦。

最后我预祝这次研讨会圆满成功,预祝诸位与会者能够愉快地达到提高学术水平、增进交流的目的。

原载魏宏运:《锲斋文稿》,中国社会科学出版社,2014 年

中国人的日本观——中国社会研究会
第 13 届年会特别演讲稿

这是一个老课题,也是一个新课题。因为时代在前进,历史在发展,这是一个永远也做不完的课题,中国人对日本的认识,可以说从明代开始有了基本的了解。明代出了几本关于日本的书籍。如《日本国考略》一卷,蒋俊撰;《日本图纂》,郑若曾撰;《日本考略》一卷,殷都撰;《日本考》五卷,李言恭、郝杰撰;其中《日本考》比较详尽地介绍了当时的日本国家、社会及民俗等情况。到了近代,日本有两次大的经济腾飞,一是明治维新,一是 20 世纪 50 年代到 70 年代,其社会经济发展之快,令东方各国望尘莫及,特别是当代日本的发展,引起全世界的关注,各国无不研究日本,探索其成功之奥秘。中国人研究日本也产生了飞跃,主要是希望从中得到启迪,为自己国家寻求富国之道路;同时探讨日本在世界政治格局中的地位和影响,本文目的是,回顾 19 世纪末以来百余年间的这一历史阶段,中国人对日本的心态历程。

一、盛赞"明治维新"

中日两国原在同一起跑线上,日本经过明治维新,成为东方第一个资本主义国家,发动了甲午战争和日俄战争,使世界政治格局为之一变,中国人也痛感国家式微,仿效日本进行了戊戌变法,结果失败,国人以复杂的心情,相继向日本学习。其形式主要是到日本考察和留学,清末民初出现赴日的热潮。一般估计近三万人到日本考察或留学。实藤惠秀在《中国人留学日本史》一书中讲,从 1896 年到 1937 年的 42 年间,中国留日学生络绎不绝,人数最多时一年竟达 8000 人之多,这期间总数不下 50000 人,据最近的学者根据各资料统计,从 1900 年到抗战爆发时,除了 1913、1924、1925 年没有统计数字外,仅留学生就有 113400 人。不少留日学习或考察的人,都写有东游日记、纪行或考察报告等,各个的记述多有所侧重,从总体上看,对日本地理、民族及其性格、各种制度、家庭的状况,衣、食及宗教信仰等均有记述,特别论述了日本对外来文化的观念问题。就考察来讲,范围十分广泛,包括政治、经济、军事、教育、警察、检阅、立法、司法和宪法等,可以说是全方位的。这是我们考察那时中国人的日本观的最好资料。

如晚清著名诗人黄遵宪,1877 年 30 岁时以驻日使馆参赞的身份,随驻日本使何如璋东渡扶桑,在日本住了 5 年。1885 年写成了 50 万字的《日本国志》,此前还写了《日本杂事诗》。他从日本的远古写到明治维新,从山川景色、风土人情、文化教育,写到源远流长的中国文化交流,内容极为丰富。其杂事诗,中日两国先后出版了 17 种版本,在说到日本悠久的历史时讲:"立国扶桑近日边,外称帝国内称天,纵横八十三州地,上下二千五百年。"在第 23 首写富士山时说:"拔地摩天独立高,蓬峰涌出海东涛,二千五百年千雪,一白茫茫积未消。"他的诗为中日学者所称赞。

东游人士中,很多后来成为知名人士。严修的《东游日记》,涉及到许多在日本的中国留学生,其中不少人为人所熟知。如范源濂、陈独秀、陈宝良、熊希龄、陶孟和、章宗祥、曹汝霖、杨度、张孝杉、孙宝琦、何鹬时、金邦平、钱稻孙、权量、邢选廷、李一伟、张一鹏、江翔云、王桐龄、蒋伯器、陈哲甫、张良弼、高步瀛、赵元礼等。他们多数是爱国的,以对真实事物的研究为素材,以科学的严肃和深沉的真诚来看待日本的进步,采用对比的方法说明祖国之落后,希望奋起直追。这里面包含着爱和恨、希望和忧伤。这是他们的理念。

他们发现日本民族是一个勤于学习和吸收,善于借鉴和思考的民族。其吸收其他民族的长处之后,并未停留在简单的模仿上,而是结合本国国情,加以消化,进一步改造加工,使之逐步转化为本民族的财富。

《严修东游日记》壬寅年(1902)记载,是年 10 月 6 日他往见大偎重信,美国新闻记者在座,美记者问:"日本之文明但取诸欧美乎,抑兼用本国乎。"伯曰:"取人之文明则己之文明自进。"严修认为这个回答,"其言简括、得体"。[1]

这是日本如何吸收西方文化最好的注脚。钱单士厘讲,日本学习西方,是引进科学知识,走的是正确的道路,而中国则走入了歧路。她讲自己在东京和上海两地所见进行了对比,不尽感慨地讲,"日本崇拜欧美,专务实用,不尚锟

① 严修撰,武安隆、刘玉敏点注:《严修东游日记》,天津人民出版社,1995 年,第 103 页。

耀。入东京之市,所售西派品物,亦图籍为多,工艺为多,不如上海所谓洋行者之尽时计、指轮以及玩品也。故从上海往游日本者,大率叹其'贫弱',正坐不知日本用意耳!"①

钱单士厘光绪二十九年3月15日参观了大阪博览会,对日本的拿来主义颇有感触,值得称赞、学习。如他说机械馆"所陈,亦日本所自造;而其式其用,皆学自西方者"。"通运馆,汽车汽船、电线等属焉,亦取法西国,而无一西国品。"②展览会将观众的注意力,引向对人们相互都有用的工业和机械技术上。

1903年春,张謇应邀前往日本参观劝业博览会。两个多月的时间,他访问了30个农、工、商业单位和35处教育机构,在通运馆,他看到船只和车辆十分精美,特别赞赏其车船行止的规章制度,认为我们也应订立车船行停止的法度。日本近代经济、文化的迅速发展,给他留下极为深刻的印象。回国后,他把参观期间的日记编辑刊印,题为《东游日记》。他最感兴趣的是日本政府对本国大资本集团实行扶助政策。

日本因抓住了技术知识,眼光扩大了很多,国家获得了长足的进步。那时中国驻日本公使杨枢曾言:"当光绪初年时,日本诸务未兴,艰难之状同于我国今日(指1904年)。"③郁达夫在《日本的文化生活》中讲:"明治维新,到现在不过七八十年,而整个国家的进步,却尽可以和有千余年文化在后的英法德意比比。"④

当然日本并不限于吸收西方的科学技术,凡是先进的、有用的,均在学习之列。梁启超1904年旅日数月,感触良多:"日本自维新三十年来,广求智识于寰宇,其所译所著有用之书,不下数千种,而尤详于政治学资生学(即理财学,日本谓之经济学)、智学(日本谓之哲学)、群学(日本谓之社会学)等,皆开民智强国基之急务也,吾中国之治西学者固微矣,其译出各书,偏重于兵学艺学,而政治资生等本原之学。几无一书焉,夫兵学艺学等专门之学,非舍弃百学而习之,不能名家,即学成矣,而于国民之全部,无甚益,故习之者希,而风气难开焉。使多有政治学等类之书,尽人而能读之,以中国人之聪明才力,其所成就,岂可量哉。"⑤

---

① 钱单士厘:《癸卯游行记·归潜记》,湖南人民出版社,1981年,第29页。

② 同上书,第26页。

③ 《严修东游日记》,第192页。

④ 郁达夫:《郁达夫散文全编》,浙江文艺出版社,1990年,第265页。

⑤ 丁文江:《梁启超年谱长编》,上海人民出版社,1983年,第176页。

世界上万事万物都处在不断发展和变化之中,要使自己的民族立于世界之林,就应有广阔的胸怀,放眼世界,就一个人来讲,必须有一双能看见事物变化的眼睛和一颗能感觉到心,以赶上时代前进的步伐,日本人的学习精神为其国家争到了荣誉。

教育是立国之本,东游日本之士,多注意考察日本的教育制度,思考教育和国家盛衰的关系。钱单士厘的论述是极为深刻的:"日本之所以立于今日世界,由免亡而跻于列强者,惟有教育故。……馆中陈列文部及各公立私立学校之种种教育用品,与各种新学术需要器械,于医学一门尤夥。更列种种比较品,俾览者考见其卅年来进步程度。……要之教育之意,乃是为本国培育国民。……无国民安得有人材?无国民且不成一社会!中国前途,晨鸡未唱,观彼教育馆,不胜感慨。"①

重视教育,发展工商业,增强国力,这是日本明治维新以后国家机制运行的特点,也是清末民初中国各界人士的共识。

因为日本政府的提倡,日本人的工商业意识特强,善于经营,已成为日本突出的传统。

地理环境对一民族的性格发展影响极大。日本国为是海岛国家,日本人的冒险精神和贸易特别发达。王桐龄讲:"全国地势狭而长,周围环海,故海岸线特长,各区之交通多利用海道,故人民勇敢活泼,宜于冒险性质,海上之渔业及交通业向来发达。"②

为中国人称赞乐道的,还有日本人办事认真、周密、刻苦、俭朴,杨芾在《扶桑七旬记》中讲:"东人办一事,即尽一事之责。"(见杨芾:《扶桑七旬记》)钱恂讲:"彼一切庋置配合,悉符西法,可征其办事之不苟"。③王桐龄讲:"日本人责任心发达,凡事必实事求是,不苟且,不敷衍,不因循,其实行力远在中国之上。"(见王桐龄:《日本视察记》)郁达夫讲:"刻苦精进,原是日本一般国民生活的倾向。"④

日本的进步吸引中国人接近日本,通过调查访问,捕捉日本的长处。中国

---

① 钱单士厘:《癸卯游行记·归潜记》,第24—25页。

② 王桐龄:《日本视察记》,文化学社,1928年4月,第63页。

③ 钱单士厘:《癸卯游行记·归潜记》,第27页。

④ 《郁达夫散文全编》,第265页。

人因此产生了以日为师，向日本学习的热潮。

二、以日为师

因为学习西方取得成功，在清末民初时期中国人学习西方主要是通过日本。日本的政治、经济、军事、教育、文化都是中国人学习的榜样。东游之人回国后，便按照日本的模式，开展自己所向往的事业，最突出的是实业救国和教育救国。

其时，袁世凯为直隶总督，从事更新改革，从日本聘请了军事、教育、财政、农务、警务、工艺等各种顾问。留日归国的不少人被吸引到政府部门工作。下列的事例可以说明以日为师所产生的结果。

周学熙于1903年3月7日至5月9日赴日考察，在其所著《东游日记》跋文中著："日本维新最注意者练兵、兴学、制造三事，其练兵事专恃国家之力，固无论矣。而学校、工场由民间之自谋者居多，十数年间顿增十倍，不止其进步之速，为古今中外所罕见，而现在全国男女，几无人不学，其日用所需洋货，几无一非本国所仿造，近且贩运欧美以争利权。"他返国后，"以考察所得于日本者，欲以施诸欲我国"。他认为"行新政为改革旧政之弊也"，要求直隶总督袁世凯对今后州县官吏的遴选，一律先赴日本学习考察三个月，让他们亲自经受教育，对日本的"兴学、制造"等有一定的认识后，再行委任。袁世凯接受了周学熙的建议，1904年出示晓谕，饬令"除现任实缺各员未便令离职守外，应将嗣后州县实缺各员，无论内选外补，未赴任者，饬令选日本游历三个月，参观行政及司法各官署并学校、实业大概情形，期满回省，然后饬赴新任。"[1]日本"民间自谋"的成功经验，也坚定了周氏走资本主义道路，发展民族工业的决心。奉袁委派总直隶工艺总局，前后五年当时该局直接经营的各项事业，都是由国家投资兴办，并无私人资本，但是经营目的则是通过示范，推动民间工业生产，以发展民族工商业为宗旨。

直隶工艺局创办于1903年，以天津知府为工艺会办，以日本人藤井恒久为工业顾问。工艺章程时强调"采取日本成法，参以本省现情"。"章程"的总纲

---

① 《督宪袁饬晓谕嗣后实缺州县无论选补先正赴日本游历三个月再饬赴任札》，载《北洋公牍类纂》卷3，第3页。

规定,"本局以提倡、维持全省之工艺为宗旨;以诱掖奖劝,使全省绅民勃兴工业思想为应尽义务;以全省工业普兴、人人有自立之技能为目的。"他还提出:"学堂为人才根本,工艺为民生至计,两者固宜并重;而讲求之道,亦属相资;工艺非学不兴,学非工艺不显"的实业教育思想,这一论述,比较正确地阐明了工与学相辅相成的关系。他在这里所说的"工艺",盖指工业制度;而其所谓"学",却并非单指举办学校。除了兴办全日制正规学校之外,还有以工为主兼习文化、技术课程的学校式工厂,以及半工半读的学校和业余学校,还有包括对工商的考察、考验、研究、推广等会、所机构,也都包括在"学"之内,形成了一个正规与业余并举、工厂与学校结合、研究与推广兼顾的实业教育体系。直隶工艺总局属下有:以培养工业工程技术人才为宗旨的高等工业学校堂,以启发工商智识为宗旨的考工厂,以浚发学识、教育实验为宗旨的教育品陈列馆,以传习手艺、提倡各项公司为宗旨的实习工场等。各部门都聘有日人作技师。

工艺局的实习工场,招收各县学徒,设织染、陶冶、烛皂、火柴、木工、机械各科。聘请日本技师5名,一面从事于实业,一面讲授需要的学科。工场所出的爱国布最为著称,其织布机是日本和歌山地方的棉法兰绒机。除本场外,并在天津城厢提倡民主工场11处,在外府州县设工艺局六十余处。当时高土布虽有一定的基础而不甚发达,因由高阳李氏选送学徒来实习工场,并由北洋铁工厂供给铁木机,以后逐年发展,遂成为华北土布业的中心。1906年设铁工厂于天津,并以大沽船坞旧存机器改为铁工分厂,培养工徒,制造机械,于厂内附设图算学校,采用半工半读方式。北方机电工种向有两大流派:唐山方面的多出自开滦煤矿与铁路大厂,天津方面的多出自北洋铁工厂与大沽分厂。后来郭天祥、郭天顺等机器厂均从天津铁工厂而来。此外又于游民习艺所内设造纸厂。关于工业教育方面,1903年创办高等工业学堂,延英人地恩,日人藤井恒久为教员,设有化学、机器等科,分专门班,预备班,并曾考选学生赴日本实习,在中国人自办的工业高等学校中,是历史比较悠久的。教育制品所,供应各学校自然科学教具器材。在商业方面,则招商人宋则久办国货售品所。当时编写白话歌词文稿,大力宣传买用国货,到处演讲,形成群众运动。并设考工厂,后改为劝工陈列所,展览国内外工业品,以资观摩。并定期召集工商界,邀中外专门人士演工商问题,设工商研究所,定期座谈讨论发展工商办法,造成一时风气。集合木、瓦、竹、铁等工匠,每月研究两次,联系群众,贯彻劝工之旨。至于农业方面,则设种植园于河北,对园艺种植、家禽畜牧作研究示范之用。组织植物研究会，每月开会两次。对于妇女方面的工作，则开办女工厂，设机织刺绣等科。

周学熙借鉴日本的经验，在发展中国实业中，成了华北的一面旗帜。后来形成的周学熙实业集团投资领域颇广，从棉纺织、水泥、玻璃到煤矿、机械制造、自来水等，还投资了银行、保险公司和信托公司。

中国的化工先导范旭东1901年到日本，先入清华学日语，1905年毕业于歌山中学，同年考入岗山第六高等学堂学医，1908年进京都帝国大学学应用化学。1912年学成回国，先在财政部任职，1914年以改革盐政为目的，着手改良盐质，创办久大精盐公司。1917年又创办永利化学公司，在塘沽设立制碱厂，永利和久大是中国现代化学工业的开端，影响深远。

金融方面，北四行（盐业、金城、中南、大陆）的领袖人物吴鼎昌曾肄业于日本高级商业学校，并娶一日本夫人，1915年创办盐业银行，成为北四行巨擘。金城银行的周作民是日本西京帝国大学毕业。南五行（中国、交通、上海商业储蓄、浙江兴业、浙江实业）的领袖张公权，曾就读日本嘉应大学。交通银行的钱新之也是留日学生。

在借鉴日本教育方面，尤为突出。戊戌变法后，张之洞、刘坤一、袁世凯等官员发现，明治学校体制不但有近代化的课程，还有思想观念（指以儒教伦理为基础），于1901年底派罗振玉团、1902年派吴汝纶团赴日考察，证实日本教育体制适合中国。1904年清政府公布了以日本制为样板的《奏定学堂章程》。最成功影响最大的是严修（即严范孙）。严1894年任贵州学政，主管一州学务，主张新学。这种思想为当时社会不相容，与其师发生冲突。1903年任职直隶学校司，顾问为日本东京音乐学校校长兼东京高等师范学校教授渡边龙圣。严根据自己的权限，积极倡导新学，规定每个县政府设一新学堂，还要设一师范学堂。师范学堂陆续成立了79所，师范传习所有3所。天津则建有北洋师范学堂、天津两级师范学堂、北洋女子师范学堂及天津师范传习所。北洋师范学堂培养中学教师的科目称之优级完全科。培养初级师范教师的科目称之为专修科。无论哪一科，都奖励学习日语，特别是优级科，组织日本教习担任的学科使用日语进行讲授。教师中有日本教习6名，中国教习11名。还有担任学堂医的日本医师1名。1905年严修为清政府右侍郎翌年为左侍郎，对全国的教育体制多有所建树。他自己家中开设的保姆讲习所，教员5名，其中日本妇女2名。将严氏女塾改为严氏女校，后改为女中。在京师，他设立了督学局统一管理教育,设立图书局,主管教材编辑和参考事宜,设立京师图书馆局,收藏图书典籍,设立分科大学,培养专门人才。严修所开创的教育事业具有划时代的意义。他把中国教育从封建状态中解放出来。严修以有这样的作为,是他考察日本教育的直接结果。1902年他到日本考察了两个月,1904年他再次赴日,和张伯苓一起考察两个月,曾多次到文部省听讲,和日本政界、教育界、文化界人士接触,到日本各类学校了解其教制、行政管理、办学经费、课程设置、教学方法及设备、图书情况等,如1905年6月13日参观幼稚园后,在其日记中讲到:幼儿之教"真可法也"。在参观庆应、早稻田大学时,对其课程设置进行了认真的调查,在参观帝国大学时,对其实验室、陈列室调查得特别仔细。他对自己的参观都深深地深思一番,以吸收现代教育学说,考虑着如何将其引进到中国。从严范孙的日记中可以清楚地看到他的思想和风格如何受到日本的影响。

清末军事学制和操练受到日本的启发,也开始正规化。1905年清政府颁布了第一个军事学制《新定陆军学堂办法二十条》,模仿日本的三级军事教育制度,在全国设立了陆军小学堂,陆军中学堂和陆军大学堂。1906年各省武各学堂一律改为陆军小学堂,招收12—25岁青年,课程仿日本按普通课和军事课设置。

北京、陕北、湖北、江苏四所陆军中学堂为士官预备教育,学生一般从陆军小学堂毕业生中招收,课程有汉文、中外史地、化学、几何、三角、微积分、伦理学、外语、军制、步兵、野外勤务、射击、初级战术、筑载学、兵器学等。

陆军大学堂,仿德日陆军大学制度,以培养陆军高级军事人才。督办为段祺瑞,聘日本陆军大学教官寺西上校、樱井雄图中校为总教官,学制两到三年,课程设置参照日本陆军大学,以战术、参谋业务、后方勤务、国防动员为主。

在法制方面,清政府于1906年以后,聘请日本法学专家来华主持、指导,制定了全新的刑法,第一部民法和一部内容全面的商法。他们的名字是,冈田朝太郎(刑法,1906—1910)、小河滋次郎(监狱专家,1908.5—1910)、志田钾太郎 (商法,1908.10—1911)、松冈安昌 (东京法院法官,民法,1906.10—1910)。这些法律对近代中国法律产生了持久的影响。

在思想学说方面,其有重大影响的是中国人从日本那里接解到马克思主义。高一涵讲:"那时日本西京帝国大学的经济学教授河上肇博士已将马克思的《资本论》译成日文,河上肇博士本人也有介绍马克思学说的著作,守常接触马克思主义是通过河上肇博士的著作。"①日本早期工人运动的著名领袖,社会党领导人之一幸德秋水的著作,也给他较大影响。这使李大钊在十月革命后和五四运动时,成为中国最早最有权威的马克思主义者。

新史学观也是从日本传来的。梁启超的新史学也是从浮田和民的《史学原理》一书中移植来的,浮田是当年日本的政治家和史学家,曾留学美国,从1900年起就任早稻田大学教授十多年,史学原理是他授课的讲义。

至于科学技术名词术语的传入,那就不胜枚举。如人权、民主、劳动组合、书记、物理、化学等。

日本的物质文明也直接影响着中国人的城市生活,如人力车,当时称为东洋车。在沿海城市是很普遍的。日本对中国走向现代化,是有直接关系的。明治维新前中国影响着日本的历史文化,明治维新后,则是日本影响着中国的历史进程。有其进步的一面,但更多的是对中国的侵略。

三、为什么先生总是侵略学生

中国人诚实地向日本学习,而日本却漠视中国,侵略中国,甚至要灭亡中国。先生总是无止境地侵略学生。从1894年到1945年,没完没了,造成了近代历史上最大的不幸。

曾在1905年到1909年留学日本的戴季陶对日本的大陆政策进行了猛烈的批评,历来日本人的对华观念和日本政府的对华方针,可以说无论什么人,大体都差不多。维持在"满洲"的特权,和在直鲁及三特区、福建等的特殊地位,维持日本在中国的最后发言权、支配权,尤其是经济的支配权。这几种根本政策。现在在政治上的人物,谁也没有两样。王桐龄在探讨日本民族之特征时,讲到日本人具有的"敢死性和残忍性","残忍性的结果,遂养成一种无目的好战心及好杀心。"(王桐龄:《日本视察记》)

日本侵华的方式:一是鲸吞。如甲午战争、参加八国联军镇压义和团、第一次世界大战出兵占领山东、"九一八"占领中国东北,以及第二次中日战争等都属于此类。一是蚕食。如向中国提出"二十一条",企图将中国沦为其属

---

① 高一涵:《回忆五四时期的李大钊同志》,载《五四运动回忆录》,中国科学出版社,1979年,第340页。

国;1917 年 11 月 20 日日本石井菊次郎和美国国务卿罗波德兰辛发表联合声明,美国承认日本在华具有特别权益,1918—1922 年,日本将北"满"、内蒙古纳入其势力范围,1935 年肢解华北等,都属于这一方面。

日本施展其侵华野心,总是在寻找有利时机进行的,如欧战时,各列强自顾不暇,乘机强占了很多权益,并驻兵青岛。当欧美为战争债务和裁军问题斤斤讨论时,日本又占领了"满洲"。当德、意两国在欧、非两洲横行时,日本就发动了全面的侵华战争。

日本的侵华手段无所不用其极。武装走私,摧残中国的民族工业,经营鸦片、白面,毒害中国人民。天津日租界的一些日本洋行,是 20 世纪 30 年代世界上最大的鸦片工厂。30 年代日本也提出过中日经济合作设想,是由驻沪横竹商务官正式向广田外相进言而表面化的,其内容为:彻底取缔排日运动;放弃依赖外国之经济政策,由日方予以生产的援助;促励中国农业生产,尤其是生产大量的棉花,以便日本工业的应用;中国尽量购买日产之精制品;在上海设立二万万信用制度,以应中国财界产业界之急需。这是殖民主义者对殖民地的合作。无怪乎当时中国人评论说,日本提出经济合作"狰狞的面孔,一变而为光风霁月的笑容。我们的邻国,真可谓仪态万千,不可方物了。"[1]

一个民族受屈辱,其人民当然要反抗。这是很自然的道理。

从日本侵华之时起,中国人民就产生了抗日意识。东游人士的日记和文章中,表述了他们严正的立场。严范孙在 1902 年 9 月 14 日日记中记载,看到甲午战图,触目惊心。在 1904 年 10 月 26 日日记中说:"晨游马关街,由山下街往,由海岸街归。过引接寺不入,春帆楼亦然。"引接寺前立牌署"清国请和大使李鸿章旅馆"。

> 莫过引接寺,
> 莫登春帆楼,
> 恨来无地莫能载,
> 藐尔东海焉容收![2]

---

① 徐佛观:《中日经济合作的解剖》,《大公报》,1936 年 5 月。

② 《严修东游记》,第 126 页。

1915 年,尚在日本留学的李大钊,发表《国民之薪胆》,告诉中国人民有三件奇耻大辱不可忘记:"曰甲午,曰甲辰,曰甲寅。甲午之役丧失割地,东亚霸权,拱手以让诸日本。甲辰之役,日本与俄国争我满洲,而以我国为战场……甲寅之役,日德构衅,以事国山东为战场……竟欲演亡韩之惨剧于吾中国。此三甲记念,实吾民没齿不忘也。"中外报章披露的日本与袁世凯勾结,强行让中国接受"二十一条"的外交内幕后,李大钊痛切指出:"延至今日,吾国竟屈于敌,震于其强暴无理之最后通牒,丧失国权甚巨,国将由此不国矣!"

日本党挟其经济发展的优势,以借款的手段使中国就范。南京政府屈从日方的意旨,从 1934 年起取消了抵制日货组织,日货畅行,南北无阻。1936年南京政府又通过蒋介石、汪精卫提案,命各省保护营业自由,以满足日本的要求。舆论界对此进行了强烈的抨击。《大公报》在题为《中日问题》的社论中指出:"九一八以来日本所造之事实,一日存在,中国人一日不能忘。"关于向日本借款之事,"诚以舍政治而专论经济,借款亦有害无利,中国任何人当不至有愿蹈西原借款之覆辙。"①

中国人对日本的不断侵华,越来越愤恨,抗日战争成为一种深刻的时代意识。当时中国内部也很不团结,也不统一,还有内战。是日本的侵略,促使中国人团结起来,一致对外,兄弟阋墙而外御其侮。

中国有句古语,多行不义必自毙。经过了 15 年中日战争,日本终于被送上东京审判法庭,这就是老师侵略学生的结果。

四、历史就是历史,人们可以以史为鉴

中国人对日本一些政治家和学者,极力掩盖、歪曲日本以往发动的侵略战争,深为忧虑和不满。特别是 1993 年 8 月日本成立了历史研究委员会,定期召开研讨会。邀请在日本战争责任问题上一贯坚持顽固立场的人担任主讲人,来翻东京审判的定案。历史研究会在第二次世界大战结束 50 年之际,叫喊着不反省,不谢罪,鼓吹自己国家发动的战争是侵略还是自卫,要由自己的认识而定。日本自己认为是侵略,那就不能干;而自己认为是自卫战争,就可以进行。这种言论使世界各国人民无不震惊。

---

① 《大公报》,1936 年 3 月。

日本历届政府多数不敢正视历史,并极力不让日本国民知道中日战争的真相,极力将日本打扮成战争的受害者。内山雅生教授调查了两千多日本的大中学生,他们都知道长崎、广岛被炸,死20万人,却不知道南京大屠杀中国人惨遭杀害达30万人。他因此得出结论,这是日本当局有意制造的。使人不解的是,日本对当年参加侵华战争而后进行反思的士兵进行打击和迫害。如东史郎为了让日本人了解真相,避免日本重新走军国主义的老路,1987年12月将自己当年的手记命名为《我们的南京步兵队》正式出版。该事被告到东京法院,法院不顾事实以东史郎在出版物中的记述没有客观证据,损害了原告的名誉为由,判定东史郎败诉,责令向原告赔偿50万日元,并登报道歉。坚持正义和真理的日本历史学家笠原十九司,多年研究南京大屠杀事件,以公正的态度出版了多种有关南京大屠杀的书籍,也多次受到恐吓,还被质问他是中国人还是日本人。姬田光一教授因写了《日军在华北的三光政策》,而受到围攻和论争,这样的事例层出不穷,不再一一枚举。

中国人现在常常在文章中问道,为什么德国在战后摧毁了旧的机制,对自己的历史进行过清算,而日本战后在美国的庇护下,当年对发动战争有责任的一些人一直在政府执政,从未对以往的侵略史反思?日本通过朝鲜战争和越南战争,大发其财,成为世界经济大国后,更加狂妄。日本一些人很怕历史把自己的民族描绘成为野蛮的民族,低人一等。日本野田正彰分析得十分深刻。他说,日本人有严重的精神缺损、记忆遗漏倾向,对于令人不愉快甚至备感痛苦的事情尤其如此,这是战后许多日本人的状态,所以造成了对那场战争的遮掩或虚假描述。为了弥补这样的"缺损",就要编造一些事情;因为编造的事实不合逻辑或互相矛盾,于是又要找到更多话语来把它搪塞过去。事实是,现在一般的日本人都认为,自己也受害了,而且在政府支配下的个人行为是无可厚非的,所以很多人理直气壮地否定侵华的事实。这是日本人因感情上的混乱而造成的一种精神混乱,他们用"心理编造"的方式来抗击事实责任的承担。①这些因素就造成日本一些人掩耳盗铃。

但是欲盖弥彰,日本的形象和信誉度不是提高了,而是低了,也激起了全世界人民的愤怒,遭受日本侵略的国家,如韩国、朝鲜,要求日本谢罪,英国、

① 参见日本学者出版《战争罪责》一书;另见《解剖日本人为何不敢正视侵华战争》,载《文摘》,2000年7月16日。

澳大利亚等国家要求对第二次世界大战期间的战争犯罪做出清楚的、不含糊其词的"正式书面道歉,对侵华承担罪责,向 30 万南京大屠杀受难者支付赔偿"。11 月加利福尼亚州政府会议通过相关决议,这是美国议会和政府首次以立法的形式要求日本政府公开承认侵略战争罪责。日本新闻媒体认为此举是"再次追究日本战争责任的引爆剂"。这说明要想逃避战争罪责,这条路是走不通的,应该走东史太郎的道路。半个多世纪以前,战争把他从一个人变成一个吃人的野兽,今天他那泯灭了的人性中的正直与善良被唤醒,将他侵略者的残暴行径公诸于世,以戒来者并告慰自己。这就可以得到全世界的谅解。中国人对待那段两国不幸的历史,始终把军国主义者和广大的日本人民严格区分开来。战争的职责应该由军国主义者来承担,日本人民也是受害者。

五、中日两国应当世世代代友好下去

中日两国是邻国,应和睦相处,世世代代友好下去。从 1972 年两国关系正常化后,应该说有了长足的发展。然也不断出现矛盾和摩擦。中日双方在历史问题上的分歧一直影响着双边关系。在世界经济走向一体化的时代,自己国家发展,也应带动其他后进国家的发展,这应是国际关系的准则。日本却不然。在战略上,日本将中国看成在亚洲一个可以向日本权威挑战的新崛起的大国,一个地缘政治对手;因此极力制约中国的发展和统一,防止中国过早强大,已成为日本政府对华政策的重要目标。近时日本国内有一种暗流,制造中国威胁论,就是明证。

1996 年 4 月 17 日《日美安全保障联合宣言》把朝鲜半岛、台湾海峡和南沙群岛等远东地区,划入美日安全保障条约新防务合作范围,日本内阁成员越来越多的参拜靖国神社,日本加强了对与中国有争议的一些岛屿和海域的军事控制,两国在领海主权和海洋权益方面的矛盾日益突出,等等,阻碍着中日关系的发展。

中国人对日本政府的许多政策持批判的态度,是警惕的。中国方面认为,日本的军国主义在抬头;有些人又想走当年军国主义的老路。对于坚持军国主义思想的人,中国人是不抱任何希望的。中国人常常想,怎样使更多的日本人了解历史的真相。中国把中日友好寄托在从事中日友好的日本各界人士,寄托在年轻的一代日本人,寄希望于广大的日本人民。

应该说,众多关于日军侵华出版物的出版,表明各国人民已形成防止军国主义势力产生和思想泛滥的共识。中日学者和各方人士这些年对日军侵华的暴行有了更深入的研究,挖掘了更多的资料。如笠原十九司等所编辑的南京大屠杀的资料等一系列著作,中国第二档案馆所编辑的《侵华日军南京大屠杀档案》、上海人民出版社出版的《死亡工厂》、张纯如的《南京暴行——被遗忘的大屠杀》(英文版)、日本原玉用大学教授若规泰雄的《日本的战争罪责》、田野正彰的《战争罪责》、渡边的《战争罪责》等,都颇有价值。京都女子大学教授著的《战争罪责》,姬田光一对"三光政策"的研究,中国东北三省主办的《东北沦陷史研究》刊物上,不断刊登一些新的调查资料,使人们对日本当年的殖民地政策有更清醒的认识。在 1995 年纪念第二次世界大战 50 周年时,日本一批历史学家为使对侵略战争的反省和谢罪成为日本政府和国民的常识曾作出积极的努力,要求日本政府公开现有的近现代史资料。中国北京的抗日战争纪念馆的展出,使中国人永远不忘国耻,使外国人了解历史的真相。中国旅美画家李自健的油画《人性与爱》2000 年 5 月展出,就产生了巨大的反响。一位名叫彼得·希克曼的专栏作家说,他对日本侵略中国和其他亚洲国家的历史非常了解。日军南京大屠杀与德国纳粹屠杀犹太人一样,"是人类历史上的悲剧"。日军屠杀手无寸铁的市民,"是最残暴的行径,人们不应忘记那段黑暗的历史"。美国著名艺术评论家怀伯曼说:"这是一份无比雄辩的声明,在这幅唯有毕加索的《格尔尼卡》可与之相比的描绘战争恐怖的作品中,作者再现了当年日军占领南京时的暴行。" 1997 年日本国际创价学会会长池田大作致函李自健:"一瞬间,我的心停止了跳动,我的心哭泣了。而且,我的心燃烧起火焰。日军残虐至极的野蛮行径,我们绝对不会忘记。"最近美国众议院通过一项法案,要求全部公开美国政府保管的有关第二次世界大战前后日本军队的资料,这其中包括从 1931 年 9 月到 1941 年 12 月期间关于日军以种族、宗教、国籍、政治信仰为由进行人体实验及迫害的全部资料。

越来越多的日本人会正确对待过去的。

我对未来的前景是乐观的。中日关系会向好的方面发展。两国应世世代代友好下去。

原载《东瀛求索》第 12 号,东京中国社会科学研究会,2001 年 12 月

在王玉哲先生追思会上的致辞

王先生常说："我比老魏大一轮。"现在先生驾鹤西去,再也听不到这一亲切的声音了。

先生走了,先生之风,山高水长。给我们留下了丰富的遗产。这种遗产,看得见的是他的文章和著述,看不见的是他的思想和精神。

王先生是1948年来到南开任教,我是同年来南开读书。新中国成立后,我留校工作,几十年来一直和先生在一起。当时,学习前苏联,系里成立两个教研组,即中国史和世界史教研组,我们同属中国史,经常在一起开会学习,研讨教学问题。20世纪50年代后期,又一块走出学校,劳动生产相结合。60年代到盐山参加"四清",王先生、杨志玖、杨翼骧两位先生、一位同学王成彬和我睡在一个炕上,吃着山芋干,过着艰苦的生活。从50年代后期,王先生和我都住在东村,是邻居。80年代开始,同住在北村一栋楼的同一个门洞,王先生是二楼,我是四楼。天长日久,我们之间建立起深厚的友谊,无话不谈,谈思想,谈学问。谈治学之道,也谈生活琐事,说些知心话。"文化大革命"开始,我处于逆境,被打成"牛鬼蛇神","再踏上一只脚,永世不得翻身"。历史系执政者下令"任何人都不准和魏宏运接触、谈话",我已失去生存的空间。在这样严密封锁下,正直善良的王先生,通过他家的保姆向我传话:"窗外有人持枪,彻夜监视你们,少说话。"这件事,我是永远铭记在心的。

王先生在学界享有崇高的荣誉,他治史的执着给我们以深刻启示。他是1936年进入北京大学历史系的,第二年全面抗战爆发,他和杨志玖、孙思白、杨翼骧等,历尽千辛万苦,到达昆明的联合大学。王先生多次讲到,他从长沙到昆明,是参加黄子坚领导的"湘、黔、滇步行团"到达的。西南联大时的学习奠定了他成为著名学者的基础。他选了冯友兰、刘文典、闻一多、罗常培、汤用彤、魏建功诸名师的讲授课程,后在北大文科研究所当研究生时,又直接受业于唐兰、陈梦家两位名师,还就教于罗常培、汤用彤、姚从吾、郑天挺诸师。他的努力成功了,有了广博的知识,其学位论文《猃狁考》,一举成名。他和杨志玖、孙思白两先生特别友好。80年代孙思白先生任职中国近代史研究所,多次来南开,他们三人总是聚集在一起叙旧。我称他们为"北大三杰"。他们在史学领域中的建树,是源于他们坚强的意志和持之以恒的苦读。历史留下了他们的业绩,留下了他们走过的足迹。

作为教师,责任是教书育人,传道、授业、解惑。王先生做出了榜样,他讲授秦汉史、《史记》选读等课程,颇受同学欢迎。课堂讲课,深入浅出,常以比喻说明问题。布置作业,要求非常严格。他让同学写读书笔记,谈自己的认识。50年代有教学实习,系里组织同学参观故宫、博物馆、房山古猿人遗址,王先生多次领队指导,我也参加。王先生请贾兰坡讲解,请唐兰作学术报告,同学们受益匪浅。改革开放时,历史系建立博物馆专业,我和副校长郑天挺先生商量,请王玉哲先生担任这一专业领导,他欣然应允。创业一般来说是艰难的,王先生竭尽全力,付出巨大心血,筹划博物馆专业必备的一切条件。就这样,这个全国第一个博物馆专业,从无到有,蒸蒸日上。

王先生有一美德,就是在学术上坚持自己的观点,如他始终认为西周是封建社会。他不从众。

王先生是位达观主义者,现实主义者。走进他的生活圈子,你就可以感到他的自信和豁达。50年代,他染有肺病,那时这种病威胁着人们的生命,王先生对此泰然处之,自己练了一套气功法,从此一直没有间断,身体越来越健康。他的家务活做得很地道,很细心、很内行,我常去他家,看到他总是乐观和从容地对待一切。快乐是生命的支点。即使他九十余高龄,不幸绊倒,股骨头断裂,仍然坚强地从床上坐起来,撰写《中华远古史》。这种精神真是感人之至。

今天,我们怀着无比崇敬之情,思念逝者,其人其事都涌上心头。纵观王先生的一生,给我们留下了宝贵的非物质资源。我们应继承王先生优良的学术传统,在历史领域中孜孜不倦地深入探索,在自己的教学实践中有所创新。以弘扬我国悠久的历史文化。

今天,我们心情都很悲痛,难以用言语表达对恩师之情。先生的风范长存,必将永远在我们记忆之中。

原载魏宏运:《南开往事》,南开大学出版社,2009年

杨生茂先生90华诞的祝词

今天是美国史学会和南开大学历史学院共同为杨生茂老师90大寿举行祝贺大会。这是很有意义的。我作为杨先生早年的学生，也有机会参加这一盛会，非常高兴。

杨先生1947年来南开执教，教书育人，至今六十多年，他的学识、修养为学界所称赞，一代一代的南开学子从杨先生的言传身教中学到了做人做学问的道理，许多人以杨先生为榜样，规划自己的人生道路。

我和杨先生共事数十年，我深深感到他对工作的认真，对学术的辛勤钻研，在世界近代史，特别是美国史研究领域的翘楚者，是任何后辈应该永远铭记的。

回顾新中国成立时，杨先生三十四五岁，风华正茂，有几件事，给我印象最深。一是历史系教师自发选举系主任，一致推崇杨先生担此重任，可见杨先生是德高望重。一是和北大、清华等校几位教授创办《历史教学》刊物，这是新中国最早的一份历史刊物，现在还在延续着。一是军管会文教主任黄松龄教授指定杨先生在天津电台开设世界近代史讲座。一是杨先生开设了一门课程，讲授列宁主义问题，听课的学生是我，就我一个人。那时全系学生十余人，我们年级仅3人。我细心地听讲，所受的待遇比你们博士生们享受的待遇还要高，真是耳提面命。一是请元史专家翁独健来校演讲，以开阔我们的学术视野。我还保存着翁、杨两位先生和我们同学的合影。我是珍视它的。还有一件事给我们教育很深，那就是从北京请来一位姓胡的先生，讲课敷衍，同学要求系上辞退这位先生，这是很难处理的问题，杨先生也顺应、满足了学生的要求。我举这些例证，说明杨先生在青年时期，创新和变革思想是很强烈的。这些，你们可能都不知道。我今天讲出来，也可算是独家新闻吧。

杨先生的美德和贡献是说不完的。他的处世哲学和现代青年人完全两样，从下面几个例证，就可以了然。

1950 年,吴廷璆教授离开武汉大学,北上加盟南开历史系,因为吴先生于新中国成立前已是一位进步的名教授,又有日本京都帝大的资历,杨先生是一位谦逊的学者,立即主动请吴先生出任系主任。《历史教学》主编也请吴先生来担当,他自己只作为编委之一。他的品格获得了人们的赞扬。

　　因为在世界近代史学术领域中,杨先生的学识丰富而踏实,新中国成立初期,他就到中央党校去学习,随后借调到人民教育社编中学教材。20 世纪 60 年代,教育部又决定让他和吴于廑、周一良几位先生编撰世界通史教材,杨先生主要负责近代史,这部教材为各大学普遍采用,影响深远。他们都是新中国第一批具备丰富知识和世界眼光的学者。

　　杨先生长期担任历史系副主任,有时去北京,有时在天津,在北京集中编书时,我常去北京他家西什库附近一个大院内请教。杨先生办事很认真,如果一件事没办完,没办好,他睡不着觉,会失眠,他多次口头提出辞职,未被获准。

　　在我的印象中,杨先生集中全力于美国史研究,是 20 世纪 60 年代的事。那时成立了美国史研究室。应该说明一下,那时要成立研究室,都是组织的决定,没有个人提出给自己设立一个研究机构的事,不像现在都有创造性,自己给自己张罗、安排,成立一个什么中心,一个时代是一个时代的风格。

　　杨先生是美国史研究的权威,又有美国伯克利及斯坦福大学的资历,国家实行改革开放政策后,美国驻华使馆不断来人,请杨先生负责筹办霍普金斯研究中心。当时校党委找杨先生说了几次,杨先生拒不接受。美国方面才找南京大学。这件事说明杨先生美国史的研究,获得了美国学界的认可。再者他考虑的是为我国开辟一新的研究领域和道路,吸引更多的学人参与美国史研究。

　　作为教育家,杨先生有一广阔的心怀,他总是谆谆教育年轻人,大胆地追求真理,正确地认识一切。他严格地遵循求实精神。我记得有一次在他家中,谈到今日美国的霸权主义时,他有一精辟的见解,他说,霸权是不能长久永远的,英国曾是日不落的帝国,不是也没落了。美国将来也必然走英国的道路。

　　杨先生的道德文章,给我们诸多教益和启示,这是无价之宝,我们应踏踏实实地以杨先生为楷模,充实自己,力争为国家、为社会多做贡献。

　　我祝杨先生寿比南山,思想之树常青。

原载魏宏运:《南开往事》,南开大学出版社,2009 年

贺旅游学而立之年

在"允公允能"校训引领下,旅游专业院系已走过 30 个春秋,三十而立,南开旅游专业已为国家培养了一千多名栋梁之材,分布于全国各地,成为一支劲旅,饮誉海内外。

大学办旅游系,是我国教育史上前所未有的事,我校首创,居于领先地位。

怎样办起来的? 关键词是:旅游、席潮海、滕维藻。

这是一件偶然的事。1978 年春,我和内子王黎到北京,顺便去看望我们的老朋友席潮海,当时他任国家旅游局办公室主任,兼任政策研究室主任,工作地点是王府井附近的一栋二层楼内,隔着一条马路对面是北京饭店。席潮海是河南人,原是南开历史系学生,我们很要好,都是从辅仁大学转专业到南开的。1949 年,他调到外交部工作。西藏和平解放,作为中共驻藏代表,经过印度进入我国亚东到拉萨。1959 年西藏发生叛乱,遭到袭击,身体受到伤害,回到北京。20 世纪 80 年代又赴西藏筹备西藏大学,并任副校长。我们之间,无话不谈。闲谈中,他提出南开是否办一旅游专业,国家可为人员培训和建教学大楼提供帮助。我表示愿意接受,南开人都是爱南开的,总是想到母校。回校后即向滕维藻校长汇报,并写了报告。滕维藻是一位平民校长,思想解放,富于创新进取,其倾向是"办"。

那时,对大学办旅游专业,有很多不同意见。不少人认为旅游不是"学问"。北京一位著名经济学教授写信明确表示这种看法。滕维藻经过反复思考,让校方李万华、李国骥、王大璐、钱玉麟查阅西方大学有无这个专业。他们了解到康奈尔大学、夏威夷大学有。以此为依据,滕维藻"舌战群儒",并商之于老校长杨石先,做出了"办"的决定,并报请国家教委,经过一番周折,获得批准,旅游专业就这样诞生了。

我作为历史系主任,组织了一个团队,由薛蕃安、王金堂负责。他们二人多次到北京旅游总局商讨筹办诸事,包括专业名称、课程设置、经费等问题。

原计划办旅游外语、旅游管理两个专业。后来商定先办旅游外语,1983 年再办旅游管理。1981 年 3 月,娄平副校长代表学校与旅游局签订合同。1982 年 5 月又签订补充协议,先后获得建筑费资助 410 万元。现在的第七教学楼,就是这一资金建立起来的。

1981 年 9 月 3 日,旅游专业举行开学典礼,副校长吴大任和旅游局两位负责人出席并讲话。会议由我主持。头一年新生 21 人,8 男 13 女,他们来自北京、天津、辽宁、山东、山西等十多个省市。国家分配给 6 个出国进修教师名额,分赴欧美各国。第二年招生人数扩大至 50 名。

课程设置是参考欧美各国而制定的,因为头一年办,这个专业设在历史系,课程有中外历史、外语和旅游古文选。古文选由孙香兰任教。后来开设旅游概论,由武汉会议商定,各校这一专业的教师共同编写教材。我校承担一部分工作。关于旅游方面的专业知识由国家旅游局的同志讲授。据王金堂回忆,天津旅游局的同志也来校讲授旅游管理、旅游景点及旅游交通等内容。

初创的专业生气勃勃,为社会所推崇,从事这一专业的教师,尽职尽守,由外行变成内行。这一专业的特点是紧密和实践相结合,服务于社会。

新成立学院定名为旅游与服务学院。现在旅游业已成为国民经济增长的一大支柱。更彰显出培养旅游人才的极端重要性。愿旅游专业师生,肩负着时代的使命,在辉煌的道路上奋勇前进。

原载魏宏运:《南开往事》,南开大学出版社,2009 年

在 77、78 两届同学返校大会上的致辞之一

    非常欢迎 77、78 级两届的同学返校。这两届同学跟任何一届毕业生都不一样,你们是在历史转折时期考入南开的。这几天各位校友到校以后会想到很多,会想到农村的生活,也会想到当时怎么选择了南开,怎么会成为南开人。作为南开人是很光荣的,你们为母校做出了很大贡献,南开因你们而骄傲。当年你们上山下乡是被迫的,但同时锻炼了自己,如果继续在农村,你们就不会有今天这样大的光荣和成就。在历史转变时期你们抓住了机遇,选择了南开。

    刚才,两位校领导讲了南开的历史地位、学风、精神。1948 年我刚来学校不久,有机会去聆听张伯苓先生、何廉先生的讲话,很受启发。我们说南开办学很有成绩,这些成绩可以从世界各国对南开的评价来看。1947 年,在英国牛津大学承认的海外学历的大学中,中国有七所,南开便是其中之一。1936 年胡适代表北大、南开和当时的中央研究院参加哈佛大学成立三百周年校庆活动时,南开被称为"中国的哈佛"。在中国的私立大学中,南开办得很好,有很多文字记载。1919 年南开建校之初,全国的国立大学、教会大学、私立大学均为数不多,其中就包括南开。在国家教育现代化的建设过程中,南开占有重要的历史地位。

    当年的老师大部分都走了,当年的年轻老师不少也退休了,现在很多学科的带头人我都不认识。历史变化是很有趣的。常言人生苦短,你们在农村的锻炼很有价值,中国农村实现现代化还需要很长一段时间。我国在 20 世纪五六十年代冒进,想一下子过渡到社会主义、共产主义,想得非常天真,也给我们造成很大的灾难。急于求成是不行的,需要按部就班地按规律办事。每个人都在走自己的路,有的道路走得很好,有的则走得不是很理想。但在人生的过程中都是非常重要的,你们可以把自己丰富的历史写出来。我想,你们有丰富

的经历,要去做更大的贡献,要多宣传南开,这对国家、对世界都是有益的。我记得在南开被炸的时候,世界各国说南开是不朽的,各国都在赞扬南开,赞扬南开的精神。作为南开人更应该广泛宣传南开。有很多南开人在世界各国表现出众,我在出国时,很多大学都很尊重南开,因为南开的办学特点受到世界各国的重视。作为南开人应该做出更大贡献。

我非常羡慕大家在多年之后能有这个机会聚在一起,很难得。人生就是这样一代代传承,传承不同的文化、传承不同的历史。一代代人忠诚于南开的精神,一代代人将南开精神发扬光大。我刚来南开时经历了最困难的时候,学校刚遭受日本轰炸,只剩下现在行政楼所在位置的残垣断壁,没有这么多高楼。现在状况变好了,高楼林立,津南新校区也在建设中。希望大家继续发挥力量,继续做出巨大贡献,将南开精神发扬光大。

谢谢大家!

2012 年 10 月 6 日

在 77、78 两届同学返校大会上的致辞之二

　　热烈欢迎。离开学校以后再聚会,南开是个聚散地。你们这一代人很幸福,因为改革开放。你们经历过上山下乡,知道了群众疾苦。知道中国真正要繁荣起来要从农村开始。如果没有改革开放,你们不可能来到南开,不可能的,没有这个条件,你们可能永远在农村待下去。人生的道路将是另一回事。每一个人都在写自己的历史。怎么写,离不开大的环境。在我们国家,"左"的思潮在很长一个阶段占主要的地位,正确的方向、正确的道路都不能实现。庐山会议是一个历史的大转折,造成很多灾难。1958 年以后,庐山会议一转向,从"反左"到"反右"这一转向,造成非常非常严重的问题,三年困难是多么的困难。你们如果看一看彭德怀的自述,你们可以感受到中国历史的曲折的发展。所以我感觉你们是幸运的一代,经历过那样一段,然后在南开受过四年很好的教育。南开的确有很好的学风,刚才进文同志讲了。我是 1948 年到南开,听过张伯苓、何廉的讲话,允公允能,讲得很正确。很多人对南开的历史不是太清楚的,南开的历史和一般学校不大一样。南开为什么和北大清华在一起呢? 有人讲南开是沾清华北大的光,这样讲不合适的。胡适在参加庆祝哈佛建校三百周年纪念,他是代表中央研究院、代表北大、南开。北大清华很多有名的教授是先到南开,然后到清华、北大。你们选择南开选择对了,这四年没有白过。这四年以后你们做过很大贡献,你们很多人都是领导层,都是"走资本主义"道路的人。历史非常重要,每个人应该写写自己的历史,很有意义。把自己在这个阶段对国家的贡献写出来,非常有意义。昨天有个同志把自己的家族历史,(他是)从山西出来的,给我看,非常有意义,作为社会史的一部分,给历史留下纪念。我希望你们再过十年再聚会,我也希望能和你们再聚会一次。

在魏宏运先生 90 华诞庆祝会上的致辞

非常感谢南开大学,非常感谢这么多同志、朋友们从各地来参加为我 90 岁的生日而进行的学术讨论会的会议,非常感谢大家。

从 1948 年到今天,整整 66 年,六六大顺。我不能忘记的是 1948 年。1948 年对我是很重要的一年,我考上南开大学了,我听到了张伯苓他们讲的南开大学的校训,我亲自听到的;第二个,1948 年我参加了中国共产党。我本来是 1947 年的,后来,我的领导说,从 1948 年开始算吧,我说,哪儿都可以。1948 年参加党以后,身份就不一样了,我做了很多工作,包括在天津的调查,国民党的状况,包括军事设备各个方面做个调查,这对我是很大的锻炼。还有,对 1948 年,现在我很简单说一二句,你们可能不理解,是很不容易的,搞地下工作呀很不容易。我们把情报怎么能够送到解放区呢?旧线装书,后面用毛笔蘸白矾水,背面就看不见了,然后到那里就可以,不像现在,电脑什么都可以看,那时不行啊!至于交通员,现在你们不了解两面政权,这个保甲长,白天给国民党干,晚上给共产党干,他这个交通员。天津这个情报怎么送到北京,然后再送到解放区?王黎做了一件事。王黎打扮成贵夫人,戴着手镯,把情报放到手镯里面去。做贵夫人,一般就可以,国民党就失去警惕,这样情报就可以送过去。

1948 年,我还认识了王黎。王黎在家里是绝对领导,在外面是我的助手、是我的秘书,也是 1948 年开始的。

1948 年到南开以后,有很多机遇,南开的确机遇太好了。我就曾想,如果我不离开北京,很多同志是提这个问题了,那么和现在的情况就不一样了。但是南开的学术地位高,所以在南开有很多机遇啊!我也曾经像杨圣清一样,想到中央党校去,如果到中央党校,也就没有后来的成就,不可能的。我曾经想离开,河北师大党委都通过了,学校李玉和不放我,一定要我在这儿。所以以后的机遇太好了。一个人没有机遇不行,还有,一个人没有好的老师、好的同学也不行。稍微有点成就,你得有良师益友。我呢,有很多机遇。所以,我很感谢我的老师,不能忘记我的老师,老师引导我的道路,怎么走这个道路,所以我觉得尊师重道很重要。我常谈韩愈的《师说》,隔一段时间读一读,要尊师重道。

二个呢,在学校一定得有独立的思考,走自己的道路;

三个呢,热爱专业,把读书和写作当作自己的生命,这样你就可以在老了以后也不感觉寂寞,也不感觉空虚,我觉得这对我自己很有好处。

今天不知不觉到 90 岁了。不少同志讲,你还有什么遗憾的事儿?我说,遗憾的事儿太多了……我今天简单举个例子,的确,事儿过去了以后,你想补,补不回来了,不可能的,有时力不从心呀!比如说,马雯的丈夫于振起让我和我老伴儿到莫斯科去,那时,他是大使。当时怎么就犹豫了半天,没去,最后没有机会了,这是一个很遗憾的事儿。第二个遗憾的事儿,人民出版社一定让我写一部抗日战争史,抗日战争史有一部分是刘景泉同志写的,现在还在人民出版社呢,后来就是搞不出来,因为材料越来越多,感觉很不容易补起来。第三个遗憾的事儿,我主编了一个《中国通史》,人民出版社与英国谈妥了出版,英文的,有一部分翻译已经翻译出来了,但是后来因为"八九"的事儿,这个事儿就吹了。所以,有些事儿,你现在再补,不可能了,力不从心啊!不可能的。

人的一生,有机会,你能够抓住,抓不住就完了。环境对一个人太重要了。你有好的环境、有好的老师,我的确很感谢老师。比如说,杨生茂、吴廷璆、郑天挺、冯文潜、滕维藻这五六个人,对我一生的影响太大了,他们对我的确很多帮助,培养我,希望我能够有一点成就,但是我没有什么成就。今天大家讲很多,都是过誉之词,因为我 90 了,你们都得说好话,是吧!但是,实际上,按照南开的校训来讲,允公允能,我觉得距离太远了,不够格。的确,说实在话,它的要求很高的,不是一般的。现在呢,干不了什么事。有时候我在花园里走 20 分钟,就走不动了,得坐那儿歇着,老态龙钟了。我记得好像罗兰曾经讲,身体不行了,可能你们见到我的时候,我就呜呼哀哉了。我也很想,如果按照需要,再制定一个一百年的工作计划,但这都是不可能的。人的一生,什么都可以制定,就是生命不能制定。规律,自然规律。所以,我就希望看到同志们,你们现在都在政治舞台上、历史舞台上运作,我非常高兴。我一共 30 多个博士生,现在都有成就,经常发表文章,独当一面,这对我来说非常高兴的事儿。作为一个教师,教师就是传道、授业、解惑嘛!韩愈的话,现在很多人读得?毛泽东有个解释,传道、授业、解惑是要传无产阶级的道,传马列主义的道,毛泽东同志新的解释。我记得毛泽东的解释在党内先传达,然后再党外。我记得郑老特别把这几句话记下来。老师给我的影响太多了、太多了。他教我怎么做学问、怎么做人,我都从老师那里得到的。所以我今天非常感谢我的老师,可惜他们都走了。我现在年龄在历史系里算比较大的了,可能是比较大的了。辜燮高还大一岁,大概我算老二吧。

再一次感谢你们今天抽空从各地来参加学术讨论会,谢谢大家!

2014 年 9 月 13 日魏宏运先生 90 华诞庆祝会上的致辞

治学与治史

《大公报》,我的良师益友

《大公报》问世到明年就是一百周年了。有如此长的历史在中国报刊史上是独一无二的。《大公报》以其资料翔实、内容丰富,饮誉全球。20 世纪 30 年代所创副刊很多,有经济、科学、现代思潮、军事、图书、文艺、文艺副刊、电讯、乡村建设、医学、妇女与家庭等。20 世纪 40 年代,因抗战几次迁徙,物价飞涨,纸张匮乏,副刊减少了。那些年代中国现代史上许多著名人物,都在该报发表文章,如胡适、马寅初、陈垣、郭沫若、何廉、李公仆、闻一多、黄炎培、郑振铎、巴金、冰心、老舍、曹禺、俞平伯、丁玲、胡风、沈从文、梁实秋、李健吾、朱光潜等。他们的作品和思想,对中国艺术和文化影响极为深远。我访问了现在津、京的自然科学和社会科学学者十余人,他们异口同声地说,《大公报》曾是他们日常生活中不可缺的精神食粮,对他们影响极大,时常涌现在他们的记忆中。现年 88 岁的经济学家陶季侃,20 世纪 30 年代曾在该报发表过文章,至今谈起来仍兴奋不已。

我读《大公报》是 20 世纪 30 年代末在西安读中学时开始的,很喜欢该报的社评、社论。觉得简短有力,读起来蛮有趣味,不管观点正确与否,在那时都很有影响。该报所登载的范长江、萧乾、陆诒、子冈等人所写的通讯,具体生动,为人们所称颂,还记得范长江的《中国的西北角》《塞上行》最脍炙人口。

20 世纪 50 年代初,我从南开大学毕业,从事近现代史的教学和研究。经常翻阅新旧报纸,《大公报》遂成为我的良师益友。我经常从《大公报》汲取养料,以丰富自己的知识。我还多次到和平路锦州道路口《大公报》一座二层楼去参观。这可能是历史学者的癖好,总是想着有纪念意义的旧址。那可使人联想许多。我还指导我的研究生去阅读旧的《大公报》。他们也人人获益匪浅,有的写出了这样那样的论文。

可以这样讲,《大公报》是一部中国近代历史的记录,记载了中国近现代历史的曲折历程。

《大公报》的优势在于社会经济方面的内容十分丰富,从农、工、商业总体发展状况,到人民日常生活中的米面、杂粮、蔬菜、柴禾、煤球、山货等均有记载,折射出社会经济的全貌。如对各地社会民情的考察、对各地工商业的调查报告以及商情统计数字,均极引人注目。南开大学经济研究所所编的华北商品批发物价指数、每周物价指数、天津生活费用指数等,以专栏形式刊出。这在中国是破天荒的,一时颇为轰动,南开大学和《大公报》名声大振,共享盛誉。

　　文化和思想是社会发展不可缺少的动力。在近代,中国曾出现过不少思潮,讨论中国何去何从。每种思潮都有追随者,而每种思潮的领导者总像其所倡导的思潮能成为社会的主流思想。《大公报》在不同时期传播了各种思潮,研究文化思想的学者可以从这里找到它们的轨迹。

　　从历史的角度看,昨日的新闻,就是今日的历史。报刊是历史学者赖以研究的依据,为了获得知识,或者为了给已知的东西找到充分而确凿的证据,《大公报》成为许多人获得滋养并取之不尽的源泉。我的不少文章是以《大公报》为基石而写成的。

　　20世纪30年代初,中国学界展开了一次关于中西文化的讨论,有人主张西化,有人主张复古,张岱年主张综合创新文化。为弄清这一问题,我首先翻阅了《大公报》,再寻找其他材料,撰写了《30年代初出现的综合文化观》一文,参加了1995年澳门哲学研究会举办的综合创新文化研讨会。

　　如此等等。

　　我深深感到经过几代人的辛勤劳动,《大公报》已成为20世纪的文化宝藏。随着时间的推移,将更显示出它的价值。

原载《天津日报》,2002年1月4日

中日学人《华北农村调查团》调查实例

研究一个国家的城市和农村的发展脉络不仅有助于了解这个国家的过去和现在,而且还有利于探求人类文明的进步。无论是从人类学、历史学、社会学的哪个角度去研究,必将得到其应有的价值。

现在展现在读者面前的这本书记述的是中国华北地区某个村落在半个世纪中的历史变迁。中国是拥有悠久历史的大国,目前正处在发展阶段。特别是中国的农村在最近十余年的发展中,展现出其他国家所不具有的特征。因此,研究农村的变化对我们所处的这个时代而言是有其重要意义的。

三谷孝、笠原十九司、顾琳、内山雅生、浜口允子、末次玲子、中生胜美等日本学者和我及我的同事左志远、张洪祥在得到中国国家教育委员会的同意后,组成华北农村调查团,赴北京附近的村落进行了访问调查。《北京市房山区吴店村调查报告》是中日两国学者按照研究合作计划进行研究后所取得的成果。房山是五六十万年前"北京人"居住、活动过的场所,地形主要由平原和山地构成,开车到北京大约需 1 小时。调查的时间主要是放在 20 世纪 40 年代及其后的年代,调查的主要内容是吴店村在政治、经济、文化等方面的变化。调查方式是与农村村委会座谈、访问农家等形式展开的,是完全自由、无任何限制的。本书所记述的内容是真实的,没加任何修饰,调查报告反映出了当地浓厚的乡土气息。

中国的农村正处在历史的变革时期,与 50 年前已完全不同。农民过着春耕秋收、往复循环的生活,土地依然是人们赖以生活的基础。但是新中国成立以后,实行了土地改革,现在土地已不再是农村财富和权力的象征了。特别是 1979 年在农村实行土地改革后,农村的面貌得到极大的改观。在吴店村,许多人或是打破了传统土地上的束缚,或是从原来的模式中已脱离出来从事其他的工作。这些人中既有从事农业的,也有从事工商业的,还有从事其他工作的。吴店村的乡镇企业与其他村落相比并不发达,仅仅经营饭店、商店、旅店等行业。在土地规划方面,据房山区的农业责任人和吴店村村长说,在北京市政府的指导下,计划将在两三年内从原来的联产承包责任制转向农场制。

政治和经济的变革必将对社会进步带来很大的影响。而且,经济的发展所发挥的主导作用,必将引起生活领域中的各种变化,这种变化从衣、食、住、行中可以鲜明地体现出来。现在家庭中的妇女再不像以前那样整天围着锅台转,为日常琐事消磨时光。她们和男子一样到各地去参加各种工作,再也不会为吃、穿等事发愁了。每个家庭都有够吃两三年的余粮,现在人们开始重视时间和效率了。每个家庭中都备有自来水、电灯等设备。现在的年轻人则追求的是家庭的电器化。据统计,全村有70%的人购买了洗衣机,电视几乎家家都有。20世纪50年代初封建大家族制已解体,现在许多家庭是两代人共同生活在一起。孩子成年结婚后便另起炉灶与父母分院居住。吴店村的房屋布局从住宅建筑角度看和以前大致相同,但已找不到茅屋草舍,整个村的建筑物都变成了砖瓦结构。关帝庙还是在50年前的那个地方,但人们已不再迷信了。现在人们所相信的,一个是政府的政策和农业科学技术,另一个是只有通过自己的勤劳和努力才有好日子。

从这篇调查报告中可以看出著者所关注的问题及采用的研究方法。我想读者看哪一部分,翻开哪一页,都会有所收获,这收获就是对中国华北农村的印象变得更加真实,更加丰富了。本书也能在一定程度上满足国外学者的需求。另外,本书对不了解中国过去的那些年轻人而言是很值得一读的。

原载魏宏运:《南开往事》,南开大学出版社,2009年

从华北社会调查略谈个人治学道路

　　每个人都是在走自己的路,写自己认定的历史。我选择的研究对象是历史学,是中国近现代史,这是一门既古老又年轻的学科,也是一门智慧之学,可以知古鉴今,展望未来。我一直以来,抱定要走自己的路,理解历史要有个真实可信的依据。

　　研究历史,要有锲而不舍、金石可镂的理念,要有坐冷板凳的精神,尽量收集阅读有历史价值的文献和书籍,丰富自己的思想,把读和思紧密结合起来,学而不思则殆。

　　过往一个阶段,以阶级斗争为纲,历史研究多侧重政治与军事,这是难以说明社会的全貌,历史是多元的 。要理解社会的真实,必须冲出这个限制。研究物质文明的发展,研究人们的衣食住行,以社会史的方法,弥补不足。

　　史学工作者知识的获得,老师课堂的讲授,和书斋、图书馆的阅读,当然是重要的,然而这是远远不够的。特别是对近现代史研究来说,还应走向社会,深入农村、工厂去考察,把书本知识和调查的口述史结合起来,在脑中形成一个主体。

　　我的想法得以实现是与国家的发展、是与国家对人文科学的重视紧密相关的。如三四十年代华北农村社会调查与研究,被列为国家七五社科基金重点课题,我带着课题组成员,带着问题出发,调查了冀东农村和太行山地区的人口、地理环境、农村基层政权的演变、农作物生产、农具及农作物技术改良、城镇集市贸易、宗教迷信、宗族、秘密会党,土匪兵痞、文化教育、民情民俗、以及灾荒、土改等。1996年冀东农村调查出版。再如和国家财政部科研所合作,经各方面的努力,编辑出版了《抗日战争时期晋察冀根据地财政经济资料选编》(4册),《抗日战争时期晋冀鲁豫根据地财政经济资料选编》(上下集),共七百多万字。幸运总是落在我的头上,那确确实实是在抢救资料,抢救历史。假设没有财政部诸领导的远见卓识,那段历史被淹没也未可知。到了20世纪

90年代又有一机遇,经教育部批准,和日本一桥大学的三谷孝等7位合作,到顺义沙井村、良乡吴店村、静海冯家村、平原夏家寨、栾城寺北柴村调查访问,花了近六年时间,完成了《中国农村变革:家族·村落·国家》日文版,随后中文版改名为《二十世纪华北农村调查记录》也出版了,共三册。这里应该说明的是,进行这一工作,并不是一帆风顺,因为认识上的差别,有人把这个调查看成是与国家安全有关,极力破坏阻挠,我则我行我素,相信这是有益于民族文化的积累,终于战胜了种种困难。知难而进,也是学者应该具有的态度。

孟子讲:"尽信书,不如无书。"我对这句话在调查中是深有体会的。因为要想了解的,书本上没有,有的调查结果和书本上相去甚远。有的资料在城市图书馆、在乡镇都发现了。调查是很有意义的事情,越调查越有兴趣,可以获得意想不到的知识。我们访问了当年创建根据地的一些领导,听他们娓娓讲述往事。我们阅读了当年出版的重要刊物,如《边政导报》、如1945年10月15日印的《关于巩固部队工作》,是秘密文件,只发到县团级。20世纪五六十年代,我曾从书摊上"淘金"购买了一些期刊,现在看到的比我掌握得多得多。我们广泛地接触到广大群众,抱着小学生的态度问这问那,问东问西,社会的确是个大学堂。

进行社会调查,锻炼着史学工作者,你会产生新的视角和方法,发现许许多多新鲜事。在冀东,找到了一位仅存的保甲长,讲了很多往事,是个活字典。考察晋察冀根据地军事工业,苦于无档案资料,就找到当年军工业的领导者刘再生,请他口述。在寺北柴村,一老农从炕上一小盒子内拿出乾隆时代的地契。在阅读会议文件时,上面写着赵钱孙李,是什么意思。后来在西安找到了这位记录员,他说,不是指人,是一二三四的符号。

开始我进行的是根据地调查研究,随后扩展到抗日地区和整个华北。因为对这区域有研究实践和成果,我主持召开了两次抗日根据地国际学术会议,每次国外学者都有三四十人。宣传了我国的历史和文化,一时根据地研究成为显学。

我因此获得了这个领域的发言权。所以1990年在东京专修大学和笠原十九司共讲关于华北农村调查、1993年在日本庆应大学讲太行山与中国革命。1991年应Mable Lee邀请,参加悉尼大学举办的第二届澳中研究协会年会,提交的论文为《从沙井村看中国农村的现代化》。1996年在悉尼参加由古德曼主持的华北抗日战争学术研讨会,提交的论文为《论晋察冀抗日根据地的社会变迁》。1994 年在欧洲,丹麦哥本哈根东亚系主任卜松山点名要我讲如何在华北农村收集历史资料。在美国洛杉矶,1993 年参加 45 届亚洲协会年会,我讲了《晋冀鲁豫根据地的商业贸易》(对内),到斯坦福大学讲了同一课题。2002 年哈佛大学战时中国学术研讨会,约我写《晋冀鲁豫根据地的商业贸易》(对外)。这些学术报告都获得了好评,甚至有过誉之词。

我把读书和写作当作自己的生命,这可以说是我的人生观。学海无涯,自己的知识很有限。我以"天行健,君子以自强不息","业精于勤,行成于思"等格言,作为座右铭,鞭策自己,愿与时俱进,不要成为时代的落伍者。

我的教学实践与经验

一

1951 年我从南开历史系毕业，任助教。当年系主任是吴廷璆，第二年改为郑天挺，吴先生到学校任总务长。在吴、郑两位师长的栽培下，我开始执教鞭。我很喜爱这一职业，中学时读韩愈的《师说》，其中讲到，"师者，所以传道、授业、解惑也。"我就要在这条道路上走下去，以科学社会主义思想为指导，传播科学的历史知识，教书育人。

头两三年，我先给中文系、外文系新生，讲中国通史和中国近代史。随后给历史系本科生讲中国现代史，一直讲到"文革"开始。"文革"后期给几届工农兵学员讲过中国现代史专题。1978 年以后，我继续主讲中国现代史和一些专题课程。

1979 年教育部委托南开大学历史学系主办中国现代史讲习班，由我负责。我主讲了毛泽东思想的形成和实践部分。1983—1984 年受美国 Fulbright 国际学者交流委员会的邀请到美国蒙他拿大学讲课三个学期，讲了中国通史、中国古代文明史、武汉革命政府、今日中国等课程。

回想起来，我几十年中讲授的课程计有：中国通史、中国近代史、中国现代史、中国古代文明史、五四运动史、土地革命史、南昌起义史、武汉革命政府史。专题课程有：八国联军、辛亥革命、北洋军阀、毛泽东思想、抗日战争史研究、中国近现代史研究方法论、中国考古新发现、丝绸之路等。

我上课的地点先后在胜利楼一楼阶梯教室、思源堂二楼、主楼二楼，听课的同学以 1958 年毕业的人数最多，约一百二十人。有好几个年级约八九十人。给研究生上课先在主楼中国现代史教研室，后在文科楼中国现代史教研室。

二

讲课是一门艺术,教师讲课各有自己的风格,有的讲得内容丰富,深入浅出;有的讲得较平淡,但内容丰富;有的口若悬河,内容比较空泛;有的条理清楚,很注意板书,等等。50年来,在南开园这样的一个知名学府中,我耳闻目睹过教学中的各种现象,尽量吸收前辈和同仁的长处,以丰富自己的教学实践,从中受益极多。

回想起来,早年就读大学和初期任教时所接触的资深老师的教学形象、技巧和方式,依然历历在目。辅仁大学的余逊先生,在讲授秦汉史、魏晋南北朝史课程时,对史料背得滚瓜烂熟,把要讲的一段史料写在黑板上后,就滔滔不绝地讲起来了。在南开,郑天挺和雷海宗两位先生的课程倍受欢迎,他们上课时不用讲稿,只拿几张卡片,就旁征博引、驾轻就熟地讲起来,效果极好。几十年来,我一直把他们视为榜样进行着教学实践。

在辅仁大学上学时,我曾在青年会办的夜校讲过课。1949年暑假,我也在天津第一中学讲过社会发展史。这些经历可以说是一个有益的锻炼,然而毕竟还不是正式的大学授课。1951年留校任教后,开始讲课时,我的心情总是有些紧张,怕讲不明白。因为面向大学生要系统地讲授一门课程,要求是很高的。

要想讲明白,自己先得明白,以己昏昏,何以使人昭昭?这就得改正读书不求甚解的毛病。我尽力阅读大量相关书籍,冥思苦想诸种历史现象间的关联性。记得讲中国通史时,曾参考邓之诚的《中华二千年史》、周谷城的《中国通史》、范文澜的《中国历史简编教程》、吕振羽的《简明中国通史》、缪凤林的《中国通史要略》、司马迁的《史记》《御批历代通鉴辑览》等书。

讲中国现代史时,经常翻阅梁启超的《饮冰室合集》、上海三民公司印的《孙中山全集》《独秀文存》《胡适文存》《毛泽东选集》、斯诺夫妇《西行漫记》和《续西行漫记》以及《新青年》《向导》(周刊)、《大公报》等报刊。一个人即使精力超人,也不可能穷尽所有的资料,只能有选择地重点阅读一些基本史料及论著,建立起一个对所研究的时代及领域相对完整的知识体系及认识,就是一个了不起的进步了,可以不被称为门外汉了。

我的知识来源是多方面的,大学时代学过中国通史、西洋通史及有关课程；任教后，我经常向冯文潜、郑天挺先生请教，傍晚时，我们经常围绕新开湖散步，边走边谈，获得了许多的教诲；从 1951 年起，吴廷璆先生主编《历史教学》杂志，约我参加编委会。我们经常一起审稿，他让我为读者解答一些问题；时任图书馆正、副馆长的冯文潜、张镜潭先生对我倍加关照，假日和星期天给我一"特权"，允许我在书库中徜徉。那时我也是一个"购书狂"，经常到天祥商场和劝业场楼上的旧书摊"淘金"，有时把工资的三分之二都用于买书，曾横下心来花 30 多元买过上海复社版的《西行漫记》和《续西行漫记》，还买过蒋介石和冯玉祥来往书信集。可惜，这些书在"文革"时都被人抄走了。有时，我也做一些社会调查等。就这样，脑子里装的东西逐渐多了起来。

大学毕业后，我一直在系里担任行政职务，白天忙于工作，只有晚上集中精力备课、研究。为节省抄写讲课资料的时间，一些主要参考书我都买三套，两套用于剪贴、分类，留一套备用。对同一问题的资料阅读两三遍，就有了比较清楚的了解。譬如《毛泽东选集》《"二七"回忆录》《中国红区印象记》《中国的暴风雨》《土改整党文献》等书，我都买了三套来剪贴。对毛选，我能熟稔到能记得什么问题是在什么文章中讲的，可以在哪一章哪一页找到。但没有料到的是，剪贴毛选用于教学和科研的作法，竟成为"文革"中斗争我的一大"罪状"——"销毁毛选"。

讲课时，我总是提醒同学不要埋头作笔记，做笔记的奴隶，要注意听讲，要根据教师所讲线索找书自学。当时的条件较差，有好几年，我总是从图书馆借出相关的书籍刊物，放在一起展览，使学生对史料文献有一个直接的观感，那时学生们没有时间去翻阅一些珍贵资料的原版，通过看展览，见识见识，印象就深刻得多了。

我常带研究生到校图书馆去翻阅稀有的《海关册》《北洋政府公报》《盛京时报》等资料，到市图书馆去看《益世报》、*Peking & Tientsin Times* 等报刊，以扩大学生的视野。现代传媒的出现，使得近现代历史上发生的重大事件和人物活动都可以从报刊上找到相关记载，因此养成翻阅报刊的习惯，对中国现代史研究者来说是极为重要的。

我还特别注重培养研究生要有更广阔的视野和思维，在讲课时，我经常介绍海内外关于中国现代史上若干重大问题的争论，并讲授我对这些争论的评价，使学生们熟悉学术动态并激发他们的思考。如 1912 年 8 月孙中山北上，在天津利顺德饭店住了一宿，当时的《大公报》和黄昌谷日记均有记载，而天津学者为住了几天争论起来,在《天津日报》上发表了好多篇文章。这种争论可以说意义不大。教师的职责是把历史和现实结合起来,把科学的原理和方法教给年轻的朋友,使其在研究的道路上少走弯路。

即使是对中国现代历史的研究,也离不开对中国传统文化的学习及了解。出于让青年学生打好古汉语和阅读古籍基础的初衷,我常常选择《史记》和《明史》的部分篇章,印发给他们阅读和领悟。我劝他们有空时读读中华书局编印的《中华活页文选》,从中汲取优秀传统文化中的营养,也可以改进自己的文风。

研究中国历史的学者,过去不大注重对外文的学习,缺乏一种将中国现代历史置于世界历史背景下思考的视野。为提高研究生们阅读英文专业书籍的能力,我开设了专业英语课,从 *The Travels of Marco Polo*、*The Venetian*、*The Stilwell Papers* 和《毛泽东选集》英文本中选出片断,共同朗读和讲解,不仅借此纠正他们的发音,也使得他们从中体会到外文史料对于中国现代历史研究的重要性。

从 20 世纪 50 年代后期,我和郑天挺先生就号召历史系同仁攻读外文和古汉语,比喻为"两座大山"。1959 年周恩来总理视察南开,在图书馆阅览室问历史系同学是否读过《饮冰室合集·文集》的文章,让外文系同学读一段外文。这使我更坚定了历史研究必须打好语言基础的认识。恰在这时,著名史学家翦伯赞提出了历史系培养的方针是"一论二史三工具",我深表赞同,认为具有指导意义。1958 年学校开展"拔白旗"运动,一些老教师受到批判,正常的教学秩序被打乱。"大跃进"运动过后,总结经验教训,使教学回到应有的轨道上来,是极为重要的。上级组织也提出要精雕细刻,切勿大轰大嗡。身为系总支书记的我,积极贯彻这一方针,逐渐使历史系的教学回归常态。

应该说,教师是课堂上的主角之一,教学态度和学术风格对同学影响极大。我首先要求自己要有一个正确的史观,对待教学极其认真,一丝不苟,在研究上也力主创新、深入,对学生们也产生了良好影响。

三

教学是相长的,是一种互动关系。我在研究生课上,多次讲到韩愈《师说》中的名言:"孔子曰,三人行,则必有我师,是故弟子不必不如师,师不必贤于弟子。闻道有先后,术业有专攻。"我和年轻学人接触中,始终平等相待。在和他们的接触和交谈中,颇多收益。中国现代史的领域非常广阔,书籍刊物最多,难以尽览,他们阅读过的一些书籍,我没有读过,他们说出来,我就获得了一份知识。他们有时提出一些问题,也常常能促使我去思考。在学问上相互切磋,这是非常愉快的事情,也是提高自己业务水平的一种方式。

我认为研究中国现代史,一定要进行社会调查,把书本知识和社会调查结合起来,这样可以更深刻地认识社会,认识历史。田野调查,既可以补充课堂上知识的不足,又可以实际锻炼研究历史的方法。这并不是一个什么新的创造,20世纪二三十年代,研究中国经济的许多学者都是身体力行的。他们的知识与研究,建立在一种集体形成的、不容辩驳的真实性基础之上,对我启发很大。1958年,我和天津历史博物馆馆长柳心商议,共同调查天津义和团的历史,由博物馆出经费,南开历史系同学参加,调查了天津周围各个村庄,征集了大量文物,访问了123位尚健在的义和团团民,记录了他们的谈话,成为极为珍贵的史料,所收集的文物还在北京展览过。1964年,我请同事杨圣清到河北省丰润县参加县志的编写,到霸县东台村参加调查韩复榘的家史。"文革"后期,我和汪茂和同学到大沽和天津间的村落,调查沙俄在八国联军侵华中的罪行。改革开放后,我和研究生们一起,到冀东和太行山区进行调查,记得当时条件是艰苦的。在冀东,朱德新、付建成、温锐三人到迁安调查时,各租了一辆自行车,一跑一整天,晚上回到住处,也没有地方洗澡,身上都生了虱子,两个星期回来洗个澡,烫了衣服,然后再回到原地调查,这一经历在他们成长的道路上是铭诸肺腑的。他们的成果《二十世纪三四十年代河南冀东保甲制度研究》《社会的缩影——民国时期华北农村家庭研究》《理想、历史、现实——毛泽东与中国农村经济变革之研究》,都为学界所称赞。其他像李正华的《乡村集市和近代社》,乔培华的《天门会研究》,李金铮的《借贷关系与乡村变动——民国时期华北借贷之研究》,都是在农村中寻找文化的资源,写出了自己独特的论文。

人的知识都是有限的。我经常告诉同学要不懈地努力,继承中国优秀的历史研究传统,也要吸取当今海内外的历史研究法,切不可自满,"满招损,谦受益",这是真理。有的年轻朋友在自我评介的论文中,喜欢说一句自己的论文填补了某一学术领域空白的话,我对此总是持否定态度。我多次引用歌德讲过的一句名言:"一本学术著作的真正价值,一百年之后才能看出。"自我

"包装"无助于学术发展。

教育是国家强盛的基础,良师为教育的基础。作为教师,肩负着为国育才的重要使命,教师职业的价值及作用,不是其他行业所能代替的。回想半个多世纪的教学生涯,我想还是有一些经验可以给人以启示的吧。

原载《南开大学报》,2007 年 3 月 16 日

档案整理和历史研究

　　近年来,中国现代史档案文献资料的公布和出版,呈现出非常繁荣的景象,专门研究和刊登档案的刊物,除《历史档案》刊登一些现代史方面的资料外,《北京档案史料》、上海《档案与历史》以及重庆即将发刊的《档案史料与研究》,都是以现代史为主要内容。而已问世的现代历史档案书籍,更是不胜枚举。譬如,《五四爱国运动档案资料》(中国社会科学出版社 1980 年)、《省港大罢工》(广东人民出版社 1980 年)、《南昌起义》(中共党史出版社 1987 年)、《中央革命根据地史料选编》(江西人民出版社 1982 年)、《西安事变档案史料选编》(档案出版社 1986 年)、《侵华日军南京大屠杀档案》(江苏古籍出版社 1987 年)、《皖南事变》(中央党校出版社 1982 年)、《抗战后方冶金工业史料》(重庆出版社 1987 年)、《日伪在北京地区的五次强化治安运动》(北京燕山出版社 1987 年),等等。值得一提的是财政部科研所组织、联合有关省财政厅、档案馆和部分高等院校,对抗日战争时期 19 块根据地的财政经济史资料进行的系统发掘和整理,已经出版了《抗日战争时期陕甘宁边区财政经济史料摘编》(陕西人民出版社 1980 年)、《抗日战争时期晋察冀边区财政经济资料选编》(南开大学出版社 1984 年)、《晋绥边区财政经济史料资料选编》(山西人民出版社 1986 年)《山东革命根据地财政史料选编》(1985 年)、《琼崖革命根据地财经税收史料选编》(海南人民出版社 1984 年)等,内容极其丰富,涉及的领域颇为广泛,编目分类不尽相同,大体上有总编、农业、工业、商业贸易、金融、财政等项,可以说是一部大型的财政经济史料丛书。

　　档案文献和资料的公布于世,必然会推动、促进中国现代史的研究。以往研究者苦于看不到档案,只能根据片段的点滴的资料,对历史问题进行探讨,难免存在以政治态度或先入为主的观念去分析扑朔迷离的历史现象。现在大量的史料摆在面前,现代史研究必然更科学,更富有生气,更具有魅力。

　　当然,并不是对所有历史事件,我们都能获得完整的档案资料,如中国现代史上最大的事件——日本侵华,日本的罪证记录,伪"满洲国国务长官"武部六藏已于 1945 年 8 月 14 日日本投降前夕下令销毁, 集中在承德的资料,烧了三天三夜,大连也烧了许多,日本华北驻屯军的罪证全被销毁。但日本侵华多年,罪行累累,终不能尽数抹灭掉,我们仍然可以找到许多。如证实日军制造"部落""人圈""无人区"的文件,辽宁省档案馆就保留下来一部分。北京市档案馆公布出版的《日伪在北京地区的五次强化治安运动》,就是以日伪留下的档案来揭露日本军国主义罪行的重要史料。

历史研究贵在真实,研究者总是希望把自己探索的问题建立在坚实的基础之上。档案是历史的记录,一些重要的文献是当事者思维和实践的体现,它对历史研究者来说,就像是人对食物一样不可缺少,他们希望得到尚未被证实的事物的有关证据——那些极有价值的资料,以证实自己的论证,或增加论述的分量,俾对历史的研究有所前进,有所突破。已出版的专题性质的档案包含了不少珍贵的资料,可以满足历史研究的需要,其使用价值和潜在的使用价值,必将随着时间的推移,越来越显示其光辉。

档案整理是件苦差事,它不同于科学研究,所花的精力、时间极其多,不能与写几篇文章简单去比较, 也不能以销售量的多少来衡量档案资料的价值。这项工作是一种文化积累,许许多多档案工作者和历史工作者默默一生,潜心于档案资料的整理、分类和校正。是他们在保护着中国的文化遗产,不断丰富着祖国的文化宝库。

如果想对某一历史事件或一系列历史事件理出个头绪,须从浩繁的历史档案中,认真筛选,这是需要有很大耐心和严谨的治学态度的。责任心强的编者,总是结合历史对文献进行考察,有的不知反复核对了多少次,以求其无误或尽量减少错讹,更遑论对资料的价值、可信性和代表性的反复斟酌了。选编资料时,总想着搜集愈广愈好,使其能够达到完整的程度。而实际上总是遇到种种困难,通常一是资料不全,因为有的文献资料较完整地保留了下来,有的部分保留下来,有的是佚失了,有的则散见于各地或私人手中。二是保留下来的电文和记录,常常残缺不全,抗日战争时期的文件,因油印和手抄本较多,污损或磨损后文字更加模糊难辨,或者是有错别字、漏字、衍文,这就需要花时间去找旁证,思索核查,甚至需要走访,即使如此,也难免有存疑之处,留待他日研究中再去解决。有的没有年月日,就得考证一番,从其背景和内容上来判断。

翻阅某一时期的档案资料多了，自然对资料中涉及的时间、地点、人物产生极大的兴趣，其中的疑难问题也常常萦绕于脑际，总想闹个明白，促使编者不断地查阅工具书或随时请教人。整理文献资料，能够开阔自己的视野，丰富自己的知识，我对此深有体会。8年来我和一些挚友先后完成了《抗日战争时期晋察冀边区财政经济史资料选编》和《晋冀鲁豫边区财政经济史资料选编》。我们翻阅了数万份档案文献资料，选出了3500万字，再从其中精选编辑成以上两部书，共660万字。这是我们分别埋头于中央档案馆、河北省档案馆、河南省档案馆、山东省档案馆，还有一些市、地、县档案馆，博物馆和不少偏僻农村所得的资料。我们随身带着放大镜，经过了一段艰苦的工作。在资料的海洋中，感到自己的知识太有限了，许许多多的事情，自己还不了解。新知识的获得也使人觉得要永远当个小学生，勤奋地追求。从某种意义上说，整理档案也应是历史研究者的必修课程。

我们在搜集整理晋察冀边区财政经济史料时，曾翻阅过边区党委、边区政府及行署的大量决议、文件、工作报告，政府和各部门的会议记录、法令、条例、通知、工作总结，还有根据地领导人的讲话、调查资料，等等。也读到了国家和省市图书馆所没有的刊物，如《调查研究》(中共中央北方局调查研究室出版)、《晋察冀边区工作研究参考资料》《边政导报》《冀热边政报》《边政往来》《抗战建设》《战绩》《商情通报》《北岳区农村经济关系和阶级关系变化的调查资料》《土地政策参考资料》《平北工作调查资料》等，还翻阅了《晋察冀日报》《新中华报》《解放》等报刊。

档案的翻阅有时需要配合实际调查。应该说，调查并记载下口述历史，是完善某一问题不可缺少的手段，因现代中国，一直处于战争环境中，所发生的许多事情因为战乱，并没有完全记载下来或者记载不详，而存在于当事人的记忆中，如《晋察冀边区财政经济史资料选编》一书的军工部分资料，是当年边区军工部长刘再生等回忆写成的，这些第一手资料，填补了空白，给这部书留下了珍贵的资料。商业部分是根据当年晋察冀从事商业的韩成贵提供的线索和资料逐步积累丰富起来的。

在阅读资料和结合实际调查中，我们对晋察冀边区的创建和发展、人口及行政区划的变迁、土地占有形式的转化(如地租、租佃制、二五减租等)、工农业生产、科学技术、商业贸易、集市、贸易路线、物价、粮食问题、灾荒、金融、货币、货币战等，逐渐有了清晰的概貌，乃至深刻的认识，而感到过去对边区的了解是肤浅的,是空洞抽象的。透视这些资料,对边区的政治制度、社会结构、经济活动、信仰和道德规范等问题也就有所了解,对边区的政治形态和经济基础也就有了总体的认识。

发掘资料应从多方面入手,中央、省、市档案馆的资料当然比较集中,有关地区县一级的档案馆和文管所也藏了不少,我们选编《晋冀鲁豫边区财政经济史资料选编》,曾到太行山太岳根据地的邯郸、武安、涉县、黎城、左权、武乡、沁县、沁源进行考察,发现这些地区很多原始档案还在沉睡着,有的属于敌人对我军事政治情报的调查、有的属于一个村或一个镇的社会调查,有极具体的关于一个村土地关系变化状况的记载,有抗战时期根据地遭受损失的统计,还有各种布告,等等。涉县文管所拥有的资料,尤为丰富,赤岸陈列馆(原129师司令部所在地)展出的不少历史文献为外界所鲜知。《边区政报》《边府通讯》《太行工业》在这里可以找到大部分。左权县档案馆保存的大量农村调查是很吸引人的。沁源陈列馆展出的关于太岳根据地的许多资料也是很难得的。

实际考察所得的东西是阅览室中难以得来的,对一些人名、地名及某些文件起草的背景和事件发生的过程,在实际考察中都会迅速得到答案。

即使做了这些工作,在选编中难免有所失误,我们编辑的《晋察冀边区财政经济史资料选编》误收了一篇《敌占区一村庄》,该文是赞皇县一个村的调查,赞皇县抗日战争时期有敌伪政权,有根据地政权,应属晋冀鲁豫边区范围。

整理一部档案文献,可以说是学习历史学基本功的最好训练。

整理档案文献,也可以说是进行研究的先导。文献和资料只有通过解释和理论的提高,才具有历史价值。史料整理比别人有更多的机会接触史料宝库,思考的问题更多,在推求比较中,新提出一些富有启发的新的观点,对历史问题进行新探索,作出令人满意的解释。把整理和研究结合起来,会产生坚实的成果的。

没有丰富的档案文献,中国现代史的研究就不可能有很好的发展,坚冰已经打破,航路已经开通,档案工作者和历史工作者执着的追求,是值得的。

原载《北京档案史料》,1989 年第 1 期

中国现代史研究大有可为

我涉足中国现代史,是从中华人民共和国成立时开始的。那时社会上受旧观念的影响,认为历史研究起码得研究明清以前的,认为现代史谁都知道,没有什么可研究的。我选择方向时,也曾在现代史和古代史之间徘徊犹豫过。搞了几年古代史,对南明史感兴趣,还写了一些文章。但相比之下,中国现代史对我的吸引力更大,感到这一领域非常辽阔,只要辛勤耕耘,就可丰收。历史研究总是要看得远一些,深一些,不能停留在现象和表面上。我阅读各种史书,尽可能多地阅读马列主义经典著作,还上了马列主义夜校。虽以现代史为方向,但并不把知识局限于现代史领域。郑天挺、雷海宗两先生还特别给我和其他两位年轻伙伴补了古代史课,以丰富我们的历史知识。

研究现代史和研究其他问题一样,是建立在丰厚的资料基础上的。不掌握史料,就是无米之炊。图书馆、档案馆和书店是汲取养料的场所。20世纪50年代初,旧书摊特别多,北京东安市场、琉璃厂、天津劝业场楼上,是我经常光顾的地方。在北京东安市场,我还为学校买到一整套海关册、北洋政府公报和新中国成立以前出版的有关现代史的书刊,我读书的兴趣就更加浓厚。知识来自不断的学习,从图书资料和典籍文献中探求,效法前辈史学家优良学风,耳濡目染,逐渐地也懂得了如何收集资料,怎样发现问题,怎样思辨和探索问题。

今日的现实,就是明天的历史,报刊、各种政府公报和某些重要历史人物的书信、日记是最能反映当时现实的。像《申报》《大公报》《东方杂志》和《国闻周报》等历史悠久的报刊,对中国现代历史进程,都有详细的记录。尽管其报道不是自觉的,观点也不一定恰当,但它们反映了当时社会的现实,我们从中可以看到中国社会发展的面貌、思潮和趋势及其产生的背景,可以发现已被人们遗忘了的事实。凡历史研究范围内的诸多问题,如军事、政治、农业、工业、科学、文艺、生产技术、宗教、人口以及风俗习惯等,都有记载。旧中国人民的辛酸苦难,民族的屈辱,革命的曲折,都会映入眼帘。在我的生活中,我把大部分时间和乐趣放在翻阅旧的报刊上。50 年代翻阅天津人民图书馆馆藏的《京津泰晤士报》是我星期日最大的享受。

开始进入史料世界，脑海里是模糊不清的，接触多了，将各种史料贯穿起来，精心构思，对自己所要研究的对象，就有了清晰的轮廓。

我写文章，喜欢查阅报刊，如撰写关于孙中山的一些文章，关于五四时期周恩来的一些文章，关于八一南昌起义、关于武汉国民政府以及关于抗日根据地等方面的文章，都从报刊中吸取了养分。举例来说，在天津读了《益世报》和英文版《京津泰晤士报》，在北京读了《新闻报》，在武汉读了《民国日报》，这些报纸的有关记载在自己头脑中形成了对 1927 年武汉政府的一些看法，从中了解到那时的社会变迁，阶级关系的演变，政府政策上的失误，以及活跃于这一历史时期的有关人物的表现。对历史变迁中各种因素的存在及其相互关系，逐步思考深入，很自然地，就把经过思考的东西执笔记录下来。我撰写的北伐时期工农大军在解放两湖和江西战争中的作用、汉浔英租界的收回、北伐时两湖人民武装夺取政权的斗争、1927 年南昌武汉之争的实质、1927 年武汉政府的北伐、1927 年蒋介石集团对武汉政府的颠覆活动、1927 年武汉革命政府反经济封锁的斗争、1927 年武汉革命政府是怎样走向反动的、1927 年武汉政府为什么不去镇压蒋介石的叛变等文章就是这样产生的。

各种报刊都有自己的背景和不同的倾向，这是可以看出来的，引用报刊资料应该有清醒的头脑和判断能力，不能以稀为贵。

如果有可能，条件允许的话，还应该去发掘公报、书信和日记中的材料，这可以增加所论证问题的说服力。我所写的《周恩来共产主义思想形成初探》一文，主要根据周恩来给其表兄陈式周的两封信和觉悟社成员之间的信，没有这些信件是无法下笔的。衡量研究水平深度之一，是作者是否使用了独特的史料和可靠的事实。对研究者来说，发现材料是一件大事。材料是客观存在的，但发掘出来，加以新的解释，则另须一番功夫，使论述有活力。

历史研究者的任务，并不是向社会提供一大堆无头无绪的史料。当资料收集到一定程度之后，就应进行分析和比较，去伪存真，去粗取精，判断出原始资料的代表性与可靠性，决不可以纯客观地照搬出来。历史呈现在人们面前的是相互关联、相互影响而交织在一起的事物，那么，史料所反映的内容也必然是错综复杂的。审视史料时，要精细地考察，周详地考证。从某种意义上说，现代史比古代史更复杂，仅就政治势力来看，就相当多，每一势力都有自己的喉舌和宣传工具,共产党的、国民党的、民主党派的、无党派的、地方实力派的,都应翻阅,其中必然有不确切的,使用时就需要排除出去。即使是档案资料,也不能无批判地看待,同样要用求实态度去处理。

历史研究不能仅限于文字记载的典籍文献。遇到无文字史料可据时,就应把已证明是可靠的有价值的口头资料记录下来,以弥补史料的不足,这也是历史赋予现代史研究者的独特使命和有利条件。

口头历史的收集,有助于对研究的问题做出有历史深度的挖掘。它所以特别的重要,是因为创造历史的人没有时间去写历史。当然也有许多回忆录出版,但这毕竟是有限的,此其一。第二,旧中国岁月多半处于战争状态,兵荒马乱,许多资料毁于战争。第三,在残酷的战争中,很多事实没有留下文字记载。第四,人为销毁文字资料,也不在少数。如国民党军队占领根据地,毁了一些;日本投降时,"伪满洲国国务长官"武部三藏下令销毁日本侵华的许多罪证,集中在承德的资料,烧了两天两夜,在大连焚毁的则更多。

这些年来,我的兴趣集中于抗日根据地和三四十年代华北农村调查研究上。我和我的同事走出大城市,走出自己的书斋,到社会上去寻找知识,利用口头历史,积累了大量资料。抗日战争年代逝去还不算太久,经历过那轰轰烈烈时代的人,现在还大有人在,他们的口述,给我们留下了生动而真实的历史。把没有记载过的东西,载入史册,或者使沉睡的史料重见天日,这是丰富祖国文化遗产的事业。当然口述历史的质量不等,有的显得支离破碎,甚至因记忆模糊,枝节上有出入,因此必须多方核对,加工整理,使其确凿无误。

在财政部科研所组织领导下,我曾主编过两部大型资料。一部是《晋察冀边区财政经济史资料选编》(共 4 册,南开大学出版社,1984 年)。为此,我们曾走访过原晋察冀边区许多地方,访问了当年创造边区的许多人,收集到了大量鲜为人知的史料。许多刊物如《调查研究》《晋察冀边区工作研究参考资料》《边政导报》和《冀热边政报》等,在大学的图书馆是找不到的。我们收集的军工资料,更是难能可贵。那全部是从来没有文字记载的,因为在当时环境下是绝密的。我们访问了原晋察冀军区工业部部长刘再三和与军事工业直接有关的干部与工人,才弄清楚军事工业的发展状况,记录下来他们的业绩。商业贸易资料,也不容易发现,也是口头历史帮了忙。我们访问山西忻县时,很庆幸地遇见该地区财政局局长韩成贵,他原在晋察冀从事商业贸易工作,对当时的商情、隐蔽的商号以及秘密的贸易路线了如指掌,这就为我们打开了思路和提供了线索。而我们这位抗日时的勇士在提供资料时,总是诚恳淳朴地笑一笑,在他个人看来这是很平常的事,而对我们来说,是多么令人高兴的发现,我们解开了根据地商业的奥秘,从而商业资料得以保存下来。

另一部大型资料是《抗日战争时期晋冀鲁豫边区财政经济史资料选编》(两册,中国财政经济出版社,1990 年)。我们除日常进行资料的收集外,还大队人马专程走访了邯郸、武安、涉县、黎城、左权,武乡、沁县、沁源等地,足迹踏遍这一广大根据地区域。资料的收集,从地方档案馆、陈列馆直至个人手中,凡是能够找的地方都找了,共收集到二千多万字。涉县文管所拥有的资料尤为丰富,《边区政报》《边府通讯》《太行工业》在这里可以找到大部分。左权县保存有大量农村调查资料;沁源陈列馆则展有太岳区出版的报刊。每到一地,总有各种座谈会和单独访问活动,对根据地时期的政策、社会状况、人民生活、集市贸易等方面存在的问题都一一询问,直到搞清楚为止。调查的范围逐日扩大,研究的兴趣也就日益浓厚。实地调查访问,使我们更感到这一作法是现代史研究者必修的一门课程,在研究中占重要地位。

调查政策的制定与实施是极重要的。我因主编这两部大型资料和撰写这方面的书,参加过不少当年革命领导者的有关座谈会。例如 1984 年戎子和在太原召集的会议,邀请前晋冀鲁豫边区局长、行长、处长、专员等共同回忆并总结抗战时期该地区财经工作的得失与发展。在这次会议中,我获得了不少当时农业、工业、商业、进出口贸易、财政、金融等方面的知识。对当时的政策思想,我从下面的一件事也得到启发。1941 年太行区的公粮重了一点,农民叫苦,影响所及,黎城县秋粮征收时曾发生过一次离封道暴乱投敌事件,其原因之一是借口公粮重,负担不起。这是一件大事,很复杂,敌我矛盾搅在一起。据当时担任边区副主席的戎子和讲,对离封道采取了镇压方针;但也接受了这一教训,从 1942 年起,就着手减轻人民的负担。

许多事实告诉我,搞现代史的人得置身于现代史的回忆和一些不断的总结中,这比仅仅阅读几本书要深刻得多。不能认为读了几本现代史的书,就是懂了现代史。学海无涯,研究历史不仅要有广泛的一般性知识,还要熟悉各个领域的一般知识。调查研究是扩大知识面的好方法,并且使人具有开拓性,可以得到第一手资料。有些问题,不通过调查,不看实际的例证,就不能了解。我们是在华北农村调查中,扩大自己的视野、丰富自己的知识的。翻阅档案、报纸、县志和家谱等资料,倾听各方面人士的口述,才弄清了一个一个的问题。

半个世纪以来农村政权的演变、农业生产技术的发展、工商业的状况、集市贸易、人口变动、家族制度和乡土文化等，一个一个进入我们的视野。这样对一个地区的历史，或一个村庄的历史，就有了概括的记录。通过这样典型的调查，可以领会人类文明是怎样发展的，同样也能够理解民族的凝聚力为什么那样强而有力。

举例来说，对冀东滦南一个家族的调查，帮助我们了解了很多问题。该地区王官寨是明朝初年王文进由安徽宣城县豪泊村迁来定居而逐渐形成的村落。王姓一代又一代的在这块土地上耕种着、生活着，成了一个大家族。尽管到1936年已17代了，但对其始迁祖仍怀念不忘，始迁祖的坟墓也最大。王姓家族有着一种牢固的向心力，一家有事，街坊邻居就来帮忙。抗日战争后，家族影响力逐渐衰落。以姓为村，这是北方村落的普遍现象，与王官寨相邻的张各庄、霍各庄、汪庄、周庄、刘庄等，都是以姓为村，"各"字即古音的家字。原来这一地区比较荒凉，人口稀少，经过数百年的人口繁衍，生产发展，才形成今天这个样子。在漫长的历史发展中，他们历经天灾人祸，痛苦与磨难，但还是坚持了下来，每一姓对自己的门第都感到自豪。

我们曾在顺义县调查了沙井村50年来物质文明的变化，得出了这样一个认识：从中华人民共和国成立后，一切都在变，有时缓慢，有时急进。与以往的历史相比，变化可不小。以前全村除一两家是砖瓦房外，其余全是土坯草房，而现在已找不到草房了，尽是砖瓦平房，或楼房，建筑得很漂亮，窗户是玻璃的，屋内地面是洋灰的，床也代替了炕。从20世纪50年代中期开始不再织布缝衣做鞋制袜，日常生活用品都到市场上去买。从60年代开始，电灯代替了煤油灯，几千年来所使用的磨子与碾子也成为历史遗迹，沉重的木犁为拖拉机所取代，水井被填平了，家家都在用自来水。全村共有四百多亩地，只由7个人来承包，耕作是机械化。这样的村庄占中国农村的百分比是多少，需要进一步研究，但从这里可以看出，中国农民已迈出了前进的步伐，这在世界文明史上的影响应该说是深远的。

研究现代史的一个难题是，客观事物一时还不稳定，不好评判。这是实际状况。任何人都不能超越历史，只能在一定历史条件下认识客观世界，历史条件达到什么程度，人们的认识也只能达到什么程度。而历史现象又极其复杂，常有迷雾。但今日的研究，总是可以提供一些比较翔实和具体材料的，也可以为后来人的研究铺平道路。历史是一条永无尽头的长河，研究也是没有止境的,其总体的一些不同侧面将依次显示给一代又一代人,研究者则把到那时为止所发现出来而以前未曾发现的珍贵东西以及错综复杂的现象所掩盖起来的内容揭示出来,探究其内在联系,或梳理支脉,洞幽见微,使历史不断给人以理论启示。

对历史上进步的、保守的和反动的东西,都要研究,使后人从历史的发展中得到借鉴。现代史研究对当代的借鉴作用更为直接。历史是可以给人以智慧的。

现代世界各国来往非常密切,任何一国都不能孤立于国际社会之外,文化的交流、影响和渗透,很是突出。我们的研究,应该把中国放在世界大格局中考察,放在整个人类奔流不息的文明长河中去考察,并且应该吸收外国学者研究中国的成果。旧中国是个半殖民地半封建的国家,有不少资料在国外而不在国内,外国学者的著作有不少论述对我们有一定启发,可以用以丰富我们的史学思想。特别是关于外国列强侵华的资料,要到国外去找。

研究现代史不能保持纯客观的态度,总要爱憎分明,歌颂进步的,批判保守的和反动的,发挥历史学科的战斗作用。当然不论是歌颂还是批判,都要实事求是,尊重历史,让历史事实说话。这是一个严肃的历史研究者所应遵守的准则。随意杜撰,歪曲了历史的本来面目,后人总是要将其从历史资料中割除出去。

历史研究不能像哲学家那样依靠推论和思辨,也不能像文学家那样依靠灵感、想象和虚构,而是在浩如烟海的史料世界中摸索前进,将所得的史料经过筛选,上升到理论,成为有条理的思想。当问题在自己头脑中形成,已经具体化了时,还应将所要研究的问题仔细思考一番,看自己的论述是否合乎情理,能不能经得起考验。任何思想的最初草图,总是有缺陷的,在头脑中多萦回几次,想得细微一些,周到一些,就可以避免或少出现差错。近年来在探讨20世纪30年代初蒋介石的"安内攘外"政策和不抵抗政策时,一些论述就不符合逻辑。蒋介石这一政策的恶果,已为历史所证明,对这种政策加以肯定,是没有任何理由的,而且具有极大的危害性。难道强盗入侵,就任其入侵,仍要集中全力进行内战,造成民族的悲剧吗?这也是蒋介石的光辉思想吗?这种错误观点所找的论据是,中国太弱,无法抵抗日本的暴力,只要安内攘外,卧薪尝胆,等待国内平静了,力量充实了,再来抗战。这只不过是把蒋介石的话又重复一遍罢了,不是历史研究。历史研究是要结合历史实际考察其究竟,说没有力量抗日是不能成立的。当时东北边防军有 17.9 万多,沈阳兵工厂有步枪 8 万枝、机关枪 0.4 万架,还有 263 架飞机。南京政府正组织 30 万军队,由蒋介石坐镇南昌,直接指挥围攻江西红军,力量可不小。以这些力量已足以对付日军。还可以马占山孤军作战,以一师之众血战嫩江桥重创日军来说明不是兵力问题。东北义勇军和抗日联军不是也使日军坐卧不安而胆寒吗?至于说等将来力量充实了再抗日,这更是纸上谈兵。日本怎能允许中国积蓄力量呢?即使中国能增加一点力量,日本因占有中国更多的资源和人力,其力量不是增加得更迅速吗?这是普通常识。如果我们把不抵抗政策和"安内攘外"政策当作宝贝遗产继承下来,那么我们的民族还有什么前途?历史研究应冷峻清醒地审视历史,振奋民族意识和精神,不应为应承担罪责者开脱罪责,应以批判的态度,作出公正的判断,作出有历史深度的回答。

人都是在用自己的世界观和人生观来写历史,在历史研究领域中,施展才能,发挥自己的见解。自己的见解是否正确,要经历时间的考验,谁也不能超出自己所处的时代给予自己的限制,但可以用新思想新史料不断补充和丰富自己的世界观,否则就要固步自封。

历史研究领域是一辽阔的天地,在这里探索,大有可为。我们应站在今天的时代,用现代的思想和认识,对过去的历史给以批判的总结,把握住历史发展的轨迹,使现代史研究呈现出更繁荣的局面。

原载肖黎主编:《我的史学观》,广东人民出版社,1997 年

我的"治史"道路

我在人生的道路上即将度过 80 个春秋，前 20 多年在西安和西安郊区，那是我人生的中小学时期，以后的岁月就生活在平津，1948 年来到南开，到现在已半个世纪以上，应该说是老南开了，我爱南开的湖，南开的一草一木，南开的学风。

一

我选择南开，南开也选择了我，那是天津解放的前夕。以前，我在北平辅仁大学也学习了两年。

一个人具体走什么道路是很难预先知道和安排的，常常是许多难以预料的因素促成的。

我于 1925 年旧历正月十八日，生于陕西西安魏家寨李家窑村，家境贫穷，衣不蔽体，饱受饥寒之苦。大约是 1934 年到 1935 年间，我父亲魏应中在西北军杨虎城部队当了机枪连长，驻扎西安，我的命运随之有了改变，到西安上了西师附小。此时中国历史正在剧变。1935 年徐海东部队到了西安附近，我第一次见到红军。1936 年西安中等以上学生举行"一二·九"周年纪念。游行队伍高呼"停止内战，一致抗日"的口号，进军临潼，向蒋介石请愿，我目睹了这一情景。接着"西安事变"爆发。1937 年卢沟桥战火爆起，我们到农村宣传抗日，唱革命歌曲。西安南院门附近开设了生活书店，吸引了我，我不时去那里看书，也买了一部分青年自学丛书，如艾思奇《大众哲学》、潘梓年《逻辑学与逻辑术》、何干之《中国的过去、现在和未来》《中国社会性质论战》以及施存统、刘若诗等著的《辩证法浅说》等。我还阅读《学生呼声》《远东杂志》等刊物，脑子开始装进些新思想、新知识。这对我以后的旅程是很有影响的。

随着年龄的增长，我的求知欲也越来越旺盛。1939 年我进入兴国中学，使我在新知识领域中又前进了一步。学校在平原上挖了许多窑洞，作为学生宿舍，防备日机轰炸。使人高兴的是，学校中许多著名的进步教师和地下党员教师，如李敷仁、武伯纶、姜自修、曹冷泉、郑竹逸等，学识渊博，为学生所崇拜。在他们的引导下，我读了许多中外名著。有的书只是浏览一下，有的则背诵下来，读书的范围很广泛，在英文方面，阅读了中英文对照本《泰西五十轶事》《霍桑氏祖父的椅子》、郭沫若译的《茵梦湖》《少年维特的烦恼》等。在古文方面，阅读《左传》《古文观止》《增批历代通鉴辑览》等。在外国文学方面，涉猎过高尔基《母亲》、托尔斯泰《战争与和平》、肖洛霍夫《静静的顿河》等。在中国文学方面，读过茅盾《子夜》、巴金《家》《春》《秋》以及郭沫若、郁达夫的一些著作。在政治理论方面，读过孙中山的一些著作，毛泽东的《新民主主义论》《论联合政府》，以及邹韬奋的《萍踪寄语》等，浏览的刊物有《全民抗战》《群众》等。我还代销李敷仁的《民众导报》。因为1944年我就参加了李敷仁、武伯伦领导的地下"民青"组织，他们经常给我一些延安出版的小册子。这些书刊对我最大的教益，是令我有了进步的史观，向往革命。文史方面的知识接触较多，和数理化日益疏远。我曾梦想过将来走作家或翻译家的道路，羡慕他们在社会发展中所起的作用。但我对究竟干什么很茫然。在国民党统治年代，环境险恶，平坦的道路是青年难以奢望的。

二

我走进历史学科是从1946年考上辅仁大学开始的，那一年该校在西安招生，我的中学老师多是北京大学毕业的，他们说辅仁校长陈垣是著名史学家，我慕名报考了，有幸被录取，踏上北平之路，这是我人生旅程中一大转折。北平的文化气氛甲于全国，立即可以感觉它的魅力。

在辅仁，语文课讲的是《论语》《孟子》《中庸》《大学》。历史学科本身很注重基本知识，如《书目问答》《史学要籍介绍》《中国断代史》和《西洋史》。我喜欢外文，第二年到外文系选了16个学分，听外国文学和会话课，因为很崇拜名人，在辅仁礼堂听过陈垣、胡适演讲，到北大民主广场听著名教授讲话。辅仁距北京图书馆很近，常去北图阅览室看书。这时国民党统治区危机四伏，学生爱国运动蓬勃发展，我参加了中共冀热察城工部工作，一面读书，一面做地下工作，生活内容极为丰富，我开始阅读摩尔根《古代社会》、恩格斯《德国农民战争》之类的书籍。

因为辅仁是私立大学，要缴学费，国立南开大学成为我的向往。1948年暑假便考取了南开，到天津不足半年，天津解放了，我期望并为之奋斗的新社会呈现在眼前。

新旧社会的课程设置不一样，在南开，我学俄文、中国近代史、政治经济学、列宁主义问题等课程，我的毕业论文为《香港的过去、现在和未来》。

1951年毕业时，历史系主任让我留校任教，这是我未曾料及的。从此我开始了教学生涯，当了一辈子园丁。

20世纪50年代，教师被誉为人类灵魂的工程师。做教师首先要严格自律，注重道德修养，增进自己的"学"和"识"，和对学生的热爱，韩愈在《师说》中讲"师者，所以传道、授业、解惑也"对我影响很深。我羡慕不少教授是大学问家，而自己的知识贫乏，便不断地向老先生请教，特别是向郑天挺、冯文潜等先生请教。我拼命读书，遇到不懂的字和词，就查字典，遇到书中难懂的部分就反复思考，或请人指点，有时需要读其他的书来理解，经过推敲，也就豁然开朗。我有逛书摊的喜好，到北京时总要去琉璃厂、东安市场和隆福寺去看一看，到天津天祥商场寻觅我要读的书，有时一无所获，不过，去的次数多了总是有所得的。

开始，我给中文、外文系讲中国通史、中国近代史课程，随后给历史系本科生讲中国现代史、五四运动史、武汉革命政府史、八一起义史、土地革命史、抗日战争史等课程，20世纪80年代招收博士生后，多讲近代史研究方法、华北农村调查、抗日战争研究中的诸问题。我深感教、学是互动的，不是单方面行动，正所谓教学相长，我深得其益。同学常常提出许多值得思考的问题，需要自己去探索。开始讲课时也是照本宣科，离不开讲义，渐渐地我只带几张卡片，记下几条提纲，脑子中酝酿着要讲的内容，把课程与学术争论结合起来，有了深度和广度，效果很好。

从实践中我感到，没有研究教学就无法提高。要将教学和研究结合起来。我的一些课就是在写出论文的基础上开设的。

如何认识历史、解读历史是一个严肃问题。改革开放以来，人们对过去的历史重新认识，重新评价，这是可喜的新局面，其中有判断正确的，也有缺乏根据的。我根据自己的经验和认识，总是告诉同学，应该怎样了解才对，不能随波逐流，需要有更多的理智。

我还有一种做法,就是把自己所见到的参考书刊,展示给同学,搞图书展览,让他们见到实物,而不是空口去谈。

我常常选点英文资料,让他们阅读,我认为研究中国近代史,不看外文资料,就限制了自己的视野。我总是希望他们从我的讲课中得到启示和智慧,茁壮成长,这是园丁的期望。

三

50多年来,我虚度了一些年华,也撰写了一些文章和几本书,其价值如何只能由后人去评价,我难以预料它能存在多久,因为我亲眼见到,曾经是人们必读的精神食粮,而事过境迁之后,竟成为废纸。我自己希望我的著述能经历起时间的考验,但毕竟那只是希望。

我大学毕业后研究的方向未确定,曾经想搞世界史,因教学任务是中国史,也就顺这一方向走下来,新中国成立初期,研究现代史在学界好像不是学问,我的毕业论文老师戴藩豫是研究佛教和魏晋南北朝史的,就讲我的论文题不是论文题,这对我不能没有影响,我曾以南明史作为研究对象,恰巧当时关于史可法的评价问题引起争论,我就撰写了一篇文章《民族英雄——史可法》,发表于1952年《历史教学》刊物上,引起学界注目。郑天挺先生调来南开,和我第一次见面就说"你就是写史可法的魏宏运",这的确鼓舞了我。1953年,同学提出应如何认识孙中山革命地位问题时,我又写了一篇文章,题为《革命民主主义者孙中山》,同样发表于《历史教学》刊物上,并被其他刊物转载,从此写作热情驱使我相继发表了多篇文章,因为我担任几个系的党的工作和历史系的党政工作,我就采取挤时间的办法,写些短文,如《十月革命是怎样传到中国的》《有关1927—1937年我国苏维埃革命的几个问题》《关于武汉革命政府的几个问题》。那时,我想为自己的研究方向做出规划,一是研究孙中山,一是研究武汉政府和苏区革命。我尽量收集这方面的资料。我喜爱逛旧书摊,买了不少有关资料。我意识到研究历史是离不开图书馆的,图书馆正副馆长冯文潜、张镜潭对我特别厚爱,星期天也让我一个人在书库中徜徉。我的知识面广了许多。南开经济研究所的旧书,对我启发很大。我尽情翻阅,有用的就抄录下来,这期间,我曾雇人抄卡片,每张卡片3角钱,我的家庭开支除吃饭用费外,全部投资于资料的收集。

在我的研究中,报刊资料占有显著地位,我常在报刊的字里行间漫步。我认为报人的报道多是真实的记录,可靠性强,譬如我撰写的关于武汉革命政府的那些文章,我在天津看了《益世报》,我很想找到沈雁冰主编的武汉政府机关报《民国日报》,北方没有,我就到武汉去找,在武汉大学图书馆和湖北省图书馆均未发现,后来在省委党校图书馆找到了。真是喜出望外。我住在珞珈山武汉大学招待所,深得吴于廑、萧致治的照顾,每天从武汉大学到省委党校去看报,差不多一个月的时间,所获甚丰。我感到找资料也需要毅力和勇气,不能懒惰。这时学界还没有人去研究这个课题,我就成了先行者。

怎样写《孙中山年谱》,开始也很茫然。我买过几本民国时期出的孙中山年谱,但均很简单。当我着手撰写新的孙中山年谱时,很快发现所引用的都是第二手资料,于是立即翻阅《孙中山全集》的各种版本,我想对孙中山的人生历程有一个基本的把握,就翻阅《向导周报》,把有关对孙中山的评价抄录下来。我撰写的《孙中山年谱》于1979年出版,是新中国成立以来第一本《孙中山年谱》。当时,有的读者赞誉该书为"空谷足音"。

"文革"结束,我决心把失去的时间补回来,我的研究工作出现了新的局面。

先是东北师范大学的同志入关,找我及杭州大学、北京师范学院、湖南师范大学现代史教师合编《中国现代史》,大家都有编写愿望,推我为主编,金普森、郭彬蔚为副主编,在以上各校分别召开了多次会议,讨论编写计划、分工及现代史中争论的一些问题。我在几次会议上多次强调不能照抄别人的,一定要根据出现的资料去写。有的同志受过"左"的影响,裹足不前,我就让他重写,开阔眼界。在这部书中,我把延安励精图治和重庆的祸国政策融为一章。在讲到中美、中苏关系时,根据新出版的资料,明确提出:"美苏先在牺牲中国的利益基础上达成了对日作战的一致意见,这是雅尔塔协定极不光彩的一面。"我认为只要有正确资料,就可以有新的论述。全书编好了,谁来出版呢?也是一个问题。出现代史的书,不少出版社不敢沾手。很感谢黑龙江人民出版社的同志,他们参加了我在长春东北师范大学的编写会议,商议结果,他们欣然答应出版。此外,我们还编辑了《中国现代史资料选编》共5册。这套教材和资料为国内一百多所学校所采用,也行销到国外,香港还有翻印版。

这期间,梁寒冰和我组织南开大学教师还编写了一本《中国现代史大事记》。

以上几本书错误不少,本来想重版时作更正,因各种原因没有再进行下去。

从 20 世纪 80 年代起,我的研究方向转换了,不是自觉地意识到要转换,而是一个偶然的机会,把我引向这一领域。1979 年厦门大学孔永松组织了一次中央根据地学术讨论会,在闽西途中,夜宿永安,我和财政部财政科研所所长住在一起,虽然第一次见面,但谈话却很投缘,他说财政部正组织编辑晋察冀、晋冀鲁豫根据地财政史资料,问我有无兴趣参加,我欣然同意。在财政部许毅和戎子和领导下,联合有关省档案馆及南开大学、河北大学、山西大学现代史教师,开始了资料的收集和发掘工作。因为这种关系,到太行山南北各地方走访,到各地档案馆查阅资料,和当年创建根据地的领导者接触不少。星光大我 8 岁,是一位忠厚的长者,冯田夫是科研所的实干家,他们做的工作很多,但一定让我做主编,我们先完成了晋察冀资料的选编,共 4 册,写了一部《晋察冀抗日根据地财政经济史稿》。随后又集中精力,编辑晋察冀根据地财经史资料,1986 年戎子和在太原专门召开了一次大型的根据地学术讨论会,星光、冯田夫拟出提纲,邀请当年在这区域工作的财政方面的领导与会,他们提供了许多资料。财政部又组织我们到太行山腹地各县做深入的调查,看到了许多档案和风物。这是很难得的机会,个人的力量是难以进行的。我们对太行山社会的全貌有了了解。

使我的研究事业扩大到更广阔的华北农村,是 20 世纪 80 年代末和 90 年代初中日学者联合对华北的考察。日本方面由三谷孝牵头,顾琳、笠原十九司、内山雅生、浜口允子、紫茨玲子、中生胜美参加。中国方面由我负责,左志远、张洪祥参加,共十余人,组成调查团,相继赴顺义沙井村、良乡吴店村、静海冯家村、平原后夏寨村、栾城寺北柴村访问考察。这些村庄在日军侵华时期,"满铁"调查过,我们在此基础上考察那次调查以后 5 个村庄的变化发展,调查的内容是多方面的,包括家族家庭、村政权、农业、副业、教育、信仰、风俗习惯等。调查方式是一问一答,从其口述中,常常引发许多思考,为什么是这样而不是那样?这样深入调查,对一个历史工作者来讲,是获得了认识社会发展的立足点,是坐在图书馆和教室中无法得到的。日本学者已将调查记录出版,名为《中国农村变革:家族·村落·国家》。中文版正在运作,可望于近期问世。

在此期间,我先后申请并承担了两个国家社科重点课题,组织社会力量对 20 世纪三四十年代冀东农村及太行山地区的情况进行社会调查, 两次调查都有成果正式出版。

20多年来,我经常下农村,汲取营养资料,撰写文章,表述农村的发展变化,我认为一个社会的进步程度,主要应看农村底层社会进展如何,纯粹谈政策,容易犯空泛毛病。

学海无涯,历史的研究是无穷的,随着时间的推移,新档案的公布,新生事物的出现,对以往论述需要反思、回顾和审视,对正在进行的历史需要记录,不应忽视。研究的空间非常广泛,我深感在研究中,不能轻率地敢作敢为,也不能退缩不前,只能尊重客观。我孜孜以求的,是以自己有限的生命和能力做点事情。在20世纪和21世纪之交,我主编的《中国现代史》问世,这是普通高校教育"九五"国家级重点教材,在体例、论述和资料的运用上都有新的探索,我期望它有更好的反响。我还主编了《民国史纪事本末》《国史纪事本末》这两部工具书,如实地记录了20世纪的大事,要了解这100年中国的历史发展,这里提供了一个粗的线条,为后人的研究铺点路基。

对我来说,人生最美好的生活,最有趣的生活,就是能研究一些问题。

四

从20世纪50年代起,我就感觉到学历史必须攻破两座大山,一是外文,一是古代汉语,我在历史系召开的全系会上呐喊,我自己也努力去做。因为有这一点基础,改革开放后,我多次出国,到四十多所大学研究机构和社团去讲学,发表演说,宣传中国文化。

我第一次走出国门是1982年,当时学校组织了5人访美代表团,滕维藻、吴大任任正副团长,我为成员之一。我们访问了斯坦福、明尼苏达、印第安纳、堪萨斯、密西根、坦普尔、普林斯顿、奥本尼8所大学,了解以上各校的种种情况。在明尼苏达,我到Berman教授课上听他讲工人运动史,在密西根到Warren Cohen课堂上讲中美关系史。第一次出国感到什么都是新鲜的。

我走进外国大学课堂讲课,是从1983年至1984年任教美国蒙他拿大学开始的。这是很难得的机遇,我作为富布赖特学者再次踏上美国国土,我的身份和使命时时提醒我要为国家和民族争光。我比在国内教学更加倍地读书备课,阅读英文有关教材,来讲述中国古代文明史、中国近代史、中国现代史、武汉革命史等课程。我的丰富的讲课内容和讲授效果为南开大学带来了巨大的荣誉。

一次访问、一次讲学,使我感到我在历史学这一领域中,选择学习英文,学中国现代史是选对了。如果我没有这两方面的基础,我就不会有以上的机遇。这以后,我更加勤奋地读书,扩大自己的知识面,因为认识国外的朋友增多,出国宣传中国历史、中国文化的机会也多起来。

从20世纪80年代初到21世纪初,我先后去美国5次,除上面提到的两次,还于1993年应邀到洛杉矶参加了第15届亚洲学者年会,并到斯坦福、蒙他拿大学演讲。1999年应邀到凤凰城亚利桑那大学参加Gerg Lewis的博士论文答辩,其题目为《冀朝鼎评传》。2002年到美国参加哈佛大学"战时中国"学术研讨会。到丹麦、英、法、德等几国讲学一次,还有一次到德国汉堡参加学术会议,到日本讲学4次,时间为1984年、1990年、1993年、1999年,到澳大利亚3次,时间为1991年、1993年、1996年,到韩国一次,时间为1999年。

我到过国外四十多所学校讲课、演讲、座谈。在美国除前面提到的几所大学,还参加过爱达荷Lewis Clark州立学院举行的国际交流学术研讨会,到蒙他拿州百灵斯外交委员会演讲,到明尼苏达大学、布兰戴斯大学、波士顿学院、威斯康星大学、韦伯大学演说,在日本以下一些大学演讲过:立命馆大学、中央大学、一桥大学、庆应大学、京都大学、金泽大学、鹿儿岛经济大学、东京专修大学、上智大学、爱知大学以及关西中国现代史研究会、东京辛亥革命史研究会、中国农村调查研究会,在澳大利亚参加悉尼大学、格里菲斯和悉尼科技大学所举行的学术研讨会。

我所讲的课题范围比较广泛,包括南京政府战时经济政策、抗日游击战争、太行山和中国革命抗日根据地的商业贸易政策、华北农村社会的变迁、中美关系的过去和现在、今日中国、"文化大革命"、如何在农村收集历史资料等等,每讲一个课题,我都花费了很大精力去准备。和在国内讲课不一样,除考虑事实的准确性外,还要考虑表述方式,以使西方学人能够容易接受。

在我讲课或演讲时,他们爱提中国今日的各种政策,如人口政策、宗教政策、知识分子政策、台湾问题等,并要我谈自己的看法,不要讲官方看法,我这些年来阅读英文《中国日报》,经常到农村考察,深入观察现实,对党的各种政策的实施情况有所了解,使我不费力地可以回答所提的问题。

俗话讲,尺有所短,寸有所长,每个国家和民族都有自己的丰富文化,我对西方社会认识和未出国门时不一样了,他们也激发了我对许多历史和现实问题的研究兴趣。做为一个教师怎样促成学生独立思考,在西方教育中是很突出的。著名的高等学府就是要培养独立思考和不受当时偏见和成见影响的科学精神,这是非常明显的。

五

南开的声誉和学风是一代一代人铸成的,我在南开历史系生活工作了半个世纪以上,和南开结下了不解之缘,南开的奋进和踏实精神深深影响着我,我也以此教育青年学子。

我的名字和南开紧紧地联系在一起,我常想不能辜负南开对我的期待,一定要为南开争光。从 20 世纪 80 年代初,我成为中国哲学规划组成员,整整工作了 20 年,从 1986 年起又为国务院学位委员会学科评议组成员,工作了 10 年,在历史领域中增添了新的思想和认识。

因为南开在国际上的好声望,我和国外的学者有较多的来往,抗日根据地这一课题是学术界所关注的,如能将中外学者聚集一起,交流研究成果,是件有意义的事情,于是决定召开这方面的国际学术讨论会,第一次举行于 1984 年 8 月,我的主题报告为《论华北抗日根据地发展经济的道路》,第二次举行于 1991 年 8 月,我的主题报告为《抗日游击战推动了抗日战争的历史进程》。这两次会议都很成功,南开大学是抗日根据地研究的重要阵地,得到普遍承认。

无情岁月把我推向老年,成为老教师。以老师身份,我于 1999 年 3 月主持了《明清以来中国社会国际学术讨论会》,讲了这次会议召开的意义,并作了总结发言。

我鞭策自己,勇往直前。人的生命是有限的,而学术研究是无限的。“天行健,君子以自强不息”是我的座右铭。

原载南开大学校史研究室编:《南开学人自述》(第一卷),南开大学出版社,2004 年

我的治史心得

我叫魏宏运，1948年来南开。在我谈问题以前，我要跟大家谈一个情况。最近在南昌有个学术讨论会，参加会议的有三十多个学者，我们这儿的李金铮教授去了，他回来后给我介绍了这次会议。在会上，学者们探讨的议题是中国革命与苏维埃运动。有的人提交了这样的文章，譬如某某根据地是什么时候创立的，创立的经过，根据地妇女的解放和贡献。华东师大的教授杨奎松评论说，这不叫学问，这样的题目早就有人写过多少遍了，他对此批了一通。我跟李金铮讲，在会上公开批评虽然有点不近人情，但是很有道理。这些题目太老了，现在还简单地写根据地的建立、根据地是怎么形成的，太过陈旧。研究的题目一定要醒目，要看时代的潮流，不能总是弄老掉牙的东西。题目一定得小，小题大做，不要大题小做，帽子很大，内容太空泛。不要什么都扩大到世界意义，这个不好。有的人讲世界意义，而在国外，人家谁管你这个事啊。研究问题，你要反复琢磨，怎么才能制胜。比方说，搞古代史的人，有新的观点和新的资料发掘，文章可以制胜。搞现代史的，你要注意搞社会调查，这是最基本的。搞世界史的，要搞到一手资料，难度较大，一般地使用二手材料，所以要从世界各国的比较中得出自己的看法。我记得张伟伟讲过，他到世界各国参加过一些会议，世界史研究的确比中国史难度大得多。

下面我讲一讲我自己是怎么研究热点问题的？

先从辛亥革命谈起吧。今年是辛亥革命一百年，我们对辛亥革命的认识越来越深刻。20世纪五十年代，我在国内参加一个国际学术研讨会，会上对孙中山是不是思想家，争论很激烈。有人说孙中山不是思想家，因为他的三民主义，民族、民权、民生思想是从外国吸收进来的，所以不能算思想家。后来胡绳，中国近代史的权威，曾任中国社科院院长，说如果从中国的角度来看，孙中山还应该算个思想家，因为这是他第一个提出来的。当辛亥革命开始的时候，他希望日本资助他。日本人就问他你要干什么，他说我要建个共和国。他一直为共和国而奋斗，1911年他成功了。孙中山这个人，太值得研究了。辛亥革命改变了中国历史，我们很多问题都是从那个时候开始的。有一年我在美国的奥本尼大学，一个美国学者问我，你们国家什么时候开始用纪元、公历的？我说从共和国开始用西历，公元多少多少年。不过，在这以前，中国半殖民地半封建国家有很多租界，他们已经用西历了，但从中国来讲那是从辛亥革命开始的。辛亥革命以后有很多新鲜的事，什么都改变了。过去穿着长袍马褂，你们看鲁迅的文章，现在开始穿中山装。新式学堂也是这个时候开始的。过去没有大学，过去是书院，书院不是现代化的大学，到五四运动的时候已有七八所大学。女子学校，从清末就有，但是真正大规模的妇女平等教育运动也是从辛亥革命以后开始的。最近很多文章研究妇女解放各个方面的表现，把反缠足的研究提高到了一个新的水平。以后，对孙中山和辛亥革命的研究越来越深入了。

我从20世纪50年代开始研究孙中山，后来我就想把孙中山一生的事迹写一写，所以就搞孙中山年谱。我没有搞过年谱，不懂怎么个搞法，我就问其他老师，反复琢磨。刚开始也走了弯路，我根据胡绳写的《孙中山小史》写，后来感觉到不合适，得找孙中山的原著以及同时期其他人的著作，没有资料根据不行。"文革"时期，我家几乎所有有关孙中山的书都被抄了，我把好不容易搞的年谱资料，到处藏，这个东西还好，没有被抄走。改革开放后，我在南开学报发表了这个年谱，发表后在国内影响很大，因为没人搞，那一期南开学报卖得很好。后来，正式出版了《孙中山年谱》。

孙中山是个演说家，是很有才的。50年代，孙中山纪念会经常在北京碧云寺召开，我常常参加。很多事参与不参与是不一样的，纯粹在文字上理解与从实际状况中理解是两码事。所以，我很强调搞现代史必须在实践中去领悟，去提高自己。举一个例子，今年辛亥革命一百年，我连续写了几篇文章，其中一篇是关于孙中山北上三次的文章。我们要问的是，每一次北上孙中山想的是什么，他为什么北上，住在哪儿？比如头一次住在法国租界，我以前调查过。第二次在利顺德饭店，大公报上记得很详细。第三次啊，就不在那里了，在张园，是溥仪曾经住的地方，现在是个纪念馆。有人说第三次也在利顺德，利顺德饭店当然高兴了。我说第三次没在这里，但利顺德饭店说肯定在，他们还把屈武请来，屈武是国民党元老，他也说在那儿。但是人的记忆总是有限的，不可靠的。我就在南开周报上写了文章，我的题目比较吸引人，有针对性，中华读书报转载了。当时在《天津日报》上为这个事打了笔墨官司，打了 7 次，最后天津市办公厅说不要打了。其实很简单，当时报纸上就有，写得清清楚楚。我们搞历史，必须依靠资料，凭空说话很快就站不住脚了。

国内现在谈论的很多热点问题，对历史工作来讲是好事，因为过去片面性太多，在阶级斗争为纲的时期，很多事情都被扭曲了。但这一情况也给现在历史学者留下了一个很大的研究空间，最近很多文章都是从这里做起的。我先说几个热门问题，一个热门问题是蒋介石，蒋介石日记出现以后争论很大，有人提出这个日记出现以后可以改变中国历史的写法。我以为，这个观点是不对的。有一年我到中央党校去讲这个问题，我说只能根据中国的实际来写中国的历史，蒋介石日记只是个参考，不能以它为中心来写中国近现代史，因为蒋介石说的和中国历史发展的实际并不全一样。给蒋介石说好话的，说蒋介石非常好。美国有个华文的世界日报，影响很大，它曾在一年之内连续登载了 50 篇关于蒋介石日记的文章，作者根据自己的领会对每一篇蒋介石日记加上自己的看法，都是评功摆好。在我看来，尽管都是根据资料，但资料也有阶级性，有局限性，不能随便使用，你站在不同的角度、不同的立场，对蒋介石就有不同的看法。这方面例子太多，再比如说 1946 年底沈崇事件，就是美军强奸北大学生，我们在北京整夜写大字报，然后北京学生反美运动就起来了。最近有个学者说沈崇事件没那回事，他完全根据美国的资料，这怎么行呢？美国能说他的军队犯错误了吗？他不会说真话，你不能根据这些资料来立论。

我最近写了一篇文章，从绥远战争看蒋介石。在绥远战争的时候，他说最大的敌人不是日本，最大的敌人是谁呢？是中国共产党，是红军。这就差得太远了，内战是两党主义之争，和日本是生死存亡之争，与日本和，怎么行啊？从九一八事变开始，如果看蒋介石日记的话，那是很好的，但九一八事变实际上就是蒋介石不抵抗政策的结果。现在有的人说蒋介石没有宣布过不抵抗，引用的是赵四小姐的话，但赵四小姐一个家庭妇女怎么知道的呢？何柱国就讲过，他曾接到过蒋介石的不抵抗命令。不知道你们是否看过吴湘相的《第二次中日战争》，他是台湾有名的一位教授，他根据档案资料得出，当时蒋介石已经提出"安内攘外"了。在这个时候，于右任等一批国民党人说不要引起冲突，要镇定。镇定的结果呢？东北三省完了，华北危机了，北京、天津成为最前线了。在这样的情况下，当时一些人有一些错误的观点，说中国弱，中国没有力量打，包括胡适在内，认为应该卧薪尝胆，现在没力量打。问题是，你东北军那么多,那么多武器,你还不抵抗,不抵抗就丢了。华北危机了,你还说没有力量,你把力量全部投入打红军,非消灭红军不可。所以,蒋介石作为政治家、军事家,他缺乏像孙中山那样的宽容,实行三民主义,但也容纳三大政策,他就高一筹。所以,绝对不能评功摆好。搞历史,一定要多想。蒋介石的问题还要继续讨论,仁者见仁智者见智。历史上很多有争论的人物,从古到今,都是这样,包括秦始皇,都一样。搞历史研究很不容易。有一年我在成都开会,全国文史委员会负责同志就讲现在的难处,比如你把历史人物说得稍微什么一点,当事人的后代就不干,就老闹,说不是这么回事。做现代史有难度,你要碰一些人,要秉笔直书,暂时不能发表,就缓一缓,若干年以后就发表了。最近关于"文化大革命"的言论,过去不能说的,现在都开始慢慢说出来了。研究历史得有勇气,有勇气才能研究。

接下来谈谈我研究历史的方法。

我是什么历史的基本东西都搞,搞大事记,搞纪事,搞年谱,搞讲义,搞资料,经过自己实践,闯出一条路来。南开大学在八里台,我一辈子在八里台。我在日本讲学的时候,我说我是老八路,因为八里台有一个8路公交车,我老是坐8路车到火车站,他们都笑了。年轻人应该有信仰,有抱负,我像你们一样,我想我不能只研究一个问题,我要一个问题一个问题地研究,研究孙中山,研究五四运动,研究周恩来,研究二战,研究抗日战争,研究解放区。我每个问题发表七八篇文章以后,就改变研究方向了。我与国外学术界的交流,更促使我思考一些问题。我到美国5次,到日本5次,到欧洲两次,到澳洲两次。有一年我在美国讲学9个月,这个机遇很难得。在国外讲课,他们有时希望你讲什么内容。比如说我在丹麦讲学一个月,丹麦待遇很好,讲个四五次,每日一百美元,他们让我谈怎么在农村收集资料,因为这对他们很新鲜。我去美国参加亚洲学会年会,他们出的题目是集市贸易,他们对此很感兴趣,他们想知道很多问题,集市贸易是怎么产生的,有什么影响。我就在河北各县做调查,集市贸易是怎么组织起来的,影响多大,经过这样的调查,这篇文章就实在了。我曾有一个博士生,他的论文写20世纪中国农业,我说你的文章太空,你应该去家乡搞调查,丰富一下才能通过,不然通不过。

做文章不能搞三段论式,起因、经过、结果,这个糟糕极了。有一年历史系一个研究生,他已经到北京找了很好的工作了,但是他的论文是三段论式的,像个讲义,不像个论文,他的导师杨志玖先生说你虽然找到了很好的工作,但不能毕业,你重改去,后来又延长一年,第二年才毕业。

还有一个问题需要注意,论文千万不能抄袭。我在浙江大学主持过一个博士论文答辩会,这篇文章有三千多字是抄袭复旦大学一个老师的成果,恰恰复旦大学这个老师也去审阅论文,这下露馅了,麻烦了。这对我是个难题,我主持答辩,怎么办?把年轻同志一下子打下去也是个事啊,我就在会上狠批,然后我劝大家让他通过,因为年轻同志受到打击,几年恢复不了。咱们历史系有一个博士毕业了,后来被发现抄袭太多了,最后取消学位。所以,一定要注意,应多注释。你要证明你的论点,如果你自己说话不行,就找权威人士说的话,引用权威的书籍,一定得注意这个事。

我刚才讲,我曾多次更换自己的研究课题,有些是很偶然的。我研究根据地,就很凑巧。1979年参加厦门大学在福建才溪乡召开的一个学术讨论会,孔永松召集的。参加的人很多,是粉碎"四人帮"以后的一次学术会议。我和财政部副所长在一起住,谈话很投机,他说我们想搞抗日根据地资料的收集与研究,你愿不愿意参加,我说当然愿意,于是就参加了。这纯属一个偶然的机会,参加后我就开始搞抗日根据地。并组织召开了两次国际会议。现在有的国际会议,就只有一个外宾、一个外籍教师,是不合适的。武汉曾召开过一个大革命的国际会议,外国代表只有我的一个韩国博士生参加,一个人怎么能叫国际会议呢?国际会议你总得有些国际会议的意思,各国的不同面孔都得来,得有不同的声音。在这次厦门大学的会议上,有两个问题很有意思的。一个是瞿秋白怎么评价,近代史所的陈铁建首先给瞿秋白平反,他的研究是很不错。第二个是对查田运动怎么看,中央党校的几个同志认为,毛泽东在的七八个县是正确的,其他的都是错误的。但是你到苏区去,一问查田运动,干部都肯定,老百姓都摇头,都反对。这个引起争论,有争论就有意思,没有争论,一个声音就不好了。

20世纪80年代初,我有两个很好的机遇,这是很不容易得到的。一个机遇是我和财政部挂钩,财政部有钱啊;第二个是和日本学者联合搞华北农村调查。和财政部搞了七八年,出了两套非常重要的资料书,这两套书世界各国学者都在用,一个是晋察冀边区财政经济资料选,一个是晋冀鲁豫边区财政经济资料选。因为有财政部的红头文件,为根据地调查提供了极大方便,除了党的一些文件不能看以外,其他的都可以看,因为地方上对财政部尊重,他可以给你减税,所以我们到各地吃住都方便。常常是从这个县到那个县,这个县的县委书记、县长亲自把你送到那个县的交界处，那个县的县长、县委书记亲自过来接，那是很神气的。有一次，在孔府住了一段，在孔府吃的饭，孔府的饭非常好吃，一般是吃不上的。有时候也不知道资料怎么找法，很难。有一次我们到五台山参观，在忻州停歇，吃饭的时候，我跟忻州地委书记韩成贵聊天，我问他过去是干什么的？他说他过去是搞商业贸易的，我高兴极了，我按照他给我的线索，顺藤摸瓜，对边区商业贸易的情况有了比较真切的了解。再如关于晋察冀边区的军事工业资料，在战争状况下留下的资料是很少的，我就找当时的军工负责人，让他说，我们记录，这就得到了第一手资料。

搞历史要多动脑筋，肯下功夫，你原来不懂的东西懂了，找不到资料也找到了。我从林彪事件以后在历史系当革委会主任、当系主任，一直到20世纪80年代。我1984年从美国访问回来，就整天找校长，我说我一直搞党的工作、搞行政，不能再干了，我一生都贡献给历史系、贡献给南开。如果再继续搞行政，我就没有时间和机会搞调查研究了。我在美国蒙他拿大学讲学的9个月期间，南开大学曾投票选举我担任副校长。我回国后，很多人写信祝贺我当副校长。我说没那回事。当时的校长滕维藻跟我很熟悉，他对做行政有更深的体会，他说"你看我都搞成这个样子了，本来很想写一篇文章，但没有时间写，我不能再让你干了"。为此，我很感谢滕校长。人应该好好把握自己，市委文教部曾调我，我也坚持没去，我就在历史系蹲着，守着历史系这个摊儿。当然那个时候都是工具，让你干什么就得干什么，我们只在可能的范围内把握自己的方向，锲而不舍，才能出成果。南开大学的历史系和化学系都很著名，化学系是在实验室里，历史系则必须在资料室或搞调查，这个学科需要你坐下来。马克思如果不在伦敦大英博物馆，就不会产生他的《资本论》。不知道《资本论》你们看过没有，读书要广。毛泽东曾讲，政治经济学、哲学、历史以及国外的一些书籍都得看。北京大学有个很有名的美国史教授，他原来在人民出版社工作过，他说为了写美国史，几十种中外文小说、各方面的书籍都找来看。我推荐李金铮的读书和研究方法，他买了许多名人尤其是著名学者的日记、回忆录，他看这些人是怎么成功的，用什么方法治学。这是很好的，因为我们可以从前辈那里获得很多经验。李金铮现在研究乡村史，研究中共革命，是很有名的。现在许多重要会议都邀请他，他几乎每年都在权威刊物发表文章，譬如《近代史研究》和《历史研究》。他研究农村借贷很有成就，这是个大问题，我跟他开玩笑："你是借贷专家，我从你那借贷点儿吧。"他原来是河北大学的，后来复旦要他，中央党校也要他，最近浙江大学也要他。尽管别人给他的条件很好，我劝他"你还是在南开"，系里也与他讲不要走。我说，一切都应以学术为中心，南开的学术环境是不错的。所以，他最后留了下来。

我再讲我是怎么冲出国门的。

外文你们必须学好。我在北平辅仁大学(教会学校)学习过3年，其中有16个学分是在外文系拿的。有一个外文老师是北洋时期的外交部副部长唐悦良，讲得非常好。我那时搞地下工作，有的课仅仅是维持，所以考试成绩有的得C，甚至有的得了D。有的同学看了我的成绩表后说，你的分数是C和D，成绩不及格，怎么能留校？但是历史系有两个老师，一个杨生茂，一个黎国彬，给学生的分数都是C、D，没有得B的。现在如果你们得到这个成绩，都不会高兴，但南开的特点就是严。你们知道南开大学为什么和北大、清华在一起组成西南联大，你们知道这个道理吗？我给你们举个例子。1936年胡适代表中央研究院、北大和南开参加哈佛300周年纪念，就代表这三个单位。北大、清华的很多老师都是先在南开，后在北大、清华的。我曾对张伯苓与何廉的讲话有很深的印象，何廉讲张伯苓办学成绩的表现在哪里呢？英国牛津大学承认中国7所大学，其中就有南开，这说明张伯苓的办学经验、办学成绩已经得到国际的承认。也就是说，你到伦敦以后，不用考试，它承认你、认可你，承认你的学历了。所以，抗战爆发后南开能和清华、北大在一起，这是基础。

你们翻翻五四以后的南开周报，很有意思。南开这个私立大学，一开始是开放性的，它把到北京讲演的世界各国著名学者包括杜威、罗素等人，都邀请来南开演讲，开拓学生的视野。几年之内，学生能够从各个方面来吸收知识，吸收本系和外系每个老师的优点。有的人讲五四运动中断了中国传统文化，这个观点是错误的。实际上，是新旧并存。你们翻开南开的历史就知道，南开大学也请来当时的大儒，张伯苓还要求南开的学生人手一册《论语》，所以不能说那时传统文化中断了。

从研究这个角度来讲，要讲独立思想，研究学术必须有独立的思想。大家都知道陈寅恪是典型，其实南开的何廉教授也都讲独立思想。但是任何社会，政治是中心，经济是基础，任何社会的研究都离不开政治。如果你的政治思想太过偏激，你这个政治就不太正确，会影响到各个方面的发展。新中国成立以后特别是阶级斗争为纲的时候，我们这个经验教训太多了。

我想，你要想你的学术站得住，观点站得住，经得起时间的考验，那你就

412

要尽量全面，你也要预防别人来批你，跟你争论，在争论过程中使自己的思维更健全。我希望你们多参与一些问题的争论，一定要写，我就是从争论开始的。比如说我 20 世纪 50 年代初写史可法，当时是个有争论的问题，史可法是不是民族英雄？后来郑老郑天挺教授，他是北大的秘书长，历史系主任，我们开始不认识，后来院系调整，他来南开，有一次在第一教学楼开会，休息的时候，他说，你就是魏宏运？是不是就是那个写史可法的？我说是。郑天挺先生是权威人士，而我当时才 20 多岁，得到一个权威人士的鼓励，自然高兴得很，它会鼓励你继续研究。由这个事例可见，任何人任何学者都是平等的，不要因为他地位高，就不敢见，不敢谈，没有必要，我多次在会上讲这一问题。即使是权威人士，有时候他的看法也不完全正确。杨志玖先生讲得好，陈寅恪是权威，但权威也不一定都对，他研究唐史，但他研究唐史的某个问题就不对。有一个唐史博士生给藩镇翻了案，有的答辩委员说他的看法和陈寅恪的观点不一样，不能毕业。杨志玖不同意，他是非常耿直的一个人，他说权威不一定都对。马可波罗有没有来过中国，争论很激烈，英国有一个学者认为没来过，说马可波罗是根据别人的记录写的，杨志玖不同意这个观点，他坚持说来过，他是根据考证得到的，他坚持自己的观点。

历史系有个好处，老先生都坚持自己的看法。王玉哲先生，研究先秦史的，当国内都争论中国古史分期的时候，有坚持郭老的，有同意范老的，有的还提出其他的看法。他就不同意郭老的，他坚持自己的观点。我觉得历史系有些老师都有个性，都有自己的看法。比如说杨生茂先生，搞美国史，他原来是燕京大学的，后来到美国去，是斯坦福大学、伯克利大学的研究生。美国大使馆常来南开，要把霍普金斯中美文化交流中心放在南开，请杨生茂先生负责筹办，但杨先生坚决不干。很多人都说这是南开多好的机会啊，可杨先生他有他的看法，他考虑太麻烦，而且筹建这个事情你得听人美国的话，所以坚持不要。党委书记、副书记找了他几次，他还是不承担。南开教师很有个性。

在 20 世纪 50 年代，有的说要读历史，就读南开，因为当时有雷海宗、郑天挺教授，还有一批西南联大的老师。雷海宗先生，现在很多人都研究，美国的、澳大利亚的，都研究雷海宗。他外文特别好，讲课特别好，他讲课你走不了神，记下来就是一篇文章，非常好的一篇文章！教育部要开两门课，一门史学概论，一门物质文明史，全国各校都开不出，唯一南开开出来了。雷海宗讲物质文明史，他讲蒙古族的裤子就讲了 3 个小时，真是有才华。史学概论呢，郑

413

天挺说,我是历史系主任,我来承担。所以说,南开这个基础实在太好。当然,现在一批中青年都起来了,跟北大都齐名了。你们年轻人不仅要在这里接受熏陶,还应让这样的风气、这样的优良传统传一代一代地传下去。南开人是很爱国、爱校的,对南开是有感情的,我爱南开嘛!我们去国外,经常受到南开校友的接待。我们头一次去美国,南开著名校友、大数学家陈省身,亲自到飞机场去接我们。陈省身还给第一任南开数学系主任姜立夫,捐了一千美金,做奖学金。南开的好传统,就得这样传下去。

南开大学办学,总是花钱少,效率高。那么,南开办学为什么这样成功?很多人研究南开,南开有很多特点。我希望你们敞开思想,思想不敞开不行,特别是青年时期,正是思想开阔、富有力量的时期。

国外的讲座一般都是几十分钟,然后提问题。我一言堂不好,我就说这些,我希望你们提问题。我们的学生一般很少提问题,不好意思,国外不一样,正在讲着就有人举手了,他不同意你的看法,让你回答。所以,做讲座总是尽量准备得充分一些,平常讲课也是这样。比如我讲课,讲一个问题,涉及到数目字,多亏我前一天晚上认真准备了,记住了,否则就麻烦了。作为老师,如果你今天讲,第二天就更正,第三天又更正第二天的,你的声望一下子就完了。郑老(郑天挺)就告诉过我,他说我讲了一辈子课,我明天讲课,今天还得好好备课,不敢大意,有时候大意了,不光是丢面子,影响也不好,过去有的人发生过这个事情。所以,一定得认真。你们提问题,不要不好意思,我回答不出来没有关系,我脸皮厚,我文化大革命什么都经过,我整天挂一牌子扫地、扫厕所。我被学生拉去斗,我坐"飞机"很早,天天坐几十次飞机,我是经过考验的,你们问什么问题都可以。

学生提问:做研究如何选题?

我刚才讲过,首先要从资料上突破,从认识上突破。日本学者来华北农村做调查时说,过去别人搞的,我绝不再搞。因为没有新的资料,没有新的认识,文章就没办法做。题目要有针对性,切忌一般化。你看我在南开学报上发表的孙中山第三次北上的小标题,第一个标题是1924年北上的目的何在?第二个是欢迎孙中山盛况空前;第三是孙中山莅津后下榻何处;第四是从张园发出的政治吼声。这些标题都是有针对性的。有些问题提出来之后,得直接回答,这比绕圈子的题目好得多。再就是尽量多选几个问题。有的人一生就搞一个,有的人搞几个方面,根据我自己的经验,研究一个方面可以深入下去,但就我个人来讲,选几个可能好一点。比如说,如果我只研究孙中山,我就可能去不了欧洲,因为他们不可能只叫我讲孙中山,他还要你讲华北农村调查。国内也是,很多大学我都去做过讲演。你如果只做孙中山,孙中山研究又不是只有你一个学者,人家中山大学就有不少老师搞孙中山研究,出了很多书。所以,必须考虑社会需要和学术界的需要。多讲一些问题,有时还扩展了自己的知识。我在美国曾经讲中国的史前文化,比如河姆渡文化、半坡文化,他们对此很感兴趣。我到河姆渡去过,我确实可以给他们讲,美国学者高兴极了。我在美国讲学9个月,我对美国的事儿知道的多一点,我回来之后,高教出版社说根据你的经验写一本《中国通史》。中国当时还没有给外国留学生使用的教科书。我们编写之后,高教出版社出版了。本来要翻译成外文,英文翻译了一部分,因为一些事就停下来了。多懂一些,比只搞一个要好一些。你知识面多了之后,也有利于研究一个问题。你知识面很窄,很狭隘,就受影响。有一年我请近代史所的刘桂五来讲课。他讲你对着墙一直看,看不出什么。王阳明格竹坐了七天,看不出什么,所以见识要广。

斯坦福大学有好多中国档案。我去过哈佛几次,斯坦福去过几次,有时就在斯坦福住,我经常翻档案,蒋介石、梅贻琦档案也在那里。对蒋介石要分段来分析。在大革命时期,蒋介石任北伐总司令,这是应该肯定的。"四一二"事变后,是绝对不能肯定的。这些年有新的观点,说国民党和蒋介石都是围绕中国的富强,就是路不同,方法不同。我想如果蒋介石是一个成熟的政治家,他是不会这样处理问题的,不会对日本那样屈膝投降,把全部精力放在国内。与共产党不共戴天,屠杀共产党,绝对是错误的。在国共合作时期,共产党人是厉害的,能做群众工作,发展很快。国民党太腐化了,三青团太令人讨厌了,耀武扬威,霸权思想。很多人为什么跟着共产党,是比较的结果。我是1935年开始见到红军的,徐海东部通过西安附近,我觉得红军挺神奇的,都是十七八岁的娃娃,我很羡慕。西安事变之后,我就到生活书店,看书多了,对红军、对共产党也慢慢了解了,那时候我们唱《我家在松花江上》,唱《东北义勇军》。歌咏的力量很厉害,让人兴奋、产生救国热情。到解放战争时候,北大、清华、南开各校到解放区去的人很多,我那个时候就参加冀热察城工部工作,掌握去解放区的路线,很多人找我。我有三条路线,一条到唐山,一条从沧州过去,还有一条从北京那边到顺义。经我介绍去解放区的人很多,有复旦的,最著名的有袁木,我给他搞了假身份证,装扮成商人,穿个袍子说是经商的。到解放区,一般的都可以过得去，带点儿钢笔、带点钱，给那哨所，就过去了。当然，有的时候也被人抓住，有个朋友走唐山一条线，被抓到特刑庭。

我觉得国民党不得人心，1940、1941年左右，我到西安去，穿的衣服不是太整洁，一进西安城门就被宪兵抓起来了，拘留在一个囚室好几天。他们以为我是八路军，可我不是，我就是穿得不很整洁，宪兵就把我抓起来，让你坐监狱，太让人反感了。所以，很对人对国民党没信心，都走向共产党，知识分子都倾向共产党。现在，有人诋毁国民党的远征军，这是不对的。我恰巧有一年到云南，与云南警官学院的院长、党委书记于燕京见面，他帮助我和内子王黎到保山腾冲去参观，我说我们沿史迪威公路，渡过怒江，然后高黎贡山，这个一般都去不了的。我走了一趟回来，就写了一篇文章，就是怎么思考怒江战争，我就讲国民党远征军不应该否定。我也访问过南开大学的几个人，他们当时是西南联大的学生，他们去当远征军的翻译官，我就访问他们当时一些状况，太有意思了。云南的中缅边境，我也到了，去了以后就有内容，有针对性，你没有去，也说远征军，就没有力量。从文本到文本，文章就不活，文章要活，就需要自己去调查，把调查的内容放进去，文章就有生机了。所以，我还是老话，你们得多搞些调查，可以发现问题。

我前面讲抗日根据地我是怎么开始研究的。抗日根据地资料的搜集很不容易，你要翻档案，你要搞调查，很多东西都是自己摸索。资料很多，得从里面再选，这与当时的经费也有关系。头一部晋察冀财政资料是南开大学出版社出版的，本来由天津人民出版社出，后来在南开出，南开大学出版社听说与财政部有关，他们就去财政部要钱，本来已经说好了的，后来让我很被动，有些资料没收集到里面，就是经费闹的。也有鉴别和批准的麻烦，比如说，杨尚昆的讲话必须经过杨办，财政部就写报告给杨办，让杨尚昆再看一遍，然后才能登，很麻烦。有的资料，看半天也不懂，有一篇文章署名赵钱孙李，赵钱孙李是什么？到处找，最后在西安发现这个人了，赵钱孙李就是一二三四。为了鉴别资料，我们编者七八个人在一个地方用了一个多月校对、更正。有人说魏宏运是搞资料的，我不服气，我不是全搞资料的，后来我就不搞资料了，搞了两部不再搞了，解放战争时期解放区的财政经济史料我就不再搞了，本来我还可以搞。搞资料是可以的，这个是基础，为研究铺平道路是好事。不要小看资料，搞资料也是一种学问。咱们中文系有个朱一玄，他搞中国古代四大名著的资料，现在大家很称赞。这位老先生一百多岁了，一辈子就搞资料。

学生提问:魏先生您好,特别荣幸听您的讲座。今年是辛亥革命一百周年,我看到李泽厚"告别革命"这样一个观点,他比较推崇渐进式改良的方式,那个时候清廷已经做了很多工作,比如说他举了一个例子,在1906年到1907年的时候清廷曾经颁发过报章印刷的律例,对新闻法有促进作用,但是到现在我们国家都没有对新闻有过法律方面的推动。革命包括从辛亥对传统的破坏比较严重,所以他提出一个观点,就是告别辛亥革命,余英时先生也有这种论述。您怎么评价他们的这种看法?

我想这种提法不合适。告别不了,革命对国家民族影响这么大,怎么告别?告别革命,告别什么,前一阶段有很多这样的名词,我都不太同意这样的提法。文化是一代一代的传统,孙中山思想已成为中国文化传统重要的一部分,就像毛泽东思想已成为我们中国文化传统的一部分一样。刘刚夫妇不是提"文化中国"吗,最后能够战胜的是文化,他们是刘泽华的研究生,发表了很多意见。我觉得最近有些观点很好,今天中国成为世界第二大经济国离不开孙中山的革命,离不开过去,在过去的基础上才有今天。所以,我们研究辛亥革命是为了现在,为了未来,它有很多是可以吸收的。我们承认,清朝末年维新变法有些问题提出来了,但是提出来之后有些东西并没有执行,戊戌变法失败了。20世纪80年代初我参加广州一个会议,一个美国学者说立宪比革命好,否定孙中山,中国学者不同意,孙中山树立革命的旗帜,为世界各国所赞成,世界各国都赞成中国搞共和国。虽然辛亥革命后出现了很多问题,但不能怪孙中山,问题很复杂的,一般革命成功后都有问题。你们看看利比亚很多内乱,都有这事,各种事情都出现了。辛亥革命以后,中国出现了很多党派,很多党派也没有成功,搞议会制也没成功,但这是过去没有的好事。革命告别不了,它已经成为中国的一部分。乱是另外一回事,马敏写过一篇文章,说辛亥革命是一部分知识分子知道,没有中国农村的大变动,其实毛泽东也讲了。岂止是孙中山辛亥革命,河北的野三坡知道吧,野三坡那个村直到抗日战争还不知道清朝灭亡,还复明,共产党成立后才知道现在是什么时候了。孙中山也有只贬的,中山大学有个人,他抬高别人,贬低孙中山,不符合事实,中山大学很多人不理他,台湾学者更反感。如果我们翻当时的报纸,也有对孙中山贬得很厉害的。对历史怎么看,与你站在什么立场这个关系太大了。有些日本人很尊重孙中山。我说日本是孙中山的革命根据地,他十次到日本去,前几年日本人发现奈良有孙中山的足迹,孙中山在那一天是怎么活动的,他很受人尊重。

中国共产党从新中国成立以后,天安门前一直有孙中山肖像。我认为,对过去好多问题都可以讨论,比如说德国的学者魏格森,她在德国接待我,她讨论1958年中国的"大跃进","大跃进"是很大的问题。最近她又在全世界选几十个人谈辛亥革命。这是一个外国的女学者,原来在北京大学学习汉语,汉语学得很好。外国人有钱,所以经常举办这些活动,讨论中国问题。我告诉你们,你们将来要有机会参加国际学术研讨会,发言要中性,不要我党我军。有一年在澳大利亚悉尼开会,一个中共党史研究室的同志就说我党我军怎么样。你要看参加什么会,然后再选题。我在台湾参加研讨会,我就注意选中性的课题,我写的是抗战时期中国开发西北的进程。我在美国百灵斯外交委员会演讲,听众多是外交官、医生,第二天报上刊登魏宏运讲关于台湾问题,台湾统一是个长时间(的问题),long time,国共合作也是个 long time,他说我说台湾国是独立的。我说你必须更正,将来人家发现魏宏运在外国乱说不行,第二天他就更正了。所以,在海外一定要注意,无论在什么场合用中性更好一点。有一年我到台湾,台湾政治大学七八个系主任在山上招待吃茶饭,其中有一个是在沈阳参加九一八会议认识的,我说你的文章很好,但你老是引用蒋介石,老是蒋介石怎么样怎么样,但他回了我一句说,你的文章里面不是也引用毛泽东吗?后来我们再见面,都改变了,不再是他离不开蒋介石,我离不开毛泽东了。总之,我的意思还是要用中性。

现在有些人把自己说成什么都懂,我很不赞成。什么大家,什么泰斗,都是胡来,人的知识就那么一点点。

2011 年 10 月 14 日为南开大学历史学院一年级博士生演讲